Olav Audunssohn

SIGRID UNDSET

Olav Audunssohn

BAND 2

ROMAN

WOLFGANG KRÜGER VERLAG GMBH

Aus dem Norwegischen von J. Sandmeier und S. Angermann

Neuausgabe im Wolfgang Krüger Verlag GmbH, Frankfurt am Main, 1977
Gesamtherstellung Mohndruck Reinhard Mohn OHG, Gütersloh
Umschlagentwurf Jan Buchholz/Reni Hinsch
ISBN 3-8105-2102-7

DRITTER BAND

Olav Audunssohn und seine Kinder

ERSTES BUCH

Der Scheideweg

1 Gegen den Frühling zu war Olav eines Tages mit einem seiner Knechte draußen auf dem vereisten Acker und breitete Mist aus. Das Eis glitzerte und gleißte auf den nach Norden gelegenen Äckern, aber oben an der Roßwand sickerte und rieselte das Wasser herunter. Und drüben über der Bucht, auf der Sonnenseite, wurden die Felsen gebacken – der Stier stieg aus dem Meer herauf, mit flimmerndem Widerglanz von dem Gutwetterglitzern auf dem rotgrauen Stein. Der Hang unter den Kiefern dort leuchtete braun, und das Dickicht von Haselnußsträuchern, das sich ins Kverntal hineinzog, stand voller gelber Kätzchen.

Draußen auf der Bucht ruderte Eirik – der rote Kittel des Knaben hob sich leuchtend vom blauen Wasser ab. Olav stand eine Weile auf den Spaten gestützt da, blickte zu dem kleinen Boot hinunter. Es war immer die gleiche Geschichte mit Eirik – er ließ sich so viel Zeit! Eigentlich hatte er nur ein paar Schafe hinüberbringen sollen; das Kleinvieh war jetzt in den Wald drüben hinausgelassen worden. Heute hätte man den Jungen gut daheim brauchen können.

Hinter Olavs Rücken kam etwas über den Felsen getrippelt – über die großen kahlen Felsen, die den Guten Acker gegen den Fjord schützten. Cecilia stand da, die Sonne im Nacken, so daß die Strahlen durch ihr helles krauses Haar sickerten; es schimmerte gegen die Luft. Sie setzte sich hin und rutschte die Felsplatte hinunter, während sie ihrem Vater etwas zurief und ihm eine Handvoll kleiner gelber Blumen zeigte.

Olav fing die Kleine auf, abwehrend: »Nicht hierher, Cecilia – du machst dich schmutzig –« Er hob sie auf einen Stein hinauf. Die Kleine drückte die Blumen gegen sein Gesicht, guckte dann, ob der Vater gelb geworden sei vom Staub. Es war nicht viel zu sehen – Cecilia hatte sie bereits ganz zerdrückt –, aber sie lachte trotzdem und wiederholte das Spiel.

Olav verspürte den schwachen bitteren und frischen Duft – den ersten Geruch nach neuem Wachstum in diesem Jahr. Der Winter, der hinter ihm lag, war so lang gewesen wie der Fimbulwinter*). Jetzt aber stand er da und empfand es belebend am ganzen Körper, daß seine Stiefel naß und schwer von Erde waren. Selbst hier im Schatten der Felsen war die Eisrinde über den Acker zurückgekrochen und hatte einen Streifen feuchter Erde zwischen den Steinen freigegeben. Der Dünger, der ausgebreitet lag, dampfte so schön, und vom Bollwerk herauf roch es frühjahrlich stark nach Meer und Teer und Fischen und nassem Holz.

Das kleine Segelboot, das er vorhin beim Stier draußen gesehen hatte, steuerte in die Bucht herein. – Er kannte es nicht. Vermutlich waren es Leute, die in die Gemeinde hinauf wollten.

Nun säuberte er seine Finger vom gröbsten Schmutz, führte Cecilia über die Felsen zurück.

»Geh jetzt zu Liv, du – du sollst das Kind nicht so weit von dir weglaufen lassen, Liv – es könnte irgendwo hinunterfallen.«

Die Magd drehte sich zu ihm um –»was für ein schönes Wetter« – breit lächelnd. Sie saß da und sonnte sich, das Wäschestück, das sie flicken sollte, lag im Heidekraut.

Olav wandte sich von ihr ab, unwillig, ging zu seiner Arbeit zurück. Das Boot hatte jetzt beim Bollwerk angelegt, die fremden Männer kamen mit Eirik herauf. Olav tat, als sähe er sie nicht, bis sie am Zaun standen und ihn begrüßten.

Es waren zwei Männer mittleren Alters, große schlanke Gestalten, mit gebogenen Nasen und munteren lebhaften Augen. Olav erkannte sie jetzt, er hatte sie oft in Oslo gesehen, aber nie mit ihnen gesprochen; es waren die Söhne des englischen Waffenschmieds Rikard Plattenmeister, der eine Bauerntochter aus einem der Gaue westlich des Fjords geheiratet und sich in der Stadt niedergelassen hatte. Welches Anliegen diese Männer an ihn haben könnten, war Olav nicht klar. Aber er ging doch mit ihnen zu den Häusern hinauf.

Als die Rikardssöhne zu essen bekommen hatten und dann beim Bier saßen, ergriff Torodd, der ältere, das Wort: er habe sagen hören, daß Olav die Handelsgemeinschaft mit Claus Wiephart auflösen wolle? Olav antwortete, ihm sei nichts davon bekannt. Torodd sagte, er habe doch in der Stadt erfahren, daß Olav Audunssohn in diesem Jahr mit seinen Waren zurückgehalten, Claus Wiephart nicht für ihn habe verkaufen lassen?

*) Fimbulwinter: Der lange Winter, der Ragnarok, der Götterdämmerung, vorausging.

Auch dies sei nicht richtig, antwortete Olav. Sondern er habe in diesem Winter das Leichenbegängnis für seine Frau ausgerichtet, so daß im Hause viel verbraucht worden sei. Und außerdem sei er auch durch den Tod seiner Frau auf viele Weise von seiner Arbeit abgehalten worden.
Olav glaubte jetzt zu ahnen, worauf die anderen abzielten. Vielleicht war dies auch etwas, was man sich überlegen konnte: einen anderen Vertrauensmann suchen –.
Da sagte der andere Bruder, Galfrid: »Die Sache ist die, Olav, mein Bruder und ich haben in diesem Sommer etwas in England zu tun. Und wir wissen, daß du ein tüchtiger Steuermann bist, und außerdem kennst du dich seit deiner Jugend in jenem Land aus – wir sind nie dort gewesen, obgleich wir unsere Verwandten von der väterlichen Seite drüben haben. Nun hat man es uns als bestimmt hingestellt, daß du diesen Sommer außer Landes fahren wolltest –«
Während dieser Worte war Eirik zur Tür hereingekommen. In der Hand trug er einen Kranz aus Leberblümchen. Olav wußte, daß das Haselnußdickicht auf der anderen Seite der Bucht jetzt blau war von diesen Blumen. Mit solch kindischem Treiben wie Blumenpflücken vertrieb sich der große Bursche dort mitten am hellen arbeitsreichen Frühlingstag die Zeit –.
Eirik blieb bei der Tür stehen, gespannt lauschend, während er nur darauf wartete, vom Vater hinausgeschickt zu werden.
»Wer hat das gesagt, Galfrid?« fragte Olav.
Es war Bruder Stefan – dieser Barfüßermönch, der sich im Winter so viel hier in der Gemeinde aufgehalten hatte. Die Rikardssöhne kamen öfters ins Franziskanerkloster, denn einer ihrer Brüder war dort Mönch. Und dort hatten sie erfahren, daß Olav von Hestviken daran dächte, im Sommer ins Ausland zu fahren, jedoch wahrscheinlich noch keine Verabredung wegen eines Schiffes getroffen habe –.
Olav schwieg. – Aber auf welche Weise der Mönch dies erfahren hatte, begriff er nicht – er erinnerte sich nicht, je mit einem Menschen darüber gesprochen zu haben. Fortreisen – ja, Gott mochte wissen, daß er sich gewünscht hatte, dies zu können – aber er hatte doch nicht daran gedacht, es wirklich zu tun. Er besaß weder Schiff noch Ladung, und das Auskundschaften einer anderen Gelegenheit, mit fremden Leuten, war ihm als eine unüberwindliche Schwierigkeit erschienen. Auch gab es ja daheim genug zu tun – so wie nach diesen Jahren mit einer kranken Hausfrau alles darniederlag.
Aber wenn ihm jetzt die Gelegenheit geboten wurde –! Ihn dünkte,

das Herz balle sich ihm in der Brust zusammen, wie eine Hand sich ballt, um auf den Tisch zu schlagen, als er nun so richtig fühlte, daß er von allem fortkommen könnte –. Weit fort, eine lange Zeit –. Ja, ach ja!

»Ich habe Bruder Stefan nichts dergleichen gesagt –« Olav schüttelte den Kopf. »Vielleicht habe ich erwähnt – ich erinnere mich nicht – ich habe wohl gesagt, ich könnte Lust fühlen, mich wieder einmal in der Welt umzusehen, nun, da ich ein ungebundener Mann bin –.«

Dann merkte er, daß der Knabe dort stand, aufgeregt lauschte, und er befahl Eirik, hinauszugehen. Schnell kam Eirik herbei, schlang seinen Kranz um das kleine Kruzifix über dem Bett an der Wand, in dem seine Mutter gelegen hatte. Dann aber mußte er hinausgehen.

– Wie Bruder Stefan mit seiner langen Nase gewittert haben konnte, daß er sich mit solchen Gedanken trug – das war mehr, als Olav begreifen konnte.

Im Laufe des Nachmittags waren die Gespräche der Männer doch so weit gediehen, daß Olav mit den Fremden umherging und ihnen zeigte, was er an Handelswaren besaß. Viel war es nicht – fünfzehn Ziegenfelle, drei Otterbälge und einige andere Felle von Wild, etliche Fässer Eichenrinde. Er mußte mitnehmen, was er an Heringen und anderen Fischen besaß – die Leute daheim konnten sich den Sommer über mit frischen Fischen behelfen. Auch ein paar Eichenstämme waren da, und Faßholz, das er für den eigenen Bedarf bestimmt hatte – aber wenn er dieses Jahr nicht selber daheim war, würde es ja nur ungenutzt liegenbleiben –.

Spät am Abend kam Liv herein und bat ihren Herrn, mit in den Stall zu kommen; eine Kuh sollte kalben, aber nun sei die Stallmagd so krank geworden, sagte Liv – und im übrigen sei es nicht ihre Arbeit, beim Vieh zu wachen.

Draußen schien kein Mond, und die Nacht war kalt und still, als Olav wieder aus dem Stall trat. Er mußte nun hinübergehen und den alten Tore wecken, ihn um die Gefälligkeit bitten, diese Nacht im Stall zu wachen, denn es hatte keinen Sinn, Liv dort allein zu lassen. Faul war sie und gedankenlos. – Es war kaum zu glauben, aber nicht einmal, während sie sich um das arme Tier bemühten, das dalag und brüllte und jammerte – nicht einmal dort in dem finsteren engen Stall hatte er Frieden vor der Magd. Sie war hinter ihm her wie eine schmeichlerische Katze – ein ums andere Mal mußte er sie beinahe wegschleudern, um die Hände freizuhaben. Olav begriff, sie hatte sich in den Kopf gesetzt, jetzt die Buhlerin auf dem Hof zu werden. Und so sehr er sie auch merken ließ, daß es keinen Zweck hatte, *diesem* Wohlstand nachzutrachten, ließ sie sich davon doch wenig anfechten.

Heimlich schämte er sich vor seinem eigenen Gesinde – es lachte wohl hinter seinem Rücken und wartete darauf, ob es der Magd gelingen würde, ihn schließlich dorthin zu bringen, wo sie ihn haben wollte. Er meinte vor sich zu sehen, wie Liv umherging und sich mit den Schlüsseln am Gürtel brüstete. O nein –. Er mochte nicht einmal mit Tore wieder in den Stall gehen, als er den Alten aus dem Bett geholt hatte –.

Es lag Eis auf dem Wasser im Brunnentrog, als Olav die Arme hineinsteckte und seine Hände wusch. Er lauschte und starrte ins Dunkel hinaus, während er darüber nachdachte, ob nichts vergessen worden sei –.

Alles still – das muntere Wasserrauschen über Felsen und Hänge war im Frost verstummt, und nur das Meer unterhalb der Klippen gluckste und rieselte leise – und hinten im Kverntal rauschte der Fluß. Die Sterne schienen in dieser Nacht so fern zu sein und nicht so zahlreich wie sonst – es hing ein leichter Dunst in der Luft.

– Das Kalb hatte ein faltiges Fell und lange Ohren – sah vielversprechend aus; das war noch ein Glück, drei Kälber hatte er in diesem Frühjahr verloren. Und nicht ein einziges Kuhkalb hatte er bis jetzt bekommen –.

Im Norden über dem schwarzen Rücken des Stieres flackerte das Nordlicht dann und wann bleich auf – wie wenn das Himmelsgewölbe von einem Atemhauch gestreift würde. Man sah es hier im Süden nicht allzu oft –. Daheim im Oberland flammten die Lichter über den halben Himmel hin – und wenn man sie reizte, pfiff, oder ihnen mit einem Leintuch winkte, dann sprühten sie auf, und lange Zungen jagten zur Erde herunter und fuhren wieder zum Himmel zurück. Vor vielen Jahren einmal – sie hatten sich hinter die Nebengebäude des Hofes geschlichen, standen dort und schwenkten eines der längsten Kopftücher Ingebjörgs – kam Arnvid über sie, und da verprügelte er sie. – Es sei eine große Sünde, dies zu tun, denn das bringe Sturm, wenn das Nordlicht unruhig sei.

Hier im Süden war das Nordlicht meist nur bleich und schwach –.

Olav schüttelte sich ein wenig in den stinkenden Kleidern – noch vier Tage waren es bis zum Badetag und zum Feiertag –.

Unwillkürlich trat er leise auf, als er über den Hofplatz ging: die dünne Eisdecke zerbrach klirrend, und es widerstrebte ihm, die leisen Geräusche zu übertönen, die wie aus der Tiefe der Nacht vom Ufer heraufdrangen.

In der Stube brannte auf dem Rand der Feuerstätte eine kleine Tranlampe.
Olav hatte den beiden Fremden das Lager im Nebenraum angewiesen, und auf Ingunns Bett sitzend kleidete er sich nun aus – langsam, mit langen Pausen zwischen jedem Kleidungsstück. Er richtete sich auf, wollte den Docht der Lampe abzwicken –.
Da flüsterte es drüben aus dem nördlichen Bett: »Vater!«
Nach einem Augenblick antwortete Olav gedämpft: »Bist du wach, Eirik –«
»Ja. – Wann werden wir segeln, Vater?«
Olav schwieg. Eirik aber war ganz daran gewöhnt, daß der Vater nicht zu hören schien – oder daß die Antwort kam wie die Zwergenstimme, wenn man zur Stierwand hinübergerufen hatte – nicht sofort, und gleichsam aus einer gewissen Ferne.
»Vater – nehmt mich mit! Vollen Nutzen sollt ihr von mir haben« – Eirik flüsterte laut und eifrig – »ich will euch so nützlich sein wie ein erwachsener Bursche. Volle Männerarbeit kann ich verrichten und mehr als das –!«
»Das kannst du gewiß.«
Eirik konnte hören, daß der Vater lächelte, aber immerhin klang seine Stimme weder zornig noch abweisend.
»Darf ich mit dir kommen, Vater – nach England diesen Sommer?«
»Es hat doch niemand gesagt, daß ich fahre«, erwiderte Olav bedächtig.
Er blies die kleine Flamme aus, knipste das glühende Dochtende ab und ließ es in den Tran fallen. Dann stieg er ins Bett. Irgend etwas fiel herunter, berührte im Dunkeln seinen Hals. Es war weich, kühl, erinnerte an lebende junge Haut, zwischen der groben rauhen Wolle und den Fellen des Lagers. Es war Eiriks Kranz. Olav nahm ihn und hängte ihn wieder an seinen Platz. Er hatte ihn an ihren Körper erinnert – an die Schulter, so zart und weich und kühl, wenn die Decke herabgeglitten war, während sie schlief, und er die Hülle wieder heraufzog und sie damit bedeckte.
Sicherlich würde er reisen – der Vorsatz war in seinem Innersten gefaßt, und er würde es nicht dulden, daß ihm jetzt etwas in den Weg

trat und ihn hinderte. Nur des Scheines halber tat er noch so, als wüßte er nicht, ob er zugreifen würde – er konnte sich doch nicht nachsagen lassen, daß er sich von zwei wildfremden Männern so leicht überreden ließ – ja, deren Angebot mit beiden Händen ergriff.

Nein, er würde nicht den ganzen Sommer hier auf Hestviken bleiben, jetzt, nachdem er eine Gelegenheit fortzukommen erspäht hatte. Was tat's, wenn auch das alte kleine Schiff, das der Großvater der Rikardssöhne besaß, ein jämmerliches Fahrzeug war – und er selber so wenig als Seemann taugte, daß sie leicht viele Bessere hätten finden können. In England war er ein einziges Mal gewesen, vor etwa fünfzehn Jahren, mit dem Jarl – er kannte also nicht viel vom Land; ein Mann aus dem Gefolge eines Großen kann auf eigene Faust nicht so weit herumkommen. Aber wenn die Rikardssöhne ihn nicht darüber befragten, so –. Nichts wußte er von diesen beiden, aber daß sie unerfahren und nicht übermäßig klug waren, hatte er doch gemerkt. Und nach und nach war er gezwungen worden, einzusehen, daß aus ihm selber nie ein tüchtiger Kaufmann werden würde. Er ärgerte sich, wenn er betrogen worden war. Aber er hatte sich angewöhnt, zu schweigen und sich nichts anmerken zu lassen; es nützte ihm nichts, sich mit Leuten streiten zu wollen, die in solchen Dingen klüger waren als er.

Er hatte nicht einmal daran gedacht, die Handelsgemeinschaft mit Claus Wiephart aufzulösen – er konnte ja an Männer geraten, die ihn ärger übers Ohr hauten.

Diese Rikardssöhne sahen so aus, als ließen auch sie sich leicht betrügen. Da stand er sich wohl noch schlechter, wenn er sich mit ihnen zusammentat. Trotzdem –.

Er entbehrte sie, die nun nicht mehr da war, so daß er nicht wußte, wie es werden würde, all die kommenden Jahre hier ohne sie zu leben. Er ging umher und war wie benommen vor lauter Staunen –.

– Er erinnerte sich, wie er in den letzten Jahren oft gedacht hatte: es wäre eine Sünde, zu wünschen, daß sie so daliegen und umsonst gequält werden sollte. Nun aber, da sie weg war – ja, er entsann sich jenes Bruchstückes einer Saga, die Bruder Vegard ihnen einmal erzählt hatte, als sie noch Kinder waren, von König Harald Luva, der drei Jahre trauernd neben der Leiche seiner Lappenfrau saß. Er sei verzaubert gewesen, hatte der Mönch gesagt. Vielleicht – ach ja, aber vielleicht war es nicht nur Torheit gewesen.

So weit er sich zurückerinnern konnte, war er gewohnt gewesen, ebensoviel an sie wie an sich selber zu denken, bei allem, was er auch tat oder dachte. – Wenn zwei Bäume aus derselben Wurzel kommen, so werden ihre Kronen wie eine einzige. Und fällt dann der eine Stamm, so scheint der andere, der allein zurückbleibt, verwachsen auszusehen. So fühlte sich Olav, entblößt und schief gewachsen, nun, da sie fort war.

Er wußte wohl, es waren freudlose Jahre gewesen, die meisten, aber die Erinnerung an das Glück, das sie miteinander erlebt hatten, war deutlicher und stärker. Es war so wie mit den Linden an den Hängen hier rings um die Bucht: man sah nicht viel von ihnen, aber im Sommer, wenn sie blühten, war die ganze Roßbucht wie gesättigt von ihrem Duft, so daß man die Süßigkeit förmlich wie Honigtau an der Haut kleben fühlte. In all den Jahren, die er fern von hier zugebracht hatte, als Knabe und als Mann, als Pflegekind bei Fremden und in der Verbannung draußen im Ausland, war dieser Duft der Lindenblüten das einzige gewesen, was ihn daran erinnert hatte, daß er ein Stück Land besaß, das ihm gehörte – alles andere hatte er vergessen.

Selbst in den schwierigsten Zeiten, die sie miteinander erlebt hatten, hatte sie doch ihm gehört – war die gleiche wie jene kleine Ingunn, die so süß und hold gewesen war, als sie jung war, schmächtig und weich zu umarmen, und aus deren goldbraunem Haar der Heuduft aufstieg, wenn er es in der Dunkelheit über sich breitete. Er hatte sie oft so sanft und so gut geliebt, wie einer sein liebstes, getreues, unschuldiges Tier liebt – eine schöne fromme Färse oder einen Hund. Und zu anderen Malen hatte er sie so geliebt, daß sein Leib bebte und er sich im Schmerz krümmte, wenn er sich jetzt dessen erinnerte und daran dachte, daß es zu Ende war, schon Jahr und Tag vor ihrem Tod zu Ende gewesen war. Und trotzdem war sie die einzige Frau, bei der er gerne daran denken mochte, daß er sie besessen hatte. Er konnte nicht an die anderen denken, ohne zu fühlen, wie bei der Erinnerung der Widerwille ihn graukalt überlief.

Jetzt hatte er Ingunn verloren, und wenn er an die letzte Nacht vor ihrem Tode dachte, wußte er, es war seine eigene Schuld, daß er sie ganz verloren hatte. Er verstand es selbst, das, was ihm widerfahren war. Als er zutiefst in ratlose Not und Trauer versunken war, weil er seinen einzigen wirklich getreuen Genossen im Leben verlieren sollte, hatte sich Gott sein Erlöser ihm selber mit ausgestreckten helfenden Händen in den Weg gestellt. Und hätte er nur den Mut gehabt, diese offenen durchbohrten Hände zu ergreifen, so wären er und sein Weib jetzt nicht getrennt. Hätte er nur den Mut gehabt, bei dem Vorsatz auszuharren, den er bei jener Begegnung faßte – ja, was

auch sein Los auf dieser Erde geworden wäre, die Wallfahrt oder das Schwert des Büttels – auf eine geheimnisvolle Weise würde er nun mit der Toten vereint sein, inniger und näher, als der Freund mit dem Freund vereint sein kann, solange beide auf Erden leben.
Aber noch einmal hatte er den Mut verloren. Er hatte dagestanden und zugesehen, als Gott kam und Ingunn nahm, sie allein forttrug.
Und er blieb zurück, wie ein Mann an einem Strand zurückbleibt, wenn sein Schiff von ihm fortgesegelt ist.
Und nach all dem hier auf Hestviken weiterleben – dies bedeutete nur ein Warten auf die Tage und Nächte, die in endlosem Zug einherwogten, grau und gleichförmig einander folgten –.
Nein, er würde das Angebot der Rikardssöhne kaum zurückweisen.
Aus der Dunkelheit kam die hellwache Stimme des Knaben: »Die Dänen, Vater – sie liegen draußen im Englandmeer und nehmen uns unsere Schiffe, habe ich gehört –«
»Das Englandmeer ist weit, Eirik, und unser Boot ist klein. – Es wird doch wohl am besten sein, wenn du dieses Jahr daheim bleibst.«
»So meinte ich es nicht –« Olav hörte, daß der Knabe sich im Bett aufsetzte. »Ich meinte – ich hätte solche Lust, mein Mannestum zu erproben«, flüsterte er schüchtern und bittend.
»Leg dich jetzt hin und schlafe, Eirik«, sagte Olav.
»Ich bin doch kein kleiner Junge mehr –«
»Dann solltest du Verstand genug haben, anderen Leuten ihre Nachtruhe zu gönnen. Schweig jetzt.«
Die Stimme des Vaters klang müde, nur müde, doch nicht zornig, dachte Eirik. Er rollte sich zusammen und blieb still liegen. Aber schlafen konnte er unmöglich.
Er durfte mitkommen, das glaubte er gewiß – so gewiß, daß er seiner Sache ganz sicher war, als er eine Weile dagelegen und sich die Fahrt ausgemalt hatte. Er wußte bestimmt, daß sie dänischen Schiffen begegnen würden. Sie haben einen viel höheren Bord, als die norwegischen zu haben pflegen, so daß es zuerst ganz gefährlich aussehen mochte. Dann aber ruft er, daß alle Mann nach Lee hinüberlaufen und ihre Schilde über die Köpfe halten sollen, und wenn dann alle Feinde auf ihr Boot herabgesprungen sind, dringen seine Leute auf sie ein. Der Vater geht dem Anführer der anderen selber entgegen – der sieht aus wie jener Freund des Vaters, den sie im vergangenen Jahr in Tunsberg trafen: dick und breit, mit rotem Haar und einem vollen und breiten roten Gesicht, kleinen blauen Augen und einem großen Mund voll langer gelber Pferdezähne. – Da wirft Eirik dem

Fremden seinen Schild vor die Füße, so daß er auf den nassen Schiffsplanken stolpert und sein Hieb den Vater nicht erreicht – doch, trotzdem, der Vater aber achtet nicht darauf, daß er verwundet wird – der Däne stolpert, und sein Halsschutz gleitet so weit zurück, daß der Nacken für einen Augenblick entblößt wird; in diesem Augenblick führt Eirik das kurze Schwert, als wäre es ein Dolch –. Jetzt wollen die Dänen sich an Bord ihres Schiffes retten. Die Schiffsseiten krachen und geben nach, dort, wo sie im Seegang aneinanderstoßen, und während die Männer sich zappelnd mit Bootshaken und Äxten an der hohen ausladenden Seite des dänischen Schiffes festkrallen, hausen die Norweger unter ihnen mit Speer und Schwert. – Mich dünkt es nicht mehr als recht und billig, sagt der Vater, daß Eirik, mein Sohn, die Waffen des Anführers erhält – aber wenn ihr es anders haben wollt, erbiete ich mich, euren Anteil aus dieser Beute abzulösen –. Doch alle Männer stimmen zu: nein, Eirik ist es, der ganz allein diesen Riesen niedergestreckt hat, und sie haben das Schiff dank seiner raschen Tat gerettet –.

Bist du der junge norwegische Bursche Eirik Olavssohn von Hestviken –? Denn ganz London hat von dieser Tat erfahren. Und eines Tages, als der Burggraf ausreitet, begegnet er ihm. Der Weiße Turm heißt die Burg von London; sie ist aus weißem Marmorstein erbaut. Und eines Tages ist er hinaufgegangen, um sich dort umzusehen – diese Burg ist noch größer und stattlicher als Tunsberghaus, und der Berg, auf dem sie liegt, ist viel höher –, da kommt der Graf mit all seinen Leuten den Hang heruntergeritten, und einige flüstern ihrem Herrn etwas zu und deuten auf den norwegischen Knaben –.

Nein – in London bleiben, wenn der Vater heimreist, das will er nicht, trotz allem. Nicht einmal im Spiel mag Eirik daran denken, daß der Vater von ihm fort nach Hestviken reisen könnte und das Leben auf dem Hof dort seinen gewohnten Gang ginge, er aber nicht mehr dabei wäre. In seinem Herzen hegt Eirik eine ewige Angst; wenn es ihm auch in letzter Zeit gelungen ist, sie einzuschläfern, so schlägt er doch einen Bogen um sie, voller Furcht, sie zu wecken. – Wenn er eines Tages erfahren müßte, daß er nicht der rechte Erbe von Hestviken sei! Selbst während er hier liegt und sich sein eigenes Märchen aus Bruchstücken von Sagen zusammenträgt, die er einmal gehört hat – Berichte der Knechte aus den Dänemarkzügen, Märchen, die Aasmund Ruga erzählt hat –, denkt der Knabe stets an seine heimliche Angst: ob er, vom Vater verstoßen, Hestviken verlieren würde. Da will er dann lieber etwas anderes spielen – Feinde, die hier in der

Bucht an Land gehen, der Vater ist nicht daheim, er selber muß das Gesinde zur Gegenwehr aufhetzen, die Leute oben aus der Gemeinde warnen –.
Jedenfalls aber soll sein Vater nun bald erkennen müssen, welcher Kern in diesem seinem Sohn steckt. Er soll sich wundern, der Vater –. Da wird er dann wohl aufwachen und nicht mehr wie im Schlaf umhergehen und Eirik nicht sehen, wenn sie beisammen sind. –

Aber am Morgen darauf befahl Olav Eirik, das Sommerholz heimzufahren, und der Vater sagte, er müsse am gleichen Tag damit fertig werden. Noch lag der Schnee auf den Äckern hier auf der Südseite der Wiek, doch schon tags darauf konnte fast alles weggeschmolzen sein.
Früh am Morgen war die Fahrbahn gut. Anki belud den einen Schlitten, während Eirik den anderen heimfuhr. Aber im Lauf des Tages wurde es sehr warm, und schon kurz nach Mittag fuhr Eirik lange Strecken weit über aufgeweichte Erde.
Eirik schaufelte Schnee auf die Bahn, der jedoch sofort wässerig wurde. Olav war oben am Hang und breitete Mist aus; er rief dem Knaben hinunter, daß er unterhalb des Waldes herumfahren solle. Der Weg dort war aber viel weiter und führte außerdem um alle Äcker herum – und Eirik tat so, als höre er nicht.
Als Olav wieder hinunterschaute, war die Holzlast unter dem letzten Hang vor dem Hof festgefahren. Eirik warf Holz ab, so daß es in den Felsen widerhallte – dann lief er vor, zerrte an der Trense und schrie, der Gaul aber stand fest: »Willst du wohl ziehen – du Teufelsbalg –«, und Eirik rannte wieder zurück, riß an den Zügeln. Dann warf er noch mehr Holz ab.
Der Schlitten stak in einer Lehmgrube fest, unterhalb der Felsen bei der alten Scheune, dort, wo der Weg vom Kverntal zum Hofplatz hinaufführte. Die Sonne war nicht bis hierher vorgedrungen, so daß der Fels vereist war, doch das Wasser rieselte und rann darüber hinweg. Eirik packte hinten an, versuchte den Schlitten in Fahrt zu bringen. Aber der Gaul rührte sich nicht. Der Knabe stemmte sich aus Leibeskräften dagegen, bis er ganz schräg am Hang lehnte – dann verlor er den Halt auf dem lehmigen Boden, fiel auf Knie und Hände, und ein paar Holzscheite rasselten vom Schlitten herab und ihm auf den Rücken – und nun war der Vater heruntergekommen, stand drüben am Ackerrand. Zorn und Furcht übermannten Eirik so, daß ihm ein Schluchzen die Kehle abschnürte; er stürzte nach vorn, riß

an den Zügeln, hieb mit der Zügelschleife auf das Pferd ein: das Tier zuckte zusammen,warf den Kopf zurück, blieb jedoch still stehen –. »Wirst du wohl anziehen, du Drecksgaul!« Ganz von Sinnen, weil der Vater nur immer dastand und zusah, schlug Eirik mit geballten Fäusten auf das Pferd ein, auf die Backe, über das Maul –. Olav sprang vom Ackerrain herunter, lief herbei, drohend –.
Da stemmte das Pferd die Vorderbeine gegen das Eis, verspreizte sich, und es sah beinahe aus, als wollte es in die Knie brechen. Dann aber fand es einen Halt, legte sich in die Sielen – der Schlitten kam in Bewegung, die Last war ja jetzt ganz leicht geworden – rasch ging es den Hang hinauf. Da drehte Eirik sich um, schrie zum Vater zurück, mit Tränen in der Stimme: »Hättest du nicht mit anstemmen können, du – warum bist du bloß dagestanden und hast geschaut!«
Langsam wurde Olavs Stirne rot. Er sagte nichts. Jetzt, da der Junge es aussprach, begriff er es selber nicht – aber er hatte wirklich gestanden und hatte geschaut und war nicht auf den Gedanken gekommen, Eirik behilflich zu sein. Es durchrann ihn ein seltsam unheimliches Gefühl – dies war ja nicht das erstemal. In der letzten Zeit war es ihm öfters widerfahren, daß er gleichsam aufwachte und sich so dastehend fand – dann hatte er nur vor sich hingestarrt und nicht daran gedacht, sich zu rühren oder das Nächstliegende zu tun.
Oben am Hang hörte er, wie Eirik dem Pferd gut zuredete und es streichelte. Olav hatte dies schon früher beobachtet – so war dieser Junge gegen Menschen und Tiere: zuerst geriet er vor Jähzorn völlig aus der Fassung, und dann war er bettelnd sanft. Mit einem Seufzer des Unwillens wandte Olav sich ab und ging wieder über den Acker hinauf.

Die Rikardssöhne kehrten nach Oslo zurück, und Eirik begriff, daß der Vater mit ihnen eine Verabredung getroffen hatte. Aber jetzt wagte er nicht zu fragen, ob er mitkommen dürfe. Das Beängstigende war, daß nicht einmal seine letzte Missetat den Vater aus seinem unheildrohenden Schweigen hatte reißen können. Als Olav bei dem Holzschlitten auftauchte, war Eirik ganz sicher gewesen, daß er nun Prügel bekommen würde – er hatte sich bereits unter den harten Händen des Vaters zusammengeduckt. Hinterher aber empfand er es wie eine furchtbare Enttäuschung, daß nichts geschehen war. Schläge, Scheltworte, die ärgsten Drohungen hätte er hingenommen – und zurückgegeben, in Gedanken jedenfalls – und als eine Erleichterung empfunden, wenn nur diese schlimme Ungewißheit über die Gesinnung des Vaters zu Ende gewesen wäre.

Es konnte geschehen, daß Olav am Abend dasaß und Eirik unentwegt anstarrte – und der Knabe wußte nicht, ob der Vater ihn ansah oder durch ihn hindurch die Wand betrachtete, so fern und seltsam waren seine Augen. Eirik wurde rot und unsicher unter diesem Blick, den er sich nicht deuten konnte. Bisweilen wurde Olav seine Unruhe gewahr: »Was ist mit dir, Eirik?« Es klang ein Schatten von Verdacht in der Stimme. Eirik blieb die Antwort schuldig. Manchmal aber besann er sich auf sich selber; dann griff er eilig zu und erzählte, was sich im Laufe des Tages ereignet hatte, am liebsten davon, wieviel Arbeit er geleistet hatte, oder von merkwürdigen Geschehnissen – wenn er mit dem Vater darüber sprechen durfte, wurde alles viel größer, als es ihm anfangs vorgekommen war. Meist merkte dann Eirik lange, ehe er ausgesprochen hatte, daß der Vater nicht mehr zuhörte – er war wiederum in seine eigenen Gedanken zurückgeglitten. Am schlimmsten aber war es, wenn der Vater zum Schluß den Mund zu einem leisen Lächeln verzog, still und kühl sagte: »Große Dinge geschehen stets, wo du unterwegs bist.« Oder: »Ja, du bist ein Kerl, Eirik – man braucht nur dich selber zu fragen, dann bekommt man es schon zu hören.«
Zwar bemühte sich Eirik, wenn er mit seinem Vater sprach, sich an alles so zu erinnern, wie es geschehen war, und nichts weiter zu sagen –. Hatte er sich aber warm geredet, so fiel es ihm schwer, innezuhalten – ehe es ihm selbst zum Bewußtsein kam, schilderte er dann eine Sache so, wie sie sich hätte zutragen können, oder so, wie ihn dünkte, daß sie sich hätte zutragen müssen. Schuld daran war auch das Gesinde, das ihn dazu veranlaßte, alles auf eine Weise zu erzählen, die sich am lustigsten anhörte. Die Leute wußten ebensogut wie Eirik, daß er seine Geschichten ein wenig mit Spitzen und Kanten verbrämte, aber sie waren mit ihm darin einig, daß es so sein sollte, und keiner ließ sich anmerken, daß sie wußten, wie gerne Eirik etwas mehr als die Wahrheit sagte –.
Nur der Vater war so starr und schwerfällig und verlangte stets, alles ganz nackt und genau zu erfahren.
Eines Tages aber sollte der Vater gezwungen sein, allen Ernstes zu sagen, daß Eirik ein Bursche war, der etwas taugte. Das stand unverrückbar für ihn fest.
Im übrigen machte Eirik sich jetzt für sein Alter recht nützlich, so-

wohl oben auf dem Hof als auch im Boot auf dem Meer draußen. Er besaß nicht viel Kraft, schmächtig gebaut und schlank, wie er war, aber er war zäh und ausdauernd, sobald er nicht seine Zeit verspielte und das zu tun vergaß, was ihm aufgetragen war. Die Knechte aber hatten Eirik trotzdem gern bei der Arbeit – er war liebenswürdig und munter, nur wenn jemand ihn reizte, wurde er jähzornig. Er besaß auch eine klare, schöne Singstimme, die sich gut zu aller Art von Rufen und Aufgesängen eignete.

In diesem Frühling sprachen sowohl Tore als auch Arnketil mehrere Male mit Olav über ihn, lobten seinen Fleiß und seine Geschicklichkeit. Olav nickte, schien jedoch den gespannten Ausdruck des Knaben nicht zu sehen. Und so sehr Eirik sich auch bemühte, seinem Vater zu Gefallen zu sein und ihm zu dienen – ja, ein paarmal besann sich Olav doch darauf, dem Sohn zu danken. Zu anderen Malen aber schien er es überhaupt nicht zu merken, wenn Eirik ihm nach besten Kräften behilflich war; er nahm alles entgegen, ohne den Knaben zu sehen oder ihm auch nur einmal zuzunicken.

Da kochte in Eirik der Zorn auf. Er ging umher und dachte sich allerlei aus, was er tun würde, nur um den Vater zu reizen – *dann* würde sich jener doch wohl darauf besinnen, ihn wenigstens zu *züchtigen*. Wenn es aber darauf ankam, so wagte er sich nicht hervor – da würde er wohl *überhaupt* nicht mit nach England kommen dürfen.

In der Woche nach dem Weißen Sonntag segelte Olav Audunssohn nach Oslo, und zehn Tage darauf lag das kleine Schiff der Rikardssöhne am Bollwerk von Hestviken. Die Ladung, die Olav mitnehmen wollte, war bald verstaut, obwohl er noch einige Kleinigkeiten von Baard Paalssohn auf Skikkjustad mitgenommen hatte: Felle und Osmundeisen*). Außer diesen Waren hatte Olav in dieser ungünstigen Jahreszeit nichts in der Gemeinde auftreiben können. Schon am nächsten Tag schleppten Olavs Boote das Schiff zur Bucht hinaus; draußen auf dem Fjord setzten sie die Segel. Es war ein blanker, stiller Vorsommermorgen.

Eirik war an Bord gewesen, hatte mitgeholfen die Waren zu verstauen, und hatte mit den Männern geplaudert. Nicht einen Span von Brettern oder Planken, keinen Block und kein Tauende gab es, das er nicht beschnuppert oder mit den Händen berührt hatte.

*) Osmundeisen: Aus Sumpferz gewonnenes Eisen.

Gegen Abend saß der Knabe oben auf dem Aussichtsberg und starrte dem kleinen Fahrzeug nach, das jetzt weit im Süden dem Blick zu entschwinden begann.
Er ging zum Bollwerk hinunter, machte sein eigenes Boot los und ruderte hinüber zur Stierwand.
Auf halber Höhe war eine kleine grüne Wiese, und mitten auf der Wiese lagen mehrere große Felsblöcke. Auf dem größten wuchsen drei Fichten; Eirik nannte ihn den König. Er konnte zwischen diese Steine hineinkriechen; unter dem König befand sich eine Art kleiner Höhle, und hier besaß er ein Versteck.
Auf dieser Seite des Stieres gab es nur eine Stelle, an der man mit dem Boot anlegen und durch einen Spalt im Gestein emporgelangen konnte. Sonst mußte man zur Nordseite herumrudern oder bis ans Ende der Bucht. Und an der Wasserseite endete die Wiese am Rande eines jähen Absturzes. Eirik hatte sich oft ausgedacht, wenn ein Mann oben auf der Wiese von seinen Feinden umringt würde, so könnte er hier hinunterspringen, weite Strecken unter Wasser schwimmen und sich retten, noch ehe die anderen den Weg zum Boot hinunter gefunden hätten –.
Heute abend aber war ihm so schwer und unfroh zumute, daß er keine Lust fühlte, an solche Dinge zu denken. Er kroch in seine Höhle, holte seine Schätze hervor, empfand jedoch nicht die alte Spannung und Besitzerwollust, als er mit ihnen im Schoß dasaß. Er hatte sie in diesem Jahr erst ein einziges Mal hervorgeholt – und damals hatte er sein Versteck mit dem gleichen tiefen Wonnegefühl durchforscht wie in allen früheren Jahren.
Da waren zwei gedrechselte Holzdosen. Die kleine verwendete er im Sommer dazu, Harz darin zu sammeln, jetzt aber befanden sich nur die zerbrochenen Schalen einiger kleiner Vogeleier darin, die er aufbewahrt hatte, weil sie röter waren, als Eier sonst zu sein pflegen. In der anderen Dose lagen die Gräten eines seltsamen Fisches. Der war einmal vor mehreren Jahren mit anderen Fischen im Netz gewesen; aber weder der Vater noch die Bootsleute hatten je einen ähnlichen gesehen, und so befahl Olav, daß er wieder ins Meer geworfen werden sollte – er sähe fast so aus, als könnte er giftig sein. Eirik aber hatte gesehen, wie der Fisch zwischen die Balken des alten Bollwerkes fiel, und als die Erwachsenen zum Hof hinaufgegangen waren, ruderte er hinaus und holte ihn. Man konnte doch nicht wissen, ob es gefährlich war, seine Gräten zu besitzen, oder ob vielleicht irgendeine Wunderkraft in ihnen verborgen lag; darum hatte

er sie stets für sehr wertvoll angesehen. Bis zu diesem Augenblick – jetzt schienen sie ihm selbst nur Plunder.

Er besaß auch einen Lederbeutel voll glatter und zackiger Flintstükke. Unter einem Felsblock kurz oberhalb des Wasserfalles im Kverntal fand sich eine Menge solcher Steine im Flußsand, er aber hob nur die schönsten auf, die Pfeilspitzen ähnlich sahen. Der Vater sagte, es seien wirkliche Steinpfeile. Die Lappen hätten sich ähnlicher Waffen bedient, in heidnischen Zeiten, lange ehe die Norweger kamen und Norwegen besiedelten. Aber Eirik dachte, es könne doch eine seltsame Bewandtnis mit diesen Steinen haben – vielleicht waren es Donnersteine. Auch einen Angelhaken aus Knochen hatte er dort oben einmal gefunden – ein feines Gerät mit Widerhaken und einer Öse für die Schnur. Er hatte sich ausgedacht, daß er ihn einmal benutzen wollte, wenn die Fische nicht anbissen, dann würden die anderen kommen und sich über ihn wundern, der als einziger ganze Berge von Fischen herauszog –. Jetzt aber hatte er diese Angel verloren.

Das Kostbarste, was er besaß, war aber dennoch das Pferd. Es bestand aus einer Holzwurzel, die nur ganz wenig zurechtgeschnitzt worden war, nicht viel größer als seine Hand. Eirik wußte nicht, woher es stammte – er glaubte es schon von dort mitgebracht zu haben, wo er aufgezogen worden war, als Kind, und er meinte, es sei unter einem Stein hervorgekommen, in dem das Elfenvolk wohnte – sei eine Gabe jener Wesen. Sein Kinderspielzeug hatte er längst verschenkt, denn er begriff, daß er zu groß war, um mit solchen Dingen spielen zu können, ohne sich schämen zu müssen. Das Pferd aber war gleichsam mehr als ein Spielzeug; darum versteckte er es hier oben unter dem Königsstein.

Eirik kniete auf der Erde und betrachtete das Pferd. Es war dunkel und abgenutzt; das eine Hinterbein war so kurz, daß das Tier nur auf drei Beinen stand, und es hatte nur auf der einen Seite des Kopfes ein Auge: dieses stand heraus, war ein Ast, den man zurechtgeschnitzt hatte. Es sah doch ganz verhext aus –.

Eirik ging hin und stellte es auf den flachen weißen Stein. Mit geschlossenen Augen und dabei rückwärtsgehend schritt er dreimal gegen den Lauf der Sonne um den Stein, während er leise beschwor:

Sonne sinkt ins Meer, Holz fault am Ebbestrand,
Hinauf und hinab, so ziehen wir, Falbe mein schöner –.

Aber als er fertig war, mochte er doch das Kreuzeszeichen nicht verkehrt machen – das war sündhaft, und dumm obendrein. Wie eine schlimme Ahnung überkam es ihn, daß das ganze Spiel schon immer dumm gewesen war. Er hatte gewiß nie wirklich erwartet, daß das Spielzeug sich in einen Kupferhengst mit Silberzaumzeug verwandeln würde. Aber er hatte gewissermaßen geglaubt, daß doch einmal etwas Wunderbares geschehen müßte, wenn er den schaurigen Zaubergesang gesungen hätte –.

Jörund Rypa würde es für ein dummes Spiel ansehen. Eirik hatte stets Angst, Jörund könnte ihn einmal dabei ertappen, wenn er sich hier mit seinen Sachen beschäftigte. Zwar war dies wenig wahrscheinlich – Jörund besaß Verwandte, die weit oben in der Kirchengemeinde wohnten, und dorthin kam er manchmal zu Besuch, daß er aber hier auf der äußersten Spitze der Hestvik-Klippen auftauchen sollte, war gänzlich unwahrscheinlich. Trotzdem fürchtete Eirik stets, Jörund könnte ihn hier entdecken. Er hatte das Gefühl, daß Jörund nichts verstehen würde, sondern nur glauben, er triebe Dummheiten wie ein kleines Kind – und Jörund traute er zu, daß er dies weitererzählen, ihn zum Gespött und Gelächter machen würde. Trotzdem war Jörund Rypa der einzige, den Eirik sich zum Freunde wünschte, der einzige von allen gleichaltrigen Knaben, mit denen Eirik zusammengekommen war. – Jörund aber war schon seit mehr als einem Jahr nicht mehr in dieser Gegend gewesen – er hatte seine Heimat im Osten, drüben am Eyjasee.

Eirik hatte die Hände um die hochgezogenen Knie geschlungen und stützte das Kinn darauf. So saß er da und starrte zum Hof hinüber.

Der lag jetzt von der Abendsonne überflutet da, und die Wiek darunter war an diesem Abend so spiegelnd still, daß man nicht erkennen konnte, wo das Land aufhörte und die Spiegelung in dem dunklen Schatten unter dem Strand anfing; beim Bollwerk aber mit den Schiffshütten stand ein anderes Bollwerk im Wasser auf dem Kopf, und weiter draußen in der Bucht sah er das Bild der von den Sonnenstrahlen vergoldeten Felsen oben auf dem Hügel und die Wasendächer des Hofes, von der Sonne bereits ein wenig versengt, und die Wiesen und all die schönen grünen Äcker, auf denen das Getreide jetzt gleichmäßig und zart hervorsproß – aber mitten über dieses Hestviken im Wasser drunten zog der aufgerauhte glänzende Streifen einer Strömung hinweg.

Das ständige Glockengeläute aus dem Wald unterhalb der Roßwand kam näher. Jetzt rief Ragna lockend drüben auf dem Hang: die Herde tauchte beim Zaun oben am Waldrand auf. Ein Zug hellroter und scheckiger Kühe wanderte längs des Oberen Ackers dahin.

Wiederum überflog das Gemüt des Knaben ein leises Unlustgefühl. Kurz ehe der Vater nach Oslo zog, hatte er ihn mit einem Auftrag nach Saltviken gesandt. Auf dem Weg dorthin war er der Herde begegnet, und da hatte er Moos genommen und die Kuhglocke damit verstopft – ohne jeden Grund, es war ihm nur so eingefallen, daß er dies tun könnte. Jon aber, der Hirte, war bei seiner Heimkunft abends zu Olav gegangen und hatte Eirik verklagt. Und abermals geschah das Beängstigende, daß sein Einfall den Vater weder zum Zorn noch zum Lachen reizte; er murmelte nur etwas von Kinderstreichen und sah gleichgültig drein.

Dort ging Liv den Weg vom Bollwerk herauf – sie war also wieder in der Hütte gewesen, wahrscheinlich mit Anki. Eirik wurde unruhig. Ihm wurde heiß, und es kribbelte in seinem ganzen Körper, er fühlte sich beschämt und schuldig –. Obgleich *er* ja nichts Schlimmes getan hatte – er konnte doch nichts dafür, daß sie solche Dinge zu ihm sagte, und er wurde nur böse und schämte sich, wenn sie ihn im Dunkeln anfassen und an sich drücken wollte. Wozu tat sie so etwas; er war doch noch nicht erwachsen – und sie hatte doch Männer genug, die Drecksau.

Aber er konnte den Gedanken daran nicht loswerden, denn er hatte begriffen, daß sie auch seinem Vater nachlief. Und da brach es wieder in ihm hervor, all das Böse von damals, als ihm die Sache mit dem Vater und Torhild Björnstochter klar wurde – die Angst und die Verzweiflung, weil er nicht wußte, ob ihm sein gutes Recht auf den Vater und auf Hestviken sicher war –, und eine verpestete Quelle böser, schmutziger Gedanken und Bilder, und ein Haß bis zum Tode, so daß seine Wangen weiß und kalt wurden, wenn er daran dachte, wie er haßte!

Die tagelangen Anfälle des Vaters, in denen er nicht ein Wort sagte, der müde Zug um seinen Mund, um die Augen mit den dünnen Lidern – ja selbst die Art, wie er sich reckte, wenn er nach der Rast aufstand, um wieder an die Arbeit zu gehen: es war, als hole er mühsam seine Gedanken aus weiter Ferne zusammen – all dies erfüllte das Gemüt des Kindes mit Unsicherheit. Er ahnte, daß er neben einem Schmerz dahinlebte, einem Schmerz, vor dem ihm angst werden mußte, wenn er ihn je einmal nackt sehen würde. Und er haßte alles, und er tobte gegen alles in der Welt, was schuld daran war, daß er nie Frieden und gute Tage haben würde. Und der Knabe konnte auch sehen, daß der Vater noch ein schöner Mann war und noch nicht alt. Das Gesinde besprach es ganz offen, welche Jungfrauen und Witwen als ebenbürtige Heirat angesehen werden könnten, in der Gemeinde sowohl als auch in den Nachbargemeinden – so wenig Freude Olav auch in vielen Jahren an seinem Weibe gehabt hatte, würde er sich doch sehr bald wieder verheiraten.

– Wäre diese Liv nicht so widerlich und ekelhaft, so wäre es fast besser – mit ihr könnte sich doch der Vater nicht *verheiraten,* dachte Eirik. Viele Männer begnügten sich damit, sich eine Buhlerin auf dem Hof zu halten. Dann aber entsann er sich jener Zeit, da Torhild hier lebte. Nein, der Vater *durfte* nicht eine fremde Frau nach Hestviken bringen – er, Eirik, wollte nicht, daß jemand hier umhergehen und absperren und aufschließen durfte und das Essen austeilen, des Abends daliegen und mit dem Vater flüstern und wispern, ihn um das eine bitten und sich mit ihm in einer anderen Sache beraten, Cecilia und ihn beim Vater ins Unrecht setzen, während sie den Hof mit ihren eigenen Jungen anfüllte –.

Von hier aus sah man von den Häusern auf Hestviken nicht viel mehr als die Reihe der Wasendächer oben auf dem Hügel unter dem Felsen. Der Schatten kroch höher und höher am Berg hinauf, aber noch schien die Sonne auf die Dächer und auf die schwarze Felswand dahinter mit dem leuchtend grünen Laub in den Spalten. Oben am Rücken der Roßkuppe schimmerte es sogar noch von den Kiefern mit den erzroten Stämmen.

Plötzlich stürzten ihm die Tränen aus den Augen. Die Liebe zu dem Hof dort drüben schmerzte wie Heimweh, der Kummer über den Vater, der von ihm weggereist war, wurde übermächtig. Alle seine alten Freuden hatten ihren Sinn verloren.

Eirik gab sich ganz nach, warf sich zur Erde und weinte, daß die Tränen nur so rieselten.

Auf dem Felsrand über ihm bewegte sich etwas raschelnd – der Knabe schrak auf, glühend heiß vor Scham. Ein Schaf schob seinen schwarzen Kopf zwischen den Büschen hervor – dahinter leuchtete es weiß von anderen Schafen. Eirik fuhr auf, jagte sie fort. – Ein Glück, daß es keine Menschen waren. Oder Jörund –.

Langsam ging er wieder zurück. Da stand das Holzpferd, ein jämmerliches kleines Spielzeug. Er packte es, lief an den Abgrund vor und schleuderte es hinaus.

Inzwischen war es nun hier unter den Felsen so dunkel geworden, daß er nicht sah, wo das Pferd hinfiel – ob es auf den Klippen unten

oder im Wasser landete. Einen Augenblick stand er wie verdutzt da – nun hatte er es getan. Dann drehte er sich um und lief, stöhnend vor Reue. Er rannte, sprang, stürzte beinahe über den steilen Weg in die Schlucht hinunter, bis zu der Stelle, wo das Boot lag.
Eirik stieg hinein, löste den Knoten der Vertäuung. Ach, ich muß das Kupferpferd wiederfinden! So erregt war er, daß allein schon das leise Glucksen unter dem Boot ihn quälte. So lautlos wie möglich stakte und ruderte er an den Klippen entlang, während er gespannt lauschend in den Schatten hinüberspähte. *Dort* schwamm etwas Schwarzes in dem Schaum zwischen den Steinen – er holte es mit dem Ruder herein – nein, es war nur ein Stück Holz. Und dort – nein –. Vielleicht, wenn er morgen den ganzen Strand absuchen würde – der war so klein –.
Liebe, heilige Maria – hilf mir, daß ich mein Kupferpferd wiederfinde –. Ich werde meine drei Pfennige der Helga mit dem Zahn geben, wenn sie das nächstemal herkommt –. Ave Maria, gratia plena, Dominus tecum –.
– Da schwamm es! Auf der anderen Seite des Bootes, etwas weiter draußen. Es war doch beinahe ein Wunder, daß es nicht zwischen die Steine am Strand getrieben worden war, dort hätte er es nie wiedergefunden. Der Knabe atmete auf, tief und glückselig, als er das Holzpferd in seiner nassen Hand hielt. Hinaufzugehen und es in der Höhle zu verstecken, wagte er nicht, jetzt, da es so spät war. Er stopfte es in die Falten seines Kittels.
Dann ergriff er die Ruder, strebte zum anderen Ufer hinüber. Das mit dem Pferd war also gut ausgegangen –.

Einsam lag das Bollwerk da, als er an Land kam. Im Wald droben sang die Drossel – Eirik mußte stehenbleiben und lauschen. Dann fing er an zu laufen, den Weg zu den Häusern hinauf – er war ganz außer sich vor Freude. Und von Zeit zu Zeit mußte er innehalten, ganz plötzlich, um dem Vogelsang zu lauschen.
Oben auf dem Hof war es still. Als der Knabe die Klinke zur Stubentür anfaßte, durchfuhr es ihn jäh – nun sollte er den ganzen Sommer hindurch allein in diesem Haus schlafen. Er hatte schon ab und zu einmal eine Nacht allein hier geschlafen, wenn der Vater von daheim weggewesen war, und hatte sich nie gefürchtet – jetzt aber wurde ihm ein wenig angst.
Das Rauchloch war nicht verschlossen. Auf der leeren, reingefegten Feuerstätte stand das Essen für ihn bereit. Aber in dem bleichen Däm-

merlicht, das durch das Rauchloch hereinfiel, sah alles so unfreundlich aus. Eirik beeilte sich, die Tür zu dem schwarzen Rachen des Nebenraumes zu schließen. Auch die äußere Tür wollte er zuschließen, ehe er sich ans Essen machte. Als er aber in den Vorraum gekommen war, mußte er stehenbleiben – wie laut die Vögel diese Nacht sangen!

Draußen auf der Wiese bewegte sich ein dunkler Schatten. Eirik pfiff leise – der Hund kam herangeschossen, blieb jedoch in einiger Entfernung stehen, wedelte ein wenig mit dem Schwanz und wagte nicht, näherzukommen. Eirik lockte und lockte – komm doch, komm, König Ring – was hast du denn wieder angestellt? Der Hund war ein reines Ungeheuer: längst hatten Olav sowohl als auch das Gesinde ihm schon den Tod geschworen, es fand sich nur niemand, der entschlossen genug war, ihn umzubringen.

Endlich faßte König Ring Mut, lief zur Tür hinein, zog den Schwanz ein und rieb seinen Kopf an Eiriks Beinen. Eirik beeilte sich, die Tür zu schließen, und als er sich im Dunkeln hinhocken wollte, warf der Hund ihn beinahe um, während er schmeichlerisch winselte und ihm mit seiner heißen Zunge das Gesicht leckte.

Auf der Herdstätte sitzend, verzehrte Eirik seine kalte Grütze und die saure Milch und teilte das luftgetrocknete Fleisch mit dem Hund. Jetzt fand er es wunderbar, daß er den Sommer über allein hier in der Wohnstube herrschen sollte.

Das Kupferpferd versteckte er unter dem Kopfpolster im Bett. König Ring sprang hinauf und legte sich über Eiriks Füße.

– Und wenn dann eine Hexe hereinkommt und im Dunkeln nach diesem Christen tastet, dann pfeift er seinem weißen Bären –. Nein, er hatte keine Angst.

Eirik zog die Beine noch höher herauf, dachte sich die ganze Geschichte noch einmal von Anfang an aus. Irgendwo lebt ein Mann – und dieser Mann ist gleichsam er selber – ist den ganzen Tag durch öde Wälder gewandert; spät am Abend gelangt er an ein Haus. Es ist leer, aber er findet Essen und ein bereitetes Bett vor und legt sich zur Ruhe. Im Lauf der Nacht hört er einen großen Lärm, und herein kommt eine Riesin – sie ist so groß, daß sie bis zum Firstkreuz reicht, und ebenso breit wie hoch. Und sie schnuppert und wittert den Geruch von Christenblut, sucht und tastet umher, denn sie will den Mann nehmen und über der Glut rösten. Da aber pfeift er seinem Hund –.

Der Schlaf drang auf Eirik ein, die Gedanken verwirrten sich. Er fing wieder von vorne an – den ganzen Tag durch öde Wälder, er und der weiße Bär – und dann kam eine Hexe herein – zuerst gelangten sie an eine große Scheune mitten im dichten Wald – er sieht ganz deutlich die kleine Wiese und das öde Haus –. Dann überwältigte ihn der Schlaf und verlöschte alle Bilder.

2 Windstille und Gegenwind verzögerten die Fahrt der Schute »Renntier« nach Süden, an der Küste entlang, und erst am zwölften Tag nach der Abreise von Hestviken konnten die Männer den Schiffsbug aufs offene Meer hinaus richten. Aber auf hoher See bekamen sie guten Wind, und schon am Morgen des dritten Tages sichtete Olav Land, es war eine hohe Felsküste, die, wie er meinte, zu Schottland gehören mußte. Er hatte erfahren, daß zwischen dem englischen und dem schottischen König Krieg herrschte; darum beschloß er, noch einmal ins Meer hinauszuhalten. So trieben sie sich einen Tag lang kreuzend umher, dann aber wehte der Wind mehr von Norden. Jetzt zogen die Männer ihre Rüstungen an und setzten Stahlhauben auf, denn in dem südlichen Meer zwischen England und Flandern war es für Seefahrer immer unfriedlich und gefährlich.

Dadurch, daß er seine Kindheit tief drinnen im Land verbracht hatte, besaßen Seefahrten und das Meer stets etwas Abenteuerliches für Olav Audunssohn. Und obgleich er körperlich erschöpft war, fühlte er sein Herz erstaunlich ausgeruht und frisch. Die langen hellgrauen Sommernächte, die er durchwacht hatte, Gemüt und Sinne in wachsamer Ruhe stets dem Meer und dem Himmel zugewandt – es war, als segelte er fort von allen Erinnerungen an endlos durchwachte Nächte, in denen er auf dem Grund eines dunklen Bettes in dem pechfinsteren Loch des Nebenraumes gefangen gelegen hatte. Sie versanken unter dem Himmelsrand hinter ihm, wie die Küste selber, von der er ausgefahren war. Das Wetter war fast die ganze Zeit gut gewesen – die steife Brise pfiff im Tauwerk, blähte das Segel; die langgezogenen Meereswellen hoben das kleine Schiff – einen Augenblick schien es zu zögern, sich zu besinnen, ehe es sich in das Wellental stürzte – dann sprühender Gischt rings um den Steven, Schaumfetzen, ein Schimmer von klargrünem Wasser längs der Reling, der volle Ton des gegen die Schiffsseiten prallenden Meeres, das seine Wogen dahintrug und eine hinter der anderen herjagte – die drei, die größer waren als die übrigen, folgten in bestimmten Zeitabständen. Die Wol-

ken bedeckten das ganze Gewölbe, hellgrau und ohne Eile über den Himmel ziehend, dann und wann ein Schimmer von Sonne, die bleich auf das nasse geneigte Schiffsdeck herableuchtete.
Gegen Abend wurde es meist ein wenig heller; weit draußen an der Kimm glitzerte das Sonnenlicht auf dem Meer. Dann verdichtete sich die Nebelbank wieder, wurde rosig von dem Sonnenuntergang dahinter.
Der Schlaf während des Tages labte ihn bis ins Mark. In einen Fellsack gehüllt, das behaglich wärmende Pelzfutter des Umhanges um die Wangen geschmiegt, lag Olav da. Die See brauste, es seufzte und knarrte in den Planken des Schiffes; ein Ruf und kurzes Gerumpel, schwere Schritte auf Deck – es drang bis zu ihm, während er dalag und fühlte, wie das Schiff unter ihm gehoben wurde, vorwärts sprang und versank. Unter der weiten taghellen Himmelswölbung, wo Luft und Wasser frei aus- und einströmten und seinen Kopf mit starkem eintönigem Brausen erfüllten, konnte er so leicht einschlafen wie ein Kind.

Er fühlte sich jung; an jenem Nachmittag, als er schließlich achtern auf dem Schiff stand, das mit Wind und Gezeitenströmung flußaufwärts auf Londons Strom dahingetrieben wurde, war es, als hätten der Wind und das Meer ihn gebadet und die Überempfindlichkeit seines Körpers und seiner Seele geheilt. Das Land selber war flach und grün – feuchte Wiesen, Getreideland oben auf den Hügeln, dichte Laubwälder auf flachen Höhenzügen, die hintereinander ins Land hineinwogten, bis die letzten in dem blaßblauen Dunst der Luft verschwanden. Schwaches Sonnenlicht sickerte aus den glänzenden Spalten zwischen den Wolken herab; irgendwo im Westen fielen die Strahlen in bleichen, von Feuchtigkeit gesättigten Bündeln auf die Erde: die Sonne zog Wasser.
Es erinnerte fast an Dänemark. Olav aber hatte den Küsten, von denen seine Mutter einstmals gekommen war, nie so entgegengeschaut, wie er nun über dieses Land hinblickte, mit leuchtender Erwartung im Gemüt. – England war aber auch viel schöner bebaut. Drinnen im Land ragten zahllose Spitzen und Türme großer Kirchen über die Wälder empor. Und sie waren an vielen festen Häusern vorübergesegelt, aus weißlichem Stein erbaut, mit Ringmauern ringsum und einem Wachtturm.
Und als einer der Männer vorne rief, nun könnten sie die Stadt sehen, sprang Olav aufs Deck herunter und lief unter dem Segel nach vorn.

Von dort aus erblickte er durch den Lichternebel Türme und Zinnen, unzählig viele dicht beisammen. Und der dunklere graue Strich, der sich tief unten über den Fluß hinzog, war wohl die berühmte Brücke von London. – Olav vergaß alles andere vor lauter Schauen.

Torodd Rikardssohn kam zu Olav vor. Er hatte mit dem Lotsen gesprochen, der draußen bei der Flußmündung zu ihnen an Bord gekommen war. Es war die London-Burg, das mächtige Kastell mit vier Türmen und der Ringmauer, die senkrecht aus dem Fluß emporstieg – es war der Weiße Turm selber. Und der lange Rücken eines Bleidaches, das sie dahinter sahen, war die St.-Katharinen-Kirche. Der höchste von allen Türmen drinnen auf der Anhöhe gehörte zu St. Paul.

Der Anblick der Brücke ergriff Olav trotzdem am allerstärksten – denn etwas Ähnliches hatte er noch nie gesehen. Es war das größte Wunderwerk – aus riesigen Gewölbebogen erbaut, die im Strom standen, noch dazu aus Steinen, und oben auf der ganzen Brücke befanden sich Häuser. Südlich des Flusses liege die St.-Olavs-Kirche, sagte Torodd, und dorthin wollten sie am nächsten Tag zur Messe gehen; vielleicht trafen sie da Landsleute. Früher, als die Norweger selber mit ihrer Handelsware nach der Stadt London segelten, war dies ihre Kirche gewesen. Jetzt kamen die norwegischen Englandfahrer selten mehr so weit nach Süden. – Das ›Renntier‹ war das einzige Fahrzeug, das in diesem Jahr von Oslo hierhergesegelt war, aber in der Stadt konnte man Männer aus der Trondheimer Gegend oder von Björgvin antreffen.

– Olav hörte die Worte des anderen nur halb, während er hinausstarrte und wartete – er wußte nicht auf was.

Sie kamen am nächsten Morgen spät an Land. Die Sonne war bereits aufgegangen, als sechs Männer vom ›Renntier‹ über die Brücke von London gingen.

Olav wurde es seltsam zumute, wenn er daran dachte, daß die enge Gasse zwischen den Buden der Kleiderhändler quer über einem breiten Fluß lag. Die Wogen der Gezeiten wälzten sich flußaufwärts und wurden wieder ins Meer hinausgesaugt: er hatte es schon im Hafen bemerkt, in dem ihr Schiff über Nacht lag, daß hier ein größerer Unterschied zwischen Ebbe und Flut bestand als daheim in Hestviken. Die Menschen aber hatten es zuwege gebracht, die schweren Pfeiler aus Stein in der starken Strömung zu errichten und eine Brücke darüber zu schlagen. Der Gedanke daran machte ihn seltsam glücklich.

An vielen Stellen war die Gasse so eng, daß man den Himmel nur noch wie einen schmalen Streifen über den Häusern sah. Aber weiter drinnen auf der Brücke war die Häuserreihe unterbrochen, so daß die Karren dort aneinander vorbeikommen konnten. Die Norweger traten hinaus an den Mauerrand, um in den Fluß hinunterzusehen.
Die Sonne war über den Wäldern im Osten emporgestiegen, und die Luft war erfüllt von einem hellen Dunst, so daß der Glanz in schneeweißen Flecken auf dem Strom lag. Mit gleichmäßig starkem Brausen floß das Wasser unter dem Brückengewölbe dahin; es war so merkwürdig, die starke Steinmauer senkrecht aus dem Fluß emporsteigen zu sehen. Unwillkürlich richtete Olav den Rücken auf, blickte zur Stadt hinüber. Türme und Zinnen leuchteten von der Morgensonne hinter dem feinen Nebel. Und plötzlich flog irgendwo dort drinnen eine ungeheuer große Schar von Tauben auf, schlug einen weiten Bogen und kehrte um, mit dem Sonnenschein auf den weißen und meeresblauen Schwingen.
Eine Ruderschute arbeitete sich gegen den Strom herauf – es glitzerte auf den Ruderblättern, zwölf oder vierzehn Paare. Das Boot glich nicht ganz jenen Fahrzeugen, wie Olav sie bisher gesehen hatte, aber es erinnerte an ein Langschiff. Olav wäre gerne stehengeblieben, um es unter der Brücke durchfahren zu sehen, Galfrid aber erinnerte daran, daß der Morgen schon vorgeschritten war und die Messen bald in allen Kirchen gelesen seien.
Um diese späte Tageszeit herrschte nicht mehr viel Verkehr auf der Brücke. Nun aber mußten sie in eine Budentür zurücktreten, um einem entgegenkommenden Zug Platz zu machen: voran schritt ein großer, derbgliedriger alter Mann mit einem eisenbeschlagenen Stock in der Hand und einem gestickten Wappen auf dem Brustlatz seines Kittels. Hinter ihm folgten zwei junge Mädchen in weiten Schleppgewändern, die Schleppen trugen sie über dem Arm, und in der Hand hielten sie Buch und Rosenkranz. Auf ihrem hellen offenen Haar hatten sie Blumenkränze, und alle beide waren so schön wie der Morgen. Nach ihnen kamen eine alte Dienerin und zwei junge Pagen, die die Mäntel der Jungfrauen trugen, und der eine hielt im Arm einen Schoßhund, der bellte und mit den Glocken des Halsbandes klingelte.
Unterdessen war in dem Laden, vor dem die Norweger standen, ein junger Mann aufgetaucht; er sagte etwas und wollte seine Waren herzeigen – packte Olav beim Umhang und hielt ihm ein zweifarbi-

ges Unterkleid hin, zur Hälfte gelb und zur Hälfte blau. Als er aber merkte, daß die Fremden nichts kaufen wollten – oder seine Worte nicht verstanden –, verzog er den Mund und lächelte spöttisch.

Auf dem Mauerkranz über dem südlichen Brückentor waren ein paar Männerköpfe auf Zacken aufgespießt. Auf dem offenen Platz davor blieben Olav und seine Begleiter stehen, um sich dies anzusehen – sofort kam ein kleines altes Weib herbei, das ganz krummgezogen an zwei Krücken einherhumpelte; ihm folgte ein junger Bursche, der sich mit Brettern unter Händen und Knien vorwärtsbewegte – er hatte keine Füße. Sie deuteten und redeten. Torodd Rikardssohn war der einzige, der ein wenig von der Sprache des Landes verstand, er erklärte den anderen: Die vier ersten Köpfe seien Köpfe von vornehmen Herren aus dem Norden des Landes, Aufrührern.

Olav Audunssohn nickte ernsthaft und zustimmend. – Es war nichts Unheimliches an diesem Anblick. Er sah hinauf, gedankenvoll –. Die Sonne schien auf nackte graugelbe Knochen, die Morgenluft spielte leise mit ein paar Haarbüscheln. Das Fleisch war abgefault, oder die Krähen hatten es heruntergehackt, soweit es ihnen möglich gewesen war – jetzt fand sich auf keinem der Köpfe mehr Nahrung für einen Vogel.

Es lag ein seltsamer Friede über diesen namenlosen Gesichtern, die mit unbeweglichen Augenhöhlen geradeaus in die Sonne starrten. Sie waren ein wenig angelaufen, von schwarzem und grünlichem Schimmel gestreift, aber ruhig –.

Olav hatte noch nie die Köpfe hingerichteter Männer aus solcher Nähe gesehen. An der Stegleschäre bei Sigvaldasteiner war er zwar oft vorbeigesegelt, aber nie dort an Land gegangen. Und der Galgenhügel vor Oslo lag auf einer Seite der Stadt, wo er nie etwas zu tun hatte – und es war auch nie ein Anlaß gewesen, dorthin zu gehen, denn es hatte sich nicht so getroffen, daß jemand hingerichtet werden sollte, während er in der Stadt war.

Aber es lag nichts Grauenhaftes in diesem Anblick, nichts, das von Schande und Schmach über die Toten hinausschrie. Sie sahen aus wie mutige Männer; auf der Mauerkrone zur Wache aufgestellt, warteten sie geduldig auf etwas, der Sonne und der frischen Morgenluft entgegenspähend.

Olav war der erste, der daran dachte, sich zu bekreuzigen; halblaut begann er vor sich hin zu sprechen:

»Pater noster qui es in coelis, sanctificetur nomen tuum, adveniat regnum tuum –«

»Opera manuum tuarum, Domine, ne despicias*)«, auch die Bettler gaben zusammen mit seinen Schiffsgenossen die Antwort zurück. »Requiem aeternam dona eis, Domine, et lux perpetua luceat eis**).« Olav und Galfrid reichten den Bettlern ein Almosen, und dann humpelten diese davon, jeder in seiner Richtung. Olav kam es in den Sinn, daß dies die ersten Worte waren, die er hier im Lande verstanden hatte – die Bitte für die Seelen der Geköpften.

Die Leute des Vogtes im Hafen Londons hatten dem ›Renntier‹ den Ankerplatz westlich der Brücke angewiesen – in einem kleinen viereckigen Hafen, seitlich vom Fluß. Dort lagen nur kleinere Schiffe, die meisten waren wohl englischer Abkunft. Das Wasser war wie Schlamm – bei tiefem Wasserstand ragte der schleimige Flußgrund an vielen Stellen heraus. Der Hafen selber aber war auf drei Seiten schön umbaut, mit einem Bollwerk und mit Speichern ringsum; das obere Stockwerk dieser Speicher wurde von Säulen getragen, so daß der Platz an den Kreuzgang eines Klosters erinnerte. Das war ein Leben auf diesen Bollwerken, den ganzen Tag; mehr als zwanzig Männer waren ständig damit beschäftigt, Waren zu löschen und zu laden und Leute über den Fluß zu setzen. Torodd hatte ausgekundschaftet, daß es am besten war, wenn sie nicht ihre eigene Schiffsjolle benutzten, um an Land zu kommen; die Fährleute liebten das nicht, und es war nicht klug, sie gegen sich aufzubringen. So trafen sie eine Verabredung mit einem dieser Männer, daß er die Leute vom ›Renntier‹ jeden Tag an Land und wieder zurückbringen und dafür fünf englische Pfennige in der Woche bekommen solle. Das war teuer – Olav aber hatte nicht lange gebraucht, um zu verstehen, daß er bei dieser Englandfahrt doch keinen großen Gewinn einheimsen würde. Eichenbalken, Felle und Häute besaßen die Leute hier selber genug – solche Dinge brauchte man nicht über das Englandmeer zu führen, und für Fische war um diese Jahreszeit kein guter Preis zu erzielen. Die Otter- und Marderfelle und außerdem Baards Eisen waren das einzige, was er mit einigem Gewinn verkaufen konnte. Er ärgerte sich, daß er so wenig Bescheid gewußt hatte, wie es draußen in der Welt aussah. Aber die Reise bereute er nicht.

*) Opera manuum tuarum etc.: Verachte die Werke Deiner Hände nicht, o Herr!

*) Requiem aeternam dona eis etc.: Gib ihnen, o Herr, die ewige Ruhe, und das ewige Licht leuchte ihnen.

Auch brauchte er sich vor den Rikardssöhnen nicht zu schämen – die waren selber keine klügeren Kaufleute. Der Hauptzweck ihrer Fahrt aber war nicht der Verkauf. Es war ihr Bruder, der Minoritenmönch, der sie zur Reise veranlaßt hatte. Als er einige Jahre zuvor in England gewesen war, hatte er einen Verwandten gefunden, einen reichen Priester im Westen des Landes, und dieser gewann den Sohnessohn seiner Schwester so lieb, daß er den Minoriten in Oslo eine ganze Reihe kostbarer Bücher und Meßgewänder als Erbe versprach. Im vergangenen Jahr war die Nachricht gekommen, daß der Priester gestorben sei, und die Rikardssöhne hatten nun den Auftrag, das Erbe heimzuholen; das Haus des Ordens hier in London sollte ihnen dabei behilflich sein und ihnen einige seiner Leute nach Westen mitgeben. Gleichzeitig hatte ihr Bruder ihnen den Auftrag erteilt, Seidengarn, Goldfaden, Leinen und Samt hier zu kaufen, sowohl für das Nonnenkloster bei Oslo als auch für das Frauengemach der Königin.

Die Rikardssöhne sollten bei ihrem Verwandten hier in der Stadt wohnen, einem Mann, der Hamo hieß und Waffenschmied war. Auch Olav wurde aufgefordert, dort zu wohnen. Aber in der engen Gasse, in der Hamos Haus stand, befand sich in jedem Anwesen eine Schmiede, und in der ganzen Gegend ringsum waren Gaststuben und Dirnenhäuser – Lärm am Tage und Unruhe und Geschrei die ganze Nacht hindurch. Außerdem war er dann gezwungen, bei der Abreise allen Bewohnern des Hauses große Geschenke zu machen. So entschloß sich Olav, an Bord zu bleiben, mit einem jungen Burschen und einem alten Mann, den die Leute Tomas Tabor nannten, denn im Winter ging er in Oslo umher und schlug bei den Gastgelagen Tabor*). Die beiden anderen Schiffsleute zogen mit den Rikardssöhnen hinauf in die Stadt. – Bestimmend für Olavs Entschluß, auf dem Schiff zu bleiben, war auch noch der Umstand, daß er unter offenem Himmel so gut zu schlafen meinte. Es regnete in den Nächten oft so stark, daß das Wasser bis zu den Männern unter den Aufbau vordrang, trotzdem aber gefiel ihm das besser, als wenn er ein warmes Bett mit einem fremden Bettgenossen hätte teilen müssen.

Jeden Morgen in aller Frühe holte der Fährmann ihn und einen seiner Gefährten ab, brachte sie an Land. Schon am zweiten Tag, den Olav in der Stadt war, hatte er ausgekundschaftet, daß die Predigerbrüder hier ein großes Kloster besaßen, und dorthin ging er dann zur Messe – die Olavskirche lag so weit ab, und er legte auch gar kei-

*) Tabor: Tamburin.

nen großen Wert darauf, hier Landsleute zu treffen. Am Ufer angekommen, folgten sie dem Fluß in westlicher Richtung, durch eine enge Gasse, die hinter den Speichern vorbeiführte; es roch bitter und feucht und kalt hier tief unten zwischen den hohen Giebelhäusern. Schließlich gelangten sie an einen grünen Platz inmitten von Mauerschutt und Steinhaufen, zwischen denen Sträucher und Blumen wuchsen; die Stadtmauer war hier abgerissen und weiter nach Westen gerückt worden, um den Dominikanern einen Bauplatz zu verschaffen. Das Kloster lag dicht an der neuen Mauer, und man baute sogar noch an der Kirche – sie stand mit nackten ungeschmückten Außenmauern da. Innen aber war sie unsagbar schön, mit spitzen Bogen und sehr hoch unter den sich kreuzenden Rippen des Gewölbes. Das Morgenlicht strömte voll und klar durch die hohen, schmalen Fensterhöhlen herein, in die noch keine Bilderscheiben eingesetzt waren.

Olav suchte sich einen Platz in der Nähe des Altars, so daß er hören konnte, was der Priester in der Messe las. Wohl klang es ein wenig anders, als wenn die Norweger lateinisch sprachen, aber er vermochte doch die Stellen wiederzuerkennen, die zu dem Proprium der Heiligen gehörten:

Me exspectaverunt peccatores*), ut perderent me: testimonia tua, Domine intellexi: omnis consummationis vidi finem: latum mandatum tuum nimis. Beati immaculati in via: qui ambulant in lege Domini –.

Es war das Offizium für eine Jungfrau, die Märtyrerin geworden ist. Aber Beati immaculati singen sie auch über kleinen Kindern, wenn sie zu Grabe getragen werden. Die gefalteten Hände gegen die Schließe des Harnisches gedrückt und das Kinn auf den Händen ruhend, stand Olav da und starrte die rote Kasel des Priesters an. Das Evangelium, das jetzt gelesen wurde, hatte Asbjörn All-feit ihn einmal gelehrt:

In illo tempore**): Dixit Jesus discipulis suis parabolam hanc: Simile

*) Me exspectaverunt peccatores etc.: Die Sünder lauern auf mich, um mich zugrunde zu richten, aber ich habe acht auf deine Zeugnisse. Ich habe jeglichen Dinges Ende gesehen, aber dein Gebot hat kein Ende. Glücklich sind die, welche ohne Sünde auf ihrem Wege gehen; denn sie wandeln im Gesetze des Herrn, Psalm 118 (119).

**) In illo tempore etc.: In jener Zeit sprach Jesus zu seinen Jüngern das folgende Gleichnis: Das Himmelreich ist gleich einem Schatze, der im Acker verborgen ist; wenn diesen ein Mensch findet, hält er ihn geheim und geht in seiner Freude hin und verkauft alles, was er hat, und kauft denselben Acker. Matth. 13, 44

est regnum caelorum thesauro abscondito in agro: quem qui invenit homo, abscondit, et prae gaudio illius vadit, et vendit universa quae habet, et emit agrum illum –.

Er mußte immer an Arnvid Finnssohn denken, wenn er in diese Kirche kam. Der Priester vor dem Altar verwandelte sich gewissermaßen in Arnvid – obgleich er Arnvid gar nicht glich, wenn er sich dem Volk zuwandte, und Arnvid nie das Ziel erreicht hatte, nach dem ihm der Sinn stets gestanden: die Priesterweihe. – Et vendit universa quae habet, et emit agrum illum – ja, das war wohl das gleiche, was Arnvid mit seinem Ratschlag gemeint hatte, den er ihm gab, als sie einander zum letztenmal sahen.

An einem anderen Morgen war der Tag eines Heiligen, dessen Namen Olav noch nie gehört hatte – es war wohl ein Engländer. Aber auch er war gewiß ein Märtyrer gewesen:

In illo tempore*): Dixit Jesus discipulis suis: Nolite arbitrari, quia pacem venerim mittere in terram: Non veni pacem mittere, sed gladium –.

Gladium – für Olav hatte dies Wort stets einen besonderen Wohlklang gehabt. Und er begriff, daß es nicht anders sein konnte: Wenn Gott selber auf die Erde herabstieg und wie ein Mann unter Männern dastand, so mußte es zum Schwert kommen, nicht zum Frieden. Denn Gott konnte sich nicht einem Zauberer gleichmachen wollen, der Manneswillen behext. Er mußte mit einem Heerruf kommen: für mich oder wider mich! Gottes Friede, der war wohl ähnlich dem Frieden, der eintritt, wenn der Sturm sich ausgetobt hat und der Kampf ausgekämpft ist – das hatte gewiß auch Sankt Johannes der Evangelist in seinen Gesichten erkannt; Bischof Torfinn hatte darüber gesprochen. In diesen frühen Stunden, wenn er während der Messe hier kniete, wurden die Erinnerungen an die Morgenstunden in der Hamarskirche so nahe und lebendig. Obgleich es damals Winter war und draußen dunkel, wenn er mit Asbjörn All-feit in die nördliche Turmkapelle ging; Asbjörn las die Messe an dem Michaelsaltar dort. Es war so kalt, daß er den Atem des Priesters wie weißen Rauch gegen die beiden roten Kerzenflammen auf dem Altar sah. Nie fanden sich andere Leute dort ein – und manchmal waren sie so frühzeitig daran, daß die Knaben aus der Schule noch nicht gekommen waren; darum

*) In illo tempore etc.: In jener Zeit sprach Jesus zu seinen Jüngern: Glaubet ja nicht, daß ich gekommen sei, Friede auf die Erde zu bringen. Ich bin nicht gekommen, Frieden zu bringen, sondern das Schwert. Matth. 10, 34.

hatte Asbjörn ihn gelehrt, bei der Messe zu dienen. Wenn Olav nicht sogleich daran dachte zu antworten, flüsterte Asbjörn die ersten Worte; mit unmerklichem Nicken und Fingerzeig gab er zu verstehen, daß der Junge die Bücher forttragen, die Ampullen und das Aquamanile bringen sollte.

Olavs Herz war bis zum Rande von einer tiefen, ernsten Freude erfüllt gewesen, wenn er so bei der heiligen Handlung hatte behilflich sein dürfen, bei dem ewigen Opfer, das auf der Schwelle zwischen Tag und Nacht dargebracht wurde. Hier, in der geheimnisvollen Stille, bei Tagesgrauen, fühlte er sich im Hafen angelangt – nach der langen und mühevollen Fahrt durch das Unwetter seiner eigenen entfesselten Leidenschaften und der anderer Menschen. Er war umhergegangen und hatte so getan, als achte er des Sturmes nicht – aber er war so jung gewesen; im geheimen bebte er vor Müdigkeit. Und unbefleckt war er nicht daraus hervorgegangen: sein Herz war wohl ebenso trübe wie der See im Wald oben, wenn alle grauen und heftigen Frühlingsbäche ihr Schneewasser in ihn ergossen haben. Und kaum ist er nach der Überschwemmung wieder klar geworden, so öffnet der Fichtenwald ringsum seine Knospen und schüttet sein gelbes Mehl über das moorbraune Wasser aus. Aber hier zu Füßen des Altars fühlte er Gottes Atem wie einen Windhauch – der süßliche Samen wurde fortgeblasen: wiederum sollte sein Leben blank und ehrlich werden wie der Waldsee, der das schiere Blau und die Sonne und den Zug der Wolken am Himmel widerspiegelte.

Herr, Herr – es ist lange her! Ich bin kein junger Mann mehr. Aber auch im Herbst, wenn das Eis bereits anfängt, sich rings um die Steine festzusetzen, und der See überwuchert ist mit welkem Schilf und die Wasserfläche bedeckt von grünen Schlingpflanzen – kannst Du trotzdem ein Wetter senden, das die Eisrinde zerbricht und die Wasserfläche reinfegt, so daß sie eine Zeitlang blank und blau daliegt – ehe der Winter kommt und sie mit seinem Eis verschließt.

Es waren keine festgeformten Gedanken, sondern Bilder, die Olav überfielen, während er so dakniete, mit gesenktem Kopf und einen Zipfel des Umhanges vor seinem Antlitz. An alles erinnerte er sich, nichts wollte er zu leugnen versuchen. Trotzdem war er ruhig, voller Vertrauen.

Jetzt klingelte die kleine Meßglocke; der Priester beugte sich tief über den Altar, kniete nieder. Dann richtete er sich auf, in den hoch emporgestreckten Händen hielt er den heiligen Leib Unseres Herrn, eingehüllt in das demütige Gewand des Brotes.

Olav blickte auf und betete an: Mein Herr und mein Gott!

Ob er wollte oder nicht wollte – niemals konnte sein Herz aufhören, Gott zu lieben, das wußte er nun, was er auch tat und was er auch versuchte, um die Stimme zu übertäuben, die in seinem Innersten klagte: Herr, Du weißt, daß ich Dich liebe!
Wohl dachte er auch jetzt daran – hier lag er, ein Verräter und ein Flüchtling aus Gottes Heerbann. Jahrelang hatte er Unrecht getan, und nie deshalb, weil er es nicht besser wußte. Trotzdem empfand er jetzt nicht das zehrende Nagen des schlechten Gewissens, das ihn so lange gequält hatte, sooft er betete oder so tat, als ob er bete. Jetzt verlieh ihm jedes seiner Gebete die Empfindung, als werfe er sich bei einer Quelle nieder und lösche seinen Durst.
Hinter ihm im Raum und in der Zeit entsann er sich all der Jahre auf Hestviken wie eines Krankenlagers – die Erinnerung an ein einziges immerwährendes Wundfieber. Der Schmerz und der Eiter waren von innen gekommen, all das Böse, alle Schreckbilder hatte er in sich selbst erzeugt. Nun war es, als sei die Tür aufgeschlagen worden, und Kühle und Licht strömten von draußen über ihn hin –.
Er fühlte sich wieder frisch und stark. Der Seewind, das Meer, die durchwachten Nächte hatten die wollige Hitze aus ihm herausgetrieben und die mit Schrunden bedeckte empfindliche Haut geheilt.
Nicht, daß er jetzt weniger an seine Sünde dachte, aber er selbst kam sich in seinen eigenen Augen viel unwichtiger vor. Solange er auf Hestviken umherging und grübelte, schweigsam und über den Schiffbruch seiner Seele verzweifelt, hatte ihm doch all das so wertvoll geschienen, was er über Bord werfen mußte, um Frieden mit Gott zu erlangen – *seine* Ehre, *sein* Wohlstand, *sein* Leben, vielleicht. Jetzt aber, da er sich an einem Ort befand, wo er mehr von der Herrlichkeit und dem Reichtum dieser Welt erblickte, als er je auf *einem* Fleck vereinigt zu finden geglaubt hätte – jetzt dünkte es ihn plötzlich so gering, alles, was er sein eigen nannte – das mußte ein Mann doch ebenso leicht von sich werfen können, wie man die Harfe an die Wand hängt, wenn die Lur*) zu den Waffen ruft.
Bei Gott – es blieben immer noch genug Männer auf der Erde. Aber die *Seele* jedes einzelnen Mannes – die kann keiner erfassen, wägen und messen mit den Maßen, die unter den Menschen gelten. Und schließlich sammelt Gott alle Seelen und wägt sie auf einer Waage, die sein Geheimnis ist.
So lauschte er nun in ruhigem Nachdenken auf die einzige Stimme,

*) Lur: Alphorn.

die in einer ihm verständlichen Sprache zu ihm redete – hier in dem fremden Lande, wo alle anderen Stimmen ihm entgegenlärmten, als stünde eine Wand zwischen ihnen und ihm. Die Stimme der Kirche war die gleiche wie jene, der er als Kind, als Jüngling und als Mann gelauscht hatte. *Er* hatte gewechselt – Stimme, Gedanken und Sprache, während er die verschiedenen Lebensalter durchschritt; die Kirche aber wechselte weder Stimme noch Ansicht; sie sprach in der heiligen Messe zu ihm, wie sie zu ihm gesprochen hatte, da er ein kleiner Knabe war, nur wenige Worte verstand, trotzdem aber mit den Augen viel begriff, so wie das Kind seine Mutter versteht, indem es auf ihre Mienen und Bewegungen achtet, ehe es das gesprochene Wort versteht. Und er wußte, wenn er auch an die äußersten Grenzen der Länder führe, in denen christliche Männer lebten – Sprache, Sitten und Gebräuche der Völker konnten ihm wohl seltsam und unbegreiflich erscheinen, aber überall, wo er an eine Kirche kam und sie betrat, würde er von der gleichen Stimme umfangen werden, die zu ihm gesprochen hatte, als er ein Kind war; mit offenen Händen würde die Kirche ihm die gleichen Sakramente darbieten, mit denen sie ihn in der Zeit seines Heranwachsens ernährt, und die er verworfen und mißbraucht hatte –.

Und Olav fühlte sich wie ein Mann, der zu seiner Mutter heimgekehrt ist – heimgekehrt von langen Reisen, die ihm mehr an Verlusten und Wunden eingetragen haben als an Ehre und Gewinn. Jetzt aber sitzt er allein mit ihr zusammen, lauscht ihrer gleichmäßigen, besonnenen Rede und hört auf ihren klugen Rat: »Hast du auch jeden Kampf verloren, in den du dich stürztest, so besteht doch das eine: auch der unseligste Mann hat den Kampf nicht verloren, den er noch nicht ausgefochten hat.«

Draußen leuchtete die Morgensonne so schön auf die kleine grüne Wiese vor der Kirche – in diesem Sommer regnete es fast nur während der Nächte. Nach der Messe schlenderten Olav und der Bursche, der ihn begleitete, durch die Straßen hinauf, die zum Friedhof von Sankt Paul führten.

Die Häuser waren hier viel höher als daheim in Oslo, und sie waren aus Fachwerk errichtet, mit Lehm dazwischen, und die Giebel mit Brettern verkleidet. Manchmal aber wurden die Häuserreihen von starken Hallen mit Mauern ringsum unterbrochen. Wächter mit Zweihändern in den Fäusten standen an der Pforte. Drinnen sah man einen grünen Rasenplatz, auf dem die Burgknechte sich im Bogenschießen und Ballspielen übten.

Längs der Friedhofsmauer waren Handelsbuden, blieb man aber einen Augenblick stehen, um die Waren zu betrachten, kam sofort ein Mann herbei, um seine Krallen in den Kunden zu schlagen. So etwas pflegte in Oslo keiner zu tun – außer den Deutschen im Miklehof, wenn die Stehengebliebenen junge Frauen waren. Sonst aber konnte ein Mann überall hineingehen, sich im Laden umsehen, jeden Gegenstand, der feilgeboten wurde, umdrehen und betasten – der Besitzer schien dies nicht zu sehen, blickte kaum von seiner Arbeit auf, während er antwortete, wenn man ihn etwas fragte. Hier aber liefen die Lehrlinge den Leuten bis auf die Straße hinaus nach. Und hier herrschte viel Lärmen und Schreien.

Unablässig läuteten die Kirchenglocken zu ihren Häupten – es läutete da, und es läutete dort, tief dröhnende große Glocken, eifrig bimmelnde kleine Schellen. Dann huben alle Glocken an, eine Zeitlang gleichzeitig in einem ungeheuren tönenden Chor zu läuten. Olav glaubte, es müßten sich, die Klosterkirchen und all die kleinen Gemeindekirchen eingerechnet, bedeutend mehr als ein halbes Hundert Kirchen in London befinden. Mindestens zehn davon waren ebenso groß wie die Halvardskirche in Oslo. Sankt Paul war größer als alle anderen Kirchen, die er je gesehen hatte.

Im Osten an der Stadtmauer lag das Franziskanerkloster, und auf dem Platz davor wurde der Getreidemarkt abgehalten. Riesige Karren, von Ochsen und großen, derbgliedrigen Pferden gezogen, behinderten die Bewegungsfreiheit auf dem Marktplatz und den Straßen ringsum. Olav und Tomas Tabor gingen stundenlang umher, um all diesen schönen Wohlstand zu betrachten. Selbst jetzt mitten im Sommer lagen die riesigen, prallen Säcke auf dem Steinpflaster – geöffnet, so daß das schöne gelbe Korn zum Vorschein kam. Der Staub schwebte wie ein heller Nebel über dem Platz. Das Gurren der zahllosen Tauben vernahm man wie einen Unterton durch das Brummen und Murmeln der Stimmen.

Auch die Stadtmauer mit ihren starken Türmen und den Vorburgen vor den Toren war des genauen Betrachtens wert. In einigen Türmen über den Stadttoren saßen Gefangene, und sie ließen kleine Körbe aus den Gucklöchern herab, so daß das Volk ihnen Almosen geben konnte. Überall bestand die Torwache aus ausgesuchten Männern, hervorragend gekleidet und bewaffnet.

Es läutete von allen Klosterkirchen zur letzten Messe. Die Sonne stand nun so hoch am Himmel, daß es warm zu werden begann. Olav und sein Begleiter schwitzten: sie trugen ein Panzerhemd unter dem Kittel; die Rikardssöhne hatten gesagt; man müsse dies hier in der Stadt stets tun. Die Erde, seit Jahrhunderten mit dem Abfall vom Leben der Menschen gesättigt, fing an, ihren Gestank auszuströmen, aber aus den Gärten hinter den Häusern, innerhalb der Steinwälle und Klostermauern atmete süßer Duft von Flieder und Rosen, heißer würziger Atem von Nelken und Sellerie, und jetzt quoll der Geruch von Gekochtem und Gebratenem aus den Türöffnungen – die Zeit der Vormittagsmahlzeit war nahe. Die beiden fremden Männer gingen rascher durch die Straßen zum Fluß hinunter; jetzt fühlten sie, wie ihnen der Hunger unter der Brust bohrte.

Schwarze Schwärme von Krähen und Dohlen, die in den Kirchtürmen wohnten, stürzten sich herab, sobald aus einem der Häuser Abfall herausgeworfen wurde. Es stank ekelhaft nach dem Blut, das von den Höfen der Schlächter wegfloß und die Rinne mitten in der Straße mit roter Flüssigkeit füllte. Als die Männer aber in die Straße der Brauer kamen, schlug ihnen der süße Geruch des noch warmen Maischeabfalles entgegen, und sie mußten die gierig fressenden Schweine wegjagen, um vorwärts zu kommen. Es war schön, hungrig zu sein und sich unterwegs Brot zu kaufen, zwei glänzende, runde, gelblichbraune Laibe.

Das Bierlägel wartete im Boot des Fährmannes auf sie; er hatte sich erboten, ihnen jeden Morgen das Bier zu besorgen, wollte aber über den verabredeten Lohn hinaus kein Geld dafür nehmen. Dafür holte er sich einen Zoll aus dem Lägel. Olav und die Männer fluchten und lachten dazu, als sie das Gefäß schüttelten, nachdem sie an Bord gekommen waren.

Sie brachten ihre Fellsäcke in den Sonnenschein auf Deck hinauf, holten Butter, Dörrfleisch und Käse aus den Kisten. Olav schlug mit dem Messer ein Kreuz über den Broten und verteilte sie. Dann warfen sich die Männer auf ihre Schlafsäcke, aßen und tranken, ohne zu sprechen, hungrig und durstig wie sie waren. Das Bier schmeckte wunderbar. Und dann dieses frisch gebackene Brot, das sie hier jeden Tag bekamen – sie waren einig darin, daß sie kein Geld für warmes Essen in den Gasthäusern hinauszuwerfen brauchten, solange sie diese Kost hatten.

Olav fühlte sich wohl mit seinen zwei Schiffsgenossen; sie waren alle beide wortkarge Leute. Gut, daß der geschwätzige Sigurd Mund, wie sie ihn nannten, mit Galfrid gegangen war.

Nach der Mahlzeit streckten Olav und Leif sich auf ihren Säcken aus. Tomas Tabor fing an, auf einer kleinen Flöte zu blasen, die er sich in der Stadt gekauft hatte. Der schwache Ton, der über drei Stufen hinaufstieg, fiel wieder herunter und machte ein paar Läufe, immer und immer wieder das gleiche – für Olav, der im Halbschlaf dalag, war es, wie wenn ein kleines Mädchen an der Treppe zum Vorratshaus auf und ab kletterte – bisweilen sah er deutlich Cecilia –.

Gegen Abend stieg Olav ins Beiboot und ruderte auf den Fluß hinaus. Es war am allerschönsten, die Stadt vom Wasser aus zu sehen – hier herrschte ein Verkehr auf dem Strom wie in einer Marktgasse. Von den Herrenhöfen oben am Fluß, westlich der Stadt, kamen große Barken, die von zehn bis zwölf Ruderpaaren schnell dahingetrieben wurden; Musik von Spielleuten und Pfeifern, die den Herren und Damen an Bord vorspielten, klang über das Wasser.
Weiter unten in der Stadt ragten die Mauern einer Vorburg aus dem Fluß empor – mit starken Wassertoren und einer Brücke außen, dahinter erhoben sich hohe Hallen mit Giebeldächern – Domus teutonicorum. Olav blickte zu der Burg hinüber, als er in seinem kleinen Boot vorübertrieb. Mit den deutschen Kaufleuten zu wetteifern, hatte für die Bewohner anderer Länder wenig Sinn. Bitteren Herzens dachte er: der Tag wird wohl noch kommen, an dem sie auch auf Oslos Bollwerken ihr festes Haus errichten. Aber schön war ihre Burg, wie alles, was von Stärke zeugt, in seiner Art schön ist.
Er drehte um und ruderte gegen den Strom hinauf. Jetzt glitt er an dem südwestlichen Wasserturm der Stadtmauer vorüber, er sah nun den westlichen Ring der ganzen Mauer von außen her, mit den Türmen und der Vorburg vor dem Tor. Nach einer Weile tauchten die Dächer des Präzeptoriums der Tempelherren über den Bäumen auf.
Olav war noch nie da draußen gewesen, Galfrid aber hatte gesagt, er solle einmal an einem Freitagmorgen dorthin gehen. Da trügen sie ein ungeheuer großes rotes Kreuz auf die Wiese heraus, und während ein Priester zum Volk redete, stünden die Ritter ringsum, in ihre Harnische gekleidet, in den Händen die gezogenen Schwerter, deren Spitzen gen Himmel wiesen; sie stünden da, als seien sie in Erz gegossen. Und der Priester sei wohl einer der schärfsten Redner, denn das Volk weine laut schluchzend, Männer wie Frauen.
Olavs Gedanken kreisten, halb wie im Spiel, um dieses Kloster von Kriegsleuten. Es hieß, der Papst habe ihrem Obersten das gleiche Recht zu lösen und zu binden verliehen, wie er es selbst besaß. Ehe ein Mann in die Bruderschaft aufgenommen wurde, mußte er alles beichten, was er in seinem Leben gesündigt hatte, sowohl die ge-

büßten wie die ungebüßten Missetaten – und über die harte Buße, die er leisten mußte, erfuhr die Welt nicht mehr als über das, was im Fegefeuer geschieht. Sie hätten seltsame Gebräuche, sagten die Leute – wer bei ihnen eintreten wollte, müßte sich vollkommen entkleiden und eine Nacht lang nackt in einem offenen Grab im Kirchenschiff liegen, zum Zeichen, daß er von seinem ganzen vergangenen Leben weggestorben sei –.

Er hatte die Tempelherren einige Male durch London reiten sehen; sie waren vom Nacken bis zur Sohle in Ringpanzer gekleidet, trugen über dem Harnisch ein mit einem Kreuz gezeichnetes weißes Waffenhemd und auf der weißen Kapuze ein rotes Kreuz, und auch ihre großen Streitkeulen waren mit einem Kreuz gezeichnet. Er hatte schon früher von den Kriegermönchen gehört, sie aber nie gesehen.

Dann gab es auch Anachoreten. Deren gab es sehr viele hier in der Stadt. Einige wohnten in Zellen in der Stadtmauer, andere in kleinen Häusern, die an eine Kirche angebaut waren, mit einem Guckloch in der Mauer zur Kirche, so daß der Einsiedler den Altar und das Ziborium mit dem Leib des Herrn sehen konnte. Einige hatten einen Laienbruder oder eine Laienschwester, die Besorgungen für sie machten, viele jedoch, Männer wie Frauen, hatten sich einmauern lassen, weil sie das Los der elendesten Gefangenen teilen wollten. Einer wohnte in der Mauer dicht neben einem der Gefängnistürme – bis zu seinem Todestag sollte er nun dort in einem schwarzen kalten Loch leben, in das das Wasser heruntertropfte, im Gestank seines eigenen Schmutzes und seiner feuchten schimmeligen Fetzen; die Gicht hatte ihn gelähmt und verkrüppelt. Und dieses Mannes Leben war schon von Kindheit an und während seines Daseins als Mönch im Kloster durch große Heiligkeit ausgezeichnet gewesen. Wenn Männer, die gezüchtigt werden sollten, an seinem Guckloch vorübergeführt wurden, rief der Anachoret aus seiner Höhle heraus: Seid barmherzig, wie euer Vater im Himmel barmherzig ist!

– In den letzten Jahren war es vorgekommen, daß Olavs Gedanken sich auf das Klosterleben richteten – ob es das Ende seiner Schwierigkeiten bedeuten sollte, wenn er dorthin geführt würde. Im Ernst aber hatte er das nie einen Augenblick geglaubt. Was auch Gott mit ihm vorhatte – er wurde kaum dazu berufen, Mönch zu sein. Dafür besaß er das sicherste Zeichen – denn es war nicht die Härte des Klosterlebens, die ihm widerstrebte. Im Gegenteil – all das fahren zu lassen, dem ein Mönch entsagen muß, sich unter die Zucht der Regel zu beugen, danach hatte er sich oft gesehnt. Dies vermochte wohl trotzdem kein Mann, ohne daß Gott ihm eine besondere Gnade verlieh. Nun aber war Olav so lange friedlos an den Grenzen von Gottes Gnadenreich entlang gestreift, daß er begriffen hatte: erst wenn ein Mann sich freiwillig in Gottes Gewalt begibt und alles hinnimmt, erst dann ist Gottes Macht über ihn grenzenlos. Und in den langen schlaflosen Nächten hatte er oft gedacht – jetzt gehen sie in den Klöstern in den Chor, Männer und Frauen, stehen auf, um ihrem Herrn mit Lobgesang, Gebet und Gedanken zu dienen, wie Wächter rings um ein schlafendes Lager. – Aber das, was in den Regeln zur Erleichterung und Rast für die gebrechliche Menschennatur eingesetzt war, gerade an das konnte er nicht ohne Unlust denken: das Zusammenleben, die Stunden der Unterhaltung, in denen ein Mönch seinen Genossen Sanftmut und Höfischkeit erweisen muß, ob er sie nun leiden mag oder nicht, ob er Lust hat zu reden oder zu schweigen; unter Fremde hinausgehen oder im Gästehaus dienen müssen, wenn der Prior es ihm befiehlt, selbst wenn er lieber allein sein möchte –. Auch hatte er gesehen, daß viele Mönche dies nicht vermochten, selbst wenn sie im übrigen gute und fromme Männer waren – sie wurden mürrisch und unfreundlich gegen Fremde, streitsüchtig untereinander. Aber dies war wohl ein Zeichen dafür, daß sie nicht zum Klosterleben taugten. »Die Gestalt Christi kann man aus Kiefernholz ebenso schön schnitzen wie aus Lindenholz«, hatte Bischof Torfinn einmal zu Arnvid gesagt, als dieser meinte, er wünschte ebenso ruhig und gutgelaunt sein zu können wie Asbjörn All-feit, »niemals jedoch habe ich gehört, daß Er die Kiefer in eine Linde verwandelte, wahrscheinlich weil es ein unnützes Wunder gewesen wäre. Mit Gottes Gnade kannst du ein ebenso guter Mensch werden wie Asbjörn, aber ich glaube nicht, daß er dich darum gleichen Gemütes machen wird wie All-feit.«

Nun aber sah Olav, daß es andere Wege im Mönchsleben gab als jene, die er von Norwegen her kannte. Es gab auch Wege für jene, die nicht zum Zusammenleben mit fremden Brüdern taugten. Kriegerleben mit der Klosterzucht hinter der Heereszucht, wie ein härenes Hemd unter dem Harnisch – im Heiligen Lande waren die Scharen der Tempelherren gar manches Mal bis auf den letzten Mann niedergehauen worden. Im Kloster der Kartäuser lebte jeder Mönch in einem kleinen Haus für sich; sie kamen nur in der Kirche zusammen. Und jetzt hatte er auch einige Mönche gesehen, die Mathuriner – deren weißes Gewand gleich jenem der Predigerbrüder war, nur trugen sie ein rotes und blaues Kreuz auf der Brust. Sie sammelten Almosen, und damit fuhren sie über das Meer und kauften christliche Männer aus der Sklaverei bei den Sarazenen los. Und wenn sie kein Geld mehr hatten, nahmen die jüngsten und stärksten Mönche an Stelle der kranken und erschöpften Gefangenen das Joch der Sklaverei auf sich.

Bis jetzt war es in Olavs Gemüt noch zu keinem Vorsatz gekommen. Aber es machte ihn nachdenklich. Die Welt hatte sich für seinen Blick erweitert – und jene andere Welt, die ihr Zelt von einem Ende zum anderen über die Erde spannte, die war ohne Grenzen, das sah er jetzt. Und wenn er sich nun selber unter diesem unermeßlichen Gewölbe stehen sah, fühlte er sich so klein und so einsam und so *frei*. War es denn von irgendwelcher Bedeutung, wenn ein Bauer aus dem Oslofjord nicht heimkehrte –? Er konnte eines Abends hier auf dem Bollwerk niedergestochen werden – sie konnten im Herbst unter dem Flandernufer von Seeräubern ausgeplündert und getötet werden, sie konnten an der norwegischen Küste kentern – jeder Mann, der als Kauffahrer hinauszog, wußte, daß so etwas geschehen konnte, und keiner blieb um solcher Bedenken willen daheim. Seltsam, daß er, während er daheim umherging oder sich in der Bucht draußen herumtrieb, hatte meinen können, es sei von so großer Bedeutung, wenn er den Hof leite – ordentlich leite –, daß er darum seine eigene Seele morden müsse.

Dies mochte noch so sein, während sie lebte. Jetzt aber – die Arnestöchter und deren Männer würden sich der Kinder und des Hofes annehmen, wenn er im Herbst die Nachricht heimschickte, daß er nicht zurückkehre.

Londons Kirchenglocken läuteten – es war die Stunde, zu der man das Feuer mit Asche bedeckte. Olav ruderte wieder zur Stadt hinunter. Er legte bei seinem kleinen Bollwerk dicht unterhalb des westlichen Wasserturmes an. Der alte Mann, der das Boot in Empfang nahm, war so bärtig und so verkommen, daß es aussah, als wüchsen Flechten auf ihm. Olav wechselte ein paar Worte mit ihm – er hatte jetzt ein wenig Englisch gelernt. – Dann suchte er sich einen Weg durch die engen Gassen, wo Kinder umherliefen und lärmten und ihren Müttern, die sie ins Haus riefen, nicht gehorchen wollten, hinauf zur Kirche der Predigerbrüder.

Er sprach die Abendgebete und ein De profundis für seine Toten und setzte sich auf die Stufen einer Treppe, die zu einer Tür in der Mauer hinaufführte. Das Kinn in die Hände gestützt, saß er da und wartete darauf, daß die Mönche sich im Chor versammeln und die Komplete singen würden.

Die hohen Fenster waren nach und nach dichter und dunkler, die Dämmerung sammelte sich oben unter den Gewölben, füllte die Seitenschiffe. Eine einzelne gestiftete Kerze brannte an einem der Seitenaltäre, und oben im Hochchor schwebte die goldene Lampe allein, wie ein Stern in der Dämmerung. Draußen vor den offenen Türen verblaßte und verblaute der Tag. Menschen kamen in die Kirche, um dem Abendgesang zuzuhören; der Widerhall ihrer leisen, flüsternden Stimmen setzte sich durch den hohen, von Pfeilern getragenen Raum fort; Schritte erklangen gedämpft auf den Steinfliesen. Dann kam das ruhige, trotzdem durchdringende Rauschen der Schritte einer ganzen Schar im Chor, das Klappern von Stuhlsitzen, die hochgeklappt wurden – ringsum im Chor der Mönche wurden die winzigen Kerzenflammen auf den Bücherpulten angezündet, man konnte die Schar weißgekleideter Männer erkennen, die in dem mit Schnitzwerk verzierten Gestühl standen. Und unten in der Kirche entstand ein Brausen von Menschen, die sich erhoben und näher kamen, während eine große, harte und helle Männerstimme dort oben losbrach und aus mehr als einem halben Hundert Sängerkehlen Antwort erhielt, die ersten kurzen Strophen und Gegenstrophen. Bis der ganze Männerchor den Davidspsalm auf die einförmigen, langsam dahinziehenden Wogenrücken der Töne emporhob.
Olav setzte sich wieder hin, als der Psalm begann. Manchmal versank er in Halbschlummer – erwachte davon, daß er eingenickt war –, dann hüllte der Schleier des Schlafes ihn wiederum ein, die Gedanken verwirrten sich darin. Bis er ganz wach wurde bei den Tönen des Salve Regina und dem Geräusch der Prozession, die sich vom Chor herab bewegte. Das Volk rückte ins Mittelschiff vor, während der Zug von weißen und schwarzen Mönchen singend dahinschritt.
»Et Jesum*), benedictum fructum ventris tui, nobis post hoc exilium ostende. O clemens, o pia, o dulcis Virgo Maria!«
Olav ging rasch zum Bollwerk hinunter. Es war jetzt auch draußen dämmrig, Fledermäuse huschten wie Rußflocken im Zwielicht umher. Er mußte noch vor Einbruch der vollen Dunkelheit an Bord des ›Renntiers‹ sein – am Abend zuvor hatte ihm das Boot der Flußwache eine Mahnung zugerufen. Bis ins Innerste hinein empfand er, wie wohl ihm dieser Abendgottesdienst tat. Es war der gleiche, den er in

*) Et Jesum etc.: Und zeige uns Jesum, die gebenedeite Frucht deines Leibes, nach dieser unserer Verbannung. O du milde, o du heilige, o du süße Jungfrau Maria!

Hamar, in Oslo, in dänischen und schwedischen Häfen gehört hatte – in guten und in bösen Zeiten war er stets zum Abendgesang gegangen, überall wo er hinkam, gab es ein Predigerkloster. – An einem Abend hatte er hier in London auch Nonnen singen hören, zum erstenmal in seinem Leben; er war bisher noch nie in die Kirche eines Frauenklosters gegangen, hier aber hatte Tomas Tabor ihn eines Abends mit in ein Nonnenkloster genommen. Seltsam rein hatte es sich angehört – aber dennoch wühlte es nicht so das Tiefste in ihm auf. Die klaren, hellen Frauenstimmen flossen dahin wie lange goldene Wolkenstreifen am Himmelsrand zwischen Erde und Himmel. Aber sie hoben sich nicht empor von einer Welt, auf die sich das Zelt der Dunkelheit herabsenkt, so wie der Lobgesang eines Chores von Männern auf der Wache gegen den Einbruch der Dunkelheit.

Tomas Tabor trat an die Reling, als Olav an der Schiffsseite anlegte. Nun sei es bald Nacht, klagte er, und Leif sei nicht gekommen – er bleibe wohl auch diese Nacht an Land, und morgen würde er sich darauf hinausreden, daß er nicht rechtzeitig genug ein Boot gefunden habe. Olav schwang sich über die Reling aufs Schiff.

»Du mußt ihm den Landurlaub verweigern, Olav! Er ist wohl nicht so zuverlässig, wie wir glaubten, der Leif!«

»Es sieht so aus.« Olav zuckte mit den Schultern, lachte einmal kurz auf. Die Männer gingen nach achtern, krochen unter den Aufbau.

»Ich glaube, diese Dirne draußen in Sudrvirke hat ihn ganz und gar verhext.«

Sie schlüpften in ihre Säcke, aßen ein Stück Brot im Liegen.

»Es wird wohl noch damit enden, daß der Junge ein Messer zwischen die Rippen bekommt. Es sind die schlimmsten Räuber und Unmenschen, die sich da draußen aufhalten.«

»Ach, Leif nimmt sich wohl in acht –.«

»Er ist selber so rasch mit dem Messer bei der Hand – du mußt es tun, Olav, mußt ihm verbieten, allein an Land zu gehen.«

»Der Junge ist doch alt genug, ich kann ihn nicht mehr hüten.«

»Mein Gott, Olav – wir waren doch wohl auch nicht so weise und vorsichtig mit siebzehn Wintern –«

Olav schluckte den letzten Bissen Brot hinunter. Nach einer Weile sagte er: »Nein, nein. Wenn er nicht rechtzeitig an Bord zurückkehren kann, dann soll er keinen Urlaub mehr bekommen. – Im übrigen könnte er sich jetzt wohl genugsam vergnügt haben, so daß es eine Zeitlang anstehen kann.«

– Bald darauf: »Mir scheint, es fängt wieder zu regnen an«, sagte der alte Tomas.

»Ja – es hört sich so an –«, erwiderte Olav schläfrig.

Der Regen trommelte auf das Dach über ihnen, klatschte auf die Planken; es rauschte von den Regentropfen, die auf die Wasserfläche des Flusses fielen. Die Männer rückten tiefer unter das Dach hinein, so weit es ihnen möglich war, schliefen ein, während der sommerliche Regenschauer über die Stadt hinzog.

Torodd und Galfrid blieben im Westen, so hatte es den Anschein – es war vielleicht nicht so leicht, das Erbe des Dom Jon ausgeliefert zu erhalten. Olav war dies ganz recht so – und die Tage gingen, einer wie der andere.

3

Olav hatte eines Abends in der Kirche in seinem Winkel gesesssen und dabei halb geschlafen. Als er das Scharren von Füßen oben im Chor vernahm, erhob er sich und ging ins Mittelschiff vor.

Gerade ihm gegenüber stand drüben auf der Frauenseite eine Statue auf einem Pfeiler, Maria mit dem Kinde im Arm, auf der Mondsichel stehend. An diesem Abend brannte eine dicke Wachskerze vor dem Bild. Darunter kniete ein junges Weib. Zu gleicher Zeit, da Olav sie ansah, wandte sie ihm ihr Gesicht zu –.

– Einen Augenblick war es ihm, als stocke ihm der Atem, und er vergaß sich selber und alles ringsum, denn dies war Ingunn, sie kniete dort, keine fünf Schritte von ihm entfernt –.

Dann besann er sich auf Zeit und Ort und darauf, daß sie ja tot war, und wußte nicht, was er glauben sollte – er hatte das Gefühl, als bleibe das Herz in ihm zitternd stehen, er wußte nicht, ob es Schrekken oder Freude war, die ihn aller Macht beraubten, ob er eine Tote sah –.

Das schmale Gesicht mit der niedrigen Nase und dem langen weichen Kinn – der Schatten der Wimpern auf den reinen Wangen. Über der Schläfe wölbte sich, verdunkelnd, eine Woge goldbraunen Haares; ein durchsichtiger Schleier fiel in weiten Falten vom Scheitel über die zarten schrägen Schultern herab.

Noch während er den ersten Anblick ihrer Lieblichkeit trank, begriff Olav, daß dies vielleicht nicht sie war –. Wie konnten aber zwei Menschen einander so ähnlich sein! So fein und schlank von der Mitte bis zu den Knien hinunter, die langen Hände mit den dünnen Fingern – sie hielt ein Buch vor sich, und ihre Lippen bewegten sich leise – jetzt wendete sie das Blatt. Sie kniete auf einem roten Seidenkissen.

Erkältend beschlich ihn der Gedanke, daß es doch wohl nicht sie sei. Wie wenn einer aus tiefem Schlaf erwacht, sich nach und nach in dem Raum auskennt, wo er ist, und fühlt, daß der andere ein Traum war – so fühlte er jetzt eins nach dem anderen:

Sein armes Weib, sie hatte nicht im Buch lesen können. Und sie hatte wohl niemals solche Kleider besessen. Und während er das reiche Gewand der fremden Frau betrachtete, stieg ein bitteres Mitleid mit Ingunn in ihm auf – *ihr* hatte niemals jemand ähnliches geschenkt. Er entsann sich ihrer, wie sie all die Jahre auf Hestviken gelebt hatte, kränklich und der Jugend und Anmut beraubt, arm und ungepflegt, in den derben bäurischen Falten des Frieskittels. *Sie* hätte ein solches Leben haben sollen wie jene, die auf ihrem roten Seidenkissen kniete, rotwangig, gesund und geschmeidig; ihr Umhang lag weit auf den Steinfliesen rings um sie ausgebreitet, und er bestand aus einem kostbaren dunklen Stoff; das Gewand war geschlitzt, so daß Brust und Arme hervorleuchteten, nur in die dünne goldgelbe Seide des Unterkleides gehüllt. Halb verborgen in den Falten des Ausschnittes schimmerte ein großer Rosenkranz – einige Perlen waren weinrot, und es funkelte in ihnen, je nachdem die Brust sich beim Atmen hob oder senkte. Die Frau war blutjung –. Sie sah aus wie Ingunn, damals, als sie in der Hamarskirche kniete, kindlich jung und schön unter der Frauenhaube.

– Die Fremde mußte sein ununterbrochenes Anstarren bemerkt haben – jetzt blickte sie zu ihm auf. Wiederum fühlte Olav sein Herz gleichsam versagen: sie hatte auch die gleichen großen und dunklen Augen und den unsicheren, zögernden schrägen Blick – so wie Ingunn die Menschen angesehen hatte, mit denen sie zum erstenmal zusammentraf. *Ihn* hatte sie niemals so angesehen – und im Innern des Mannes stieg ein dunkles und formloses Gefühl auf, daß er um etwas betrogen worden sei, weil Ingunn *ihn* niemals zum erstenmal angesehen hatte.

Die junge Frau blickte wieder in ihr Buch, ihre Wangen waren rot geworden, die Augenlider zitterten unruhig. Olav merkte, daß er sie durch sein Anstarren belästigte. Da versuchte er, es zu unterlassen. Aber er konnte an nichts anderes denken als daran, daß sie hier war – immer und immer wieder mußte er hinüberspähen. Einmal begegnete er ihrem verstohlenen Blick, scheu und neugierig – rasch sah sie wieder zu Boden.

Die Prozession kam vom Chor herab. Die Weihwassertropfen brachten ihn wieder ganz zur Besinnung. Aber seltsam war es dennoch, daß er hier in London eine Frau sehen sollte, die seinem toten Weib so ähnlich war. Und jung genug, um ihrer beider Tochter zu sein –.

Ihm fiel ein, daß er seine Abendgebete noch nicht gesprochen hatte, er kniete nieder und sagte sie auf, aber ohne an das zu denken, was er flüsterte. Da sah er, daß sie in seine Nähe kam – sie strich so dicht an ihm vorbei, daß ihr Überwurf den seinen streifte. Als er sich aufrichtete, stand sie ganz nahe, mit dem Rücken zu ihm. Sie hatte ihre Hand auf die Schulter eines Mannes gelegt, der noch kniete. Hinter ihr stand eine alte Dienerin in einem Kapuzenumhang.

Der Mann erhob sich; Olav begriff, daß dies der Gemahl der fremden Frau sein mußte. Ihn kannte Olav gut vom Sehen, denn er kam beinahe jeden Tag in diese Kirche. Er war blind. Er war jung und ging stets sehr kostbar gekleidet, und man hätte ihn nicht häßlich nennen können, wäre nicht die große Narbe über den Augenbrauen und wären nicht die toten Augen gewesen – das linke schien ganz zu fehlen, das Lid klebte tief in der Höhle, während vom rechten Auge noch ein Streifen unter dem Lid zu sehen war, und dieser Streifen war grauweiß und mit dunklen Adern durchzogen, wie die Steine am Strand es manchmal sind. Das Gesicht war bleich und gedunsen wie das eines Gefangenen – er sah aus, als säße er viel im Haus –; der kleine, schön geformte Mund war in den Winkeln herabgezogen, tief und müde, das schwarze gelockte Haar fiel in feuchten Strähnen auf die Stirn herab. Er war mittelgroß und gut gebaut, aber ein wenig dick.

Olav stand vor der Kirchentür und sah ihnen nach: der blinde Mann hielt im Gehen die Hand auf die Schulter seiner Frau gelegt, und hinter ihnen folgten die Dienerin und der Knecht. Sie gingen in nördlicher Richtung durch die Straße.

In dieser Nacht konnte Olav keinen Schlaf finden. Er lag da und fühlte, wie das Schiff schwach im Strom schaukelte, und vernahm den Laut des Wassers unter sich – und durch seine Gedanken zogen Erinnerungen – an Ingunn, da sie beide jung waren. Dann und wann zogen sie rascher vorüber, trieben schneller dahin, wurden wirr und verdichteten sich zu Traumgesichten. Ihn dünkte, er habe seine Arme geöffnet, um sie zu empfangen – fuhr auf mit einem Satz, hellwach –

fühlte, daß er von Schweiß durchnäßt war, seltsam und matt an allen Gliedern.
Es wurde zu warm in dem Fellsack, Olav schlüpfte heraus und ging aufs Deck hinauf. Dort war alles tropfnaß vom Tau – der Himmel wölbte sich in dieser Nacht klar über dem ewigen leichten Nebel, der über dem Strom und dem feuchten Flußgelände dahinzog. Ein paar große Sterne glänzten wäßrig durch den Dunst. Das Wasser gurgelte und rann unter dem Pfahlwerk des Ufers dahin. Irgendwo in der Dunkelheit draußen ruderte jemand –.
Olav setzte sich auf die Waffenkiste im Steven. Über die Reling gebeugt, starrte er in die Nacht hinaus. Der Rand von Wäldern draußen im Süden schimmerte schwarz gegen den dunklen Himmel. In weiter Ferne bellte ein Hund. – Immer noch zogen Erinnerungen und Träume durch sein Gemüt; es war seine und Ingunns Jugend, die vor seinen Blicken stand. Alle Jahre seit damals, die Zeit seiner Verbannung, die Unglückszeit, die hereinbrach und alle Hoffnungen zerschlug, alle darauffolgenden Jahre, in denen er versucht hatte, seine Last und auch die ihre zu tragen, so gut er konnte – es war, als zögen sie an ihm vorüber, entschwänden dem Blick, und als steuerte er zurück, gegen den Strom –.
– Schließlich fuhr er auf – er war auf der Kiste eingeschlummert; jetzt fror er bis ins Innerste. Nun konnte er gewiß schlafen, wenn er wieder hineinkroch und sich hinlegte. Draußen dämmerte schon der Morgen.
Er knurrte, als Tomas Tabor kam und ihn weckte – diesmal könne Tomas Leif mit zur Messe nehmen, dann würde er an Bord bleiben.

Gegen Nachmittag machte Olav sich bereit, in die Stadt zu rudern. Es war jetzt tagsüber warm; er hielt es nicht aus, unter dem Kittel das Koller zu tragen, das er mit nach England genommen hatte – es war so schwer, aus dickem Leder und mit Wolle gefüttert. So gefährlich konnte es doch wohl nicht sein, ungepanzert zu gehen – bis jetzt war er in der Stadt noch keinerlei Gefahren ausgesetzt gewesen –, und das Wams machte ihn so dick und ungelenk. Olav gürtete sich mit einem kurzen breiten Schwert, ehe er in den Kittel schlüpfte, der an der linken Hüfte einen Schlitz hatte, so daß man leicht zu einer verborgenen Waffe gelangen konnte. Es war ein Staatsgewand, lang bis an die Füße herab, aus schwarzem, grüngeblümtem welschem Wollstoff, gut und leicht für warmes Wetter. Ingunn hatte es ihm einmal vor vielen Jahren genäht – damals hätte er viel nötiger ordentliche Arbeitskleider gebraucht; es kam nicht oft vor, daß er dieses Staatsgewand anziehen konnte, aber schön genäht und gesäumt war es. Olav wählte einen braunen Umhang ohne Kapuze, mit Marderfell verbrämt, und einen schwarzen schmalrandigen Filzhut mit Silberketten um den Kopf. Er drückte ihn so tief in die Stirn, daß sein silbergoldenes, ergrautes Haar nach allen Seiten unter dem Rand hervorquoll. Aber es war, als wollte er es sich nicht selbst eingestehen – wenn er sich Mühe gab, sah er immer noch aus wie ein schöner und stattlicher Mann, und nur wenige Leute würden darauf geraten haben, daß er schon siebenunddreißig Winter zählte.

Er ruderte in die Stadt hinein, trieb sich in den Straßen und Gassen umher. Kaum aber läutete es zur Vesper, so ging er hinunter zur Kirche der Dominikaner. Gleich nach ihm kamen der blinde Mann und seine Frau und die beiden Diener.

Olav hatte Leif nun verboten, nach der None von Bord zu gehen; statt dessen sandte er ihn jeden zweiten Morgen mit Tomas Tabor an Land. Auf diese Weise kam er selber zwar nur jeden zweiten Morgen zur Messe – doch wäre es zu schlimm gewesen, wenn der Bursche draußen in Sudrvirke in einen schlimmen Handel geraten wäre. Und sie alle hätten davon nur Scherereien, wenn einer der Leute vom Schiff an Land etwas Dummes anstellte.

Der blinde Mann kam jeden Morgen in die Klosterkirche und meist auch zum Completorium. Sie war stets zur Vesper und manchmal mit dem Mann zum Abendgesang da.

Olav wußte nicht, wer diese Leute waren oder wo sie wohnten – dachte auch nie daran, dies auszukundschaften. Es war nur das eine, daß sein Sinn völlig verändert war – alle Gedanken, die er seit Jahren zu denken gewohnt war, alle Handlungen und Sorgen des Alltags und alles, was zum Leben eines Mannes gehört, war von einer in ihm entsprungenen Quelle unter Wasser gesetzt worden. Er besaß keine Gewalt darüber – in all diesen Jahren, in denen er an seine Jugenderinnerungen gedacht hatte, hatte er sich ihrer nicht auf diese Art erinnert. Jetzt war es nicht etwas Vorübergegangenes – er wanderte mitten in ihnen dahin; es war, als sollte alles erst jetzt geschehen. Oder es war, wie wenn einer zwischen Schlafen und Wachen liegt, selber weiß, daß die Träume Träume sind, sie jedoch festhalten will, dagegen ankämpft, ganz wach zu werden. Und jeden Tag ging er hin, um die Gattin des blinden Mannes zu sehen, denn bei ihrem Anblick quollen diese traumhaft klaren Erinnerungen viel freier und reicher

empor – das Bild der jungen wohlhabenden Frau verschmolz in eins mit dem zarten, süßen Schatten der jungen Ingunn.
Und sie war ihm nicht böse darum, daß er sie so lange ansah – sie gönnte es ihm, das hatte er gemerkt. Eines Abends kam er in die Kirche, ging rasch vor und wollte sich verneigen, während er am Allerheiligsten vorüberging. Die Scheidespitze des Schwertes, das er unter dem Kittel trug, stieß hart gegen den Boden, so daß der Knauf hochsprang und ihn unter das Kinn schlug. Er hatte wohl lächerlich ausgesehen – und als er zu ihr hinüberblickte, sah er, daß sie mit einem unterdrückten Lachen kämpfte. Olav bekam einen feuerroten Kopf vor Ärger. Nach einer Weile aber, als er wieder hinübersah, begegnete er ihrem Blick, und da lächelte sie ihm zu – und nun mußte auch er lächeln, obwohl er zornig und verlegen zugleich war. Seitdem behielt er sie im Auge; sie las eifrig in ihrem Buch, die ganze Zeit aber spielte ein kleines verstohlenes Lächeln nach dem anderen wie ein immerwährendes Aufblitzen über ihr liebliches Gesicht.
Danach stand er auf dem Platz vor der Kirche, als sie herauskam, ihren Gatten führend. Sie sah ihn an, verneigte sich ein wenig – Olav wußte nicht, ob dies einen Gruß bedeuten sollte oder nicht, doch ehe er sich's versah, hatte er zurückgegrüßt, mit der Hand auf der Brust. Hinterher ärgerte er sich – wüßte er doch nur, ob sie ihn hatte grüßen wollen oder nicht.
Am Tag darauf stellte er sich um die Zeit, da die Leute zur Vesper zu kommen pflegten, vor die Kirchentür. Sie kam mit ihrem gewohnten Gefolge – Olav grüßte – sie tat aber so, als sähe sie ihn nicht, und ging hinein. Da war er ärgerlich und beschämt und wollte nicht dort hinübersehen, wo sie stand; er versuchte, dem Gesang zu folgen und nicht an andere Dinge zu denken. Aber dann fühlte er, daß *sie* ihn ansah – und als er dem Blick ihrer großen dunklen Augen begegnete, lächelte sie, so sanft und leuchtend, daß es wie Sonnenschein war.
Und von da an wechselten sie Blick und Lächeln, als seien sie alte Bekannte, obgleich sie nie ein Wort miteinander gesprochen hatten und Olav nicht einmal ihren Namen kannte.

Olav dachte nie daran, daß seine Schiffsgenossen eigentlich merken mußten, wie verändert er war. Er fühlte es nicht einmal, daß er einen Abstand zwischen sich und die beiden Knechte legte. Früher hatten sie wie Genossen und Gleichgestellte miteinander gelebt – daß Olav der Bauer auf Hestviken war und Tomas während des Winters Spielmann in Oslo, Leif jedoch der Sohn einer Witwe, die beim Plattenmeister diente – daß dieser Unterschied bestand, hatten sie gewußt, und er war so offensichtlich, daß sie daran kaum dachten, nicht öfter daran dachten, als es ihnen täglich in den Sinn kam, daß Olav hell und mittleren Alters war, während Tomas alt und grau war und Leif ein Junge, rothaarig und sommersprossig. Jetzt ging Olav zwischen ihnen einher und wußte selber nicht, daß er ihrer kaum achtete – wie ein junger Bursche, der Sohn des Anführers, sich ohne Überlegung aus der Kindheitsgemeinschaft mit den Dienstknechten des Hofes absondert an dem gleichen Tag, an dem er zum erstenmal ahnt, welche Wege vor ihm liegen und daß er zu einem anderen Schicksal ausersehen ist als die anderen.

Jedesmal, wenn Olav zur Stadt wollte, zog er den langen Kittel an, er schabte sich regelmäßig den Bart, und eines Abends war er bei einem Haarschneider gewesen. Die anderen aber taten so, als sähen sie das nicht, und Olav fiel es nicht ein, darüber nachzudenken, ob sie es beobachteten. Er fühlte es nicht einmal selber, daß er wie vertauscht war und sich betrug, wie es sich eher für einen jungen Burschen in den Zwanzigern geziemte als für einen Bauern, der auf die Vierzig zuging.

Torodd und Galfrid waren nach London zurückgekehrt, und es konnte nicht mehr so lange dauern, bis sie sich zur Heimfahrt rüsteten. Olav dachte daran mit beklemmendem Mißmut – ihn dünkte, er sei noch nicht bereit, von England wegzureisen, und jene unklaren Gedanken, daß er nicht mit den anderen heimkehren wolle, regten sich wieder in ihm. Ihm schwebte etwas vor, als sollte er in einen Orden eintreten – am liebsten in den der Mathuriner – und ins Heidenland ziehen. – Noch aber war er dazu nicht imstande. Gerade jetzt war es, als sei er taub und dumm der Stimme gegenüber, die so stark zu ihm gesprochen hatte – aber dies sollte nicht lange dauern. Er mußte nur erst etwas anderes zu Ende denken – was, das wußte er nicht so genau. Doch hatte er bereits etwas wie einen Vorgeschmack verspürt von dem Frieden, der kam, wenn ein Mann sich Gott anheimgegeben hatte. Er wußte also, daß er es tun würde.

Zwei junge Engländer hatten sich mit den Rikardssöhnen wegen der Überfahrt auf dem ›Renntier‹ verabredet – sie wollten eine Wallfahrt zu Sankt Olav in Nidaros machen. Sie waren alle beide tüchtige Seeleute. Die Rikardssöhne brauchten ihn also nicht als Steuermann –. Und nun war der Sommer schon weit vorgeschritten.

Drei Wochen waren vergangen, seit er die fremde Frau zum erstenmal gesehen hatte. Eines Abends kam sie nicht zum Abendgesang. Als Olav nach dem Gottesdienst die Kirche verließ, trat jemand an ihn heran und zupfte ihn am Umhang. Er drehte sich um – es war ihre Magd, die Alte mit der Kapuze. Sie sagte etwas – er verstand kein Wort. Und trotzdem wußte er. Er nickte schweigend und folgte der Alten.

Olav war bisher nie über das westliche Stadttor hinausgekommen. Aber er erinnerte sich, während er über die Zugbrücke schritt, daß in einer Stunde zum Feuerlöschen geläutet werden würde, und da wurden die Tore geschlossen, und er trug keinen Panzer unter dem Kittel und keine anderen Waffen als das kleine Schwert, das er in den Falten des Gewandes verborgen hatte. Doch selbst diese Bedenken konnten gleichsam den Kopf nicht über die Flut erheben, die seine Gedanken überschwemmte.

Hier westlich unter der Mauer zog ein kleiner Fluß vorbei, er kam vom Land drinnen und mündete in die Themse, trübe und stinkend von dem Abfall, der über die Stadtmauer geworfen wurde. Vor diesem Tor standen wenig Häuser, und der Grund war sumpfig längs dem Flußufer. Nach wenigen Schritten trafen sie auf einen Pfad, der durch das Moor führte. Zu beiden Seiten waren kleine, weißblanke Teiche und Teppiche aus Schilf und niederem Gebüsch.

Das flache Land weiter draußen war mit Höfen und Gehölzen und Kirchtürmen übersät, und der Himmel, der sich weit über ihnen wölbte, war mit dünnen, von der Abendsonne messinggelb gestreiften Wolken bedeckt.

Der Pfad führte wieder zu dem kleinen Fluß hinunter. Das Weib sagte etwas und deutete auf ein paar Häuser jenseits der Wiesen. Olav erblickte die Giebel eines gemauerten Steinhauses und Baumkronen und Dächer von Wirtschaftsgebäuden. Aber die Alte ging nicht auf der Seite, wo sich das Steinhaus befand, zum Hof hinauf. Sie führte ihn an einem Zaun entlang, den grüne dornige Büsche überwucherten, und Olav merkte am Geruch, daß sich dahinter das Vieh aufhielt. Dann ging es an der überhängenden Wand eines langen, aus Lehm errichteten Hauses mit Strohdach vorüber. Dort befand sich ein Tor in der Mauer, und das Weib schloß eine kleine Tür in dem einen Torflügel auf. Herber, bitterer Gestank von Schweinen schlug ihm entgegen, und in dem Durchlaß zwischen den Wirtschaftsgebäuden, den sie durchschritten, war die Erde so aufgeweicht, daß Olav beinahe bis an die Knöchel in fettem schwarzem Schmutz versank.

Sie gingen über eine kleine Wiese, auf der Leinwand zum Bleichen lag, und durch ein Gatter in einem aus Reisig geflochtenen Zaun ließ das Weib Olav in einen Garten eintreten.
Das Gras unter den Apfelbäumen war schon betaut, und in der kühlen Luft schwammen die Düfte von Obstbäumen und Dill und Sellerie und von Blumen, deren Namen er nicht kannte, aber alle gleichsam gebadet und gekühlt von der Abendluft. Hier im Garten herrschte bereits nicht mehr das volle Tageslicht.
Das Weib führte Olav in einen Winkel des Wurzgartens, wo die Büsche in einem Kreis wuchsen; sie sagte etwas. Er begriff, daß er hier stehenbleiben sollte, während seine Wegweiserin ihn verließ und zwischen den Apfelbäumen verschwand.
In nächster Nähe wuchs ein Busch hoher weißer Lilien empor, die durch die einbrechende Dämmerung leuchteten und ihren schweren, übersüßen Duft ausströmten. Da sah er, daß die Lilien am Eingang eines Gartenhauses standen, das halb zwischen den Büschen versteckt war. Olav ging ein paar Schritte näher und trat ein. Gleich bei der Türöffnung hing ein Vogelbauer aus Weidenzweigen – es war ein Vogel darin, der stumm zwischen zwei Stangen auf und ab hüpfte. Weiter drinnen im Raum sah er ein aufgeschlagenes Bett.
Das Herz hämmerte und hämmerte in seiner Brust; er blieb regungslos stehen. Ein Nachtfalter schwirrte gegen sein Gesicht, und er fuhr bei der Berührung zusammen.
Da kam sie über die Wiese oben bei den Obstbäumen gegangen; sie schritt mit gesenktem Kopf dahin und hielt das helle Gewand vorn mit einer Hand hoch. Der Umhang hing über ihre schmächtigen Schultern nach hinten, und Olav sah, daß sie nur mit dem dünnen gelben Untergewand bekleidet war – mit einem Seufzer und einem Schauer der Glückseligkeit wußte er, daß er einen Augenblick später ihren zarten, geschmeidigen Leib unter der dünnen Seide an sich pressen würde.
In der anderen Hand trug sie ein silbernes Gefäß. Jetzt stand sie dicht vor ihm, senkte ihr Haupt noch tiefer. Dann hob sie den Kelch und trank ihm zu. Olav nahm ihn entgegen und führte ihn an die Lippen – er enthielt Wein, so süß, daß er klebrig war. Und er war merkwürdig berauschend.
Olav reichte ihr den Kelch zurück – die junge Frau behielt ihn eine Weile in der Hand; dann ließ sie ihn ins Gras fallen. Und nun hob sie ihr Antlitz, blickte in das seine auf. Die großen Augen, die geweiteten Nasenlöcher und der halbgeöffnete Mund waren wie Ab-

gründe von Dunkelheit in der bleichen länglichen Rundung. Olav machte einen Schritt vorwärts und schlang die Arme um das schlanke, in Seide gehüllte Weib.
Sie sank an ihn hin, ihre eiskalten Finger umfaßten seinen Nacken. Olav zwang ihren Kopf unter seinen Mund, zuallererst wollte er ihren Duft einsaugen – und empfand mit einem Ruck des Unwillens, daß sie nach Salbe roch, fett und widerlich süß. Trotzdem küßte er ihr Haar, aber der ekle Geruch des Öles, mit dem sie sich eingerieben hatte, erfüllte seine Sinne mit Widerwillen – wie ein Verrat; er hatte nach dem Duft jungen Haares und frischer Haut gedürstet.
Unwillkürlich drehte er den Kopf weg. Er wußte wohl, daß reiche Frauen sich mit solchen wohlriechenden Sachen einzureiben pflegten. Aber es widerte ihn an, obgleich er fühlte, wie hingegeben sie sich an ihn lehnte; er, der seit Jahr und Tag kein Weib mehr an sich gedrückt hatte, stand hier mit vollen Armen da. Und trotzdem rieselte es erkältend durch ihn, daß diese hier ihm fremd war –.
Nein, das war nicht sie – und es war, als höre er von irgendwo draußen Rufe erklingen; eine Stimme, die er nicht mit seinen leiblichen Ohren vernahm, rief ihm zu, laut und wild vor Angst, wollte ihn warnen. Von irgendwoher, wie aus der Erde unter seinen Füßen, schrie es – Ingunn, so wußte er, die wahre Ingunn, kämpfte darum, ihm zur Hilfe zu kommen. Er begriff, daß *sie* sich in äußerster Not befand; in den Banden einer Ohnmacht oder Sünde kämpfte sie darum, durch das Dunkel hindurch, das sie beide trennte, von ihm gehört zu werden –.
Die Frau hing mit verschlungenen Armen an seinem Hals, und ihr Kopf bohrte sich in seine Achsel ein; Olav hielt sie noch umfaßt, während er über ihren Kopf hinweg hinausstarrte und lauschte, sein eigenes Begehren nicht erlöschen, aber gleichsam dahinbrausen fühlte, weit vorüber an dieser. – Ingunn rief ihn, sie fürchtete, er könnte nicht verstehen, daß diese Fremde jemand sei, der ihre Gestalt entliehen hatte und ihn hinunterziehen wollte. Nein, nein, Ingunn, ich höre dich – ich komme –.
Er spannte alle Sinne an, um den gellenden Jammerruf klar zu erfassen, den er nicht mit seinen leiblichen Sinnen vernahm, und nicht mit seinen leiblichen Augen erblickte er eine Gestalt, die unter Falten von Finsternis kämpfte. Jetzt ließ es nach –.
Olav löste behutsam die Hände der fremden Frau von seinem Nakken, wich ein wenig von ihr zurück. Sie folgte, und nun blickte sie auf – es war, als sollte er ohnmächtig werden, als er ihrem erschrok-

kenen, sanften Tierblick begegnete. Sie war Ingunn so ähnlich, daß er krank wurde vor Begierde danach, den lebenden Mund zu küssen – trotzdem wußte er deutlich, es war eine Fremde, die bittend und forschend zu ihm aufstarrte, aus der Tiefe von Augen, die so entsetzlich ähnlich waren. Aber er hatte das Gefühl, als müsse er seine äußerste Kraft anspannen, um sich von ihr loszureißen – es war wie die Versuchung in den schlimmsten Nächten, wenn er an den Fjord denken mußte – untergehen und allem entkommen –.

»Nein. Ingunn, ich höre dich –. Hilf, Maria!«

Sie warf sich an ihn, als er zurückwich, wie eine Welle den Schiffsbug trifft, und er richtete sich unwillkürlich auf die Fußspitzen auf, als er sie von sich abschüttelte. Die langen weißen Hände waren das letzte, was ihn streifte. Er wandte sich ab und ging rasch hinaus –.

Hinter sich hörte er einen gedämpften, langgezogenen Schrei – und dann Rufe, Worte, die vor Hohn und Wut winselten. Er schwang sich über den Zaun – der Kittel verfing sich für einen Augenblick. Jetzt werden wohl Leute kommen, dachte Olav, sie ruft sicherlich ihr Gesinde –. Er lief über die Bleiche und hinein zwischen einige Stallgebäude, kam an die Palisade. Sie war zweimal so hoch wie ein Mann und mehr als das –.

Wie er über sie hinweggekommen war, wußte er selber nicht, als er außerhalb auf einer kleinen trockenen Wiese zwischen Grashalmen stand – ihm schien es, als habe er etwas weggeschoben, und gleichzeitig dünkte ihn, daß ihm das schon einmal widerfahren war – daß er schon einmal über einen Zaun geflohen war.

»So war das also.« Er hatte es laut gesagt, stand auf dem Sprung und lauschte, ob er vom Hof her etwas höre. Er befand sich auf einer anderen Seite des Hofes als jener, von der er mit der Alten hereingekommen war. Olav vernahm nichts – dann lief er quer über die Wiese, wo es am nächsten zum Dickicht war.

Als er durch das Gehölz gekommen war, fand er einen Weg, der an einigen Erdhütten vorbei ans Moor hinunter und zu einem kleinen Bach führte. Er wußte nicht genau, wo er war – irgendwo am Grund eines Tales –, aber er folgte dem Pfad längs dem Bache und dachte unterdessen, daß nun die Stadttore geschlossen seien und die Dunkelheit rasch zunehme; er konnte nicht in die Stadt gelangen – und wohl kaum noch in dieser Nacht zum Schiff hinaus. Nun, das war gleichgültig. – Er fuhr sich mit der Hand ins Haar und merkte, daß er seinen Hut verloren hatte. Ja, ja, es war gleichgültig –. Jetzt gelangte er an einen Steg, und als er auf der anderen Seite den Hang hinaufstieg, erblickte er in der Dämmerung die helle Stadtmauer und den hohen, bleichen Wachtturm. Er folgte weiter dem schmalen Pfad über die Äcker, landeinwärts – auf der Seite zur Themse hinunter schien grundloser Sumpf zu sein.

Wie weit und wie lange er so gegangen war, wußte er nicht, aber er glaubte, sich irgendwo nördlich der Stadt zu befinden. Wassertümpel leuchteten draußen in der Dunkelheit auf, und irgendwo bellten und heulten große Hunde mit rauhen Stimmen. Olav wußte, daß die Jägergilde der Stadt ihre Hundezwinger draußen auf dem Lande hatte. Aber es klang häßlich so in der Dunkelheit.

Links vom Weg erblickte er einen Hang, auf dem große Bäume standen – darunter leuchtete es schwach von welkem Laub. Olav erkannte, ohne sich dessen bewußt zu werden, daß der Hang hier so trocken und gut war, wie er ihn sich nur wünschen konnte. Er kletterte hinauf – dorniges Gebüsch riß und zerrte an seinen Kleidern. Dann fand er eine passende Mulde, legte sich hin und hüllte sich, so gut er konnte, in seinen Umhang.

Jetzt fühlte er, daß er über und über mit Schweiß bedeckt war, fast bis an die Hüften naß und schmutzig, nicht nur die Strümpfe, sondern auch das Gewand. Olav nahm sein Schwert ab, behielt es in der Hand und legte sich auf die Seite, das Schwert unter sich. Er schlief sofort ein.

In stockfinsterer Nacht erwachte er, erstickt von Entsetzen, und glaubte geschrien zu haben. Noch mit den Schatten seines Traumes kämpfend, wußte er nicht, wo er sich befand – er lag auf der bloßen Erde, und rings um ihn herrschte ein Dunkel, das flimmerte und sich bewegte, und er war naß und eiskalt, und das Herz wollte ihm brechen vor Verzweiflung und Schuldbewußtsein und Reue. – Er lag auf welkem Laub –.

– Dann dämmerten die Erinnerungen – an sein Abenteuer und an den Traum, verschmolzen in eins. Gleichzeitig, wie er sich erinnerte, auf welche Weise er dazu gekommen war, diese Nacht im Wald draußen zu liegen, entsann er sich auch des Traumes, und langsam ebbte das Entsetzen ab – unheimlich schien ihm der Gedanke daran auch jetzt noch, aber es war doch nur ein Traum – und er hatte es nicht getan, nicht einmal im Traum konnte er sich erinnern, daß er dem jungen Kind etwas zugefügt hatte. Er hatte ja seinen dreischneidigen Dolch überhaupt nicht mit auf der Reise; der lag daheim in seiner Truhe.

Ihm war gewesen, als stünde er an einem Bett – in der Finsternis, wohl in einem Wald – an einem Bett voller welken, nassen und verrotteten Laubes, und halb in dem Laub vergraben lag ein nackter Mensch. Das Laub verdeckte ihn bis zur Mitte und verbarg den oberen Teil des Gesichts. Er wußte nicht sicher, ob es ein Bursche oder ein Mädchen war, doch er glaubte, es sei ein junges Mädchen – die kindlich flache Brust war so weiß und schien so weich – und unter der linken Brustwarze sah er eine dreikantige Wunde, als habe jemand einen dieser Dolche mit dreischneidiger Klinge bis ans Heft hineingestoßen. Ein wenig Blut war aus dem untersten Winkel der Wunde geflossen – aber es war eine jener häßlichen stummen Wunden, die beinahe nicht bluten – das Blut fließt nach innen und ertränkt und erstickt den Herzschlag.

Und das tödliche Grauen bestand darin, daß er gemeint hatte, dies sei sein Werk, und er vermochte das nicht zu ertragen –. Er wollte die Tote auf seinen Schoß nehmen; er mußte sie wieder zum Leben bringen. Obgleich er sich nicht erinnern konnte, geträumt zu haben, daß er dem Kind den Dolch in die Brust stieß. Und es war nur ein Traum.

Es wehte ein leiser Wind, in den Baumkronen seufzte es, und das Laub rauschte. Vor Kälte zusammenschauernd lag er da und versuchte die Dinge rings um sich in der Dunkelheit zu unterscheiden. Ein kleines Tier raschelte in dem dürren Laub. Der Traum quälte ihn immer noch. Und er begriff nicht, was er bedeuten sollte – soviel ihm bewußt war, hatte er doch einer *Frau* niemals Unrecht getan, mit Ausnahme von Torhild, diese hier aber war ein kleines Mädchen. Er entsann sich genau des toten Kindergesichts im Laub: das Kinn war kurz und breit, der Mund voll, das Haar dunkel, es hing nicht länger als bis auf die Schultern herab. Er vermochte sich nicht zu erinnern, jemand zu kennen, der ihr glich.

Cecilia konnte es nicht sein, sein blondhaariges Kind. Warm und befreiend durchfuhr es ihn, daß es nicht eine Gefahr bedeuten konnte, die ihr drohte.

Aber seine Gedanken wollten den Traum nicht loslassen. Ob es ein Gaukelspiel der bösen Mächte war oder eine Warnung, die er nicht deuten konnte – noch nicht? Und er dachte an das Abenteuer an diesem Abend – war es Wirklichkeit oder eine Sinnestäuschung? So ähnlich war sie Ingunn gewesen, daß es nicht mit rechten Dingen zugegangen sein konnte – und er hatte gefühlt, daß Ingunn selbst zugegen gewesen war, ganz in seiner Nähe, jammernd in einem Flammenmeer von Kummer und Ohnmacht –. Und plötzlich erkannte er es – *wenn* sie nicht vermocht hätte, sich ihm hörbar zu machen, wenn sie dort, wo sie war, in ihren Fesseln von Finsternis und Tod und Machtlosigkeit, Zeugin davon geworden wäre – daß er sich der Huldin, oder was sie sein mochte, anheimgab –.

Es war, als zerbräche etwas in ihm, und Trauer und Zärtlichkeit strömten blutwarm über und erfüllten sein Wesen, tauten es auf und erweichten jede Faser in ihm – so nahe daran war er gewesen, sie zu zerschmettern – nachdem er in all den Jahren, während sie lebte, danach gestrebt hatte, sie nach besten Kräften über alles hinwegzutragen.

– Da erinnerte er sich plötzlich, daß er »Hilf, Maria!« gerufen hatte – wunderte sich selber: es war Jahr und Tag her, seitdem er *sie* um etwas gebeten hatte. Ihn dünkte, er müsse sich für zu gut dazu halten, bei ihr um Hilfe zu bitten, solange er mit Absicht ihrem Sohn trotzte. Er hatte sein Ave gebetet, wie er es von Kindesbeinen an gewohnt war, um ihr die Ehren zu erweisen, die ihr mit Recht zustanden, niemals aber, um etwas zu gewinnen. Und so hatte er nun an diesem Abend nach ihr gerufen, wie ein verirrtes Kind nach seiner Mutter ruft –.

Olav drehte sich auf die andere Seite, legte den Kopf so auf den Arm, daß das Gesicht verdeckt war, um die Dunkelheit abzuwehren. Salve Regina, mater misericordiae – er wollte das Antiphon immer und immer wieder beten, bis er einschlief und an nichts anderes mehr dachte. Ja, Maria, jetzt werde ich kommen und bei unserm König um Gnade bitten –.

– Von Zeit zu Zeit schlummerte er ein wenig, erwachte, schlief wiederum ein und taumelte durch eine Reihe von Traumbildern, die nicht zusammenhingen, über denen allen aber doch eine dunkle Unheimlichkeit schwebte – jedesmal erwachte er mit einem schmerzlichen Zusammenzucken im Herzen. Jedesmal aber legte er sich wieder hin und richtete seine Gedanken mit seinem ganzen Willen auf das eine: auf das Gebet, das in dieser Nacht sein Schild sein sollte.

Und so erwachte er schließlich und fühlte, daß die Sonne schien und daß er ausgeruht war. Und in seinem Gemüt verweilte noch der Nachgeschmack eines Morgentraumes, wie Süßigkeit und Sicherheit ohnegleichen.

Die feuchte Kälte der Erde war ganz in ihn eingedrungen, er blieb jedoch liegen, starrte auf den Waldboden hin, wo der Tau blau und weiß im Morgenlicht glitzerte. Dicht an dicht reihten sich die Tropfen an jedem Halm auf. Von den Büschen mit den dunklen, harten und dornigen Blättern leuchtete es wie geschliffener Stahl. Tiefer drinnen im Wald schwebte blauer Dunst zwischen den Bäumen, die Efeuran-

ken in grüne Decken einhüllten. Und der Traum durchsickerte sein Gemüt wie sanftes milchiges Morgenlicht.
Ihm war es gewesen, als läge er im Schoß einer Frau, den Kopf unter ihrem Herzen, und aus der tiefen begierdelosen Süßigkeit, die er fühlte, erkannte er, wer sie war, und er sprach es aus: Mutter! Er entsann sich nicht, wie ihr Gesicht aussah – entsann sich dessen nicht jetzt – im Traum aber meinte er ihr Gesicht wiedererkannt zu haben, obgleich er ja noch ein Säugling gewesen war, ohne Verstand, als sie starb.
Auch Arnvid war einmal im Traum aufgetaucht, in einem langen weißen Gewand – wohl die Ordenstracht –, und Arnvid hatte mit seiner Mutter gesprochen, aber sie hatten gleichsam über seinen Kopf hinweg miteinander geredet, als sei er ein Wickelkind, das die Mutter im Schoß halte. Bischof Torfinn hatte er ebenfalls gesehen. Sie waren allesamt durchleuchtet, wie Wolken von dem Sonnenlicht dahinter erfüllt sein können, aber es leuchtete nicht auf ihn herab, und er begriff, daß es nicht die Sonne war, sondern ein Wissen, oder ein Gesicht, das jenen zu eigen war, das aber er nicht besaß, er sah nur das Licht davon in ihnen –.
Nicht weit entfernt begann eine kleine Kirchenglocke zu läuten. Olav stand auf, steif und verforen. Übel zugerichtet sah er aus: Das Obergewand war zerrissen und beschmutzt. Olav klopfte sich ab und zupfte Laub und Halme weg. Hätte doch nur sein Umhang eine Kapuze gehabt –. Er zog ihn aus und trug ihn über dem Arm, auf die Weise sah es doch nicht so seltsam aus, daß er barhaupt ging.
Olav folgte dem Klang der Glocke. Der Pfad führte am Waldrand entlang. Als er die Spitze des Buchenwaldes umschritten hatte, warf er unwillkürlich einen Blick nach Westen hinüber – dachte gleichzeitig, es würde gewiß nicht viel nützen, sich nach dem Hof umzuschauen: *der* lag heute wohl kaum dort. Die kleine Kirche, von der das Glockengeläute kam, stand auf einem Hügel jenseits eines Baches. Er ging darauf zu – in dem sicheren Glauben, dort die Lösung all dessen zu erfahren, was er nicht begriff.
Es war ein kleiner, kahler und ärmlicher Raum, und die Luft wehte einen feucht und modrig an; Olav merkte, daß hier nicht oft Gottesdienst abgehalten wurde, und die Messe, die in diesem Augenblick gelesen wurde, galt den zehn bis zwölf ärmlich gekleideten Männern, die in der Nähe des Altars standen, mit einer Fahne in ihrer Mitte – es war wohl irgendeine kleine Bruderschaft, die ihren Festtag feierte. Die Leute hatten sich nach besten Kräften schön gemacht. Aber das

Meßgewand des Priesters war fadenscheinig, der Diakon und die Chorknaben schienen stumpf und bewegten sich ohne Anmut und Würde, während der Priester den Gottesdienst so eilig abhaspelte, als dächte er nur daran, ihn schnell zu überstehen.

Irgendeine Botschaft für sich konnte Olav nicht erkennen – außer der einen, daß er fremd und arm zwischen den armen Menschen stand, die mit ihm an diesem nachlässigen Gottesdienst teilnahmen. Es wurde noch klarer für ihn, wie wenig ein älterer Mann in der Welt gilt, wenn er der Güter und der Verwandtenmacht entkleidet wird, die seinen Wert vermehren. Und er würde dies immer gründlicher und gründlicher lernen müssen, je weiter er sich von der Heimat entfernte – das erkannte er nun.

Er hatte das schon früher einmal gelernt, so erinnerte er sich – in seiner Jugend, in den Jahren der Verbannung. Eine klare, kühle Bitterkeit stieg in ihm auf. War er darum heimgekehrt, und hatte er darum all die Jahre mit seiner einzigen Liebe wie in einem finsteren Haus gesessen – damit Gott ihn nun hinausführen, die Tür hinter ihm verschließen und ihn wiederum auf die weite Wanderschaft senden konnte?

Er *sah* seinen Hof wie in einem Gesicht – klarer, als er ihn je mit seinen Augen gesehen hatte. Das Bollwerk und die Schuppen, unter deren Pfeilern das Wasser des Fjords gluckste, die lange Reihe sonnverbrannter Hausdächer und braungrauer Giebel auf dem Hügel oben, und die Roßwand dahinter, seine Äcker zwischen grauen und roten Felsen, die Klippen ringsum grau und verwittert, mit verwehten Kiefern nach der Seite des Fjords, landeinwärts im Tal aber Wiesen, und dann der Wald. Es war keine so große Herrlichkeit, daß er nichts Schöneres gesehen hätte, aber es gehörte *ihm*; von hier aus waren seine Väter in die Welt hinausgezogen, und hierher waren sie zurückgekehrt. Wenn auch alles übrige in seinem Leben anders eingetroffen war, als er erwartet hatte, sein Erbe hatte er zurückgewonnen und erhalten – er ließ nicht weniger zurück, als er empfangen hatte. Es gab jetzt Schiffe an den Bollwerken dort, große und kleine, es gab Äcker und Wiesen, die er von neuem aus dem vermoosten und mit Erlen überwucherten Erdreich im Kverntal gerodet hatte.

Die armen Männer traten in geschlossener Schar vor den Altar hin. Jetzt sah er das Bild auf ihrer Fahne: Jesus, von der Last seines Kreuzes niedergedrückt dahinschreitend, und ein Mann, der ihm folgte und ihn stützte, der Bauer von Kyrene. Es war wohl eine Gilde von Lastträgern. Ein Diakon gab Olav ein Zeichen – glaubte, daß er zum

Gefolge gehöre. Olav schüttelte den Kopf und kniete dort nieder, wo er gestanden hatte, hinten bei der Tür.

Und in dem unscheinbaren Gewand der Hostie stieg der Himmelskönig herab und schenkte sich seinen armen Freunden – Olav war der einzige hier, der nicht an den Tisch des Herrn vorzugehen wagte. Jahrelang war er sich bewußt gewesen, daß er, wenn er an Ostern vorgehen *mußte,* hinging, wie Judas an den Tisch des Abendmahls getreten war. Früher, als Kind, hatte er nie begreifen können, daß Judas dies wagte – er mußte doch wissen, daß Gott wußte, was er getan hatte. Nun erging es ihm selber so wie Judas von Karioth: er lebte unter seinen christlichen Mitmenschen, sie schätzten ihn als einen guten Christen, wie die Apostel ihren Freund Judas noch geschätzt hatten, als sie sich an jenem Abend zu Tisch setzten. Und selber hatte er nur daran gedacht, daß er mitten in der Schar allein war mit Ihm, der seinen Verrat kannte.

So weit war es mit ihm gekommen. Obgleich sein Gemüt einstmals wie ein junger Acker dagelegen hatte, mit einem frischen grünen Hauch des guten Getreides, das darein gesät worden war: das Erbe seiner Vorfahren, getreuer Männer, furchtloser Männer, die nicht ihrem verlorenen Glück nachtrauerten, solange sie nur ihre Ehre rein erhalten konnten. So aber hatte er sich selbst gebettet, sein Leben war nun wie jene verkommenen Äcker, die er vorgefunden hatte, als er nach Hestviken heimkehrte, überwuchert von wildem Gestrüpp –.

Olav blickte auf. An der Wand, ihm gerade gegenüber, war ein Bild gemalt: Christus, der am Hochzeitstisch zu Kana saß. Und in seiner Nähe stand Maria; sie wies mit der Hand auf die Schenkburschen, ihre Augen aber blickten geradeswegs in die jenes Mannes, der bei der Tür kniete: »Was er euch sagt, das tut.«

Olav wußte nicht, ob er die Worte von außen her oder in seinem Innern vernommen hatte.

So rode also, o Herr, wie der Bauer mit Feuer und Stahl rodet – nimm Dein Erbe wieder zurück, auf daß es für Dich Frucht tragen kann!

Noch einmal sah er Hestviken wie in einer Sinnestäuschung. Sah ein Meer vor sich, grau, die Wogen von Silberflecken glitzernd, sah die Küste, die dahinter graublau versank. Und er sah sich selber, so klein und so allein wie ein Mann, der auf der äußersten Schäre im Meer draußen steht. Einsam wartete er auf Ihn, der über das Wogengeglitzer schreitet, wie ein Bauer über seine Äcker geht, und den Stürmen Einhalt gebietet, wie ein Bauer sein Pferd zum Stehen bringt. Und

frei war der Mann auf der Schäre, so frei, wie keiner dies begreifen kann, außer einem, der die lange Nacht der Todsünde hindurch im Finsteren erstickt worden ist.
Zwischen den Messedienern, die die Kerzen trugen, schritt der Priester die Reihe der armen Arbeiter ab. Sooft er eine Hostie aus dem Ziborium nahm, betete Olav leise. Du reicher Christus – hab Erbarmen mit mir! Du reicher Christus – er hatte nie vorher darüber nachgedacht, weshalb die Menschen Gott so nannten. Jetzt verstand er es. Herr, ich bin nicht würdig, daß Du eingehst unter mein Dach, ich bin nackt und bloß, ich besitze nichts, mit dem ich Dich empfangen könnte, sondern Du trittst in ein leeres Haus ein, Herr, und sättigst Dein Geschöpf mit Segen.
Vielleicht also willst Du mich dennoch wieder in Deine Dienste aufnehmen. Bin ich auch zu alt, um zu lernen, Deinen Lobgesang zu lesen und zu singen, so bin ich wohl doch noch jung genug und stark genug, um im Austausch gegen einen erschöpften Sklaven im Mohrenland verkauft zu werden.
Er bemerkte, daß jemand in seiner Nähe stand und an die Wand klopfte. Ein halb erwachsener Bursche stand da, schlug mit dem Schlüssel den Kalk ab und schien ungeduldig darauf zu warten, abschließen zu können. Die Kirche war im übrigen leer. Olav stand auf und ging hinaus.
Unten auf der Wiese schritten sie dahin, die Bruderschaft, der Priester und seine Mithelfer. Das blaue Seidentuch der Fahne leuchtete über dem weißlich schimmernden Weizenacker. Der Bursche schloß die Kirchentür ab und lief hinunter. Olav folgte langsam, barhaupt im Sonnenschein.
Das Beiboot war fort, als er an den Landungsplatz im Westen der Stadt kam – er mußte weiter zum Hafen hinuntergehen, wo sein Schiff lag, und den Fährmann suchen. Der lachte, als er Olav sah, und sagte etwas – Olav erfaßte den Sinn, wenn auch nicht die Worte, lachte mit und schüttelte den Kopf. Ihm war seltsam leicht und aufgeräumt zumute – wie vor einem Aufbruch.
An Bord traf er die Rikardssöhne an. Olav merkte, daß sie über ihn gesprochen hatten – und sie sahen ihn, der so spät am Tage, zerrissen und ohne Hut, heimkam, verschmitzt an. Aber sie gaben sich den Anschein, als sei nichts gewesen, und das tat Olav auch.
Die Rikardssöhne waren gekommen, um die anderen auf eine Wallfahrt mitzunehmen. Irgendwo in den Wäldern, nördlich von London, befand sich ein Heiligtum mit einem wundertätigen Bildnis Unserer

Lieben Frau; es war einmal in einer hohen Eiche versteckt worden, als die Wikinger hier hausten, und man hatte es dort draußen wieder aufgefunden. Am morgigen Tag wurde dafür ein Fest gefeiert.
Olav war erfreut. Er hatte selbst vorgehabt, vom nächsten Tag an in eine Marien-Kirche zu gehen. An die Kirche der Predigerbrüder mochte er nicht mehr denken.

4

Am Nachmittag des nächsten Tages stand Olav auf der Wiese vor der Wallfahrtskirche – er hielt nach seinen Begleitern Ausschau.
In dem gelblichen Schein der späten Sonne rauchte der Staub wie heller Nebel über der zertrampelten Wiese – es wimmelte von Menschen, die im Begriff waren aufzubrechen. Ein ungeheuer großes Kreuz kam herabgewankt, mitten in einer Schar von Männern in Bußgewändern; sie sangen die Litanei, während sie dahinschlurften und mit ihren Füßen neue Staubwolken aufwirbelten. Lange zogen sich die Töne des Gesanges hinter ihnen hin, wie ein Streifen, der das Murmeln der Stimmen teilte und das klagende Heulen der Geigen und das dunkle Pulsen der Harfen.
Der Buchenwald stand wie eine Mauer rings um den Platz, und die Kronen leuchteten, von der Sonne gebleicht, gegen den graublauen Himmel – es war ein heißer Tag. Unten am Fuß des Hügels war ein Markt auf einer Wiese am Bach: Feuerrauch stieg über das Gebüsch empor; da gab es einige, die ganze Ochsen und Schafe brieten, und der grelle Ruf der Verkäufer schnitt durch das Surren und Lärmen des Volkes, das jetzt allmählich betrunken und übermütig wurde.
Immer noch kamen und gingen einzelne Menschen bei der Kirche aus und ein. Am Morgen jedoch hatte die Besatzung des ›Renntiers‹ sich nur mit Mühe zum Gottesdienst hineindrängen können, und es war ihr nicht möglich gewesen, etwas zu sehen, so vollgestopft war der große Raum gewesen. Lange hatte es gedauert, bis sie sich mit Hilfe ihrer Ellbogen zu der Kapelle vorgedrängt hatten, in der Unsere Liebe Frau von der Eiche stand. Dort brannten mindestens hundert Wachskerzen wie eine Wand lebender Flammen – es glitzerte in Gold und Silber. Die Bildsäule war kohlschwarz, das Gesicht lang, steif und hart unter der goldenen Krone, und das Kind, das unter den Brokatfalten des Mantels hervorlugte, glich einem Wurzelstock. Aber das ganze Bildwerk war uralt und ehrwürdig. Es blieb nicht viel Zeit,

lange Gebete im Heiligtum drinnen zu verrichten – die Leute drängten stark nach.

Später, als sie ihren Mundvorrat verzehren wollten, kauften sie sich Cider dazu – der war sehr gut, und sie wurden ein wenig wirr im Kopf davon; so gerieten sie bei dem Gedränge unten auf dem Marktplatz auseinander. Am längsten waren Olav und Tomas beisammen geblieben, dann aber wollte Tomas so lange stehenbleiben und einem Minstrel zuhören, daß Olav schließlich des Wartens müde wurde und weiterging. Jetzt stand er am Waldrand und hielt Ausschau, ob er einen seiner Genossen in dem hin und her wogenden Schwarm auf der Wiese unten erblicken könnte.

Er tastete nach den Päckchen, die er unterhalb des Kittels über dem Gürtel trug. Es waren Geschenke, die er heimschicken wollte – ein letzter Gruß. Gestickte Samthandschuhe für Signe und Una, ein Rosenkranz aus Korallen und goldenen Perlen für Cecilia, ein Dolch für Eirik. Obgleich Eirik jetzt alle seine Waffen erbte – mit Ausnahme von Aettarfylgja, er durfte nicht vergessen, Nachricht darüber heimzusenden, daß die Axt auf Cecilias Sippe übergehen sollte.

– Dieser Gedanke störte ein Wespennest von Erinnerungen in ihm auf. Olav verscheuchte sie – sah sich um, nein, er erblickte keinen von seinen Begleitern.

Irgendwo im Wald hinter sich vernahm er Gesang; es klang wie Tanzweisen. Olav wandte sich dorthin und schlenderte in den Wald hinein – beim Tanz würde er sicherlich wenigstens Galfrid finden, und Leif.

Nach einer Weile gelangte er auf eine große Wiese im Wald. Mitten auf der Lichtung stand eine Schar Tänzer und rastete gerade. Auf dem Gras unter den Bäumen lagerten Leute, aßen und tranken. Ein kleiner Junge lief auf Olav zu, stolperte und fiel. Olav hob den kleinen, laut schreienden Burschen auf und versuchte ihn zu beruhigen. Er stand mit dem Kind auf den Armen da und sah um sich, da kam ein dickes schönes junges Weib gelaufen. Olav lächelte ein wenig und schüttelte den Kopf zu ihrem Redestrom. Plötzlich drückte er den Knaben an sich und küßte ihn, ehe er ihn der Mutter zurückgab. Es war wie ein Abschied von etwas.

Die Tänzer schlossen wieder einen Kreis – es waren nur Männer; sie gingen Arm in Arm und stimmten einen wilden und aufreizenden Gesang an. Olav trat vor, drängte sich hinein unter die Zuschauer.

Der seltsam johlende und aufregende Tanz erhitzte ihn: es war ein Kampf, von dem sie sangen, und ihm schien es, als habe er dies schon früher gehört – sein Herz bewegte sich, wie der Erdhaufen sich über einem Toten bewegt, der erwacht, aufstehen und fortgehen will – und als er den Ausdruck in den Gesichtern rings um sich sah, regte es sich noch stärker und kämpfte noch heftiger. Alle Männer standen vornübergebeugt, nickten mit den Köpfen im Takt, aufglühend vor Spannung. Große, schwere Frauen hörten mit harten Mienen zu, als handle der Gesang von einem Unglück, das sie selbst erlitten hatten. Auch Olav wußte, daß er etwas wiedererkannte, aber was es war, darüber konnte er sich nicht klarwerden –.

– Und plötzlich wußte er es! Der Fluß, Glaama, wälzte sich mächtig dahin, kalt von Schatten, doch die Sonne glühte noch auf den Zinnen der Wachttürme – die Burg lag auf einer kleinen Insel und spaltete den Strom. Und er stand auf der Strandwiese und sah zu, wie die Leute des Jarls tanzten und dazu das Lied von dem Kampf zwischen den Engländern und Schotten sangen. *Der* Gesang war es – bei Gott!

Erinnerungen, an die er seit Jahren nicht mehr gedacht hatte, stürmten aus der Tiefe in ihm empor, wie Gefangene aus finsterem Kerker. Ein Strom rascher Bilder – rasender Nahkampf von Mann gegen Mann, Fackellichter und wildes Waffenspiel in einem engen Torgang, der in die Dunkelheit hinabmündete – und dann war er in einem Boot und ruderte auf dem abendbleichen Wasser vor den Mauern Stockholms dahin, und auf der Bank mitten vor ihm saß der Jarl, niedrig und breit wie eine Tür zum Dachraum, unzerbrechlich stark und zottig und warm wie ein Bär, leuchtend im weinroten Samtgewand, mit den bernsteinklaren Augen, die vor Kampf und Abenteuer lachten – oh, Herr Alf, Herr Alf, mein Herr!

Die Tanzkette tobte an ihm vorbei, und der wilde, johlende Gesang nahm kein Ende. Die Männer hingen Arm in Arm geschlungen zusammen, die Oberkörper zurückgeneigt, die Kette schwankte; die feuerroten singenden Gesichter schimmerten durch den aufgewirbelten Staubrauch, sooft die Männer hochsprangen und schwer trampelnd wieder zurückfielen. Dann kam ein jäher Ruck des ganzen Kreises nach rechts, und dann ging es im Sturm wieder weiter nach links –.

Die Erinnerungen eilten immer noch an Olav vorüber: Erinnerungen an Männer, mit denen er auf eine angenehme, kühle Art befreundet gewesen war, jeder einsam in der Eisenschale seines Panzers, jedoch einander mit Schild und Schwert deckend. Oh, zur Hölle mit allen Weibern, sie hängen sich allzusehr an einen Mann! Feuerschein zwischen den dunklen Holzgiebeln einer Straße der Stadt. Und er selber, zwanzigjährig, in voller Rüstung in einer Tür stehend – eine junge Magd, deren Namen er vergessen hatte, wollte ihn hineinziehen und verstecken – er lachte, küßte sie flüchtig, ehe er sich losriß und mit dem gezogenen Schwert in der Hand die Gasse hinauflief, dorthin, wo er die Männer des Dänenkönigs in die Lur stoßen hörte – und er war wild von einer zornigen Furcht davor, daß die Jarlsmänner, ohne an Widerstand zu denken, sich zu den Schiffen hinaustreiben lassen könnten.

Olavs Hände krampften sich um den Saum seines Umhangs – sein Gemüt geriet in heftigen Aufruhr: daß er dies alles hatte vergessen können! Und jetzt kam es wieder, das Bild des Hofes auf dem Hügel oberhalb der Bucht, jetzt aber seltsam bleich und welk; gesättigt von Erinnerungen an Ungesundheit und Kampf gegen eine wollige graue Übermacht und um ein krankes Weib, das Jugend und Mannestum aus ihm herauspreßte und doch immer welker und bleicher wurde, obgleich sie ihm alle Kraft aussog. Und jäh schlug es um, alles, was er sonst bei diesen Erinnerungen empfand – jetzt wurde er davon angeekelt und empört – Jesus! War es nicht, als sei er in einen Berg verzaubert gewesen – oder in Helheim gefangengehalten worden!

Der Gesang endete in einem dröhnenden Brüllen und in dem Klatschen von einem halben Hundert Füßen, die gleichzeitig auf die Erde trampelten. Olav atmete tief auf –.

Der Tänzerring löste sich, und die Zuschauerschar ging auseinander. Olav schüttelte sich und wußte nicht, was er mit sich anfangen sollte. Dann stieß er taumelnd gegen jemand – sah ihn an und erkannte, daß es der Blinde aus der Kirche der Predigerbrüder war.

Einen Augenblick standen die beiden und starrten einander an – so dünkte es Olav: das welke Gesicht ohne Augen, von Unglück oder Bitterkeit zusammengeschrumpft, war wie ein einziger Blick. Olav dachte nichts, stand nur wie erstarrt da. Da veränderte sich das Gesicht des Fremden, als erwache er aus einem bösen Traum. Ein Lächeln brach aus ihm hervor, während er mit den Händen vor sich hin tastete und einige Worte sagte.

»Cognovis me?« flüsterte Olav unsicher.

Der Fremde – er war nicht viel mehr als ein Knabe, das sah Olav jetzt – antwortete sofort in der gleichen Sprache, redete jedoch so rasch und fließend, daß Olav nichts verstand.

»Non capio bene latinum«, murmelte Olav verlegen.

Der andere lächelte höflich und wiederholte seinen Satz noch einmal, mit weniger Worten. Olav erfaßte soviel, wie daß seine Begleiter ihn im Stich gelassen hätten und er nun Olav bitte, ihn irgendwohin zu führen – zur Kirche. Zögernd ergriff Olav die dargereichte Hand des jungen Mannes und fühlte mit Unbehagen, wie feucht sie war. Dann ließ Olav es geschehen, daß der andere sich bei ihm einhängte, und so führte er ihn mit sich über den Waldpfad fort, den er hergekommen war.

Der junge Mann versuchte ein Gespräch einzuleiten – auf lateinisch, englisch und französisch, von allem ein wenig. Olav verstand, daß er sagte, er kenne ihn von der Dominikanerkirche her.

»Non es –« Er suchte nach dem Wort blind. Verstohlen betrachtete er die zerstörten Augen des anderen. Nein, er mußte doch stockblind sein. Plötzlich durchzuckte es ihn – dann hatte jemand den Mann auf ihn aufmerksam gemacht. »Non es caecus?« Die Spannung erfüllte ihn mit einem Gefühl, das der Wonne glich. Jetzt mußte er vorsichtig sein –.

Es war dunkel drinnen im Wald. Behutsam führte Olav den Blinden über Wurzeln und Steine auf dem Weg – dabei gespannt darauf achtend, ob er Menschen im Gebüsch bemerke. Und es war so ungeschickt zugegangen, daß der Fremde den linken Arm in seinen rechten geschoben hatte – oder hatte jener dies mit Absicht so eingerichtet? Olav schämte sich, jetzt noch zu wechseln. Aber er behielt die Schwerthand des anderen im Auge.

So ging er dahin und wartete darauf, daß jeden Augenblick ein Dolch aufblitzen oder jemand aus dem Dickicht hervorbrechen würde – und so lang war doch der Weg zur Spielwiese nicht gewesen und der Pfad nicht so schmal – und wie dunkel es im Wald war! Auf die Fragen des blinden Mannes jedoch antwortete er ruhig, er heiße Olav, sei Norweger und Kaufmann. Er hätte auch gesagt, wo er mit seinem Schiff lag – der andere sollte nur erfahren, daß er sich nicht zu verstecken gedachte –, als er es jedoch erklären wollte, vermochte er dies in den fremden Sprachen nicht verständlich zum Ausdruck zu bringen.

Und plötzlich waren sie aus dem Wald herausgekommen. Olav führte den Blinden zur Kirche hinauf, die nun in dem dahinschwindenden Tag bleich aufleuchtete. Und eine dumpfe, beklemmende Furcht überfiel Olav – nicht mit dem Dolch oder mit bewaffneten Männern wollte der Fremde ihn treffen. Aber die Kirche würde er mit diesem Manne nicht betreten!

Da kam ihnen ein Knecht den Berg herunter entgegengelaufen, er rief etwas, als er seinen Herrn sah. Dieser ließ Olavs Arm sofort los, drückte ihm die Hand und dankte für die Hilfe. Olav stand vor Überraschung verdutzt da. Der junge Ritter wandte sich seinem Knecht zu, legte eine Hand auf dessen Schulter und ließ sich hinaufführen, während er sich noch einmal zurückwandte und Olav mit einem letzten »vale!« grüßte.

Olav blieb stehen – nun war alles so unbegreiflich, daß er sich beinahe enttäuscht fühlte. Er sah dem Fremden nach. Oben vor dem Tor zu dem kleinen Kloster bei der Kirche war eine Schar von Menschen im Begriff, zu Pferde zu steigen. Und bald darauf kamen sie dort vorbeigeritten, wo er stand.

Es waren mehrere hohe Herren in Samtgewändern, mit goldenen Ketten über der Brust; sie hatten prachtvolle Pferde und kostbares Zaumzeug. Der Blinde ritt auf einem schwarzen Hengst, den ein Knappe, nebenhergehend, führte. Die Burschen, die nachfolgten, waren zur Reise gerüstet und bewaffnet, und schließlich kamen noch mehrere Pferde mit Lasten beladen. Olav begriff, daß sie von weither kamen –.

– Und nun wurde es ihm klar, daß der blinde Mann einige Tage von daheim fort gewesen war. Da hatte also *sie*, die Hausfrau, nach ihm gesandt, solange sie allein war. – Er sah vor sich den Gartensaal in dem verborgenen Winkel des Gartens, das junge Weib, das ihm mit gesalbtem Haar entgegenkam, nackt unter dem dünnen Seidengewand – weder eine Huldin noch eine Sinnestäuschung, wie er sich hatte einreden wollen – nur eine ungetreue Hausfrau –.

In der Wut, die in ihm emporquoll, empfand Olav es, als sei er selber der verratene Mann. Sein Zorn wurde heiß und rot wie Lust – er hätte sie packen und mit bloßen Händen töten können. Und unterdessen schwindelte ihm von einem seltsamen, unwirklichen Gefühl – schon einmal war ihm dies widerfahren –.

Dann ebbte das Blut zurück, der rote Nebel vor seinen Augen versank. Er spürte wieder den Erdboden unter seinen Füßen und erkannte alles rings um sich seltsam scharf und deutlich. – Die Kronen der Buchen standen in einem fahlen, bleichen Licht, und darüber war der Himmel weißlich mit vereinzelten leuchtenden Wolkenflocken; der graue Stein der Kirche errötete schwach in einem Widerglanz des Tagesschimmers. Hier war es nun beinahe menschenleer, und ein Geruch nach Staub und Tau stieg aus dem zertretenen Grasboden empor. Und kalt und klar wußte Olav: das, was er hier erlebt hatte – dieses Spiel hatte er schon einmal mitgemacht. Jetzt aber war er der Dieb.

Er griff mit beiden Händen in seinen Umhang, als wollte er Fesseln zersprengen –. Aber aus den innersten Kammern seiner Seele sprach – nun, da er endlich gezwungen worden war, durch die Tür dorthinein zu spähen – die Finsternis ohne Worte. Dies war die *Absicht* gewesen mit dem letzten, das ihm widerfahren war. Eines anderen Weib war vor ihn hingestellt worden, so daß er nur die Hand auszustrecken brauchte, um sie zu ergreifen. Und er selber hatte an nichts anderes gedacht als daran, sie zu nehmen – bis etwas schrie und ihn warnte, aus dem Himmelreich oder aus dem Fegefeuer. Wäre er nicht *weggerissen* worden, wie ein Kind von seiner Mutter vom Feuer weggerissen wird, so wäre er nun selbst der Buhle eines Eheweibes geworden –.

Olav fing an, rasch zu gehen, als wollte er vor diesen Gedanken fortlaufen. Er kam über den Marktplatz. Am Fuß des Hanges glühte das Feuer in der zunehmenden Dämmerung; irgendwo brannte ein Holzhaufen noch in hellen Flammen. Es waren noch viele Menschen da, und alle schienen betrunken zu sein. Olav ging schnell weiter; er kam wieder in einen Wald, auf einen breiten Weg, der über einen Hang hinunterführte.

In einer Art verzweifelter Wut kämpfte er darum, die Stimme zu übertäuben; in des Teufels Namen, ich *berührte* das Weib ja nicht! Wie ein Rindvieh ging ich hier umher und glotzte eine englische Hündin an, denn mich dünkte, sie *gleiche meinem* Weib! Und er konnte sich wohl darüber ärgern, daß er, in seinem Alter, in die Falle einer Frau gegangen war – aber ich dachte an nichts Derartiges, und ich machte mich doch rasch genug davon, als ich merkte, was sie von mir wollte! Und daß der Blinde ihn wiedererkannt hatte, war wohl kein großes Wunder; er hatte doch oft gesehen, daß blinde Männer – Bettler und alte Leute – mit dem ganzen Körper zu sehen schienen: sie bekamen eine Witterung und ein Gehör wie Hunde.

Aber sosehr er auch die Stimme in sich zu übertäuben versuchte, *er* hatte keines Mannes Ehre geschändet – es half nichts. So aber hatte er nicht gedacht, als er mit dem Blinden durch den Wald ging – er hatte bestimmt gewußt, daß jener ihm nach dem Leben trachtete, und dies mit vollem Recht. Und auch jetzt wußte er, daß er sich eines Unrechts schuldig machte, als er dem Sendboten der fremden Frau folgte – oder eine alte ertrunkene Schuld war wieder ans Tageslicht heraufgekommen.

Wie er so in der wachsenden Dunkelheit rasch dem Waldpfad folgte, sicheren Fußes wie im Schlaf über Stock und Stein und Moorlöcher hinwegstieg, schien es ihm, als sei diese Finsternis, in die er immer tiefer und tiefer hineineilte, sein eigenes Inneres, und nun würde er bald in der tiefsten und finstersten Geheimkammer angelangt sein. Bald würde er hineingetrieben sein, mit dem Rücken gegen die letzte Wand, aber er wußte auch, daß er dagegen kämpfen und sich bis zum Äußersten wehren würde. Und er begriff –.

Das erstemal hatte Gott mit ihm Angesicht in Angesicht gesprochen – es war in jener Nacht gewesen, da er Ingunn verlieren sollte. In jener Stunde, da er wußte, daß er nun von seinem einzigen Freunde verlassen würde, hatte Gott aus seiner Verlassenheit am Kreuze zu ihm gesprochen. In jener Nacht, da er meinte, vor Kummer Blut ausschwitzen zu müssen, hatte Gott sich ihm gezeigt, blutig vom Tau der Todesqual und der gepeitschten Haut und den Nägeln und Dornen, und Er hatte zu ihm gesprochen, wie ein Freund zum Freunde spricht: O ihr alle, die ihr vorübergeht am Wege, gebet acht und schauet, ob ein Schmerz gleich sei Meinem Schmerz. Und er hatte seine Sünde und seinen Kummer gesehen wie einen blutenden Riß auf jenen blutenden Schultern. Trotzdem hatte er nicht zu kommen vermocht –.

Und Gott hatte ein zweites Mal zu ihm gesprochen. Er hatte in Seiner heiligen Kirche zu ihm gesprochen, gleich nachdem Olav vom Fieber des Kummers so weit geheilt war, daß er sich sammeln und ruhigen Worten lauschen konnte. Dennoch hatte er mitten auf dem Weg freiwillig gezögert – er war auch jetzt nicht sicher, daß er dem Ruf gefolgt wäre –. Wenn nicht –

– Nun war aber dies Letzte eingetreten, und dieses zwang ihn zu sehen, wer er war und worin seine Sünde bestand.

Plötzlich stand er gleichsam draußen und sah sich selber an – wie man an einem Zaun steht und einem Mann zusieht, der sich mit einem verunkrauteten, unfruchtbaren Acker abmüht.

Der Mann plagt sich mit einem Dornengebüsch, das er ausroden will, zerfetzt sich die Kleider daran und reißt sich das Fleisch blutig. Aber das Unkraut, das grobe und stinkende, Disteln und Brennesseln, scheint er nicht zu sehen. Obgleich es nicht der Dornenbusch ist, der alle gute Saat in seinem Acker erstickt hat: wohl mag der mächtig wirken, wenn er so in voller Blüte dasteht, aber er versäumt sich nicht und breitet sich nicht überall aus, man kann ihn ein für allemal ausroden, wenn man richtig zupackt. Und wenn er so dasteht und blüht, üppig und unnötig schön, wird er von niemand *verachtet.*

Er hatte nur seine großen Sünden anerkennen wollen. Denn wohl waren sie blutrote Schuld gegen die Gesetze, die im Himmelreich gelten. Das hatte er stets gewußt, aber er hatte auch gewußt, daß Mann gegen Mann anders rechnet. Und nach den Gesetzen zwischen jenen Männern, zu denen er sich von Geburt aus zählen durfte, hatte er nur das getan, was er tun mußte –.

Selbst wenn es aufgekommen wäre, was er im geheimen verübt hatte, der Mord, das Verbrechen – es war nicht so sicher, daß man ihn als einen ehrlosen Mann angesehen hätte; auch dann nicht, wenn er seine Tat auf dem Richtblock hätte büßen müssen. Nicht *ein* Mann von all denen, die er für seinesgleichen ansah, würde ihn für einen Verbrecher betrachten – wenn sie alles wüßten. Olav erkannte nun, daß dieses Wissen irgendwo weit hinten in seiner Seele gelegen hatte, immer schon.

– Da sein Schicksal in den Wirrwarr von Unrecht und Unglück anderer Männer hineingezogen worden war, konnte es bei seiner Jugend kaum anders geschehen, als daß er selbst dazu getrieben wurde, Unrecht zu tun. Aber all das darauffolgende Böse war daraus entstanden, daß sie ihn und Ingunn im Stich zu lassen versuchten, jene, die das Recht zweier Kinder hätten verteidigen sollen. Bis zum Letzten und Schlimmsten, den falschen Beichten, dem Gottesraub, der ihm in Mund und Herzen brannte – Schritt für Schritt war er in all dies hineingetrieben worden, weil er seine und seiner Pflegeschwester Sache in die eigenen Hände hatte nehmen müssen und mit seinen ungeübten Knabenfäusten die Sache falsch angepackt hatte.

Nie zuvor hatte er sich das alles auf diese Weise klar zurechtgelegt, sondern stumm und still hatte er mitten in seiner Not stets gewußt, daß Gott, der Allsehende, dies viel klarer sah als er selbst – seine größten Sünden waren ebensosehr fremde wie eigene Sünden. Und unlöslich verknüpft mit der Last seiner eigenen Missetaten trug er die Lasten anderer.

So hatte er sich tief hinuntergebeugt und an die eigene Brust geschlagen, wenn der Priester das Confiteor in der Messe sprach: er war bereit, zuzugeben: nicht einer dieser Männer, die rings hier um mich stehen, hat so schwer gesündigt wie ich. Im Spiegel von Gottes Gerechtigkeit sah er sich selbst, ebensoviel tiefer gesunken als jene, wie die Spiegelung der Eiche tiefer im See versinkt als das Bild des Gebüsches ringsum. Und auch im menschlichen Sinn hatte er sich selbst wie eine Eiche über dem Dickicht stehen sehen.

Aber in diesem unirdischen Licht, das nun in seine Finsternis hineinleuchtete, zeigte sich ihm schließlich, was er im tiefsten Innern und heimlich vor Gottes Hand hatte verbergen wollen: der Hochmut des Sünders, den zu brechen noch schwerer ist als die Selbstgerechtigkeit des Gerechten. – Wie dem auch sei, die Sünden des kleinen Mannes habe ich nie begangen.

Zweimal hatte Jesus Christus aus der Süßigkeit seines Erbarmens zu ihm gesprochen – und er war zurückgewichen wie ein handscheuer Hund. Zweimal hatte die Stimme gesprochen: Siehe, wer Ich bin, siehe die Tiefe Meiner Liebe! Jetzt sprach sie zu ihm: So erkenne denn, wer *du* bist. Erkenne, daß du kein größerer Sünder bist als andere Männer. Erkenne, daß du ein ebenso kleiner Sünder bist!

Das Schwert bohrte sich in die verborgensten Wurzeln und Tiefen seines Lebens. Non veni pacem mittere, sed gladium. Qui invenit animam suam, perdet illam, et qui perdiderit animam suam propter me, inveniet eam.*) Olav sah, daß diese Worte die Wahrheit enthielten, so wie er sie sich nie erträumt hatte, und als er sie erfaßte, war ihm, als sinke er unter die eiskalten Wassermassen des unendlichen Meeres.

Er lachte vor Schmerz, während er durch den dunklen Wald lief.

Er hatte so getan, als fürchte er das Leben zu verlieren – er, der lange Zeit seines Lebens so müde gewesen war, daß er, wäre es nicht um Ingunns willen geschehen, es nicht über sich gebracht hätte, auch nur einen Tag länger darin zu verweilen. Er *wollte* nicht zum Leben zurück – er opferte nichts, selbst wenn er jetzt Gehorsam, Armut, Keuschheit, ja schließlich auch Sklaventum und den Tod des Märtyrers wählte; denn er maß dem keinen Wert bei, dem er entsagen mußte, sondern das, was vor ihm lag, lockte mit maßlosem Gewinn: Abenteuer und weite Reisen, und schließlich Frieden und Gottes Verzeihung und die Aufnahme in Seine Schar.

Jetzt aber begriff er endlich, daß er dann wählen mußte, nicht zwischen Gott und diesem oder jenem auf Erden, nicht einmal seinem zeitlichen Leben, sondern zwischen Gott und sich *selber*.

Der Waldweg führte auf eine offene Lichtung hinaus – trug hoch oben an einem Hang entlang, wo ausgeholzt war. Über sich sah Olav nun ein weites Stück des Himmelsgewölbes, dunkel und sternenübersät. Unter ihm versank ein Einschnitt oder ein kleines Tal, er erkannte,

*) Non veni pacem mittere, etc.: Ich bin nicht gekommen, den Frieden zu bringen, sondern das Schwert. Wer seine Seele findet, wird sie verlieren, und wer seine Seele um meinetwillen verliert, der wird sie finden. Matth. 10, 34, 39.

daß er über Baumkronen hinblickte; von irgendwo dort unten drang das Rauschen fließenden Wassers empor.
Unwillkürlich mäßigte er seine Schritte. Schwachbewegte Luft strich kühlend an seinem von Schweiß nassen Gesicht vorüber. Olav wischte sich ein paarmal über die Stirn. Und plötzlich, während er fühlte, daß er oben auf einer Höhe hinging und der offene, lufterfüllte Raum von allen Seiten rings um ihn war, rechts und links von ihm versank – überkam ihn der Gedanke, daß er nun in die Wildnis hinausgeführt worden sei – hier ging er mutterseelenallein in einem fremden Land und wußte nicht, wo er sich befand. Nicht einen vertrauten Ort, nichts Bekanntes erblickte er, zu dem er seine Zuflucht nehmen konnte, um das nicht sehen zu müssen, was er nicht sehen wollte; die Sprache von Menschen, die er nicht verstand, konnte nicht hereinbrechen und die Stimme übertönen, die er nicht hören wollte –.
Jäh hielt Olav inne. Es war, als sauge er aus der Finsternis ringsum und aus der feuchten Kälte der Erde unter seinen Füßen Kräfte ein, so daß er fühlte, wie sein Ich in schwarzem Trotz zunahm und wuchs: Warum handelst Du so an mir? Andere Männer haben schlimmere und – erbärmlichere Taten begangen. Jene aber jagst Du nicht so von Haus und Frieden fort und suchst sie heim, wie Du mich verjagst und heimsuchst.
Die Stimme, die antwortete, schien in der Stille selber unter dem weiten, sternenübersäten Himmel zu sein, und in dem Wald, der in der nächtlichen Brise schwach knisterte, und in dem leisen Rauschen des Baches am Grunde des Tales:
Weil du Mich noch liebst, darum suche Ich dich heim. Weil du nach Mir trachtest, darum verfolge Ich dich. Ich jage dich, denn du rufst nach Mir, während du vor Mir fliehest –.
Der Weg führte plötzlich steil hinunter – hinunter in den dichten Wald. Olav blieb wiederum stehen, warf sich am Eingang zu dem finsteren Loch, das sich in dem Laubwald öffnete, nieder und saß da, den Kopf in den Armen verborgen.
Die Gesichte stürmten auf ihn ein, ohne daß er es verhindern konnte. Einmal schrie er laut klagend auf. War er darum bis ganz an den Ursprung, bis in seine Jugend zurückgeführt worden, um dies zu sehen? Heimlich war er stolz auf seine Jugend gewesen: Trotz allem, ich hatte eine Übermacht gegen mich, ich war allein, niemand half mir – was ich getan oder nicht getan habe, es waren nicht die Sünden eines geringen Mannes.
Gab es niemand, der dir half –? Jetzt erblickte er ein kleines Licht tief

unten, eine Laterne stand auf dem Boden eines dunklen Stalles, und dort waren zwei junge Männer, er erkannte Arnvid Finnssohns Gesicht wieder, betroffen und verwirrt – er war es, der seinen Freund mit einer Lüge getroffen hatte. Ja, *diese* Sünde war seine eigene und keines anderen Sünde. Jetzt erkannte er, dies war gewiß die erste Sünde, die er mit Überlegung und Absicht begangen hatte: als er seine Schuld auf seinen Freund abwälzte, der, wie er wußte, sich nie weigerte, eines anderen Bürde auf sich zu nehmen.
»Nein –!« Er hatte es atemlos geflüstert. Das wollte er nicht – mochte es für Mönch und Priester gelten, er aber wollte nicht eingesperrt sein in diese Zelle der Selbsterkenntnis, von der sie sprachen, mochten sie doch allein mit jenem Spiegel umgehen, in dem Gottes Licht und die Dunkelheit des Menschen sich offenbart!
Doch er konnte sich nicht wehren – das Licht, das in der Dunkelheit leuchtete, flammte immer noch auf, und er sah darin die tausend Dinge, die er mit Willen vergessen hatte.
Hatte niemand ihm geholfen –? Sie hatten ihm geholfen, jene, die er um Hilfe gebeten hatte, Arnvid und der gute Bischof, Herr Torfinn. Das waren die Männer gewesen, die er geliebt und zu denen er als zu den ihm Überlegenen aufgeblickt hatte – jene, die unter ihm standen, hatte er nie um etwas gebeten. Aber die Freundschaft dieser beiden hatte er ebenso bis zum letzten ausgenutzt, wie irgendeiner der unter ihm Stehenden ihn ausgenutzt hatte. Der Unterschied war nur der, daß *er* nie daran gedacht hatte, einen Menschen Freund und seinesgleichen zu nennen, der mit einer Bitte zu ihm gekommen war. Aus einem Mitleid heraus, das zu gleicher Zeit lau und auch hochmütig gewesen war, hatte er seine Geschenke gegeben. Aber die Männer, die *ihn* in ihren Schutz nahmen, hatten den, der hilfsbedürftig zu ihnen kam, wie einen jüngeren Bruder aufgenommen. – Wie eine Laue stürzte die Demütigung auf ihn ein – qualvoll wurde er unter den Steinen zerschmettert.
Nein, Gott, das will ich nicht; Ingunn, hilf mir, bat er in seiner Not – du sollst für mich zeugen – Ingunn, gegen dich war ich doch nie falsch?
Wiederum fühlte er überwältigend deutlich, wie nahe sie jetzt war. Der Tod verbarg nur ihre Gestalt, wie Finsternis dies tut. Aber er hörte sie in nächster Nähe antworten, aus einem so tiefen Kummer heraus, daß die Lebenden wie Kinder wurden, die nicht genug begreifen können:
Ich zeuge für dich, Olav, und jeder Mensch, an dem du Barmherzig-

keit geübt hast, zeugt für dich von deinen guten Taten. Es sind ihrer viele, Olav, du warst ausersehen, Gott vielfältigen Ertrag zu geben. Aber deine Werke sind wie welkes Stroh geworden, wurmzerfressen an Wurzel und Halm – sie waren so lange vom Unkraut überwuchert –.

Er *sah* sie selbst, krank und bleich, Ähren, die ihre Körner nicht zur Reife brachten. Sein innerster Wille hatte sie hervorgetrieben – der Wille, den Gott ihm zum Lenken und Schützen mitgegeben hatte. Aber dieser Wille war übermannt worden von Launen und Lüsten und bösem Willen und unverständigen Wünschen, wie die Unterkönige ihren rechten Landesherrn übermannen. Der heimliche Stolz, daß seine Sünden jedenfalls keine Sünden der Feigheit und Erbärmlichkeit seien, hatte ihn obenauf gehalten. Und nun erkannte er, diese großen Sünden waren eine Last, die er andere auf sich hatte nehmen lassen, weil er es nie über sich gebracht hatte, es einzugestehen, wenn er sich aus Schwäche, Feigheit und Gedankenlosigkeit verirrt hatte.

Mit schändlichem und mit ehrenhaftem Gebaren, mit ein wenig Lüge und ein wenig Wahrheit, hatte er sich Nutzen und Gewinn verschafft von den wenigen Männern, denen er in der Welt begegnet war und die er für gut genug angesehen hatte, sie seine Freunde zu nennen, sie zu lieben und zu schätzen. Er hatte nie gewagt, ihnen die Wahrheit über sein Tun und Lassen zu sagen, weil er wollte, daß sie ihn schätzen sollten – und weil er ihrer Hilfe bedurfte. In tiefer Schuld stand er bei seinen Freunden – er, der stets jeden schuldgebundenen Mann um seiner Erbärmlichkeit willen bedauert hatte.

– Es war nicht wahr gewesen, was er Bischof Torfinn gesagt hatte und allen seinen Freunden, so lange gesagt, bis er selber beinahe vergessen hatte, was die Wahrheit war –. Es war Lüge, daß er sich sein Recht bei der Verlobten genommen hatte – nur weil Schufte ihrer beider Rechte niederreißen wollten. O nein, er war nicht ein willensstarker, rasch gefaßter, erwachsener Mann gewesen, der Ingunn nahm und sie zur Seinen machte, weil er so rechnete, daß in einem Streitfall der am besten gestellt ist, in dessen Hand sich die Sache befindet. Die Wahrheit war anders, demütigend – und gleichzeitig strömte die Süßigkeit jener Erinnerungen an seine kindlich junge Liebe auf ihn ein, nun, da sie sich endlich auftaten, nackt und bar aller jener Lügen, unter denen er sie zu verbergen gesucht hatte. Ein Knabe nur war er gewesen, damals auf Frettastein, und er hatte weder an Recht noch an Unrecht gedacht, als er nach seiner jungen Braut griff, wirr und wild vor Begierde danach, ihre volle Süßigkeit und Anmut zu besitzen – er hatte nicht mehr gedacht, als ein Kind denkt, das nach allem greift, was es wünscht, das im Springen nicht darauf achtet, daß es fallen könnte –.

Hinter seinen geschlossenen Lidern sah er eine Schlucht im Gestein, aus deren Grund ein Bach hervorbrach, rote Weidenröschen standen schwankend am Wasserfall. Vor ihm schritt Ingunn; er sah ihren langen, geschmeidigen Rücken in dem roten Kittel, sie ging dahin und flocht ihr schweres dunkelgelbes Haar, und sie dünkte ihn so schön, daß er ihr wie in Verzauberung folgte. Am Anfang der Schlucht kletterten die schlanken Fichten an der schroffen Felswand empor, und der lichtblaue Schimmer der Sommerluft vor der Felsenpforte ließ ihn erkennen, daß dort draußen der Hang steil abfiel. Er ging hinter Ingunn drein und sah sie an, Sinn und Gedanken voll heimlicher Erinnerungen an ihre nächtlichen Zusammenkünfte in der Dachkammer, voll Stolz, weil er über ihre Köstlichkeit herrschte. Und als sie dorthin kamen, wo die Schlucht endet und der Mjössee tief unten unter den dunkelzottigen Hängen des Waldlandes lag – es war dort ein kleiner Grashang zwischen großen raschelnden Espen –, machte er einen Satz, zog sie von hinten her an sich, bog ihr Gesicht zurück unter sein eigenes. Das ihre war bleich, betaut von der Hitze, und kaum hatte er sie angefaßt, so merkte er, daß sie weich wurde und zitternd von ihrer ewigen tierhaft sanften Willigkeit –. Das war, ehe er wußte, daß Steinfinn sterben mußte, und ehe er je eine Ahnung davon gehabt hatte, daß ein Mensch meinen könnte, die Verabredung über ihn und sie sei kein unlöslich fester Handel –.

– In all diesen Jahren hatte er nie gewagt, sich bis ins Letzte zu erinnern, wie es gewesen war, nichts zu fühlen, außer der Jugend in sich selbst und der Schönheit der ganzen Welt in einem jungen Mädchen.

– Die Sehnsucht würgte ihn und machte seine Augen glühend heiß in ihren Höhlen.

Olav richtete sich auf und ließ die Arme sinken. Er starrte zu dem nächtlichen Himmel auf, samtschwarz und goldbestaubt wölbte dieser sich über dem wildfremden Land, in dem er sich verirrt hatte. Unbewußt fühlte Olav, wie der Geruch von Holzrauch ihm entgegentrieb – von irgendeinem Platz draußen in der Nacht.

Er ahnte, daß er nun fast die ganze Haspel von Mißgeschicken in seinem Leben bis an das Ende des Fadens entwirrt hatte. ›Von meinen heimlichen Gebrechen reinige mich Du, Herr‹, hatte er im Morgengebet gelernt. In all diesen Jahren, wenn er sich des Psalmes erinnerte, hatte er wohl selber an seine bösen Taten gedacht. Jetzt erkannte er: das, was er hatte verbergen wollen, sowohl vor Gott als auch vor den Menschen, das war die Tatsache, daß er sich hatte irren können, aus Schwäche, aus kindlicher Gedankenlosigkeit und blinder Begierde – das hatte er um jeden Preis leugnen wollen; und wenn er die Schuld für viel schlimmere Taten hätte auf sich nehmen müssen, ja selbst eine Last von Kummer, so schwer, daß er davon erdrückt worden wäre, lieber das. Nur damit es so aussehen sollte, als habe er mit Überlegung gehandelt und mit Wissen und Willen die Sorgen auf sich genommen.

»– Und bewahre Deinen Diener vor der Gewalt Fremder: Wenn diese nicht über mich herrschen dürfen, werde ich unbefleckt bleiben –« Auf daß ich mich nicht vor meinen Feinden beuge, hatte er gemeint. Und so war es nichts anderes als seine wirkliche, nackte Natur, daß er sich nicht vor Feinden beugte; er beugte sich nicht vor Menschen, die er nicht achtete, oder vor Männern, die gegen ihn waren; ihnen hatte er sein ganzes Leben lang seine unwirsche Barschheit und seinen stillen, kalten Trotz entgegengesetzt. Seine Freunde waren es, gegen die er sich weich zeigte und vor denen er sich beugte, bis zur Falschheit und Verstellung; als er zum erstenmal erfaßte, daß er seine kindliche Braut liebte, wurde sein Wesen erhitzt und bog sich herab aus aller Rankheit, neigte sich, schmelzend wie eine Wachskerze in starker Hitze –. *Darum* hätte er bitten sollen: Mut, um zuzugeben, daß er errötete, Stärke, so daß er wagte, recht zu handeln und die Wahrheit zu sagen, ohne zu fragen, wie jene darüber urteilten, die er liebte.

Aber er hatte in all den Jahren von sich selber geglaubt, daß er ein streitbarer und harter, willensstarker Mann sei; selber hatte er Kains bitteres Los erwählt, und er hatte es erwählt, weil er mußte, da er Herr und Beschützer des gebrechlichen, einfältigen Weibes sein sollte, an das er von Kindheit an gebunden worden war. – Obgleich er so manches Mal sich hatte Gewalt antun müssen, ehe er so handeln konnte wie ein harter Mann – sein eigenes Gewissen hatte knebeln müssen, das bezeugte: weißt du nicht, wie schnell ein Mann in Verblendung Unrecht tut, wenn Freundschaft und Liebe auf dem Spiel stehen, wenn Lust und Freude locken –? Er hatte sich selber gesagt, daß er ein hohes Spiel spiele – und er hatte nicht gespielt, sondern hatte die Steine umhergeschoben wie ein unmündiges Kind. Er hatte nicht Kains Los *erwählt*; er hatte niemals selber gewußt, *wann* er wählte –.

Olav biß die Zähne zusammen. Es war, als habe ihm ein anderer dieses Urteil verlesen, und er wollte sich noch wehren, wollte leugnen.

Aber die Erinnerung an den Abend im Garten tauchte vor ihm auf: Nichts weiter brauchte es, so alt er war, als ein Gaukelbild von Jugend, so ließ er sich schon verführen, lief, um nach der ersten Luftspiegelung zu greifen, die vor ihm hertanzte –. Freilich hatte er nicht daran gedacht, eine Sünde zu begehen – er hatte an nichts gedacht. Daß es einen blinden Burschen gab, an dessen Seite er Tag für Tag in der Messe gestanden hatte, war ihm nicht in den Sinn gekommen –. Der Mund füllte sich ihm mit Speichel – wie in den Tagen der Kindheit, wenn er ein Aas sah, in dem die Maden krochen –.

Weich, jähzornig, unüberlegt, die Seele förmlich noch mit glatter Haut und Milchzähnen – ein Mann, nahe den Vierzigern – Olav lachte vor Verzweiflung auf. Nein, dieses Urteil bestätigte er nicht.

– Wie eines flüchtigen Anblicks entsann er sich des Traumbildes aus der vergangenen Nacht im Wald: in der Finsternis ein Lager aus Laub, etwas Weißes, Nacktes darauf, das ermordete Kind – so wie es auf Bildern gemalt war, die den Tod von Menschen darstellten: Die Seele entflieht dem Munde in der Gestalt eines kleinen Kindes, und Engel und Teufel kämpfen darum –.

Äußerstes Entsetzen schüttelte ihn. Wiederum überkam sie ihn, diese Empfindung, die er als Kind gehabt hatte, wenn er Maden sah. Und in dem wilden Grauen, das ihn jetzt befiel, nachdem er sah, was er unter seinen offenbaren Sünden vor sich selber verborgen hatte, erwachte die Versuchung – noch mehr Laub auf das ermordete Kind zu werfen, es ganz zu verstecken und zu fliehen –.

Und wie außerhalb seiner selbst gesprochen vernahm er: Kindisch, weich, unbedacht – dieses Zeugnis würden ihm die Leute daheim in der Gemeinde kaum ausstellen. Weich, er – die Erinnerungen, die der Tanzrausch geweckt hatte, kehrten wieder – jetzt dünkten sie ihn wie Hilfstruppen. Er konnte nicht alle seine Handlungen als Erwachsener nach den kopflosen Torheiten beurteilen, die er begangen hatte, als er sich, ein verwandtenloser junger Knabe, in eine Sache verwickelt sah, für die ein erwachsener Mann großer Geistesgegenwart bedurft hätte, um sie zu einem ehrenvollen Ende zu führen. Durfte sie auch nicht nach den Jahren beurteilen, in denen er auf Hestviken lebte, an ein Weib gebunden, das weder zu leben noch zu sterben vermochte. Er war stets anders gewesen in jenen Zeiten seines Lebens, in denen er mit ungebundenen Händen handeln konnte. Er brauchte sich wohl nicht selber schwach und weichherzig zu nennen, weil ihm die törichte und nutzlose Grausamkeit des Oheims Barnim mißfiel. Er war doch nicht weich, weil es ihm widerstrebt hatte, Teit zu töten

– dies glich, wie jener selbst gesagt hatte, allzusehr einer Jagd mit Falken auf Fliegen. War er nicht ebenso mutig, ebenso munter im Waffenspiel gewesen wie einer der kühnsten unter den Männern des Jarls – ein getreuer Genosse seiner Genossen, beliebt unter den Kriegern, Freund mit den meisten, mit keinem allzugut Freund, bereit, seinen Nachbarn zu verteidigen, vorsichtig gegen jeden, dem er vertraute –? Gott, Du hättest mein Los so gestalten können, daß ich das Leben eines Mannes leben, männliche Taten hätte verüben dürfen, so wie meine Väter, hättest mir den Ruhm ehrenvoller Heerfahrt vergönnen können – Du aber stelltest mich dorthin, wo ich gegen Krankheit und Unglück, blau wie Hel*), kämpfen mußte, bis mich selber dünkte, ich versänke bis an die Knie im Sumpf. Bin ich ein feiger Mann, weil ich selber weiß, daß ich oft Furcht hegte, obgleich kein Mann mich zittern sah –?

Lief ich denn blind meiner eigenen Lust nach, als ich Schutzbrief, Erbe und mein Weib in der gleichen Stunde fahren ließ, da mir alles zum Greifen nahe war – um meinem friedlosen Herrn in die Verbannung zu folgen –?

Aber bei dem bloßen Gedanken an den Jarl begann sein Herz in alter hingerissener Treue zu zittern – o nein! War er je einmal blindlings seiner eigenen Lust gefolgt, so war es damals geschehen, als er dem Jarl nachfolgte. In jener Zeit hatte er Ingunn beinahe *vergessen* – er wußte, daß er an sie gebunden war, niemals würde er seine Forderung, daß ihre Vereinigung in jenem Herbst gesetzlich, die Vollendung einer verabredeten Heirat war, fallen gelassen haben. Aber er hatte nicht daran gedacht, daß er sein Weib liebte. Von seiner Liebe zu Alf Jarl hatte er niemals einem Menschen gegenüber gesprochen – das Schicksal hatte ihm eine Frau zum einzigen getreuen Freund gegeben, und wie sollte sie etwas von der Liebe eines Ritterknappen zu seinem Herrn begreifen können –.

Olav reckte sich wie in Empörung auf. Vor ihm ragten die Baumkronen, schwarz und ungeheuer hoch standen sie da und verbargen den Sternenhimmel. Er hatte ein Gefühl, als flüchte er in den Wald und halte sich dabei selber wie eine Beute in den Händen. Hier fiel der Pfad so steil ab, daß er fast bei jedem Schritt vornüber stürzte – dunkel war es wie in einem Dachsbau, hier tief unter den ungeheuren Laubmassen, und der Weg voller großer Steine und krummer

*) Hel: Göttin der Finsternis und des Todes, halb von blauer (Verwesung), halb von menschlich roter Farbe.

Wurzeln. Olav begriff, daß er von dem breiten guten Weg abgekommen war, dem er zu Anfang der Nacht gefolgt war. Dies verlieh ihm ein seltsam erleichtertes und entspanntes Gefühl – jetzt war er gezwungen, sich mit den Füßen vorwärts zu tasten, und er mußte überlegen, wo er sich befand und ob er wohl irgendwo zu Leuten gelangen würde, bei denen er ein Obdach für die Nacht finden könnte. Hierzulande konnte man nicht wie daheim auf den ersten besten Hof am Wege gehen und um Obdach bitten.

Als er stehenbleiben mußte, um die Erde auszuleeren, die ihm in die Schuhe gefallen war, verspürte er wieder den gleichen starken Rauchgeruch, den er bemerkt hatte, als er oben auf dem Hügel saß. Es mußte der Rauch eines Waldfeuers sein – es war nicht denkbar, daß so spät in der Nacht in einem Haus noch Feuer brannte. Dann waren es wohl Menschen, die sich im Walde aufhielten. Olav zog das Schwert aus dem Schlitz im Kittel und ließ es in Bereitschaft hängen. Aus gewohnter Vorsicht versuchte er, ob es locker in der Scheide sitze, und behielt es in der linken Hand, während er langsam und still weiterging.

Der Weg führte um einen Vorsprung herum, der baumlos in den Talgrund auslief. Gerade vor sich, weiter unten, sah er nun ein Feuer im Gebüsch brennen.

Diese Entdeckung allein erfüllte ihn mit unfaßlicher Freude. Es konnten allerlei Leute sein, die sich hier aufhielten, aber Olav empfand Freude schon bei der Aussicht, nur überhaupt jemand zu begegnen, mochte es sein wie es wollte, wenn er nur der Einsamkeit entrann.

Jetzt sah er die Flamme zwischen den Bäumen, vernahm das Knistern des Feuers. Die Flamme beleuchtete eine kleine Lichtung unter dem waldigen Hang jenseits des Flusses; sie spiegelte sich rot in schwarzem fließendem Wasser. Er sah zwei schwarze Männer zwischen sich und dem Feuer, hörte Stimmen –.

Der Weg führte zu einer schmalen Brücke und auf die Wiese hinüber. Die Männer, die rings um das Feuer lagen, hörten den Kommenden nicht, denn sie hatten gerade einen Arm voll dürrer Zweige in die Flammen geworfen. Es waren drei junge Burschen – wie ordentliche Leute gekleidet; sie sahen nicht so übel aus. Da rief er sie an –.

Sie fuhren auf. Olav hielt den Umhang mit der linken Hand um sich gerafft. In dem Augenblick, da er in den Feuerschein vortrat, fiel ihm ein, daß es klüger gewesen wäre, erst die beiden goldenen Ringe mit den kostbaren Steinen abzunehmen, die er an der Hand trug, jetzt aber

war es zu spät dazu. Er grüßte die Männer und fragte, so gut er konnte, ob dies der Weg nach London sei.
Soviel er aus der Antwort verstehen konnte, war er falsch gegangen – die Männer deuteten in die Richtung, in der der Bach floß, und dann zum Hang hinauf. Es verhielt sich wohl so, daß der Weg zur Stadt auf der Höhe oben nach Südwesten führte, die Männer aber meinten, er könne ihn jetzt im Dunkeln nicht finden, und er solle bei ihnen bleiben, bis es hell würde. Olav nickte und bedankte sich. Dann warfen ihm die anderen ein paar Arme voll frischer Zweige hin, die sie abgehauen hatten. Olav breitete sie aus und legte sich neben dem Feuer nieder. Das tat gut – nun fühlte er, daß er todmüde war und ganz ausgehöhlt von Hunger; er hatte an diesem Tag erst ein einziges Mal etwas gegessen, und das war lange her. Darum wünschte er, diese Fremden möchten ihm etwas anbieten, das aber taten sie nicht – sie hatten wohl schon gegessen, denn jetzt banden sie ihre Säcke zu und legten sich auf den Laubbetten zurecht, zwei von ihnen. Der dritte sollte offenbar wachen. Da wollte Olav nicht nach Essen fragen –.
Sie lagen da und unterhielten sich ein wenig, so gut sie konnten. Die Männer waren vom Westen – sie sprachen auch nicht so wie die Leute in London, das hörte Olav. Auf ihre Frage antwortete Olav, daß er bei der Wallfahrtskirche gewesen sei und dort seine Begleiter verloren habe, er sei Norweger. Aber das Gespräch floß nur träge dahin.
Es war noch Nacht, als er erwachte, die Dunkelheit aber schien verdünnt, im Begriff, grau zu werden. Er hatte traumlos und tief geschlafen, jetzt aber hatten Hunger und Kälte ihn geweckt. Das Feuer war beinahe erloschen, und der Wächter saß da und schien zu schlafen.
Olav erhob sich lautlos und ging zum Fluß hinunter, um wenigstens etwas Wasser zu trinken. Er kniete da und schöpfte mit der Hand – im nächsten Augenblick war er mit einem Satz wieder auf den Füßen: er fühlte, daß jemand hinter ihm kam. Keine Zeit, das Schwert zu ziehen – er warf sich dem Kommenden entgegen und spürte, wie ein Messer ihn im Gesicht ritzte – es war ein Glücksfall, daß es ihn nicht ins Auge traf. Doch er hielt den anderen fest gepackt und drückte ihn unter seinen Arm hinunter, so daß die Rufe des Mannes halb erstickt wurden. Das Messer, dachte Olav, konnte jedoch nicht loslassen; da hob er das Knie und stieß dem anderen damit gegen die Rippen, merkte kaum, daß er einen Stich in den Schenkel erhielt, während er dem

Angreifer das Messer entwand. Damit aber gewann der Fremde den besseren Griff über Olav – und aneinandergepreßt schwankten und kämpften sie in der Dunkelheit, jeder versuchte den anderen in den Fluß zu werfen. Die Ausdünstung des Burschen und die feste, heiße Kämpferumschlingung mit einem Gegner aus Fleisch und Blut erfüllten Olav mit einer unergründlich tiefen, süßen Wollust. Er warf sich mit aller Kraft in diesen Kampf – es war, als stemme man sich gegen eisenbeschlagene Flügeltore, um den Vorstoß des Feindes zu verhindern.

Jetzt hörte er, daß auch die anderen auf den Beinen waren – gleichzeitig gelang es ihm, seinen Gegner wegzuschleudern; der Körper fiel mit lautem Getöse in die Büsche. Olav zog sein Schwert, während er hinauflief, um den beiden anderen zu begegnen – er dachte selber gar nicht daran, daß er auf sie zu und nicht vor ihnen davonrannte – da waren sie! In der Dunkelheit schlug er eine Waffe zur Seite – eine Axt vermutlich, hieb um sich und fühlte, daß er traf, und zwar hart, jemand schrie auf und taumelte zu Boden; als er wiederum hieb, traf er nur noch die Luft, er lief weiter. Zur Brücke. Das war zu weit – da nahm er einen Anlauf und sprang in den Fluß hinaus.

Er machte ein paar Schwimmstöße, dann fand er Grund; als er sich aufrichtete, stand er bis an die Hüften im Wasser; aber der Grund war schlammig, er versank darin. Da fand er an etwas Halt, an überhängenden Zweigen und dann an einer Wurzel, das Flußufer gab unter seinen Knien nach, und Erde und Kies oder was es war, fuhren rauschend ins Wasser – gleich darauf stand er auf dem jenseitigen Ufer. Drüben lärmten und schrien sie –.

Olav warf den triefenden Umhang ab und schlang ihn um den linken Arm, brach ins Dickicht ein, zwängte sich durch den Unterwald hindurch, mit dem bloßen Schwert in der rechten Hand – erst jetzt merkte er, daß er sich geschnitten hatte, als er dem ersten Räuber das Messer entwand, das Blut rann herab. Von Zeit zu Zeit blieb er einen Augenblick stehen, um zu lauschen – sie waren gewiß oben auf der Brücke; es schien, als hätten sie nicht den rechten Mut, ihm nachzusetzen, begriffen vielleicht auch, daß dies ein ungewisses Beginnen war, in der Dunkelheit und in dem dichten Unterwald – einem verwünschten Wald noch dazu, scheinbar nur lauter Dornenbüsche und wilde Brombeeren –.

Olav bahnte sich hangaufwärts einen Weg und schützte dabei, so gut er konnte, sein Gesicht mit dem linken Arm, um den er den Umhang gewickelt hatte.

Nachdem er auf der Höhe angelangt war, traf er nach einiger Zeit auf einen breiten Weg, der aus dem Tal hinauszuführen schien. Der Himmel war nach und nach blau geworden, die Zahl der Sterne nahm ab, und sie wurden bleicher, der Wald quoll gegen den ersten Schimmer der Dämmerung von Finsternis über.

Wiederum stand Olav da und lauschte – er hörte jetzt nichts von den Männern im Wald, keinen Laut, außer dem ganz schwachen Rascheln irgendwelcher kleiner Tiere tief unten am Grund, wo herabgefallenes Laub aufleuchtete, hier war Hochwald, Buchenwald. Olav ging weiter, jetzt langsamer, und nun empfand er das ganze Gewicht des nassen Gewandes, das ihm beim Gehen schwer um die Beine schlug – ja, er war naß von oben bis unten, und als er eine Zeitlang gleichmäßig dahingegangen war, begann er in den Kleidern zu frieren, die ihm eiskalt am Leib klebten.

Dies tat ihm in einer Weise gut. Wach und seltsam gleichgültig entsann er sich des reißenden Stromes innerer Ereignisse, der ihn vom Abend bis in die finstere Mitternacht mit sich gerissen hatte – das, was sich später zutrug, der Kampf mit den Räubern und die Flucht durch den Dornenwald hinauf, hatte gleichsam einen ungeheuren Abstand zwischen ihn und die Stunden seiner Hellsichtigkeit gelegt. Er war sich klar darüber, daß er das, was er gesehen hatte, nicht vermittels irgendwelcher Kräfte gesehen hatte, die in *ihm* wohnten, sondern es war ein Licht von außen her in ihn eingeströmt, und er war sich bewußt, daß er Hilfstruppen gegen diese Macht herbeigerufen hatte, und Hilfe von einer Seite, von der ein Mann sie niemals vergeblich erbittet, wenn er sich gegen die Wahrheit wehren will – die war ihm wohl zuteil geworden. Er wußte auch: hätte er in dieser Stunde die Fähigkeit gehabt, klar zu sehen und bis ins letzte zu begreifen, was er getan hatte, nicht nur mit dem Kopf zu begreifen, sondern auch mit dem Herzen – so hätte er nun ein verzweifelter Mann sein müssen. Aber er fühlte nur Erleichterung, und die Kälte der klatschnassen Kleidung legte sich dicht um ihn und machte ihn ruhig, so wie man Feuer mit nassen Segeln löscht.

Er trocknete sich das Gesicht und merkte, daß er blutete und von dem Dickicht aufgekratzt war, und Blut rann ihm an der Innenseite des rechten Schenkels herab. Nach einiger Zeit begann er zu hinken, hörte aber nicht auf, weiterzugehen – hatte förmlich das Gefühl, als könne er seinen Schritt nicht aufhalten.

Der Nebel stieg jetzt gegen Morgen aus allen Niederungen des Geländes empor – plötzlich wogten die Schwaden rings um ihn, weiß und dicht, verbargen die Bläue des Himmels und löschten die letzten

Sterne aus. Olav war schließlich halb schlummernd dahingegangen und ab und zu über die tiefen Radspuren gestolpert, die in dem Rasen des Weges eingegraben waren. Jetzt wachte er für einen Augenblick ganz auf.

In dem feuchten, lautdämpfenden Nebel schienen die Bäume ins Ungeheure zu wachsen. Da flog es wie ein Funke durch Olavs müden Kopf – ein letzter Schimmer der Welt jener Gesichte, in der er befangen gewesen und der er entflohen war. Ebenso rasch war er wieder erloschen.

Das Gras troff von Tau, über und über grau und schwer gebeugt. Der Weg führte hier durch einen Wald großer alter Eichen, und in dem Dickicht des Unterwaldes spannten sich über alle Büsche Spinnweben, mit Tauperlen dicht besetzt. Olav fror, wie er so dastand – und als er sich wieder bewegte und weiterging, fühlte er, daß das rechte Bein schmerzte und schwer war und der Strumpf ganz steif verklebt von Blut.

Nach einiger Zeit gelangte er auf einen Acker hinaus, auf dem eine rot- und weißgefleckte Viehherde im Nebel weidete. Olav rief den alten Hüter an, bekam jedoch keine ihm verständliche Antwort. Nach wieder einer Weile fand er sich in einer kleinen Dorfstraße, und nun konnte er sich nach dem Weg erkundigen, so daß er London erreichte, als die Sonne im Begriff war, durch den Nebel durchzubrechen, und alle Glocken in der Stadt läuteten. Er gelangte durch eines der Tore auf der Ostseite in die Stadt – hatte sich also im Land draußen weit verirrt. Olav sah weder nach rechts noch nach links; halb im Schlaf hinkte er durch die Stadt, zerfetzt, beschmutzt und mit verkratztem Gesicht. Unten am Bollwerk fand er den Fährmann, der ihn zum Schiff hinausbrachte.

Die anderen waren am Abend zuvor heimgekehrt. Sie schienen froh zu sein, als Olav an Bord kam. Er erzählte ihnen, daß er im tiefen Wald von einigen Männern umringt worden sei, die ihn berauben wollten, er habe sich jedoch in der Dunkelheit befreit, sich dann aber später in der Gegend verirrt. Weiter redeten sie nicht mehr viel darüber. Als jedoch Galfrid ihm half und das erstarrte Blut abwaschen wollte und Leif mit einer Wasserschüssel kam, konnte der Junge sich nicht bezähmen.

»Nun bist du es, Olav, und nicht ich, der schließlich mit zerfetzter Haut heimkam«, sagte er und lächelte verschmitzt.

»Ja, so kann es gehen –« Olav zuckte mit den Schultern.

Galfrid verband ihm die Hand und dann den Schenkel. Die anderen Verletzungen waren nicht der Rede wert.

Olav hielt sich in der folgenden Woche, die sie noch an Londons Bollwerk liegenblieben, die meiste Zeit an Bord des Schiffes auf. Dann segelten sie heim.

5 Olav kehrte eines Morgens vor frischem Nordwind durch den Oslofjord heim; es war ein bebend blauer Sonnentag, und der Fjord ging dunkel mit weißen Schaumkronen. Von jedem Baum in den Wäldern auf den Bergen der Küste leuchtete und blitzte es; der Wind kämmte die ersten goldenen Blätter aus den Kronen der Birken. Die Brandung blühte weiß über jeder Schäre und rings um jeden Holm, zwischen dessen grauen Klippen gelbes, sonnverbranntes Gras schwankte – und Olav dünkte, selbst die Wasserspritzer, die ihn trafen und durchweichten, berührten ihn gut und heimisch, anders als draußen auf dem öden Meer. Nun saß er wieder in seinem eigenen Boot am Ruder. Lange genug war er von all dem Seinen fortgewesen. Auf Hestviken stünde alles gut, sagte Arnketil. – Olav rief etwas nach vorne, zu Eirik, der aufgestanden war und nun beinahe über die Bank fiel, als das Boot sich in ein Wellental senkte.
Der Bursche war erstaunlich gewachsen. Eirik hatte Arnketil nach Oslo begleitet, um den Vater abzuholen, aber Olav hatte in den Tagen, in denen er in der Stadt bleiben mußte, noch keine Zeit gehabt, viel mit den beiden zu sprechen, auch war ihm Eirik mit seinen unaufhörlichen Fragen nach den Erlebnissen des Vaters in England lästig gefallen. Olav selber war nicht sehr zufrieden mit der Ausbeute dieser Reise; der Gewinn war durch die Ausgaben nahezu wieder ausgeglichen, und nun wollte er am liebsten nichts mehr davon hören. Mit einigem Erstaunen hatte Olav bemerkt, daß Eirik sich zu widersprechen erdreistete, trotzig und unüberlegt – dem Knaben hatte es wohl nicht gut getan, den ganzen Sommer lang ohne einen Menschen zu sein, der ihn züchtigen konnte. Während aber Olav nun den bekannten Weg heimsegelte, die Haa-Insel und den Hougsviks-Sund voraus, war er mehr geneigt, die Unsitten des Knaben zu vergessen und freundlich gegen ihn zu sein, so daß, als nun Eirik nach achtern geschwenkt kam und sich auf der Bank dem Vater gegenüber niederließ, dieser ihm zunickte. Eirik erzählte eifrig und mit lauter Stimme von einem Mord, der am Abend des Jakobstages*) in der Gemeinde

*) Jakobstag: 25. Juli.

daheim verübt worden war – und er selber hatte die Erlaubnis erhalten, mit Baard von Skikkjustad zum Thing zu reiten. Olav nickte gleichgültig – er kannte weder den Erschlagenen noch den Mörder; es waren fremde Tagelöhner, die auf einem der Höfe in der nördlichen Waldgemeinde gedient hatten.

Und Fager hatte zwei Kälber bekommen, fuhr Eirik fort.

»Das sind Nachrichten!« Olav lachte ein wenig.

Und Ragna bekam am Knutstag*) zwei Söhne –.

»Das ist nicht so gut«, meinte Olav lächelnd. »Das gibt viele Kinder – und sie ist allein mit ihnen.« Ragna, die Stallmagd, war um Neujahr Witwe geworden, und sie hatte schon von früher her eine Tochter.

Aber Cecilia hätte beinahe dafür gesorgt, daß es weniger wurden, meinte Eirik aufgemuntert. Cecilia liebte die kleinen Zwillinge, und eines Tages, als Ragna draußen war, ging Cecilia zu ihnen hinein und stopfte dem einen den Mund voll Engelsüß, um es zu trösten. Das Kind hätte dies beinahe mit dem Leben gebüßt.

Olav schüttelte den Kopf und lachte ein wenig.

Seine Hunde stürmten auf dem Bollwerk hin und her, bellend und winselnd vor Freude, als das Boot anlegte. Dann stand er auf seinem eigenen Bollwerk, reichte seinen Leuten die Hand, während die Hunde ihn bellend umsprangen, mit den Zähnen nach ihm schnappten und ihm das Gesicht leckten.

Liv pufften Cecilia vor. Das Kind war in einen ausgewachsenen und verblichenen roten Kittel gekleidet, der aber in der Sonne leuchtete, und das Haar stand wie eine luftige und silberglänzende Wolke rings um ihr weißes rundes kleines Gesicht. Sie sah gesund aus, obgleich ihre Haut so weiß war – die schien nur kühl wie Gras und Blumen –, und die ungeheuer großen Augen waren ganz hell, graublau oder grünlich wie Meerwasser. Ein wenig fremd starrte sie dem Vater ins Gesicht, als er sich zu ihr hinunterbeugte und mit ihr sprach. Dann nahm Olav die Tochter bei der Hand und führte sie mit sich, während er von den Hunden umringt und mit dem hinterdrein folgenden Gesinde zum Hof hinaufging.

Er schlug den Pfad ein, der an dem Guten Acker entlang den Hang hinaufführte. Das Getreide war weiß, es stand schön, und Olav fühlte eine seltsame Erleichterung; er sah nicht viel Unkraut darin in diesem Jahr. Es war, als sollte sein Leben auf geheime Weise mit diesem Acker zusammenhängen. Aber das Getreide hatte früher geschnitten

*) Knutstag: 20. Juli.

werden sollen, jetzt hatte der Wind es ein wenig mitgenommen.
»Die Leute sagen, du brächtest mir große Geschenke mit, Vater«, flüsterte Cecilia, und das waren die ersten Worte, die das Kind sprach.
»Ja, wenn sie das sagen, dann wird es wohl so sein«, antwortete der Vater lächelnd.

Am Abend saß er in seinem Hochsitz, die Hände auf den glattgewetzten Männerköpfen der Pfosten ruhend und den Nacken gegen den alten Teppich gelehnt, der die Wandbalken verdeckte. In Gedanken ging er alles noch einmal durch, was er gesehen und den Tag über getrieben hatte, während sein Blick ziellos dem Schein des Herdfeuers folgte, der über die verräucherten Wände der Stube hinflackerte.
Ein unklares Wohlbehagen und eine Art Erwartung für die Zukunft erfüllten ihn. Sie verdichtete sich nicht zu Gedanken – zum erstenmal jedoch empfand der Mann ohne Schmerz, daß *sie* nicht mehr hier war. Er empfand die Leere wie jene körperliche Ruhe, die eintritt, wenn ein krankes und eiterndes Glied abgenommen wurde und die Wunde ganz verheilt ist. Olav war sich dessen selber kaum bewußt, aber seit jenem Abend in dem Garten der fremden Frau hatte er die Lust verloren, an Ingunn zu denken. Die Erinnerung an die Schmach des Abenteuers hatte gewissermaßen die darunterliegenden Erinnerungen angesteckt.
Liv kam herein, schwenkte den Feuergalgen samt dem Kessel aus dem Feuer, machte sich mit der Glut zu schaffen. Unbegreiflich häßlich, dachte Olav, unbegreiflich, daß die Knechte sie anfassen mögen – man konnte jedoch sehen, daß sie das getan hatten –.
»Du bist spät daran mit dem Abendessen für uns, Liv«, sagte er, und die Magd grinste glücklich, wie es ihre Art war, sobald der Herr nur ein Wort an sie richtete.
Die Tür stand des Durchzugs halber weit offen – draußen hörte man Absatzeisen auf den Felsen klirren. Dann tauchte Cecilias heller Kopf im Dunkeln der Vorstubentür auf. Olav hielt den Blick auf sie gerichtet, während sie über die hohe Schwelle kletterte. Sie ging zur Feuerstätte hin – das Licht glühte auf ihrem roten Kleid und dem hellen Haar, während sie einige Körnchen auflas, die aus dem Topf auf den steinernen Rand gefallen waren, und sie in den Mund steckte.
»Komm her, Cecilia«, rief Olav leise.
Das Kind kam herbei und stellte sich neben ihn hin.
»Hast du meinen Rosenkranz schon aufbewahrt, Vater?«

»Das habe ich.« Olav griff nach ihr, er wollte sie auf seinen Schoß nehmen. Sie aber lief von ihm weg wieder zum Feuer hin.
Die Grütze brodelte im Kessel und stieß kleine Dampfsäulen aus. Olav freute sich darauf, Grütze und Bier zu bekommen – gekochtes Essen hatte er nicht mehr genossen, seit er von daheim fortfuhr.

Er schlenderte noch auf dem Hofplatz umher, ehe er sich zur Ruhe begab. Der Wind hatte sich jetzt gegen Abend gelegt, der Fjord mahlte und saugte in der Tangverbrämung unter dem Hügel. Es war dunkel draußen, und die Sterne flimmerten stark; nicht unmöglich, daß gegen Morgen Reif fiel. Olav ging zu den Ställen hinauf. Es dröhnte gedämpft an der Wand des Kuhstalles – er blieb eine Weile davor stehen, öffnete dann die Tür zum Pferdestall und trat ein. Er ging zu Ran, der Stute, redete ein wenig mit ihr – sie hieß so, weil sie so blau war. Den herben, warmen Stallgeruch genoß er in tiefen Zügen.
– Im Osten oben hinter der Scheune blieb er wieder eine Weile stehen – lauschte zu dem herbstlich schwachen Rauschen des Flusses im Tal hinüber und blickte zu den Sternen auf, die über dem Rand des schwarzen Waldrückens brannten. Gegen den Fjord zu erkannte er ein schwaches Licht längs des Strandes, wo sich das Meer an den Klippen brach. Taleinwärts schimmerten die gilbenden Äcker unter der Decke der Dunkelheit –.
Gott, dachte er einen kurzen Augenblick – er betrachtete einen großen Stern, der gerade zwischen den Baumwipfeln drüben leuchtete. Und er entsann sich der Sternennacht in England, da er festgehalten und von einer Stimme angesprochen wurde, deren sich kein Mann erinnern kann, wenn er es wählt, sie nicht zu hören. Er hatte gewählt, und nun war es, als sei er geflohen und verberge sich, krieche unter das Getreide, das bleich und reif in der nächtlichen Dunkelheit dastand; er duckte sich hinunter zu der feuchtkalten Erde und verbarg sich dort –.
Übrigens verhielt es sich wirklich so, wie die Leute sagten, es war hier seltsam tot in Hestviken. Alte Leute behaupteten, Olav Halbpriester sei es, der alle Geister und unterirdischen Mächte vertrieben habe – außer einem – dessen sei er nicht Herr geworden. Niemand wußte genau, was für eine Art von Wesen dies war – es hielt sich meistens unten bei der Brücke oberhalb der Flußmündung auf und erschien als ein übergroßer Dachs mit nur drei Beinen. Es stiftete weder Gutes noch Böses. Jetzt wünschte Olav unklar, es möge mehr Leben rings um den Hof herrschen –.

Dann ging er langsam hinunter, zurück in die Stube, trat ein und legte sich zu Bett.

– Gerade als er einschlafen wollte, kam ihm ein Gedanke – Liv. Wenn nun die Leute in der Gemeinde darauf verfallen sollten, zu denken, daß *er* es war. Augenblicklich wurde er hellwach und brennend heiß – er hatte sich stets so heftig von dem kurzbeinigen, liederlichen, froschähnlichen Mädchen abgestoßen gefühlt, und nun dünkte ihn, alles sollten die Leute von ihm glauben dürfen, nur das eine nicht: daß er sich mit diesem häßlichen, widerlichen Wesen eingelassen habe.

Diesmal mußte er danach trachten, sie zu verheiraten und vom Hof fortzubringen – Arnketil war wohl der nächste dazu, sie zu nehmen –. Olav lag noch lange wach, von dieser bedrückenden Unruhe gequält –.

Am nächsten Tag sprach er mit Liv. Die Magd drehte und wendete sich, kicherte töricht, schließlich aber gab sie zu, daß das Kind wohl am ehesten von Arnketil sei. Zunächst zeigte sie sich zwar nicht mehr als nur mäßig erfreut, als Olav sagte, er wolle ihnen helfen, zu heiraten. Dann aber schlug sie um, begann ihm zu danken und ihn zu loben – er begriff, daß sie glaubte, sie und Arnketil würden nun die Verwaltersleute hier auf dem Hofe werden. Er sagte kurz, dies sei nicht seine Absicht; er wolle ihnen behilflich sein, sich selbst ein Heim zu gründen.

Wie er dies jedoch fertigbringen sollte, wußte Olav selber nicht; er konnte keinen seiner Pächter verjagen. Nur in Rundmyr wohnte niemand –.

Olav hatte in all den Jahren, seit Torhild Björnstochter nach Hestviken gekommen war, Rundmyr für sie und ihre Geschwister weiter betrieben. Nach und nach jedoch blieben die meisten der Äcker brach liegen, denn er ersah sich keine Möglichkeit, sie zu düngen; so verwendete Olav das Land als Wiesenland, und die Häuser standen leer. Manchmal hielten sich die ältesten Söhne von Björn und Gudrid einige Wochen dort auf – sie waren der Mutter nachgeraten, waren unstet und standen in dem Ruf, unzuverlässig zu sein. Egil, der Älteste, war jetzt über zwanzig Jahre alt; gleich seit der Zeit, da Olav sich mit der Halbschwester vergangen hatte, war er immer nach Hestviken gekommen, wenn er Hilfe brauchte – forderte Vernünftiges und Unvernünftiges, als sei dies sein Recht; er ließ merken, daß er der Sohn eines wackeren Mannes sei und es darum viel brauche, bis Olav sagen könne, daß er die Schmach gesühnt habe, die er über das Ge-

schlecht gebracht hatte. Olav fand sich darein, obgleich er seinerzeit den Brüdern volle Buße für die Verführung Torhilds geleistet und für Torhild selber und das Kind gut gesorgt hatte – aber Egil war gewiß nie bei der Halbschwester. Olav legte sich zurecht, daß ihm durch den Kauf von Rundmyr auch noch der Vorteil erwüchse, Egil nicht mehr hier in der Umgegend haben zu müssen.
Als jedoch Olav sich Arnketil vornahm, brachte er es doch nicht über sich, ihm von dieser Angelegenheit zu sprechen. Der Bursche sah aus wie die leibhaftige Armut und Einfalt: ein langer und schlottriger Körper, mit hängenden Gliedern und einem allzu kleinen Kopf, der auf einem langen und dünnen sehnigen Hals mit einem großen hervorspringenden Adamsapfel saß. Sein Gesicht war schmutzig und fahl, und man vermochte ihm nicht anzusehen, wie alt er war; er konnte jedoch nicht viel mehr als fünf- bis sechsundzwanzig Jahre zählen, denn seinerzeit, als er bei Olav in Dienst trat, war er noch nicht ganz erwachsen gewesen. So töricht war Arnketil, daß ihm wohl etwas an seinem vollen Menschenverstand fehlte. Trotzdem erwies er sich in seiner Art als ein tüchtiger Arbeiter, und er hatte Olav stets treu gedient – bis er sich mit dieser Liv einließ – denn sie verleitete ihn nicht nur zum Naschen, sondern auch dazu, den Herrn zu belügen; obwohl auch das Mädchen kaum mehr als den halben Verstand besaß, war sie merkwürdig schlau zu solchen Dingen. – So tat Olav der arme Kerl leid, und er sagte nichts zu ihm von seiner Heirat.
Ein paar Tage später kam Olav zum Nachtmahl herein, abgearbeitet und naß, und Liv teilte die Eßnäpfe aus – seitdem sie die Schaffnerin war, wurde der Tisch fast nie mehr aufgeschlagen. Eirik hatte sich weit unten auf die Bank neben Arnketil gesetzt; irgend etwas bereitete ihnen solches Vergnügen, daß sie unverwandt in die Schüsseln auf ihren Knien starren mußten – und von Zeit zu Zeit platzten sie in ein lautes Lachen heraus. Olav sah ein paarmal erzürnt zu ihnen hin – dennoch nahm es mit Eirik schließlich ein schlimmes Ende; er fiel vornüber, und der Brei spritzte ihm beim Lachen aus Nase und Mund. Da konnte auch Arnketil sich nicht mehr halten, er lachte, bekam etwas in die falsche Kehle, hustete und lachte und hustete wiederum, daß ihm die Tränen über die Wangen rollten, und darüber geriet Eirik völlig aus der Fassung.
Olav drehte sich scharf um; da fuhr Eirik auf und stürzte hinaus, brüllend vor Lachen, Arnketil jedoch ließ den Eßnapf zu Boden fallen, er gab sich einem wilden Gelächter hin, und Liv stand dabei und

grinste dumm, ohne überhaupt zu wissen, wem diese ungebührliche Lustigkeit galt.

Nach dem Essen nahm Olav Arnketil mit sich hinaus und gab ihm seine Absicht wegen der Heirat mit Liv kund. Arnketil antwortete gefügig und schien zufrieden. Wiederum tat er Olav leid – Gott mochte wissen, was für eine Wirtschaft das auf Rundmyr werden würde mit zwei solchen Eheleuten. Aber das mochte nun gehen, wie es wollte – Hilfe sollten sie haben, wenn sie derer bedurften –.

– Olav lag des Nachts da und grübelte – ob er sie nicht doch hier auf dem Hof lassen sollte. Dann aber dünkte ihn – nein. Liv hatte die Wirtschaft schlecht genug geführt, während sie allein war. Sollten diese beiden nun hier bleiben, mit Kindern, ein paar Kühen und Kleinvieh – das würde allzuviel Unruhe bringen. Denn Ragna mit den drei Kindern konnte er nicht wegschicken; sie war ein ehrbares Weib, Witwe eines rechtschaffenen Mannes. Und sie hatte eine glückliche Hand mit dem Vieh, schien es –.

Gegen Abend des nächsten Tages nahm Olav das kleinste seiner Boote und ruderte damit über den Fjord.

Der Weg über die Höhen war weiter, als er sich erinnert hatte. Von Zeit zu Zeit blieb er stehen, ungewiß, ob dies der rechte Weg sei. Aber fragen wollte er nicht.

Der Tag war dunkelblau und still, mit einem schweren, bewölkten Himmel, aber gerade jetzt brannte das Sonnenauge von einer wolkenfreien Stelle herab, so daß der Nadelwald dunkelgrün aufleuchtete und die gelben Laubgehölze mit seltsam starken Farben gegen die dicke blauschwarze Luft schimmerten. Die Espen raschelten leise mit wachsgelben Blättern, und die Kronen waren hier oben auf der Höhe bereits sehr gelichtet, so daß sich der Pfad unter den Bäumen hell von dem herabgefallenen Laub dahinzog. Feuchter Geruch entströmte dem Waldboden, wie stets im Herbst, selbst wenn dieser trocken ist.

Endlich kannte sich Olav wieder aus. Jenseits eines großen Moores mit roten Heidekrautkissen und grauweißem Wollgras rings um den Moorsee lag der Hof, von dem aus Auken gerodet worden war. Nachdem er ein Stück Wald durchschritten hatte, traf er auf einen Zaun und sah die gelben neugezimmerten Häuser oben auf einer mit großen Steinen übersäten Wiese stehen, darunter lagen kleine Äcker, auf denen das Korn in Haufen gesetzt war.

Der Weg führte am Rand des Ackers hin und an einigen großen Steinwällen vorbei. Er bog um, und plötzlich sah Olav gerade vor sich ein Kind, einen zweijährigen Knaben mit weißgelbem Haar, das sich rings um den Nacken lockte. Er spielte bei den Steinwällen und pflückte Himbeeren. Als er merkte, daß jemand kam, drehte er sich um. Den Jungen hatte man in ein Paar Lederstrümpfe gesteckt, und diese waren viel zu groß, so daß man ihm die Leibriemen kreuz und quer über und unter den Schultern hatte verschnüren müssen; das Hemd aus Fries lugte aus dem Spalt vorn und hinten hervor, und das sah lächerlich aus. Trotzdem war es doch ein besonders schönes Kind.

Olav stand still, und der Knabe blickte zu ihm auf, bis sich sein kleines, beerensaftfleckiges Gesicht zum Weinen verzog. Olav schaute um sich, und jetzt wurde er Torhild gewahr – sie richtete sich mitten in dem hellen Getreide auf dem Acker auf. Torhild sah herüber – dann legte sie die Sichel weg, löste das Kopftuch, das ihr über den Hals zurückgeglitten war, und band es über dem Haar fest. Sie war so gekleidet, wie Olav sie zu sehen gewohnt war, wenn sie zur Arbeit ging, in einem bis an die Knöchel reichenden grauweißen Frieshemd, das in der Mitte von einem gewebten Gürtel zusammengehalten wurde. Die bloßen Füße steckten in derben Schuhen. Sie sah weder jünger noch älter aus als in all den Jahren, in denen Olav sie gekannt hatte. Aber als sie nun mit der Sichel in der Hand auf ihn zukam, dünkte sie ihn schön, so stark und stolz und aufrecht, wie sie einherschritt.

Still begrüßten sie einander. Torhild sagte: »Das war unerwartet – bist du heute hierher unterwegs?«

»Ja, ich hatte hier etwas zu tun –«

Torhild legte die Sichel auf den Steinwall, beugte sich zu dem Knaben hinunter und nahm ihn auf den Arm.

»Er sieht schlimm aus«, sagte sie, als wollte sie sich entschuldigen, »aber es gibt so viele Schlangen hier – ich wage nicht, ihn barfuß gehen zu lassen –«

Sie gingen miteinander zu den Häusern hinauf.

In der Stube drinnen bat Torhild ihn, sich zu setzen: »– Du wirst durstig sein?« Sie holte eine Schale voll Bier, auf dem der Schaum stand, und trank ihm zu. »Ich braute kürzlich für den Michaelstag*).«

Olav saß da und verspürte wiederum den schwachen und feinen Duft welker Blumenkränze, die Torhild stets im Sommer in die Stuben zu hängen pflegte, um das Ungeziefer zu vertreiben. Unterdessen war Torhild hinter das Fußende des Bettes getreten: sie warf einen grün-

*) Michaelstag: 29. September.

gefärbten Kittel über das Arbeitsgewand und legte den Gürtel mit den Kupferschließen um, den sie an kleinen Feiertagen trug. Dann setzte sie sich mit dem Knaben hin und zog ihn an. Währenddessen fragte sie Olav nach den Leuten auf Hestviken, wie es Eirik und Cecilia ginge, und nach der Ernte.

Olav gab zur Antwort, er sei den Sommer über außer Landes gewesen.

»Ja, das habe ich erfahren. Noch dazu auf einer weiten Fahrt. Das war auch zu erwarten – du wolltest dich ein wenig in der Welt umsehen, nun, da du ein freier Mann bist.«

Torhild trug dem Gast etwas zu essen auf, und während er zugriff, blieb sie in einiger Entfernung mit dem Knaben auf dem Arm stehen. Einmal konnte Olav sich nicht enthalten, und er sagte, während er zu Boden blickte: »Er ist groß für sein Alter, der Junge – zwei Winter alt?«

»Die Leute sagen, er sei groß.« Die Mutter neigte den Kopf ein wenig und streichelte mit ihrer Wange die des Kindes. Jetzt aber fing der Knabe an, sich zu sträuben und zu wehren, er wollte hinunter, und sie gab ihn frei. Er ging zu dem fremden Mann, stellte sich hin und sah ihn an. Dann aber besann er sich auf irgend etwas Nützlicheres, er trippelte in den Winkel, setzte sich dorthin und spielte mit etwas.

Olav bat Torhild, sich zu setzen: »Du bist es, mit der ich etwas zu besprechen habe.« Das Mädchen nahm die Schüssel, stellte sie weg. Dann setzte sie sich auf den Rand der Feuerstätte ihm gerade gegenüber, blickte abwartend zu Boden, die Hände im Schoß, während Olav sein Anliegen vorbrachte.

»Darüber muß ich mich mit meinen Brüdern beraten«, antwortete sie, als Olav ausgeredet hatte. »Du hast wirklich ein Recht, zu erwarten, daß ich dir in dieser Sache den Willen tue; das kannst du von uns allen erwarten. Aber ich frage mich, Olav, ob es klug von dir ist, Leute wie Anki und Liv – so nahe deinem Hof anzusiedeln.«

»Ich habe dies selbst gedacht. Du meinst doch, daß sie ein wenig unzuverlässig seien? Aber mehr wird es wohl im Lauf eines Jahres nicht sein, als daß ich nicht den Verlust tragen könnte, ohne ganz zu verarmen. Und ich sehe keinen anderen Ausweg für sie.«

Da versprach Torhild, mit ihren Brüdern in dieser Sache Rücksprache zu nehmen.

Dann gingen sie hinaus, um sich umzusehen. Torhild nahm den Milchkübel mit – gleich außerhalb des Zaunes weideten ihre zwei

Kühe und eine schöne Färse im Wald. Während sie melkte, lehnte sich Olav über den Zaun und sah ihr zu; sie wechselten einige Worte über das Vieh, das Wetter und ähnliche Dinge. Der kleine Björn kam hinzu, wollte am Zaun hinaufklettern, um die Mutter sehen zu können. Olav faßte ihn an und half ihm dabei; er hielt ihn auch noch fest, als er und Torhild wie vorher weiterredeten.

Aus dem Wald heraus kamen nun drei halb erwachsene Kinder mit einem Schlitten voll belaubter Zweige; die zwei Burschen zogen, und das Mädchen schob hinten nach. Es waren Kaare und Rannveig, die jüngsten Halbgeschwister Torhilds. Olav bot den Kindern einen guten Abend; sie waren auf Hestviken aufgewachsen.

Der dritte war ein langer und schlanker blonder Junge mit strähnigem Haar und langem, flachen Kinn; er sah dumm aus; Torhild jedoch sagte, er sei ihr sehr nützlich: »Er ist mein Großknecht, der Ketil.« Man hatte ihn vor vierzehn Jahren als neugeborenes Kind unter dem Kreuz an der großen Straße oben gefunden, und die alten Leute, die ihn um Gottes Barmherzigkeit willen aufgenommen hatten, waren nun gestorben; so war er hierher nach Auken gekommen.

Sie gingen wieder zu den Häusern zurück, und Olav sagte, so schönes Getreide wie hier in Auken habe er in diesem Jahr nirgends sonst gesehen.

»Da muß ich dir einen Scheffel mit Saatkorn schicken, Olav«, sagte Torhild und lächelte ein wenig. »Wenn du mit so einer Gabe von mir vorliebnehmen willst.«

»Danke, aber das ist doch zuviel.«

Die Kinder saßen beim Essen, als die beiden in die Stube kamen. Torhild erklärte ihnen, daß sie heute nacht im Stall schlafen müßten: »– Wir haben einen Gast, der von weither gekommen ist.«

Sie gingen sofort hinaus, und Torhild holte aus ihrer Truhe ein Kopfkissen und zwei Webstücke, in Sternform gewoben, sie wollte das Bett schmücken.

»Du sollst dir meinetwegen keine Umstände machen«, sagte Olav leise. »Ich muß heute nacht noch nach Hestviken heim.«

Torhild stand so da, daß sie dem Mann den Rücken zuwandte. Sie schwieg eine Weile. Dann sagte sie: »Der Weg zum Strand hinunter ist schlecht. Und die Dunkelheit fällt rasch ein.«

»Ja –. Es hat wohl keinen Sinn, daß ich noch länger warte –«

»Nein. Wenn du wirklich noch in dieser Nacht über den Fjord hinüber mußt, dann mußt du jetzt gewiß gehen.«

Olav stand auf, nahm den Umhang und den Speer. Er ging auf Torhild zu und reichte ihr die Hand zum Abschied.
»Es gibt einen Richtweg – ich kann dich begleiten.«
Torhild hob das Kind auf, das auf dem Boden saß und mit ein paar Steinen in einer Holzschüssel rasselte; sie legte es ins Bett. Dann ging sie zusammen mit Olav hinaus.
Das seltsame Dunkelblau des Tages war zu grauer Dämmerung verblaßt, und es fielen einige Regentropfen; als jedoch Olav Torhild bat, wieder hineinzugehen, antwortete diese, es würde nicht schlimmer regnen. Sie schritt vor ihm über die Wiese zu dem Bach hinunter, der Auken vom Haupthof trennte. Als sie auf dem Gebiet des Großhofes angelangt waren, wartete sie, und sie gingen nebeneinander am Rande eines Ackers entlang, der sich, geschnitten und mit bleichen Stoppeln, unter dem grauen Himmel ausdehnte.
»Wen hast du nun statt Liv als Schaffnerin für den Winter auf Hestviken gedungen?« fragte Torhild.
»Ich habe noch keine Zeit gehabt, mich nach jemand umzusehen«, erwiderte Olav. »Aber es wird sich schon ein Rat finden –«
Torhild ging eine Weile schweigend dahin. Dann sagte sie, fast ein wenig kurzatmig: »Olav – welche Frau – von denen, die du kennst – scheint dir am besten geeignet für dieses Amt?«
Er sagte nichts. Da griff sie fester zu: »Wer, meinst du, würde am eifrigsten darauf bedacht sein, für deine Wohlfahrt zu sorgen und nach besten Kräften dir zu dienen, getreuer als alle anderen Frauen?«
Olav antwortete heiser: »Du weißt, daß ich das weiß.«
Sie gingen weiter, da sagte er: »Aber du begreifst wohl auch das: es würde kaum lange dauern, bis –. Ich mag dich nicht bitten, in solche – unehrenhaften Verhältnisse – zurückzukehren.«
Torhild erwiderte leise: »Ich würde mit solchen Verhältnissen zufrieden sein – wenn ich sie bei dir hätte, Olav.«
Wiederum gingen sie ein Stück weiter. Da fing Olav heftig an: »Nein. Ich will nicht, daß du noch mehr Böses um meinetwillen erleidest, als ich dir bereits zugefügt habe. Und hier auf Auken seid ihr am besten aufgehoben, du und der Junge. Ich habe heute genug gesehen, um zu wissen, daß du hier gut zurechtkommen wirst, Torhild.«
»Gewiß komme ich zurecht.« Er hörte, daß sie lächelte. »Undankbar bin ich nicht, Olav. Aber ich weiß nicht – wäre es nicht um ihretwillen gewesen, die krank und lahm dalag und an der wir unrecht handelten – ich weiß nicht, ob mich gedünkt hätte, daß es mir schlecht ging in dem letzten Winter, den ich auf Hestviken war.«

Olav schüttelte den Kopf. Gleich darauf gelangten sie an ein Gatter am Waldrand.
»Ja, jetzt kannst du nicht mehr fehlgehen«, sagte Torhild. »Auf diesem Weg findest du viel leichter zur Bootslände hinunter als auf dem, den du heraufkamst.«
Sie streckte ihm die Hand zum Abschied hin.
Olav sah das junge Weib an – in dem letzten Rest des Tageslichts erkannte er undeutlich die längliche helle Rundung des Gesichts und die volle Schlankheit des Körpers; sie konnte ebensogut noch blutjung sein. Tief unterm Wald drunten lag der Fjord, tot und finster unter dem schweren herbstlichen Abendhimmel; die Küste jenseits verschmolz zottig schwarz mit dem Regennebel.
Mit einem Schauer und einem Saugen der Begierde dachte er daran, sie zu nehmen. Im Wald drinnen leuchtete das herabgefallene Laub über die welligen dunklen Kissen des Heidekrautes – droben im Haus glühte es behaglich auf der Feuerstätte, der Knabe lag im Bett und schlief –. Der Gedanke an die Heimfahrt erfüllte Olav mit Widerstreben.
Er fühlte, daß sie wartete, wie sie so dastand.
Da nahm er leise Abschied, drehte sich um und ging rasch hinunter.
Von Zeit zu Zeit blieb er auf dem Weg zum Wald hinunter stehen und verfiel in Gedanken. Es war ganz dunkel, als er ans Ufer kam. Er suchte den Platz, wo sein Boot an den Strand heraufgezogen lag, wollte es ins Wasser schieben, blieb dann jedoch stehen, an das Boot gelehnt, starrte und lauschte in die Nacht hinaus.
Olav wußte selber nicht, was ihn dazu getrieben hatte, von Torhild wegzugehen – aber er hatte gemußt. – Es regnete, merkte er plötzlich – er hatte nicht beachtet, wann es angefangen hatte, jetzt aber rieselte es vom Fall von tausend Tropfen in das Wasser des Fjords; es prasselte und sickerte in dem Laubwald hinter ihm.
Während er so im Dunkeln dastand und sich vom Herbstregen durchweichen ließ, fühlte er bis in die Wurzeln seines Wesens hinein, daß er daran gebunden war, allein zu sein, ebenso fest, als habe er sich selbst durch ein Mönchsgelübde gebunden – nur daß es nicht so war, als habe sein eigener Wille etwas damit zu tun. Es *mußte* so sein, ob er wollte oder nicht. Nun hatte sein Leben sich so gestaltet, als sei es ein Vorwärtstasten in einer pfadlosen Wildnis, er sah weder Spur noch Weg, und er mußte sich allein zurechtfinden –.
Er schob das Boot hinaus, das Scharren des Kiels über den Sand und die kleinen hohlen Laute, als er die Riemen auslegte, weckten ihn. Der

Regen strömte immer noch herab. Dann und wann sah er über die Schulter zurück zu der anderen schwarzen Küste, um nicht zu weit abgetrieben zu werden.
Torhild – er fühlte, wie sich sein Herz bei dem Gedanken an sie zusammenzog. Aber es war ein Jammer – daß ihr Vater so schlecht für die Tochter gesorgt hatte. Wenn doch Björn Egilssohn nicht all seinen Besitz verspielt und sich danach mit dieser Gudrid verheiratet hätte, all die Kinder gezeugt, die zu Landstreichern und Dienstleuten heranwuchsen – Olav steigerte sich in Zorn hinein, während er ruderte, gegen Björn, der so schlecht für die Tochter gesorgt hatte. Nach Sippe und Geburt hätte Torhild sicher erwarten dürfen, in gute und ehrenhafte Verhältnisse verheiratet zu werden.
Halbwegs ahnte Olav selbst, daß sein Sinn sich nun gewandelt hatte. Noch nie bisher hatte er versucht, Angesicht in Angesicht mit einem Unglück sich seinem Teil der Schuld zu entziehen, hatte sich bisher nie davor gefürchtet, sein Teil und noch mehr auf sich zu nehmen, wenn ein Schwächerer seine Bürde auf seine Schultern zu legen versuchte. Jetzt suchte er selber jemand, auf den er die Schuld abwälzen konnte, die Schuld an dem Übel, in das er geraten war.

Die Wildnis

1 Zeitig im Frühjahr, im Jahr nach Olav Audunssohns Auslandfahrt, war an einem Morgen in Haugsvik ein Thing abgehalten worden, und Eirik hatte mit dem Vater hinfahren dürfen. Als jedoch die Leute heimkehrten, fügte es sich so, daß jene von Rynjul zu Olav ins Boot stiegen und Eirik mit einem anderen Fahrzeug nachfolgen sollte.

Er kam erst gegen Abend heim – in einem kleinen Segelboot, das fast zum Sinken voll halberwachsener Burschen war. Ragna kam zu Olav in die Stube und sagte, daß viele der Burschen von weit oben in der Gemeinde seien und man ihnen wohl zu essen und zu trinken geben müsse, ehe sie sich wieder auf den Weg machten. Olav stimmte zu.

Die Knaben kamen zögernd zur Tür herein, und Olav beantwortete ihren Gruß mit einem Nicken. Dann ging er, denn auch er fühlte sich verlegen gegenüber all diesen fremden Kindern, die sich auf den Bänken herumdrückten und verlegen aussahen.

Er stand vor der Tür zum Pferdestall, als die Kinder wieder aus der Stube herauskamen. Die Buben schienen es mit dem Aufbruch nicht eilig zu haben; sie verweilten noch auf dem Hofplatz – ein paar, zwei oder drei zusammen, trieben sich neugierig zwischen den Häusern herum, beschnupperten und betrachteten alles genau; andere blieben in Gruppen zusammen stehen, schwätzten und neckten einander.

Olav blieb dort stehen, wo er war, denn er hatte keine Lust, durch die Schar hindurchzugehen. Es war kalt, jetzt nach Sonnenuntergang, und die jungen scharfen Knabenstimmen gellten laut in dem stillen Frühlingsabend.

An der Nordseite der Häuser lag noch Schnee, und die Knaben fingen nun an, mit Schneeballen zu werfen. Olav gab nicht weiter acht auf sie; nur einen sah er, der über die anderen Burschen hinausragte; er war der größte von allen und in einer Weise schön, rot und weiß wie Milch und Blut, mit langem und glattem strohgelben Haar. Eirik hielt sich stets in der Nähe dieses Jungen und half ihm.

Nach einer Weile jedoch sah Olav, daß alle übrigen sich zusammengetan hatten, um Eirik zu überwältigen; sie überschütteten ihn mit Schneeballen und versperrten ihm den Weg zu dem Schneehaufen, so daß er ihre Würfe nicht erwidern konnte. Der lange Junge stand da und sah zu.
Da lief Eirik auf einmal zwischen den Ställen davon. Die Mulde hinter den Wirtschaftsgebäuden unter der Felswand lag noch voller Schnee. Eirik sprang mitten hinein und fing an, Bälle zu drehen, schleuderte sie der Schar entgegen, die ihm nachfolgte. Auch Olav kam mit hinter die Häuser, um zu sehen, was sich daraus entwickeln würde.
Eirik schüttelte die ersten Feinde, die zu ihm heruntergesprungen waren, von sich ab; er zog sich weiter zurück, durch die obere Schneedecke einbrechend und bis an die Hüften in dem nassen Schnee versinkend, und gelangte auf einen Felsabsatz hinter der Mulde. Von dort aus sandte er eine Handvoll Erde und losen Sand nach der anderen auf die Köpfe der Angreifer hinunter, die mit Schneeballen antworteten. Die Schar heulte laut auf dabei – das Spiel war jetzt wohl nahe daran, in Feindschaft umzuschlagen.
Ein Schneeball traf Eirik ins Auge, so daß er sich bückte und mit der Hand ins Gesicht fuhr. In dem Augenblick sprang der blonde Junge, der unbeweglich dagestanden und zugesehen hatte, hinzu und schlang die Arme um Eirik. Dann warf er ihn kopfüber in den Schnee, und all die anderen Burschen stürzten sich über ihn und begannen Eirik in dem von Dünger braunen Schnee zu taufen, während sie riefen und schrien und lachten, und Eirik brüllte vor Zorn, halberstickt unter dem Knäuel von Buben.
Olav ging ein paar Schritte näher – der lange Blonde wurde ihn gewahr und sagte etwas zu den anderen. Sie erhoben sich sofort.
Eirik stand auf; er blutete aus dem Mund, und er wandte sich dem Langen zu, schrie in wildester Wut: »Du Hund du –! Ich – ich hab' dir geholfen –« Er weinte vor Zorn.
Olav bemerkte, daß der lange blonde Junge jetzt ziemlich blöde dreinsah, er blinzelte und wandte sich von Eiriks Vater ab. Im übrigen hatten alle Burschen es jetzt sehr eilig, aus der Mulde herauszukommen. Olav folgte ihnen langsam nach; als er auf dem Hofplatz anlangte, sah er die ganze Knabenschar oben bei der Scheune auf dem Weg nach Osten. Sie hatten weder guten Abend gewünscht noch sich bedankt.
Eirik stand dicht hinter dem Vater. Er schluchzte noch, während er ei-

nen Schneeball einmal an das geschwollene Auge und dann wieder an die blutenden Lippen drückte.
»Wer war denn der blonde Bursche?« fragte Olav.
»Jörund Rypa.« Eirik schnupfte und schluckte; er starrte der Schar nach, die im Dunkel hinter den Äckern beim Kverntal verschwand.
»Jörund? Gibt es den Namen hier irgendwo in der Gemeinde?«
Eirik antwortete, Jörund stamme von einem großen Hof weit im Osten, beim Eyjasee, er habe jedoch eine Mutterschwester auf Tjernaas verheiratet und Verwandte auf Randaberg; dort halte er sich oft auf.
Olav schüttelte gleichgültig den Kopf; er kannte diese Leute nur wenig und hatte nie mit ihnen gesprochen.

Die Männer saßen nach der Abendmahlzeit in der Stube drinnen; sie hatten Zaumzeug und einige kleine Geräte mit hineingenommen, um sie vor der Frühjahrsbestellung auszubessern. Einmal, als Olav aus seinen eigenen Gedanken erwachte, merkte er, daß die Knechte dasaßen und grinsten, während Eirik heftig redete: »– wenn sie doch alle zugleich auf mich heruntersprangen. – Glaubt ihr nicht, ich wäre mit ihnen fertiggeworden, mit jedem einzelnen, wären wir auf flachem Feld zusammengetroffen –«
»Aber freilich. Gewiß wärst du das –«
»– Und ich hielt sie mir lange Zeit vom Leibe –«
»Dann aber kam dir dein wackerer Eidbruder so schön zu Hilfe!« lachte einer der Männer.
Eirik verstummte augenblicklich. Olav sah, wie es um den Mund des Knaben bebte; er zerdrückte die Tränen, die hervorbrechen wollten, und versuchte gleichgültig auszusehen.
Olav fühlte mit dumpfem Zorn: hier stimmte etwas nicht – daß die Knechte den Sohn des Hofes so zu verspotten und auszulachen wagten, während der Vater dabeisaß! Eirik war kein kleines Kind mehr. Darum legte er den Gegenstand weg, den er in Händen hielt, streckte sich und gähnte: »So, Burschen – es ist Zeit, um schlafen zu gehen –«
Als Vater und Sohn nun allein in der Stube waren, ging Olav auf Eirik zu und blieb vor ihm stehen. Der Junge saß auf der Bank und weinte leise.
»Das muß jetzt ein Ende haben, Eirik – du darfst nicht mehr so kindisch prahlen – daß unser Gesinde sich traut, dich zum Narren zu halten –«
Da der Junge keine Antwort gab, sondern nur sitzen blieb und mit

dem Weinen kämpfte, fuhr Olav fort, etwas schärfer: »Und zu weinen, weil du Prügel gekriegt hast, solltest du dich schämen!«
Eirik schnupfte ein paarmal auf: »Ich weine nicht, weil ich Prügel bekommen habe!«
»Warum weinst du dann –?«
»Jörund –« Eirik schluckte, »wir hatten uns versprochen, stets treu zueinander zu halten – wir schwuren uns im Herbst Eidbruderschaft und –«
»Was ist das für ein Geschwätz?« fragte der Vater ein wenig höhnisch.
Eirik legte los, sofort eifrig. Sie waren im Herbst eines Sonntags bei der Kirche zusammengetroffen, und da hatte Eirik von dem gesprochen, was er kurz vorher gehört hatte – daß es früher unter Freunden Brauch gewesen sei, sich in einer Eidbruderschaft zu verbinden. Jörund war hierzu bereit. Sooft sie aber so weit gekommen waren, daß sie den Wasenstreifen auf die Speerspitzen legen wollten, zerbrach dieser, und schließlich mochte Jörund nicht mehr mittun – und dann kam Sira Hallbjörn aus dem Haus, und er wurde sehr böse, als er alle die Löcher sah, die sie in sein Weideland gegraben hatten.
Olav schüttelte den Kopf, entmutigt: »Solch ein Unsinn!«
Eirik hatte den einen Fuß auf den Rand der Feuerstätte gestellt, dicht neben dem Gluthaufen, und dicker Dampf stieg von seinem Schuh auf. Der Knabe sah so traurig aus, mit dem schmalen, aufgeschossenen Körper, dem langen Hals, dem gesenkten, dunklen, krausen Kopf – alles war jung und schmal an Eirik. Olav überkam eine jähe Lust, dem Kind eine Freundlichkeit zu erweisen.
»Steh nicht so da und verbrenn deinen Schuh, er ist sonst morgen steinhart.« Olav reichte ihm ein Paar seiner eigenen Schuhe: »Du kannst morgen die hier nehmen – stopf Heu in die deinen, damit sie langsam trocknen können.«
Eirik dankte erfreut. Olav fing an, sich auszuziehen. Da rief der Junge lachend: »Vater – jetzt bin ich aus deinen Schuhen ausgewachsen –!«
Es war wirklich so. Nun ja, er selber hatte ungewöhnlich kleine Füße. Und Eirik schien derbgliedrig zu werden.

Olav lag lange wach. Der Gedanke an Eirik beunruhigte und nagte. In den letzten Jahren – ja, schon seit die Sache mit ihm und Torhild Björnstochter diese unglückliche Wendung genommen hatte – war er dem Knaben ausgewichen, beinahe unbewußt.

In diesem letzten Winter jedoch war es, als habe Eirik versucht, sich der Aufmerksamkeit des Vaters aufzudrängen. Zuerst glaubte Olav, dies komme daher, daß der Bursche einen ganzen Sommer ohne eine feste Hand über sich verbracht hatte; nun mußte er sehen, möglichst rasch dieses laute Wesen, das der Knabe sich angeeignet hatte, wieder zu dämpfen. Olav wurde jedoch zu seiner großen Überraschung und geringen Freude gewahr, daß es ihm nicht glückte, Eirik an jenen Rand des väterlichen Lebens zurückzudrängen, an den der Sohn so lange Zeit verwiesen gewesen war.
Er begriff, daß er sich mit der Erziehung des Knaben mehr befassen mußte – wie groß auch die Unlust war, die ihn bei diesem Gedanken befiel. Wohl erkannte er alle Fehler und Untugenden des Knaben – aber so wie jetzt durfte es nicht mehr weitergehen – daß die Knechte ganz unverhüllt zeigten, wie auch sie diese Fehler sahen. Der Junge war nun so alt, daß es das einzig Geziemende war, ihn unter die Leute zu bringen, die mit dem Vater zusammenkamen. Da aber mußte Olav dafür sorgen, daß Eirik der Stellung des Vaters entsprechend gewürdigt wurde.
Eirik selbst jedoch besaß nicht genug Verstand, sich ordentlich aufzuführen. Hier bewegte er sich unter den Dienstleuten: den einen Tag war er vertraulich mit ihnen, kindlich und töricht; am nächsten tat er stolz und großartig – darüber aber lachten die Leute dem Knaben einfach ins Gesicht.
Am schlimmsten war es jedoch, daß er früh und spät oben auf Rundmyr steckte. Das war eine fürchterliche Höhle geworden, seitdem Liv und Arnketil dort hausten. Egil und Vilgard, der jüngere Bruder, hielten sich jetzt auch dort auf, und sie brachten ihre Gefährten mit. Olav erfuhr, daß Eirik sogar schon beim Würfeln mitgetan hatte, mit Leuten, die von den Landwegen hereingekommen waren, allem möglichen Gesindel von Burschen samt ihren Weibern. Er nahm sich den Knaben vor und wies ihn mit scharfen Worten zurecht. Da geschah es zu Olavs unsagbarer Verwunderung, daß Eirik frech wurde und widersprach. Olav packte den Burschen beim Nacken, duckte ihn ein wenig hinunter und schleuderte ihn dann von sich – aber es gefiel ihm durchaus nicht besser, als er spürte, wie weich und gleichsam ohne Knochen der Junge unter seiner Hand zusammensank. Und der Ausdruck in Eiriks Augen – gleichzeitig wütend und unterdrückt – erregte Olavs heftigen Unwillen, obgleich ihm der arme Kerl doch auch wieder leid tat.
Noch etwas gab es, was Olav in dieser Nacht quälte. Er hatte wohl

gemerkt, was Una von ihm wollte, als sie am vergangenen Tag zu den Booten hinunterkam und darum bat, mit ihm heimrudern zu dürfen. Und er hatte recht vermutet – als sie an Land kamen, richtete sie es so ein, daß sie beide allein unten bei den Schiffshütten blieben. Dann sagte sie es mit offenen Worten – es gäbe nun andere, die um Disa Erlandstochter freiten. Aber sie sowohl als auch Torgrim gönnten Olav die Braut am liebsten.

Olav glaubte nicht, irgend etwas Besonderes darauf erwidert zu haben. Aber er durfte es wohl nicht mehr länger vermeiden, den Leuten eine richtige Antwort zu geben. Und da würde die Freundschaft zwischen ihm und seinen Verwandten etwas abkühlen, wenn er sich so unverständig zeigte: er sah selber deutlich genug, wie weit sie ihm entgegengekommen waren, als sie ihm Torgrims reiches Geschwisterkind gewissermaßen zur Ehe anboten. Und die ganze Gemeinde wußte wohl von dieser Sache. Jetzt begriff Olav, er hätte es sie längst wissen lassen müssen, daß er sich nicht wieder verheiraten wollte.

Mit vollem Recht konnten sie sich nun darüber beschweren, daß er ihren treuen Verwandtensinn mit Verachtung belohnte. Seitdem er Witwer war, waren er und seine Verwandten, die Arnestöchter und deren Männer, wieder häufiger zusammengekommen. – Ja – und jetzt merkte er, wie man ihm gleichsam in der Gemeinde den Weg bahnte; wenn er nur wollte, so konnte er jetzt hervortreten, wiederum die Stellung einnehmen, die dem Bauern von Hestviken eigentlich in der Gemeinde zukam. Zusammen mit seinen Verwandten auf Skikkjustad und Rynjul konnte er Macht und Ehre im Gau gewinnen. Und er mochte Torgrim und Baard gut leiden – ja, Baard mochte er lieber als die meisten Männer.

Es waren die Arnestöchter und deren Männer, die dahintersteckten und die Leute vorschickten, so daß sie selber kamen – jene, die ihre Boote und Schiffshütten auf Olavs Strand hatten – und sich auf einmal bereit zeigten, alle alten Streitfragen, die solange im Ungewissen geruht hatten, über die Rechte der verschiedenen Höfe und über Olavs Uferanteil und alles übrige, doch einmal richtigzustellen. Es gab vielerlei, was Olav jahrelang hatte anstehen lassen, weil er sich einsam und überlastet gefühlt hatte. Und die Nachbarn und andere, die bisher den unteren Weg an der Bucht entlang genommen und sich von dem Hof oben ferngehalten hatten, die suchten ihn nun in seinem Haus auf, unter irgendeinem Vorwand, und genossen eine Gastfreundschaft, wie sie von jeher auf Hestviken gepflegt worden war.

Unnatürlich war das wohl nicht – es war durchaus verständlich gewesen, daß die Leute sich vom Hof fernhielten, solange die Hausfrau dort krank und gebrechlich dalag.

Jetzt aber war Olav Gelegenheit geboten, dies auszugleichen – ach ja, er konnte es ebensogut beim richtigen Namen nennen – er hatte nun Gelegenheit, all das auszugleichen, was es ihn gekostet hatte, Steinfinn Toressohns Pflegesohn und Ingunns Bräutigam zu werden. Aber er *wollte* nicht!

Disa war reich, aus gutem Geschlecht, ihre erste Heirat hatte ihr Ansehen vermehrt, und nun hatte sie Roaldstad und den Reichtum ihrer kleinen Söhne geerbt, die im vergangenen Frühjahr auf dem Eis eingebrochen und ertrunken waren. Ihr Alter paßte zu dem seinen –. Sie mochte etwa dreißig Jahre alt sein. Und wenn sie auch nicht übermäßig schön war, so war sie doch auch keineswegs häßlich, ein wohlgeschaffenes, gesundes, freundliches und heiteres Weib. So eine gute Heirat wurde ihm nicht noch einmal im Leben angeboten. Griff er hier nicht mit beiden Händen zu, dann mußten alle Menschen meinen, er *wolle* nicht sein eigenes Bestes. Und die junge Witwe gefiel ihm, obgleich er sie noch nicht oft gesehen hatte.

Aber er wollte sich nicht mit Disa Erlandstochter verheiraten. Es war nicht das gleiche wie vorher, als er Torhild zurückwies; das hatte er gezwungenerweise getan, er wußte selber nicht, wodurch gezwungen. Von Zeit zu Zeit kam das Begehren über ihn, wenn er sich Torhilds erinnerte – er sehnte sich nach ihrer starken gesunden Umarmung, wie ein verblutender Mann sich danach sehnt, den Durst zu löschen. Und wenn er selber sich mit Dingen plagen mußte, die eigentlich Sache der Hausfrau waren, konnte er ganz krank werden vor Ungeduld danach, alles in Torhilds tüchtige Hände zu legen. Von ihr hatte er sich losgesagt, weil er fühlte, was er tun mußte, ob er sie nun zu sich wünschte oder nicht.

Wenn er aber daran dachte, daß Disa hier auf Hestviken umhergehen, ihm in den Türen seiner eigenen Häuser begegnen würde; daß er jeden Tag ihre Reden anhören und ihr antworten müßte – da wußte er, daß er das nicht wollte – nicht, selbst wenn sie ihm alles Gold von Norwegen mit ins Haus brächte. Er fror vor Widerwillen bei dem Gedanken daran, daß sie in den langen schlaflosen Nächten hier zwischen ihm und der Wand liegen würde. Er konnte es einfach nicht ertragen, eine wildfremde Frau in seiner Nähe zu haben. Torhild – würde sie jetzt an seiner Seite liegen und schlafen, so wüßte er, daß, ob sie nun schlief oder wachte, doch die Fürsorge für sein Wohl aus ihrem treuen Herzen überströmen würde; er würde sich nicht vor ihr schämen, wenn auch sein Gemüt noch so ruhelos wäre.

So war es: oft dünkte es ihn bitter, daß ein Trieb, den er selber nicht verstand, es ihm verbot, die arme Torhild heimzuholen und mit seiner früheren Magd ein Buhlenleben zu führen, während sein ganzes Wesen sich auflehnte, sobald er nur daran dachte, daß seine besten und treuesten Freunde ihn mit der reichen und tugendhaften Witwe von Svein auf Roaldstad verheiraten wollten.

Er erinnerte sich, daß er selbst einmal gedacht hatte, es könnte schließlich doch so kommen, daß sein Leben diesem – Glück – einmal ähnlich sähe. Als er zu verstehen anfing, daß Ingunn wohl kein langes Leben bestimmt sei. Damals hatte er solche Gedanken wie eine Untreue von sich gewiesen. Damals aber *war* sie hier, sie war sein Weib, und hinter jedem grauen schlimmen Tag und hinter jedem neuen Widerstand und jeder neuen Bitterkeit, die in seinen Becher getropft war, hatte er gewußt, daß er es lieber so haben wollte, wie er es hatte, und Ingunn an seiner Seite, als ein anderes Schicksal ohne sie.

Jetzt aber war sie fort. Und es kostete ihn nur ein Wort, so konnte er Roalstad und Reichtum erhalten, eine gesunde und tüchtige Hausfrau, Erben für all das, was sie einmal zusammen besitzen würden, einen festen Bund mit seinen Verwandten, die er gerne mochte, Macht in der Gemeinde. Und dann fühlte Olav, daß er lieber *sterben* wollte, als all dies Glück gewinnen.

Der Glanz war von der Erinnerung an Ingunn gewichen, seitdem Olav dieses Abenteuer in London erlebt hatte; es war, als könnte er sie nicht mehr von jener anderen unterscheiden. Alles schien blind, gedankenlos, tierisch dumm – daß sie ihrer beider Glück zerstört hatte, daß er selber von allen Wegen abgeirrt war, die er hätte gehen sollen, bis er es nun so fühlte, als sei seine eigene Seele nur ein kleiner, grauer, verhärteter Stein.

Seit jener Nacht nach der Wallfahrt war es, als seien alle die Gedanken, mit denen er gekämpft hatte, zu Stein geworden. Er erinnerte sich ihrer und kannte sie auf eine Weise – wie jener Bursche im Märchen seine Freunde in den Steinsäulen außerhalb des Hofes der Riesen wiedererkannte. Aber sie ließen ihn kalt und stumpf. Er wußte selber, daß er in dieser neuen Ruhe ärmer war als zuvor, da er in Qual und Angst lebte: unter jedem Stich der Reue und jeder Sehnsuchtswelle nach Frieden war etwas gewesen, viel größer und stärker als die Angst: er liebte den, vor dem er flüchtete, und ganz bis zum Schluß hatte er heimlich gehofft, die Stunde würde kommen, da er nicht mehr fliehen *könne*. Früher oder später, so hatte er wohl geglaubt, würde er zur Versöhnung mit Gott gelangen – ohne daß es ihm zufiel, selbst zu wählen. Und solange hatte er sich selber gewählt, bis er die Liebe zu Gott verloren hatte. Damit aber war es, als seien das Feuer und die Stärke aus seiner Liebe zu allem anderen gewichen, das ihm hier auf Erden lieb und teuer gewesen war.

Gott, Jesus Christus, Maria – früher einmal war es so gewesen, daß ihm schon bei dem Gedanken an diese Worte das Herz wie glühende Kohle in der Brust wurde. Jetzt machte es ihm nichts aus, seine Gebete in der Kirche oder daheim des Morgens und Abends zu sprechen, wenn die Leute zusahen und es an der Zeit war – oder auch nicht zu beten, wenn er allein war. Aber diese neue Gleichgültigkeit war so viel armseliger als jene frühere Qual, wie der Aschenhaufen armseliger ist als das Feuer.

Doch Ingunn – und wenn auch die Erinnerung an sie noch so grau geworden und ausgebrannt war, er wollte sie nicht wegräumen und Platz für neue Gaben schaffen. Und so, wie sein Leben sich gestaltet hatte, wollte er das neue Glück, das ihm geboten wurde, weder besitzen noch mit diesem Leben verbinden.

Olav Halbpriester hatte ihm einmal von dem Hvitserkshügel erzählt – dem größten der Hügel hier am Waldrand. Es war noch vor der Zeit gewesen, da christlicher Glaube ins Land kam; da lebte die Inggjaldssippe auf Hestviken, jene Sippe, aus der die Großmutter seines Großvaters stammte, und der Häuptling hier hieß Aale Hvitserk. Er war ein berühmter Wiking gewesen, schließlich aber war er uralt geworden; da zündeten seine Feinde ihm die Häuser hier in Hestviken an – das war der erste der drei Mordbrände, die den Hof in Asche legten. Aales Söhne rodeten die Hügel und ließen Stämme herbeischaffen, um die Häuser von neuem zu errichten, Aale aber ließ durch seine Knechte einen Hügel aufwerfen, und an dem Tag, an dem sie darangingen, die verbrannten Balken von Aales Haus wegzuschaffen, begab sich der Alte in den Hügel und ließ durch die Hörigen das Erdhaus mit Steinen verschließen.

Olav Audunssohn erinnerte sich, daß er den Kopf geschüttelt hatte, als sein alter Namensvetter ihm diese Geschichte erzählte – aber es hatte ihn doch gedünkt, daß er ein ganzer Kerl gewesen sei, dieser alte Heide.

Jetzt lag er im Dunkeln und lächelte ein wenig über seine Gedanken. – Er hatte sich wohl davor gehütet, mit einem Priester über diese Geschichte zu sprechen, aber an Weihnachten opferte er dem Geist im Hügel eine Schale mit Grütze und trug auch an den Vorabenden großer Festtage eine Schüssel mit Bier hinaus. Selbst Arnvid tat das daheim bei sich – es sei keine große Sünde, sagte er, wenn man das nur im stillen tue und die Gespenster nicht um ein Gegengeschenk *bitte*. – Jetzt sollte er vielleicht ein wenig fleißiger opfern – es sah beinahe so aus, als würde er schließlich noch mit seinem heidnischen Vorfahren zusammentreffen.

2 Folgendes war Eirik widerfahren, während Olav in England weilte: er hatte Gewißheit darüber erlangt, daß er ehelich geboren war.

Eines Tages mußte er mit dem Saumtier nach Rynjul hinaufgehen – um Schalen und Schüsseln zurückzubringen, die Olav zum Leichenbegängnis für seine Frau geliehen hatte. Nun hatten sie dort auf dem Hof eine äußerst bissige kleine Hündin angebunden, und an jenem Tag war es ihr gelungen, sich von dem Strick loszureißen, sie fiel Eirik an, als er auf den Hof kam, und biß ihn ins Bein. Eirik stieß mit dem Fuß nach der Hündin, so daß sie über die Wiese kollerte, laut heulend. Torgrim kam wütend zur Tür heraus: »– Angst vor so einem kleinen Tier – und nach einer Hündin stoßen – das bringt wohl auch nur solch ein Hurensohn fertig wie du!«

Eirik war in die Stube gekommen, und Una stand da und zählte ihr Geschirr nach; da brach es aus dem Knaben heraus: »Una – das, was Torgrim sagte –. Ist das *wahr*?«

»Was soll wahr sein?« wiederholte sie, unten zwischen den Holzschüsseln.

»Hurensohn – das heißt Buhlensohn, nicht wahr, Una?« flüsterte Eirik jämmerlich.

»Ja – wieso?« Sie blickte auf und sah den Jungen dastehen, bleich wie Bast, das schmale junge Gesicht in Verzweiflung aufgelöst. »Sankta Maria – was fehlt dir denn, Eirik?«

»*Bin* ich das – sag mir die Wahrheit, Una!«

Una Arnestochter stand verlegen da.

»Ja, ich habe es seit langem gemerkt«, flüsterte Eirik.

»*Was* hast du gemerkt! Schämst du dich nicht – so etwas von deinem Vater zu sagen – und von deiner Mutter, die unter der Erde liegt. – Gott steh mir bei, was hast du dir da wieder ausgedacht!«

»Du hörtest doch, wie Torgrim es sagte – der Vater selber nannte mich einmal Hurenkind –«

»Du kannst dir doch denken«, sagte Una milder, »keiner von den beiden würde dir solche Schimpfnamen geben, wenn es sich wirklich so verhielte. Du bist doch verständig genug, um zu begreifen, daß das nichts anderes war als der Ausruf eines zornigen Mannes.«
»*War* die Mutter also mit Vater verheiratet?« fragte Eirik.
»*Das* brauchst du doch wohl nicht zu fragen. Olav behandelte die Ärmste gut und mit allen Ehren, solange sie lebte. Du hast gewiß nie etwas anderes gesehen.«
»Er nahm ihr die Schlüssel und gab sie seiner Hure«, murmelte Eirik. »Das war Jahr und Tag, ehe meine Mutter die Gesundheit verlor.«
»Sprich nicht davon, Junge.« Una wurde rot vor Entrüstung. »Das verstehst du nicht. – Ich möchte nichts Böses über deine Mutter sagen, so krank wie sie war – *sie* konnte gewiß nichts dafür, daß ihre Verwandten so verräterisch an Olav handelten, ebensowenig wie sie etwas dafür konnte, daß sie so war, wie sie war, kränklich und schwachen Geistes. Aber niemand kann erwarten, daß ein Mann mit einer solchen Heirat zufrieden ist, wie unser Verwandter sie bekam. Kaum hatten die Steinfinnssöhne den reichen Erben in ihre Gewalt bekommen, so verabredeten sie die Verlobung zwischen dem kleinen Burschen und einem ihrer Kinder: von da an betrogen sie ihn um alles, was er mit der Braut hätte bekommen sollen; niemals hat Olav Hilfe oder Ehre von der Schwagerschaft gehabt, aber das kranke Weib mußte er zu sich nehmen, denn sie hatten ihn unter ihr Bettfell gelockt, ehe er ganz erwachsen war.«
Una redete eine gute Weile weiter und sagte das, was sie über Olavs Ehe meinte. Sie war gut gegen ihre Verwandten, und sie liebte Olav, als wäre er ihr Bruder, aber obgleich sie gegen seine Frau stets hilfsbereit und gut gewesen war, hatte sie Ingunn nur mäßig geliebt, und in ihrem Herzen hatte sie sie einen Krüppel genannt –.
Gleichzeitig mit der ersten grenzenlosen Erleichterung, die Eirik fühlte, als er nun wußte, daß niemand ihn von Hestviken vertreiben konnte, stieg eine glühende Erbitterung gegen den Vater in ihm auf. Die Angst und Unsicherheit dieser Jahre hätte er sich sparen können – das aber war Schuld des Vaters: eine so große Dreistigkeit hatte er in seinem schändlichen Leben mit der verfluchten Mähre Torhild gezeigt, daß es kein Wunder war, wenn er, Eirik, das Schlimmste befürchtete. Unrecht, Unrecht hatte seine Mutter erlitten –.
Für Eirik hatte in diesem Sommer auf Hestviken jede Ecke der alten Häuser, jeder Sprung in den grauroten glattgescheuerten Klippen ein Gesicht, das seinen liebevollen Blicken mit einem Ausdruck der Güte

und Sanftmut begegnete. Der Tangstreifen an seinen eigenen Klippen sah anders aus als der Tang an anderen Stellen. Keine fremden Bollwerke oder Boote rochen so gut wie ihre eigenen. Wenn er das Ruder in seinem eigenen Boot ergriff oder mit seinen Netzen hantierte, wurde sein ganzer Körper von Wollust erfüllt – *er* besaß. Jedes Tier streichelte er, dem er begegnete und das ihnen gehörte –. Eirik nahm eine Gerstenähre, legte sie auf der inneren Handfläche über den Puls, so daß sie ihm unter den Ärmel kroch – dieses alte Kinderspiel wurde zu einer geheimnisvollen Zauberhandlung: es war *sein* Getreide. Er brauchte keine Angst mehr zu haben, wenn er hier überall umherging – nie würde es ihm aus den Händen entschwinden.

Die Erinnerung an die Mutter war in Eirik rasch verblichen. Schon in den letzten Jahren, in denen sie stets zu Bett lag, war sie aus der Welt des Knaben entschwunden; nach ihrem Tod hatte er bald aufgehört, an sie zu denken. Jetzt, da er so böse auf den Vater war, grämte er sich auch um seiner Mutter willen – seine Liebe zu ihr erwachte; er sehnte sich oft nach ihr. Er hatte sie so geliebt, solange sie gesund war und er bei ihr sein konnte – und gegen sie hatte der Vater so hart und grausam gehandelt.

Aber sobald Olav nur ein freundliches Wort zu Eirik sagte, vergaß der Junge all seine Bitterkeit. Danach erinnerte er sich dann wieder, ärgerte sich über seine eigene Schwäche. Kaum aber kam ihm Olav im geringsten entgegen, kaum erspähte Eirik auch nur einen Schatten des bleichen erfrorenen Lächelns um den Mund des Vaters, wenn er mit ihm sprach – so empfand der Sohn nichts anderes mehr als seine blinde Liebe zum Vater.

Kurze Zeit nach Olavs Heimkehr von England kamen Eirik Gerüchte darüber zu Ohren, daß der Vater Disa Erlandstochter heiraten würde. Oben in Rundmyr redeten sie ganz offen über alles.

Eiriks Gemüt geriet wieder in Aufruhr. Er wollte keine Stiefmutter haben. Er wollte nichts von Miterben auf Hestviken wissen. Hierher durften keine fremden Leute oder neuen Gebräuche oder überhaupt etwas Neues kommen. Alles sollte nur ihm und Cecilia gehören, der Hof und das Bollwerk und die Wälder auf dem Stier und auf dem Rücken der Roßwand, das Kverntal und Saltviken. Er kannte jeden Weg hier, er hatte seine Plätze, seine Aussichtsfelsen und verborgenen, mit Gras bewachsenen Mulden unten zwischen den grauen Klippen nach dem Wasser zu – er pflegte dorthin zu gehen, allein dazusitzen und sich dunkel und unergründlich darüber zu freuen, daß er dieses Versteck besaß. Die Jagd in den Wäldern, die Robbenjagd, der Fischfang, über all dies sollte er einmal verfügen. Aber das Letzte und Innerste, an das er nicht denken konnte, ohne innerlich wild zu werden – denn er wußte, daß er nicht die Macht besaß, es zu verhindern –, war die Angst, jemand anderer könnte einmal dem Vater näherstehen als er selbst. Immer noch ging er umher und dichtete lange Träume über jene Tat, die ihm einmal die Gunst des Vaters gewinnen sollte.

Die Robbenjagd war in diesem Jahr fast ganz fehlgeschlagen. Und Olav verlor einen guten neuen Sechsruderer draußen in den Schären; das Landtau war eines Nachts durchschnitten worden, man wußte nicht, ob jemand das Boot gestohlen hatte oder ob die ganze Sache das Werk eines Feindes war. Darum kam Olav finster von der Seehundsjagd heim, finsterer, als sogar er zu sein pflegte.

Einige Tage darauf hatte er in der Gemeinde oben etwas zu tun, und Eirik sollte ihn bis zur Kirche hinauf begleiten; es war am Mittwoch in der Woche vor Weihnachten, und Sira Hallbjörn hielt streng darauf, daß alle, die nur konnten, in diesen Tagen die Kirche besuchten.

Der Frostnebel lag des Morgens dicht über der Erde und überzog Steine und alles Holz mit einer dünnen Eisschicht. Olav stand vor der Stalltür, als Eirik die Pferde herausführte, um sie zu satteln. Olav war schläfrig und verdrossen und hungrig durch das Fasten – plötzlich wandte er sich dem Sohn zu, heftig: »Solltest du nicht die Stange erst warmreiben, ehe du sie dem Pferd ins Maul legst – bei dieser Brandkälte?«

»Es ist nicht kalt«, antwortete Eirik trotzig. »Man meint nur, es sei kalt, durch die feuchte Luft.«

»Halt den Mund! Willst du mich lehren, das Wetter zu beurteilen! Wenn du das eiskalte Eisen dir ins Maul legen lassen müßtest –«

Eirik ergriff einen eisernen Zapfen, der in der Balkenwand steckte, und nahm ihn zwischen die Lippen – der Vater entriß ihn ihm und schleuderte ihn fort: »Siehst du – du blutest!«

»Nicht, weil er mich verbrannt hat – du hast mir den Mundwinkel aufgerissen –«

»Schweig jetzt«, sagte Olav kurz, »und mach, daß du fertig wirst!«

Gegen Mittag saßen einige von den Kirchgängern in der Stube des Priesters und verzehrten ihren Mundvorrat, ehe sie sich auf den Heimweg machten. Die Wunde in Eiriks Mund fing wieder zu bluten an, und da erzählte er einigen der anderen Burschen, auf welche Weise er sich die geholt hatte, aber er sagte, der Vater sei es gewesen, der ihm die Stange ins Maul gezwängt habe –.

– Dann merkte er, daß das seinen Worten folgende Schweigen von Hohn durchtränkt war. Schließlich sagte ein junger Kerl: »Pfui, schäm dich, Eirik – läßt du dich von deinem Vater zum Ackergaul machen –?« Eirik blickte um sich, unsicher. Er hatte gedacht, mit dem zu prahlen, was ihm widerfahren war. Als er die Verachtung der anderen merkte, war es, als schrumpfte etwas in ihm zusammen. Nun wollte er es wiedergutmachen.

»Nein. – Aber es wäre nutzlos, wenn ich es mit meinem Vater aufnehmen wollte«, sagte er aufgeregt, er wurde eifrig. »Ihr könnt mir glauben, ich riß das Zaumzeug herunter und drang auf ihn ein. Aber er ist stark wie ein Troll, mein Vater, darum –. Seinerzeit, als er beim Jarl war, kam es einmal vor, daß sie darum wetteten, welches Gewicht er aufzuheben vermöchte. Da schiebt der Vater die Schultern unter die Bank, richtet sich auf, bis er aufrecht dasteht. Es saßen acht Männer auf der Bank.«

Eisiges Schweigen.

»Da sagt der Jarl: Kannst du die Tischbohle aufheben, Olav Audunssohn, so soll es dir gehören, all das Silber, das darauf steht. Die Bohle hob mein Vater mit ausgestreckten Armen auf.«

»Das ist ja beinahe wie die Saga, die du uns voriges Jahr erzähltest, Sira Hallbjörn«, meinte ein junges Mädchen kichernd, »– von jenem christlichen Ritter, der beim Sarazenenjarl gefangen war – wie hieß er?« Ein paar halbwüchsige Burschen lachten vergnügt.

Sira Hallbjörn saß auf seinem Bett. An diesem Tag war er weder bissig noch übermütig, schien eher stumpf. Er sah das Mädchen kalt an.

»Du erinnerst dich, Sira Hallbjörn – auf der Hochzeit meines Bruders?«

»*Ich* kenne keine solche Saga. Du irrst dich.«

Aber ein wenig später, als die Leute aufbrachen, trat der Priester plötzlich von hinten an Eirik Olavssohn heran.

»Was meinst du eigentlich damit – erzählst du Lügen über deinen Vater?«

»Nein, ich log nicht, mein Sira«, antwortete Eirik freimütig.

»Du lügst.« Sira Hallbjörn gab ihm eine hinters Ohr. »Und jetzt belügst du deinen Priester. Mir scheint, der Teufel ist in dich gefahren! Mach, daß du weiterkommst!«

Bei einbrechender Dämmerung ritt Olav Audunssohn zum Priester und hielt vor seiner Tür an. Er wolle nicht hineinkommen, sagte er, es sei zu spät. Auf dem Pferde sitzend, überreichte er Sira Hallbjörn das Kästchen mit den Briefen und wollte sogleich weiterreiten. Sira Hallbjörn trat heraus und begleitete ihn ein Stück, während Olav den Gaul zwischen den Zäunen weitergehen ließ.

»Du solltest es nicht dulden, Olav«, sagte der Priester heftig, »daß dein Sohn sich bei den Leuten herumtreibt, die du klug genug warst, in Rundmyr anzusiedeln. Es gereicht dem Jungen nicht zum Nutzen, was er dort lernt.«

Olav wußte nicht, was er darauf antworten sollte. Da er schwieg, fuhr der Priester fort und berichtete, was Eirik von dem Vater erzählt hatte: »– Er wird der ganzen Gemeinde zum Spott, dein Sohn, dadurch, daß er so lügt – und so dumm lügt.« Sie waren unterdessen an die Wegkreuzung gekommen, und der Priester ergriff das Pferd beim Zaumzeug und hielt es fest, während er Olav ins Gesicht sah. Noch herrschte ein Schimmer Tageslicht in dem Nebel, der sich wieder zu verdichten begann – erstaunt sah Olav, daß der Priester stark bewegt zu sein schien.

»Ich begreife nicht, wie Eirik dies sagen konnte –« Olav schilderte, was sich zwischen ihm und dem Sohn zugetragen hatte.

»Ja, so geht es, wenn die Jungen schlimme Lehrmeister haben.«

Olav zog die Brauen herunter, kniff die Lippen zu einer Art Lächeln zusammen, gab jedoch keine Antwort. Eirik brauchte gewiß keine Lehrmeister in solchen Dingen – im Lügen; mit dieser Fertigkeit war er wohl geboren.

»Hätte ein kluger Mann meinem Vater so geraten, wie ich dir jetzt rate«, sagte Sira Hallbjörn, »so hätte mein Vater mich von dem Hof heimgeholt, auf dem ich nach dem Tode meiner Mutter aufgezogen wurde. Ich war fromm, solange ich bei ihr lebte – sie hatte mich Gott versprochen, als ich noch nicht geboren war. Dann aber sandte mein Vater mich zu meinem Pflegevater, und der stammte von den Lappen ab –.«

»Wohnen in Valdres Lappen?« fragte Olav; ihn dünkte, er müsse etwas sagen.

Der Priester nickte. »Ich sah viel Seltsames in der Zeit meines Heranwachsens, Olav. Sie sind die hervorragendsten Jäger, die Lappen – und im Gebirge treibt sich vielerlei herum, sowohl Tiere wie Menschen – und auch andere –. Seither ist es mir schwergefallen, mich an anderen Orten wohlzufühlen. In den Jahren, die ich im Ausland zubrachte, von einer Schule zur anderen zog, sehnte ich mich nicht dorthin zurück. Aber dieses Volk hier in den Gemeinden – es reizt mich so, daß ich die Geduld verliere –.«

»Es sieht so aus.« Olav konnte sich nicht enthalten, ein wenig spöttisch zu lächeln.

»Ja«, erwiderte der Priester heftig. »Hier ist nicht gut wohnen. Auch du hast keine Freunde hier, Olav.«

»Es sieht so aus«, sagte Olav wiederum. »– Aber ich weiß nicht, ob das deshalb so ist, weil –. Die Menschen sind hier wohl nicht anders als an anderen Orten.«

»Warst du je einmal mit auf einer Rentierjagd?« fragte Sira Hallbjörn unerwartet. »– Dort, wo die alten Rentierfallen im Gebirge sind? Hast du die wandernden Rentierscharen gesehen – viele tausend Tiere –?«

»Nein«, sagte Olav. »Ich habe nie ein lebendiges Ren gesehen.«

»Komm einmal mit mir« – der Priester redete fast, als bitte er, so eifrig war er –, »wenn ich zu meinen Brüdern heimreise.«

»Ich danke dir, Sira Hallbjörn. Sollte es sich so fügen, so hätte ich wohl Lust, einmal mit dir zu kommen.«

Sie nahmen Abschied. Da sagte der Priester wiederum: »Aber halte Eirik von Rundmyr fern. Sonst hängen sie dem Jungen noch ihr Diebesgut auf – oder die Vaterschaft an dem Kind eines Mädchens, ehe zwei Jahre vergehen. Und das würde euch beiden wenig gefallen, Olav.«

Olav dachte noch lange über sein Gespräch mit dem Priester nach, während er in der Dunkelheit dahinritt. Er fühlte beinahe etwas wie Enttäuschung. Nicht etwa, weil zwischen ihm und dem Kirchspielpriester eine Spannung herrschte – im Gegenteil; er gehörte zu den wenigen Männern in der Gemeinde, die noch nicht mit ihm in Streit gelegen hatten. Aber auch ihm hatte es geschienen, als sei etwas Verborgenes an Sira Hallbjörn – und dazu kam noch, daß er hier wie landesverwiesen lebte, außerhalb aller Stellungen und Würden, die er seiner hohen Geburt und seiner Gelehrtheit entsprechend einzunehmen berechtigt gewesen wäre. Olav hatte darum halbwegs erwartet, daß eines Tages wohl irgend etwas über ihn aufkommen würde. Und nun war es scheinbar nichts weiter, als daß Hallbjörn Erlingssohn sich hier im Unterland nicht wohl fühlte und sich nicht leicht mit den Leuten vertrug, streitbar und von eigener Art war, wie es der Gebirgsbewohner oft ist. Es behagte ihm wohl nicht, so unbeweglich in einem Kirchspiel zu sitzen und immer dazusein, sooft jemand seiner Dienste bedurfte.

Früher hatte Olav unwillkürlich Umgang mit jenen Männern gesucht, von denen er fühlte, daß sie reinen Herzens und treu gegen Gott waren. Ohne darüber nachzudenken, war er den räudigen Schafen ausgewichen, wo er ihnen begegnete. Jetzt fühlte er sich auch ganz wohl unter Männern, die weniger streng dachten – von denen es wenigstens hieß, daß sie gegen sich selber nicht so sehr streng seien, über andere mochten sie seinetwegen gerne streng urteilen. Im geheimen gefiel es ihm fast, wenn er merkte, daß ein Mensch den einen oder anderen Fehler hatte, und besonders dann, wenn es ein Priester oder ein Angehöriger eines Klosters war. Er fragte auch jetzt nicht nach Gerüchten, und er schwieg, wenn die Leute von solchen Dingen zu reden anfingen, aber er hörte doch zu, und zwar jetzt nicht mehr mit Widerwillen oder Empfindlichkeit.

– Auch über das, was Sira Hallbjörn von Eirik gesagt hatte, dachte er nach und ärgerte sich. Aber er mochte mit dem Knaben nicht darüber sprechen – besser so tun, als wüßte er nichts. – Doch er mußte dem Jungen verbieten, sich auf Rundmyr herumzutreiben.

Das tat er denn auch. Aber Eirik gehorchte nicht. Olav kam dies zu Ohren. Ein paarmal redete er mit dem Sohn streng darüber, zu anderen Malen jedoch tat er so, als wüßte er nicht, daß Eirik dort gewesen war.

Ein törichter Gedanke, Anki und Liv nach Rundmyr zu setzen. Wenn sie sich doch wenigstens nur an *seine* Sachen gehalten hätten – damit hätte er sich noch abfinden und hätte schließlich auch ein Auge zudrücken können; aber die Leute begannen sich nun zuzuraunen, man spüre es, daß Langfinger nach Rundmyr gekommen seien. Schließlich mußte Olav mit Arnketil darüber sprechen: »Mich dünkt, ihr müßtet weit genug mit dem kommen, was ihr euch von Hestviken holt.« Der Mann versprach Buße und Besserung – Olav jedoch dünkte dieses Versprechen nicht sehr viel wert.

Nun war es wohl auch noch schwierig, sie loszuwerden. Als Arnketil kam und ihn bat, ihren Jungen über die Taufe zu halten, scheute er sich, dies dem armen, einfältigen Mann abzuschlagen. Außerdem dachte er, daß wohl keiner ihn wegen der Mutter verdächtigen könnte, wenn er nun zusagte, bei dem Knaben Gevatter zu stehen. Olav fiel es gar nicht ein, daß er ja nicht einmal wußte, ob irgendein Mensch an so etwas gedacht hatte – nur er war es, der Angst hatte, die Leute könnten solche Gerüchte erfinden. Man hatte sich etwas Ähnliches erzählt, als sie das vorige Kind bekam – damals aber war er wegen der Geschichte mit Torhild in aller Leute Mund gewesen,

und in solchem Fall gibt es immer jemand, der gerne schwarz noch schwärzer machen möchte. Dadurch aber, daß er nun dieses Patenkind angenommen hatte, war er gezwungen, die Eltern zu unterstützen.
Für Eirik war Arnketil halb wie ein Pflegevater gewesen, so daß es nicht leicht anging, den Knaben ganz von ihm zu trennen. Und Liv kam mit dem Kind auf dem Rücken nach Hestviken heraus, machte sich hier den ganzen Tag zu schaffen, erteilte den Dienstmägden gute Ratschläge und erzählte, wie sie alles gemacht hatte, als sie hier am Ruder gewesen war.
Torhild hatte recht gehabt, als sie meinte, er handle unklug, indem er solchen Leuten so nahe beim Hof Unterkunft gewähre. Olav dachte mit dumpfer Bitterkeit daran – weil sich alles so fügen mußte, daß er Torhild nicht zu sich nehmen und ihren verständigen Rat ausnutzen konnte.

Es wurde eine Plage für Olav, daß Eirik sich so in seine Vorstellungen und Gedanken hineindrängte. Und immer und immer wieder stieß er auf diese unbegreifliche Verlogenheit. Jedesmal war sie Olav wie ein Rätsel. Er hatte selber gelogen, so hart und so kalt, daß es Felsen hätte sprengen können – er vergaß das nicht, aber er hatte doch gewußt, warum er log, er hatte gelogen, weil er *mußte*. Eirik aber log und log, und der Vater konnte niemals etwas erkennen, das einem verständlichen Grund glich – er log nicht, um etwas zu gewinnen, und er log selten, um etwas zu verbergen. Das hatte Olav bemerkt, obgleich er es nicht so genau beachtete, wie selten Eirik zu leugnen oder zu lügen versuchte, wenn er geradeaus gefragt wurde: selbst seine schlimmsten Missetaten gestand der Knabe gern; rot, unsicher und mit blinzelnden Augen sagte er, wie es sich verhielt, wenn er gefragt wurde. Es war also fast, als ob Eirik diese Lügengeschichten zusammenbraue, weil er Spaß daran hatte.
Jahraus und jahrein waren Olavs Gefühle für das Kind zwischen einer unklaren Sehnsucht danach, dieses junge Leben, das hier in seine Gewalt geraten war, lieben zu können – und dem Widerwillen gegen dieses Fremde, das wie ein Dorn in seinem Fleische war, hin und her gerissen worden. Nun schienen diese Gefühle endlich eine feste Form zu finden. Es gab Augenblicke, da Eiriks unfaßliche, geradezu übermütige Verlogenheit den Haß in Olavs Herzen weckte: als sei die Lüge, die er wie ein Joch auf sich genommen hatte, in Eiriks Gestalt lebendig geworden und spotte seiner in dem huldrenhaft schönen Lächeln des braunäugigen Knaben.

Zu anderen Zeiten aber war es doch auch wieder ganz anders.

In diesem zweiten Sommer nach dem Tod seiner Frau mußte Olav zum Eidsiva-Thing fahren. Er hielt jetzt nicht viele Knechte auf Hestviken und konnte nur schwer einen Mann von der Arbeit wegnehmen. Darum sollte Eirik mit dem Vater reiten.

Olav hatte wenig Lust, diese lange Reise zu unternehmen, und er sehnte sich nicht danach, mit seinem Schwager zusammenzutreffen. Er war in den dreizehn Jahren, seitdem er Ingunn heimgeführt hatte, nicht mehr in die Gegend nördlich von Oslo gekommen, außer jenem einen Mal, da er Eirik holte, und das war im Winter gewesen.

Jetzt ritt er den Sommerweg nach Raumarike hinauf. Es war schönes, sonniges Wetter, aber zu warm, um mitten am Tag zu reisen. So suchten sie sich einen geeigneten Platz zum Rasten, in der Nähe der Straße; Eirik nahm den Pferden die Sättel ab und band ihnen die Vorderbeine zusammen. Nach der Mahlzeit streckten Olav und Eirik sich im Gras aus. Der Junge schlief sofort ein.

Olav hatte sich seinen Sattel unter den Kopf geschoben und schaute vor sich hin in das Gitter des Grases. Die Wiese war jetzt mit goldgelben Butterblumen übersät, Kopf an Kopf standen sie, und rings um das kleine blaubraune Seeauge weiter unten schimmerten die silbernen Flocken des weißen Wollgrases. Auf der anderen Seite des Baches leuchtete es von roten Pechnelken im Schatten unter den Erlen. Olav sah die Blumen an, als seien sie Bekannte, denen er nach Jahr und Tag wieder begegnet war: wohl gab er auch daheim auf Hestviken darauf acht, wann diese oder jene Blume blühte, las an ihnen ab, wie der kommende Sommer werden würde. Hier aber, wo er müßig dalag und die Blumen auf einer Wiese blühen sa, von der er nicht wußte, wem sie gehörte, war es etwas anderes – wie ein Teil des Wiedersehens mit den Orten, an denen er in seiner Jugend gelebt hatte.

Große silbergraue Wolken mit hellweißem Rand quollen über den Fichtenwipfeln empor und breiteten sich seltsam rasch und still über dem heißen Blau aus – hier unten rührte sich kein Wind. Jetzt glitten sie weiter und verlöschten den Sonnenschein. Olav zog sich den Umhang übers Gesicht, der Mücken wegen, und schlief ein. –

Im Laufe des Nachmittags kamen sie aus einem Wald heraus und sahen einen großen Hof vor sich in der Abendsonne liegen. Er wirkte wie der Sitz eines Mächtigen, dort auf dem Gipfel des großen Hügels, mit einer kleinen hellen Steinkirche an dem einen Ende der Häuserreihe und mit seinen Wiesen auf allen Seiten ringsum. Eirik stieß

einen Ruf der Überraschung aus, so schön fand er es hier. Olav erwiderte nichts auf seinen Ausbruch.
Der Reitweg führte den Hügel hinauf und mitten durch den Hof hindurch. Der war nicht weniger stattlich, wenn man sich oben befand, mit unzählig vielen Häusern, neuen und alten, in zwei Reihen zu beiden Seiten des Weges, und überall waren Zeichen von Geschäftigkeit und großer Haushaltung zu erkennen. Als sie ins Tal hinuntergekommen waren und an einem Fluß entlangritten, fragte Olav Eirik: »Weißt du, wie der Hof heißt, Eirik?«
»Nein?« fragte der Junge eifrig.
»Das war Dyfrin.«
»War das –!« Kurz darauf sagte Eirik leise, tief erregt: »Eigentlich sollten *wir* dort sitzen, wenn es mit rechten Dingen zugegangen wäre – nicht wahr, Vater?«
»So ist es.« Olav ritt schweigend weiter. Dann fragte er mit einer Art Lächeln: »Welcher von diesen beiden Höfen gefällt dir besser, Eirik – Dyfrin oder Hestviken?«
»Hestviken«, antwortete Eirik rasch und warm.
»Dyfrin ist mehr als zweimal so groß –«
»Trotzdem. Auf Dyfrin haben sie kein Meer – und kein Bollwerk und keine Boote –. Aber schmerzlich ist es, sich des Unrechts zu erinnern. Mich dünkt, ein Mann, der so viel Unrecht gegen die Bauern hier im Lande verübt hat wie dieser Sverre – er kann nicht dazu taugen, König zu sein –.«
»Ein gewisses Maß an Unrecht begeht jeder Mann, der seine Sache fördern will«, antwortete Olav.
Eirik fing an, nach den alten Geschichten zu fragen – nach Torgils Fivil und seinen Söhnen und der Witwe, die König Sverre einem seiner Männer gab. Olav beantwortete seine Fragen. Dann aber sahen sie, wie der Weg vor ihnen über eine von Kiefern umstandene Lichtung hinführte, flach und schön, und Olav trieb die Pferde an; damit war das Gespräch zwischen den beiden beendet.

Hallvard Steinfinnssohn empfing Schwager und Schwestersohn mit Herzlichkeit. Hallvard war mit den Jahren seinem Vater sehr ähnlich geworden, sah Olav, und er glich Steinfinn auch im Wesen; er war heiteren Gemütes, freigebig und nicht überklug. Er hatte den ältesten Sohn von Tora und Haakon Gautssohn mit auf das Thing genommen. Eirik hatte sich sehr darauf gefreut, seine Verwandten mütterlicherseits zu treffen, obwohl diese aber so freundlich gegen

ihn waren, schien Eirik ungewöhnlich schüchtern und hielt sich während des ganzen Things überall und stets in nächster Nähe des Vaters.
Ganz unerwarteterweise traf Olav auch seine Verwandten von Tveit in Soleyar auf der Versammlung: Gudbrand und Jon Helgessöhne mit zwei Söhnen und einem Tochtermann. Olav war mit den Tveitsmännern erst einmal zusammengekommen – in jener Zeit, als er darauf wartete, die Buße für den Mord an Einar Kolbeinssohn bezahlen zu können, und damals hatte er gefunden, daß die Leute von Tveit sich nicht sehr für einen jungen Verwandten ins Geschirr legten. Nun waren sie älter geworden, er sowohl als auch die Helgessöhne, und es war wohl reichlich spät, um einen verwandtschaftlichen Umgang aufzunehmen. Immerhin wechselte er einige Worte mit ihnen, wenn sie einander trafen. Und an einem der letzten Versammlungstage, als Hallvard Olav zu sich in die Herberge zum Trinken eingeladen hatte, traf er die Tveitsmänner in der Stube; Hallvard hatte sie geholt, um dem Schwestermann eine Freundlichkeit zu erweisen.
Hallvard wohnte auf dem gleichen Hof, auf dem Steinfinn sich stets aufgehalten hatte, wenn er auf dem Thing war. Olav konnte sich nicht mehr an den Hof erinnern; er war nicht sicher, ob diese Stube, in der sie nun saßen und tranken, die gleiche war wie jene, in der man ihn mit Ingunn verlobt hatte. Im übrigen erinnerte er sich ganz lebendig an alle Ereignisse jenes Abends – an sie und Steinfinn und seinen eigenen Vater, ja, seines Vaters entsann er sich beinahe nur von jenem Abend her – und von vielen der Gäste des Gelages sah er das Gesicht leibhaftig vor sich.
Olav war den ganzen Abend über sehr schweigsam, die anderen jedoch kümmerten sich nicht darum; sie tranken, und schließlich schienen sie ganz zu vergessen, daß er da saß. Die meiste Beachtung jedoch schenkte Olav Eirik – dieser verhielt sich so still und vollkommen verändert im Verhältnis zu seinem Betragen daheim.
Der Knabe saß zusammen mit den Jungen von Tveit auf der Außenbank. Olav betrachtete ihn: alte Gefühle, die keineswegs unwillig waren, tauchten auf, seltsam verjüngt – während der Reise hatte es sich nicht so getroffen, daß Eirik etwas getan hatte, was den Vater reizen konnte. Jetzt saß er sehr sittsam und still dort, redete gedämpft und frei mit Knut und Joar. Das braune scharfe Knabengesicht bekam allmählich ein erwachsenes Gepräge: die Stirn war hoch und schmal unter dem dunklen Haarschopf, die Nase groß und dünn, gebogen oder vielmehr bucklig von ganz oben bei der Wurzel – mit einem Höcker

bis auf den Nasensattel herunter; der Mund sprang hervor mit einem starkgebogenen Oberkiefer; wenn Eirik aufhorchte, zeigte er gerne die Vorderzähne ein wenig, und sie waren sehr weiß; die beiden mittleren saßen ein ganz klein wenig schief. Trotzdem war er durchaus nicht häßlich: sonnengebräunt und rotwangig, die Lippen schimmernd rot, die Augen ungewöhnlich groß und goldbraun, so klar, daß man an Bernstein denken mußte oder an Moorwasser, in dem die Sonnenstrahlen versinken. Wie ein flüchtiges Zittern im Gemüt fühlte Olav, daß er hier mit seinen eigenen Verwandten und Schwägern saß, und er hatte wenig mit ihnen zu reden. Und unter den redlichen, ehrlichen Banden, die ihn mit den anderen verknüpften, den Banden des Blutes und des Gesetzes, war er an diesen schlanken, dunklen Knaben gefesselt, der wie ein Fremder zwischen den hellen und roten Burschen von Tveit saß – er wußte selber nicht, wie unzerreißbar fest.

Hallvard hatte Wein aufgetischt, und so wurde es fast Mitternacht, bis die Gäste aufbrachen. Es war ein Weg von einer halben Stunde zu dem Thingschuppen, in dem Olav schlief, und an der Wegkreuzung unten war er eine Weile im Gespräch mit einigen Männern stehengeblieben, die den anderen Weg gehen mußten. Danach ging er rasch mit Eirik hinunter. Die Nacht war lau und so hell, daß der Mondschein ganz bleich und mild wirkte. Als sie ein Stück weit gegangen waren, hörten sie die Tveitsmänner vor sich auf dem Wege – sie waren betrunken und redeten laut, und Olav hatte keine Lust, mit ihnen weiterzugehen. So verließ er mit Eirik den Pfad; sie gingen über eine mit großen Steinen übersäte und mit Wacholder und anderen Büschen bestandene Wiese, die sich am Hang hinzog; einige lichtbraune Pferde weideten dort im Mondschein.

Sie gelangten auf ein paar kleine Hügel hinaus, und unter ihnen lag ein großes Moor, das zu mühsam zu umgehen gewesen wäre, darum setzte Olav sich hin, um den Leuten von Tveit einen Vorsprung zu lassen. Jetzt aber klang es, als hätten sich diese hier gerade unterhalb am Weg gelagert – sie kamen nicht weiter, und Gudbrand erbrach sich, ächzte und stöhnte, während die anderen Dummheiten machten und ihn im Kreis herumzogen. Eirik lag in dem kurzen Gras auf dem Bauch, lachte leise und machte dem Vater das Rufen und Stöhnen auf dem Weg unten vor.

»Schau den Mond, Vater«, sagte Eirik. Der war jetzt nahe am Untergehen, ein Halbmond, der auf dem Rücken über den Baumwipfeln im Westen schwamm, mit einigen dünnen goldenen Wolkenstreifen

darunter. In seiner Nähe stand ein großer Stern und funkelte einsam in der bleichen blauen Luft.
»Ja«, sagte Olav. »Es kommt Wind auf.«
»Er sieht aus wie ein Schiff«, sagte Eirik und lachte still über seinen eigenen Einfall, »das über das Meer hinsegelt – und der große Stern ist wie ein Hund, der dem Schiff nachrennt.«
»Aber Eirik« – Olav mußte lächeln – »wie kann ein Hund einem Schiff nachrennen, das auf dem Meer segelt?«
»Doch«, sagte der Junge eifrig, »– sie sind ihm davongesegelt – und jetzt rennt er am Strand entlang, auf alle Landzungen hinaus, bellt und heult dem Boot nach –.«
Die Worte des Knaben erinnerten Olav an etwas – er hatte einmal etwas Ähnliches von einem Hund gehört oder geträumt, der am Strand entlanglief und einem fortsegelnden Schiff nachheulte – es war ein Hund oder ein Mann, den man zurückgelassen hatte –.
Er blickte auf das emporgewandte Gesicht des Knaben hinab – ganz bleich schien es ihm in dem Abendlicht, die weit offenen Augen dunkel, im Schatten. Es war, als habe der Mann sich bewegt, so daß das unsichtbare Band sich straffte.
»– Aus dem Dröhnen von Katzentritten und dem Bart der Frauen und den Wurzeln der Berge und dem Atem der Fische und dem Speichel der Vögel–« das war ein Spruch, den er als Kind gekonnt hatte, er handelte von jemand, der eine Fessel gemacht hatte, und diese Fessel war weicher als Seidenband und schnitt härter ein als Fesseln aus Stahl – ein wildes Tier sollte darin bis an den Jüngsten Tag gefangengehalten werden –.
Jetzt war es still auf dem Weg unten. »Komm«, sagte Olav, und unwillkürlich fiel seine Hand auf die Schulter des Knaben, und er ließ sie dort einen Augenblick ruhen.
Sie gingen hinunter und fanden den Weg wieder. Von den Tveitsmännern sahen sie nichts mehr und gelangten ungestört zu dem Schuppen, wo Olav für sie beide Platz zum Schlafen gemietet hatte.
Das Bett war sehr eng. Eirik schlief sofort ein, und gleich darauf wälzte er sich im Schlaf herum, so daß er beinahe auf den Vater zu liegen kam.
Auf dem engen, unbehaglichen Lager, mit der Dunkelheit, bitter von dem Geruch nach Menschen, rings um sich – lag Olav da und fühlte den Druck von Eiriks schlankem, hagerem Körper, den warmen Duft seiner Haut und seines Haares – ohne Widerwillen, mit einem unerklärlichen Gefühl des Mitleids. Obgleich nur Gott und Seine heilige

Mutter wissen konnten, warum er mit Eirik Erbarmen haben sollte. Er wußte nicht, weshalb er den Sohn bedauern sollte, aber es war, als mache die Jugend des Knaben sein Herz weich. – Obwohl dies ein Fehler ist, der sich mit jedem Tag verwächst, dachte Olav.
Olav lag da, schlief nicht richtig, sondern wurde gleichsam zwischen Schlafen und Wachen hin und her gerollt wie ein Stück Treibholz am Strand. Aber nach ein paar Stunden, als Olav hörte, wie einige Männer sich in den anderen Kammern rührten, rückte er behutsam unter dem schlafenden Knaben weg, stand auf und ging hinaus, um selber die Pferde zu versorgen. Er mochte den Knaben nicht wecken.

3 Die Freundschaft, die zwischen Olav Audunssohn und seinen Verwandten auf Rynjul und Skikkjustad aufgeblüht war, welkte wieder dahin. Una hatte an jenem Tag im Frühjahr, da er mit ihr heimsegelte, so viel gesagt, daß sie sich nun ehrenhalber nicht mehr weiter aufdrängen konnten. Und Olav rührte sich nicht in dieser Sache. So mieden sie einander. Daß aber die Verwandten auf Rynjul böse waren, konnte Olav von selber wissen.
Wie die Leute sein Betragen auslegten, erfuhr er eines Tages, als er mit Sira Hallbjörn unten auf dem Bollwerk zusammentraf. Der Priester fuhr in seiner schroffen Art heraus: »Dumm wie ein Troll warst du, Olav, daß du wieder mit Torhild anfingst – sie verführte dich dazu, dieses klägliche Anwesen zu kaufen, und noch schlimmer war es, daß du dich durch sie von der guten Heirat abhalten ließest.«
»Was ist das für ein Gerede?« Olav wurde feuerrot. »Ich frage keinen um Rat, ob es nun einen Landkauf oder ein Weib gilt – in diesen Dingen handle ich, wie *ich* will.«
»Pah! Ich glaube gerne, daß du so glaubst. Du glaubtest gewiß auch, daß du deinen Willen bei ihr durchsetztest, als du so tatest, wie sie wollte. Torhild Björnstochter ist die Klügere von euch beiden. Nimm dich in acht, Olav, daß sie dir aus ihrem Hemdgürtel nicht wieder einen Zügel macht.«
Olav antwortete zornig: »Wie dem auch sei – das geht dich wohl nichts an, Sira Hallbjörn, solange ich nicht wieder bei ihr gelegen habe? Rat kann ich mir wohl dort holen, wo ich will – ich habe dich nicht darum gebeten!«
Er drehte sich um und sprang in sein Boot.
Hinterher aber flammte wieder eine wütende Begierde nach Torhild

in ihm auf – Tag und Nacht, Tag und Nacht hindurch. Sie jetzt nur aus Trotz zu sich nehmen. Wenn die Leute sich unbedingt um seine Sachen kümmern wollten, so sollten sie auch wirklich etwas zu kümmern haben. Und Björn – er hatte sich selber verboten, an das Kind zu denken – die Gedanken daran zurückgedrängt, sooft sie in diese Richtung gehen wollten. Jetzt dünkte es ihn plötzlich – war das der Mühe wert? So vieles war ihm verkehrt ausgegangen – er konnte wohl ebensogut das Gute mitnehmen, das sich bot –.

Er träumte von seinem Sohn, im Wachen und im Schlafen. Aber hinter dem Bild des hellen kleinen Burschen sah er das andere helle Kind – Cecilia. Um ihretwillen mußte er festbleiben und sich selber das verweigern, was er begehrte. Es würde nicht gut für sie sein, auf einem Hof aufzuwachsen, auf dem die Buhlerin des Vaters die Leitung hatte. Cecilias Zukunft hatte er noch nicht zerstört, und er wollte das auch nicht tun.

Olav sah jetzt wenig von seiner Tochter. Lief sie draußen auf dem Hofplatz umher und spielte und hielt der Vater sie an, um mit ihr zu sprechen, hatte Cecilia kaum Zeit, ihm zu antworten. Des Nachts schlief sie bei Ragna in der Torhildstube. Ragna aber war nur eine arme Magd, ungeeignet, die Tochter eines Mannes in Olavs Verhältnissen aufzuziehen, wenn das Mädchen einmal älter war. Außerdem oblag Ragna der ganze Haushalt, und sie hatte ihre eigenen drei Kinder zu hüten. Das älteste lag den ganzen Tag vor dem Haus, geiferte und grunzte und wackelte mit seinem großen Kopf – das arme Wesen besaß wohl nicht seinen vollen Verstand; jedoch die kleinen Zwillinge waren vergnügt wie junge Katzen und krabbelten und krochen den ganzen Tag lang auf dem Hof herum und über alle Schwellen.

Ratlos grübelte Olav darüber nach, was er mit dieser Tochter anfangen sollte – um sie geziemend erziehen zu lassen. *Das* wäre viel leichter gewesen, hätte er Disa geheiratet. Obgleich man von keiner Frau wissen kann, was für eine Stiefmutter sie wird.

Und diese Liv, die sich von früh bis spät hier auf dem Hof herumtrieb – Cecilia war immer bei ihr, sie kannte keine andere Mutter.

Dann öffnete sich ganz unerwartet ein Ausweg aus diesen Schwierigkeiten – so schien es Olav. Eines Tages kamen zwei Städter aus Tunsberg mit der Nachricht für ihn, daß Asger Magnussohn im Kloster der Prämonstratenser in der Stadt auf den Tod liege und ihn sprechen wolle. Olav hatte an diesem Tag nichts Besonderes zu tun, und der Wind war gut; so segelte er sogleich fort.

Es dünkte ihn seltsam, daß sie sich nun so melden sollten, einer nach dem anderen von jenen Männern, die er in der Jugend gekannt und jahrelang beinahe vergessen hatte. Ein wenig war es so, als sei er nun aus dem Berg herausgekommen – und wie es diesen Verzauberten geht, so erging es auch ihm, er fühlte sich fremd und gleichgültig diesen Leuten gegenüber. Nicht, daß das Verhältnis zwischen ihm und Hallvard Steinfinnssohn oder den Tveitsmännern jemals etwa so warm gewesen wäre. Asger war auf alle Fälle sein Freund gewesen: sie waren weitläufig miteinander verwandt, und als er sich in Dänemark aufhielt, waren er und Asger gar nicht selten zusammengekommen, obgleich sie sehr wenig miteinander zu reden hatten – diese Freundschaft war von den Verbindungen, die er in seiner Verbannungszeit angeknüpft hatte, das einzige Band, das nicht zerrissen war. Im übrigen standen Olav die Jahre mit dem Oheim in Vikingavaag wie ein halbvergessener Traum vor Augen. Asger aber kam mit den friedlosen dänischen Herren nach Norwegen, und so wurden sie Kampfgenossen auf den Kriegszügen gegen Dänemark. Bei dem Gedanken an jene Kriegssommer überkam Olav ein Gefühl der Freude – er freute sich darauf, seinen Waffenbruder wiederzusehen. Auf diesem Gedanken ertappte er sich, als er am Steuerruder stand und nach den ihm bekannten Seezeichen Peilung nahm. Asger war sicherlich nicht so todkrank, wie die Boten gesagt hatten, das würde ihm nicht ähnlich sehen –.

Als er jedoch am nächsten Morgen nach der Messe in den Dachraum hinaufgeführt wurde, wo der Däne zu Bett lag, sah er sofort, daß hier der Tod wohl nicht mehr weit war. Asgers großes und breites Gesicht schien graugrün unter dem roten Bart, und von seiner starken, ein wenig heiseren Stimme war nur noch ein gebrochenes Fauchen übrig. Er sagte es auch selber, gleich als er den Freund erblickte: »Jetzt ist es zu Ende mit mir, Olav.«

Auf einer Truhe unter dem kleinen Guckloch in der Giebelwand saßen ein altes Weib und ein kleines Mädchen. Die Frau stand auf und gab Olav die Hand, als er grüßte. Ihr Aussehen war so, daß Olav sich ein wenig wundern mußte: sie war reichlich einen Kopf größer als er, breitschultrig, mager und aufrecht in ihrem schwarzen Gewand; über dem Kopftuch trug sie ein dunkelblaues Witwentuch. Das schmale beinweiße Gesicht mußte einstmals überaus schön gewesen sein: unter buschigen eisengrauen Brauen leuchteten noch die großen blauen Augen, und der feine Rücken der gebogenen Nase glänzte blank wie Elfenbein. Die Wangen aber durchzogen tiefe Falten, und an den Mundwinkeln wuchsen kräftige Büschel grauer Barthaare. Sie war die Mutter von Asgers Frau und hieß Maerta Birgerstochter. Olav hatte noch nie gehört, daß eine lebende Frau Maerta hieß, diese hier aber sah so aus, als machte sie ihrer Schutzheiligen, der guten Hausfrau von Bethanien, keine Schande.

Sie ging sofort hinaus, und Olav setzte sich zu seinem Freund aufs Bett. Asger war jetzt ein friedloser Mann, sowohl in Norwegen als auch in Dänemark; er hatte das Mißgeschick gehabt, daheim in seiner Gemeinde auf Hising, wo er sich auf einen Hof verheiratet hatte, einen reichen Mann zu töten. Und der Getötete war ein Freund nicht nur von König Haakon, sondern auch von Graf Jacob gewesen. Trotzdem war Asger hierher nach Tunsberg geflohen; man kannte ihn gut hier im Kloster, von früheren Zeiten her, und so krank wie er war, ließ man ihn hier wohl wenigstens während der Versöhnungsverhandlungen in Frieden, oder ließ ihn im Schutz des Klosters sterben. – Der Abt bestand ja darauf, daß dieses Kloster Asylrecht besitze, obgleich es zweifelhaft blieb, ob dieses Recht jemals bestätigt worden war. Aber wie dem nun auch sein oder nicht sein mochte – hier seien seine Schwiegermutter und das Kind, ob Olav sich ihrer annehmen wolle? Olav sagte sofort zu und versprach es Asger in die Hand.

Er hatte seinerzeit gehört, daß Asger im Süden eine gute Heirat gemacht habe. Jetzt aber sagte Asger, daß seine Frau vor drei Jahren gestorben sei und er selbst in den letzten Jahren, seit einem Bootsunglück im Winter, immer kränklich gewesen sei; irgend etwas in ihm war zerdrückt worden, und seither hatte er stets Blut spucken müssen und nur wenig essen können.

»Und trotzdem warst du nicht zu schwach, um Herrn Paal in seinem Harnisch niederzuschlagen?« fragte Olav und mußte lächeln.

Asger lachte und hustete kränklich. »Nein –.« Es war die Schwiegermutter, erfaßte Olav, die dazu beigetragen hatte, Asger in diese Streitigkeiten zu verwickeln – ja, sie sah so aus, daß man ihr das zutrauen konnte, und ein Duckmäuser war auch Asger niemals gewesen. Der Mann jedoch war daran gewöhnt, daß sein Glück ständig wechselte, und er ertrug es mit Ruhe, daß er jetzt verloren hatte. Nur das Schicksal des Kindes schien ihm auf dem Herzen zu lasten.

Olav sah hinüber, wo die Kleine auf der Truhe saß; er streckte eine Hand nach ihr aus: »Komm her, Bothild – wenn du meine Pflegetochter werden sollst, müssen wir beide miteinander reden.«

Das Kind saß still wie ein Mäuschen, und als der fremde Mann sie anredete, schloß sie die Lider – sie hatte dichte, schwarze Wimpern.

Sie war ein wenig größer als Cecilia – sechs Winter alt, sagte ihr Vater.
Olav sah, daß sie ein wunderschönes Kind war – obwohl sie Asger glich. Sie hatte das gleiche breite Gesicht wie er, eine niedere breite Stirn, die Augen weit voneinander entfernt und ein kurzes viereckiges Kinn, aber ihre Haut war leuchtend hell, die Stirn wie Milch so weiß unter dem glatten rötlichbraunen Haar, das ihr in zwei dicken Zöpfen über die Brust herabhing. Als sie einmal kurz zu Olav aufblickte, waren die Augen ganz himmelblau. – Der Laienbruder, der Olav zuvor heraufgeführt hatte, hatte ihr einen großen Apfel zugesteckt, und mit dem saß sie nun da, hielt ihn mit beiden Händen im Schoß fest und hatte ihn noch nicht gekostet – sie sah so still und ängstlich aus, als begriffe sie selber, wie freundlos und verlassen sie in der Welt stand.
Olav hatte den Geruch von Äpfeln nie leiden können, er dünkte ihn unangenehm und faulig – und nun vermischte er sich mit dem Geruch von Krankheit und Bettstroh und stockigen, verschwitzten Wolldecken. Und der Anblick des unbeweglichen, traurigen Kindes rief eine Quelle unklarer Zärtlichkeit und unbestimmten Schmerzes in Olavs Brust hervor. Erinnerungen an alles, was er in seinem Leben an Jugend gesehen hatte, die keiner schützte, und an unheilbarer Schwäche, die tödliche Wunden erhielt – und jeder Gedanke, den er über seine eigenen Kinder gedacht hatte, wenn sie je einmal verlassen sein sollten, jeder Gedanke an das Kind, dessen Vater er war und über das er nie das Vaterrecht erlangen konnte – all das strömte wie Schatten durch seinen Sinn. Er erhob sich, trat auf das kleine Mädchen zu und legte die Hand um die weiche, kühle Kinderwange.
»Willst du mich nicht ansehen, Bothild, ich meine es dir gut. Ich habe daheim eine Tochter, Cecilia heißt sie – nun sollt ihr Pflegeschwestern sein und miteinander aufwachsen wie –. Was meinst du dazu?«
Ohne einen Laut ließ Bothild sich von der Truhe heruntergleiten und schlüpfte unter Olavs Arm hindurch. Sie lief an das Lager des Vaters, schmiegte sich an ihn, mit beiden Händen ergriff sie seine Hand.
»Ich will bei dir sein, lieber Vater«, sagte sie jammervoll.
Olav hob den Apfel vom Boden auf und gab ihn ihr.
Asger Magnussohn schlug seine kleinen, scharfen Augen wie in starkem Schmerz auf; seine Stimme wurde schwach vor Hilflosigkeit: »Du darfst ihr das nicht übelnehmen, Olav. Ich habe diese meine Tochter mehr verwöhnt, als gut war.« Er legte den Arm um sie, drück-

te den kleinen dunklen Kinderkopf an sich. »Du darfst das nicht mißverstehen –.«
»Nein, nein.« Olav saß auf dem Bettrand und blickte zur Seite. Er fühlte sich ganz schüchtern vor Mitleid mit Vater und Tochter.

Einen Monat später erhielt Olav die Nachricht, daß Asger Magnussohn gestorben sei, aber es ging schon auf Weihnachten zu, bis er hinuntersegeln und die alte Frau und das Kind holen konnte. Der Abt sagte, die Hinterlassenschaft des Toten sei eingezogen worden, aber Maerta Birgerstochter habe wohl in ihrer großen Truhe nicht so wenig bares Geld gerettet. Da Asger sich schon zu seinen Lebzeiten als ein Freund der Mönche erwiesen hatte, erbot sich der Abt, im Falle Olav das arme Kind lieber nicht zu sich nehmen wolle, ihm einen Brief an Frau Groa in Oslo mitzugeben, ob sie Bothild um Gottes Barmherzigkeit willen zu sich nehmen wolle – die Kleine scheine wohlgeeignet zur Nonne zu sein, denn sie sei sanft und still, ein liebenswertes Kind. Olav dankte, erwiderte jedoch, er habe dem Toten versprochen, Bothild ein Vater zu sein.
Als Olav die Stube des Abtes verließ, traf er gerade mit dem Kind zusammen – sie kniete auf dem Altan, mit einem Steinspiel beschäftigt. Das Wetter war kalt und windig, und Schnee und Regen trieben auf den Altan herein; da sprach Olav sie an und hieß sie aufstehen. Bothild gab keine Antwort, gehorchte jedoch sofort. Olav nahm sie bei der Hand, die war eiskalt, und so rieb er sie zwischen seinen Händen. Er hatte unten bei seinem Boot etwas zu tun und fragte, ob sie mit ihm gehen wolle. Bothild nickte, und er führte sie mit sich.
Die kleine Hand lag so zahm in der seinen, daß ihm davon ganz weich zumute wurde. Griff er nach Cecilias Hand, so entwischte sie ihm sofort wieder; sie konnte niemals still neben einem Erwachsenen hergehen. Aber es gelang ihm nicht, seiner Pflegetochter ein anderes Wort als ein ganz leises Ja oder Nein zu entlocken.
Er nahm Bothild mit zurück zur Gästestube, und als er sich drinnen ans Feuer setzte, um ein wenig trocken zu werden, zog er Bothild zu sich heran und nahm sie auf die Knie. Sie rückte sich dort zurecht, lehnte den Kopf an seine Brust; es stieg ein so süßter Geruch aus ihrem Haar. Olav hob ihr Gesicht und küßte sie auf den Mund – fühlte, wie sich die weichen Kinderlippen bewegten – sie küßte ihn wieder. Olav durchlief ein warmer Schauer.
– Eirik hatte gern auf seinem Schoß gesessen, als er klein war, aber Cecilia wollte stets wieder hinunter, kaum daß er sie aufgehoben

hatte. Und geschah es einmal, daß er seine kleine Tochter zu küssen versuchte, so merkte er, daß Cecilia dies nicht mochte.

Seit einem Jahr schlief Olav in der Stube, in dem Bett, das sein Ehebett gewesen war. Er litt jetzt nicht mehr so an Schlaflosigkeit wie so viele Jahre lang, aber auch jetzt noch lag er oft lange wach da. Da war es angenehmer, hier zu liegen als im Nebenraum; dort hinein drang kein Tageslicht, so daß die Luft eisig kalt und verstockt war, und stets herrschte ein kalter, feuchter Geruch nach Tran und Eßwaren, die im Winter dort aufgehoben wurden. In der Stube roch es nach Menschen und Rauch; eine Ahnung von lauer Wärme schien selbst während der Nacht von der Herdstätte auszuströmen, wo die Glut unter der Asche verborgen lebte. Ein Stück des Ladens über dem Rauchloch war eines Nachts vom Sturm weggerissen worden, und Olav hatte es noch nicht ersetzt. Nun konnte er, wenn der Mond schien, in dem Rauchloch, das mittels eines mit Tierhaut bespannten Rahmens geschlossen wurde, einen Streifen des Lichtes sehen und erkennen, wenn der Tag graute. Olav mochte dies gern.
Jetzt zog er wieder in den Nebenraum hinaus; Maerta und die Kinder sollten das südliche Bett in der Stube bekommen.
Olav hatte erwartet, daß Cecilia schreien und sich wehren würde, wenn sie erführe, daß sie mit den Fremden und nicht mit Ragna, an die sie gewöhnt war, schlafen sollte. Es kam jedoch anders. Er war spät am Tag auf Hestviken angelangt, nach einer dreitägigen Reise von Tunsberg bis hierher, er hatte des Wetters wegen unter Land liegen müssen. Bothild war mehr tot als lebendig, als Olav sie zu den Häusern hinauftrug – den ganzen Abend blieb sie auf dem Hocker sitzen, auf den er sie zuerst gesetzt hatte, als segelte sie immer noch dahin. Leute gingen aus und ein und trugen Sachen herein, und unterdessen umkreiste Cecilia Olavstochter das fremde Kind, und ihre großen hellen Augen starrten weitaufgerissen unter den flachsblonden Locken hervor.
Kaum hatte Maerta das arg mitgenommene arme Geschöpf unter das Fell gelegt, und kaum sagte Olav, nun solle Cecilia sich neben der Pflegeschwester schlafen legen, als sie flugs ihre Kleider abstreifte und ins Bett schlüpfte. Kurz darauf kam Maerta mit einem Kopfkissen; sie hob Bothild, die bereits eingeschlafen war, auf, um ihr das Kissen unterzuschieben. Da schlang Cecilia jäh die Arme um das fremde Kind: »Rühr sie nicht an! Das ist *meine* Schwester!«

In der Gemeinde fanden die Leute ihren Spaß daran, daß nun Olav Audunssohn doch noch seine reichen Verwandten in Dänemark beerbt hatte: eine Schwiegermutter hatte er geerbt. Sie fanden bald einen Beinamen für sie und nannten sie Maerta Fraue.

Olav fand sich gut zurecht mit der neuen Hausmutter auf dem Hof. Er brauchte sich um nichts anderes mehr zu kümmern als um das, was eigentlich ihn anging, und sie schien freundlich gegen Cecilia zu sein.

Galfrid Rikardssohn schuldete Olav etliches Geld und wollte nun, daß der andere statt dessen ein schönes, abgerichtetes Falkenweibchen nehme – Galfrid hatte es im Frühling einem Isländer abgekauft, verstand sich selber jedoch wenig auf die Falkenjagd und wollte nun den Vogel los sein. Olav wußte von früher her, wie schwer es war, auf Hestviken Vögel so unterzubringen, daß sie sich den Winter hindurch wohlfühlten und gesund blieben; auch besaß er jetzt kein Pferd, das zur Falkenjagd taugte. Trotzdem konnte er seiner Lust, den schönen Vogel zu besitzen, nicht widerstehen. Er ritt ein paarmal mit ihm des Morgens aus, solange noch Barfrost war. Meist jagte er nur Birkhähne, ein paarmal jedoch kam es vor, daß er Glück hatte und sah, wie der Falke einen Weih jagte. Wenn er dann heimkam, erhitzt und glücklich von dem schönen Anblick, dem Kampf in der Luft, hatte Eirik Gelegenheit, die gute Laune des Vaters auszunutzen. Sprach der Knabe davon, daß er im Frühjahr junge Habichte fangen und zur Jagd abrichten wollte, so lachte Olav ein wenig – das sei nicht so leicht für einen, der darin keine Übung besitze, aber er habe das in seinen jungen Jahren mitgemacht, und er versprach Eirik, zu helfen so gut er konnte. Es war die Arbeit des Knaben, Sand herbeizuholen und den Platz für den Vogel reinzuhalten; der Vater lehrte ihn, den Falken auf die Hand zu nehmen, ihm die Haube überzuwerfen und ihn mit Riemen zu fesseln. Der Mann und der Knabe wurden über dem Vogel gute Freunde.

Dann zogen die Weihen aus dem Land – und der Schnee kam. Olav hatte im Nebenraum eine Stange für den Falken aufgestellt und ein paar Wolldecken als Zelt herumgehängt. In den Nächten, wenn die Wände da drinnen zottig von Reif wurden und die Oberdecke sich von seinem Atem mit Reif beschlug, lag er da und lauschte, ob der Falke sich rühre. Er sorgte sich, ob er krank werden könnte, untauglich bis zum Frühjahr. Jeden Tag untersuchte er seine Fänge und das, was er von sich gab, sah nach, ob er fraß. Trotzdem war er immer noch merkwürdig glücklich darüber, diesen Schatz zu besitzen, so stolz und wild und trotzdem so empfindlich und leicht zu verderben. Er liebte es, das Gewicht des Vogels auf seinem Handgelenk zu spüren, er trug ihn ins Licht vor und betrachtete die feine Zeichnung, die grauen Streifen und blaßbraunen Tupfen, die in seinem weißen Federgewand zu sehen waren. Des Nachts, wenn die Kälte alle Gerüche dämpfte, meinte er trotzdem die bittere Raubvogelwitterung zu verspüren, und dann sehnte er sich nach dem Frühling und freute sich, so wie er sich nicht mehr gefreut hatte seit – Olav wußte nicht mehr seit wann –.

– Die Hirsche waren seit den letzten zwei Wolfswintern aus der Gegend fortgezogen.

Zu Beginn des Jahres merkte Olav ein paarmal, daß Unfriede im Haus herrschte, weil Eirik sich Maerta Fraue widersetzte. Olav wurde sehr erzürnt darüber, denn jetzt wollte er Ruhe haben – er wies den Knaben mit harten Worten zurecht, der aber schien sich dadurch nicht zu bessern. Olav nahm von vornherein an, daß Eirik die Schuld trage – eine so höfische Frau wie Maerta Birgerstochter hatte wohl nicht erwartet, daß der Sohn auf Hestviken ein so grober und kindischer Narr wäre.

Eirik hatte sich früher nie viel darum gekümmert, was seine kleine Schwester trieb. Aber er hatte sie doch auch nie geneckt – gab er sich dann und wann einmal mit Cecilia ab, so geschah es, um freundlich gegen sie zu sein und ihr bei ihren Spielen zu helfen, jetzt wurde auch das anders; ständig war er hinter den beiden kleinen Mädchen her, ärgerte sie und hatte seine Freude daran, Cecilia so fauchend böse werden zu sehen wie einen jungen Habicht. Die andere verkroch sich nur vor ihm im Winkel, stumm vor Jammer.

Eines Abends kam Olav von draußen herein; er blieb eine Zeitlang in der Vorstube, um einen Kasten mit zurechtgeschnittenen Pfeilschäften, Spitzen und Federn hervorzuholen – er wollte an diesem Abend Vogelpfeile herrichten. Wie es in diesen Jahren, in denen er soviel zu grübeln gehabt hatte, seine Gewohnheit geworden war, hantierte er ganz still – er haßte allen Lärm.

Drinnen in der Stube hörte er die Kinder – Eirik und Cecilia – Eirik lachte und sie war zornig. Olav schaute hinein. Cecilia saß vor der Feuerstätte auf dem kleinen, dreibeinigen Stuhl, der ihr gehörte. Tore, der alte Knecht, hatte ihn für sie angefertigt.

Sie saß da und hielt sich mit beiden Händen am Sitz des Hockers fest, die Füße gegen den Boden gestemmt. Ihr Mund war ein wenig zusammengezogen, und die Augen starrten kugelrund, das Weiße darin war beinahe ebenso blau wie die hellen Augensterne – sie glich einem weißen blauäugigen Kätzchen, das auf der Lauer sitzt. Hinter ihr stand Eirik, den Fuß unter den Hocker geschoben, und schaukelte sie ein wenig – Cecilia machte sich schwer.

Olav trat ein, um ein Licht zu holen. Eirik ging von der Schwester weg, kaum aber war der Vater wieder in der Vorstube draußen, fing er von neuem an. Er schwenkte ein rotes Haarband – ließ es auf den mit Stroh bestreuten Boden fallen. Cecilia wollte sich schnell daraufstürzen, Eirik jedoch war noch flinker, laut auflachend warf er sich schräg über ihren Hocker.

Die Schwester fuhr auf ihn los und packte seinen Schopf mit beiden Händen. Sie schüttelte ihn, ohne einen Laut von sich zu geben; Eirik lachte und schlenkerte sie nach rechts und nach links, dann fiel sie neben die Feuerstätte hin, griff um sich und bekam ein Stück Holz zu fassen, das noch schwach glühte. Da brach sie in lautes Gebrüll aus und stürzte auf den Bruder los, spuckte nach ihm, so daß ihr der Speichel über das kleine Kinn lief.

Olav kam herein, packte Eirik hart bei der Hand und zerrte ihn weg – der Knabe hatte Cecilia beim Haar gefaßt, als sie ihn beißen wollte. Der Vater hob sie auf: »Du ziehst die kleinen Mädchen an den Haaren, wie ich sehe –«

»*Sie* hat mich zuerst beim Schopf gepackt –«

»So, wirklich?«

Eirik wurde blutrot. Cecilia fiel ein, daß sie sich die Hand verbrannt hatte, und sie brach in klägliches Weinen aus. Olav redete ihr gut zu, holte Talg und strich ihn auf die verbrannte Stelle. Bothild kam aus ihrem Winkel hervor, stand da und sah zu.

Olav gefiel es gut, eine Weile dazusitzen, mit Cecilia im Arm und die andere Kleine an sein Knie gelehnt. Eirik ließ er vollkommen unbeachtet. Als jedoch Maerta Fraue und Ragna mit dem Essen hereinkamen und Maerta fragte, was es gebe, antwortete Olav: »Nichts.«

Da blickte Cecilia von der Brust des Vaters auf: »Soll nicht Eirik mir jetzt mein Pferd geben, Vater?«

»Gewiß soll er dir jetzt dein Pferd geben.«

»Es ist nicht ihr Pferd«, sagte Eirik und wurde wiederum feuerrot.

Da ergriff Maerta das Wort: »Ich schenkte den Mädchen ein kleines Holzpferd, das ich in Eiriks Bett fand, als wir ihm zu Weihnachten frisches Stroh einfüllten. Nun streiten sich diese Kinder schon seit zwölf Wochen darum –«

Olav lächelte spöttisch: »Ist denn dieses Pferd solch eine Kostbarkeit, Eirik, daß du es deiner Schwester nicht gönnst?«
»Ja«, antwortete Eirik trotzig. »Die Mutter schnitzte es für mich, als ich ein Kind war.«
»Dann mußt du es Eirik lassen«, sagte Olav. »Holzpferde sollst du bekommen, so viele du willst.«
– Später, nach dem Nachtmahl, kam Eirik herbei und fragte den Vater, ob er ihm mit den Pfeilen helfen dürfe. Olav sagte, das könne er. Einmal, als es Eirik nicht gelang, die Federn richtig zu befestigen, hielt Olav in der Arbeit inne, sah ihm zu: »Sehr geschickt bist du nicht, Eirik.«
Das war nicht wahr; Eirik war gewandt und flink. Aber der Schaft hatte einen Fehler im Holz, so daß die Rinne für die Federn zu flach ausgefallen war.

Ein paar Tage später standen Vater und Sohn gegen Abend unten in der Schiffshütte und richteten die Alke her. Olav zog ihnen die Haut ab, Eirik schnitt die Brust heraus, legte sie in das Lägel und salzte sie ein. Von Zeit zu Zeit wischte Olav sich die Hände an seinem Kittel ab; Eirik war versucht, das gleiche zu tun, aber das Salz brannte wie Feuer an seinen vom Frost empfindlichen, geschwollenen Händen.
Der Südwind heulte und stemmte sich gegen die Hauswand, und von Zeit zu Zeit prasselte ein Regenschauer herab. Unter dem Boden gluckste und klatschte das Meer, riß Eisschollen los und warf sie gegen die Klippen. Es kam schlechtes Wetter. Eirik fühlte sich innig beglückt, weil er hier allein mit dem Vater im Schuppen stehen und ihm helfen durfte.

König Haakon kam gleich nach Ostern von Elven nach Tunsberg hinauf. Man erzählte sich in den Gemeinden rings um den Fjord, daß der Friede mit dem Dänenkönig auf zwei Jahre gesichert sei. Die Leute freuten sich darüber, denn die ersten Nachrichten, die über die Zusammenkunft der Könige in ihre Gegend gedrungen waren, berichteten, daß König Haakon im Frühjahr Dänemark mit einer noch größeren Kriegsflotte heimsuchen wolle als jemals zuvor.
Olav aber fand wenig Freude daran, nun mit der Frühjahrsbestellung anzufangen. Es war langweilig, einem ganzen Sommer auf Hestviken entgegenzusehen. Er dachte nicht darüber nach, warum die Tage jetzt öder scheinen sollten, nachdem er endlich die lange

Qual und Pein mit einer ständig kranken Frau überstanden hatte. Damals war ihm die Zeit lang geworden; jetzt verging sie rasch – trotzdem war sein Gemüt nun von einer unablässigen Ungeduld erfüllt. Es war, als habe er seine Seele verkauft und sei um den Lohn betrogen worden.

Nicht, um sich auf diesem Hof hier auf dem Hügel an der Bucht herumzutreiben – mit seinen Fischerbooten hinauszufahren, in der Erde zu graben, zur Mühle und nach Saltviken hinauszufahren – nicht *darum* hatte er schließlich die Stimme zum Schweigen gebracht, die ihn so lange gemahnt und gelockt hatte. Der heimliche Seelenkampf, der zwölf Jahre lang für ihn das ganze Leben bedeutet hatte, war wie ein Gewebe, von ihm selber und einem anderen gewirkt. Und er hatte es genau so gemacht, wie wenn eine Frau den Bilderteppich abschneidet, den sie im Webstuhl hat, ihn aufrollt und in einer Truhe verschließt. Olav war es, als habe er den Schlüssel ins Meer geworfen.

Aber er hatte das nicht getan, um dafür diese verzehrend gleichmäßigen, ruhigen Tage einzutauschen. Er hatte seine Erlebnisse in England vergessen und alles, was er dort gedacht hatte; so vollkommen vergessen, wie er nie gemeint hätte, daß ein Mann so etwas vergessen könnte. Trotzdem aber schimmerte eine dunkle Erinnerung daran durch, was den Ausschlag gegeben hatte: das Lied der wilden Burschen und der salzige und süße Blutgeschmack seiner eigenen kurzen, frischen, friedlosen Jugend, den dieses Lied erweckte, und er entsann sich der Wollust des Kampfes – Feinde aus Fleisch und Blut, Räuber, die in dunkler Finsternis das Messer gebrauchten. Es war, als seien dies die Geheimnisse, zu denen er ausersehen war – keine großen Dinge, aber genug, um den Ausschlag zu geben in jenem Augenblick, als er versucht war, sich für immer von Gott abzuwenden, da es für einen Mann, der zum Verräter und Flüchtling geworden ist, so hart war, zur Fahne seines rechten Herrn zurückzukehren. Dreißig Silberlinge sind kein so großer Besitz, daß sie Judas hätten verführen können – wäre nicht jener Beutel mit dem Reisegeld Unseres Herrn gewesen, für den er sich sonst hätte verantworten müssen.

Und in diesem Frühjahr überkam es Olav mehrere Male –. Er stand unter dem Abendhimmel, der sich bleich und unergründlich über ihm wölbte, noch blaßgolden über dem Hügelland auf der Westseite des Fjords; das Meer mahlte einförmig dort unten, wo das Dunkel sich allmählich auf das Ufer senkte. Olav wusch sich den gröbsten Schmutz in dem Bottich vor der Haustür ab. Was er auch tat – jedes Tagewerk begann und endete damit, daß er die alten Wege vom und zum Hofplatz austreten, ins Haus hinein und zu seiner Lagerstätte drinnen im Nebenraum kriechen mußte. Für einen Augenblick überkam ihn die Versuchung, es so zu machen wie Judas – er hatte solch einen höllischen Widerwillen, zu den anderen hineinzugehen.

Zu Anfang des Winters, als die Leute vom Kriegszug sprachen, hatte Olav gesagt, daß er in diesem Jahr Eirik mit an Bord nehmen wollte. Und solange alle glaubten, daß der Kriegszug zustande käme, war Eirik eifrig damit beschäftigt, sich im Gebrauch seiner Waffen zu üben und alle die Sachen nachzusehen, die er mitnehmen wollte. Als man jedoch erfuhr, daß es nichts mit dem Unfrieden war, wurde Eirik noch eifriger, und nun redete er von allen Möglichkeiten, wenn, wenn, wenn –. Olav ärgerte sich, sooft er den Jungen davon reden hörte.

Eine andere Sache, die Olav quälte, war, daß Eirik stets trällernd und singend umherging. Es hatte ihm nicht so viel ausgemacht, solange Eirik ein Kind war; damals hatte der Knabe solch eine klare, süße Stimme gehabt. Jetzt aber war er im Stimmwechsel und sang trotzdem unbeirrt weiter; das klang nicht schön –.

Eines Mittags während der Heuernte sandte Olav Eirik auf den Hof heim, um ein Tragtau zu holen. Es währte und währte – Donner erklang über den Höhen von Hudrheim, das Gewitter zog herüber, die Leute schafften heftig, um das trockene Heu unter einem überhängenden Felsen zu bergen, und Olav ärgerte sich immer mehr und mehr, während er das Heu mit den Armen wegtrug. Er lief zum Hof hinauf.

Auf dem Hofplatz stand Cecilia und spielte Ball; sie warf die Kugel gegen die Schuppenwand, fing sie mit *einer* Hand wieder auf – die andere, freie kleine Hand machte die Bewegung schwächer mit; sooft sie den Ball gegen die Wand warf, hob sie auf eine anmutige Art den hellen Kopf. Bothild saß auf der Erde und schaute zu.

Im selben Augenblick sprang Eirik zwischen die Schwestern und die Wand, fing den Ball auf. Er lief rücklings den Berg hinauf, warf den Ball in die Luft und fing ihn auf, Cecilia folgte ihm nach und wollte ihr Spielzeug wiederhaben. Ein paarmal tat Eirik so, als wollte er ihr den Ball zuwerfen: »Fang ihn, so fang ihn doch –«, dann aber narrte er sie. Plötzlich warf er ihn über das Hausdach hinüber.

Da erblickte er den Vater. Er hob die Taue auf, die auf der Erde lagen, reichte sie Olav hin.

»Konntest du keine verfaulteren finden –«

»Nein, verfault sind die nicht, Vater«, behauptete Eirik sehr sicher.
Olav setzte den Fuß in den Weidenring, zog an und warf das zerrissene Tau weg. Eirik wollte zur Hütte umkehren, da befahl der Vater kurz: »Such den Ball für deine Schwester!« – Er selber ging hinein, um ein neues Ledertau zu holen.
Drinnen im Speicherraum war alles durcheinandergewühlt. Olav hängte die Sachen wieder an ihren Platz, ehe er hinausging. Er war gerade im Begriff, das neue Tau an dem Weidenring zu befestigen, als er drüben bei der Milchkammer Lärm hörte.
Maerta hatte den kleinen Mädchen eine Rahmschüssel zum Auslekken gegeben. Aber Eirik stand dabei und drängte sich dazwischen, wollte auch Rahm lecken. Maerta packte ihn und schob ihn weg. Eirik schrie vor Wut: »Du tust so, als hättest du hier auf dem Hof zu befehlen – *deine* Rahmschüsseln sind es doch wohl nicht.«
Maerta achtete nicht auf ihn, Cecilia aber, den Rahmfinger im Mund, schnitt dem Bruder ein Gesicht. Eirik wurde zornig und rief: »Dir gehört nichts hier auf *unserem* Hof – wenn dich mein Vater auch aufgenommen hat und dir von dem zu essen gibt, was uns gehört, dir und dem Kind, das du mitgebracht hast –«
Da stand Olav neben ihm.
»Das war nicht höfisch gesagt, Eirik. Dafür mußt du deine Pflegemutter um Verzeihung bitten.«
Eirik stand störrisch und trotzig da; er wurde rot. Olav flammte auf vor Zorn: »Bitte Maerta um Verzeihung – küsse der Frau die Hand und tu so, wie ich dir befehle.«
Ein Blitz leuchtete draußen in dem Dunkelblau über dem Fjord auf. Olav zählte halblaut, während er auf den Donnerschlag wartete. Der Donner verrollte zwischen den Höhen.
»Nun schnell aber, tu, wie ich sage, und komm dann mit zum Heu hinunter.«
Eirik rührte sich nicht. Olav ließ den Lederriemen zwischen seinen Fingern laufen. Kalt und still sagte er: »Es ist jetzt Jahr und Tag her, seit ich Hand an dich legte, Eirik. Aber tu nun so, wie ich dir sagte. Sonst sollst du das hier zu kosten bekommen.« Er hob das Tauende.
Eirik ließ sich auf ein Knie nieder, küßte Maerta Birgerstochter rasch die Hand. Olav aber schien es in diesem Augenblick, als ertrüge er es nicht, das klägliche Antlitz des Knaben zu sehen.
Der Vater nahm das Riemenbündel und lief schnell zur Wiese hin-

unter. Er schaute sich nicht einmal nach dem Knaben um, ob der ihm folgte. So sehr Eirik diese Demütigung verdient hatte – Olav haßte es, daß er den Knaben vor einer Fremden so in die Knie hatte zwingen müssen; er haßte Eirik darum.

4 Trotzdem vertrugen sich Vater und Sohn in einer Weise noch ein Jahr und länger.

Dann kam die Adventszeit im darauffolgenden Winter, es wurde zum Weihnachtsfest geschlachtet.

Arnketil und Liv kamen am pechfinsteren Morgen nach Hestviken; er sollte schlachten, und sein Weib sollte den Frauen beim Füllen der Därme helfen.

In der Woche zuvor hatte es gerade so viel geschneit, daß die Erde weiß war, aber mit dem Vollmond trat mildes Wetter ein, und an diesem Morgen, als Olav auf den Hofplatz hinauskam, lag der Nebel so dicht über dem Land, daß man sich kaum zwischen den Häusern zurechtfinden konnte. Olav sagte zu den Leuten, sie sollten das Schwein an einen Strick binden, wenn sie es müde hetzen wollten – denn wenn es ihnen in diesem Nebel entwischte, würde es schwierig sein, es wieder einzufangen.

Olav stand auf der Schwelle, sah, wie die Fackeln den dicken Seerauch erhellten, gleich darauf schienen sie nur noch wie schwache rote Feuer in dem wolligen grauen Dunkel und verschwanden ganz. Bald aber vernahm er Rufe und Schreien und das Quieken eines Schweines, und Leute kamen über den felsigen Hofplatz gerannt – irgend etwas strich in der Dunkelheit an ihm vorbei, und Olav ahnte, daß es das Schwein war, er wollte sich ihm in den Weg stellen, aber schon war es in Nacht und Finsternis verschwunden – lief in östlicher Richtung über die Äcker.

Hinterdrein kamen die Leute mit Lichtern und Fackeln durch den Nebel gelaufen, schwarz und geballt in der Dunkelheit. Olav lief mit ihnen hinunter. Arnketil und Eirik rannten vornübergebeugt und leuchteten den Boden ab – wollten die Spuren des Schweines im Schnee verfolgen. Olav blieb oben bei der Scheune stehen, und der alte Tore erzählte, wie es zugegangen war. Eirik sollte das Schwein halten, während Arnketil sich daraufsetzen wollte, um es müde zu reiten, dabei hatte Eirik losgelassen. – Gleichzeitig war eines der Schweine mit entschlüpft.

– Dieses Schwein also wurde erst noch doppelt herumgehetzt, ehe sie es abstachen. – Man hörte es draußen im Nebel.

Olav wußte von früher her, daß Eirik an den Schlachttagen stets schlechter Laune war – aber es gab wohl keinen, der diese Tage *liebte* –. Und der Junge war immer noch gleich ungeschickt und unsicher, wenn er ein Schlachttier mit anfassen sollte; dies wurde nicht besser dadurch, daß er seine Mutlosigkeit durch unpassenden Übermut und törichten Scherz zu verbergen suchte –.

Die Leute vom Hof kehrten zurück, sie glaubten nicht, die Schweine noch vor Tagesanbruch einfangen zu können. Sie fluchten über diese Zeitversäumnis.

Eine Stunde später jedoch kamen Arnketil und Eirik mit dem Schwein zurück – es hatte sich in einer Schneewehe festgerannt. Olav ging wieder hinein und legte sich auf die Bank in der Stube – es war der Brauch, daß der Bauer beim Schweineschlachten nicht zugegen sein und erst auf den Hofplatz kommen durfte, wenn er die Bierschale mit dem Schlachttrunk darbot. Er lag da und hörte die wilden Schreie des Schweines – es dauerte diesmal ganz ungewöhnlich lange, ehe es mit ihm zu Ende war.

Draußen herrschte bereits Tageslicht, der Nebel war grau und scharf, als Olav mit Arnketil zum Küchenhaus hinüberging. Auf dem Schnee davor lag das tote Schwein, in zwei Hälften geteilt. Das war also zu Ende gebracht.

An der Wand des Küchenhauses standen Eirik und Aasta, die kleine jüngste Magd; sie wuschen sich gerade in der Wassertonne, lachten und spritzten einander dabei an. Eirik bemerkte den Vater im Nebel nicht, jetzt drang er auf das Mädchen ein, wollte seine Hände an ihren Kleidern abtrocknen – er ging dabei nicht sehr höfisch vor. Aasta schrie, lachte jedoch noch mehr und gab sich nicht viel Mühe, der Zudringlichkeit des Knaben zu entkommen, und Eirik gelang es, ihr unter die Kleider zu greifen –.

Im nächsten Augenblick hatte Olav ihn beim Genick gepackt und weggeschleudert. Eirik sah einen Schimmer vom Gesicht des Vaters, grau und wild vor Wut – zugleich erhielt er gegen seinen Backenknochen einen Fausthieb, der ihn taumeln machte, der Vater packte ihn noch einmal, schüttelte ihn und stieß ihn von sich, so daß er rücklings und so lang er war in den Schnee fiel.

»Mach, daß du wegkommst, liderliches Ding«, sagte Olav zu Aasta – sie stand wie erstarrt da. – Das Mädchen verschwand. »Steh auf –!« Er stieß Eirik mit dem Fuß an.

Eirik erhob sich, stand verwirrt vor dem Vater.
Olav sagte leise, bebend vor Wut: »Meinst du, du kannst dich auf dem Hof deines Vaters so aufführen – mit deiner Hündin – am helllichten Tag und vor den Augen der Leute – wie ein Hund!«
Eirik wurde feuerrot. Er fing an zu zittern, auch er vor Wut: »Es ist nicht wahr – es war nur – Scherz –« Die Tränen kamen ihm vor Zorn, und da schrie er hinaus: »Ich darf wohl eine Magd hier auf dem Hof anfassen, ohne daß du glaubst – ich würde so etwas anfangen wie du mit Torhild –«
Er hob die Arme, um den Schlag abzuwehren – Olav warf ihn zu Boden, war über ihm; er kniete auf dem Burschen, der in dem blutigen wässerigen Schnee lag. Olav ließ nicht nach, solange er in dem Körper unter sich noch Widerstand spürte. Eirik lag schlaff da, das Gesicht halb im Schnee, als Olav aufstand und von ihm wegging.
Der alte Tore hatte still dabeigestanden und zugesehen, wie Olav den Sohn züchtigte. Jetzt kniete er sich in dem schmutzigen Schnee hin und bemühte sich um den Knaben, der ohnmächtig dalag.

Im Laufe des Tages fanden sie das andere Schwein wieder, das Eirik des Morgens hatte entwischen lassen. Es lag unten in der Grube hinter den Ställen in einer Schmutzpfütze, tot. Olav zuckte mit den Schultern, als man ihm das Unglück meldete. Er biß die Zähne zusammen: er hatte Eirik heute morgen *nicht* zu hart gezüchtigt.

Niemand sah mehr etwas von Eirik an diesem Tag – da jedoch die Leute sehr viel zu tun hatten, wurde das nicht beachtet. Nur der alte Tore hatte gesehen, daß Olav Eirik schlug. Das übrige Gesinde merkte wohl, daß wieder einmal Unfriede herrschte zwischen Vater und Sohn, das aber kam so oft vor. –
Doch in der Dämmerung, als Olav von draußen kam, stand jemand in der Vorstube; dieser andere folgte dem Bauern in die leere Stube hinein und schloß die Tür hinter sich. Es war Eirik. Auf der Herdstätte brannten ein paar Holzscheite – in dem unsicheren, flackernden Feuerschein sah Olav, daß das Gesicht des Knaben übel zugerichtet und geschwollen war.
Olav setzte sich auf die Bank. Auf dem Tisch lag ein Stück Brot mit einer noch rauchenden warmen Wurst, als Kostprobe. der Mann biß davon herunter, kaute und aß langsam – Eirik jedoch blieb rank und aufrecht und schweigend in dem dunklen Teil der Stube stehen.
»Was willst du?« fragte der Vater schließlich unwillig.

»Ich möchte wissen, ob du selber glaubtest, was du sagtest –«, fragte Eirik so ruhig und bestimmt, daß den Vater zuerst ein Staunen befiel – und dann der ferne Hauch einer kalten Angst: niemals noch hatte er den Knaben auf diese Weise sprechen hören. »Wenn es dich so schlimm dünkt, daß ich das junge Mädchen ein wenig anfaßte – so bist du nicht sehr gerecht, Vater. Aber gerecht gegen mich bist du selten.«

Olav legte Brot und Wurst weg. Er saß aufrecht auf seiner Bank – eine Beklemmung umfaßte sein Herz und drückte es zusammen – dann kam eine kalte Klarheit über ihn, die dem Erkennen einer Niederlage glich: Eirik hatte gewiß recht.

Der Sohn wartete ein wenig. Dann sagte er wie zuvor: »Es ist fast, als hassest du mich, Vater.«

Als jedoch der Mann auf der Bank unbeweglich sitzenblieb, fuhr Eirik fort, heftiger, aber mehr so, wie es sonst seine Art war: »Du bist so gegen uns, daß man fast glauben sollte, du hassest deine eigenen Kinder! Keine Ehre und keine Macht gönnst du deinem Sohn, wie ein Kind hältst du mich – ich bin doch schon im sechzehnten Winter –!« Seine Stimme hatte sich jetzt überschlagen, war schreiend geworden.

»Ich verstehe, daß *du* das meinst«, sagte der Vater. Und nach einer Weile fügte er hinzu, leisen Spott in der Stimme: »Trotzdem bist du sehr jung, Eirik, um deinen eigenen Wert beurteilen zu können.«

Eirik wandte sich um und ging hinaus.

Eirik war bereits unter das Fell in seinem Bett gekrochen – so sah es aus –, als Olav des Abends hereinkam, um schlafen zu gehen. Die kleinen Mädchen in dem südlichen Bett schliefen schon, Maerta war noch im Küchenhaus beschäftigt. Aber am Morgen des nächsten Tages, als die Frau Eirik wecken wollte, sah sie, daß nur ein Bündel unter dem Fell lag.

Holzscheite und Heubüschel fielen heraus, als sie den alten Umhang aufhob. Maerta wurde böse – sie glaubte, der Knabe habe das getan, um sie zum Narren zu halten. Olav stand dabei und sah es – im ersten Augenblick empfand er einen Schrecken – Dummheit, sagte er selber gleich darauf; er drehte sich weg, ärgerlich; solch klägliche Kinderstreiche. Der Junge war diese Nacht nicht in seinem Bett gewesen, er wollte wohl zeigen, daß er sich gekränkt fühlte, aber solche Kindereien mit diesem Bündel! Dann durchfuhr es den Mann: er war doch wohl nicht zu Aasta gegangen, um zu trotzen – ja, verhielt

es sich so, dann sollte er Prügel bekommen, wie er sie sich nie hätte träumen lassen.
Fragen wollte er nicht. Aber um die Zeit der None war es dem ganzen Gesinde klar geworden, daß Eirik sich nicht auf dem Hof befand.
Von den Booten fehlte keines, und sein Pferd stand im Stall. Auch heute lag der gleiche dicke, nasse Nebel über dem Land – es war nutzlos, nach dem Knaben suchen zu wollen, und Olav konnte auch keinen von seinen Leuten entbehren, um ihn auf die Suche zu schicken. Aber er grübelte darüber nach, welchen Weg Eirik eingeschlagen haben könnte, nach Rynjul oder Skikkjustad oder vielleicht zu diesem Jörund Rypa?
In der Nacht kam Südwind auf, und es begann zu regnen. Im Lauf des Tages war das Land ein Spiegel aus vereistem Schnee, die Luft ein heulendes Brausen und Dröhnen vom Meer und von den Wäldern her.
Noch hatte Olav zu seinem Gesinde kein Wort über die Sache gesagt. Maerta Fraue wollte darüber zu reden anfangen, aber Olav wies sie kurz ab.
Manchmal durchschauerte ihn beklemmende Angst. Der Junge konnte es doch nicht so schwer genommen haben, daß er – er war doch wohl nicht in Nacht und Nebel irgendwo abgestürzt? Gedanken drangen auf ihn ein, die er abzuwehren versuchte. Es war unwahrscheinlich –. Er hatte unten bei den Booten etwas zu tun – faßte sich ein Herz, schaute unter die Schiffshütten und unter das Bollwerk, ging ein Stück weit an der Bucht entlang – alles, während er dabei zu sich selber sagte, Eirik sei sicher auf Rynjul; er war stets Unas Liebling gewesen –.
Am Sonntag traf er die Leute von Rynjul und auch die von Skikkjustad bei der Kirche. Nach der Messe fing er mit Jörund Rypas Verwandten ein Gespräch an. Er merkte bald, daß diese nichts von Eiriks Flucht wußten.
Er ging auf den Hof des Priesters. Dort waren mehrere Leute gewesen, um mit dem Pfarrer zu sprechen – und an diesem Tag war es spät geworden mit der Messe, denn das schlechte Wetter hatte die Wege beinahe ungangbar gemacht. Sira Hallbjörn hatte an diesem Morgen noch keinen Bissen gegessen – er war ganz bleich um die Nase von dem langen Fasten.
Olav sagte, daß sein Sohn ausgerissen sei.
»Ja, das war nicht zu früh«, erwiderte der Priester.

Seine uralte Schaffnerin kam mit der Grützeschüssel hereingehinkt, die Männer traten langsam näher und stellten sich am Tisch auf. Der Priester und der Diakon sprachen das Tischgebet. Olav stand schweigend an der Tür und wartete. Schweigend gab Sira Hallbjörn ihm ein Zeichen, ob er sich zu ihnen hersetzen und essen wolle.

Olav dankte, sagte jedoch, er müsse jetzt heim. Er bat den Priester, mit ihm vor die Tür zu kommen – er müsse drei Worte mit ihm reden. Hallbjörn folgte ihm ungern.

»Du weißt also nichts von Eirik, Sira Hallbjörn? Du hast nichts erfahren, wo er sich hingewandt hat?«

»Ich –?«

Olav ging fort, böse. Draußen im Regen stand sein Pferd mit gesenktem Kopf; das Wasser rieselte aus seiner Mähne, lief in Bächen über das dunkle, verklebte Fell. Als er den Mantel, den er dem Pferd über Sattel und Lenden gebreitet hatte, abnahm, um ihn sich umzulegen, rann das Wasser in Sturzbächen herunter.

Unterwegs bog er nach Rundmyr ab, und hier fragte er Anki und Liv aus; er redete offen über die Sache. Die beiden leugneten, etwas zu wissen, und Olav sah, daß sie die Wahrheit sprachen.

Am Abend fragte er Aasta – überwand seinen Stolz und fragte die junge Magd: »Du weißt vielleicht, wo Eirik hingelaufen ist, Aasta – da ihr doch so gute Freunde wart?«

Das Mädchen wurde rot, Tränen traten ihm in die Augen. Es schüttelte furchtsam den Kopf.

»Er war wohl bei dir und nahm Abschied, ehe er den Hof verließ?«

Aasta brach in Schluchzen aus: »Es war keine Freundschaft zwischen mir und Eirik, Olav.« Eirik habe nur ein paarmal mit ihr gescherzt, Eirik sei gut gelaunt, übermütig, aber freundlich. Als sie das kleine schiefe Lächeln des Bauern sah, weinte sie überlaut, schwor hoch und teuer, daß sie den Rat ihrer ehrlichen Eltern nicht vergessen habe; ihre Ehre und ihr guter Ruf seien ohne Fleck oder Schandmal –.

»Nun, wenn du dich von den jungen Burschen so anfassen läßt, wie ich es kürzlich sah, wirst du Ruf und Ehre nicht mehr lange bewahren«, sagte Olav barsch. »Aber geh jetzt und weine draußen weiter.«

So blieb nichts weiter übrig, als in die eigene Verzweiflung hineinzustarren. Den ganzen Tag über zerbrach Olav sich den Kopf, um eine wahrscheinliche Erklärung dafür zu finden – was Eirik getan haben konnte. Der Junge war in seinem großen Kapuzenumhang fortgegangen, hatte sein Schwert und seinen Speer mitgenommen.

Eine kleine goldene Nadel im Hemd und eine große Spange im Wams, den Fingerring mit einem roten Achat trug er stets, und wenn er in die Stadt gegangen war, konnte er sich wohl Obdach verschaffen, indem er eines dieser Schmuckstücke verkaufte. Es konnte sein, daß er zu Claus Wiephart oder zum Plattenmeister gegangen war – oder in eines der Klöster. Oder er hatte eine Fahrgelegenheit über den Fjord nach Tunsberg gefunden – es konnte leicht sein, daß dem Jungen eingefallen war, sein Glück dort zu suchen, wo so viele Anführer aus- und eingingen. Zuweilen versuchte Olav seine eigene erste Erbitterung über Eiriks Flucht wieder anzufachen.

Aber des Nachts lag er wach da – und dann ließen sich seine Gedanken nicht zurückdrängen, sie kreisten beständig um die Frage, was Eirik *zugestoßen* sein könnte. Er konnte sich in dem Nebel jener Nacht verirrt haben, konnte irgendwo hinuntergestürzt sein. Aber den Sohn von Hestviken kannten ja so viele Leute – es war unbegreiflich, daß er so verschwinden sollte, als sei er in die Erde versunken oder –. Verhext, verzaubert, eingefangen von den bösen Mächten – jetzt erinnerte Olav sich all dessen, was Eirik erzählt hatte, als er klein war, wie er mit jenen ›anderen‹ verkehrt habe. Es konnte trotzdem etwas Wahres daran sein, wenn auch ein Teil davon erlogen war. – Oder wenn er sich am Tag nach seiner Flucht von daheim auf dem Fjord befunden hatte – an diesem Tag waren mehrere Boote auf dem Meer untergegangen. – Aber die Wege von einer Gemeinde zur anderen waren auch nicht so sicher, daß es nicht für einen solchen jungen Burschen, wohlgekleidet und bewaffnet, mit wertvollem Schmuck angetan, Gefahr mit sich brachte, so allein zu gehen. Im Norden, in den Wäldern bei Gerdarud, hatte man von Räubern gehört. – Oder, oder –.

Olav kannte Eiriks Launen doch recht gut, heftig und rasch schlug der Junge ebenso leicht in Schwermut wie in Tollheit um. Aber er konnte doch diese Züchtigung nicht so schwer genommen haben, daß er ins Wasser gegangen war –

Ingunn, Ingunn, meine Ingunn – hilf mir, wo ist der Junge –

Jesus, Maria – *wo ist* Eirik –.

Olav richtete sich im Bett auf die Knie auf, den Kopf in die verschlungenen Hände gelegt, er stützte die Stirn auf das Fußende. Ich bitte ja nicht um Erbarmen für mich selber.

Heilige Maria, ich selber habe den Knaben diese Gebete gelehrt, als er klein war – denke jetzt daran!

– Aber es war seither Jahr und Tag vergangen – er wußte nicht, ob

Eirik sich jetzt noch an eines dieser Gebete erinnerte. Es war Jahr und Tag her, seit Olav daran gedacht hatte, seine Kinder so etwas zu lehren. Cecilia nicht ein Wort – das hatte er Maerta überlassen. Es war dahin gekommen, daß er nicht *konnte* und nicht wagte. Aber Gott, mein Gott, *sie* werden doch das nicht büßen müssen. Er bat Gott, Eirik in seinen Schutz zu nehmen, er bat die Mutter Gottes, bei ihrem Sohn Fürbitte einzulegen, er betete zu Sankt Olav und zu Sankt Eirik, zu denen er noch nie gebetet hatte –.

Manchmal wurde er danach ruhiger. Mit ihm mochte es jetzt gehen, wie es wollte, wenn nur der Junge, Ingunns Sohn –

An Cecilia dachte er nie in dieser Weise – daß sie ebenso seine wie Ingunns Tochter war.

Er konnte jetzt nicht verhindern, daß die Dienstleute von Eiriks Flucht redeten. Er selber sagte beinahe nichts. Aber er lauschte starr und angespannt – ob die anderen irgend etwas erfahren hätten, was sie vor ihm verheimlichten.

Das Tauwetter hielt an. Der Wind pfiff in der Christnacht durch die Kirche, so daß die Kerzenflammen in dem lichterfüllten Chor sich manchmal flach umlegten, wenn der Sturm richtig einsetzte – der Raum darüber erdunkelte, und dann schlugen die schweren Türen, und die Läden vor den Fensteröffnungen klapperten – als ob die Unwettermächte sich mit aller Gewalt gegen Schloß und Riegel stemmten und tobten, um die heilige Handlung, die sich im Chor zutrug, zu verhindern. Es heulte und pfiff um die Ecken, es brauste dumpf und gewaltig in den Eschen auf den alten Grabhügeln außerhalb des Friedhofs. Durch das Brausen und Tosen des Sturmes klang der Messegesang seltsam still und stark – wie ein glänzender Stromstreifen in unruhiger See –.

In dem Augenblick, da die Silberglocken ertönten und die ganze Gemeinde in die Knie sank, während das Sanctus, sanctus, sanctus vom Chor erklang, wurde es still. Die Kerzenflammen richteten sich auf und erstrahlten; die Bilder an den Kalkwänden des Chors schienen in blauen, gelben und rostroten Farben leuchtend hervorzuspringen. Sira Hallbjörns hohe Gestalt im wallenden weißen Chorhemd mit einem über und über goldenen Meßgewand darüber schien wie ein Engel, der geradeswegs aus Sankt Johannes' Himmelsgesichten herabgestiegen war – ein Träger der Botschaft Gottes und der Herold von Gottes Urteil –.

Dann setzte ein neuer Sturmstoß ein, polterte und heulte gegen die

Kirchenwand: der Chor wurde in Finsternis gehüllt – und im selben Augenblick beugte der Priester sich über die Patene und flüsterte. Das Läuten der Glocken im Dachstuhl zu Häupten der Menschen ertrank im Tosen des Unwetters.

Als sich die Gemeinde nach dem Agnus Dei aufrichtete, blieb Olav Audunssohn vornübergesunken liegen. Baard Paalssohn von Skikkjustad, der neben ihm stand, beugte sich zu ihm hinunter und versuchte, ihm in der Dunkelheit ins Gesicht zu sehen: »Bist du krank, Olav?«

Olav schüttelte den Kopf und stand auf.

Nach der Messe kämpften Olav und Baard sich Seite an Seite über den Kirchenhügel zur Zehentscheune hinüber. Die große Laterne unter der Decke dort schwankte hin und her. Überall sahen sie in der Finsternis Leute, die im Heu lagen und vor dem Hirtenamt ein wenig ausruhen wollten.

Olav hakte seinen Umhang auf, schüttelte das Wasser heraus.

»Bist du krank?« fragte Baard wiederum. »Du bist bleich wie ein Toter.«

»Nein«, sagte Olav. Er ging hin und legte sich ins Heu, ein paar Männer rückten näher zusammen, um den beiden Platz zu machen.

»Ich meinte, du seist krank«, sagte Baard, »weil du Eirik nicht selber begleitet hast. Ich sah, daß du heute nacht so blaß wurdest, und dachte, du seist vielleicht nicht wohl. Gunnar und Arne sprachen schon davon, es dünkte sie seltsam, daß du deinen Sohn so allein ziehen ließest, nur mit einem Zeichen –«

»Was meinst du?« brachte Olav hervor.

Baard antwortete nicht – er verstand nicht, was Olav meinte.

»Gunnar und Arne – ist das Arne von Haugsvik, von dem du sprichst?« Da Baard nichts erwiderte, fing Olav wieder an, so gleichgültig er nur konnte: »Es geschah nicht mit meinem Einverständnis, daß Eirik von daheim fortzog – auch nicht *gegen* meinen Willen. Er meinte, er sei nun alt genug, um über sich selber zu bestimmen – so dachte ich, er sollte es einmal versuchen. Da machte er sich auf den Weg nach Oslo«, wagte Olav aufs Geratewohl zu sagen. »Er ist doch wohl hingekommen?« fragte er, als er keine Antwort erhielt.

»Ja, er ist gut hingekommen«, antwortete Baard schläfrig – »es war an dem Sturmtag. Und er sei guten Mutes gewesen, sagte Arne, als der Junge sich von ihm trennte.« Aber als er nach Haugsvik hinauskam und sich dort nach einer Fahrgelegenheit mit den Verwandten erkundigte, erzählte er, es sei zwischen Olav und einem der Herren in der Stadt verabredet worden, daß Eirik bei ihm in Dienste treten solle, um Kriegshandwerk und Hofmannssitten zu lernen. Nein, wer sein neuer Herr sei, hatte Eirik nicht sagen wollen – das war ja seine Art, er mußte immer so geheimnisvoll tun –.

Olav hielt seinen Umhang mit den Händen umkrampft. Gott, mein Gott, ich danke Dir – Maria, du Mildeste, du Süßeste, was soll ich tun, um dir zu zeigen, wie ich dir danke –. Die Erinnerungen an ausgebrannte Gedanken regten sich wie Asche, die vom Windhauch aufgeblasen wird. Nein, das mußte zu Ende sein – aber er wollte ihren Armen etwas schenken, eine Kuh für Inga mit dem aussätzigen Sohn –.

Als er jedoch nach der Tagesmesse in rieselndem Regen heimwärts ritt – der Wind hatte jetzt nachgelassen –, stieg der Groll wieder in ihm empor. Ähnliches hatte er doch noch nie gehört – und geprahlt und sich gebrüstet hatte Eirik auch in Haugsvik draußen, das konnte Olav merken. – Ein Zeichen, fiel es Olav ein, was war das für ein Zeichen – er hatte doch wohl nichts mitgenommen, das Siegel oder einen Siegelring vielleicht – war er als Dieb von daheim fortgegangen –?
Schweigsam und finster saß er bei Tisch, achtete kaum seiner Knechte, die sich über die rauchende Fleischschüssel hermachten. Von Zeit zu Zeit besann er sich so weit, daß er die Bierschale nahm, den anderen zutrank und die Schale herumgehen ließ.
Später ging er hinein, wühlte in seinen Sachen. Aber es fehlte nichts. Der Zorn kam in Wellen, legte sich und wich einer Unruhe. Eirik war nach Oslo gegangen, mehr wußte er noch nicht – und der Knabe konnte dort in allerlei Sachen hineingeraten. Olav war wohl genötigt, in die Stadt zu reisen und sich des Jungen anzunehmen – so wenig es ihm paßte, gerade jetzt von daheim fortzugehen.

Endlich, am dreizehnten Tag nach Weihnachten, traf Olav in der Gemeinde oben einen Bauern, der mit Eirik in der Stadt gesprochen hatte. Der Bauer war an Weihnachten in Nonneseter gewesen – das Kloster besaß einen Teil des Hofes, auf dem er lebte, und dabei war er im Gästerefektorium auf Eirik gestoßen; er saß da und wartete auf seinen Herrn, Herrn Ragnvald Torvaldssohn, der mit der Äbtissin eine Unterredung hatte.

Am Tag darauf segelte Olav nach Oslo hinein. Innerhalb von Sigvaldasteiner hatte der Fjord sich mit Eis bedeckt. Dort fanden sich eine Menge Boote, die am Rand des Eises zurückgelassen worden waren, und auf keinem der Höfe hier draußen gab es noch ein Pferd zu leihen. Da ließ Olav den alten Tore bei seinem Boot zurück und ging allein über das Eis zur Stadt.

Er suchte Tomas Tabor auf und sandte ihn zu dem alten Königshof auf Ören hinaus – Herr Ragnvald saß dort als Hauptmann. Aber Eirik kam nicht gleich am ersten Tag in die Herberge des Vaters; es ging bereits auf den Abend des zweiten Tages zu, und immer noch saß Olav da und wartete.

Die Gäste alle, die schon daheim waren, lagen unter den Fellen in ihren Kammern – es war kalt. Die Aufwärterin saß halb schlafend an der Feuerstätte, dick von Pelzhüllen; sie wartete nur darauf, das Feuer mit Asche zudecken und die Tür schließen zu dürfen. Olav saß auf seinem Bett, ließ die Hände zwischen den Knien herabhängen – seine Beine waren bis an die Schenkel herauf wie Eis, von dem kalten Boden, und er war stumpf vom Warten.

Die Frau stand auf, machte sich an den beiden Laternen zu schaffen, die an je einem Ende der langen Herbergstube hingen.

»Willst du dich nicht schlafen legen, Bauer?« – Da wurde an die Tür geklopft. Es war Eirik.

Olav ging ihm ein paar Schritte entgegen und streckte ihm die Hand zum Gruß hin. Sie trafen gerade unter dem Licht zusammen. Wohl hatte der Bauer es gewissermaßen schon vorher beachtet, daß Eirik größer geworden war als er selber und daß er allmählich Schatten von dunklem Flaum um den Mund bekam – nie aber hatte er die Veränderung so bemerkt wie jetzt – Eirik war erwachsen geworden. Er war gut angezogen – trug eine glatte Stahlhaube und darunter eine dunkelblaue wollene Haube, die das schmale dunkle Gesicht ganz umschloß, so daß es noch schmaler erschien. Sein Umhang war braun, lang und aus gutem Stoff, und darunter trug er ein enges Lederwams und ein Schwert am Gürtel, zum Zeichen dafür, daß er jetzt zum Gefolge des Anführers gehörte. Lange Eisensporen klirrten, wenn er ging.

»Es wird dir nicht gelingen, mich nach Hestviken heimzuholen, Vater«, sagte er sofort, als Olav seine Hand losließ.

»Nein, das ist auch nicht meine Absicht«, antwortete Olav. »Hast du dich einmal in Herrendienste begeben, so will ich nicht, daß du zur unrechten Zeit davon fortläufst, das weißt du wohl.« Zu der

Aufwärterin, die herbeikam und fragte, ob sie ihm und dem Gaste etwas zu trinken bringen solle, sagte er, ja, das beste deutsche Bier.

»Nein«, fuhr Olav fort, während er sich auf sein Bett setzte, »es wäre mir lieber gewesen, wenn du mit mir gesprochen hättest, ehe du auf und davon gingst – aber es hat keinen Sinn mehr, jetzt darüber zu reden –.«

Eirik errötete ein wenig, fragte verlegen: »Hast du hier in der Stadt etwas zu tun?«

Der Vater sagte lächelnd: »Was ich zu tun habe, ist das: ich will dir geben, was du brauchst – du sollst, wenn du in die Welt hinausziehst, so ausgerüstet sein, wie es sich für *meinen* Sohn geziemt.«

Er holte aus dem Bett einen Sack mit Kleidern hervor, eine gute Streitaxt und das Blatt für einen Spieß. Dann übergab er dem Sohn einen Beutel: »Hier sind vier Mark Silber in gutem alten Geld. Ich will, daß du dir ein eigenes Pferd verschaffst, sobald du nur kannst – du wirst dann mehr geachtet. Es geziemt sich schlecht für einen Knappen, seines Herrn Pferd zu reiten, wie ein Dienstknecht aus dem Geschlecht der Häusler. Mehr als das hier bekommst du nun nicht von mir, Eirik, solange du fort bist. Du hast vorgezogen, selbst über dein Tun und Lassen zu entscheiden – so tu es und tu es so, daß du Ehre dabei gewinnst –.«

Eirik stand auf und dankte dem Vater mit einem Handkuß. Ihn durchlief ein warmes und gutes Gefühl, weil der Vater mit ihm wie mit einem Erwachsenen sprach; es war nicht oft vorgekommen, daß sein Vater eine so lange Rede an ihn gerichtet hatte. Und trotzdem empfand er eine kleine Enttäuschung – weil diese Begegnung nicht so ausfiel, wie er sie sich ausgemalt hatte, gleich seitdem Tomas Tabor ihm Olavs Nachricht überbrachte: er hatte erwartet, der Vater würde außerordentlich böse sein, ihm drohen, um ihn zum Heimkommen zu bewegen, da aber hätte er ihm eine Antwort geben wollen –. Es schien jedoch, als habe der Vater seine Flucht mit großer Ruhe aufgenommen und dächte gar nicht daran, ihn heimzuholen.

»Danke, ich bin nicht hungrig –« Trotzdem aß Eirik mit vom Mundvorrat des Vaters und tat jedesmal einen kräftigen Zug, wenn Olav ihm die Kanne anbot. Nach und nach wurde er ordentlich stolz – es war ungewohnt und beinahe feierlich, daß er nun so dasaß, mit seinem Vater in einer Herbergstube aß und trank und sich Neuigkeiten von daheim erzählen ließ – er und der Vater zwei erwachsene Männer.

»Aber woher erfuhrst du, daß ich in Oslo sei, mit Ritter Ragnvald?«

Olav verzog den Mund zu seinem kleinen, verkniffenen Lächeln:

»Oh. – Ich erfahre fast alles, was ich erfahren *will*, Eirik. Wenn du einmal in meinem Alter bist, wirst du vielleicht soviel Verstand haben, dir nicht alles anmerken zu lassen, was du weißt.«
Eirik wurde flammend rot – Erinnerungen an alle möglichen heimlichen großen und kleinen Missetaten aus seinem ganzen jungen Leben kamen ihm in den Kopf und machten ihn für einen Augenblick unsicher. Der Vater merkte es und lächelte wiederum wie zuvor. Aber er redete ruhig weiter, gab dem Sohn gute Ratschläge, wie er sich benehmen solle, jetzt, da er der Mann eines Ritters war, erzählte ein wenig aus seiner eigenen Jugend.
Die letzten Gäste der Herberge kamen herein. Von den Kirchtürmen läutete es zum Löschen des Feuers auf der Herdstätte, und Eirik sagte, er müsse gehen.
»Ich gedenke morgen gegen Mittag heimzureisen – werde ich dich vorher noch sehen?« fragte der Vater.
Eirik glaubte nicht, daß er würde kommen können.
»Nein, nein.« Olav ging mit bis zur Tür. »Halt dich ordentlich und in Ehren, Eirik. Gott selber und Seine huldreiche Mutter mögen dein Schutz sein.« Er küßte den Knaben auf beide Wangen und nickte ein wenig, als Eirik in der Tür stehenbleiben wollte – der Knabe war bei diesem feierlichen Abschied und den Küssen des schmalen harten Mundes seines Vaters so seltsam geworden.

Olav hatte am nächsten Tag noch etwas bei Claus Wiephart zu tun, und der Deutsche begleitete ihn ein Stück weit über die Allmende hinunter. Gerade im Süden stand die Sonnenkugel in dem leichten Frostnebel, vergoldete den Eisspiegel des Fjords. »Schönes Wetter, Olav.«
Sie schwenkten in eine enge Gasse zwischen den Speichern ein, die auf einen Sandstreifen zwischen den Bollwerken führte. Von dort aus ging der Weg aufs Eis hinaus. Oben von der Allmende erklang das Dröhnen einer Reiterschar, das Klirren von Waffen und Zaumzeug. – Olav und Claus mußten sich an die Speicher drücken, als die Schar in die enge Gasse hereindonnerte und vorüberritt. An der Spitze kam ein gedrungener breiter Herr. – Olav kannte Herrn Ragnvald Torvaldssohn vom Sehen. Seine Knappen folgten einer hinter dem anderen, denn die Gasse war zu eng. Dann kam ein Pferd, das beinahe zwischen zwei andere gedrängt wurde, es entstand einige Unruhe in den Reihen, ein paar Pferde bäumten sich auf. Olav erkannte Eirik in der Schar, er saß aufrecht und frei im Sattel – der Knabe jedoch sah den Vater nicht, er hatte genug damit zu tun, sein Pferd zu len-

ken, das ziemlich scheu zu sein schien; er lachte und rief seinem Vordermann in dem Gedränge dampfender Tierleiber etwas zu.

»Aber – war das nicht dein Sohn?« fragte Claus Wiephart.

»Das war er.«

»Ja, die Zeit vergeht. Ehe man sich's versieht, ist man ein alter Mann. Wie alt bist du jetzt, Olav?«

»Vierzig Winter.«

»Da bist du trotzdem noch jünger, als du aussiehst. Ist es nicht vier Winter her, seit Ingunn starb? Du bist noch zu jung, um den Bart stehenzulassen – und in der langen Winternacht ohne Weib zu schlafen.«

»Du siehst, daß ich mir den Bart noch schabe, Claus – und ein Weib werde ich schon bekommen, wenn eines für mich ausersehen ist.« Olav lachte ein wenig.

Claus verabschiedete sich und ging zu seinem Lagerspeicher. Olav wanderte über das Eis, dort, wo der Weg seine Spur bis an den Rand des Eises hinaus in den kupferglänzenden Spiegel zog. Er sah die Reiterschar weit draußen – sie ritten über die Bucht nach Akersnes, wo König Haakons neue Burg ihre Mauermassen in den feinen Frosthauch erhob.

Wieder empfand Olav den Gedanken an Eirik wie eine Schnur, die sich um sein Herz zusammenzog – jetzt aber war es eher Groll darüber, daß der andere so jung war –.

5

Die nächsten drei Jahre vergingen viel rascher – die Zeit entschwand für Olav wie Rauch.

Er war zur Ruhe gekommen. Ein solches Leben hatte Olav Audunssohn noch nie gekostet. In seinem Inneren empfand er die Stille wie Leere oder wie Entbehrung. Hätte er jedoch sagen sollen, was er jetzt von seinem Leben dachte, so hätte er zugeben müssen, daß er wohl zufrieden sei.

Seine Verhältnisse waren gut in diesen Jahren, und er kaufte einige Hofanteile in den Nachbargemeinden – Olav konnte sich nie davon frei machen, daß er zur Erde mehr Zutrauen hatte als zum Meer. Und er hatte Glück mit der Wirtschaft auf seinem Hof, mehr denn je zuvor. In den ersten Jahren, da er hier auf Hestviken saß, als er noch jung war und voller Mut und Eifer, hatte ihm die Erfahrung gefehlt – und später war er immer gebunden gewesen.

Trotzdem mußte man sagen, daß auf Hestviken stets Wohlstand geherrscht hatte. Aber jetzt, unter Maerta Birgerstochters Leitung, merkte man es deutlicher. Nie mehr gab es Schwierigkeiten mit den Dienstleuten. Die alten, die hier gewesen waren, blieben; der Großknecht, Tore der Alte, ging seiner Arbeit still und besonnen nach; Svein, der Hirte, Jon und Bodvar, die Knechte, blieben alle drei unverheiratet; Ragna wohnte mit ihren Kindern in der Torhildstube und war Stallmagd, Aasta hatte all ihre Leichtfertigkeit abgelegt und konnte sich noch ihrer Ehre und ihres guten Rufes erfreuen. Dann waren noch ein junger Bursche und eine halberwachsene Dirne da. Vergnügen und Lustigkeit gab es nicht gerade viel auf dem Hof, aber die Leute lebten gut, die Hausfrau war gerecht und nicht allzu sparsam. Die Gemeindearmen, die reihum auf den Höfen wohnten, freuten sich auf die Zeit in Hestviken.
Olav selber sprach wenig, und es geschah wohl, daß er die Leute rings um sich bedrückte – aber nur so lange, bis man mit ihm bekannt wurde, sagte sein Gesinde, man gewöhnte sich an ihn. Olav war ziemlich beliebt bei seinen Leuten. Er ließ Maerta Fraue in ihrem Gebiet herrschen und nahm gerne einen Rat von ihr an, in allem, was er selbst unter sich hatte. Das Verhältnis zwischen ihnen war beinahe so, als sei sie seine Mutter – eine reichlich gebieterische Mutter, und er ein gefügiger Sohn.
Selbst drüben auf Rundmyr war es still. Maerta Birgerstochter hatte Arnketil und Liv in die Zucht genommen –. Er ging jetzt ein wenig gebückt, war runzelig und eingeschrumpft; sie wurde immer breiter – jedes Jahr kam in dem Heim dort zum Frühjahr ein Kind auf die Welt. Stets fehlten ein paar Kleinigkeiten, Eßwaren, Wolle oder Zeug, wenn Liv auf Hestviken gewesen war, aber es hatte sich gewissermaßen zu einem Recht für sie herausgebildet, daß sie nehmen durfte, ohne zu bitten, wenn sie sich nur in ihren Grenzen hielt. Im übrigen ließ sie sonst nur noch bei Una auf Rynjul etwas mitgehen. Arnketil stahl nie mehr, seit jenem Abend, da Maerta ihn ertappte; er stand in einem der Lagerspeicher und versuchte Feuer zu schlagen.
»Du wirst doch wohl kein Licht brauchen, so gut wie du dich hier auskennst, Anki.«
Die beiden kleinen Mädchen wuchsen heran, wurden so schön, daß die Leute darüber redeten. Sie waren nun alt genug, um zu Gastgelagen und Festen mitzukommen – viele gab es deren ja nicht, denn Olav pflegte keinen Umgang mit anderen Leuten als mit dem festen Kreis von nächsten Nachbarn, die einander jedes Jahr einluden. Aber

die Leute sahen die Hestvikmädchen bei der Kirche. Olav Audunssohn ritt als Erster voran, und Bothild Asgerstochter saß hinter ihm auf dem Pferd und hielt sich an ihm fest – denn Cecilia ritt mit dem alten Tore; das sei sein Recht, und wollten sie ihm *das* nehmen, so bleibe er nicht einen Tag mehr auf dem Hof, drohte er im Scherz. Reich und schön gekleidet waren die zwei Kinder stets, wenn sie zur Messe kamen – Frau Maerta gab ihnen Übergewänder aus gefärbtem Tuch, mit bunten Borten eingesäumt, sie band ihnen goldbestickte Seidenbänder in das offene Haar.

Am Werktag sah Olav nicht viel von seinen Töchtern. Olav hatte neben der alten Wohnstube eine Frauenstube errichtet – Maerta meinte, die Frauen müßten ein eigenes Haus haben, wo sie sich mit ihren Webstühlen, ihrer Näharbeit und derlei aufhalten konnten; Cecilia und Bothild müßten nun lernen, ihre Hände zu nützen.

Das neue Haus wurde schön; Bodvar war ein tüchtiger Holzschnitzer, und er schmückte das Haus reich aus mit schönem Schnitzwerk. Es verging oft mehr als ein Monat, bis Olav seinen Fuß wieder einmal über diese Schwelle setzte.

Aber obgleich er so wenig von den Kindern sah, fiel von den beiden lieblichen jungen Wesen, die so nahe seinem eigenen erfrorenen Leben aufwuchsen, doch etwas wie ein bleicher winterlicher Sonnenglanz auf sein Gemüt.

Es schien, als sei es Maerta Fraue geglückt, Cecilias Unbändigkeit zu zähmen – oder die Kleine hatte sich gebessert, als sie verständiger geworden war. Wohl war sie widerspenstig, aber sie hatte ein ruhiges, etwas barsches Wesen bekommen. Die Leute vom Hof lachten, wenn das Kind kurz und wortkarg antwortete – sie sei ihrem Vater so ähnlich, sagten sie, aber sie fanden, es stehe ihr gut: sie war so schön, daß alles, was sie auch tat oder sagte, sie in den Augen der Leute gut kleidete.

Sie hatte Maerta Fraue gerne, das war leicht zu merken, obgleich Cecilia es mit Worten oder Zärtlichkeiten nur wenig zeigte. Auf die gleiche Art gab sie ihre Liebe zu dem alten Tore, zu Ragna und deren Kindern zu erkennen – es war ein stummes, getreues Festhalten an ihnen durch dick und dünn. Nur der Pflegeschwester Bothild gegenüber legte sie ein anderes, sanfteres und weicheres Wesen an den Tag; soweit man bei diesem ruhigen verschlossenen kleinen Mädchen solche Dinge beurteilen konnte, liebte sie Bothild wohl über alle anderen in der Welt. Obgleich aber jeder auf Hestviken Bothild in einer freundlicheren und milderen Art begegnete – sie blieb doch stets ein wenig schüchtern; es war etwas an ihr, das die Leute darum zu bitten schien, behutsam und freundlich mit ihr umzugehen. Selbst Olav ließ seine Zärtlichkeit für die Pflegetochter mehr erkennen als seine Liebe für die eigene Tochter. Geschah es, daß ihn die Sehnsucht überkam, den Kindern ein wenig zu schmeicheln, war es Bothild, der er über das Haar strich oder die Wange tätschelte – es war gleichsam, als fiele es ihm bei ihr leichter, denn sie leuchtete bei der geringsten Liebkosung vor Freude auf. Wenn die Kinder ans Bollwerk hinunterkamen, um ihn zu empfangen, oder mit ihm auf die Äcker hinausgingen, war es Bothild, die er bei der Hand nahm und führte, denn er sah, daß sie das gerne mochte. Bei jedem Wort, das sie miteinander redeten, blickte sie zu ihm auf, und ihre blauen Augen schimmerten so fromm unter dem dichten rotbraunen Haar. Cecilias klare helle Augen schauten offen und aufmerksam in die Welt hinaus; man sah es ihrer ganzen festen kleinen Gestalt an, daß sie gut allein gehen konnte. Sie war sein eigenes Kind, Olav trug seine Liebe zur Tochter wie einen sicher verschlossenen Schatz in sich, um den er sich nicht zu sorgen brauchte. Seine Zärtlichkeit für die Pflegetochter konnte er viel leichter im kleinen ausgeben und so wie man ihrer bedurfte.

– Keinen Zug gab es an Cecilia Olavstochter, der an ihre Mutter erinnert hätte. Der letzte Schatten einer Erinnerung an Ingunn Steinfinnstochters glückloses vergebliches Leben schien vom Hof geschwunden zu sein. Sira Hallbjörn sprach eines Tages darüber, als er auf den Hof gekommen war, um mit Olav im Boot fortzufahren: »Ich möchte wissen, ob sich hier auf dem Hof außer dir noch einer an dein Weib erinnert.«

Er sah Olavs Gesicht, während er dies aussprach. Unwillkürlich wandte er das seine weg, wie er es als Beichtvater zu tun pflegte.

»Du erinnerst dich ja an sie«, sagte Olav kurz darauf, beinahe unhörbar.

»Du weißt, es ist nicht lange her, seit ich die letzte Messe für sie las – es fiel mir nur so ein – ich denke an alle die Jahre, die ich sie dort im Bett liegen sah –.

– Ich hatte im übrigen erwartet, dich zur Seelenmesse in der Kirche zu sehen?« fuhr der Priester fort.

»Ich dachte nicht daran, daß dies der Tag war – erst am Abend fiel es mir ein.

– Ach nein«, sagte Olav bald darauf. »Es sind wohl nicht viele, die sich noch ihrer erinnern.«

Eines Abends zu Anfang des Frühjahrs kamen ein paar Männer in die Stube auf Hestviken – es waren Leute aus der Gemeinde, die an Olavs Strand eine Bootslände hatten. Sie waren von einem Gastgelage weiter nördlich im Fjord heimgekehrt und hatten noch einen kleinen Rausch.
Olav und der alte Tore saßen beisammen und besserten Geräte aus; die anderen Männer waren noch nicht heimgekommen, und die Frauen befanden sich in den Wirtschaftsgebäuden. Nur die kleinen Mädchen spielten auf einer Bank. Da ließ Olav Tore Bier für die Gäste holen, und eine Zeitlang floß das Gespräch friedlich dahin, über Hochzeiten und ähnliches. Dabei sagte einer der Männer zu Olav: »Diese Torhild, mit der du ein Kind bekamst, als sie hier war, war auch bei dem Gastgelage. Sie trug uns Grüße für Hestviken auf.«
Olav dankte und fragte, wie es ihr gehe.
Gut, sagten die Männer, sie genieße großes Ansehen in der Gemeinde drüben, wo sie lebe, und sie stünde sich gut. Auken habe sie so in die Höhe gebracht, daß die Leute den Hof jetzt Torhildrud nannten.
Tore fragte eifrig nach mehr Neuigkeiten über Torhild Björnstochter; er hatte sie stets so gut leiden können. So wurde noch eine Zeitlang über ihre Wirtschaft gesprochen. Olav hörte zu, mischte sich jedoch nicht mehr in das Gespräch, nur einmal fragte er: »Hatte sie den Knaben zu dem Gastgelage mitgenommen?«
Die Männer sagten, ja, es sei ein schöner Knabe, hell und stark – »niemand braucht zu fragen, wer sein Vater ist.«
Als jedoch die Männer ihren leichten Rausch, mit dem sie gekommen waren, ein wenig aufgefrischt hatten, wurden sie zuerst gerührt, und bald darauf fingen zwei von ihnen an zu streiten und einander zu bedrohen. Schließlich mußte Olav sie bitten, Frieden zu halten oder die Stube zu verlassen.
Im selben Augenblick ging es mit den beiden los. Die kleinen Mädchen sprangen auf Olavs Truhe und blieben dort stehen. Jetzt wurde einer der Männer sie gewahr, wandte sich ihnen zu und wollte mit ihnen scherzen.
Olav erhob sich, so daß alles, was er im Schoß hatte, zu Boden fiel – er wollte zwischen die beiden Kämpfenden fahren. Gleichzeitig griff der dritte der Männer nach den Kindern. Olav sah Bothild mit einem ohnmächtigen kleinen Entsetzensschrei zusammensinken. In Cecilias Hand blitzte etwas auf – das Kind hatte sein kleines Messer gezogen und stieß nach dem Mann. Olav packte ihn bei den Schultern, stemmte ihm das Knie ins Kreuz und warf ihn zu Boden. Tore lief jetzt hin-

zu, riß die Tür auf – Olav faßte den Gast unter der Achsel und im Schritt, schleuderte ihn in die Vorstube und dann auf den Hofplatz hinaus. Dann sprang er zurück und wandte sich gegen die beiden andern.

Gegen Wände und Türrahmen polternd, unter Schimpfen und Fluchen, aber ohne allzu schweren Kampf gelang es Olav und Tore, die Stube von den Fremden zu säubern und die Türen zu schließen. Die Männer draußen auf dem Hofplatz brüllten und gebärdeten sich wild, rannten gegen die Tür an und schlugen an die Wände. Olav und Tore hörten zu, lachend und keuchend, während sie ihre Kleider in Ordnung brachten; auch sie hatten einige Hiebe abbekommen, teils von den Fäusten und Absätzen der Betrunkenen, teils aber auch waren sie in der dunklen Vorstube irgendwo angerannt.

Lachend wandte Olav sich den Kindern zu. Cecilias rundes milchweißes Gesicht war noch von Wut zusammengeschrumpft; ihre Augen blitzten hellgrün. Bothild jedoch stand an die Wand gelehnt, sie zitterte so, daß ihre Zähne aufeinanderschlugen. Als Olav sie anfaßte, brach sie in ein so entsetzliches Weinen aus, daß dem Pflegevater angst wurde. Er zog sie an sich, mußte sich hinsetzen und sie umfaßt halten, während er ihr wie einem Kind zuredete – obgleich sie doch kein kleines Mädchen mehr war, er spürte das, sie war jetzt halbwüchsig, langgliedrig und schlank – zwölf Winter mochte sie wohl sein. Dann strich er ihr über den Kopf und über die langen Zöpfe, während er sie bat, keine Angst zu haben – es nützte wohl wenig, er wußte das von früher, sie nahm es immer so schwer, wenn Leute ins Raufen kamen und sie dabei war, selbst wenn niemand daran dachte, ihr etwas zuzufügen. Sooft das Toben und Poltern draußen vor dem Haus wieder zunahm, zuckte der schmächtige Körper des Mädchens zusammen.

Da schob Olav sie behutsam weg, stand auf und ging hinaus. In diesem Augenblick kamen die Knechte auf den Hofplatz, und die Fremden ergriffen die Flucht.

Später, als sie bei Tisch saßen und Cecilia sich ein Stück Käse herunterschneiden wollte, rief einer der Männer lachend: »Dein Messer ist blutig, Cecilia!«

Bothild stieß einen Schrei aus, jetzt aber mußten Olav und seine Knechte über ihre Furchtsamkeit lachen. Sie waren aufgemuntert von der kleinen Rauferei vorher und saßen nun behaglich bei Tisch, mit gutem Bier und Essen und einem lustigen Feuer auf der Herdstätte.

Cecilia spuckte auf das Messer, wischte es an der Innenseite ihres

Rocksaumes ab, dann schnitt sie sich ein ordentliches Stück Käse herunter und legte es zwischen die Brotscheiben – sie sprach kein Wort. Olav lachte: »Kann ich dein Messer sehen – das war eine kleine und schwache Wehr, meine Tochter!«
»So gib mir ein besseres Messer, Vater!« erwiderte das Mädchen.
»Das werde ich tun«, antwortete der Vater munter wie zuvor.
Nach dem Abendessen holte Olav die kleine eisenbeschlagene Truhe herein, in der er seine Kostbarkeiten aufbewahrte. Die Mädchen beugten sich über ihn, während er darin suchte – es kam nicht oft vor, daß die Kinder sehen durften, was der Vater in seinem Schrein aufbewahrte. Sie riefen und fragten bei jedem Gegenstand, der zum Vorschein kam, und Olav, der an diesem Abend guter Laune war, ließ sie alles in die Hand nehmen und duldete es, daß sie den Schmuck anlegten. Auf dem Boden der Truhe lagen vier schöne Dolche – Olav trug sie nie. Cecilia ergriff den längsten: »Willst du mir den hier geben, Vater?« Sie zog ihn aus der Scheide.
Es war eine welsche Waffe mit dreikantiger Klinge, Schaft und Scheide waren mit vergoldeten Ringen schön verziert. Olav nahm ihn ihr aus der Hand, betrachtete ihn eine Weile: »Das ist kein Frauenmesser, Cecilia – das taugt nur dazu, einen Feind damit niederzustoßen. Dieses hier wird dir nützlicher sein –« Er reichte ihr ein großes norwegisches Messer mit breitem, starkem Blatt und einem Schaft aus geschnitztem Walroßzahn.
»Ich will lieber das andere haben«, sagte die Kleine.
Olav überlegte ein wenig: »Es geschieht nicht oft, daß du mich um etwas bittest – so nimm es denn.« Er umfaßte ihren dicken weißblonden Zopf, der sich aufrollte, so lockig war Cecilias Haar. »Du solltest wohl nicht die *Tochter* hier auf Hestviken sein, Cecilia.«

Von Eirik hatte Olav dann und wann Nachricht erhalten. Und nachdem er sich daran gewöhnt hatte, daß der Knabe fort war, kam ihm manchmal der Gedanke: vielleicht kehrt Eirik nie mehr heim. Und es konnte geschehen, daß ihn dies das beste dünkte. Etwas sollte er doch dafür zurückerhalten, daß er seine Seele verkauft hatte. Wenn sein Verrat ausgelöscht wurde, so daß Sippe und Erbfolge nicht umgestürzt zu werden brauchten – so schien es ihm selber, als wäre es leichter, dem Tode und dem Jüngsten Tag entgegenzugehen. Sein eigenes Leben hatte er vertan – durch eigene Schuld; er dachte daran mit einem seltsamen, klaren Gefaßtsein – es lag beinahe etwas wie eine Art kühler Freude für ihn darin, zu sehen, daß das Unrecht auf seiner Seite war, Gott war gerecht. Er hatte nie begriffen, daß jemand Trost darin finden konnte, Gott die Schuld zuzuschieben oder ihm zu fluchen. Er selber war doch nur ein einzelner Mensch; es lag nicht so viel an seinem Geschick. Ihn dünkte es gut, zu wissen, daß die Welt in den Händen des milden Christus geborgen war, wie viele Männer auch Aufruhr machten.

Cecilias Glück – an das glaubte er fest.

In dem gleichen Jahr, um die Mitte des Sommers, verheirateten Baard auf Skikkjustad und Signe Arnestochter ihre älteste Tochter. Der Bräutigam wohnte im Nachbarkirchspiel, und Olav Audunssohn brachte ihm die Braut ins Heim, denn er war ihr Got.

Ein besonders guter Got war er nicht gewesen; er hatte sich wenig um das Mädchen gekümmert – sie hieß Helga. Rein äußerlich war sie unansehnlich und galt für unbedeutend. Aber an ihrem Hochzeitstag war sie schön.

Baard hatte anfangs nichts von dieser Hochzeit wissen wollen; er hatte verschiedene Male mit dem Bräutigam – der viel älter war als Helga – in Streit gelegen. Dieses Jahr aber hatten die beiden Männer auf dem Mittfastenthing sich versöhnt, und daraufhin verlobte Baard seine Tochter mit Hoskold Jonssohn.

Olav war von dem Anblick der jungen Braut ergriffen – Helga Baardstochter schien so verändert, als habe sie die Gestalt gewechselt. Auch verschiedenen anderen von den Hochzeitsgästen war dies nicht entgangen, merkte Olav – sie sprachen darüber, als sie am Abend des dritten Festtages in einer kleinen Halle auf dem Hochzeitshof beisammensaßen. Hier war alles für die älteren und angeseheneren Bauern unter den Hochzeitsgästen bereitgestellt. Olav hatte man ganz oben hingesetzt, gleich neben Torgrim von Rynjul, dem Oheim der Braut, ihm gegenüber saß Sira Hallbjörn am obersten Platz.

Die Rede ging von Hoskold und Helga auf andere Frauen über, die besonders schöne und frohe Bräute gewesen waren – oder gute und tüchtige Hausfrauen. Die alten Männer meinten stets, keine von den jetzt lebenden Frauen könnte mit den Frauen verglichen werden, deren sie sich aus ihrer Jugend entsannen.

Sira Hallbjörn beugte sich über den Tisch, zeichnete in dem verschütteten Bier. Er hatte sich während der ganzen Hochzeit nicht recht wohl gefühlt, war müde und schweigsam gewesen. Dieses Gespräch schien ihn zu langweilen.

»Wollt ihr den ganzen Abend hier sitzen und von diesen toten Frauen reden? Solange sie lebten, waren ihre Männer ihrer gewiß ebenso

überdrüssig, wie sie es meistens sind. Mich dünkt, die schöne Begleiterin, die Olav Audunssohn hat, ist mehr des Besitzens wert als alle die anderen in der Schar«, er lachte schlaff, leicht betrunken wie er war, »hörst du, Olav, willst du mir die schöne Buhlerin verkaufen, die du hast?«
Olav richtete sich auf, jäh, er wurde rot und ärgerlich – er begriff nicht, worauf der Priester abzielte. Torgrim von Rynjul verstand es auch nicht, er fragte: »Was meinst du, Sira?«
Sira Hallbjörn lachte wie vorher, griff hinter Torgrims Rücken und streichelte das Blatt von Olavs Axt, die hinter ihm an der Wand hing.
»Sie meine ich –« Er ließ die Hand auf Olavs Schulter fallen.
Olav schüttelte sie ab, lachte unwillig: »Nein, Priester – kürzlich wolltest du meinen Falken haben – und diese Axt ist nicht –«
Da klang es in Ȧettarfylgja auf – alle in der Halle hörten es. Der tiefe Ton sang durch den Raum, langsam ersterbend.
Sira Hallbjörn sprang auf, ergriff die Axt: »Ist sie so geartet, daß sie singt, deine Axt, Olav?« fragte er lebhaft.
»So sagt man. Aber ich glaubte, sie sei längst verstummt – vom Alter.« Er nahm dem Priester die Axt ab, hängte sie an die Wand zurück.
Die Männer begannen untereinander zu reden: ob die Axt von selber gesungen habe, oder deshalb, weil Sira Hallbjörn an sie gestoßen sei.
Olav und der Priester blickten einander kurz in die Augen – dann lachten sie gleichzeitig, beide gleich unfroh. Es war, als hätten sie ein Band zwischen sich gefühlt – daß keiner von ihnen mit wahrer Lust im Herzen hier weile.

Olav brach noch am gleichen Abend vom Hochzeitshof auf, sagte jedoch seinen Leuten, sie könnten bis zum darauffolgenden Tag bleiben und Maerta Birgerstochter und die Kinder heimbringen.
Der Himmel war von einer hochschwebenden dünnen Wolkendecke verschleiert. Unter dem farblosen Zelt der Sommernacht lagen die Höfe mit ungemähten Wiesen und hellgrünen Äckern grau da, als Olav den Pfad entlangritt, der sich durch das Gebüsch am Rand des beim Hof gelegenen Weidelandes hinzog. Alles schlief – nur die Wiesenralle knarrte irgendwo im Feld.
Er gelangte zu den Höfen in der Nähe der Kirche, und das Pferd griff weiter aus, wollte heim. Oben auf einer kleinen Anhöhe lag die Kir-

che, deren Steinwände bleich aufleuchteten, rings um die kleinen Fensterhöhlen zog sich das Schindeldach herab. Olav ließ das Pferd auf den getretenen Pfad zum Kirchenhügel einbiegen. Die nächtliche Stille schien sich ihm wie etwas Lebendiges entgegenzudrängen, als der Laut der trappelnden Pferdehufe durch den feuchten Grashang gedämpft wurde.

Dicht an der Friedhofsmauer befanden sich ein paar alte Grabhügel; der größte so nahe am Gatter, daß die alten Eschen, die dort wuchsen, ihn beschatteten. Olav stieg vom Pferd und band es an einem Pfosten in der Nähe des Friedhofstores fest. Stahl dürfe er wohl nicht bei sich tragen, fiel ihm ein – er löste den Gürtel und legte ihn zusammen mit der Axt weg. Dann ging er auf den größten der Grabhügel zu.

Schon der Laut der dürren Zweige, die unter seinen Schritten zerbrachen – sie lagen wie ein dichter Teppich unter den Eschen –, durcheiste Olav mit einer Spannung, daß sich ihm die Haare sträubten. Er schritt über den Hügel, zum Kirchhof hinunter, und stieg auf die niedrige Mauer. Innerhalb der Mauer lagen die Grabsteine in dem wuchernden Sommergras bei der Kirchenwand versunken. Olav starrte dorthin, bis es ihm schwarz vor den Augen flimmerte, und sein Herz schlug so heftig, daß er Blutgeschmack am Gaumen spürte. Aber der Schwindel gab ihm bloß das Gefühl, als fließe die Welt rings um ihn, und in seinem Innersten herrschte eine Ruhe wie unberührtes Mark. Trotzdem schloß er unwillkürlich die Augen beim Klang seiner eigenen Stimme, als er klar und fest rief: »Ingunn Steinfinnstochter – steh auf!«

Das Pferd draußen am Kirchenhügel fuhr zusammen, das hörte er. Er wagte nicht, sich umzuschauen, sondern blickte auf die Kirchenwand, wo er den Grabstein gleich neben der Frauentür sehen konnte. Mit vor Blässe kalten und starren Wangen rief er wiederum – und er achtete darauf, daß seine Stimme so fest klang wie zuvor: »Ingunn Steinfinnstochter – steh auf!

Ingunn Steinfinnstochter – steh auf!«

Wiederum hatte er die Augen geschlossen, aber er *sah* es – den grauen Stein, der sich langsam hob, das weiße Gespenst, das sich aufrichtete und den Staub aus den umhüllenden Laken schüttelte.

Er bog den Kopf ein wenig nach hinten, holte Atem und öffnete die Augen. Nichts war zu sehen als die graue milde Nacht. Olav starrte geradeaus – als sei dies unglaublicher als alles andere. Der Friedhof jedoch lag schlafend da, mit den versunkenen, unter dem hohen Gras halb verborgenen Steinplatten, dicht an der grauen Wand der Kirche.

Endlich drehte er sich um, ging über den Hügel zu seinem Pferd zurück. Während er den Zügel aufknüpfte, fiel ihm auf, daß das Tier etwas witterte. Es stand mit erhobenem Kopf, weit offenen Nüstern da, legte die Ohren zurück, zuckte zweimal zusammen, als er es mit der Hand berührte – aber Olav konnte nichts sehen. Dann stieg er in den Sattel, ließ das Pferd laufen – der eilige Ritt tat ihm gut; der Luftdruck und das Dröhnen der Hufe übertönten die schauerliche Lautlosigkeit.

Der Tag brach an, als er nach Hestviken kam – die Wolkenschicht zeigte einen schwachen roten Schimmer. Als Olav das Pferd eingestellt hatte, ging er auf den Felsen hinaus, schaute nach dem Wetter – aus Gewohnheit. Eine leichte Brise vor Sonnenaufgang verdunkelte das Wasser auf dem Fjord draußen.

Die Wohnstube stand öde und leer. Olav trat in den Nebenraum, warf sich dort auf sein Bett, ohne sich auszuziehen. Kaum aber hatte er die Augen geschlossen, als er zusammenfuhr, hellwach. Er starrte auf die graue Türöffnung, die zur Stube führte – doch dort war niemand –.

Die Gedanken stiegen in ihm wie bittere Qualen auf. Sie hatte es einmal *versprochen* – wenn die Toten zu den Lebenden zurückkehren können.

Jetzt aber war sie unendlich weiter von ihm fort als früher – im ersten Jahr, nein, im ersten Sommer nach ihrem Tod hatte er gemerkt, wie nahe sie ihm immer noch war, in der Dunkelheit, die sie voreinander verbarg. Jetzt waren sie auseinandergekommen, so weit, daß sie es nicht mehr hörte, wenn er rief.

Während er so dalag, wurde die Einsamkeit rings um ihn nach und nach zu einer Art Gesicht. Er befand sich oben auf einem Hügel, einem nackten Felskopf, auf dem etwas Heidekraut wuchs, und das Gestein war grau von Flechten. Unter ihm, zu allen Seiten, lag Waldland, grau von Reif, und in den Niederungen sah er welke Moore mit gefrorenen Wassertümpeln, weit draußen aber wuchs der graue dichte Himmel mit den niedrigen dunkelblauen Höhenzügen zusammen. Er stand da und wollte etwas hinausschreien, wußte jedoch selber, daß dies keinen Sinn hatte –. Das Bild verwelkte langsam in traumlose Schlafdunkelheit, und er erwachte erst, als Ragna zur Morgenmahlzeit hereinkam; sie habe sich so gewundert, sagte sie, als sie von Svein hörte, daß sein Pferd im Stall stünde, aber nicht die der anderen –.

6 In diesem Herbst kam es mehrmals vor, daß Olav Rauch von den Höhen oberhalb Hudrheimsland aufsteigen sah. Er hielt in seiner Arbeit inne, schaute eine Weile hinüber. Das war die Stelle, wo Torhildrud liegen mußte, wenn er sich nicht irrte.

Es kamen einige blinkende blaue Sonnentage, an denen selbst das Meeresbrausen gegen die Klippen von Licht und Wind gesättigt schien. Goldenes Laub schwebte schimmernd in der Luft, und der Raum selber wurde weiter von der dunkelblauen schaumgezeichneten Fläche des Fjords bis zu dem hellen windgefegten Gewölbe hinauf, an dem kleine weiße Wolkenstreifen unendlich hoch oben dahingetrieben wurden. Und eines Tages, um die Zeit der None, ging Olav hinunter, nahm eines der kleinsten Boote und segelte allein hinaus.

Es war wie ein Spiel, so dazuliegen und den vollen, durchleuchteten Wogen davonzusegeln. Der Gischt, der ihn durchnäßte, war glitzernd weiß. Es war so hoch bis zum Himmel hinauf, daß Olav meinen konnte, er sei hier in diesem kleinen Boot zwischen den Wellen unten ganz versteckt, und sooft das Schiff auf einem Wogenrücken emporgetragen wurde, sah er, daß das Land auf der anderen Seite näher gekommen, deutlicher geworden war. Ihm war beinahe so zumute wie in seinen Knabenjahren, wenn er von Frettastein davongelaufen war, um in den Wäldern zu spielen.

Als er an Land gekommen war, folgte er rasch dem Pfad über den Berg hinauf. Die Laubhänge hier hatten sich schon gelichtet. Goldene Blätter wirbelten und fegten umher, manchmal trieben sie an ihm vorbei wie Schauer von Lichtsplittern, tanzten über den Pfad hin. Der strömende Wind erfüllte Olav mit Wohlbehagen.

Jetzt wunderte er sich nur darüber, daß er nicht vor Jahr und Tag schon daran gedacht hatte: er hätte sich nach ihr umschauen müssen, hätte sich erkundigen müssen, wie sie sich und den Knaben durchbrachte. Nicht, daß er fürchten mußte, sie könnte nicht zurechtkommen, tüchtig wie sie war. Aber er hätte ihr anbieten müssen, ihr zu helfen, wenn sie seine Hilfe entgegennehmen wollte – von ihm, dem Vater ihres Sohnes.

Jetzt begriff er selber nicht, warum es ihm so unmöglich geschienen hatte, mit Torhild zusammenzutreffen – als ob sie beide einander nicht begegnen könnten, ohne daß neue Schwierigkeiten daraus entstünden. Sie waren doch keine jungen Leute mehr, weder er noch sie – daran aber hatte er bis jetzt noch nie gedacht.

Er kam an das Gatter am Waldrand, folgte dem Weg zwischen den Steinwällen. Hier sah man jetzt viel mehr Ackerland – Stoppelfelder.

Sie hatte wohl die ganze Ernte unter Dach gebracht.
Olav freute sich darauf, sie wiederzusehen und Björn.
Drinnen im Haus fing ein Hund zu bellen an. Die Tür ging auf – der Hund sprang auf ihn zu, kläffend. Hinter ihm kam Torhild, gebückt aus der niedrigen Tür heraustretend.
Er vermochte den Ausdruck in ihrem Gesicht nicht zu deuten, aber es war gleichsam ganz anders, als er erwartet hatte. Ein wenig zögernd nahm sie seine Hand.
»Bist *du* – hierher unterwegs?«
»Ja – dünkt dich das seltsam?«
»Ach nein. Es mag wohl auch ganz begreiflich sein«, erwiderte Torhild leise.
Sie bat den Mann ins Haus und bot ihm einen Platz an, brachte eine Schale mit Milch herbei: »– Bier habe ich nicht –.« Dann kniete sie bei der Herdstätte nieder, blies die Glut an und legte Holz darauf: »Du wirst naß und kalt sein – willst du dich nicht hierher setzen?«
Olav dankte und ließ sich auf den Hocker nieder, den sie ihm herbeigerückt hatte – er sei übrigens durch das Laufen wieder trocken geworden. »Aber wärme wenigstens deine Füße«, meinte Torhild.
Vom Bett her hörte man leises Wimmern – ein Säugling, erkannte Olav. Torhild schaute rasch über die Schulter zurück, gab jedoch nicht weiter acht darauf; sie hängte einen Kessel über das Feuer, schüttete Milch hinein. Währenddessen redeten sie von Wind und Wetter; ein wenig träge floß das Gespräch zwischen den beiden dahin.
»Björn ist nicht daheim?« fragte Olav.
»Nein, er ging mit Ketil – sie sollten eine Kuh zum Haupthof bringen.«
»Ich habe gehört, daß du deinen Besitz so vergrößert hast. Du mußt gar nicht wenig Vieh haben, wenn du so große Äcker bebauen kannst?«
»Wir haben vier Milchkühe und drei Stück Jungvieh –.« Der Säugling schrie allmählich immer lauter, während Torhild mit Olav über ihren Viehbestand sprach.
»Dem scheint es ja sehr schlecht zu gehen«, meinte Olav lächelnd. Er wollte schon fragen, wem das Kind gehöre, da fiel ihm jedoch Ranveig ein, Torhilds junge Schwester, und so schwieg er.
»Es ist ein kleines Mädchen«, sagte Torhild; sie stand rasch auf. »Ich muß sie wohl beruhigen.« Mit einem heftigen Griff teilte sie die Falten ihres Gewandes und zog die eine gespannte blaugeäderte Brust hervor.

Olav sah sie an, den Mund vor Überraschung halb offen. Dann neigte er den Kopf – die Stirn wurde ihm heiß, Röte flog über das Gesicht des Mannes. Er vermochte nicht zu ihr hinüberzuschauen, mußte den Blick starr auf den Boden gerichtet halten. *Das* war das einzige, woran er nicht einmal gedacht hatte. Daß es je so gehen könnte!

Torhild hatte sich auf die Stufe vor dem Bett gesetzt, mit dem Kind an der Brust. Olav fühlte, daß sie ihn ansah; und er ärgerte sich, weil er es nicht verhindern konnte, daß er rot wurde. So saßen sie eine gute Weile und schwiegen. Plötzlich jedoch sagte Torhild, klar und still: »Mir ist es lieber, du sagst jetzt, was du willst, Olav – dann will ich dir darauf antworten, so gut ich kann.«

»Was ich will – ich will nichts anderes, als daß mich dünkte – ich wollte nach Björn fragen – wollte ihn sehen und wollte hören, wie es ihm geht – und dir –.«

Torhild antwortete, als wäge sie jedes ihrer Worte ab: »Ich begreife wohl, Olav, daß du meinen kannst – dies sei nicht deine Absicht gewesen, als du mir den Hof gabst – ich bekam Auken, damit ich mich und das Kind hier oben durchbringen könnte. Aber wie ich dir sagte, ist das Anwesen nun doppelt so groß wie damals, als ich herkam. Und ich meine, es ist besser, einen Mann hier zur Hilfe zu haben – als wenn ich allein mit Knechten hausen sollte. Dann mußt du bedenken, ich bin jetzt so alt – *viele* Geschwister kann Björn nicht bekommen. Vielleicht nicht mehr als die Kleine hier –« Sie neigte ihr Gesicht liebkosend zu dem Säugling hinunter.

Als Olav immer noch nichts sagte, fuhr Torhild ein wenig heftiger fort: »Ich dachte im vergangenen Jahr daran, ehe ich ihm Bescheid gab – ob ich nach Hestviken gehen, mit dir über die Sache sprechen sollte. Dann aber dünkte mich, es sei so lange her, seit ich von dir gehört hatte.

Aber ich begreife, daß du denken kannst, ich habe anders gehandelt, als es dein Wille war, da du mir Haus und Land gabst – obgleich zwischen uns nie die Rede davon war, daß ich nicht heiraten dürfte.«

Olav schüttelte den Kopf: »Ich wußte nicht, daß du dich verheiratet hattest.«

»Es ist nun bald ein Jahr her«, erwiderte Torhild kurz.

Olav erhob sich, ging hin und reichte ihr die Hand: »Da will ich dir alles Glück wünschen.« Sie ergriff seine Hand, sah jedoch nicht von dem Kind auf. »Du hast eine Tochter bekommen – wie heißt sie?«

»Borgny, nach meiner richtigen Mutter.« Torhild nahm das Kind von

der Brust, raffte das Kleid zusammen, trocknete der Kleinen den Mund mit dem Handrücken und wandte Olav ihr Gesicht zu.
»Ein schönes Kind.« Olav meinte dies sagen zu müssen. Aus dem winzigen roten Gesicht blickten die dunklen grübelnden Augen, wie sie Säuglingen eigen sind, schienen den seinen zu begegnen. Dann schlossen sie sich langsam; sie schlief. Torhild blieb mit ihr im Schoß sitzen.
Olav dachte daran, daß sie ihm nun wohl etwas über den Mann sagen würde, den sie hier aufgenommen und geheiratet hatte. Aber das tat sie nicht.
»Deine Brüder«, fragte Olav da, »waren sie damit einverstanden?«
»Du weißt, sie sind von Kindesbeinen daran gewöhnt – wenn ich sie nur unter den Augen habe, so hören sie auf mich.«
Olav dachte, in diesem Fall hätte sie besser getan, einen von ihnen hierzubehalten – er antwortete jedoch nur: »Ja, es ist wohl richtig – du konntest wohl meinen, daß du hier einen Bauern auf dem Hof brauchtest.«
»Ja, die Sache stand wohl so, daß ich Ketil heiraten *mußte* – er wollte nicht mehr unter anderen Bedingungen bleiben. Und hätte ich nicht in allen diesen Jahren seine Hilfe gehabt – er hat hier auf Auken mehr geleistet als ein Mann, die ganze Zeit her, schon ehe er erwachsen war. Hätte ich den Jungen ziehen lassen – einen anderen Knecht genommen – wer weiß, ob er nicht auch eines Tages das gleiche verlangt hätte. Da war es gerechter, daß Ketil mich bekam und auch die guten Verhältnisse genießen durfte, die wir zum großen Teil ihm verdanken –.«
Olav antwortete nicht. Da sagte sie: »Du erinnerst dich an Ketil –? Sahst du ihn nicht das letztemal, als du hier warst?«
»Nein.«
»Ja, damals war er noch nicht ganz erwachsen –.«
Da dämmerte in Olav eine Ahnung: ein halberwachsener Bursche mit einem dummen Gesicht – ein Findelkind – der damals bei Torhild gewesen war. Dunkelrot im Gesicht, ohne sie anzusehen, fragte der Mann: »Ist er es, den du dazu ausersehen hast, meinem Sohn ein Vater zu sein?«
»Ja«, sagte Torhild hart.
»Ja, ich habe nie verlangt, über dich bestimmen zu können.« Olav zuckte mit den Schultern. »Und Björn?« fragte er. »Er war wohl zu jung, um darüber irgendeine Meinung zu haben?«
»O nein. Ketil kennt er, seit er sich erinnern kann. – Da kommen

sie.« – Die großen Züge ihres graubleichen Gesichts wurden weich und erhellten sich zu einem kleinen Lächeln.
Die Tür flog auf – sie führte unmittelbar ins Freie – mit dem Wind wurde der Klang junger lachender Stimmen hereingetragen, die eines Kindes und eines jungen Mannes. Der Rauch in der Stube begann in dem Licht blau zu wogen. Der Junge hatte eine Windmühle in der Hand, lief geradeswegs auf die Mutter zu und rief etwas, strahlend vor Freude. Der Mann, groß und hell, folgte nach; er sagte etwas, während er lachte, das verwehte Haar zur Seite strich und sich das Gesicht wischte. Da wurden die beiden den Gast gewahr. –
– Olav sah, daß Ketil ihn kannte. Er blieb stehen, sank förmlich zusammen und sah verwirrt aus.
Torhilds Mann war groß, ein wenig schlaff, mit derben Arbeitsfäusten, die an langen Armen bis zu den Knien herabhingen, während sein Gesicht kindlich wirkte und ein wenig töricht mit dem langen, flachen Kinn, das von hellen Bartstoppeln überwuchert war; gelbes zerzaustes Haar hing ihm über die Stirn. Trotzdem war er durchaus nicht häßlich –.
Torhild stand auf und legte das Kind ins Bett, machte sich am Kessel zu schaffen. Sie gab Ketil ein Zeichen, daß er sich auf den Hausherrnsitz setzen sollte. Da tat er es.
Der Knabe war bei seiner Mutter stehengeblieben. Er war nicht groß für sein Alter, aber straff, hatte einen zarten und zugleich kräftigen Körper. Olav sah, daß Björn der Hestviksippe ähnlich sah – weißblondes gelocktes Haar, große wasserklare Augen, die ein wenig weit voneinander entfernt unter hellen, geraden Brauen lagen. Seine Haut war weiß wie Milch, über der Nasenwurzel hatte er ein paar dunkle Sommersprossen. Er stand da und betrachtete den Fremden kühl forschend.
Torhild sprach mit ihrem Mann, fragte, wie es ihm mit seinem Auftrag auf dem Nachbarhof ergangen sei. Dann redeten sie ein wenig vom Wetter und der Ernte, sie versuchte, beide Männer ins Gespräch zu ziehen, was jedoch nur allmählich gelang. Da kam eine fremde junge Frau herein – es war eine der Nachbarinnen, die Torhild bei der Stallarbeit half. Torhild hatte ihren Kirchgang nach dem Kindbett noch nicht gefeiert. Torhild fragte, ob Olav nicht Lust habe, mit Ketil hinauszugehen und sich den Hof anzusehen.
Björn begleitete sie. Er faßte die Hand des Stiefvaters, und während die Männer auf dem kleinen Hof umhergingen, Häuser und Äcker ansahen, wurde der Knabe gesprächig – er stimmte allem zu, was der

Stiefvater sagte, oder fügte dessen Rede noch einige Worte hinzu. Bisher hätten sie sich Pferde geliehen, erzählte Ketil, wenn sie jedoch noch einige Jahre weiterhin das gleiche Glück hätten, dann –

»Du weißt, Ketil«, sagte Olav, »wenn Torhild meint, ihr täte noch etwas Hilfe von mir not –«

»Ich weiß, daß sie das nicht meint«, unterbrach er ihn. Und Olav, der seinem Blick begegnete, merkte, daß der junge Mann nicht immer dumm aussah.

Sie hatten die Grütze verzehrt, und Olav sprach davon, daß er sich wohl bald auf den Heimweg machen müsse. Nun rief er Björn zu sich heran.

Der Junge kam, blieb vor Olav stehen und sah ihn mit dem kühlen, wachen Ausdruck in seinem schönen, ernsten Knabengesicht an.

»Weißt du, wer ich bin, Björn?«

»Ja, ich verstehe, daß du dieser Olav auf Hestviken bist, der mein Vater ist.«

Olav hatte einen goldenen Ring von seinem Finger gezogen: »Willst du dann diesen Ring annehmen, Björn – ein Geschenk von deinem Vater?«

Der Knabe sah zuerst zu seiner Mutter und dann zu seinem Stiefvater hinüber. Als beide nickten, antwortete er: »Das will ich, Olav – ich danke dir für das Geschenk!«

Er versuchte, ob der Ring an seine Hand passe, betrachtete ihn eine Weile; dann ging er zu seiner Mutter und bat sie, ihn aufzubewahren.

Olav brach bald danach auf. Er bat Torhild, mit hinauszugehen. Es dämmerte, und der Wind hatte zugenommen. Sturmstöße beutelten die nackten Vogelbeerbäume, so daß die Zweige Streifen über den eisig grünklaren Himmel zogen, doch von Süden her kam eine dicke Wolkenwand aufgestiegen. Torhild sagte: »Willst du gegen diesen Wind heimsegeln – wir können dir doch über Nacht ein Obdach geben.«

Olav meinte, er müsse wohl fahren. Er warf den Zipfel seines Umhangs über die Schulter. »Da du nun verheiratet bist und ein eheliches Kind hast – wäre es da nicht ebensogut, wenn Björn über die Bucht zu mir herüberzöge?«

Er konnte bei dem Wind ihre Antwort nicht hören, da wiederholte er seine Worte.

»Darum sollst du mich nicht bitten, Olav.«

»Wieso? Ich heirate nicht wieder – und ich werde den Knaben so halten, wie es sich für meinen Sohn geziemt.«

»Nein. Auch du hast eheliche Kinder. Ich will nicht, daß Björn dort lebt, wo er für geringer angesehen wird. Lieber der Beste auf Torhildrud als der Geringste auf Hestviken.«

»Eirik ist nun seit vier Jahren nicht mehr daheim. Selten erfahren wir etwas über ihn, und es ist ungewiß, wann er zurückkehrt.«

»Das weiß ich. Aber da ist noch Cecilia – und dann deine Pflegetochter und deine Verwandte, Maerta Fraue. Außerdem weißt du, daß meine Brüder in der Gemeinde dort keinen Namen besitzen, der die Ehre des Knaben erhöhen könnte.«

»Du weißt ja genau Bescheid, wie es bei mir steht?« sagte Olav scharf.

»Ein so großer Mann bist du doch, daß man solche Dinge erfährt.«

So nahm Olav Abschied und ging.

Er versuchte, seine Enttäuschung abzuschütteln, während er durch die Dunkelheit und den Sturm bergabwärts wanderte. Es war unvernünftig von ihm, so ärgerlich zu sein. Torhild war vollkommen berechtigt gewesen, zu heiraten. Aber das war das einzige, was er nie erwartet hätte.

Es war richtig, sie konnte einen Mann auf ihrem Hof brauchen, und ebenso richtig war es, als sie sagte, wenn sie Ketil hätte fahren lassen, so hätte der nächste Knecht sehr leicht die gleiche Forderung stellen können. Daß sie aber gerade diese Ausgeburt hatte nehmen müssen –. Ketils Gesicht kam ihm ins Gedächtnis, kindlich, jung und hell, der große, kräftige junge Bursche – Hand in Hand mit dem kleinen Jungen, alle beide gern bereit, zu lachen und zu spielen. – Als er das letztemal von ihr Abschied nahm – es war wohl sieben Jahre her –, hatte Torhild gewollt, daß *er* sie zurücknähme. – Nein, er wollte nicht mehr daran denken; knechtisch war es, gering von einem zu denken, wenn man etwas nicht bestimmt wußte.

Björn. Es mußte bitter sein wie der Tod für einen Mann, einen solchen Sohn zu verlieren – wenn man einen gehabt hatte.

Das Rauschen der Brandung erfüllte den ganzen Abend – durch die zunehmende Dunkelheit leuchteten und lebten die Sturzseen. Die Steine, mit denen das Balkengeflecht des kleinen Bollwerkes aufgefüllt war, stießen in den über ihnen zusammenbrechenden Wogen aneinander und schliffen sich mit dumpfem Dröhnen rund. Olav stand eine Weile da und sah hinaus – der Wind war jetzt ganz nach Süden umgesprungen. – Der Dinge wegen, die daheim zu erledigen waren, hätte er ebensogut bis zum nächsten Tag auf Torhildrud bleiben können.

Er hatte nie daran gedacht, wieder mit ihr anzufangen – trotzdem

kochte der Ärger in ihm auf, sooft er an das dachte, was er dort oben gesehen hatte. Er war so entrüstet, daß er sich selbst darüber wunderte.
Die ganze Zeit hatte er gewußt, daß sie *ihm* nie mehr gehören würde – aber es war trotzdem so gewesen, als besitze er etwas, wenn er daran dachte, daß sie dort oben lebte –.
Der Gischt schlug über ihm zusammen, als er auf dem kleinen Steg hinausging, an dessen Leeseite das Boot im Dunkeln auf und nieder schaukelte.

7 Der Frost kam zeitig in diesem Jahr. Woche für Woche blieb das Wetter kalt und still. Die Tage stiegen messinggelb über dunklen Höhen herauf, die Erde lag welk und bereift da, und Wasser und Moore froren zu. An klaren Tagen ging der Fjord dunkelblau und gekräuselt – dann erstarb der leise Wind, und die Wasserfläche schien sich auszudehnen, indem sie grau wurde unter dem aufsteigenden Frostrauch, der sich beißend feucht über die Ansiedlungen rings um den Fjord breitete. Eines Morgens überzog sich der Himmel; die Luft roch nach Schnee. Im Lauf des Tages begannen kleine, harte Körner herunterzurieseln – es nahm zu, und der Schnee fiel mit einem leisen, trockenen Laut herab – gegen Abend taumelte er in großen Flocken.
Es schneite ein paar Tage lang, eines Abends kam Südwind auf, und nun setzte Schneesturm ein.
An jenem Abend hatte man sich auf Hestviken frühzeitig zur Ruhe gelegt – es war zwei Tage vor der Luciamesse*). Olav wurde davon wach, daß jemand an die Außentür donnerte – er hörte einen der Knechte aufstehen und hinausgehen. Es kam bei solchem Wetter wie an diesem Abend vor, daß Leute aus der Gemeinde, die spät an Land gekommen waren, hier in der Bucht um Nachtherberge baten, darum legte er sich wieder hin, merkte im Halbschlaf, daß Leute in die Stube traten; irgend jemand scharrte die Glut auf dem Herd zusammen, fachte Feuer an. Da wurde er davon hellwach, daß jemand seinen Namen laut rief – vor seinem Bett stand Torhild Björnstochter und beleuchtete ihn mit einem Kienspan – sie trug einen Umhang, der Schnee lag blendend weiß auf ihrer Kapuze und ihren Schultern.

*) Luciamesse: 13. Dezember.

Olav stützte sich auf den Ellbogen auf: »Um Gottes willen – kommst du? – Ist etwas mit Björn?« fragte er heftig.

»Es ist nichts mit Björn. Sondern Herzog Eirik kam heute über Vannsjö – mit fünfhundert Reitern, hieß es. Er will wohl nach Oslo und seinem Schwiegervater fürs letztemal heimzahlen.«

»Wann hast du diese Neuigkeit erfahren?«

Torhild steckte den Kienspan in einen Spalt an der Wand, setzte sich auf Olavs Bett, während sie redete. Ihre Brüder hatten sich im Herbst an einer Fischerschute beteiligt, und nun war sie mit ihnen nach Tesal hinausgefahren, zu ihren Verwandten von der Mutter her. Dorthin waren am Morgen Bauern gekommen, die vor den Schweden geflüchtet waren – die Schweden gingen hart vor, raubten alles, Waren und Vieh.

»Gott steh den Bauern bei«, sagte Olav. »Sie können jetzt im Winter nicht einmal ihre Herden in den Wald retten.«

»Hestviken liegt vom Weg ab«, antwortete Torhild, »trotzdem habe ich gedacht, Olav, es wäre auf unserer Seite des Fjords sicherer für deine kleinen Mädchen und die Frauen – man sagt, es kämen deutsche Söldner mit dem Herzog. Da bat ich Egil, hier in die Bucht hereinzufahren, ich wollte dir anbieten, deine Leute zu mir heimzunehmen.«

»Du bist treu gegen mich und die Meinen, Torhild«, sagte Olav leise. »Und fürsorglich.«

»Ich hatte es gut, solange ich bei dir war – und Cecilia ist doch eine Schwester meines Sohnes. Was aber willst du selber tun, Olav?«

»Die Nachricht nach Galaby bringen.«

Torhild ging in die Stube zum Gesinde. Als Olav zu den anderen herauskam, war er in einen kurzen Frieskittel gekleidet, unter dem der Lederpanzer hervorsah. Eine lange wollene Hose hatte er um die Waden festgebunden; auf dem Kopf trug er einen englischen Helm mit Wangenschirmen und Nackenschutz. In den Händen hielt er seinen Schild und die Axt Aettarfylgja. Torhild sah ihn an.

»Meinst du, Reidulf wird den Versuch machen, die Bauern zum Widerstand aufzustacheln?«

»Das würde nicht schlecht sein«, erwiderte Olav. »Wir haben das ›Loch‹ und das ›Forellenbachtal‹ – ein enger Weg zwischen Felsen, wo Reiter nicht nach der Seite entwischen können. Der Herzog hat wohl gemeint, sich darauf verlassen zu dürfen, daß der Barfrost jedenfalls bis zum Mondwechsel anhalten würde, aber dieses Schneegestöber wird seinen Zug verspäten.«

Maerta Birgerstochter sagte, sie wolle auf dem Hof bleiben. Wenn die Schweden hierherkämen, sei es nicht unmöglich, daß sie Freunde und Bekannte aus den Grenzgemeinden unter ihnen fände – »und da könnte es sein, daß es nützlich wäre, wenn ich mit ihnen redete, sie bäte, glimpflich mit deinem Eigentum umzugehen. Ich schulde dir so viel, Olav, daß ich dir gerne einen Gegendienst erweisen will, wenn ich kann.«

»Denk nicht an so etwas«, sagte Olav abwehrend. Es bereitete ihm eine unbestimmte Unruhe, daß diese armen Frauen nun herkamen und ihm Dank bezeigen wollten für das wenige, was er ihnen Gutes getan hatte. – Es war, als erinnere ihn das an alte und halbvergessene Dinge, die er einmal gesehen hatte: An einen, der ihm einmal seine Hände hingehalten hatte, um ihm zu helfen, er aber hatte sich abgewandt, undankbar –.

Er bat Bodvar, sich zu rüsten, um ihn nach Norden zu begleiten, und ging dann zusammen mit Tore zum Vorratshaus hinüber. Sie packten Lebensmittel in Säcke, denn Olav dachte daran, daß Torhild ja nicht imstande wäre, so viele Leute auf ungewisse Zeit hindurch zu verköstigen. Bei diesen Vorbereitungen stieß er versehentlich seine Schneeschuhe um, die in dem Raum standen. Er hatte sie wenig benutzt, seit er hierher nach dem Süden gekommen war – die Leute rings um den Fjord hatten es seit einem Menschenalter aufgegeben, mit Schneeschuhen zu gehen. Jetzt kam Olav auf den Gedanken, daß sie ihm in dieser Nacht nützlich sein könnten: der Weg vom Strand nach Galaby hinauf war wohl ganz unter Neuschnee begraben.

Zusammen mit seinen Knechten schaffte er die Waren an Bord des Schiffes der Björnssöhne; dieses war gar nicht so klein, hatte sieben Mann an Bord. Während sie in Dunkelheit und Schneetreiben damit beschäftigt waren, Kisten und Säcke zu verstauen, streifte der Lichtschimmer ein großes Bündel, das gut zugedeckt beim Mast lag, zwischen Fässern und anderen Waren. In Tücher und Felle eingehüllt lagen dort Torhilds Kinder und schliefen. Olav erhaschte einen Schimmer von dem hellen Kopf des Knaben.

Die Heringsschute stieß vom Bollwerk ab, und Olav blieb noch eine Weile lauschend stehen, nachdem die Nacht das Boot verschlungen hatte. Die Finsternis und der fegende Schnee waren wie ein Zelt rings um ihn. Er fühlte die Berge hinter sich und das Heim oben unter der steilen schwarzen Roßwand in der schwarzen Nacht, und vor ihm klatschte das pechschwarze Wasser gegen das Bollwerk, die Schneeflocken versanken wirbelnd darin und verschwanden. Er stand mit Bodvar und einem fremden jungen Burschen am Ufer, der mit an Bord der Fischerschute gewesen war. Als dieser den Bauern in Kriegsrüstung sah, bat er, mit ihm kommen zu dürfen. – Plötzlich brauste in Olav etwas wie eine unbändige Freude auf – als seien Fesseln von ihm abgefallen: dunkel war es hinter ihm und dunkel vor ihm, und hier stand er mutterseelenallein mit zwei wildfremden bewaffneten Männern, und er wußte nichts von dem, was morgen geschehen sollte.

Bodvar sprang ins Boot hinunter und begann es auszuschöpfen.

Es ging gegen Mitternacht, als die drei Männer von Hestviken auf Galaby eintrafen. Durch das Schneetreiben verspürten sie Rauchgeruch, der aus dem Rauchloch des Hauses drang, und als sie bei der Tür anlangten, hörte Olav, daß noch Leute in der Großstube waren – betrunkene Männer, die brüllten und sangen. Er mußte eine Zeitlang an die Tür donnern, bis sie endlich aufgeschlossen wurde. Ein großer magerer Mann öffnete ihnen – er stieß einen leisen Ruf aus, erstaunt, als Olav und sein Gefolge gebückt durch die Tür eintraten. Olav erkannte Sira Hallbjörn.

»Bringst du Kriegskunde, Olav – oder warum bist du sonst behelmt, du samt deinem Gefolge?«

»Du scheinst ein Wahrsager zu sein, Priester –.«

Olav blickte über die Stube hin – zwei brennende Kerzen standen auf dem Langtisch, und die acht oder neun Männer, die rings herum saßen oder darunter lagen, waren allesamt betrunken. Olav kannte die meisten – es waren Bauern aus der Gegend oder dem Nachbarkirchspiel. Reidulf Jonssohn, der Lensmann des Vogtes, war zwischen Hochsitz und Langtisch herabgeglitten, soweit sein Bauch dies zuließ, sein großer Kopf mit dem braunen Bart war ihm auf die Brust gesunken. Der jüngste seiner Brüder saß auf dem Boden und sang, die Beine ins Stroh gestreckt und den Kopf im Schoß eines anderen jungen Burschen, der rittlings auf der Außenbank saß und an einer kleinen Harfe zupfte. Nur der Priester war beinahe ganz nüchtern – Sira Hallbjörn litt an dem gleichen Übel wie Olav Audunssohn – Gottes Gaben konnten ihm nichts anhaben: er blieb immer mager, so viel er auch aß, und immer unfroh, soviel er auch trank.

Aufrecht und gespannt stand er da und hörte Olavs Botschaft an. Olav hatte bisher nicht beachtet, wie sehr das rote Haar des Priesters in der letzten Zeit ergraut war, und das schmale, knochige und sommersprossige Gesicht schien jetzt alt und gefurcht. Aber er schabte

sich auch jetzt immer noch den Bart – er wie Olav –, dies war in ihrer Jugend so der Brauch gewesen.
Es gab nicht viele unter den Bauern, die sie so wachrütteln konnten, daß es einen Sinn hatte, sich mit ihnen zu beraten. Sie waren alle eines Ausgleichs wegen nach Galaby gekommen. »Baard, dein Verwandter, zog früh heim«, sagte der Priester, »und das ist schlimm. Er ist der Mann, der am besten zum Führer geeignet gewesen wäre – Reidulf ist dazu wenig tauglich.«
Olav sagte, zunächst müßten sie nun einmal einen Eilboten in die Stadt zu dem Hauptmann auf Akershus senden: »– aber wenn ich die Wahrheit sagen soll, so fühle ich mehr Lust dazu, hierzubleiben – wenn ihr so meint wie ich, daß es eine große Schande für uns wäre, ließen wir den Herzog mit seinem Heer durch das Forellenbachtal ziehen, ohne den Versuch zu machen, ob wir ihm nicht vielleicht ein wenig Ungelegenheiten bereiten könnten.«
»Fünfzig Mann müßten doch die Schlucht dort einen Tag lang gegen ein Heer verteidigen können«, meinte der Priester. »Und die Leute aus der Stadt gewinnen Zeit, wenn wir nicht mehr gewinnen.«
Inzwischen war der junge Ragnvald so nüchtern geworden, daß er ziemlich klar alles verstand. Er erbot sich, sich sofort auf den Weg zu machen. Der Priester holte Schreibzeug herbei, während Olav und ein paar der Bauern in die Knechtestube hinübergingen, um die Männer dort zu wecken.
Das Schneegestöber hatte ein wenig nachgelassen, als die Bauernschar zum Kirchort hinaufzog. Aber jede Spur von Weg war verweht. Der Priester und einige der Bauern ritten; dadurch kamen sie den anderen, die zu Fuß durch den Schnee stapfen mußten, rasch ein Stück weit voraus. Olav glitt auf seinen Schneeschuhen still und leicht neben den Reitern einher – mußte sogar von Zeit zu Zeit stehenbleiben und warten. Als er gerade am Rand einer kleinen Lichtung wartete, tauchte Sira Hallbjörn aus dem Dunkel auf. Der Priester hielt sein dampfendes Pferd an, beugte sich zu Olav hinab: »Ich habe mir überlegt – wir sind nun zwei Männer, die auf Schneeschuhen gehen können – wie wäre es, wenn wir noch in dieser Nacht nach Süden gingen und die Lage auskundschafteten?«
Olav erwiderte, daran habe er selbst gedacht.

Auf dem Hof des Priesters fanden sie ein stockfinsteres und eiskaltes Haus vor – Sira Hallbjörn war seit Tagesgrauen von daheim fortgewesen, und sein Gesinde lag zu Bett. Endlich gelang es ihm, Feuer zu schlagen und Licht anzuzünden. Es schien Olav, als seien viele Tage vergangen, seit er in Hestviken das Boot bestiegen hatte – die Nacht war schön und anstrengend gewesen, die Fahrt in den Fjord hinein, und dann auf Schneeschuhen weiter von einem fremden Hof zum anderen – sie hatten viel erlebt. Drinnen vom Nebenraum her rief Sira Hallbjörn, ob er ein wenig ausruhen wolle, ehe sie sich auf den Weg machten, Olav aber meinte, sie könnten es sich nicht leisten, Zeit zu verlieren. Er packte in seinen Vorratsbeutel gefrorenes Brot und Fleisch und einen Butterballen, den der Knecht des Priesters hereinbrachte – erinnerte sich dabei daran, daß er selber ohne Essen und ohne Geld von daheim fortgezogen war; er hatte gemeint, erst noch einmal heimzukommen, ehe sie auszogen. Aber daß es nun gleich geradeswegs in den Unfrieden hinausging, machte ihn leichten Sinnes.

Sira Hallbjörn trat heraus. Er trug einen glatten, altmodischen Eisenhut mit lang herabreichendem Schirm und einen mit Pech geschwärzten Leinenpanzer über dem blauen Priestergewand, das er aufgeschürzt hatte, das Schwert hing in einem Lederriemen über seiner Schulter. In der Hand hielt er einen langen Handbogen, so wie die Engländer und die Leute in Telemarken ihn gebrauchten, die Pfeile rasselten in einem Sack auf seinem Rücken. Olav konnte sich nicht enthalten, mit einem kleinen Lächeln zu sagen: »Du bist jetzt bereit, vielen Männern das Requiem zu singen, ehrwürdiger Vater!«

Wie ein Zittern fuhr es über das scharfe Gesicht des anderen: »Tempus occidenti, et tempus sanandi – du sagtest einmal, sie lehrten dich gar vieles aus der Schrift, als du in deiner Jugend in Hamar warst. Lehrte er dich nicht dieses Wort, der streitbare Herr Torfinn?«

»Nein. Aber ich kann so viel, daß ich es zu verstehen glaube. Zeit zu töten und Zeit zu heilen?«

Der Priester nickte – er zwang den Bogen nieder und hängte die Sehne ein.

»Tempus belli et tempus pacis. Salomo hat dies in dem Buch geschrieben, das Ecclesiastes heißt – es ist eines der hervorragendsten Bücher in der Schrift. Aber nimm den Panzer ab, Olav – er ist zu schwer zum Laufen.«

Olav schlüpfte aus seinem Kittel und nahm den Panzer ab. Er war aus Elchshaut und um die Mitte mit dünnen Eisenplatten beschlagen, zur Deckung der Weichteile. Während er ihn zusammenlegte und mit den Riemen verschnürte, fragte er: »Stehen noch mehr solche Dinge in dem Buch, das du da nanntest – über den Krieg?«

»Laudavi magis mortuos quam viventes. Et feliciorem utroque judicavi, qui necdum natus est, nec vidit malo quae sub sole fiunt – steht dort.«
Olav schüttelte den Kopf: »Das war zu gelehrt für mich!«
»Da pries ich die Toten glücklicher als die Lebendigen. Und hielt für glücklicher als beide den, der noch nicht geboren ward und die Übeltaten nicht gesehen hat, die unter der Sonne geschehen.«
»Ist Salomos Weisheit so geartet –?« Olav warf das Panzerbündel auf den Rücken, und die Männer gingen hinaus. Jetzt schneite es wieder, so daß die Nacht rings um sie flimmerte. »Er sprach wohl so, weil er allzu sicher auf seiner Burg dort in Zion saß und zu schöne Tage hatte«, sagte Olav und lachte still. Auch Sira Hallbjörn lachte, während er fortlief und von der Nacht verschlungen wurde; er wollte seine Schneeschuhe suchen.

Der Wind fuhr ihnen über die Äcker her gerade ins Gesicht, und Olav mußte tüchtig ausgreifen, um nicht den schwarzen Schatten des anderen vor sich im Schneetreiben zu verlieren. Sira Hallbjörn ging mit langen, federnden Schritten dahin, seine Skispitzen versanken bei jedem Schritt tief in dem schweren Schnee. In blinder Nacht steuerte er bei jedem Zaun, der ihm den Weg versperrte, blind auf die offene Stelle zu, die im Sommer mit einem Gatter verschlossen war. Olav fuhr sich von Zeit zu Zeit über das Gesicht und über den Helm, wo der Schnee liegenblieb und auftaute und ihm Wasserbäche in den Hals hinunterschickte, aber stehenbleiben konnte er nicht einen Augenblick, wollte er mit dem Gefährten Schritt halten.
Im Wald drinnen wurde es besser. Wo sie gingen, wußte Olav bald nicht mehr. Aber der andere schien seiner Sache immer noch sicher. Sie kamen an Stellen, wo die Fichten so dicht standen, daß ihre Skier über bloße Erde scharrten, wenn sie sich unter den schneeweißen Zweigen duckten. Olav dachte daran, was er früher über den Priester gehört hatte – es hieß, er besinne sich nicht lange, in eines anderen Mannes Wald zu jagen, aber niemand mochte darüber sprechen; Sira Hallbjörn brachte ohnehin schon genug Unfrieden mit sich. Dieses Gerücht mochte wohl wahr sein; der Priester ging hier dahin, als seien ihm Weg und Steg trotz Dunkelheit und Schnee wohlbekannt.
Einmal kannte Olav sich wieder aus – sie waren in eine enge Schlucht gekommen mit einer steilen kahlen Felswand auf der Ostseite, Geröll am Grunde der Schlucht, so daß Olav fürchtete, das Fell an seinen Schneeschuhen könnte zerschnitten werden, so oft scharrten sie über

Steine weg. Unter dem Schnee gluckste es schwach von Wasser. Inzwischen hatte es zu schneien aufgehört – hoch über der Schlucht tauchte stellenweise schwarzer Himmel zwischen den hellen Wolken auf, und ein Stern blinkte. Die Menschen gingen nur ungern hierher, wenn die Dämmerung eingefallen war – jeden Abend konnte man hier im Fels den Berghund bellen hören. Unwillkürlich rief Olav gedämpft nach dem Priester, der ein Stück weit voraus war.

»Fürchtest du dich, Bauer?« fragte Hallbjörn mit einem kleinen Lachen, als Olav an seine Seite kam. »Nicht einmal der Berggeist sperrt heute nacht seinen Köter hinaus.«

»Ich fürchte mich nicht.« Olav hob den Helm ab und ließ ihn über den Rücken hinunterhängen. »Mich juckt es nur am Kopf; ich schwitze so sehr.«

Sira Hallbjörn wartete, bis der andere fertig war, dann setzte er sich wieder in Bewegung.

Sie gingen Seite an Seite über eine weiße Fläche, die stellenweise von Wasser verdunkelt war – das sickerte jetzt bei dem stillen Wetter wieder durch.

Sira Hallbjörn hielt inne, stand über den Stock gebeugt und holte Atem: »Du bist jetzt müde, Olav?«

Über ihren Köpfen lockerte sich die Wolke droben immer mehr und mehr, zeigte große Brunnen von Finsternis und einige wenige schwach leuchtende Sterne. Ein Seufzer ging durch den verschneiten Wald rings um den See, und an ein paar Stellen warfen die Zweige ihre Last mit einem leisen aufatmenden und raschelnden Laut ab.

»Ach nein. – Ich fühle nur, daß ich kein so guter Skiläufer mehr bin wie in meiner Jugend.«

»Du bist nicht gewohnt, zur Nachtzeit den Weg zu finden?«

»Ich ging einmal von Hamar nach Miklebö im Elfartal – ich bin den Weg oftmals gegangen –, einmal jedoch legte ich fast den halben Weg in der Nacht zurück und tastete mich vorwärts – ich wußte nicht, wo ich war.«

»Warst du allein?« fragte der Priester.

Olav sagte: »Ich hatte Begleitung – den halben Weg –, einen jungen Burschen. Aber er war schwächlich – taugte nicht recht zum Skilaufen.«

Doch Sira Hallbjörn fragte nicht weiter. Sie standen einen Augenblick da und verschnauften, dann warf sich der Priester nach vorn, und sie zogen wieder weiter. Sie tauchten in einem Wald unter und folgten wiederum einem Bachbett – Olav mußte in der Spur des anderen gehen, und sie liefen und liefen. – Einesteils war es ihm recht, daß der andere nicht gefragt hatte – und er empfand es wie eine Wohltat, daß er nun allmählich müde wurde: immer mehr und mehr bewegte sich sein Körper wie von selber. Wenn er über einen Abhang hinunterfuhr, merkte er, wie das Klopfen des Herzens ein wenig nachließ, und der entgegenkommende Luftzug kühlte gut, naß von Schweiß, wie sein Körper war. Leise Anfälle von Zorn überkamen ihn, sooft die Zweige sich in dem Bündel auf seinem Rücken verfingen, ihn mit nassem Schnee tauften. – Er wußte nicht, wie lange sie gegangen waren, nach und nach jedoch begann die Nacht fahl und durchsichtig zu werden –.

Es war hell – ein grauer Frühmorgen und der Himmel wieder schneeschwer –, als Sira Hallbjörn und Olav am oberen Rande einer Viehweide gingen, die sich zu etlichen Höfen auf einer Ebene hinabsenkte. Olav wurde plötzlich ganz wach – alle Hofplätze waren voll von Leuten; Männer mit Stahlhauben und bewaffnet mit langen Zweihändern, Pferde standen bereit. Aus allen Dachöffnungen quoll dikker schwarzer Rauch – auf einem weiter südlich gelegenen Hof brannte ein riesiges Feuer auf dem Hofplatz.

Sira Hallbjörn stand da und starrte hinunter, dem Rauchgeruch entgegenwitternd. Dann duckte er sich in das Erlengehölz, glitt in kurzen Wendungen hinab, spähend. Olav folgte, aufgemuntert und hellwach.

Sie kamen an einen Zaun. Vor ihnen senkte sich ein großer weißer Acker zu den Wirtschaftsgebäuden des nächstgelegenen Hofes hinunter. An der Stallecke scharten sich ein paar bewaffnete Männer um zwei Bauern, die gerade ein geschlachtetes Stück Vieh abhäuteten. Olav und der Priester sahen eine Weile zu.

»Das ist doch –!« Sira Hallbjörn lachte zornig. »Sie haben ihn, Sigurd selber, gezwungen, zu halten, und sein Sohn zieht die Haut ab.«

Olav kannte sich wieder aus – diese Höfe lagen südlich und östlich von Kambshorn. Rings um die Höfe stand Wald, der sie von der Gemeinde im Osten und vom Jalundsund trennte. Olav ging ein Stück weiter am Zaun entlang, während er überlegte, wo sie sich halten sollten, um im Schutz des Gebüsches bis zur Großgemeinde vorzudringen, damit sie dort einen Blick über die Hauptmacht des Herzogs gewinnen konnten.

Da hörte er hinter sich das Singen einer Bogensehne. Er sah den Pfeil fliegen und sich in den Schnee hinter einem der Männer, die beim Abhäuten zusahen, bohren. Sira Hallbjörn kniete auf dem einen Ski und griff nach dem zweiten der Pfeile, die er vor sich im Schnee stecken hatte. Olav drehte sich rasch um, wollte zu ihm hinauf. Im selben Augenblick schwirrte der erste feindliche Pfeil dicht an ihm vorbei, fuhr ins Gebüsch, so daß der Schnee von den Zweigen prasselte. Die Männer unten bei den Häusern liefen auf den Acker hinaus, sanken jedoch in dem Neuschnee tief ein – da stürzte einer, Sira Hallbjörn hatte noch einen Pfeil abgeschossen, dann aber sprang er auf, und er und Olav flüchteten zusammen über die Weide hinauf. Ein paar Pfeile kamen ihnen nachgesaust, doch für die Schweden war es ein vergebliches Beginnen, den beiden Skiläufern nachzusetzen. Sie hielten einen Augenblick inne und lauschten – auf einer weißen Fläche, tiefer drinnen im Wald, auf einer Waldwiese standen ein paar alte Heuschuppen.

»Unklug schossest du, Sira Hallbjörn«, sagte Olav ärgerlich.

»Früher traf ich weitere Ziele«, erwiderte Sira Hallbjörn kalt, »aber ich verrenkte mir heute nacht den Daumen, darum saß mein erster Pfeil nicht.«

»Das meinte ich nicht«, erwiderte Olav ungeduldig. »Aber nun haben wir mit unserer Fahrt nicht viel gewonnen – wir haben nicht mehr gesehen, als wir schon vorher wußten. – Und es ist zu erwarten, daß sie sich an den armen Leuten dort in der Gemeinde rächen werden –.«

Sira Hallbjörn wurde vor Zorn dunkelrot im Gesicht, die Adern sprangen wie dunkle Schnüre an seinen Schläfen hervor, doch er schwieg zu Olavs Worten. Und so gingen sie weiter.

Sie suchten nun auf den Hauptweg zu gelangen, und frühzeitig am Tag kamen sie auf einem der Höfe an, die im südlichsten Teil des Kirchspiels Saana lagen. Die Leute hatten hier bereits von dem Unfrieden vernommen, und als Olav und Hallbjörn weiter nach Norden gelangten, hörten sie, daß die Kirchenglocken geläutet wurden. Nördlich der Kirche bei der Brücke stießen sie auf eine große Schar von Bauern, und jetzt gab es ein allgemeines Fragen nach Neuigkeiten.

Das Wetter war sehr mild, und der Himmel hing niedrig und dunkelgrau über dem flachen Land, aber das Eis auf dem Fluß war fest unter der Schneedecke, so daß es keinen Sinn hatte, die Schweden bei der Brücke aufzuhalten. Im übrigen waren viele Leute von hier mitsamt ihrer Herde in die Waldgemeinde Gardar hinaufgezogen; die lag ziemlich abseits vom Weg.

Sira Hallbjörn spornte die Männer an, mitzukommen und sich den Bauern im Norden anzuschließen, alle waffenfähigen Burschen in der

Gemeinde. Aber man merkte wohl, daß die Leute von Saana es so ganz gut fanden, wie es war: sie erwarteten nur, daß das Kriegsheer ohne Aufenthalt durch ihre Gemeinde ziehen und keinen großen Schaden anrichten würde. Und sie schienen nicht einmal zu wünschen, daß die Schweden zurückgeschlagen würden – denn wälzte sich das feindliche Heer über sie hin, geschlagen und aufgeregt, so wäre das das Schlimmste.

»Die reichen Städter, Kaufleute und geistliche Herren, können die Brandschatzung besser ertragen als wir –.«

Olav sah, wie in Sira Hallbjörn der Zorn aufstieg, so daß es unklug gewesen wäre, ihn zu Wort kommen zu lassen. Darum trat er selber vor und sagte: »Begreift ihr denn nicht, gute Freunde und Verwandte! Gelingt es Herzog Eirik, sich in der Burg auf Akershus festzusetzen, so haben wir alle diesen harten Herrn über uns, wer weiß für wie lange, mindestens bis zum Frühjahr, und bis dahin zwickt er uns alle in Haut und Fell. Er hat dreihundert deutsche Reiter mit sich, wir alle wissen, was das bedeutet, und er schuldet ihnen Sold. Viel besser wäre es, wenn wir uns ihm jetzt entgegenstellten und versuchten, ob wir ihn nicht auf andere Gedanken bringen können.«

Einige meinten, König Haakon müsse jetzt doch wohl heimkehren und das Land verteidigen.

»Der König ist vollauf damit beschäftigt, die Grenze am Fluß zu schützen. Wir Bauern hier rings um den Fjord genossen in früheren Zeiten den Ruf, friedliebend zu sein, solange uns der Friede vergönnt blieb. Erinnert ihr euch nicht, mehr als einmal tanzten unsere Väter einen solchen Tanz mit ihren Feinden auf dem Eis vor Oslo –.«

»Sie trugen keinen Sieg heim von diesem Tanz, Olav Audunssohn«, unterbrach ihn ein Mann. »Weißt du das nicht?«

»Auf die Dauer siegten sie trotzdem, Erling – schließlich geht es stets dem am schlimmsten, der sich nicht zu schützen wagt. Und so dicht wie diese Gegend hier besiedelt ist, sollten wir doch Manns genug sein, um den Herzog auf andere Gedanken zu bringen.«

Es endete damit, daß Paal Knut von Husaby und die Bergljotsöhne von Tegneby versprachen, mit so vielen Männern nachzufolgen, als sie zum Mitkommen bewegen könnten. Daraufhin zogen Sira Hallbjörn und Olav weiter.

»Wußtest du nicht«, fragte der Priester, »daß der König vor der Martinsmesse*) nach Björgvin segelte – Herr Helge und Graf Jacob

*) Martinsmesse: 11. November (St. Martin von Tours).

sitzen mit ganz wenig Männern auf der neuen Burg auf Baagaholm –«
»Es ist besser, sie glauben hier in den Gemeinden, daß sie unser Heer im Rücken haben.«
»Wo hast du das erfahren, daß der Herzog den Deutschen Sold schuldet?« fragte jener wieder.
»Ich habe nie etwas anderes gehört von Herzögen und Söldnern –« Olav lachte ein wenig. »Tempus bellus, sagtest du nicht so?«
»Tempus belli«, verbesserte Sira Hallbjörn und lachte ebenfalls.

Als sie in ihrer eigenen Gemeinde angelangt waren, erfuhren sie, daß Baard von Skikkjustad und Reidulf, als dieser nüchtern wurde, den Plan, das Kriegsheer im Forellenbach zu empfangen, aufgegeben hatten und mit mehr als achtzig Männern weitergezogen waren, um mit den Bauern von den Höhen zusammenzutreffen; diese hatten ebenfalls zu den Waffen gegriffen. Die Leute meinten, bei diesen Wegverhältnissen könnte der Herzog am ersten Tag nicht weiter als bis nach Kraakastad oder Skeidis gelangen, und so wollten die Bauern ihn weiter nördlich erwarten, wo der Weg unter einem kleinen Hügel dahinlief und im Osten einige Moore lagen, die nie vor Mitte des Winters zufroren, weil dort eine Menge Quellen emporkamen; dort meinten sie die Reiter in den Sumpf locken zu können. Olav kannte sich in jener Gegend nicht sehr gut aus, der Priester jedoch murmelte etwas und schüttelte den Kopf, als er von diesem Plan hörte.
Sie langten um die Zeit der Abenddämmerung dort an. In einer kleinen Erdmulde oben auf einem Hügel hatten die Wächter sich ein Feuer angezündet. Die beiden Späher überbrachten ihre Nachrichten so, wie sie es verabredet hatten – es dünkte sie beide nutzlos, zu sagen, daß sie nicht viel von dem feindlichen Heer gesehen hatten. Sie zogen ihre Stiefel aus und hängten sie an Stangen in die Wärme, warfen sich auf die Zweiglager nahe dem knisternden Feuer, wo einige Männer aus Kitteln und Umhängen eine Art Zelt errichtet hatten, und dann fielen sie in Schlaf, todmüde, wie sie beide waren.
Es war noch halbdunkler Morgen, als Olav durch den Aufbruch geweckt wurde. Er holte seine Stiefel von der Stange über dem verglimmenden Feuer, sie waren hartgebacken, wärmten jedoch herrlich, denn er fror bis ins Innerste. Den Panzer stülpte er sich über den Kittel, und so lief er mit der Axt in der Hand hinauf und an den Rand der Lichtung.
Unter ihm fiel der Fels drei Mann hoch glatt zu dem schmalen Land-

weg am Rand des Moores ab. Weiter vorn trug der Weg in die Höhe – auf einen nicht sehr steilen Hügel, und das war der schwache Punkt dieser Stellung, daß die Schlucht oben auf beiden Seiten flach und offen verlief – mit bemoosten Felsen und dünnem Waldbestand. Hier oben lagen die Leute von den Höhen und von der Saanagemeinde, wohl an die hundert Mann. Am Rande des Bergabsatzes war aus Baumstämmen und Steinen eine Laue vorbereitet.

Von unten her vernahm man bereits das dumpfe Dröhnen der herannahenden Reiter und das Klatschen der Pferdehufe auf dem aufgeweichten Weg. Olav sah die ersten Reiter im Süden auftauchen. Sie konnten hier zu dreien nebeneinander reiten. Draußen auf dem Moor sah man eine dunkle Gruppe von Männern sich auf dem Streifen bewegen, wo der Grund trug; es waren die Bauern, die auf den kleinen Höfen am Waldrand drüben gelegen hatten. Im selben Augenblick flog der erste Schauer von Pfeilen und Speeren auf – aber die meisten der Männer auf dem Moor hatten zu hoch gezielt, so daß die Wurfgeschosse über die Köpfe der Reiter hinwegflogen und an die Felswand schlugen – ein einzelner fuhr in das Heidekraut zwischen die Füße jener Männer, die auf dem Bergabsatz standen.

»Überdies zu früh«, sagte Baard von Skikkjustad und fluchte – er stand dicht vor Olav.

Trotzdem entstand Unruhe in den Reihen der Reiter unten auf dem Weg, einige Pferde bäumten sich auf oder wollten nach der Seite ausbrechen. Die Männer, die an der Spitze ritten, hielten ihre Tiere an, Rufe wurden nach hinten gesandt und beantwortet. Dann gaben die vordersten Reiter ihren Pferden die Sporen; sie schienen ihren Weg fortsetzen zu wollen, ohne der Bauernschar auf dem Moor draußen zu achten. Große Wassertümpel hatten sich im Lauf der Nacht gebildet und ließen erkennen, daß es unklug wäre, den Angreifern zu Pferde zuzusetzen – nein, jetzt sprangen einige aus den Sätteln, wollten wohl aufs Moor hinaus und dort ein Geplänkel versuchen.

Soviel Olav in der Dämmerung beurteilen konnte, zählte der Reitertrupp über hundert Mann. Sie drängten von hinten nach, einige Reiter wurden an den Rand des Moores hinausgedrückt. Und nun waren die vordersten in der Schlucht angelangt: dort wurden sie von den andern Bauern erwartet, die sie mit Wurfspeeren, Äxten und Schwertern empfingen, und jetzt leisteten auch die Pfeile aus der Schar auf dem Moor bessere Arbeit – einige herrenlose und verwundete Pferde schrien und wieherten und verursachten Unordnung, während sie versuchten, sich in dem Trupp dahin oder dorthin zu wenden, und die Rufe verwundeter Männer klangen durch den Waffenlärm in der Schlucht.

Am Weg unten rief eine laute junge Stimme über den Tumult hinweg – ein großer, aufrechter Mann in Ritterrüstung bändigte sein unruhiges Pferd, während er sich Gehör zu verschaffen suchte. Als der Waffenlärm ein wenig nachließ, konnten die Männer oben auf dem Absatz hören, daß der Ritter ein Norweger war. Das meiste von dem, was er den Bauern in der Schlucht zurief, konnten sie verstehen. – In der jetzt entstehenden Stille merkte Olav, daß es zu regnen angefangen hatte –.

Der norwegische Herr rief, Herzog Eirik käme nicht, um einen Kriegszug gegen die Landbevölkerung zu führen, wenn nicht diese zuerst zum Angriff überginge. Es sei König Haakon, der den Frieden und die Abmachungen nicht nur mit dem Herzog, sondern auch mit dem Dänenkönig gebrochen habe – sie könnten nun also zum Sommer auf einen neuen Kriegszug gegen jenes Land gefaßt sein – und er habe sich mit König Birger zusammengetan und wolle norwegische Heeresmacht außer Landes führen, um den schwedischen Bettelkönig, der an seinen eigenen Brüdern Unrecht übe, zu unterstützen. König Haakon habe den Mann böse verraten, den er kürzlich als Tochtermann empfangen habe – und der Herzog wolle nichts anderes hier in Norwegen als eine Unterredung mit dem König, da aber König Haakon seine eigene Ritterschaft so schwer gekränkt habe und in ganz Norwegen so hart und übermütig befehle und herrsche, habe Herzog Eirik bei vielen guten und angesehenen norwegischen Herren Unterstützung gefunden, und sie erwarteten nun, daß auch die Landbevölkerung ihre Forderung auf Sühne unterstützen werde –.

»Das ist Herr Lodin Sighvatssohn«, sagte Sira Hallbjörn. »– Barnes Ziehsohn, der gleiche Fuchs und Königsverräter wie sein Oheim.«

»Los jetzt«, rief Baard, und die Bauern auf dem Absatz brachten die Laue aus Balken und Steinen ins Rollen – es roch nach Funken aus Fels und Stein, dort, wo sie auf die Reiterschar hinunterdonnerte. Olav sah zwischen den herumwirbelnden Stämmen Pferdebeine, die in die Luft schlugen, während die Tiere sich auf dem Rücken wälzten, es wieherte, schrie und rief da unten in dem Durcheinander, und Männer mühten sich, sich aus den Sätteln zu befreien und emporzukommen – es wimmelte, wie wenn Knaben Steine in ein Gefäß voll Würmer werfen. Dann rannte Olav mit den anderen am Rand der Felswand entlang, stürmte in die Schlucht, wo jetzt der erste Trupp der Bauern hart bedrängt wurde und einige Männer auf der Erde lagen – mehrere der Reiter hatten sich bereits durchgehauen, wandten ihre Pferde um und versuchten von hinten her auf die Norweger einzudringen.

Olav hatte seinen Schild auf den Rücken geworfen, führte die Axt mit beiden Händen, zwischen rauchenden Pferdeleibern kämpfend, Schaum fiel in Flocken aus den Mäulern wiehernder und sich aufbäumender Tiere auf ihn herab. Er packte ein Tier beim Zaumzeug und schlug gleichzeitig mit der Axt die mit Eisenspitzen beschlagene Keule des Reiters zur Seite, hieb auf das Pferd ein, daß es in die Knie sank, und fällte den Mann, der nach der einen Seite herabsank. Olav lief weiter, vorbei an dem gestürzten Pferd und dem Reiter, und mehrere Bauern folgten ihm. Er erhielt einen Schlag auf den Helm, daß es ihm schwarz vor den Augen wurde, doch das ging wieder vorüber, er blieb aufrecht stehen, kämpfte, fühlte, daß es ein ungleicher Kampf war. Die Bauern zu Fuß gegen die Reiter vor sich und hinter sich – der Ort hier war schlecht gewählt: jetzt brachen die Schweden auf der Ebene östlich vom Wege durch, wo die Bauern nur dünn standen. Über dem Dröhnen der Hiebe und dem Lärm des Kampfes hörte er eine Stimme rufen und den Befehl geben, standzuhalten; es war dieser Anführer der Bewohner von den Höhen, den er nicht kannte. Seiner Wangenschirme am Helm wegen konnte Olav seitwärts nicht viel sehen, aber er fühlte, wie immer mehr und mehr der Feinde nach Osten hinüberritten – jetzt tobte dort drüben der heißeste Kampf, und hinter ihm stritten seine Genossen mit dem Rücken gegen ihn; und die andern, die die Ankommenden empfingen – sie hatten jetzt den größten Teil der Feindesmacht im Rücken: der Angriff der Bauern war zusammengebrochen, das begriff Olav, und er brüllte aus vollem Halse hinaus, während er die Axt wie ein Rasender schwang. Er ahnte, daß draußen auf der Ebene zur Linken die Bauern zu laufen angefangen hatten; aber die kleine Schar in der Schlucht, die jetzt Rücken an Rücken kämpfte, gegen den berittenen Feind über und unter sich, wehrte sich mit der Wildheit des Todes – nicht weichen, nur nicht weichen, sang der Schlag der Äxte.

Da sah er auf dem Weg unter dem Felsabsatz eine lange Reihe von Reitern vorrücken, sie waren mit Lanzen bewaffnet; in dem kümmerlichen grauen Morgenlicht glänzte es naß auf Stahlhauben und Schulterplatten, auf Pferdeharnischen – es hatte keinen Sinn mehr –.

Es gelang ihm, sich so einigermaßen durchzuschlagen, bis zu der steilen Felswand zur Rechten, dort hakte er sich mit der Axt in einer Unebenheit des Gesteins fest und zog sich hinauf. Vor ihm und hinter ihm kletterten, krabbelten und rannten seine Genossen den steilen Hang hinauf – den meisten war es geglückt, sich hierher zu retten. Weiter oben hielt er inne und sah zurück – auf der anderen Seite des Weges lief der größere Teil der Bauernschar über die Ebene hin, verfolgt von den Reitern, und verschwand im Kiefernwald. Auf dem Weg unten, der jetzt schwarz aufgewühlt war, lagen Pferde und Menschen durcheinander, dunkle Leiber im Schmutz, einige rührten sich und andere lagen still, und oben rückte die Hauptmacht an eisengekleideten und schwerbewaffneten Streitern des Herzogs vorwärts, so daß es dröhnte und klirrte – und der Regen strömte jetzt dicht herab. – Da lief Olav weiter über den waldigen Hügel hinauf.

– Er kam über bebautes Land; einige kleine Höfe lagen unten an einem Bach. Vor sich sah er einen Mann laufen, taumelnd, jetzt stürzte er und blieb liegen. Olav hielt inne, als er zu dem Daliegenden kam, und drehte ihn um. Es war Baards Tochtersohn, der Bräutigam vom Sommer her, sah er nun. Hoskold Jonssohn schob ihn wie in Verwirrung von sich, setzte sich halb auf, auf die eine Hand gestützt, mit gesenktem Kopf, dann drehte er sich weg und fiel zurück, blieb auf der anderen Seite liegen – wie ein Knabe, den man wecken will, sich schlaftrunken im Bett umdreht und weiterschläft, mußte Olav denken. Der Schnee rings um Hoskold war blutig. Olav faßte den Mann an, lud ihn sich mit einiger Mühe so auf, daß er ihm über die Schulter hing. Es war sehr mühselig, so mit der Last auf dem Rücken durch den nassen Schnee über den buckligen Acker zu stapfen. Aber es gelang ihm doch, ihn zu einem der Häuser zu bringen, und dort legte er ihn in eine kleine Stube, in der zwei alte Weiber saßen. – Hinterher, während er einigen Spuren folgte, gleichzeitig mit drei Burschen, die sich ihm bei der Hütte dort angeschlossen hatten, konnte er sich nicht mehr erinnern, was er zu den Frauen oder was sie zu ihm gesagt hatten. Jetzt erst merkte er, daß er einen Hieb oder einen Stoß in die Bauchplatte bekommen haben mußte; sie hatte eine Beule, die ihn beim Gehen störte.

Nach einiger Zeit gelangte er zu ein paar kleinen flechtenüberzogenen Felsen hinauf und traf dort eine Schar flüchtender Bauern an. Er warf sich unter einer Fichte ins Heidekraut und schlang einige Bissen hinunter – mehrere der Männer hatten Säcke mit Mundvorrat und teilten mit den anderen. Baard war da und Sira Hallbjörn und vier bis fünf andere, die er kannte – alles in allem waren hier etwa zwanzig Männer versammelt.

Einer der Bauern stieß einen Ruf aus, lief an den Rand des Felsens und sah hinunter. Andere folgten. Von hier aus konnte man einen Zipfel der Skeidis-Gemeinde im Süden sehen. Unter dem Wald stieg ein dichter schwarzer Rauch auf und wälzte sich in dem schweren Wetter dahin. Es sei Hestbaek, das da brenne, meinten die Männer, die in der Gemeinde dort daheim waren. Weiter östlich sahen sie andere Rauchschwaden – die Leute des Herzogs rächten sich wohl für den Angriff.

»Dich hat es schwer getroffen, Baard«, sagte Olav leise. Arne auf Hestbaek, Baards Schwiegervater und Olavs Verwandter, lebte noch, gesund und rüstig in seinem hohen Alter. Jetzt mußte Olav Baard auch die Sache von seinem Tochtersohn erzählen, den er schwer verwundet in einer der kleinen Hütten am Hang unten zurückgelassen hatte.

Aber Baard, der schweigsame, gutmütige Großbauer, lachte nur leise vor Zorn.

Der Regen strömte mit einem gedämpften, rieselnden Laut in den tauenden Schnee herab. Das Land, auf dem die Höfe jetzt ringsum in Flammen standen, war von einem dichten dunklen Himmel eingerahmt, der tief auf die blauschwarzen Waldgipfel am Himmelsrand herabhing. Die Männer hatten sich unter den dichtesten Bäumen zusammengekauert, aßen von ihrem Mundvorrat und saugten an Schneeklumpen, während sie miteinander redeten.

Jetzt konnten sie alle erkennen, daß man einen ungünstigen Ort für den Angriff gewählt hatte. Das Forellenbachtal mit dem schmalen Reitweg zwischen den Geröllfeldern in der Schlucht wäre viel besser gewesen. Aber die Bauern, die in der Nähe des Waldes dort wohnten, hatten das feindliche Heer nicht gerne früher aufreizen wollen, hatten lieber gesehen, daß es sich weiter von ihrer Gemeinde entfernte. – Dann redete man darüber, ob man mit der Laue von Stämmen und Steinen hätte warten sollen, bis die gepanzerten Reiter dagewesen wären – und ein Mann fragte, warum die Späher nicht gemeldet hätten, daß sich eine solche Schar unter dem Haufen befand. Olav hatte gerade darüber nachgedacht, wie alles gekommen wäre, wenn sie das gewußt hätten, dies aber war Sira Hallbjörns Fehler, so mochte nun er darauf antworten. Der Priester jedoch sagte nur, diese Söldner seien wohl auf südlicher gelegenen Höfen gewesen, wohin er und Olav Audunssohn nicht hätten vordringen können. Die Männer schalten leise, andere fluchten laut: in dieser Schar hatte sich wohl auch der Herzog selber befunden.

Dann kam das Gespräch darauf, was die Bauern nun tun sollten. Die meisten hatten vor, heimzugehen und nachzusehen, wie es auf ihren Höfen stünde. Da sagte Sira Hallbjörn: »Undenkbar ist es, daß der Herzog sich in Oslo sollte festsetzen können und niemand den Versuch machte, ihn zu beunruhigen. Schlägt er sein Lager vor der Akersburg auf – *die* nimmt er wohl kaum so rasch ein, Munan Baardssohn ist weder dumm noch furchtsam und hat gute Mannschaft bei sich. Da dünkt mich, das Beste, was wir tun können, ist, nach Osten zum Eyjasee und von dort nach Sudrheim zu ziehen. Haftor, der Verwandte des Königs, und seine Brüder sind rasche Burschen und am besten geeignet zu Anführern, wenn ein Aufgebot in den Gemeinden erfolgt. Haftor weiß, daß ich keine Tränen vergießen werde, wenn es nun den Anschein hat, als sollte er Herzog Eirik nie Bruder und Schwager nennen dürfen – auf Sudrheim herrschte nur mäßige Freude, als der König für ihn um die kleine Schwester der Frau Agnes warb.«

Aus dem Wald unten kamen ein paar junge Burschen heraufgeklettert – zwischen sich stützten sie einen älteren Bauern, der wie ein Stier blutete. Während sich einige Männer und der Priester um den Verwundeten bemühten, fragte einer der Burschen nach Olav Audunssohn auf Hestviken, ob der hier sei. Erst kannte Olav den Jungen nicht, aber dann sah er, daß es der Knabe war, der von der Fischerschute der Björnssöhne an Land gesprungen und dann mit ihm bis Galaby gekommen war. Jetzt fragte der Bursche Olav, was er vorhabe, und ob er sich ihm anschließen dürfe. Olav sagte, das könne er gern, aber er sei nicht besser ausgerüstet, als er ginge und stünde, und er für seinen Teil wolle Sira Hallbjörns Ratschlag folgen und die Jonssöhne auf Sudrheim aufsuchen, sehen, ob die Bewohner vor Raumarike den Versuch unternähmen, den Herzog zu verjagen.

Der Fremde sagte, damit sei er zufrieden. Er hieß Aslak und war Sohn von Gunnar auf Ytrre Dal im Rumutal, er hatte jedoch drei ältere Brüder, und außerdem wollten die Eltern gerne, daß er ins Kloster gehe. Nun war er drei Jahre lang, seit seinem dreizehnten Winter, bei den weißen Brüdern in Tunsberg gewesen, denn Vater Sigurd Knutssohn war sein Oheim. Aber er war nicht zum Mönch geschaffen – auch hatte er die meiste Zeit draußen auf einem der Höfe des Klosters in Andabu zugebracht, und jetzt war er mit seinem Oheim übereingekommen, heimzureisen.

»Als ich nun von dem Kriegszug hörte und die Leute auf der Schute sagten, sie wollten bei Hestviken anlegen, und ich sah, daß du zum

Streit gerüstet warst, da –. Der Oheim hat von dir gesprochen – ihr kennt einander, soviel ich weiß.«
»Hat Vater Sigurd von *mir* gesprochen?« fragte Olav ein wenig mißtrauisch. »Ich habe ihn gesehen, wenn ich dort etwas zu tun hatte, aber wir haben nicht viele Worte miteinander gewechselt – ich begreife nicht, wieso er von mir sprechen sollte –.«
»Er sagte, du seist ein kühner Mann und viel in fremden Ländern herumgekommen – er erzählte, daß du daheim im Oberland, auf Frettastein, aufgewachsen seist und dich dort verheiratet habest.«
Olav gab darauf keine Antwort. Er liebte es nicht, von seiner Jugend sprechen zu hören oder Leute aus dem Oberland zu treffen, die ihn von jener Zeit her kannten. Daß Vater Sigurd Knutssohn im Prämonstratenserkloster Verwandte im Oberland besaß, hatte er nie gewußt. Aber daran zu denken war jetzt keine Zeit –. Er fragte Aslak, wo er bei dem Kampf in der Schlucht gewesen sei, und ließ den Jungen reden, selber sagte er nicht viel. Ein wenig müde war er auch, und durchnäßt, er hatte Kopfschmerzen, fühlte er jetzt, von dem Schlag, den er auf den Helm bekommen hatte, und die Stiefel hatten ihm die Füße wundgerieben.
Kurz nach Mittag brach die Bauernschar von dem Lager auf der Anhöhe auf. Die meisten wollten heim – unter ihnen befand sich Baard von Skikkjustad; er wollte nach seinem Tochtermann sehen. Elf Mann jedoch wanderten nach Osten, von einem Mann aus dem Skeidis-Kirchspiel geführt, der ihnen den Weg durch die Wälder bis zum Eyjasee zeigen wollte. Es waren Sira Hallbjörn und Olav Audunssohn, Markus und Simon Alfssöhne von Berg und ein bärenstarker junger Bauer, den Olav nicht kannte; der Rest bestand aus Knechten, und dann war noch dieser Bursche dabei, Aslak.
Auf dem Weg durch die Wälder schlossen sich noch mehrere Männer dem Gefolge an, und es wurde von dem Kampf gesprochen – keiner aber wußte etwas Näheres: wie viele von den Bauern gefallen waren oder wie viele Männer der Herzog verloren hatte. Eine Abteilung der Reiter war umgekehrt, hatte einige Höfe geplündert und angezündet, sich jedoch nicht die Zeit genommen, weiter in der Gegend umherzustreifen.
Bald verstummte jedes Gespräch. Die kleine Schar stapfte im Gänsemarsch durch die Wälder, bergauf, bergab, teils niedrige fichtenbestandene Höhen überschreitend, teils sie umgehend, in tiefem, nassem Heidekraut und wässerigem Schnee – auf den Seen lag der schmelzende Schnee fußhoch auf dem Eis. Und der Regen rieselte und riesel-

te aus grauen Wolken herab. Mit Anbruch der Dunkelheit langten sie bei einer Ortschaft an – dahinter lag der Eyjasee, eine weite grauweiße Fläche unter dem erdunkelnden abendlichen Regenhimmel. Hier hatte niemand die geringste Nachricht von dem Unfrieden vernommen, und die Leute auf dem großen Hof, auf dem die Schar um Obdach bat, sandten dem Ritter auf Ormberg sofort einen Boten; Kriegspfeile wurden geschnitzt, und einige Männer zogen auf den Berg hinauf, um das Warnungsfeuer in Brand zu setzen. Am nächsten Tag waren sie dann versammelt, ein Häuflein von etwa achtzig Mann, die zu Fuß, zu Pferd und in Schlitten über die nasse Eisfläche des Sees hinzogen.

8

Die aus den entfernteren Gemeinden gekommenen Bauern erhielten Obdach auf den ringsum liegenden Höfen und blieben dort über Weihnachten; fast überall wurden sie wohl aufgenommen – die Raumariker hatten große Lust, nach Oslo zu ziehen und Herzog Eirik die Zähne zu zeigen. Sira Hallbjörn war gebeten worden, auf Sudrheim zu wohnen – er war weitläufig verwandt mit Herrn Jon Raud –, und so bat dieser auch Olav Audunssohn, über Weihnachten sein Gast zu sein.

Er lebte mit seinem jüngsten Sohn, Ivar, auf dem Hof; die beiden anderen, Herr Haftor Königsverwandter und Herr Tore Tinghovde, waren mit dem König in Björgvin. Sira Hallbjörn und Olav wurde ein Bett in einer schönen Halle angeboten, wo die beiden unverheirateten Söhne wohnten.

Seit Jahr und Tag hatte Olav nicht mehr aus so frohem Herzen Weihnachten gefeiert. Sendboten zogen fort und kamen mit Neuigkeiten zurück; Herr Jon hatte seine Späher unterwegs. Der junge Verwandte des Königs, Munan Baardssohn auf Akershus, hatte die Nachricht von der Heeresfahrt frühzeitig erhalten. Er hatte nur wenige Männer, so daß er keinen Ausfall wagen konnte, es war ihm jedoch gelungen, den ersten Sturm zurückzuschlagen. Danach belagerte der Herzog die Burg, aber der anhaltende Regen zwang ihn, das Lager in dem sumpfigen Gelände von Akershagen abzubrechen und sich in die Stadt zurückzuziehen. Dort feierte er Weihnachten in dem alten Königshof, schlug seine norwegischen Freunde zu Rittern und hielt Turniere ab – trotzdem ging das Gerücht, er habe sich im Lager draußen das kalte Fieber geholt, so daß er oft krank sei. Die Bauern ließ er brandschatzen, und auch die Städter blieben nicht verschont, obgleich er mit ihnen etwas glimpflicher umging. Auf Sudrheim lachte man ein wenig schadenfroh – denn die Liebe der Osloleute zu Herzog Eirik hatte früher keine Grenzen gekannt, wenn er als König Haakons Verwandter in der Stadt auf Besuch weilte. Das Heer des Herzogs bestand aus dreihundert deutschen Reitern, anderthalb Hundert schwedischen Kriegsleuten, und seine norwegischen Anhänger zählten zusammen ein wenig mehr als ein Großhundert*) von Männern, die meisten auf Art der Ritterknappen bewaffnet.

Herr Jon Raud von Sudrheim war nicht so sehr alt, jedoch kränklich, so daß der Sohn, Ivar Jonssohn, die Bauern anführen mußte, und der war mutig, klug und gern gesehen bei den Leuten – jedoch noch sehr jung, kaum einundzwanzig Jahre alt. Sie feierten ihr Weihnachtsgelage auf Sudrheim wie gewöhnlich, und hier traf Olav mehrere Männer und Frauen, die eine weitläufige Verwandtschaft mit ihm ausrechnen konnten, noch aus jener Zeit, da seine Sippe auf Dyfrin saß. Auch mit den Männern von Sudrheim war er verwandt, wie sich herausstellte.

»Wie kann das sein, Olav«, fragte Herr Jon eines Tages, »daß du nie dem König zur Hand hast gehen wollen? Unrichtig ist es, daß ein Mann aus so guter Sippe mit Wohlstand und höfischer Erziehung nicht seinen Sitz und Stuhl unter dem Gefolge des Königs hat.«

»Ich habe König Haakon gedient, wenn er zum Kriegszug rief«, sagte Olav, »aber Ihr müßt wissen, Herr, ich war Alf Erlingssohns Getreuer in meiner Jugend, und als ich erfuhr, daß der Jarl den Tod eines Verbannten gestorben war, schwor ich bei Gott und meinen Schutzheiligen, daß ich nie wieder einem anderen Mann beim Schwertknauf Treue geloben wollte, und am allerwenigsten dem, der den Jarl in die Verbannung geschickt hatte.«

»Da bist du getreuer als die meisten Männer«, sagte Herr Jon und seufzte ein wenig. Er hatte selber den Jarl gut gekannt, und er sprach nun oft mit Olav über den milden Herrn Alf – und es dünkte Olav, als sei er nie so nahe seiner eigenen Jugend und der Zeit gewesen, da ihm selber frei und leicht ums Herz war – ja, nicht mehr, seit er nach Norwegen heimgekommen war.

Auch Sira Hallbjörn war ein anderer Mann geworden, ein umgänglicher und liebenswerter Genosse. Er ging mit seiner ganzen Seele in diesem Kriegszug auf und war bei allen Plänen der Sudrheimsmänner dabei. Es war unverkennbar, daß es ihm viel leichter fiel, sich

*) Großhundert: 120.

unter weltlichen Herren und Anführern zu bewegen als zwischen Priestern und Bauern. Ein paarmal, wenn das Wetter dazu angetan war, zogen er und Olav mit dem jungen Ivar und dessen Freunden auf die Jagd. An den Feiertagen las er die Messe in der Kirche, und die Leute hatten großen Gefallen daran, denn er nahm sich gut aus am Altar und hatte eine klare, starke Stimme, ob er nun sprach oder sang, wohingegen der Kirchspielpriester hier nicht viel taugte und Herrn Jons Hauspriester schon so hochbetagt war, daß er der zweiten Kindheit entgegenging. Die Messe zu lesen vermochte er noch, aber er erkannte die Leute nicht mehr richtig, oft verwechselte er Ivar mit Herrn Jon, der als Kind sein Pflegesohn gewesen war.

Herrn Haftors junge Frau, Frau Agnes Haakonstochter, war daheim auf Sudrheim, denn sie erwartete ihr zweites Kind – es war bereits ein Sohn da, und die Verwandten dachten sich wohl ihr Teil über den Knaben – wenn die kleine Jungfrau Ingebjörg ohne Erben sterben würde.

Die Geschichte, die Olav über die Mutter der Frau gehört hatte, König Haakons Buhle, hatte ihn stets seltsam zart berührt – obgleich die Leute fast spottend darüber redeten. Sie war eine Bauerntochter von den Fjorden drinnen, und sie war die Badstubenmagd der Königin Ingebjörg gewesen. Als sie einmal das Bad zu heiß bereitet hatte, hatte ihre Herrin sie so arg geschlagen, daß sie weinend und blutend die Badestube verließ, und da begegnete sie dem jungen Königssohn, Herzog Haakon. Er redete das Mädchen an und fragte, warum sie so weine. Schön war sie nicht, und sie war viel älter als er, wohl zwanzig Jahre alt, aber noch ehe ein Jahr um war, bekam sie ein Kind von dem Königssohn. Die Königin war über die Maßen erzürnt, doch der Herzog wollte sich nicht von der Buhlerin trennen, und als er seinen Hauptsitz in Oslo aufschlug, gab er ihr einen Hof im Bergheimsgau. Von den Kindern, die er mit ihr zeugte, blieb nur Jungfrau Agnes am Leben. Als er sich mit dem deutschen Fräulein verheiraten sollte, holte er seine Buhlentochter auf den eigenen Hof heim, die Mutter der Tochter aber sandte er ins Kloster Rein; dort wurde sie einige Jahre später Nonne. Eine fromme, sittsame Frau war sie stets gewesen, gut gegen Arme – aber dem Königsgefolge hatte sie wenig geeignet geschienen, eine Buhle des Königs zu sein, klein und blaß, schüchtern und scheu vor Fremden; oft soll sie ihren Herrn flehend darum gebeten haben, jenen Barmherzigkeit zu erweisen, die wohl strenger Züchtigung wert gewesen wären. Frau Agnes schlug ihrer Mutter nach, war klein und welk, ohne Anmut, schwerfällig im Gespräch, jedoch eine milde Frau.

Eines Tages, als Olav allein in der Halle saß, mit seinen Waffen beschäftigt, kam eine Frau herein, ging an den Betten entlang, hob die Decken und befühlte die Kissen. Als sie ins Licht vorkam, sah Olav, daß es Frau Agnes selber war. Er stand auf und grüßte, und als sie auf ihn zuging und ihm die Hand reichte, ließ er sich vor der Königstochter auf ein Knie nieder, küßte ihre Hand, während er dachte, sie gleiche weit eher einer verarbeiteten Häuslersfrau, die sich ihr Leben abrackern muß bis zu der Stunde, da sie in den Winkel kriechen darf.

»Ich wollte nachsehen, ob hier alles für unsere Gäste geziemend geordnet ist«, sagte Frau Agnes. Sie ließ sich auf dem Kubbestuhl*) nieder, und Olav blieb mit gesenktem Kopf, eine Hand auf die Brust gelegt, vor ihr stehen; dankend antwortete er auf ihre Fragen, daß es ihnen in jeder Beziehung hier gut gehe.

»Ihr Männer aus der Bucht habt wohl wenig Nachrichten darüber, wie es auf euren Höfen daheim steht?« fragte die Frau.

Nein, sagte Olav; sie hätten von dort weder etwas gehört noch in Erfahrung bringen können, seit sie fortgezogen seien.

»So habt ihr kein frohes Weihnachten gehabt?«

Olav mußte ein wenig lachen – er habe niemals ein schöneres Weihnachten gefeiert, gab er zur Antwort.

»Aber du weißt nicht, ob dein Hof steht oder in kalter Asche liegt?«

»Hestviken ist dreimal eingeäschert worden, Fraue«, antwortete Olav wie zuvor. »Ist es nun zum viertenmal niedergebrannt, so muß ich es so machen wie meine Väter, Glück und Unglück hinnehmen, wie Gott es gibt, und von neuem aufbauen.«

»Und deine Verwandten?« fragte Frau Agnes.

»Mein Sohn ist hier mit Herrn Ragnvald bei Elven, und meine Töchter sind bei Freunden auf der Westseite des Fjords, ich habe also niemand, um den ich mich sorgen müßte.«

»Ist deine Hausfrau nicht mehr am Leben?«

»Nein, Fraue, dies ist der achte Winter, seit sie starb.«

»Ach ja, da ist es wohl leichter für dich als für viele Männer. Man hört so mancherlei – die armen Bauern im Süden – Gott steh ihnen bei!«

»Amen, Fraue – aber wenn Er will, so wird es nun wohl auch nicht mehr lange dauern, bis ihnen Hilfe kommt, und dann sollen sie auch gerächt werden. Schlimm ist es, daß wir nicht Euren Herrn hier haben, aber Ivar hat den besten Willen –«

*) Kubbestuhl: Aus einem Stück Stamm geschnitzter Stuhl.

»Ach, ich weiß nicht«, seufzte Frau Agnes. »Ich kann nicht so sehr darüber trauern, daß Herr Haftor abwesend ist. Bauern gegen deutsche Söldner, das ist ein ungleicher Kampf, auch wenn die Bauern stark an Zahl sind. – Dennoch ist es schwer für mich, daß mein Herr in dieser Zeit ferne von mir weilt.«
Olav blickte auf die kleine Frau hinab – ihn dünkte, sie tue wohl ein wenig des Guten zuviel in ihrer Demut, und ihre Worte geziemten sich wenig für eine Königstochter. Dennoch tat sie ihm leid. Sie hatte schöne braune Augen wie eine Hindin, aber sonst war nichts Schönes an ihr.
Trotzdem empfand er Mitleid mit ihr, seltsam heftig, als er einige Tage später hörte, daß Frau Agnes nun in Kindsnöten liege und die Frauen, die um sie waren, nicht wüßten, wie es gehen würde. Herr Jon und seine Verwandten gingen mit finsteren Mienen umher, sie aber fürchteten wohl vor allem, daß durch Frau Agnes Tod die stärksten Bande zerrissen würden, die Haftor Jonssohn an den König banden, und war das Kind verloren, so bedeutete dies einen Pfeil weniger in ihrem Köcher.
Aber gegen Abend kam die Nachricht, daß Frau Agnes einen großen und schönen Sohn geboren habe, und nun herrschte Freude: Herr Jon ließ Met und Wein bringen, und die Männer tranken auf das Wohl des Neugeborenen. Der Großvater ließ den ältesten, einjährigen Knaben, Jon, hereinholen, den die Verwandten untereinander Junker nannten – er wurde begrüßt und von einem Schoß zum anderen gereicht, und die Herren tranken, bis auch sie zu Boden gezwungen waren, auf die Art der Männer, wie Ivar sagte.
Am Tag darauf erhielt der Neugeborene von Sira Hallbjörn die Taufe – Magnus wurde er genannt. Die Gäste auf dem Hof traten mit den Verwandten zum Opfer vor, und am Abend tranken sie Kindelbier und hatten große Freude; Olav aber mußte an die junge Mutter denken, die alle zu vergessen schienen – eine der Frauen hatte erwähnt, daß sie sehr krank sei, im Fieberwahn daliege und darüber klage, daß Herr Haftor nicht zu ihr käme; sie könnten ihr nicht beibringen, daß er in Björgvin sei.

Aber zwei Tage vor dem zwanzigsten Tag kam des Abends die Nachricht nach Sudrheim, daß ein Bauernheer von wohl zweitausend Mann, Leute aus Lier und Ringerike, gen Oslo zögen. In der Hauptstadt stand es so, daß Herzog Eirik zu Weihnachten gefährlich krank gewesen war, sich dann aber besser fühlte, und in der Freude darüber

wollten seine Freunde das Ende der Weihnachtszeit mit einem Trinkgelage feiern. Die Bauern aus Lier hatten dies erfahren, und es war nun ihre Absicht, in jener Nacht die Stadt zu überfallen.
Ivar Jonssohn und seine Freunde berieten sich sofort, und am nächsten Morgen brachen sie mit einer Schar von etwa dreihundert Mann auf – der Rest der Raumariker, der weiter im Norden und Westen wohnte, sollte sobald wie möglich nachfolgen: Ivar fürchtete, die anderen könnten ihm zuvorkommen und die ganze Ehre wegschnappen.
Die Zahl der Männer aus der Bucht hatte sich nach und nach auf etwa fünfzig erhöht, und Olav Audunssohn war ihr Anführer. Er war es, der die Bauern zum ersten Angriff gegen die Schweden aufgerufen hatte, und er war es, der den Schloßhauptmann auf Akershus zur rechten Zeit hatte warnen lassen – er selber hatte darüber noch nicht weiter nachgedacht, und er war während des Kampfes auf dem Weg nach Oslo nicht unter den Anführern gewesen. Aber hier auf Sudrheim erntete er Ehre dafür, und es gab sich gleichsam von selber, daß er, der Herr auf dem alten Fürstensitz in Hestviken und ein früherer Getreuer Alf Erlingssohns, hier für den hervorragendsten Mann in seiner Schar gehalten wurde. Und hier dünkte ihn dies selber ganz selbstverständlich – es war so, wie es sein sollte. Die drei übrigen Anführer waren viel jüngere Männer, eher im Alter von Ivar Jonssohn.
In der Dunkelheit kamen sie nach Tveit unter der Gellirhöhe, und hier erfuhren sie, daß der Herzog draußen beim Hofvin-Hospital, bei Sinsen und auf Aker in der Nähe der Kirche Wachen ausgestellt hatte, aber überall nur wenige Leute, denn es traf sich so günstig, daß alle diese an den Hauptwegen gelegenen Höfe zu Nonneseter gehörten und die Äbtissin, Frau Groa Guttormstochter, sich sehr gewehrt hatte und schwer gedroht, für den Fall, daß einer ihrer Untergebenen Unbill erlitte – und auch der Herzog wollte sich nicht gerne mehr als nötig mit der männlichen Nonne verfeinden. Überall in den Gauen hatten die Vertrauensmänner der Schwestern glimpflichere Bedingungen erhalten als andere Bauern, sowohl Hofbesitzer als auch Pächter; – am schlimmsten war es den Verwandten der Krone und der großen Grundherren ergangen. Sira Hallbjörn lachte, als er dies hörte: er war sonst nicht gut auf die Frau Äbtissin zu sprechen, denn er lag selber im Streit mit ihr, jetzt aber scherzte er auch darüber. Der Priester schloß sich Ivar gerüstet und bewaffnet an.
Nach der Beratung mit einigen Bauern aus der Nachbarschaft wurde

verabredet, daß die Raumariker noch vor Tagesgrauen in den Wald hinaufgehen und sich dort bis zum nächsten Abend versteckt halten sollten. Dann wollten sie weiterziehen, am Alnafluß entlang, unterwegs die Wachen auf Hofvin überrumpeln und über die Gegend bei den Marterstöcken in die Hauptstadt einfallen, während gleichzeitig die Bauern aus Lier von Westen her am Nonnenkloster vorbei gegen die Stadt ziehen sollten. Sie mußten um die Kirche von Aker herum und die Frysjubrücke überschreiten, denn das Eis auf der Bjaarbucht war unsicher und der untere Lauf des Frysjuflusses noch nicht zugefroren. Hier oben auf der Höhe hatte es ein wenig gefroren, und es lag so viel Schnee, daß die Sendboten, die Ivar Jonssohn nach Westen geschickt hatte, auf Skiern gehen konnten, wenn sie sich an die Wege und Wiesen hielten.

Ivar und seine Anführer machten auf den Tveitshöfen halt und wollten dort bis zum Tagesanbruch rasten. Aber eine Stunde vor Mitternacht wurde die Stubentür aufgerissen, und herein kam einer der Bauern, mit denen sie am Abend zuvor gesprochen hatten, begleitet von einem alten Weib, seiner Mutter.

Sie wohnte zusammen mit ihrer verheirateten Tochter in der Stadt und hatte einen Bierausschank in einem Hof nahe dem Königshof. Die Männer des Herzogs hatten erfahren, daß ein großes Bauernheer von Westen her nach Oslo ziehe, und sie bereiteten sich deshalb darauf vor, schon am nächsten Tag einen Sturm auf die Akersburg zu versuchen. Dem Weib war es gelungen, sich aus der Stadt herauszuschleichen und diese Nachricht zu überbringen – denn in Oslo flüsterte man sich untereinander zu, daß auch die Herren von Sudrheim im Begriff seien, Leute im Oberland aufzurufen, die Schweden glaubten jedoch nicht daran.

»Das wird ein anderer Tanz werden, zum Weihnachtsausklang«, sagte Sira Hallbjörn.

Nun wußten die Raumariker nicht recht, wozu sie sich entschließen sollten. Da verschaffte Sira Hallbjörn sich Gehör und sagte, sie hätten nur zwischen zwei Dingen zu wählen: »– und keines von beiden ist das beste. Das eine ist: wir brechen sofort auf und gehen nach Westen; den gleichen Weg, den die Sendboten kamen, über den Fluß bei Sandakrar, fallen über die Wächter auf dem Hof Aker her, und halten dann die Frysjubrücke, bis morgen die Leute aus Lier herankommen – wenn es uns möglich ist. Gelingt es aber dem Herzog, die Akersburg zu nehmen, so kann er dem von Westen kommenden Bauernheer ein blutiges Bad bereiten und sich von König Haakon eine Versöhnung erkaufen, deren Preis er selber bestimmen darf – er samt seinen norwegischen Freunden. – Die andere Möglichkeit ist die, daß wir heimkehren nach Raumarike und die Schmach mit der letzten Tonne Weihnachtsbier auf Sudrheim hinunterspülen.«

Der junge Ivar und seine Unteranführer besprachen den Ratschlag des Priesters. Ungleiche Kampfbedingungen waren es: dreihundert Mann, und darunter nicht mehr als siebenundvierzig zu Pferd und auf Art der Ritter bewaffnet, der Rest der Bauern jedoch zu Fuß, gegen die Söldner und streitgewohnten Kriegsscharen des Herzogs.

»Was sagt Ihr, Olav Audunssohn?« fragte Ivar. »Ihr seid der Älteste und Erfahrenste?«

»Ich sage, der Priester hat recht. Hier gibt es keine andere Möglichkeit als eine von den beiden. Keine ist gut – aber der erste Rat dünkt mich dennoch nicht der allerschlechteste. Vermögen wir die Brücke nicht zu halten, so können wir sie doch abbrechen und uns in die Akersburg retten.«

Sira Hallbjörn erinnerte daran, daß es von großer Bedeutung sei, dem Herzog die Burg nicht in die Hände fallen zu lassen. Sie müßten sich darauf vorbereiten, die Brücke zu zerstören, wie Olav sagte, und sie hätten die Akerskirche und den Kirchhof im Rücken, von dort oben sei es leicht, sich zu wehren, sollte es dem Feind gelingen, einen Teil seiner Leute über den Fluß zu schaffen, und würden sie in den Kirchhof zurückgetrieben, so könnten sie in die Kirche flüchten; dort wäre es ihnen möglich, sich zu halten, bis das Heer herannahte.

»Glaubst du selber, was du da sagst?« fragte Olav, während er und der Priester sich rüsteten. »Daß die Leute aus Lier sich bis zur Kirche durchschlagen können, wenn das Ritterheer von den Höhen westlich vom Frysjafluß herankommt?«

Sira Hallbjörn schüttelte den Kopf. »– Aber wir können nicht umkehren, ohne auch nur das Geringste gewagt zu haben. Und teuer kann es für das Land werden, sollte es dahin kommen, daß Herzog Eirik auf der Akersburg sitzt und mit seinem Schwiegervater über den Frieden verhandelt –«

»Ja, das ist wahr. – Mich dünkt, diese Sache ist ein wenig kopflos angefangen worden. Aber Ivar ist jung – und schlimmer unbeherzt als kopflos, und das Herz ist gut genug, sowohl bei ihm als auch bei den Leuten, an Kampflust fehlt es ihnen nicht.«

»Nein. – Erinnerst du dich an die Hochzeit im Sommer – deine Axt sang? Jetzt wird es sich bald zeigen, ob sie dich oder mich meinte.«

»Ich habe nie gehört, daß solche Waffen klingen, außer wenn es der Sippe gilt. Aber so wie es sich hier gefügt hat, sieht es beinahe so aus, als könnte es uns beiden gelten«, sagte Olav und lachte ein wenig, und Sira Hallbjörn lachte mit: »Ja, fast sieht es so aus.«

Der Himmel war mit Sternen übersät, jedoch mondlos. Der Schnee war nicht so tief, daß er ein Vorwärtskommen besonders hinderte; auch fror es jetzt ein wenig. Olav Audunssohn und Sira Hallbjörn ritten der Schar aus der Bucht voran – diese war die letzte im Zug. Olav und der Priester hatten auf Sudrheim Pferde geliehen bekommen, aber Olav sagte, er wolle zu Fuß kämpfen, so sei er es gewohnt.

»Wenn diese Kälte noch einige Tage anhält«, sagte der Priester, »so kann der Herzog gepanzerte Reiter über die Bjaarbucht führen.«

»Ja, wir sind spät daran«, sagte Olav, »und dürfen von Glück sagen, wenn es nicht zu spät ist.«

»Auf Sudrheim wollten sie noch das Kindelbier abwarten – und diese Männer vom Westen hatten wohl Hochzeiten und Leichenschmäuse zu feiern, und Weihnachtstonnen, die sie leeren wollten. Aber vielleicht können wir immer noch den Herzog zurücktreiben – wie ein bußfertiger Sünder den Teufel im letzten Augenblick von sich jagt.«

Olav schwieg. Er sah vor sich hin, wo das Gewimmel der Sternbilder unter dem dunklen Rand des waldigen Hügels verschwand. Es war seltsam, daran zu denken, daß er in all diesen Jahren soviel um *eines* toten Mannes willen hatte leiden müssen, so schwer über den Tod und alles was folgte, gegrübelt hatte – wenn es ihn in Kampf und Krieg hinaustrug, schwanden alle diese Gedanken dahin und wurden zu nichts. Und so war es wohl immer und für alle Männer.

Ihr Führer konnte die Furt über den Fluß, durch die die vorhergehenden Truppen hinübergezogen waren, nicht finden – so mußten sie weit flußaufwärts, bis sie zu einer Art Weiher kamen, wo Boote lagen. Das hielt die Schar so auf, daß es bereits zu tagen begann, als sie den Pfad hinunterzogen, der durch das Erlengebüsch auf der rechten Seite des Flusses entlangführte. Der Himmel wölbte sich weit und hell über ihnen, gelb wie Schwefel bei den Bergen im Osten, als sie den Turm der Akerskirche über den Bäumen erblickten und unter sich jenseits des Frysjaflusses die Hausdächer von Fors sahen, weiß von Schnee, auf den weißen Äckern. Am Fjordende lag der Nebel über der Akersburg und der Stadt, eine dünne, flache Schicht, wie ein

Tuch ausgebreitet, und die Türme der Hallvardskirche und die Giebel des Königshofes ragten über die Nebeldecke empor.
Es sah hoffnungsvoller aus bei der Brücke, als Olav geglaubt hatte – er war diesen Weg nicht mehr gezogen, seit der König die Kastelle über den Brückenköpfen hatte zimmern lassen. Sie waren größer, als er gedacht hatte. Das östliche auf der Osloseite war so viel niedriger, daß die Männer im Westkastell darüber hinweg auf ein von Osten gegen Akersnes ziehendes Heer schießen konnten.
Auch Ivar hatte nicht auf der faulen Haut gelegen: er ließ soeben Steine und Wurfgeschosse in die Brückentürme schaffen, und mitten auf der Brücke, dort, wo sie sich am höchsten wölbte, errichtete er einen Wall – einige Männer rissen ein paar kleine Hütten in der Nähe nieder, andere schleppten die Balken und Prügel herbei, wieder andere beluden oben am Hang Schlitten mit Steinen und fuhren sie herab. Die neuangekommenen Bauern fanden sogleich Arbeit vor. Von den Raumarikern erfuhren sie, daß die Wachmannschaft von Akershof übermannt, niedergehauen oder gefangengenommen worden war. Sira Hallbjörn nahm sogleich zwei der Armbrüste, die Ivar von den Schweden erbeutet hatte, für sich und für Olav Audunssohn – sie schossen beide ebensogut mit Fußbogen wie mit Langbogen.
Inzwischen war die Zeit so weit fortgeschritten, daß die Norweger davon zu reden anfingen, entweder habe die Witwe auf Tveit Unsinn geschwätzt oder die Schweden hätten ihren Angriff auf die Burg aufgegeben. Hinter den Waldwipfeln südwestlich der Eikahöhe begann es feurig zu leuchten – die Sonne war im Begriff aufzugehen, da vernahmen sie das dumpfe Schlagen von Trommeln und Becken, gleich unten am Rand des Waldes bei Fors. Sie hatten bei ihrer eigenen Arbeit soviel Lärm gemacht, und der Wasserfall toste so unter der Brücke, daß sie das Dröhnen des heranrückenden Heeres nicht bemerkt hatten – jetzt stieg das vielfältige Donnern von Hufgetrappel und gepanzerten Pferden herauf und rollte ihnen mit dem Unterton der Trommelwirbel entgegen.
Die Bauern waren gesehen worden. Eine Sturmleiter tauchte über dem Gebüsch auf und wurde wieder zurückgezogen: man versuchte, ob sie in den Schienen laufe.
Olav warf den Schild auf den Rücken und rannte mit vierzehn andern über die Brücke hin; über das Hindernis in der Mitte kletterten sie hinweg. Ihm war befohlen worden, im vordersten Brückenkastell zu stehen, und er hatte sich daraufhin eine Mannschaft junger und starker Burschen ausgewählt, die ihm tüchtig zu sein schienen.

Ein junger Kerl – Olav kannte sein Gesicht aus den Straßen von Oslo, wußte jedoch nicht, wer er war oder wie er hierhergekommen war, trug eine Fahne herbei, und Olav antwortete lachend, ja, die sollten sie nur aufrichten. Es war eine gelbe Fahne mit dem Bildnis Sankt Olavs darauf.

Das Sonnenrad rollte leuchtend und sprühend über den Gipfel des Berges herauf, als Olav auf dem flachen Dach des Kastells stand und sah und hörte, wie der Feind aus dem Dickicht hinter dem Acker hervorbrach. Die lange eisenbekleidete Reihe, die dumpf klirrte und in dem kalten Schatten auf dem weißen Acker matt glänzte, die leuchtenden Flecke der Fahnen, die Sturmleitern und eisenbeschlagenen Sturmböcke, die sie mit sich führten – und jetzt schmetterte ein Horn, und kurze Rufe klangen von draußen – Olav fühlte sein Herz hämmern: es war Feindesheer, aber gleichviel, die Freude über den Anblick durchlief ihn wie ein tiefer Trunk kalten, starken Bieres.

Er rief das Losungswort, hob gleichzeitig, ohne zu denken, den Schild schräg über sich – alte Gewohnheiten erwachten von selbst in jedem Muskel seines Körpers. Im selben Augenblick, da die beiden kleinen Gewerfe, die er auf dem Turm hatte, knackten, sauste auch der erste Hagel von Geschossen und Bolzen vom Westkastell über ihre Köpfe hinweg.

Die Männer am Osttor duckten sich mit ihren Schilden über den Köpfen nieder und sahen bei den Schießscharten hinaus. Einige Pferde waren zusammengebrochen, hatten die Reihen zerrissen und in Unruhe gebracht. – »Haben sie nur vier Leitern –?« rief Olav seinem Seitenmann zu, dem Burschen aus Oslo.

»Sie verloren ein paar bei Akersnes.«

Ein Pfeilregen kam vom Feindesheer herangeschwirrt, schlug gegen die Wand des Turms, fiel prasselnd auf die Brücke hinter ihnen, aber nur wenige erreichten das Dach, und keiner traf. Johlend vor Übermut lasen die Norweger sie auf. Jetzt dröhnte der Hang von den schwer gepanzerten Pferden, eine Schar ritt im Trab gegen das Tor an; sie führten ein eisenbeschlagenes Stoßzeug zwischen sich.

»Was haben sie denn da für Puppenspielzeug – meinen sie, damit die Akersburg stürmen zu können?«

»Du weißt, sie können nicht die großen Mauerbrecher über diesen Weg schaffen«, brüllte der Oslojunge zurück, »– über die Höhen hinweg. – Sie hatten mit Frost gerechnet –.«

»Da waren sie beinahe ebenso kurzsichtig wie unser Ivar –.«

Sie schossen die Pfeile der Schweden wieder auf die Schar zurück –

die richteten keinen Schaden an gegen die guten Deckwaffen –, stemmten die Schultern unter die Stange und hoben den Kessel mit kochendem Wasser auf den Rand der Brustwehr. Im selben Augenblick, da die ersten Stöße des Stoßzeuges gegen den Torflügel prallten, so daß der ganze Turm bebte, leerten die Norweger den Wasserkessel über die Schar aus.

Die Schreie der verbrühten Männer und Pferde und das Dröhnen von Hufschlägen und klirrendem Eisen ertrank beinahe sofort in dem Tosen der neuen herbeistürmenden Reiter, die den ersten zappelnden Klumpen wegdrängten. »Laßt euch Zeit«, schrie Olav den Männern zu, »spart mit den Steinen –.« Sie hatten nicht allzu viele, mußten versuchen, senkrecht hinunterzutreffen und so lange wie möglich zu verhindern, daß die vorrückenden Scharen den Rammbalken aufheben konnten, den die ersten hatten fallen lassen, als das Wasser auf sie herabgeschüttet wurde. Unterdessen schlugen Bolzen und Pfeile von den Bogenschützen draußen vom Acker auf ihre Schilde herab, und von hinten her sausten die Pfeile der Raumariker im Westkastell über ihre Köpfe hinweg.

Olav sah einen Reiter, der weit nach rechts abgetrieben worden war – das Pferd spreizte sich unter ihm; beinahe auf dem Hinterteil sitzend, rutschte es das Flußufer hinunter. Das gelle Wiehern übertönte das Poltern und das Rauschen des Flusses, als das Tier in das dunkle brodelnde Wasser glitt, mit dem Reiter, der noch in den Steigbügeln hing. Das steile Ufer war zu beiden Seiten des Turmes unter dem Schnee vereist, und dies bedeutete eine gute Hilfe für die Norweger: es konnten nicht viele Feinde auf einmal an das Tor gelangen, und bisher war es ihnen nicht geglückt, die Leitern anzulegen. Aber lange konnte es nicht mehr dauern –.

Von der Brücke her wurde zu ihm hinaufgebrüllt – acht bis zehn Männer hoben Körbe mit Steinen über das Hindernis und zogen sie dann über die Brücke weiter zum Turm. Ivar Jonssohn hatte gedacht, das Wurfgeschütz im vorderen Brückenturm würde bald schweigen müssen – gedankenlos war der Junge nicht. Olav lachte das Herz vor Freude in der Brust – Ivar hatte seine Leute vom Hindernis zurückgezogen, stand mit ihnen in dem westlichen Brückentor und wartete, und das war richtig so: lange konnte es kaum dauern, bis die Schweden das Tor hier unten zerbrachen und auf die Brücke hinausdrängten. Ivar hatte das Geländer der Brücke außerhalb des Schutzwalles abreißen lassen.

Es war ihnen gerade gelungen, die Körbe mit den Steinen hinaufzuwinden, als die erste Sturmleiter gegen die Brustwehr fiel. Nun kam also die Zeit der Äxte. Es war gut, daß er die Korbträger zu sich heraufbekommen hatte, dachte Olav, sonst wären sie jetzt sehr wenig Männer gewesen. So gelang es ihnen, einen Mann nach dem anderen hinunterzustoßen, von denen, die über die Leitern heraufstürmten. Ein paar seiner eigenen Leute lagen getroffen da, und die Planken waren blutig – aber blutig war auch der Schnee vor dem Turm – soweit überhaupt noch Schnee lag.

Lange konnten sie den Turm nicht halten – Olav blickte zur Sonne hinauf – der Kampf hatte knapp eine halbe Stunde gedauert.

Jetzt zerbrach das Tor unter ihnen mit einem Dröhnen, und es war, als wanke der ganze Turm. Olav lief zur anderen Seite hinüber, sah hinunter, wie es gehen würde. Die Bauern waren vorgesprungen und standen auf dem Hindernis, Ivar mitten in der Schar. Von den Reitern konnten nicht mehr als zwei auf einmal vordringen. Die Schläge der Streithämmer und Äxte der Bauern und der Klang der Schwerthiebe überdröhnten die Schreie und das Pferdegetrampel – eine Weile mochte das gut gehen. Mehrere Reiter, Mann und Pferd, waren über die Brücke hinausgefallen und in den Wasserfall gestürzt – jetzt sandten die Schweden Fußvolk auf die Brücke hinaus.

Sira Hallbjörn sah er oben auf dem Rand des Hindernisses, er hieb mit seinem großen Zweihänder um sich; der Priester schlug sich wie ein Teufel.

Olav schleuderte die Reste seines Schildes weg; es waren nur noch Splitter davon zwischen den eisernen Griffen übrig, er packte Aettarfylgja mit beiden Händen und wandte sich dorthin, wo die Leiter gestanden hatte, jetzt aber war sie weg, hing an einem aus dem vereisten Ufer hervorragenden Felsstück über dem Fluß, und nun schafften sie eine neue herbei. Hinter ihm stießen seine Männer die Feinde hinunter, die über die Treppe heraufzudrängen versuchten – man hätte sie rechtzeitig aufziehen müssen.

Jetzt sprangen Ivar und seine Männer über die Schutzwehr, auf die Brücke vor. Sie hatten sie im Nu geräumt – für dieses Mal. Und die Schweden zogen sich zurück, außer Schußweite auf dem Acker unten.

Olav hob den Helm vom Kopf, um sich einen Augenblick der Kühlung zu verschaffen – auch die Stille mit dem Rauschen des Wassers, das während des Kampfes übertönt worden war, empfand er lindernd. Und jetzt merkte er, daß seine Kleider ihm nicht nur vom Schweiß am Leibe klebten, denn der Elchshautpanzer war gerade am Rande

oberhalb der Bauchplatte aufgeschlitzt und blutig, aber Olav konnte nicht fühlen, ob es ein großer Riß war, den er erhalten hatte.
Ein Sturmhut zeigte sich im Treppenloch – Sira Hallbjörn kletterte herauf: »Wie viele sind von euch noch am Leben? – Geht jetzt zurück, ihr, dann wollen wir, die frischen Männer, den nächsten Stoß entgegennehmen.«
»Hier gibt es nicht viel Hilfsmittel, um einen Stoß aufzufangen, Sira Hallbjörn.«
Draußen auf dem Acker sah man Männer aus den Häusern auf Fors kommen; sie trugen etwas.
»Sie wollen versuchen, Feuer ans Kastell zu legen«, sagte Olav. »Wir müssen uns so lange halten, wie wir können.«
»Ivar hat Feuerbrände zurechtgelegt«, sagte der Priester.
»Dann wird es wohl dahinkommen, daß die Brücke niederbrennt. Da kann dann jeder auf seinem Flußufer stehen und dem anderen einen Trutzvers aufsingen«, lachte Olav. »Und dann ist es besser ausgegangen, als man hoffen durfte.«
Draußen auf dem Acker wurde zum Sammeln geblasen. Olav bückte sich nach der gelben Olavsfahne, die heruntergerissen worden war, stellte sie wieder auf – das Tuch war jetzt blutbefleckt: »Nun wollen wir ihnen zeigen, was wir mit den Armbrüsten vermögen, Sira Hallbjörn.«
Die Reiter kamen in breiter Schar einher, und hinter ihnen folgten Männer mit Feuertöpfen, Pechpfannen und Reisigbündeln. Ein Bolzen von Sira Hallbjörns Armbrust traf so gut, daß der eine Feuertopf losgelassen wurde, zu Boden fiel und hinunterrollte.
Ivar Jonssohn und seine Männer hatten im Tor Knüppel und Balkenreste aufgestapelt; sie standen dahinter mit langen Wurfspeeren, Keulen und Stangen mit Sensen daran, und hinter ihnen warteten die Männer – die ganze Brücke war voll davon –, um vorzugehen, wenn die erste Reihe der Bauern gefällt werden sollte.
Der dritte Angriff donnerte gegen das Tor und die bebenden Wände des Kastells. Noch einmal gelang es Ivar Jonssohn und den Bauern, den Sturm zurückzuschlagen, und das kleine, kümmerliche Feuer, das zu Füßen des Turms rauchte, verlöschten die Männer oben vom Dach aus mit dem Wasserkessel, der auf der kalten Feuerstätte im Turm stand – keiner hatte daran gedacht, die Glut zu bewahren.
Wiederum zogen sich die Schweden ein wenig zurück, und der Lärm ebbte ab. Vom Turm aus konnte man die Anführer rings um die

Scharen reiten sehen, sich sammeln und beratschlagen. Da plötzlich rief der Priester: »Schaut!«

Olav drehte sich um, sah dorthin, wo der andere hindeutete: »Ja, jetzt können wir anheben und singen ›Nunc dimittis –‹«, sagte Sira Hallbjörn.

Aus dem niederen Wald drüben brachen jetzt Pferdegespanne hervor – sie zogen große Steinschleudern, Mauerbrecher und Sturmböcke.

Ivar Jonssohn ließ mit der Lur blasen. Er stand unten auf der Brükke und rief den Männern oben in den Kastellen etwas zu – das Seidengewand hing ihm in Fetzen um den Harnisch. Sie konnten jetzt nichts weiter mehr tun, als zurückgehen und sehen, ob es ihnen gelänge, die Brücke hinter sich abzubrechen.

Da heulte es hinter ihnen vom Hang oben her auf – Lurtöne, die jenen Ivars antworteten. Wie glänzende, klingende Bänder drang es hinaus, schlang sich durch das blaue und weiße Licht des Wintertags. Olav drehte sich jäh um – oben auf dem Friedhof leuchtete die Morgensonne auf eine dichtgedrängte Schar von Speerspitzen.

Den Freudenrufen des kleinen Bauernheeres rings um die Brücke begegnete eine neue Folge von Lurtönen. Es war ein alter Ruf – die Leute nannten ihn Andvakaweise oder König Sverres Tanz: so ungern Olav Audunssohn sonst den alten König Sverre pries, gab es doch keinen Ton, den er in dieser Stunde lieber gehört hätte.

Sira Hallbjörn hatte Olavs Arm umfaßt – die Hand des Priesters war blutig. Staunend sah Olav, daß die Wange des anderen grauweiß geworden war, sein Gesicht wie verzerrt von wilder, schmerzenssüßer Wollust: »Das ist *unsere* Lur! Die meines Vaters, meine ich – ich würde sie unter allen anderen erkennen –. Da müssen sie dabei sein, meine Brüder – Finn oder Eystein –«

Und als die Lur wieder anhub und die Andvakaweise blies, fiel Sira Hallbjörn ein und sang mit seiner großen, schönen Stimme den uralten Vers, der zu dieser Weise paßte:

Stirbt Wohlstand,
sterben Verwandte,
stirbt der Mensch selbst,
eines weiß ich,
das niemals stirbt:
das Urteil über jeden Verstorbenen.

Sie stimmten alle ein und sangen mit, jeder, der den Vers kannte, während die Raumariker das Hindernis wegrissen, um der ersten herbeireitenden Schar Platz zu machen – es waren mindestens fünfzig Mann zu Pferd und stark bewaffnet. Sie ritten über die Brücke, und hinter ihnen wimmelte Fußvolk, Bauern, doch die meisten gut bewaffnet. Olav sah Sira Hallbjörn unten auf dem Acker neben einem hohen braunen Pferd einherlaufen, er hielt sich am Sattelknauf fest – der Mann auf dem Tier trug einen geschlossenen Helm und ein flatterndes blaues Seidengewand über der Rüstung.

Was die Neuangekommenen beabsichtigten, begriff er nicht so richtig – es sah aus, als wollten sie versuchen, den Feind in offenem Kampf auf dem Acker draußen zurückzujagen. Sie hatten bereits die Schar der Schweden umringt, die auf dem Weg zur Brücke war, und mit den Rittern, die sie anführten, zogen die Leute nun zu dem Feld drüben und gingen der Hauptmacht entgegen, die dort bei den Steinschleudern am Waldrand stand.

Ivar Jonssohn war mit Markus von Lautin, einem der Unteranführer, ins Kastell hinaufgekommen: »Gelingt es ihnen – die deutschen Söldner mit einem Bauernhaufen heimzutreiben –, dann ist alles möglich!«

»Es müssen mindestens zweitausend Mann sein«, sagte Olav. Sie strömten immer noch über den Hügel unter der Kirche und über die Brücke hin.

»Und zurück über die Brücke kann von zwanzig nicht einer gelangen, wenn sie geschlagen werden«, sagte Markus.

Der Angriff der norwegischen Ritter war bereits zusammengebrochen – zwei von den Herren wurden von den Pferden herabgezerrt, als Gefangene fortgeführt. Aber die Bauern aus Lier gingen immer noch darauf los – wurde ein Teil zurückgeworfen, stürmte neue Mannschaft vor. Ein ums andere Mal ritten die deutschen Söldner in den Schwarm hinein, trampelten die Leute nieder und gebrauchten ihre Lanzen, aber die Norweger rannten sie von der Seite her an, schlugen mit Keulen und Äxten auf Mann und Pferd ein, hieben und stachen mit geschafteten Sensenblättern und Speeren um sich. Es war ihnen gelungen, ganz dicht an den Waldrand heranzukommen und dort den Feind festzuhalten, so daß dieser keinen großen Nutzen von seinen Schleudern hatte – aber auch die Männer auf den Brückenkastellen konnten ihre Leute nicht besonders unterstützen – sie kämpften außer Schußweite.

Vor der Brücke war es still – ein paar Pferde und Männer lagen in dem braunen und blutigen Schmutz hingestreckt, und das eine der Tiere rührte sich manchmal und schlug mit den Hufen um sich. Ein junger Bursche kam zur Brücke zurück, mit seinem linken Arm hielt er den rechten, aus dem das Blut sickerte, in die Höhe, und er wanderte seltsam friedlich und allein dahin, als komme er mit einem Gegenstand heim, den er irgendwo gekauft hatte.

Jetzt aber wurden die ersten Scharen über die Äcker von Fors zurückgetrieben. Olav ergriff die Armbrust – als er den Fuß in den Bügel schob und spannte, merkte er erst, daß sein Körper ganz steif war von Müdigkeit.

Noch einmal sammelten die flüchtenden Bauern sich zum Widerstand auf den Äckern draußen, und noch einmal stürmten die feindlichen Reiter an. In diesem Augenblick wurde Olav an dem rechten Wangenschirm des Helms getroffen – es knirschte in seinem Kopf, und er stürzte rücklings in Ivars Arme; einen Augenblick drehte sich alles vor ihm. Als er sich aufrichtete und wieder nach dem Bogen griff, fühlte er, wie sein Mund voller Blut und weichen Fleisches war; er spuckte Blut und Zahnsplitter aus und schoß wiederum mit der Armbrust.

Jetzt waren die Leute aus Lier so weit zurückgedrängt, daß die Schweden sie mit ihren Schleudern erreichen konnten, Steine und Wurfgeschosse fielen in ihre Scharen, und die ersten Flüchtlinge versuchten zu entkommen, einige über die Brücke zurück und einige hinauf über die Äcker in den Wald hinein. Olav hatte aufgehört zu schießen – er stand da und starrte gespannt auf das Ende des Kampfes, während er die ganze Zeit mit der Zunge gedankenlos das scharfe Eisen abtasten mußte, das in seine Wange gedrungen war, und den zerschmetterten Backenzahn im Oberkiefer; aber bald wurde die Zunge dick und steif, und die Wunde füllte seinen Mund wie ein blutiger Schwamm. Doch er fühlte wenig davon, während er sah, wie der Kampf auf dem Acker zum Ende kam.

Die Lur des Valdesritters rief zum Sammeln, unermüdlich, und die Hauptmasse der Westmänner strömte von neuem bis zum Brückenkastell hin. Die Raumariker in den Türmen hatten jetzt Entsatz bekommen, frische Männer, deren Säcke und Köcher voller Bolzen und Pfeile waren. Olav wollte mit ihnen sprechen, sie waren heraufgekommen und standen rings um ihn. Aber das Blut, das seinen Mund füllte, erstickte jedes Wort, und es kam nur zu einem undeutlichen Gurgeln im Hals: er vermochte kaum seinen eigenen Augen zu glauben, die Schweden rückten nicht nach, es sah aus, als brächen sie auf und zögen sich in den Wald zurück – hatten sie genug von dem Spiel?

Einige Zeit später ging er über die Brücke zurück, wie im Traum, so schwer war sein Kopf – mitten in dem Strom fremder Männer, die zurückkehrten. Er hatte nur noch daran gedacht, seine Axt mitzunehmen, ehe er den Turm verließ; wie im Traum erinnerte er sich, über tote Leiber gestiegen zu sein, die am Grunde des Turmes rings um die Treppe lagen, und wie im Traum hörte er die Rufe von Leuten oben in den Kastellen – sie bereiteten sich auf eine neue Verteidigung vor, wenn diese notwendig sein sollte. Er mußte zwei Männern ausweichen, die einen dritten, ihn unter Schultern und Knien haltend, trugen – stumpf merkte er, daß die Brückenplanken dunkel und glatt von Blut waren, und ihm wurde ein wenig schwindelig, als er das schwarze Flußwasser sah, das unter der Brücke dahinströmte und donnernd in die Tiefe stürzte.

Als er ein Stück weit auf den Hügel der Akerskirche hinaufgelangt war, blieb er stehen, legte die Axt hin – er wollte den Helm abnehmen, in dem ihm der Kopf so weh tat, und es war widerlich mit diesem Stahlsplitter in dem Mund voller Blut und Wunden weiterzugehen. Ein Mann blieb stehen und half ihm dabei – der Schweiß brach ihm wieder an seinem ganzen schon schweißtriefenden Körper aus, und die Tränen traten ihm in die Augen, bis der andere ihm den Helm abgenommen hatte; die Wange wurde dabei noch mehr aufgerissen. Der Fremde schien ihm unter die Arme greifen zu wollen, Olav aber schüttelte den Kopf, er wollte lachen, konnte aber nicht, denn sein Gesicht war so steif und gleichsam ungeheuer groß geworden – da hob der andere die Axt und den Helm auf und reichte sie ihm, sagte etwas, lachend, und ging weiter. Olav versuchte, ein wenig von dem Blut wegzuwischen, das ihm über den Hals hinunterrann – er wurde so ekelerregend naß unter den Kleidern.

Die Sonne stand jetzt hoch am Himmel, merkte er – Mittag war vorüber, und der schönste, klarste Wintertag strahlte, die Baumkronen rings um die Kirche leuchteten gegen die blaue Luft, als ginge es auf den Frühling zu, aber das Licht stach Olav in die Augen.

Er kam zu einem Hof auf der Anhöhe und trat in ein Haus ein. Dort war alles voll von Männern, aber er sah keinen, den er kannte. Mehrere redeten ihn an, als sie sein aufgerissenes Gesicht sahen, er vermochte jedoch kein Wort hervorzubringen. Ein paar rückten zusammen, so daß er vor einer Bank auf dem Boden sitzen konnte, und einer, der auf der Bank saß, nahm Olavs Kopf in den Schoß, und so überwältigte Olav die Müdigkeit. Er schlief nicht richtig, denn die Schmerzen im Kopf kamen oft und wurden stärker, tobten gleichsam im Schädel selber, und er fühlte, daß er nach und nach immer mehr fror, während er in eine Art Schlummer versank –.

Einmal wurde er daraus erweckt – eine dicke ältere Frau faßte ihn an. Ein halberwachsenes Mädchen mit ernsthaft dreinblickenden Augen stand daneben und hielt eine dampfende Schale, und die Frau tauchte ein vom Gebrauch hellbraunes Handtuch hinein, wusch ihm mit lauem Wasser das Blut von Gesicht und Hals. Wirr und ungeduldig vor Müdigkeit und Schmerzen mußte er sich aufhelfen lassen, so daß er dann auf der Bank saß – unterdessen starrte er sehnsuchtsvoll zu dem großen Feuer auf der Herdstätte hinüber, denn er fror jetzt sehr. Die Frau und ein Mann zogen ihm den Elchshautpanzer ab, befreiten ihn vom Wams und vom Hemd, das an der Haut festgeklebt war; nackt bis an die Mitte war er nun und fror noch mehr, während sie ihn wuschen und sich an der Wunde zu schaffen machten, einem Schnitt, der bis an die linke Brustwarze hinaufreichte, und dann zogen sie ihm wieder die Hüllen über, die jetzt ganz naß waren. Taumelnd erhob er sich, wollte zum Feuer gehen und sich dort hinsetzen, aber eine Frau, die Torhild glich, nahm ihn beim Arm und führte ihn zu einem Lager, das auf dem Boden hergerichtet war. Als er erst einmal dort lag, tat es sehr gut, die Glieder auszustrecken und Rücken und Nacken gegen die mächtigen Heusäcke zu lehnen – jene, die Torhild glich, breitete eine Felldecke über ihn und bot ihm einen lauen Trunk an, aber er konnte nicht viel in den Mund nehmen, und das Schlucken tat zu weh. Bald jedoch fühlte er die Wärme des Fells, und ebenso wärmte ihn auch ein großer schwarzbärtiger Mann, der neben ihm lag, und diese Wärme war eine unsägliche Linderung, obgleich ihm der Kopf noch vor Schmerzen zerspringen wollte.

Nach einer Weile kam wieder jemand, der ihn aus dem Schlummer weckte, er sollte aufstehen und mit den anderen hinausgehen. Er folgte. Draußen war es jetzt fast dunkel, die Luft im Süden grünlichgelb; große weiße Sterne leuchteten im Frostabend. Oben bei der Kirche brannten große rote Feuer, um die sich schwarze Menschen bewegten – die Ställe und die Kirchenscheune waren voll von Leuten. Das Haupttor der Kirche stand weit offen, und Olav sah, daß im Chor oben viele Kerzen brannten, Gesang strömte heraus, doch sein Begleiter führte ihn weiter, zu einigen Häusern hinüber. –

Er gelangte in eine Stube, und dort waren mehrere Männer versammelt – er erkannte Ivar Jonssohn und ein paar Leute von daheim. Einige waren bei einer Bank beschäftigt, und darauf lag ein nackter Leichnam, der gewaschen wurde. Olav trat hinzu und erkannte Sira Hallbjörn.

Er lag auf dem Rücken, lang und weiß, mit hängenden Armen, so daß die Hände mit nach oben gewandten Innenflächen auf dem Lehmboden lagen. Der eine Arm war gebrochen, und die Knochen standen oberhalb des Ellbogens heraus. Die Männer wuschen gerade das Blut aus dem roten, graugesprenkelten Haar des Toten. Es knisterte leise von gebrochenen Knochen – die Hirnschale war über der linken Schläfe eingeschlagen. Neben der Bank stand ein Scheffel mit dampfendem roten Wasser.

Ivar Jonssohn trat zu Olav hin. Flüsternd erzählte er, daß sie die Leiche des Priesters in einem Dickicht ganz in der Nähe der Stelle gefunden hatten, wo die Schleudern der Schweden standen – er war halb nackt und ausgeplündert gewesen: seine Waffen waren fort, ebenso der Siegelring und das vergoldete Agnus Dei, das, wie Olav sich erinnerte, Sira Hallbjörn stets um den Hals getragen hatte.

Sein Bruder, der Ritter Finn Erlingssohn, befände sich unter jenen, die von den Schweden gefangengenommen worden seien, aber die Söhne Eindride und Erling seien hier, fuhr Ivar fort. Olav betrachtete die beiden schlanken rothaarigen Burschen, die an der Leiche des Oheims standen, und nickte, zum Zeichen, daß er begriffen habe. Ivar redete noch weiter – es seien Leute aus Lier, Ringerikinger und Modheimer unter dem Bauernaufstand gewesen und eine kleine Schar von Valdres unter Herrn Finns Anführung.

Das Antlitz des Toten war grau und ruhig wie ein Steinbild. Die ringsum stehenden Männer berieten sich darüber, was für eine Narbe es wohl sein mochte, die der Priester am Körper hatte: sie lief von der linken Schulter über den Oberarm, als sei das Fleisch einmal abgerissen worden, und auf dem linken Brustmuskel bildete sie vier kleine, tiefe Gruben – von dort liefen silberhelle Narbenfurchen über den Magen. Aber sie waren alt, so daß man nicht gut sagen konnte, mit welcher Art von Raubtier der Priester hier im Kampf gelegen hatte.

Olav kniete zusammen mit den paar anderen nieder, doch schmerzten die Wunde und sein ganzer Kopf so sehr, daß er nicht beten konnte. Als er sich erhob, war die Leiche bekleidet und auf eine Bahre gelegt worden. Jetzt lag Sira Hallbjörn wie ein Priester da, in die Alba und ein altes Meßgewand gekleidet, mit Sandalen an den Füßen und einem Zinnkelch in den gefalteten Händen: einige der Priester der Akerskirche hatten alles herbeigeschafft, was sich für den toten Bruder geziemte.

Olav ging mit, als die Bahre in die Kirche getragen wurde. Dort standen bereits mehrere Bahren vor dem Chorbogen. Doch er vermochte nicht zu bleiben und die Vigilie anzuhören. Der Mann, der ihn zu der Leichenstube begleitet hatte, stützte ihn unterm Arm und führte ihn zu dem Gehöft zurück, wo er ein Unterkommen gefunden hatte; es hieße Lille Aker, sagte der andere.

Körperlicher Schmerz war eine ganz neue Erfahrung für Olav Audunssohn. Wunden und Risse hatte er wohl des öfteren bekommen, mit Brennen und Fieber, aber es war nie ärger gewesen, als daß er nicht darauf zu achten brauchte – Fleischwunden, die rasch und sauber heilten.

Doch diese Wunde im Gesicht war schlecht und recht peinigend; es riß und tobte im Schädel, und es schmerzte unerträglich im Kiefer und in der Wurzel des zerschmetterten Backenzahns. Das Schlimmste aber war der Ekel.

Von Zeit zu Zeit hatte er starkes Fieber, und da war es, als stiege das Bett, in dem er lag, immer höher und höher, und er fühlte seinen Körper flach wie eine leere Hülle, während etwas Rundes, Schweres, das in seinem Kopf gewesen war, herausfiel und über ihn hinwegrollte; und Bilder schwebten über den Hügeln dahin – Geschöpfe, die weder Tiere noch Menschen waren, Gesichter, die er erkannte, ohne zu wissen, wer sie waren – besonders tauchte ein Bettler ohne Beine auf, der entsetzlich rasch mit Brettern unter Händen und Knien dahinrutschte; wenn dieses Gesicht auftauchte, war er am ärgsten geplagt.

Eines Nachts sah er Ingunn – sie stand ein wenig oben an der Wand oberhalb des Bettendes und beugte sich leicht zu ihm vor, so daß ihr das goldbraune Haar wie ein Umhang über die nackten, dünnen Arme fiel. Sie war sicherlich nur mit einem Hemd bekleidet, das oben am Ausschnitt mit kleinen grünen Blumen bestickt war, so daß es ihm von all den Punkten vor den Augen flimmerte. Olav hob die Hände, er wollte nicht, daß sie näherkäme, denn gerade in diesen Tagen war die Wunde so häßlich und stank so entsetzlich, sie aber sank wie eine Woge von Wärme und Süßigkeit auf ihn herab, er wurde gleichsam überschüttet mit ihrer Güte – dann verlor er die Besinnung, fiel in eine Art Ohnmacht.

Am Morgen konnte er eine ganze Menge Flüssigkeit und Splitter ausspucken, die aus dem Kiefer herausgeeitert waren; die Frau, die sich um ihn kümmerte, konnte die Wunde einigermaßen reinwaschen, und es ging ihm besser. Er fühlte sich matt, und er fror, und da er nur auf der linken Seite liegen konnte, hatte er das Gefühl, als wollten ihm die Knochen hier durch die Haut stoßen, so mürbe war er. Ausgehungert war er auch – er hatte fast nichts hinunterschlucken können von all den Dingen, die man ihm zu trinken gebracht hatte.

Man hatte sich beinahe jeden Tag nach ihm umgeschaut, irgendeiner seiner Waffengenossen, er hatte jedoch nicht die Kraft gehabt, besonders darauf zu achten, was jene sprachen, aber an diesem Morgen kam Ivar Jonssohn selbst mit noch einigen anderen: sie vermochten kaum ihren Übermut zu verbergen. Der Herzog war bei Tagesgrauen von Oslo aufgebrochen; er hatte wohl die Lust verloren, seine Zähne noch einmal an den Mauern der Akersburg zu versuchen, krank wie er selber war, und gegen ein Bauernheer von dreitausend Mann, das auf dem Höhenzug lagerte – und Munan Baardssohn hatte Verstärkungen bekommen, und es hieß, er habe die Burg in einen hervorragenden Verteidigungszustand gesetzt.

Der Herzog hatte nicht viel über fünfzig Mann im Kampf bei der Frysjubrücke verloren; von den Bauern waren zweihundert gefallen, und viele andere hatten große und kleine Wunden davongetragen. Aber Herzog Eirik dünkte es also trotzdem genug; er hatte überhaupt keinen Widerstand erwartet, vielmehr damit gerechnet, daß der größere Teil der norwegischen großen Herren mit König Haakon unzufrieden wäre und darum mit ihm gemeinsame Sache machen würde.

Nachdem alle Freunde sich wieder entfernt hatten, lag Olav da und fühlte, wie sie nun ausströmte und sich über sein ganzes Wesen verbreitete, diese verborgene Sicherheit, diese Freude, die zutiefst in seiner Seele geruht hatte, in all diesen langen Tagen, während sein Leib wie *eine* Masse von Qual und unreinem Eiter und Fieberbrand dagelegen hatte. Trotzdem war diese Freude die ganze Zeit in ihm gewesen wie die Glut auf der Feuerstätte in einem baufälligen Haus. Kein Schmerz konnte ihm die Freude daran rauben, daß er sich erhoben hatte und für die Gemeinde gekämpft und die Heimaterde gegen die Fremden verteidigt hatte, die sich über sie hinwälzten. Und auch wenn es nichts genützt hätte, so hätte es die Freude nicht zerstören können, die er darüber empfand, daß sie alle sich zur Gegenwehr erhoben hatten, er und die Bauern von daheim. Jetzt aber, da es noch dazu von *Nutzen* gewesen war, jetzt lag er hier und fühlte seinen gequälten Leib wie einen dünnen, zerbrechlichen Schorf rings um eine gesunde, heilende Wunde.

Er war froh, tief und herzlich froh, wie er es seit seiner Jugend nicht mehr gewesen war. In all den Jahren, die er daheim gelebt hatte und in denen es schien, als habe sich das Leben für ihn so gefügt, daß es in anderer Menschen Augen aussah, als gäbe es für ihn keinen Grund zur Klage – besaß er nicht Wohlstand, Gesundheit und Ruhe? –, war es ihm im geheimen gewesen, als rissen und zerrten die Schlangen an seinem Herzen, so wie bei der Gunnarsgestalt daheim an der Kammertür. In seiner Seele hatte er ohne Hoffnung gekämpft, verzehrt von entsetzlicher Angst, gegen Mächte, die nicht aus Fleisch und Blut waren.

Er begriff jetzt, nicht, weil er litt, war sein Glück im Leben zerstört – ein Mann kann glücklicher sein, während er leidet, als wenn er gute Tage hat. Und Leiden, die etwas *nützen*, die sind wie Speerspitzen, die den Schild emporheben, auf dem das junge Königskind während der Huldigung sitzt.

Einige Tage später kam Claus Wiephart mit einem Schlitten – er wollte, daß Olav Audunssohn zu ihm geschafft würde und sich seiner Heilkunst anvertraue. Olav war damit einverstanden – er konnte ja doch nicht hier auf Lille Aker liegenbleiben. Claus peinigte und quälte ihn anfangs sehr, brach den Zahnstumpf heraus, suchte nach Beinsplittern und schnitt und brannte in der Wunde. Olav ertrug alles mit Geduld; nichts konnte diese seltsame, stille Freude zerstören, gekämpft zu haben und zu sehen, daß es nützte. Nicht der Gedanke daran, daß Claus sich für die Kur wohlbezahlt machen würde, und nichts von all dem, was er über die Verheerungen durch die Schweden in der Gegend ringsum hörte, als sie sich aus dem Lande zurückzogen. Er konnte nicht erfahren, wie es in Hestviken stand – ob der Hof niedergebrannt sei –, dies aber berührte ihn so wenig. Hätte er die Frauen und Kinder daheim gehabt, wäre es anders gewesen.

Das Gras war grün in Claus Wiepharts Garten, und die Laubbäume standen mit großen gelbgesprenkelten Knospen da, als Olav allmählich daran denken konnte, heimzureisen. Die Wunde war nun beinahe geheilt und die Wange äußerlich zugewachsen. Am Tage, ehe er fortziehen sollte, bat er Clausens Buhlerin um ihren Spiegel. Eine Weile saß er damit da, hauchte die blanke Erzscheibe an, putzte sie und betrachtete dann wiederum sein eigenes Gesicht.

Sein helles Haar war jetzt völlig grau geworden und lockte sich schlaff, ohne Kraft, und das vierkantige, gerade geschnittene Gesicht war gefurcht und welk. Die rechte Seite war verunstaltet, die Wange so eingesunken, daß das Gesicht schief wurde, und die große rote Narbe sah häßlich aus; auch zog sie den Mund auf der einen Seite ein wenig herunter.

Olav Audunssohn hatte gewissermaßen stets gewußt, daß er ein außergewöhnlich schöner Mann war. Nicht so, daß ihn dies eitel gemacht hätte – in seiner Jugend war es ihm sogar lästig gewesen, wenn jemand darüber sprach oder die Frauen ihm zu verstehen gaben, daß sie sich gerne mit ihm einlassen würden, weil er so hell und hübsch war. Sogar seine Körperschönheit hatte er auf eine unklare Weise wie einen Teil jenes Bandes von Fleisch und Blut empfunden, das ihn mit Ingunn verband – da er noch nicht ganz erwachsen war, als er sich ihr zum Gatten gab. Aber es war wie ein Teil seines Wissens über sich selber gewesen, daß er nun einmal schön war, eher klein als groß, aber untadelig wohlgeschaffen und stark, ohne einen ungesunden Fleck an dem ganzen straffen, feingliedrigen Körper. Hell von Haar und Augen und Haut, wie es seinem Geschlecht zu eigen war.

Es war wie eine Art Demütigung, daß dies nun zu Ende sein sollte – aber er ertrug es mit Geduld, wie einen Urteilsspruch, daß er nun eben alt war. Es fehlten ihm auch nicht mehr so viele Jahre zu dem halben Hundert, so daß er sich darunter beugen mußte.

So kam er denn an einem schönen Frühlingstag nach Hestviken heim, zu grünen Wiesen und hervorbrechendem Laub in den Hainen. Die Häuser standen, aber sie waren alle leer – die Schweden hatten niedergehauen und ausgeraubt, was sie finden konnten. Im Stall standen eine Kuh und eine Färse, die Maerta Fraue von Torhild Björnstochter gekauft hatte, als sie die Kinder und die Mägde heimgeholt hatte.

Doch Maerta Birgerstochter zeigte sich ebenso ruhig, wie sie immer zu sein pflegte, und Olav war ebenso ruhig wie die Frau, und des Abends saßen sie beisammen und redeten miteinander, aber Olav sagte sehr wenig; denn er sprach etwas schwerfällig durch diese Wunde im Mund, und es war ihm darum peinlich, zu sprechen. Er freute sich, daß die Kinder geholt worden waren – Torhild Björnstochter war die einzige, von der er am liebsten nicht gesehen werden wollte, jetzt, da er so verunstaltet war.

VIERTER BAND

Olav Audunssohn und seine Kinder

ZWEITES BUCH

Der Winter

1 An einem Spätherbstabend ging Olav Audunssohn zu seinen Schiffshütten hinunter, um nachzusehen, ob dort alles festgemacht und abgeschlossen sei. Tagsüber hatte ein starker Wind geweht und das Meer hereingetrieben, und jetzt gegen Abend nahm der Wind noch mehr zu. Als er auf dem Bollwerk stand, wurde er ein kleines Segelboot gewahr, das hier im Windschutz angelegt hatte. Es war nur ein Mann im Boot, und Olav ging hin, um zu sehen, ob der Fremde irgendeine Handreichung brauche.

»Nun habe ich Glück«, sagte der Angekommene und schüttelte das Wasser von sich ab, während Olav ihm die Waffen abnahm und sie trockenrieb. »Ich sollte mit dir unter vier Augen sprechen, Olav, sobald wie möglich, und jetzt kommst du mir selber entgegen.«

Er redete so, als ob sie beide alte Bekannte wären, und Olav meinte, diesen jungen Burschen schon früher gesehen zu haben, kannte jedoch nicht einmal das Gesicht – es war schön, mit einfachen Zügen und einem feinen, schmalen Mund; ein wenig entstellte es ihn, daß die hellblauen Augen leicht vorstanden, trotzdem sah er gut aus. Das Haar klebte ihm an der Stirn unter dem gewachsten Leinenhut, von dem das Wasser herunterrann, man sah jedoch, daß es rötlich war. Der Fremde war groß und gut gewachsen.

Olav nahm den Mann mit in einen der Schuppen, hieß ihn sein Anliegen vorbringen.

»Ja, ich muß es so sagen, wie es ist, Olav. Ich habe das Unglück gehabt, einen Mann zu töten, und die Sache ist noch nicht beigelegt – das kann sich lange hinausziehen. Da wußte ich mir keinen besseren Rar, als hierher zu dir zu kommen: ich weiß, daß du nicht der Mann bist, der sich weigern wird, mich verborgen zu halten, solange meine Verwandten um Frieden für mich unterhandeln.«

Olav schwieg. Es war jetzt in den letzten Jahren, seit es im Lande ruhiger geworden war und König Haakon die Gesetze strenger handhaben ließ, viel gewagter als früher, sich eines Geächteten anzunehmen. Und doch konnte er den Jungen auch nicht fortschicken –

der Fjord draußen ging schon weiß, und die Nacht brach rasch herein.

»Wo geschah es denn?« fragte er. »Und was war es für ein Mann, den du tötetest?«

»Es geschah daheim, und der Mann war Hallvard Bratte, der Schwestersohn des Vogtes.«

»Ja, daheim, wo ist das?« fragte Olav ein wenig ungeduldig.

»Ich merke schon – du erkennst mich nicht wieder«, sagte der Junge und schien gekränkt. »Obgleich ich dir als dein getreuer Genosse in den Kampf bei der Skeidis-Kirche und bei der Frysjubrücke folgte –«

»Doch, doch – jetzt erinnere ich mich, wo ich dich früher gesehen habe – Aslak Gunnarssohn von Yttre Dal. Du bist sehr gewachsen seit damals, Aslak, es sind bald vier Jahre her.«

Aslak fuhr fort, zu erzählen. Aslaks Vater hatte einige Kühe von Frau Signe, der Schwester Hallvard Brattes, auf die Sommerweide mitgenommen, und zwei von diesen waren von Bären zerrissen worden. Als die Leute von Yttre Dal mit dem Vieh der Frau nach Hamar zurückkehrten, hatte diese sich sehr erzürnt gebärdet, und so hatte ein Wort das andere gegeben. Hallvard, der Bruder der Frau, der dabei stand, hatte schließlich etwas über Gunnar auf Yttre Dal gesagt, was Aslak nicht stillschweigend hinnehmen konnte. Es glückte ihm, nach dem Totschlag zu entkommen, er ritt nach Süden und suchte zuerst in dem Kloster der weißen Brüder in Tunsberg Zuflucht. Als er jedoch dorthin kam, erfuhr er, daß sein Verwandter, der Prior Sigurd, vor kurzem gestorben sei, und er fühlte bald, daß die Mönche ihn nur ungern bei sich behielten: sie hatten ihren Anspruch auf das gleiche Asylrecht, das im Kloster Marienwald galt, für das Haus des Ordens in Tunsberg aufgeben müssen. Der Abt sagte, er könne ja nach Marienwald ziehen – dort aber hatten schon bald sämtliche Feinde König Haakons Zuflucht gesucht, und Aslak konnte den Mönchen anmerken, daß sie ein wenig beunruhigt waren, weil König Haakon nun dieses Kloster des Asylrechtes wegen mit schiefen Augen ansah. Nein, da verlor Aslak die Lust, dorthin zu gehen: »Und so dachte ich an dich, Olav. Ich weiß, daß du ein furchtloser Mann bist und gewohnt, das zu tun, was du willst. Du bist selber herumgezogen, ein friedloser Mann in deiner Jugend – da dachte ich, du würdest mir deine Hilfe nicht verweigern.«

Olavs Bereitschaft, den Täter zu verbergen, wurde durch das, was er hier hörte, nicht größer: der Bursche stammte aus dem Oberland und schien mehr über Olavs Jugend in jener Gegend zu wissen, als diesem lieb war; *wieviel* er wußte, ließ sich nicht erkennen. Olav hatte in dem Glauben gelebt, die Leute im Norden hätten ihn und seine Angelegenheiten längst vergessen; es war nun so viele Jahre her, seit er sich selbst in jener Gegend gezeigt hatte. Eirik war vor zwei Jahren eine Zeitlang oben gewesen und hatte bei Steinfinn Haakonssohn auf Berg zu Besuch geweilt; Olav war nicht erfreut gewesen, als er das hörte, und empfand keinen Kummer darüber, als er erfuhr, daß die Geschwisterkinder einige Monate später uneins geworden waren und Eirik deshalb nicht lange im Oberland blieb. – Aber Aslak Gunnarssohn die Aufnahme verweigern, das vermochte er auch nicht.

So sagte er denn, er solle mit ihm zu den Häusern hinaufgehen; Aslak tue es wohl not, etwas Warmes in den Magen zu bekommen und trockene Kleider anzuziehen.

Ein Glück in allem Unglück sei es noch, dachte er, während sie hinaufgingen, Olav zum Teil mit dem Reisegut des anderen beladen – daß niemand auf dem Hof sei, der der Herkunft des Gastes nachforschen würde. Seit dem Tode der Frau Maerta im Fühjahr verwalteten Bothild Asgerstochter und Cecilia sein Haus, und die beiden jungen Mädchen waren so gut erzogen, daß sie den Vater nie ungefragt und unnötigerweise anredeten.

Aslak Gunnarssohn richtete sich auf Hestviken für längere Zeit ein. Es war nicht Olavs Absicht gewesen, daß der Bursche hierbleiben sollte, aber er brachte es nicht über sich, ihm dies zu sagen, und als der Frühling kam, lebte Aslak immer noch hier und tat ganz so, als gehöre er zum Hausgesinde. Er wurde Jon Toressohn genannt – diesen Namen hatte Olav erfunden, und aus ihm konnte wohl niemand erraten, wer Aslak war.

Im übrigen war Olav durchaus bereit zuzugeben, daß Aslak, oder Jon, der angenehmste Hausgenosse war und viel Geschick dazu zeigte, sich nützlich zu machen. Er war stark und arbeitsam, außerdem überaus geschickt – ein hervorragender Schmied und ebenso tüchtig im Holzschnitzen, und stets fand er irgendeine Arbeit. Olav selber hatte es nie weiter als zu einem einigermaßen tüchtigen Handwerker gebracht – er kam zwar mit allem zurecht, was auf dem Hof angefertigt werden mußte, ließ aber seine Hand von jenen Dingen, die eine besondere Kunstfertigkeit oder ein feines Augenmaß und gewandte Finger erforderten. Und seitdem Bodvar fehlte, der Knecht, der bei der Frysjubrücke fiel, hatte Olav auch keinen Mann mehr gehabt, der sich

auf solche Arbeiten verstand. Außerdem war Aslak stets heiter und guter Laune; er besaß eine schöne Singstimme, vornehmlich aber konnte er so fein und rein pfeifen, daß es eine Lust war, ihm zuzuhören – er pfiff beinahe immer, wenn er arbeitete. Auch ein wenig lesen konnte er, so daß Olav ihm in einige der Briefe Einsicht gewährte, die er über seine Besitztümer und Rechte besaß – es gab darin allerhand, dessen Olav sich nicht mehr ganz genau zu entsinnen glaubte.
Ungeachtet all dessen war Aslak von ruhigem Wesen; er unterbrach die etwas dumpfe Lebensführung, die auf Hestviken herrschte, nicht allzusehr.
Still lebten sie auf dem Hof. Die Leute sprachen wenig miteinander, und alle hatten mit der Zeit eine leise Stimme bekommen: die Schweigsamkeit des Herrn legte sich dämpfend auf das ganze Gesinde, das so lange Zeit mit ihm zusammen gelebt hatte – es waren fast immer die gleichen Leute. Trotzdem war gewissermaßen ein frischer Zug in das Leben in der Bucht draußen gekommen, seitdem Maerta Birgerstochters harte Stimme verstummt war und sie die scharfen Augen geschlossen hatte. Die beiden jungen Mädchen, Cecilia und ihre Ziehschwester, die jetzt die Hausfrauenarbeit unter sich teilten, waren die sittsamsten und höfischsten Jungfrauen, die man sich denken konnte – trotzdem verbreiteten sie durch ihre Jugend Licht und Freude, schön, wie sie waren und gern gesehen bei allen.
Bothild Asgerstochter stand jetzt im achtzehnten Jahr, gewandt und tüchtig über ihr Alter hinaus, aber von nicht allzu starker Gesundheit, freundlich daheim, doch sehr scheu und schüchtern gegen Fremde.
Bei Cecilia Olavstochter aber wäre keiner auf den Gedanken gekommen, daß es Schüchternheit oder Furcht waren, die sie zurückhielten, wenn sie unter Leute kam: sie schaute jedem mit ihren klaren und kühlen hellgrauen Augen offen ins Gesicht. Olavs junge Tochter war wortkarg wie der Vater, und sie sah ebenso hell aus wie er in seiner Jugend. Das schimmernde flachsblonde Haar brauste weich um den Kopf des Mädchens, wenn sie es an den Feiertagen offen trug; ihre Haut war weiß wie ein Nußkern und schien so dicht und fest, daß weder Sonne noch Wind sie anzugreifen vermochten, und der junge, volle Mund war so zartrot wie blasse Heckenrosen. Für ihre fünfzehn Winter war sie noch klein und ein bißchen breit, jedoch rund und wohlgeschaffen, mit kleinen Händen, die aber kräftig zupacken konnten, und zierlichen Füßen, auf denen sie sicher dahinschritt. Es kam selten vor, daß Cecilia Olavstochter lächelte, und noch seltener,

daß sie lachte. Dafür aber hatte auch noch keiner sie weinen hören. In ihrem Tun war sie freundlich gegen ihre eigenen Leute und gut gegen Arme und Kranke, doch im Wesen ein wenig barsch und kurz angebunden.
Die Ziehschwestern waren getreue Freundinnen, verstanden einander gut und schienen in inniger Liebe verbunden zu sein.

Unter die Leute kamen die zwei Mädchen auf Hestviken nur bei den jährlichen Gastgelagen von Olavs nächsten Bekannten, aber bei den übrigen Zusammenkünften, bei denen sich die Jugend sonst noch traf, sah man sie nie. Zur Kirche jedoch kamen sie an jedem Messetag, sofern das Wetter nicht allzu häßlich war. Und da waren sie so schön gekleidet und geschmückt, daß keine Frau bessere Kleider oder schwerere Silbergürtel und Spangen trug als Olavs Mädchen – so nannten die Leute sie alle beide – sie ritten rechts und links vom Vater, auf schönen, gutgepflegten Pferden mit frischgeschnittenen, stehenden Mähnen.
Olavs Herz wurde von einer stummen und innigen Freude erfüllt, wenn er mit seinen Töchtern durch die Kirche schritt. Die farbigen Umhänge und Gewänder aus städtischem Tuch schleppten auf dem Boden nach, unter dem dünnen Kirchenschleier schimmerte das offene Haar der Jungfrauen, Bothilds glattes kupferbraunes und Cecilias silberhelles Seidenhaar. Während der Messe sah er nicht ein einziges Mal zu ihnen auf die Frauenseite hinüber, trotzdem war es, als seien alle seine Gedanken auf das eine gerichtet, daß sie dort standen.
Nie mehr dachte er an sich selber und seine eigenen Angelegenheiten – er war jetzt ein alter Mann, dünkte ihn, und hatte gewählt, was aus ihm werden sollte. Aber gerade darum war es, als habe alles, was er schaffte und gewann, bis der Abend für ihn hereinbrach, nur ein Ziel – diese beiden jungen Menschen zu beschützen. Wie die Zukunft sich für sie gestalten würde, daran dachte er nicht viel – das würde sich schon in der besten Weise ordnen; mit der Zeit würde er sie wohl verheiraten, und das müßte ein gar zu seltsamer Mann sein, der solche Schätze nicht auf ausgestreckten Armen durch die Welt tragen würde, wenn ihm erst einmal das Glück zuteil geworden war, sie zu erhalten. Bis dahin aber hatte es noch lange Weile – sie waren beide noch so blutjung.
– Eirik. Es war, als sei Eiriks Gestalt für Olav in Unwirklichkeit zurückgesunken; er dachte selten an ihn. Seit jenem Tag in Oslo hatte er ihn nicht mehr gesehen. Jenes einzige Mal, da Eirik Hestviken wie-

der aufgesucht hatte, war Olav nicht daheim gewesen – das wurden nun im Sommer vier Jahre, der Vater befand sich damals mit Ivar Jonssohn auf jenem Kriegszug nach Schweden, wo dieser kühne Jungherr fiel. Und schließlich war es für Olav wie zur Gewißheit geworden, daß Eirik nie nach ihm auf Hestviken sitzen würde – *diese* Sünde hatte Gott von ihm genommen; es sollte nicht der falsche Erbe sein, der den alten Hof übernahm. Gott selber wollte Cecilias Recht in Schutz nehmen.

So kam ein Morgen im frühen Vorsommer. Olav und einer seiner Knechte waren am Strand unten beim Bollwerk mit Netzen beschäftigt, die aufgehängt werden sollten. Es war das schönste Wetter – der Sonnenschein schwamm in großen weißen Flächen auf dem Meer; rings um die Bucht wogte es hellgrün von Wiesen und Äckern, und das Laub der Erlenbüsche war bereits sommerlich dunkel geworden, während der Fichtenwald lange frische Schößlinge angesetzt hatte.

Auf der sonnenheißen Klippe neben dem Bollwerk kniete Cecilia, einen Haufen glänzender, zappelnder Fische neben sich. Das alte rotbraune Werktagskleid des Mädchens leuchtete in der Morgensonne und nahm sich schön und prächtig aus, ihre dicken, hellen Flechten hingen ihr über die Schultern vor – sie waren nicht sehr lang, und ihr Haar lockte sich so stark, daß die Zöpfe sich um das rote Band aufringelten, mit dem sie zugebunden waren. Ihr Messer schoß Blitze – sie prüfte die Schneide mit dem Finger.

Sommerlich und nach schönem Wetter klang es in der Morgenstille, als Aslak die Waren ins Boot schaffte; das Wasser plätscherte und gluckste, wenn er sich im Schiff bewegte und alles zurechtlegte, was er mitnehmen sollte – Olav wollte ihn mit einem Auftrag nach Saltviken senden.

»Jon«, rief Cecilia leise. Der Mann blickte auf – Olav sah sein frisches junges Gesicht in einem stillen Lächeln aufleuchten –; als das Mädchen ihm mit dem Messer zuwinkte, zog er sich mit dem Boot am Rande des Bollwerkes bis zu Cecilia hin, die jetzt aufrecht auf der Klippe stand.

Sie wollte, daß er ihr das Messer schärfe. Während er dies tat, setzte sie sich, blickte über das Wasser, die Hände lässig im Schoß. Sie redeten nicht miteinander, soviel Olav sehen konnte, aber als Aslak fertig war und sich wieder ins Boot setzte, spielte das gleiche warme Lächeln über sein Gesicht. Und während Cecilia zu ihrer Arbeit zu-

rückging, lag es wie ein Widerschein dieses Lächelns über ihren hellen Zügen.
Sie fing an, die Fische auszunehmen. Als Aslak an der Klippe vorbeiruderte, ließ er die Riemen für einen Augenblick los und grüßte mit der Hand zu dem Mädchen hinauf. Und Cecilia streckte ihre Hand leicht empor. Dann beugte sie sich wieder über ihre Arbeit, mit einem verstohlenen kleinen Lächeln. Olav blickte starr: hier ging etwas vor, wovon er keine Ahnung gehabt hatte –.
Cecilia ließ den fertigen Fisch in den Scheffel gleiten, richtete den Rücken einen Augenblick auf. Sie wandte ihr helles, liebliches Gesicht der Sonne zu, saß mit geschlossenen Augen da. Und das Lächeln, das sich jetzt über das sonst ein wenig finstere, kleine Gesicht des Kindes ergoß, war mit nichts zu vergleichen, das der Vater je in seinem Leben gesehen hatte; es strahlte so von süßer und heimlicher Freude, daß Olav sich keines so schönen Anblickes entsinnen konnte –.

Später versuchte er es von sich abzuschütteln. Einem Mann seine Neigung schenken, der hier als Knecht auf Hestviken lebte, nein, das konnte seine Tochter doch niemals tun. Sie wußte wohl nicht einmal, wer dieser Jon Toressohn war.
Trotzdem beschloß Olav, Aslak sobald wie möglich loszuwerden. Einen Schutzbrief hatte der Bursche schon im Winter einmal bekommen; die Nachricht darüber war ihm durch die Mönche in Tunsberg übermittelt worden. So gab es also keinen Grund mehr für Olav, Aslak länger bei sich zu behalten, als er seiner bedurfte.

Es verging jedoch eine Woche, ohne daß Olav Gelegenheit fand, mit Aslak über diese Sache zu sprechen. Insgeheim behielt er die beiden jungen Menschen im Auge. Aber er konnte keine Anzeichen dafür bemerken, daß sie näher miteinander befreundet waren als mit den anderen Leuten auf dem Hof. So tröstete er sich damit, daß er sich an jenem Morgen beim Bollwerk wohl geirrt habe.
– Bis am Samstagabend Olav und die Männer in die Badstube gehen wollten; die Frauen aber wollten sich in dem Wasserschaff im Küchenhaus waschen, sie hatten sich eine Wacholderlauge bereitet. Olav und die Männer gingen über den Hofplatz; da rief Cecilia Aslak von der Tür des Küchenhauses her an.
Olav war betroffen, daß sie den richtigen Namen des Gastes kannte –.
Aslak ging zu dem Mädchen hin, nahm zwei Bütten in Empfang

und strich an Olav vorüber. In der goldenen Nachmittagssonne lief er leichtfüßig über die Wiese zur Quelle hinab. Er war groß, schlank und frei, ein schöner und heiterer Mann; sein rötliches krauses Haar schimmerte so munter in der Abendsonne.
Olav blieb stehen. Nun erschien Cecilia wieder in der Tür. Sie hatte ihr Gewand abgelegt und stand im Unterkleid da, das blau war und reich und faltig bis auf ihre kleinen bloßen Füße herabfiel. Sie stellte die Füße abwechselnd aufeinander, denn die Steinschwelle war hier im Schatten eiskalt. Während sie auf das Wasser wartete, löste sie ihre Zöpfe, schüttelte das Haar und kämmte es, so daß es locker um Gesicht und Arme flutete.
Aslak kam mit den Wasserbütten. Die beiden jungen Menschen wechselten ein paar Worte, die Olav nicht hören konnte, aber wiederum erstrahlte Cecilias Antlitz von diesem neuen lieblichen Licht. Und Aslak lächelte vor sich hin, als er über die Wiese kam.
Am Montagabend ging Olav in die Schmiede zu Aslak hinaus und sagte ihm dieses: »Du willst jetzt wohl heimziehen, Aslak – dein Rechtsfall ist beigelegt, und da meine ich, du solltest vielleicht das gute Wetter ausnutzen, solange es anhält –. Du rechnest wohl mit einem Ritt von vier Tagen?«
Aslak legte beiseite, was er in den Händen hielt, sah den älteren Mann an: »Daran habe ich selber gedacht, Olav, daß ich sobald wie möglich heim sollte. Wenn es dir nicht ungelegen kommt – lässest du mich gerne vor der Heuernte ziehen?«
»Das weißt du wohl. Ich will doch nicht, daß du jetzt noch hier als mein Dienstknecht umhergehst, seitdem du es nicht mehr nötig hast, daß ich dir Obdach gebe.«
»Nein, nein«, sagte Aslak, »aber von der Art bin ich auch nicht; du kannst dir doch denken, daß ich solange bleiben werde, als du mich brauchst.«
Olav schüttelte den Kopf. Aslak schob ein paar Sensenblätter zurecht, die er geschärft hatte; er schien bewegt zu sein. Dann wandte er sich Olav ganz zu. Er sah ernsthaft aus: er *war* ein schöner Bursche, sein großgeschnittenes rosiges Gesicht klar und ehrlich, es störte merkwürdig wenig, daß die Augen etwas vorstanden.
»Wenn ich nun zurückkäme, Olav, sobald mein Vater oder mein ältester Bruder sich bereitmachen können, um mich nach Süden zu begleiten – du ahnst wohl, worüber meine Verwandten dann mit dir sprechen würden?«
Olav gab keine Antwort. Aslak fing wieder an: »Du verstehst, in

welcher Angelegenheit wir dann kommen? Wie würdest du uns empfangen, und welche Antwort würde mein Vater sich von dir erwarten dürfen?«

»Wenn du das meinst, was ich glaube«, erwiderte Olav sehr leise und undeutlich, »so will ich dir sagen, daß du deine Verwandten nicht bemühen sollst, diese lange Fahrt vergeblich zu machen.«

Aslak fuhr ein wenig zusammen.

»Kannst du das so bestimmt sagen, Olav – ehe du gehört hast, welche Bedingungen wir dir anbieten können? Es ist wahr, du könntest einen reicheren Tochtermann finden, aber du könntest auch einen bekommen, der ärmer ist. Und die reichsten Männer sind selten von bester Geburt oder die Geachtetsten – so wie die Zeiten jetzt sind –, außer du suchst sie unter jenen Großen oder bei den Rittern, mit denen du selbst keinen Umgang pflegen wolltest in all der Zeit, die du hier auf Hestviken lebtest. Ich stamme in allen Zweigen von so guten und alten Sippen ab, daß ich in dieser Beziehung deiner Tochter ebenbürtig bin, und es gibt nicht viele Männer in meiner Heimat, die ein solches Ansehen genießen wie mein Vater.«

Olav zuckte ein wenig mit den Schultern. Er konnte nicht gleich eine Antwort hierauf finden – war sich selber kaum ganz klar darüber, *warum* er Cecilia um keinen Preis mit einem Mann aus dem Oberland verheiraten wollte.

»Dazu kommt noch«, begann Aslak wieder, »daß es wohl gut sein kann, seine Kinder reich zu verheiraten, wenig aber hilft dies, wenn man einen Tochtermann gewinnt, der nicht versteht, mit den Gütern hauszuhalten und den Wohlstand zu vermehren. Das meine ich dir versprechen zu dürfen – unter meinen Händen soll nichts weniger werden, so wahr Gott mir Gesundheit vergönnt und uns große Unglücksfälle erspart. – Ja, nun bin ich länger als ein halbes Jahr bei dir gewesen, und du kennst mich.«

»Ich kann nicht anders sagen, als daß ich dich gern mag, Aslak – aber dies ist nicht Grund genug, um die einzige Tochter an den ersten Mann wegzugeben, der um sie fragt; ich weiß nicht viel mehr über dich, als daß euer viele Geschwister sind, und du selber hast davon gesprochen, daß Gunnar es nicht allzu leicht habe – laß gelten, daß ich im übrigen nie anderes als nur Gutes über deine Sippe gehört habe, das wenige, was ich gehört habe. – Im übrigen aber verhält es sich doch so, daß du, so jung du auch noch bist, bereits einen Mann erschlagen hast – und du als ein friedloser Mann zu mir auf den Hof kamst« – Olav fühlte sich seltsam erleichtert bei jedem Grund, der ihm zur Absage an den Burschen einfiel –; »auch dünkt mich, daß du noch allzu jung bist, um an eine Heirat zu denken, ohne deine Verwandten um Rat zu fragen –.«

»Die Sünde habe ich bereut und gebüßt«, meinte Aslak, »und daß ich in so jungen Jahren schon zum Mörder wurde – das ist doch eher ein Grund zu glauben, daß ich gelernt habe, mich besser zu beherrschen, um mich nicht ein zweites Mal in solche Schwierigkeiten zu verwickeln, ohne schwer gereizt zu werden. – Aber du müßtest doch eigentlich der letzte sein, um mir so etwas vorzuwerfen, du, Olav Audunssohn; – und *du* kannst wohl nicht finden, daß ich zu jung sei zum Freien. Ich bin doch volle neunzehn Winter alt – du warst fünfzehn oder sechzehn, habe ich gehört, als du eine Frau mit Gewalt nahmst und ihren Vetter niederschlugst, der dir verwehren wollte, ihrer zu genießen –.«

Zwei gleiche Dinge sind einander nicht immer gleich, Aslak!« Olav gelang es, ganz besonnen zu sprechen. »Das Mädchen, das ich mir nahm, war meine Braut, und ich war ihr Verlobter; es war ein gesetzlich abgemachter Handel zwischen ihrem Vater und meinem Vater, bereits als wir beide noch zarte Kinder waren, und später wollten ihre Verwandten das Gesetz uns beiden vaterlosen Kindern gegenüber verdrehen. Du verlierst weder Ehre noch Recht, wenn du nicht die erste junge Maid bekommst, auf die du deine Augen geworfen hast, ohne daß deine Verwandten auch nur im geringsten wissen, was du im Sinne trägst –.

Nein, nein«, fuhr Olav heftig fort, »das soll mir dein Vater nie nachsagen dürfen, daß ich dich aufnahm, als du hierher kamst, friedlos und ohne Freunde, und dann mit dir unmündigem jungem Burschen über die Heirat mit meiner Tochter verhandelte, ohne überhaupt zu wissen, ob deine Verwandten geneigt wären, eine Verwandtschaft mit mir einzugehen.«

»Du weißt selber«, entgegnete Aslak kühl, »mein Vater wird schwerlich etwas dagegen einwenden, daß ich die Tochter Olav Audunssohns auf Hestviken bekomme. Ich weiß nicht, was du meinst. Denkst du an jene Gerüchte, die seinerzeit über dich im Umlauf waren, als es sich um deine Heirat mit Ingunn Steinfinnstochter handelte? Es ist seit damals so viel Wasser in den Fjord geflossen, daß sich keiner mehr darum kümmert, was du in deinen jungen Jahren getan oder nicht getan hast – seitdem hast du doch mehr als zwanzig Jahre lang friedlich dahingelebt und den Ruf eines ehrbaren Mannes in Friedens- und Unfriedenszeiten gewonnen.«

Olav fühlte sein Herz schwer pochen. Aber er unterbrach den anderen, eiskalt: »Das ist ja schön, Aslak – aber nutzlos ist es, noch mehr über diese Sache zu sprechen. Mit Cecilia habe ich andere Pläne –.«
»Davon weiß ich nichts!« brach Aslak heftig aus.
»Verhält es sich so« – Olav empfand Befreiung darüber, mit gutem Grund zornig auffahren zu können –, »daß du hier umhergegangen bist und hinter meinem Rücken um meine Tochter gefreit hast?«
»Das glaubst du wohl selber nicht von mir. Nicht ein Wort habe ich mit Cecilia gesprochen, an dem du Mißfallen haben könntest. Aber daß ich sie leiden mag, das hat sie gesehen, und ich habe gesehen, daß sie mich gern hat – dafür kann keines von uns etwas, solches läßt sich nicht verbergen. Wenn du auf uns hören wolltest, Olav, so würde Cecilia ohne Kummer ihr Einverständnis geben, das habe ich gemerkt –.«
Olav sagte: »Es wird wohl auch kein so großer Kummer für euch sein, wenn ich diese Werbung nicht annehme. Das Mädchen ist ja noch ein Kind – und auch du bist noch nicht so gar alt –.«
»Meinst du das wirklich? Du selber und ihre Mutter, ihr hieltet zehn Jahre und noch länger aneinander fest und wolltet nicht dulden, daß ihre Verwandten die Liebe trennten, die zwischen euch bestand – ich habe daheim von euch reden hören, Olav, als einem Beispiel für treue Liebe.«
Olav schwieg eine Weile. Die Worte des Burschen gingen ihm seltsam zu Herzen – gleichzeitig fühlte er noch unverrückbar, daß er Cecilia niemals mit einem Mann aus dem Oberland verheiraten wollte. Darum antwortete er leise und unsicher: »Das war etwas anderes, Aslak – ich hatte ein *Recht* auf sie. Und wir waren zusammen aufgewachsen wie zwei Beeren an einem Zweig – liebten einander wie Geschwister von Kindesbeinen an. Cecilia und du, ihr kennt euch seit einem Winter, und nichts ist verabredet. – So sehr groß kann doch der Herzenskummer bei keinem von euch sein, wenn ihr nun getrennt werdet.«
Aslak errötete tief. Er stand eine Weile mit gesenktem Kopf da, die Hand auf der Brust, seine Finger zupften an der Brustspange.
»Für deine Tochter kann *ich* nicht antworten«, erwiderte er kurz. »Ich –« Er zuckte mit den Schultern – dann wandte er sich auf dem Absatz um und ging hinaus.
Bereits am nächsten Tage war er reisefertig. Er trug es wie ein höfischer Mann, dankte Olav in wohlgewählten Worten für die Hilfe und die erwiesene Freundschaft und nahm Abschied. Er ging umher

und reichte allen Hausgenossen die Hand. Verstohlen und gespannt überwachte Olav die beiden jungen Menschen, als sie voneinander Abschied nahmen. Aber sie trugen es gut: sie sahen einander nicht an, und ihre Hände fielen seltsam leicht herab nach dem Handschlag, im übrigen konnte keiner, der nichts wußte, etwas merken.
Dann ritt Aslak Gunnarssohn von Hestviken fort.

Olav beobachtete die Tochter im geheimen. Doch Cecilia war nicht anders als sonst, und der Vater versuchte sich selbst glauben zu machen, daß sie Aslak nicht nachtrauere, jedenfalls nicht sehr. Sie war ja doch erst fünfzehn Jahre alt. –
Fünfzehn Jahre alt war Ingunn gewesen. Aber das alles war etwas ganz anderes –.
Er hatte nichts zu bereuen. Der jüngste Sohn von Yttre Dal – Cecilia Olavstochter auf Hestviken dürfte sich doch wohl eine andere Heirat erwarten als die nächstbeste. Es war verständlich, daß sie Aslak gern gemocht hatte; sie sah sonst nicht viele junge Männer, und der Bursche war gewinnend, aber sie würde ihn wohl vergessen.
In Olavs Gemüt war ein unerträglicher Aufruhr sich widerstrebender Gefühle lebendig geworden – daß es im Norden dort immer noch Menschen gab, die sich seiner und Ingunns Liebe erinnerten, darüber redeten. Sie als Beispiel nannten –. Und Gerüchte – er wußte nicht, was für Gerüchte das sein mochten. Er hatte geglaubt, sie beide seien dort oben vergessen, er selber und sie. Hier war niemand, der sich Ingunns erinnerte, außer ihm, und er erinnerte sich ihrer nicht so, daß er jetzt noch oft an sie dachte; ihm lag nur alles, was gewesen war, im Bewußtsein – der Anlaß zu seinem eigenen Schicksal.
Die Sünde und der Kummer und die Schande und unter allem die Erinnerung an eine Süßigkeit, die hervorbrechen und sein ganzes Sinnen überfluten konnte – wie Wasser über dem Eis herausquillt –, sobald seine erstarrte Gemütsruhe durchbrochen wurde. – Und dort im Norden lebte all dies wie eine wahre Geschichte unter den Leuten – Recht oder Unrecht. – Nicht um alles in der Welt wollte er einen Umgang mit Menschen wieder aufnehmen, die vielleicht hinter seinem Rücken über die Abenteuer seiner Jugend redeten –.
Und das nur um der Neigung eines jungen Mädchens willen, die sie in einem Jahr sicherlich wieder vergessen hatte, sofern sie nur nicht daran erinnert wurde! Um der Kindischkeit zweier Kinder willen sollte er lebendigen Leibes in ein solches Fegefeuer zurückkehren –! Niemals würde er das tun.

2 Einen Monat später kam Eirik Olavssohn nach Hestviken heim. Er hatte die Nachricht vorausgesandt, daß er einen Freund mitbringe, Jörund Kolbeinssohn von Gunnarsby, und er ließ den Vater bitten, den Gast gut zu empfangen.

Die sonnenheiße Luft im Tal war gesättigt mit dem Duft von Heu und blühenden Linden, als Eirik am Hestviksfluß entlangritt. In Rundmyr lag das Heu noch in Haufen auf den kleinen Wiesenstücken, dunkel und bereits ein wenig verdorben; rings um den armseligen Hof stand der Wald tief und still und trank das Sonnenlicht ein. Anki kam heraus, als er die Reiter hörte, beschattete die Augen mit der Hand, und dann setzte er sich in Trab, den dünnen Hals vorgestreckt, mit gebeugtem Rücken, die allzu langen Arme in der Luft schlenkernd. Hinter ihm folgte eine ganze Schar halbnackter, barfüßiger Kinder, und zuletzt schlurfte Liv selber hinterdrein, ihr letztes Kind auf dem Arm und das nächste schon wieder unter dem Rock; ihr Gesicht war so alt, daß sie einem Huhn glich, das alle Federn um den Hals verloren hat.

Eirik blieb auf seinem Gaul sitzen, damit sie ihn auch richtig sehen konnten. Als jedoch die ersten Grüße ausgetauscht waren, mußte er doch absteigen, und Anki betrachtete das Tier und streichelte es, während Liv Eirik und seinen Genossen laut bewunderte. Er mußte mit ihnen in die Hütte hinaufkommen.

Sogar die säuerliche und faulige Luft da drinnen schien lieb und vertraut. Die runde Erdhütte ohne Zwischenwände, mit spitz zulaufendem Dach wie ein Zelt, war in zwei Erdbänke mit einem Gang dazwischen eingeteilt, und dieser Gang war so naß wie ein Graben mit stinkendem Schlamm darin: man mußte mit hochgezogenen Beinen auf der Bank sitzen. Dahinter, in dem Dunkel ringsum, war allerlei Gerümpel aufgehäuft. Eirik erinnerte sich an alles, was seltsam und unerlaubt gewesen war: hier hatte er herumgelegen und gierig den Gesprächen fahrender Leute gelauscht, über das Leben, das dunkel und geheim dahinschlich wie das Schlammwasser hier in diesem Graben, außerhalb des gesetzlich geregelten und sonnenklaren Daseins der Bauerngemeinde, in Zweighütten und unter Felsen während des Sommers, in den Großhöfen – das Leben der Bauern, der Städter und der Priester, so wie es sich von der Bettlerbank aus ansah. Von Schmuggel mit Waren, die der König mit dem Bann belegt hatte, erfuhr er, von Räuberei und heimlichen Künsten, von sittenlosem Leben zwischen Männern und Weibern, die eine Zeitlang zusammenblieben und sich dann wieder trennten, vom Olavsfest und von Kirchweihmessen und von reinem Heidentum, von heiligen Steinen und Bäumen. Hier hatte er im Spiel ein mit Silber verziertes Messer gewonnen, das er weiterschenkte, denn er wagte nicht, es zu behalten. Und in dem Winkel dort fanden sie einmal ein totes Kind – die Mutter hatte es des Nachts im Schlaf erdrückt, und dann war sie einfach weitergezogen. Liv schaffte die Leiche aus dem Weg. Eirik war krank vor Spannung umhergegangen – ob sein Vater erfahren würde, daß sich so etwas in einem Heim zugetragen hatte, das zu Hestviken gehörte! Es war ekelhaft, daran zu denken, aber es bereitete doch auch Vergnügen! Es war wie eine Wiederaufrichtung von seinen ewigen unglücklichen Niederlagen beim Vater – der Vater hätte nur wissen sollen, was er hier in Rundmyr alles zu sehen und zu hören wagte. Obgleich der Vater nichts davon wußte, daß er auf diese Weise trotzte. Selbst das erstemal, als er sich mit einer Frau verging, geschah es fast ausschließlich, um sich am Vater zu rächen. Ihm war übel vor Scham und Schrecken hinterher, als er sich im Dunkeln heimschleichen und aus der Vorratskammer den Schinken stehlen mußte, den er ihr versprochen hatte, und er wußte selber nicht, was stärker war, seine Reue oder eine Art Freude, weil er das gewagt hatte, worüber der Vater außer sich geraten würde vor Zorn – wenn er es wüßte.

Eirik fischte ein paar Fliegen aus dem alten Gefäß und trank – die Milch schmeckte so unangenehm sauer und bitter, aber es war der bekannte, besondere Geschmack der Milch bei Liv. Dann saß er da, die Hände um die hochgezogenen Knie gefaltet, und hörte Anki und Liv zu: ja, nun gehe es ihnen gut, seit Cecilia und Bothild das Haus führten – nein, Olav selber mische sich nie darein. Er sagte nichts, als Maerta knickerig war, und wehrte nicht, wenn die Töchter schenkten. In ihre Reden flochten sich Neuigkeiten über Todesfälle und Geburten und Gastgelage in der ganzen Gemeinde mit ein, über Hestviken und die Verheerungen der Schweden – je nachdem es ihr Leben hier berührt hatte.

Eirik hörte mit halbem Ohre zu. Ein wenig schläfrig saß er da, ließ die Erinnerungen durch das Gedächtnis streifen, fragte sich mit einem halben Lächeln, was jetzt werden würde. Er hatte sich so lange in der Welt herumgetummelt, daß er sich alt und unverwundbar fühlte. Draußen vor der Tür lag die Sonne leuchtend auf Steinen und moosüberwucherten Wiesen, unten glitzerten die Moorlöcher zwischen den Weiden, und dahinter stand die finstere Mauer des Fichtenwaldes. Es war *sein* Grund und *sein* Wald, die Hütte gehörte ihm, und diese Leute gehörten ihm: sein Herz schlug ihnen warm entgegen in all ihrer Jämmerlichkeit an Leib und Seele. Er wollte freundlich gegen sie sein, denn sie hatten ihm Treue bewiesen, als er ein Kind war –. Jörund Rypa rief etwas von draußen – er lag auf der Wiese, hatte nicht in das scheußliche Loch hineingehen wollen. Anki und Liv und die ganze Kinderschar folgten Eirik auf den Fersen, als er die Hütte verließ.

Der Bach, der Mühlbach, sickerte dünn und klein zwischen den Steinen dahin. Eirik erkannte eine Windung nach der anderen wieder, fand die Stellen, wo er immer Forellen gefangen hatte. Die glänzenden grünen Fliegen, die da und dort unter dem Laubbehang auffunkelten, hätten die gleichen sein können wie damals, und die gleichen Büschel von Baldrian und Glockenblumen standen noch dort, wo sie, wie er sich erinnerte, immer gestanden hatten. Er ritt an einer Wiese nach der anderen vorbei; an ein paar Plätzen lag das Heu noch aufgehäuft. Der Duft wurde betäubend stark: hier waren Hänge und Geröllhalden mit Linden bedeckt, die sich an die Felswände anklammerten und deren honiggelbe Blütenbüschel unter dem dunklen Laubdach hervorleuchteten. Wo eine Zunge des Fichtenwaldes bis zum Reitweg herunterreichte, bedeckte mit blaßroten Zwillingsglocken übersätes Naarisle*) den Boden.
Bei dem überhängenden kleinen Felsen war es, wo Eirik die Donnersteine am Sandhang gefunden hatte – Lappenpfeile nannte der Vater sie. Er durchschritt die Furt in der Nähe der Mündung und gelangte aus dem Dickicht heraus, und die alte Bucht lag vor ihm, in der Sonne glitzernd. Auf der einen Seite ragte die Stierwand empor, und auf dem blanken roten Felsen lag der Widerglanz des Wassers wie ein leuchtendes Netz, auf der Südseite hob sich das Land schräg hinauf, gemähte Wiesen und wogende helle Äcker lagen unter dem steilen schwarzblanken Felsen der Roßwand, und gegen die sommerblaue Luft schienen die Hausdächer des Hofes auf den Knien des Berges unter der Roßwand zu liegen. Rauch wirbelte aus den Dächern dort oben; draußen schimmerte der Fjord dunkelblau im Sonnenuntergangswind. Jeder Stein auf dem Pfad und jeder Strohhalm auf dem Acker gehörte Eirik, und er liebte ihn.
Dort lag die Badstube, ein wenig für sich allein in der Wiese unten, und oberhalb die große Scheune. Er ritt das kleine steile Stück hin-

*) Naarisle: Linnaea borealis.

auf, das mit einer Schlittenlast so schwer zu überwinden war, wenn dort der Schnee weggetaut war. Und jetzt dröhnten die Pferdehufe auf dem felsigen Boden des Hofes.
Aus der Tür zum Wohnhaus trat sein Vater heraus, von der Schwester gefolgt. Der Vater war sonntäglich gekleidet, in einem bis auf die Knöchel reichenden grauen Gewand mit silbernem Gürtel um die Mitte; aufrecht und würdig ging er dem Sohn entgegen. Er hatte den Bart geschabt, und sein schönes Haar umrahmte frisch gekämmt das vierkantige steingraue Gesicht mit den blutgesprenkelten hellblauen Augen. Das Haar war jetzt vollkommen eisgrau, da und dort noch mit gelblich-weißen Stellen in dem weichen Fell der Locken. Eirik hatte sich stets Gottvater, den Allmächtigen, in der Gestalt seines Vaters vorgestellt.
Er war der schönste und männlichste Mann der Welt. Er war es auch jetzt noch, obgleich er ergraut war und die rechte Seite des Gesichts wie eingeschlagen schien und die Wange von der schweren Narbe kreuz und quer zerknittert und gefurcht war. Die beiden jungen Männer sprangen von den Pferden, Eirik nahm die dargereichte Hand seines Vaters und küßte sie.
Dann begrüße Olav Jörund und hieß ihn willkommen.
Cecilia trat vor. Sie trug das alte Trinkhorn in beiden Händen, und auch sie war festlich gekleidet, mit offenem Haar, das rings um das kleine, feste Gesicht leuchtete. Sie blieb stehen; ungewiß blickte sie von dem einen der beiden jungen Männer zum anderen, dann nickte der Vater: dem Sohne des Hofes sollte sie zuerst anbieten.
Wie die letzte vollkommene Freude strömte es über Eirik herein – das war seine Schwester! Rank und jung, schön und gesund und rein wie jene jungen Ritterstöchter, denen er sich nie hatte nähern können – und hier begegnete ihm die schönste, hellste aller vornehmen Jungfrauen, in der Tür daheim; es war seine eigene Schwester.
»Zuerst dem Gast, Schwester«, sagte Eirik froh, und Cecilia begrüßte Jörund, trank ihm zu.
In der Stube drinnen brannte ein Feuer auf der Herdstätte, die Flammen züngelten bleich in dem Sonnenschein, der hereinfloß und den Rauch unter den Deckenbalken blau erschimmern ließ. Der Boden war dicht mit Laub und Blumen bestreut; auf dem nördlichen Bett, das Eirik in der Zeit seines Heranwachsens gehört hatte, war ein neues rotes und gelbes Webstück über das Fell gebreitet. Auf dem Tisch standen festliche Speisen, und zu beiden Seiten von Olavs Hochsitz lagen die beiden silberbeschlagenen Greifskrallen, aus denen er und

Jörund trinken sollten; nie zuvor hatte Eirik aus diesen Hörnern trinken dürfen.

Nach Sonnenuntergang saßen sie draußen auf dem Aussichtsfelsen, die drei jungen Leute. Eirik lag in der kleinen trockenen, mit Heidekraut überwucherten Bodensenkung zwischen den Steinen, die Schwester saß ein wenig höher oben, mit aufrechtem Rücken, die kleinen, kurzen Hände im Schoß gefaltet. In stiller, entzückter Heiterkeit lauschte Eirik ihren Reden – sie brauchte wenig Worte und sprach so altklug verständig über alles.

Es war jetzt ganz still ringsum; die kleinen Wellen leckten und rieselten unten am Felsen. Der Himmel war vollkommen klar, nur ein paar rotgefärbte Wolken hingen im Südwesten. Das gewaltige Licht vom Fjord und unter dem bleichen Himmelsgewölbe schimmerte auf dem weißen Gesicht der Schwester, wenn sie es nach oben wandte, um zu sehen, ob an diesem Abend bereits Sterne hervorkämen.

Jörund saß etwas von ihnen entfernt. Auch er sagte an diesem Abend ungewöhnlich wenig, lauschte dem Gespräch der Geschwister und sah Cecilia an.

Nein, sagte Cecilia, es sei wohl Bothild, auf der die meisten Hausfrauenpflichten ruhten, Bothild sei viel tüchtiger. Und sie habe alles in so guter Zucht und Ordnung hinterlassen, daß es ihr, Cecilia, leicht falle, eine Zeitlang damit zurechtzukommen. Ja, Signe Arnestochter nahm stets eine von ihnen mit, wenn sie zu ihren verheirateten Kindern reiste, diesmal sei Bothild an der Reihe gewesen – nein, sie komme wohl noch nicht so bald heim; Helga erwarte ihre Niederkunft nicht vor dem Margretmessetag, und Signe würde sicher so lange bei der Tochter bleiben.

Nein, Bothild sei noch nicht verlobt, aber der Vater werde sich wohl bald nach einem Mann für sie umsehen. Doch, Bothild dürfe wohl eine gute Heirat erwarten; die Großmutter habe ihr gar nicht so wenig Schmuck und anderes hinterlassen, und Olav würde ihr Heiratsgut vermehren, und so tüchtig und freundlich wie Bothild sei, und schön – ja schön! Es gäbe nicht viele Jungfrauen hier um den Fjord, die so schön seien wie Bothild Asgerstochter, das sagten alle. Ihr Haar sei so fein wie Seide, und so lang und dick, »sie kann es kaum selber kämmen; das tue ich immer, wir sind gewohnt, einander die Haare zu flechten«.

Eirk lag da und lächelte vor lauter Freude vor sich hin. Er freute sich auch darüber, daß Jörund sehen konnte, wie schön sein väterliches Heim war: ein großer Hof und vornehme Leute, und das Leben auf

Art der Großen – wenigstens nach den alten Sitten; die Häuser waren klein und alt, hier fand sich nichts von dem neuen Herrenwesen, darauf aber durfte man im Grunde stolz sein. Das Neue mochte für Leute aus den neuen Sippen passen, die aus geringen Verhältnissen emporgekommen waren, das hatte man hier auf Hestviken nicht nötig; Olav Audunssohn und seine Kinder bedurften dessen nicht.

Auf dem Hofplatz unten sah Eirik den Vater aus dem Stall kommen. Olav blieb stehen, schaute zu dem Felsen hinauf, wo die jungen Leute saßen, aber er rief nichts hinauf und sagte nichts, sondern ging ins Haus hinein. Trotzdem stand Cecilia sofort auf.

»Vater findet gewiß, es ist an der Zeit, daß wir ins Haus gehen und uns schlafen legen. Und du wirst wohl auch müde sein, Bruder.«

Eirik erwachte am nächsten Morgen vom Glockenklang und dem Brüllen des Viehes, fuhr auf, schlüpfte in die Kleider und ging hinaus.

Die Sonne war gerade über dem Hang im Nordosten aufgegangen und lag schimmernd auf der steilen Felswand; es leuchtete und wogte von dem Grün, das sich in den Spalten der Felsen festgebissen hatte. Das Meer lag spiegelnd still und hell da; über die Wiesen beim Tal fiel der Schatten von Büschen und Bäumen morgendlich lang im ersten Sonnenschein.

Die Sonnenstrahlen waren köstlich und lau in der kühlen Morgenstunde. Eirik kam gerade noch zurecht, die letzten Tiere der Rinderherde im Wald verschwinden zu sehen. Cecilia stand oben beim Zaun und verschloß das Gatter mit einem Weidenring, während sie den Hütebuben etwas nachrief. Jetzt kam sie auf dem hohen Ackerrain heruntergeschritten, sie ging barfuß, und der Pfad war schmutzig. Sie war wie eine Magd gekleidet, in einem alten blauen Unterkleid, das sie bis über die Waden geschürzt hatte, und ihre Füße waren rot von der Kälte in dem taunassen Gras.

»Bist *du* schon auf?« begrüßte sie den Bruder. Ja, sie sei stets zeitig dran: »Die ersten Stunden am Morgen geben am besten aus.« Sie roch nach Stall, und ihre weißen Arme waren schmutzig vom Melken; ihre Handgelenke waren so rund wie gedrechselt. Die beiden strammen Zöpfe, die ihr über die Brust hingen, waren kurz und dick, und sie krümmten sich in den eingeflochtenen Schnüren, so lockig war ihr Haar.

Cecilia mußte zur Bleiche hinübergehen. Eirik setzte sich auf die Scheunenbrücke und sah zu, wie sie sich mit ihrer Leinwand beschäftigte. Dann ging sie in die Milchkammer und sprach mit Ragna, Eirik stand unterdessen in der Tür – sie war so flink und bestimmt in all ihrem Tun.

Der Bruder folgte ihr auf den Fersen, saß auf der Schwelle der Frauenstube, während sie sich in der Wassertone davor wusch und ihre Füße säuberte. Sie stieg an ihm vorbei über die Schwelle und rief ihm von drinnen aus zu, ob er nicht hereinkommen und die Stube anschauen wolle.

Die Frauenstube war der größte Raum auf dem Hof; mit den neuen gelben Wandbalken war sie viel schöner als die dunkle Wohnstube, und das Hausgerät war reich geschnitzt; der Feuergalgen über der Herdstätte endete in einem wilden Pferdekopf mit weit aufgerissenem Rachen. An der Wand standen Webrahmen, Garnweifen und Truhen; über dem Querbalken hingen zusammengelegte Decken und Sitzkissen. Cecilia, die nun Schuhe und Strümpfe angezogen hatte, holte die schönsten Stücke herab und zeigte sie Eirik.

Aus einem geschnitzten Schrein holte die Schwester einen steinernen Krug und einen kleinen silbernen Becher, sie schenkte ein und trank dem Bruder zu: »Das gab uns der Vater voriges Jahr – wir sollten es haben, sagte er, für den Fall, daß wir einen Gast empfangen würden. – Du bist nun der erste.«

»Danke. Das war guter Wein!«

»Aber stark! Wir wurden einmal betrunken davon, an einem Abend im vergangenen Herbst, Bothild, ich und die Mägde.« Sie blickte zum Bruder auf und lachte ein wenig verlegen, als sei es ihr ungewohnt, Fremden von ihren eigenen Angelegenheiten zu erzählen. »Yngvild hieß sie, sie ist jetzt nicht mehr da, sie hatte den Einfall – wir tanzten hier. Auf der Wiese oben beim Stall sollte es Tanz geben, und da wollten die anderen uns mitnehmen, als sie hierherkamen, um in ihre Boote einzusteigen, Gaute Sigurdssohn und Jon Tasall und noch ein paar andere waren dabei, aber der Vater verbot es, obgleich auch zwei von Rynjul mitgekommen waren – es half nichts. Yngvild wurde böse, sie sagte, Vater halte uns strenger als Frau Groa die Kinder im Kloster. – Dann überredete sie uns, Nadel und Schere wegzulegen, und wir tanzten hier in der Stube, und dabei tranken wir von dem Wein, den wir aufbewahren sollten, um ihn unseren Gästen anbieten zu können.«

»Was sagte der Vater dazu?« lächelte Eirik. Er fühlte nichts als seine helle, neu erwachte Liebe zu der jungen süßen Schwester. Jedes Wort und jede ihrer Bewegungen erfüllten ihn mit Freude.

»Vater? Nichts sagte er dazu, kannst du dir denken. Aber zwei Tage danach kam er und befahl uns, in den Dachraum über der Wohnstube zu ziehen; es sei zu unsicher für zwei junge Mädchen, allein in einem Haus zu schlafen, das so nahe am Strand liege. Früher schliefen wir auch hier. Und als Yngvild ihm das nächste Mal zu widersprechen wagte, gab er zur Antwort, es wäre am besten, sie zöge zu ihrem eigenen Vater heim, ihm würde sie wohl gehorchen –.«
»Ist er so streng gegen euch, der Vater?«
Cecilia hatte nun ihr Gewand übergeworfen; es war rot, und schön gestickt. Sie legte den Gürtel um und hängte Schere und Messer daran, Beutel und Schlüsselbund. Die kleine, barfüßige Stalldirne war nun eine stattliche junge Bauerntochter.
»Streng ist er darin, daß er so genau auf Bräuche und Sitten hält, so wie sie früher waren – wir dürfen nicht den Mund auftun oder nach jener Seite schauen, wo Fremde stehen. Im übrigen aber weißt du, daß er uns alles Gute gönnt.« Sie holte aus ihrer Truhe ein ärmelloses, ausgeschnittenes Gewand aus braunem Samt mit eingewebten Ringen und Kreuzen aus gelber Seide und breitete es auf dem Bett aus. Der obere Teil des langärmeligen Hemdes, das dazugehörte, war aus roter Seide und hatte vergoldete Haken an dem Schlitz über der Brust. »Solche Kleider schenkte er Bothild und mir – das war damals, nachdem er uns nicht nach Oslo hatte reisen lassen wollen, um die Hochzeit der Jungfrauen mit den schwedischen Herzögen anzuschauen. Mich dünkt, es wäre nun an der Zeit, daß wir einmal in die Stadt kommen dürften – zum Markt oder zur Halvardsvaka*). Aber der Vater will nicht.«
»Bist du nie in Oslo gewesen?«
Cecilia schüttelte den Kopf, hüllte den Staat wieder in ein Friestuch. »Wer weiß, wann wir diese Herrlichkeiten einmal tragen dürfen.«
»Wahrscheinlich, wenn wir dein Verlobungsbier trinken werden.«
Cecilias Gesicht veränderte sich plötzlich – sie wandte sich der Truhe zu und räumte den Staat weg: »– Davon weiß ich nichts.«
Die Schönheit und Anmut der Schwester stieg Eirik wie ein leichter Rausch zu Kopf. Er begriff es selber nicht, daß er in diesen Jahren nie an *sie* gedacht hatte; hätte er das getan, so hätte er sich wohl von allerlei Dingen, Saufgelagen und Spiel, Raufereien, feilen Dirnen und Roheiten ferner gehalten. Jetzt bereute er, daß er so wenig daran gedacht hatte, sich zu bewahren – er hatte nie darauf geachtet,

*) Halvardsvaka: Abend vor dem 15. Mai.

sich zu bewahren – hatte allem nachgegeben, was lockte, und alles getan, wozu er im Augenblick Lust fühlte. So geriet er in dieses Leben hinein, das rasch zur Gewohnheit wurde, und so kam er in den Ruf, ein Mann sittenloser Gewohnheiten zu sein, einer, der sich in Herbergen und noch schlimmeren Häusern herumtrieb. Dieser Ruf war auch nicht unverdient. Das aber hatte zur Folge, daß man ihn nicht besser achtete als gemietete Dienstleute, einen Burschen aus dem Reitergefolge des Anführers.

Jetzt hinterher sah er ein, daß er dem Rat seines Vaters hätte folgen müssen – da hätte er sich so hervortun können, daß allen stets bewußt gewesen wäre: er ist der Sohn Olavs auf Hestviken. Hätte er sich mehr vom Würfelspiel und den Buden der Bierweiber ferngehalten, sich statt dessen Waffen und Kleider gekauft, sich selber ein Pferd gehalten! Da aber hätte er auch drinnen, wo die älteren und würdigeren Männer waren, still sitzen und sittsam deren Reden anhören müssen. Auf diese Weise hätte er auch in die Frauenstuben gelangen können, in denen höfische Jungfrauen saßen, er hätte sie zum Tanz und zur Messe begleiten dürfen.

Er hatte sich von solchen Frauen ganz ferngehalten, hatte wohl von ihnen geträumt, blasse, harmlose Träume. Aber diesen Frauen gegenüber war er zu schüchtern und allzu träge und wenig geneigt, sich selbst Zwang anzutun und mit seinen üblen Gewohnheiten zu brechen.

Zum Teil *glaubte* er auch nicht daran, daß sie so fein und rein waren, wie er sie sich *vorzustellen* liebte. Jörund erzählte anderes, und er war in ihren Gemächern ebenso willkommen wie an anderen Orten. Und Jörund erzählte, daß er sich frei und zudringlich bei ihnen betrage – es gäbe nur eines, wovor sie Angst hätten, meinte er höhnisch – im übrigen mochten sie es gerne, daß ein Bursche sie derb anfaßte.

– Das war eines der Dinge, die Eirik an seinem Freund nicht leiden konnte – daß er so von seinen Mädchen redete. Da verlor Eirik die Lust, sein Glück zu versuchen – er wußte es selber nicht, daß es seine eigenen guten Gedanken über gute Frauen waren, die er nicht aufs Spiel setzen mochte. Es gab genug andere zu diesem anderen.

Aber es verhielt sich so, daß alle Mädchen gerne mit Jörund verheiratet werden wollten – Jörund verstand es, die Leute stets daran zu erinnern, wer er war: einer der Söhne auf Gunnarsby, und er hatte sich nur darum in Herrendienste begeben, um sich ein wenig in der Welt umzuschauen, ehe er daheim zur Ruhe kam und ein seßhafter

Mann wurde. Seine Sitten waren nicht besser als die Eirik Olavssohns, er nahm es nicht so genau damit, mit wem er trank, und kam er in die Nähe von Würfeln oder derlei Spielsachen, wurde er toll – meist jedoch war ihm das Glück hold –, trotzdem vergaß niemand, daß Jörund kein Geringerer war als einer aus dem Königsgefolge, wenngleich er sich auch entschlossen hatte, einem Herrn zu dienen, dessen Gefolge ein freieres Leben führte. Aber Jörund war auch nicht im Bösen von daheim fortgegangen.
Hinter Eiriks Gedanken lebte wohl der Plan, eines Tages diesem ungezügelten Leben den Rücken zu kehren. Eines Tages wollte er zu dem Hof seiner Väter heimkehren und sich mit dem Vater aussöhnen, seine Stellung als Erbe auf Hestviken wieder einnehmen. Und da würde er wohl auch heiraten – es war Sache des Vaters, ihm eine passende Braut zu finden.

Eirik hatte einen Ritt durch die Umgegend gemacht, seine Verwandte Una Arnestochter begrüßt und andere Bekannte getroffen. Am Abend erzählte Eirik daheim, daß am nächsten Tag ein Tanz stattfinden sollte auf jener Spielwiese am Ufer, auf der die Jugend von Süden und Norden im Sommer manchmal zusammenzukommen pflegte.
»Cecilia darf doch mit uns zum Spiel gehen?«
Olav antwortete: »Sie sind es nicht gewohnt, bei solchen Anlässen mitzutun, die Kinder hier. Auch können wir am Samstagabend nicht so lange auf dem Hof hier aufbleiben – wir haben einen weiten Kirchweg –.«
Eirik erhob Einwände: es gäbe viele andere Höfe, die einen ebenso weiten Weg zur Kirche hätten, und sie könnten ja ausruhen, wenn sie von der Messe heimkehrten – Olav murmelte etwas, eine Absage, und tat so, als merke er nicht, daß Cecilia ihn ansah.
Jörund, der verstand, daß es keinen Wert hatte, noch länger mit Olav über diese Sache zu sprechen, fing von etwas anderem zu reden an. Aber kurz darauf sagte Eirik plötzlich: »Was bedeutet das, Vater, Una sprach davon, daß Aslak Gunnarssohn von Yttre Dal im Winter hier gewesen sei; – er nannte sich mit einem anderen Namen, und du hieltest ihn verborgen – der Lensmann wußte nichts weiter, als daß du einen Geächteten beherbergtest?«
»Wußte er nichts weiter?« fragte Olav und verzog den Mund zu einem Lächeln.
»Man kann nicht gerade sagen, daß dein Vater ihn so sehr verborgen hielt«, mischte sich der alte Tore lachend ein. »Reidulf liebt keine

Unannehmlichkeiten. Und seit dem Kriegswinter fürchtet er wohl, Olav könnte ihm mehr Unruhe bereiten, als er Lust hat, Olav zu beunruhigen.«

»Trotzdem war es unmännlich, sich mit einer solchen Sache einem Fremden aufzudrängen«, sagte Eirik. »Aber diese Rotköpfe in Yttre Dal sind so geartet – hochmütig trotz ihrer Armut, Hilfe jedoch nehmen sie entgegen, wo sie sich ihnen bietet, wenn sie ihrer bedürfen. Seinem Bruder begegnete ich seinerzeit, als ich im Oberland war, und prahlerisch und unangenehm war der Bursche.«

»Da gleicht ihm Aslak wenig«, sagte einer der Knechte eifrig, »ihn mochten wir alle.« Er wurde von Olav unterbrochen, der dem Mann befahl, etwas von draußen zu holen, und dann mit Tore über ein Pferd zu reden anfing.

Olav ging noch einmal zum Bollwerk hinunter, ehe er sich zur Ruhe legte. Als er zum Hof hinaufkam, sah er Cecilia auf dem Aussichtsfelsen stehen. Der Vater ging zu ihr hinaus.

»Komm jetzt mit herein, Cecilia – es ist spät.«

Das Mädchen drehte sich zu ihm um. In dem weißen Licht unter dem Himmel der Sommernacht sah der Vater, daß sie im Gesicht wie aufgelöst war – die ernsten Züge weich vor Ratlosigkeit. Aber sie sagte nichts, folgte dem Mann gehorsam zu den Häusern hinunter.

Am nächsten Morgen, als Cecilia das Essen hereintrug, sagte Olav zur Tochter: »Du weißt, wenn du Lust hast, mitzugehen und einmal dem Tanz zuzusehen, so will ich es dir nicht verwehren – jetzt, da du mit deinem Bruder gehen kannst.«

Cecilia sah ihn etwas ungewiß an.

»– aber du hast vielleicht keine Lust hinzugehen –?«

»O doch. Ich möchte doch gerne einmal hinkommen«, sagte Cecilia.

Der junge Mond schwamm dünn und sommerlich weiß in der rötlich-grauen Luft über dem Hudrheimsland, als Olav unter dem Stier vorbeiruderte. Ein Widerschein des Tagesschimmers verweilte noch zögernd auf der Steinwand des Vorberges. Olav führte in der Abendstille behutsam die Ruder. Er legte bei einem kleinen Einschnitt in der Felswand an, vor dem ein Streifen Strandes war, zog das Boot aus dem Wasser und wanderte durch die waldüberwucherte Schlucht bergaufwärts.

Er trug Bogen und Pfeile, und er schlich still dahin. Als er auf der Höhe angelangt war, wo der Wald lichter wurde und die moosigen

Felsen zum Otterstein hinunter abfielen, blieb er eine Weile stehen, dann aber ging er weiter, wieder zwischen Kiefern dahin, und wandte sich nach Norden. – Nach einiger Zeit vernahm er Gesang, der bis zu ihm heraufdrang, und verspürte Rauch in der Luft.

Als er auf einen kleinen Felsvorsprung kam, sah er das Feuer tief unten – unter ihm lag die Bucht mit dem hellen Bogen des Sandstrandes, und drinnen zwischen den flachen Klippen war die Spielwiese, von der sommerlichen Sonnenhitze gebleicht. Rings um das Feuer bewegte sich eine Kette von Menschen, schwarz gegen den Lichtschein; es dröhnte auf dem trockenen Boden von den Schritten der Tanzenden, und das Lied klang in dem stillen Abend so schön herauf. Olav konnte die Worte nicht unterscheiden, denn er kannte den Vers nicht, aber er kannte die Weise, wußte, daß es das Lied von Karlamagnus und Roland war, der Bursche, der vorsang, hatte eine dunkle, warme Stimme; Olav fragte sich, ob es Eirik sei – der hatte stets gesungen, als er ein Knabe war. Die Entfernung war zu groß, als daß Olav jetzt in der Dämmerung jemand unter den Tanzenden hätte erkennen können. Außerhalb des Kreises saßen ein paar und ruhten aus.

Olav streckte sich auf das knisternde Weißmoos, das von der Hitze des Tages noch warm war. Die Tanzweise stieg zu ihm auf und das Trampeln im Takt mit der Melodie:

Es war dam dam damdelideia
dam-dam damdelidei –

Von Zeit zu Zeit hörte er das Prasseln des Feuers, und tief drunten murmelte der Fjord und leckte leise an den Klippen. Der Mond war längst untergegangen; die Sommernacht verdunkelte sich über ihm. Es kamen schon viele Sterne hervor in dieser Nacht – Mittsommer war bereits vorüber. – Endlich erhob sich der Mann, nahm Bogen und Pfeile und ging still zurück, durch den Wald hinunter.

Er lag auf dem Bett in der dunklen Nebenkammer, schläfrig und eingehüllt in ein Gespinst unklarer Traumgesichter, sooft er jedoch im Begriff war, einzuschlafen, erwachte er mit einem Ruck. Und jedesmal war es nichts, nur ein Gefühl, als habe ihn von draußen her irgend etwas geweckt. Aber in der Stube nebenan war niemand, und es wurde heller und heller dort drinnen – man hatte vergessen, das Rauchloch zu schließen.

Endlich hörte er sie auf dem Hofplatz – sie nahmen Abschied von den anderen jungen Leuten, die noch weiter landeinwärts wollten. Dann kamen die Seinen herein. Von der Nebenkammer aus konnte Olav hören, wie sie redeten und gähnten und wie die Männer die Schuhe auszogen. Cecilia stand noch in der Stube unten, sie lachte ein paarmal leise.

»Es ist schon Morgen«, hörte der Vater sie sagen. »In drei Stunden müssen wir zur Kirche reiten. Ich glaube, es lohnt sich nicht mehr für mich, in den Dachraum hinaufzusteigen – ich lege mich hier hin.«

Es knarrte ein wenig in dem südlichen Bett, als sie hineinstieg, dann krachte es in dem anderen Bett, als die Männer sich hinlegten. Sie wechselten noch ein paar Worte vom einen Bett zum anderen – Cecilias Stimme wurde schlafverschleiert, dann hörte sie auf zu antworten, und kurz danach schnarchte einer der Männer.

Olav stand nach einiger Zeit auf; er wollte in die Stube gehen und das Rauchloch schließen. In dem nördlichen Bett sah er nur die Köpfe der jungen Burschen; sie hatten sich ganz unter der Decke zusammengerollt.

Cecilia lag in dem anderen Bett und schlief; sie lag auf dem Rücken ausgestreckt, ihr feines blütenweißes Gesicht leuchtete in den aufgelösten Haarmassen. Olav mußte daran denken, daß ihre Mutter in dem gleichen Bett so dagelegen hatte, Jahr für Jahr, starr wie eine Leiche bis zur Mitte, langsam zu Tode welkend.

Doch das schlafende Kind strahlte von Gesundheit; ihr Gesicht war weiß, aber rund und frisch wie Perlen; ein wenig verdrossen und eigensinnig sah sie aus, selbst jetzt, da sie schlief, und die hellen, langen Augenwimpern beschatteten die Rundung der Wangen. Die kurze, gerade Nase und der breite Bogen des Kinns sprachen von Starrsinn oder Treue – sie war zu jung, als daß man hätte sagen können, ob sie das eine oder andere verrieten.

Ihre eine Hand hing über den Bettrand herab – das sah aus, als müsse es weh tun. Vorsichtig nahm Olav die Hand der Tochter, legte sie ihr unter die Brust. Ihre Brüste rundeten sich fest und fein unter der roten Wolle des Gewandes, so daß der Schlitz klaffte und man das gestickte Busentuch unter dem silbernen Schloß der Verschnürung sah. Auch an den Ärmeln war ihr dieses Kleid jetzt zu klein geworden – ein breites Stück des Handgelenkes war unbedeckt.

Olav stand da und betrachtete seine Tochter, bis er merkte, daß er, nur mit einem Umhang bekleidet, in der morgendlichen Kühle fror. Er beugte sich hinunter, machte das Zeichen des Kreuzes über ihr.

Dann hob er die kleinen roten Schuhe auf; sie waren dunkel von Nässe, wahrscheinlich von dem Wasser im Boot – der Vater stellte sie auf den Rand der eiskalten Feuerstätte.

3 Eirik und Jörund trieben sich viel in der Umgebung herum, besuchten die verschiedenen Höfe und kamen zu allen Zusammenkünften, und oft war Cecilia mit ihnen; Olav sagte nichts darüber.
Die Freunde waren schöne Männer, jedenfalls bildeten sie ein schönes Paar, wenn sie beisammen waren; mit ihnen kamen Leben und Lustigkeit, und sie waren gern gesehen. Wenn die Leute mit Olav zusammentrafen, sagten sie, sein Sohn mache ihm Ehre.
Eirik war sehr groß geworden, nun, seit er erwachsen war, lang- und starkgliedrig, aber wohlgebaut, schmalhüftig und schlank um die Mitte, während der Oberkörper reichlich breit und schwer schien – er war breitschultrig geworden, und er ging ein wenig vornübergebeugt, sein Kopf dagegen war eher klein.
Sehr dunkel war er geworden an Haut und Haar, und er hatte ein langes und schmales Gesicht; die Gesichtszüge waren nicht so schön: die Nase gekrümmt, sogar fast bucklig, zunächst oben zwischen den Augen, und dann noch ein Höcker auf dem Nasenrücken, der Mund sehr groß und der Oberkiefer stark gewölbt, so daß die großen, glänzenden Zähne an das Gebiß eines Pferdes erinnerten; das lange flache Kinn war etwas formlos. Aber er hatte so wunderbar schöne Augen, sagten die Leute – Eiriks Augen waren groß, gelblichbraun und schienen tief drinnen voller Licht. Und außerdem hatte er seine Jugend – man nannte ihn also einen hübschen Burschen, obgleich die Gesichtszüge nicht so schön waren, daß sie nicht leicht hätten schöner sein können.
Jörund Rypa war das, was die meisten Leute schön nennen, groß und gut gewachsen, mit glattem blondem Haar, blauen Augen, rosigem Gesicht und großer, etwas spitzer Nase und einem frischen Mund mit ein wenig dicken Lippen. Er war ziemlich still und hielt sich hier unter den Leuten aus der Umgegend zurück – Eirik hatte ein viel gewinnenderes Wesen. So schien der eine schön zu sein, weil er lebhaft war, und der andere war ohnehin schön, so daß es nicht viel ausmachte, wenn er sich ein bißchen verschlafen oder hochmütig gab.
Gerade dieses stumpfe Wesen Jörunds bewirkte, daß Olav ihn mochte, solange er mit dem Gast in einer Stube war. Wanderten jedoch

seine Gedanken zu Jörund Rypa, wenn er ihn nicht vor Augen hatte, so empfand Olav einen tiefen und unklaren Widerwillen gegen den Freund des Sohnes.

Unwahrscheinlich klar entsann er sich einer häßlichen kleinen Handlung, die er diesen Mann als Knaben hatte begehen sehen – damals, als die Kinder hier einander mit Schneeballen bewarfen, ein paar halbwüchsige Burschen; da hatte Jörund sich treulos gegen Eirik gezeigt. Man durfte dem nicht so viel Gewicht beilegen – ein Kinderstreich während kindlichen Spiels, damals aber hatte Olav sich darüber empört, als hätte er den widerlichsten Verrat gesehen, und dieser Eindruck war haftengeblieben, so daß Olav nicht ohne Widerwillen an Jörund zu denken vermochte.

Wenn er jedoch mit Jörund zusammen war, schwand dieser Widerwille beinahe ganz – er konnte selber sehen, daß es ungerecht war, diesem erwachsenen Mann einen so alten Knabenstreich zur Last zu legen. Jörund betrug sich schicklich und gut, war von ruhigem Wesen, sah den Menschen frei in die Augen und führte keine unnützen Reden. Olav sah wohl ein, daß es nicht gerecht war, wenn er an den Burschen so dachte, denn es *war* nichts Heimtückisches an Jörund Rypa, weder in seinen Reden noch in seinen Mienen und seinem Blick.

Einmal hörte Olav durch Zufall einen Teil eines Gespräches zwischen Bruder und Schwester. Er war drinnen in der Schmiede beschäftigt, als Eirik, von Cecilia begleitet, an die Tür kam. Sie blieben draußen stehen.

»– alle Mädchen wollen gerne mit Jörund Kolbeinssohn verheiratet werden«, sagte Eirik.

»Da wird es ihm nicht schwerfallen, eine Ebenbürtige zu finden.«

»Was aber ist daran schuld, daß *du* Jörund nicht magst, Schwester?«

»Ich habe nicht gesagt, daß ich ihn nicht mag«, erwiderte Cecilia.

»Du sagtest das aber doch vorhin, als ich dich fragte?«

»Ich habe doch nicht gesagt, daß ich deinen Freund *nicht* mag«, – durch Cecilias Stimme klang ein Lächeln, »nur weil ich verneinte, als du mich fragtest, ob ich ihn *möge*!«

»Ja, ist denn das nicht ein und dasselbe? Wenn du nicht sagst, du magst ihn, dann magst du ihn doch *nicht*?«

»Nein, das ist nicht dasselbe!« Jetzt lachte das junge Mädchen.

Olav hörte, wie sie weiterlief, über die Wiese hinab; Eirik öffnete die Tür und kam herein, lächelnd, nach den Worten der Schwester.

Die bebende neue Verliebtheit in die Schwester erfüllte Eiriks ganzes Herz. Es war, als zerschmölze in dem sonnenwarmen und friedlichen Wohlbehagen dieser Sommertage die ganze unglückliche Liebe der Kindheit zum Vater, seine angsterfüllte und brennende Leidenschaft für Hestviken; das Schmerzliche daran zerrann, und das Gute blieb zurück, umgeschmolzen in eine warme und goldene Freude über die helle Anmut und spröde mädchenhafte Lieblichkeit dieser kleinen Schwester. Er folgte ihr daheim überall nach, er mußte sie bei sich haben, sobald er fortging, er überschüttete sie mit Geschenken – mit den schönsten Schmuckstücken und Gewändern, die er besaß und von denen er sich nie zu trennen gedacht hatte.
Er freute sich über alles, wo er ging und stand, auf seinem Erbgrund – er liebte all das noch mehr, was für immer ihm gehören sollte, weil er sich undeutlich seiner seltsamen Gedanken in der Kindheit erinnerte, daß er dessen schließlich einmal verlustig gehen würde; es war wie mit dem Land hier in der Bucht, wenn die Sonne nach langer Zeit voll schlechten Wetters wiederkehrte – nie leuchteten und glitzerten die Wiesen und der Hof so schön wie in einem solchen Augenblick.
Fast genau so war es mit seiner Liebe zum Vater. Es war der Grundstock in Eiriks ganzem Leben, daß kein Mann in der Welt so war wie sein Vater; bloß daß Eirik nie mehr daran *dachte*. Jetzt ließ er sich's nicht mehr nahegehen, wenn der Vater schweigsam war und mit dem besten Willen nicht ein froher Mann genannt werden konnte – sie waren jetzt doch stets Freunde. Eirik merkte nicht, daß es sich auf die anderen übertrug, wenn der Vater schwermütig und verschlossen war; jetzt war er aus dem Schatten herausgewachsen, den Olav rings um sich verbreitete.
Er selber dehnte und reckte sich im Glanz seiner eigenen Jugend. Seine Schwester war erwachsen und lieblich geworden; seine Lebensfreude hatte einen Gefährten in ihr gefunden. Sein bester Freund war bei ihm, und die drei genossen zusammen die Tage.
So war ihm selbst schon halb und halb der Gedanke an das gekommen, was Jörund nun erwähnte, als sie eines Abends zu zweit auf dem Fjord draußen waren und fischten.
»Ich habe mir überlegt, Eirik, wie wäre es, wenn wir beide die Freundschaft zwischen uns in eine Schwagerschaft verwandelten –? Meinst du, daß Olav es gut aufnehmen würde, wenn ich ihn um deine Schwester fragen ließe?«
»Du kannst dir doch denken«, antwortete Eirik froh, »mein Vater wird doch wohl ein so gutes Angebot anerkennen – und ich wüßte

keinen anderen, dem ich sie gönnen möchte, so lieb wie ich sie habe; niemals würde ich zuraten, sie einem geringeren Mann zu verloben. Und mein Vater gibt viel auf meinen Rat.« Eirik hatte diese Worte kaum ausgesprochen, als er auch schon selber an sie glaubte.
Von nun an war es für Eirik wie eine feststehende Tatsache, daß Jörund und er Schwäger werden sollten. Und unwillkürlich fing er sofort an, seinen Freund mit etwas anderen Augen anzuschauen.
Es verwischte sich für ihn vollkommen, daß er, obgleich er Jörund Rypa schon seit damals liebte, als er ihn in den Kinderjahren kennenlernte, ihn doch eigentlich nie so ganz gemocht hatte, und er hatte Jörund nie so weit vertraut, daß er nicht auf seiner Hut blieb – wie weit er sich auch mit ihm hinauswagen mochte. Unsicher, wie Eirik selber in jeder Beziehung gewesen war, fühlte er sich zu dem anderen Knaben hingezogen, der so unumstößlich sicher war. Doch hatte er die ganze Zeit gewußt, daß Jörund nur deshalb so sicher war, weil er den festen Willen hatte, sich zu behaupten, gleichgültig, was es alle anderen kosten würde. Jörund Rypa würde nicht mit der Wimper zucken und sich keinen Augenblick besinnen, einen Freund um eines Vorteils willen im Stich zu lassen. Jörund fürchtete sich nicht, auch nicht davor, wie die Leute über ihn urteilten.
Daß aber Jörund sich selber stets genug war, das hatte Eirik in seiner Knabenzeit rein behext. Und als Jörund Rypa in Ragnvald Torvaldssohns Gefolge auftauchte, hatte Eirik sich an ihn herangedrängt und es als sein Recht gefordert, Jörunds bester Jugendfreund genannt zu werden. Keinen gab es in der ganzen Schar, mit dem er sich bis dahin näher angefreundet hatte, obgleich er sich solche Mühe gegeben hatte, seinen Kumpanen zu gefallen – sie mochten ihn ganz gerne – er war dienstbereit, flink, ein Wagehals, obgleich er in anderer Weise wiederum unerwartet kleinlaut war. Aber sie lachten auch ein wenig über ihn – er war allzu treuherzig und verlangte allzuviel von der Gutgläubigkeit seiner Genossen, wenn er ins Erzählen kam –.
Jörund ließ es sich gefallen, daß er für Eiriks besten Freund gelten sollte, und Eirik feilschte nicht um den Preis. Er hatte im Lauf der Zeit gar manchen Puff von Jörund hinnehmen müssen. Jörund aber tat so, als ahne er nicht das geringste, wenn Eirik die Schuld für das auf sich nahm, was der andere falsch gemacht hatte, und wenn Eirik die treuherzige blauäugige Miene des Freundes anschaute, dünkte ihn selber, Jörund handle gewiß in gutem Glauben – es war unwürdig, etwas anderes zu denken. Er hatte ein so gutmütiges Wesen, Jörund, eine weiche Stimme, lächelte so bereitwillig, wenn Eirik ihm

Unsinn vorschwatzte. – Gleichgültig war er in vieler Beziehung, so daß Eirik sich oft ganz entsetzte – denn Eirik selber nahm es mit seiner Pflichterfüllung sehr genau, obgleich er oft zu vergeßlich war, um alles richtig zu machen, und sehr empfindlich war er gegen ein herabsetzendes Wort über sein Tun und Lassen. Jörund war auf sein Fortkommen bedacht, mehr als Eirik dies liebte und zugeben wollte, Jörund redete roher von den Weibern, als Eirik sogar von den feilen Dirnen reden mochte, das einzige, was er bis jetzt kennengelernt hatte. Aber trotz all diesem liebte Eirik Jörund.

Auf diese Weise waren sie nun mehrere Jahre hindurch gute Stallbrüder gewesen. Manchmal waren sie getrennt worden, denn Eirik liebte es, von Zeit zu Zeit aufzubrechen und einen anderen Herrn zu suchen, doch er kehrte stets wieder zu Herrn Ragnvald zurück, und Jörund blieb dort.

Eines war an dem Freund, an das Eirik sich nicht gewöhnen konnte, und das war Jörunds Gesang. Jörund tanzte gut, und er hatte eine starke Stimme – so wurde er oft Vortänzer; das war sein Ehrgeiz. Aber er sang nicht rein. Eirik selber besaß ein feines Ohr für die Töne, und seine Singstimme war zwar nicht so stark wie die des Freundes, aber warm und weich – und wenn Jörund seinen Gesang anstimmte, fühlte Eirik sich ganz beschämt für seinen Freund.

Schon am nächsten Tag redete Eirik mit Olav darüber, daß Jörund offenbar an Cecilia denke. Die beiden gingen miteinander über die Höhe nach Saltviken.

Olav hörte dem Sohn schweigend zu, ging weiter, ohne zu antworten.

»Du hast wohl gemerkt«, ereiferte sich Eirik, »daß Jörund ein Mann ist, der Gedeihen mit sich bringt. Und über die Leute von Gunnarsby hast ja wohl auch du Rühmenswertes gehört –.«

»Ich weiß, daß sie reich sein sollen.« Olav ging schweigend weiter.

»Bist du einmal dort gewesen – auf Gunnarsby?«

In diesem Augenblick kam es Eirik zum Bewußtsein, daß Jörund es wohl einmal hätte tun können – ihn auffordern mitzukommen, wenn er heimwärts zog zu seinen Verwandten. Es gab ihm förmlich einen kleinen Stich: »Es fügte sich nie so, daß ich mitkommen konnte wenn Jörund mich mit zu sich heimnehmen wollte.«

»Was meinst *du* über den Mann *selber*?« fragte Olav. »Ist er so geartet, daß dich dünkt, Cecilia und ihr Wohlergehen seien in seinen Händen gesichert?«

Unwillkürlich meldete sich die alte Unruhe, unbestimmt und ferne. Aber das alles hatte er ja schon überlegt. Jörunds Fehler waren von der Art, wie ein Mann sie ablegen muß, wenn er seinen Hausstand gründet; und wenn sie miteinander verwandt sein würden, mußten sie ja treu zusammenhalten. Darum antwortete Eirik mit einem Ja – und begann, Jörunds Lob in lauten Tönen zu singen: besonnen, gutmütig und heiter, gewandt, nun, der Vater habe ja selber gesehen. –

»Ja, ich habe nichts als Gutes von ihm gesehen.« Olav stieß einen Seufzer aus. Eine Weile verging, dann sagte der Vater: »Ich werde mit Baard sprechen – ob er weiß –. Baard kann sich vielleicht über die Leute dort erkundigen; er hat selber Verwandte in jener Gegend. Einstweilen erwarte ich, daß über diese Sache nicht weiter gesprochen wird. Jörund ist Gast bei uns und weiß wohl, was sich geziemt, so daß er diese Angelegenheit nicht mehr zur Sprache bringen wird, ehe seine Brüder für ihn reden können.«

»Dessen kannst du sicher sein.« Gleichzeitig aber befiel Eirik eine lebhafte Angst, Jörund könnte den ganzen Plan zunichte machen – indem er die Sache dem Vater gegenüber erwähnte, der so streng darauf hielt, daß alles in geziemender Art und Weise durchgeführt würde. Oder daß er Cecilia zurückschrecken könnte, wenn er sich ihr in der aufdringlichen, ein wenig derben Heiterkeit näherte, mit der Eirik ihn schon den Willen anderer Mädchen hatte gewinnen sehen. Cecilia mochte so etwas nicht, das war ihm sofort klar; sie, die von diesem Vater erzogen worden war, war auch viel stolzer und verschämter als andere, er mußte das Jörund sagen.

Am Tag vor der Lavransmesse hatte Eirik weiter drinnen im Fjord etwas besorgen müssen. Als er heimwärts ruderte, war das Wasser ganz still – im Norden und Osten quollen blaue Hitzewolken mit leuchtenden Rändern über den Hügeln empor; die Spiegelung verdunkelte das helle Blau des Fjords und machte ihn bleigrau, während die Sonnenflecke weiter draußen silbern verblaßten. Eirik ruderte mit voller Kraft – er hatte sein bestes Gewand an und wollte darum gern heimkommen, ehe das Unwetter losbrach. Warm war es, und die Sonne stach heiß, wenn sie durch die Wolken brach, und der Widerglanz auf dem Wasser blendete.

Er schaute über die Schulter zurück – unten im Süden war der Himmel klar und blau, und das Licht glitzerte auf dem Meer. Hestviken lag in der Sonne da – die reifen Äcker und die Stoppelfelder, auf denen das Korn bereits geschnitten war und zu Garbenbündeln gehäuft stand, unterschied sich aufleuchtend von all dem Grünen ringsum. Eirik dachte, er müßte sehen, wenigstens das geschnittene Getreide, das schon fast trocken war, noch hereinzubekommen – Vater und Tore waren nicht daheim – er erinnerte sich an Gewitter, bei denen die Garben auf dem Feld ausgedroschen und verstreut worden waren.

Gegen Oslo zu war der Himmel blauschwarz, und Donnergrollen rollte weit über das Land hin – es sah aus, als sollte das Gewitter viel weiter nach Norden ziehen. Eirik ging vom Bollwerk hinauf, folgte dem Pfad am Guten Acker entlang; er sprang über den Zaun, fühlte die Garben an und streifte eine Gerstenähre ab, rieb sie zwischen den Händen und schob die süßen Körner in den Mund. Da hörte er weiter oben jemand singen, draußen auf dem Aussichtsfelsen, eine leise, verschleierte Frauenstimme. Cecilia konnte es nicht sein, sie hatte keine Singstimme.

Eirik ging hinauf, um nachzusehen. Auf dem Felsen lag ein fremdes junges Weib; sie lag mit dem Rücken zu ihm und wandte das Gesicht dem Meer zu, ihr üppiges, von Nässe dunkles Haar war zum Trocknen über den roten Stein ausgebreitet. Wie sie so ruhte, ausgestreckt auf der Seite liegend, die eine Hüfte nach oben gewölbt, war etwas an ihr, das Eiriks Sinne berührte.

Lässig und unbeweglich lag das Weib da und summte vor sich hin, der Sonne und dem Fjord entgegen – da kam es Eirik in den Sinn, wer das wohl sein könnte. Er ging hinunter.

Als sie Schritte auf dem Felsen hörte, erhob sie sich halb und drehte sich um – richtete sich auf die Knie auf. Eirik sah, daß sie volle Formen hatte, aber ohne Festigkeit, gleichsam überreif für ein junges Mädchen, und als sie sich ganz aufrichtete und auf den Füßen stand, waren ihre Bewegungen schwerfällig, ungewandt. Sie wurde sehr rot im Gesicht, als sie zu ihm aufblickte; aus den großen dunklen Augen kam ein unsicher zurückweichender Blick, ihre Hände versuchten das reiche, teerdunkle Haar über die Schultern zurückzuwerfen.

Eirik ging ganz hinunter, gab ihr die Hand.

»Bist du jetzt heimgekehrt, Bothild – willkommen!«

Sie erwiderte den Druck seiner Hand nicht, rasch und scheu zog sie ihre Hand aus der seinen; sie stand mit gesenktem Kopf da und blickte zu Boden, und ihre Stimme war klanglos und verschleiert.

Eirik selber fühlte sich verwirrt und schwer ums Herz, weil er bei dem Anblick dieses Mädchens so jäh beunruhigt wurde – ihre unsichere Haltung, der gesenkte Kopf und die flüsternde Stimme verrieten ihm, daß es nun zu Ende war mit dem unschuldigen und sorglosen Leben, das er daheim genossen hatte. Das Erschreckte, das über Bothild lag, wie sie so mit den runden Schultern vornübergeneigt dastand, mit vollem Busen und breiten Hüften, der starke Geruch des vom Meerwasser nassen Haares – es war, als sei sein Gewissen wie auch das ihre bereits verdunkelt.

Sie redeten ein wenig von ihrer Reise, und dann sprachen sie vom Wetter, das so drohend aussah; Eirik sagte, er wolle sehen, noch soviel wie möglich von dem Getreide hereinzubringen, ehe das Gewitter losbräche. Bothild flüsterte, ja – käme das Wetter nicht jetzt bald, so hätten sie es doch wohl sicher zur Nacht zu erwarten. Dann und wann leuchtete ein schwacher Blitz weit im Norden auf, und der Donner rollte dumpf in der Ferne.

Eirik schielte verstohlen zu ihr hinüber, während sie Seite an Seite zum Hof gingen. Sie war groß, hielt sich jedoch nicht aufrecht, das Haar war üppig und lang, jetzt aber struppig vom Salzwasser. Doch ihr Gesicht war schön, rund und weiß, mit roten Rosen auf den Wangen; sie hatte eine breite, glänzend weiße Stirn, schwarze geschwungene Brauen, und die dunkelblauen Augen sahen unter den vollen weißen Lidern mit einem schrägen, versteckten Blick auf. Der Mund war groß und das Kinn klein und apfelrund. Einmal lächelte sie über etwas, was er sagte, und da sah er, daß sie kleine, kurze Zähne hatte, die etwas entfernt voneinander standen, wie die Milchzähne eines Kindes, und sie zeigte das Zahnfleisch, wenn sie lächelte – da kam ihn die Lust an, sie zu nehmen und zu küssen.

Er brachte an diesem Nachmittag noch das ganze Getreide von dem Guten Acker herein; das Gewitter verzog sich landeinwärts am Fjord entlang nach Norden, kam nicht nach Hestviken. Draußen war es schon dunkel, und ferne Blitze blinkten durch den Abend auf, zwischen jedem Donner vernahm man die Stille des Fjords unter den Klippen drunten, seltsam unheimlich in dem schwülen Spätsommerabend. Die Männer gingen hinein. Bothild trug das Essen auf, in ebenso geduckter Haltung, wie sie alles tat. Aber es war leicht zu sehen, daß Cecilia große Freude darüber empfand, ihre Pflegeschwester wieder da zu haben. Dies erhöhte den feindlichen Zug in Eiriks beunruhigtem Gefühl gegenüber Bothild – das war keine geziemende Spielgenossin für seine Schwester, dünkte es Eirik – eine Frau, die seine Begierde in dieser Weise erregte.

Im Lauf der Nacht erwachte er von einem Donnerschlag – jetzt goß es in Strömen: es trommelte dumpf auf das Wasendach, troff herunter und fiel plätschernd auf die Felsen des Hofplatzes, brauste in den Kronen der Laubbäume. Von einer Stelle oben beim Rauchloch lief es in die Stube herein. Das Aufleuchten der starken Blitze schimmerte durch die Spalten in der Giebelwand oben – die Balken waren in der langen Dürre undicht geworden –, und ein Donner nach dem anderen krachte und brüllte unmittelbar über dem Hof.

Kaum war Eirik wach, so mußte er an Bothild denken – daß sie nun oben im Dachraum über der Nebenkammer lag. Jörund schlief wie ein Stein neben ihm an der Wand; Eirik lag außen im Bett. Er fühlte sich versucht, aufzustehen und zu der Leiter hinzugehen – hinaufzurufen, ob auch die Mädchen wach seien; vielleicht fürchteten sie sich bei diesem Gewitter –. Er blieb jedoch liegen.

Er versuchte, an anderes zu denken – an die Äcker im Tal und an das Korn, das beinahe reif war, wie es dem Getreide wohl in diesem Wetter erging? Er konnte sich nicht erinnern, Bothild Asgerstochter bei seinem letzten Daheimsein beachtet zu haben, in jenem Kriegssommer, es war jetzt wohl drei Jahre her –. Cecilia war damals noch ein Kind gewesen, der Vater hielt sich mit Ivar Jonssohn in Schweden auf. Bothild ging ihrer Großmutter im Haus an die Hand; das taten beide Mädchen. Er hatte nicht viel von ihnen gesehen und auch nichts nach ihnen gefragt.

Er wußte nicht, woher ihm dieser Gedanke gekommen war, daß Bothild nicht so rein und unberührt sei wie Cecilia.

4

Für Eirik war es zu Ende mit dem Frieden daheim und den schuldlosen, reinen Sommertagen. Jetzt waren sie stets vier junge Menschen – denn Cecilia kam nicht auf den Gedanken, daß sie irgendwohin gehen könnte, ohne ihre Schwester dabeizuhaben. Für Eiriks aufgejagte Sinne jedoch stellte es sich so dar, als ob Bothild sich an die Jüngere anklammere. Stets kam sie gleichsam etwas später, folgte hinterdrein mit ihren zögernden, schwerfälligen und wollüstigen Bewegungen und dem ewig verstohlenen, scheuen Blick, der von unten herauf kam – er war es, den sie mit diesen Blicken verfolgte, so daß er das Gefühl hatte, als berühre sie ihn mit der Hand; kaum aber sah er sie an, so glitt ihr Blick weg. Es erweckte eine Art Wut in dem Mann – daß er nie Frieden vor ihr finden konnte; er schämte sich für seine eigenen Gedanken – hier ging er zwischen

seinem Vater und seiner Schwester – aber Unruhe und Begierde überwältigten ihn um Bothilds willen.
Er fühlte Lust, hart und grausam mit ihr umzugehen, wenn er sie einmal in seine Gewalt bekäme – sie weinend und niedergebrochen von sich wegzuschicken. Es war eine sinnlose Sehnsucht, dieser Wille zum Bösen, der einer unbekannten Tiefe in seinem Innern entsprang – diese unverständige und blinde Laune eines Herrn, der böse gegen den Sklaven wird, weil die ängstlichen Mienen und die demütigen Versuche des Sklaven, seinen Kummer zu verbergen, ihn aufreizen –. Denn das war es, sie glich einer Sklavin, einem geraubten Weib. Selbst die beiden dicken Zöpfe, die ihr über die volle, ein wenig schlaffe Brust hingen, erinnerten an Ketten; sie reichten fast bis an die Knie, und es war, als zöge ihr Gewicht den Kopf nach vorn, und als ginge sie deshalb so vornübergebeugt. Bothilds Haar war übrigens nicht so schwarz und struppig, wie er geglaubt hatte – damals, als er sie zum erstenmal sah, war es naß gewesen –; es hatte eine sanfte braune Farbe, spielte ein wenig ins Rötliche hinüber und stand gut zu ihrer weißen und roten Hautfarbe und den dunklen blauen Augen. Aber auch ihre Schönheit stimmte Eirik nicht sanfter gegen sie.
Er redete beinahe gar nicht mit ihr – alles trug sich nur in seinen Gedanken zu, alles das mit Bothild. Einer Frau etwas anzutun, die auf dem Hofe seines Vaters lebte, das vermochte er nicht. Außerdem fürchtete er sich vor dem Vater – jetzt, da die Reinheit und der Frieden in seinem Gemüt getrübt waren, erwachte auch wieder die ganze Angst seiner Kinderjahre vor dem Vater.

Entweder merkten Olav und Cecilia nichts davon, daß sich heimlich zwischen Eirik und Bothild Asgerstochter etwas zutrug, oder sie deuteten das, was sie merkten, anders, als es sich verhielt: die beiden mochten einander nicht, oder sie waren schüchtern. Weder der Vater noch die Schwester jedenfalls ließen mit einem Zeichen erkennen, daß sie etwas dachten.
Jörund hatte rasch begriffen, was Eirik fühlte.
»Ich begreife nicht«, sagte er einmal mit jenem Grinsen, das Eirik nicht leiden konnte, »daß sie dir so gefällt. Sie schwitzt doch so.«
Ein anderes Mal sagte er – es war an einem Abend, nachdem sie sich schlafen gelegt hatten: »Es ist doch schade, daß du sie nicht zu deiner Buhlerin machen kannst – da sie unter Olavs Schutz steht –, und sie ist wohl nicht so reich, daß du daran denken könntest, sie zu heiraten!«

Eirik schwieg, überwältigt von Aufruhr. *Sie* heiraten – sie war die Letzte in der Welt, die er zum Weib hätte nehmen mögen! Solche Gedanken waren es nicht, mit denen er an Bothild dachte.

Jörund machte sich zur Abreise bereit – er sollte zu Mariä Geburt daheim sein. Baard auf Skikkjustad hatte sich über Jörund erkundigt. Man müsse ihn eine gute Heirat nennen, sagte Baard. Es herrschte Reichtum auf Gunnarsby, und weitere Erbschaft hatten Gunhild Rypas Söhne zu erwarten; Kolbein hatte wie ein Fürst dort in der Gegend gelebt und war ein geachteter Mann gewesen. Die Söhne, die jetzt auf dem Hof saßen, waren zwar nicht so gern gesehen, aber das, was die Leute über sie zu sagen hatten, waren fast lauter Dinge, wie Neider sie stets auszusetzen haben, wenn reiche Männer auf ihrem Recht bestehen. Die beiden älteren Brüder waren mit Töchtern vornehmer und bekannter Männer verheiratet – »ich kann dir also nicht abraten, sie anzuhören, wenn es dich im übrigen dünkt, daß Jörund es wert sein könnte, mit euch verbunden zu werden«, sagte Baard zu Olav. So ließ Olav zu Eirik darüber einige Worte fallen: wenn Jörund so gesonnen sei und seine Verwandten es sich überlegen wollten, so könne man ja immerhin über die Sache sprechen.
Eirik war sofort ein wenig verstimmt. Er wußte nicht, woher dies kam – jetzt fand er plötzlich, daß es keine solche Eile damit habe, Cecilia zu verheiraten. Sie war noch nicht viel mehr als ein Kind, seine gute kleine Schwester.

Eines Morgens sagte Cecilia zum Vater, sie und Bothild müßten nun ausziehen und eine Zeitlang in der Frauenstube schlafen – sie hätten jetzt die Wintersachen für die Leute auf dem Hof instandzusetzen, und da müßten sie oft bis tief in die Nacht hinein aufbleiben.
Ehe Eirik an jenem Abend zu Bett ging, suchte er noch das Gewand hervor, das er am nächsten Morgen anziehen wollte, um auf den Fjord hinauszufahren – Olav und die Knechte sollten in der Dämmerung auf den Makrelenfang ausziehen. Da sah er, daß das Wollhemd, das er anziehen wollte, an den Ellbogen zerrissen war. Eirik nahm das Hemd und ging hinaus, er wollte die Schwester bitten, es zu flicken, die Mädchen waren noch auf, das hatte er gehört, als er kurz vorher an ihrer Tür vorübergegangen war.
In der Vorstube war es stockfinster. Hinter der dünnen Plankenwand hörte er die Schwester mit Truhen und Schreinen poltern; sie bat Bothild, die Tür zu öffnen, als Eirik anklopfte.

Dann wurde die Tür aufgeschlagen, es war hell in dem Raum hinter Bothilds Rücken. Die dunkle Frauengestalt in der Türöffnung schien vor Schreck zusammenzusinken, als sie sah, wer draußen stand. Mit ihrer tonlosen, flüsternden Stimme sagte Bothild, Cecilia sei mit Aufräumen beschäftigt: »Ich werde es für dich nähen.«
Sie streckte die Hand nach dem Hemd aus – »Komm her« – befahl Eirik leise und packte sie beim Handgelenk. Mit einem leisen Seufzer, wie von Angst, gehorchte das Mädchen: sie duckte sich unter dem Türrahmen und ließ sich in den Vorraum hinausziehen. Im nächsten Augenblick hatte er sie gepackt und gegen die Wand gepreßt. Er drängte sich an sie und suchte in der Dunkelheit mit seinem Gesicht nach dem ihren, fühlte ihre Zöpfe und fand die eiskalte weiche Rundung ihrer Wange; mit seinen Küssen nagelte er den Kopf, der heftig auszuweichen suchte, an die Wand.
»Komm mit mir hinaus«, flüsterte er, »komm mit mir hinaus –.«
Sie schluckte vor Entsetzen, er hörte, daß ihre Zähne aufeinanderschlugen, und ihre weichen, kalten Hände rangen ohnmächtig – sie versuchte sich zu wehren, besaß jedoch nicht die Kraft. Eirik nahm ihre beiden Hände in seine eine und drückte zu, als wollte er ihr das Blut unter den Nägeln herauspressen. So aufgeschreckt war sie, daß Eirik kaum wußte, ob sie ein Wort von seinem wilden und schamlosen Geflüster verstand –.
Da rief Olav etwas durch die Tür zum Vorraum herein. Sie hatten ihn nicht kommen hören. Er rief nach Cecilia. Eirik ließ Bothild los, er bebte selber – Cecilia trat in die innere Tür: »Steht ihr *hier*?« fragte sie erstaunt, und an den beiden vorüber: »Was willst du, Vater?«
Olav fragte nach dem kleinen Zuber, den er in der vergangenen Woche heraufgebracht hatte, um ihn mit Lauge auskochen zu lassen.
»Das hat Inga sicher vergessen – ich werde dir einen anderen suchen, Vater.«
Sie ging in die Stube, um ein Licht zu holen, und kam wieder heraus. »Habt ihr gestritten?« fragte sie halb lächelnd, als das Licht über die Gesichter der beiden im Vorraum fiel. Dann lief sie fort –.
Eirik hörte den Klang der Absatzeisen des Vaters sich über den felsigen Hofplatz entfernen. Er hatte einen Schimmer von Bothilds leichenblassem Gesicht gesehen, als sie sich durch die Stubentür drückte. Jetzt ging er hin und schaute hinein –.
Sie war vor der Kleidertruhe in die Knie gesunken, das Gesicht hatte sie in die gefalteten Hände gelegt. Es machte ihn rasend, sie so daliegen zu sehen – als bete sie –.

»Steh auf«, sagte er, seine Stimme wurde roh und hart –, »ehe Cecilia kommt. Du willst doch wohl nicht, daß *sie* etwas davon merkt?« Dann ging er hinaus.

Als er am nächsten Morgen im ersten Dämmern des Tages zum Bollwerk hinunterging, sah er sie vor sich über den Hang hinabschreiten, sie trug einen großen Korb. Beim Boot traf er mit ihr zusammen, sie war inzwischen an Bord gewesen und kehrte nun soeben über die Laufplanke zurück. Eirik reichte ihr die Hand zur Hilfe – ihr Oberkörper sank ganz zusammen, während des kurzen Augenblicks, da er sie festhielt, und er sah, daß ihr Gesicht schneeweiß war, aber unter den Augen hatte sie tiefe blaue Ringe. Das hatte sie übrigens oft, fiel ihm ein – gewiß erschienen ihre Augen darum so groß.

Kaum war aber Eirik an Bord gekommen, so ging Olav auf ihn zu und sagte ihm, er solle lieber an Land bleiben. Es könnte sein, daß sie erst am übernächsten Tag zurückkämen, und er erwarte halb und halb, daß Reidulf, der Lensmann, am nächsten Tag in einer Angelegenheit nach Hestviken kommen würde. Olav gab Eirik Bescheid, was er zu sagen und zu tun hätte, wenn der Lensmann eintreffen sollte.

Eirik blieb stehen und sah dem Boot so lange nach, bis es im Morgennebel undeutlich wurde. Man vermochte gerade noch das gegenüberliegende Ufer zu erkennen – die kleinen Laubbäume an den Felswänden drüben waren bereits gelb – darauf hatte er noch kaum geachtet, man war nun schon ein Stück weit in den Herbst hineingelangt. Er lauschte auf den Klang der Ruderschläge im Nebel, die kleine Schute war nur noch wie ein Schatten. Eirik schauerte leicht zusammen – es war kühl – er drehte sich um und wollte zu den Häusern hinaufgehen.

Beim Lagerschuppen hörte er, daß jemand drinnen war. Sofort blieb er starr und gespannt stehen und lauschte – sollte sie das sein –?

Er schlich sich an die Tür heran, lugte hinein. Bothild wandte ihm den Rücken, sie zog gedörrte Fische aus einem Bündel. Mit zwei Sprüngen war er über ihr, schlang die Arme von hinten um sie. Er fühlte ihren Körper zusammensinken, als sei jeder Knochen darin geschmolzen, sie hing kraftlos über seinen Armen, die er unter ihrer Brust verkreuzte. Da schleuderte er sie hin, so daß sie zu Boden fiel – Eirik lief zur Tür und verschloß sie.

Als er sich zurückwandte, stand sie vor ihm, aufrecht und gerade, flammend rot: »Was tust du!« Ihre Augen waren kohlschwarz und

groß. – »Du beträgst dich wie ein – du beträgst dich nicht wie ein *Mann* – oh!« Bothild schrie einmal auf, laut und scharf, und dann stürzten ihr die Tränen aus den Augen.
Eirik liefen kalte Schauer über den Rücken – bei dem Anblick der Erbitterung des Mädchens wurde er sofort nüchtern. Aber ihr Weinen stürzte ihn in eine neue Gemütserregung – die Schande und das Gefühl des Unglücklichseins verwirrten ihn – und sie weinte so, daß ihn Angst befiel: »Wein doch nicht so –« murmelte er erschüttert.
Bothild aber schluchzte weiter, so daß ihr die Tränen über die verzerrten Gesichtszüge rannen. Einmal schlug sie die Hände vors Gesicht, ließ sie aber gleich wieder schwer fallen.
»Was habe ich dir denn *getan*«, rief sie, »was für ein Mann bist du geworden!«
»Bothild!« bat Eirik unglücklich. »Du wirst doch wohl nicht glauben, daß ich das im Ernst meinte – es war nur Scherz –.«
»Scherz!« Funkelnd vor Zorn blickte sie ihm voll in die Augen. »Nennst du *das* Scherz –« Dann nahmen ihre Tränen wieder überhand. Sie weinte so, daß sie sich setzen mußte – sank auf eine Truhe und wandte ihr Gesicht von ihm ab. Nach und nach weinte sie leiser, die Stirn gegen die Wand gestützt, aber schmerzlich und klagend.
Eirik blieb still stehen. Er suchte vergeblich nach einem Wort, das er hätte sagen können. Endlich nach langer Zeit wandte sich Bothild ihm wieder halb zu; sie stieß einen langen bebenden Seufzer aus: »Ach ja! Ich hatte nicht erwartet, daß es so werden würde, wenn du wieder zu uns heimkämst –«
»Wenn ich heimkäme?« fragte Eirik schwach.
»Wir dachten, einmal müßtest du doch wohl wieder heimkommen«, sagte sie fast höhnisch. »Wir redeten oft davon, Cecilia und ich –« Jetzt weinte sie wieder.
»Weine nicht so«, bat Eirik schließlich.
Bothild stand auf, fuhr sich mit den Händen über das nasse Gesicht.
»Mach mir die Tür auf«, befahl sie kurz.
Eirik gehorchte, blieb jedoch vor der Tür stehen.
»Geh weg«, sagte sie wie zuvor. »Laß mich jetzt hinaus!«
Eirik trat zur Seite. Bothild ging an ihm vorbei und hinaus. Eirik blieb stehen – verspürte das Erstaunen in seinem Inneren wie ein Aufleuchten, zuerst schwach, dann nahm es immer mehr und mehr zu. Jetzt begriff er selber nicht, daß er so mit ihr hatte umgehen können.
Weiter oben am Hang holte er Bothild wieder ein. Sie stand da und

drückte große taufeuchte Blätter gegen ihr verweintes Gesicht und die roten Augen. Er blieb vor ihr stehen, da bat sie, ohne ihn anzusehen: »Geh –« Er zögerte ein wenig. Bothild sagte ungeduldig: »So geh doch – ich kann mich nicht so verweint vor den Leuten sehen lassen.«
Eirik gab keine Antwort, ging weiter.

Jetzt begriff er nicht, was ihm widerfahren war. In demselben Augenblick, in dem die Wehrlose sich zur Gegenwehr setzte, war es, als weiche ein Teufel von ihm. Er war verwirrt und beschämt, aber nicht sehr, denn schon standen seine eigenen bösen Gedanken wie unwirklich vor ihm – nur ein schlimmer Traum.
Der Tag brachte strahlenden Sonnenschein und eine Wärme wie im Sommer. Eirik und ein Knecht, der daheimgeblieben war, arbeiteten auf der Neurodung oben unter dem Wald. Eirik packte gehörig an – das war seine Art, wenn er erst einmal eine Arbeit angefangen hatte. Gleichzeitig aber war er tief in Gedanken versunken – Bothild war es, die ihm die ganze Zeit im Sinn lag. Er mußte an ihren bebenden Zorn und ihr bitteres Weinen denken. Und jetzt erst erkannte er richtig, was sie gesagt hatte – sie und Cecilia hätten oft davon gesprochen, wenn er einmal heimkäme –.
Ein schmerzliches, stilles Schamgefühl durchschnitt ihn bei diesem Gedanken. Waren die beiden armen Mädchen hier umhergegangen und hatten auf ihren Bruder gewartet –! Bothild hatte wohl erwartet, daß er auch sie für eine Schwester ansehen würde –.
Die empörten und rohen Gedanken, die er über sie gedacht hatte, lagen tot am Grunde seines Gemütes, wie vertrockneter Schlamm nach einer Überschwemmung. Und so wie neues feines Gras durch die erstarrte graue Schlammdecke bricht, brachen unaufhörlich neue Gedanken über Bothild in ihm auf.
An jenem Tag sah er sie nicht wieder, bis er zum Abendessen in die Stube kam. Sie ging still umher, trug den schönen Kopf geneigt wie stets unter dem Gewicht der Zöpfe, aber das Gedrückte und Versteckte, das über ihr gelegen und das ihn zu böser Wollust aufgereizt hatte, war jetzt weg. Sie war nur noch eine stille junge Hausmutter, die ruhig ihrer Arbeit nachging.
Selbst ihre Schönheit rührte ihn nun auf eine andere Art – jetzt sah er nur Süßigkeit und Sanftheit in ihrem rundlichen weißen und roten Gesicht und Würde in ihren langsamen Bewegungen und in der vollen Gestalt.

Der Lensmann kam am nächsten Tag nicht, und auch am Tag darauf war er bis um die Mittagszeit noch nicht erschienen. Um die Zeit der None ging Eirik zum Hof hinunter, um sich etwas zu essen zu holen. Er kam heraus, mit dem Brot in der Hand, hörte, wie Inga Bothild etwas zurief – sie saß hinter dem Wohnhaus, dem Meer zugewandt. Er ging dorthin – sie saß in der Sonne und nähte.

Sie schaute kurz auf, als er kam – aber in ihrem Blick war jetzt nichts von dem Angstvollen und Haftenden. Bothild beugte sich über ihre Arbeit, sie sah schwermütig aus, jedoch ruhig und lieblich.

Eirik blieb stehen, an die Wand gelehnt. Als er das Brot gegessen hatte und sie immer noch nicht gesprochen oder aufgesehen hatte, mußte er selber anfangen: »Bist du mir noch böse, Bothild?«

»Böse –« sagte sie leise, nähte schweigend eine Zeitlang weiter. »Ich weiß selber beinahe nicht, *was* ich bin, Eirik – denn ich verstehe es nicht. – Nein, ich verstehe es nicht, warum du so gegen mich sein konntest!«

Eirik war ratlos. Denn als er antworten wollte, er habe geglaubt, sie wolle ihn an sich locken, merkte er selber, daß er das nicht sagen durfte – dadurch würde alles noch viel schlimmer.

»Das kann ich dir nun versprechen«, sagte er leise und seufzte ein wenig, »ich werde dich nicht wieder kränken.«

Bothild ließ die Näharbeit in den Schoß sinken, hob langsam ihr Gesicht zu ihm auf. Und jetzt berührte es Eirik auf eine ganz neue Art: das runde weiße Gesicht mit den zwei klaren Rosen auf den Wangen, die dunklen, grübelnden Augen, der feine Mund, der klein aussah, wenn sie betrübt war. Jetzt fühlte er nur Lust, ihre Wange zu streicheln, freundlich und sanft den langen weißen Bogen der Kehle entlang zu fahren – ihn dünkte, er wolle ihr so herzlich wohl.

»Ist es um meiner Großmutter willen«, fragte sie ernsthaft, »daß du so – haßerfüllt gegen mich warst?«

Eirik griff dies gierig auf: »Ja – aber jetzt verstehe ich nicht mehr, daß ich finden konnte, du habest Ähnlichkeit mit Maerta –«

»Trotzdem wollte Großmutter nie etwas anderes als Olavs Wohlergehen«, erwiderte Bothild sanft. »Stets rief sie mir ins Gedächtnis, wie großen Dank wir deinem Vater schuldeten – sagte stets, Gott möge es ihm lohnen, wir könnten das nicht. Und auch ich will ja nichts anderes als sein Bestes – ich bin nicht herrschsüchtig, Eirik, sondern tue alles im Einverständnis mit Cecilia –.«

Eirik wurde von einer heftigen Freude und Erleichterung erfaßt, Gott sei gedankt für ihre Unschuld – sie hatte weiter nichts begriffen, als

daß sie glaubte, er sei häßlich gegen sie, weil er der Schwester wegen eifersüchtig war, oder sich um der alten Riesin willen rächen wollte –. Sie glaubte sicher, er hätte sie nur demütigen wollen –.
Er hatte gehört, daß jemand durchs Kverntal unten ritt, und nun meinte er, nachschauen zu müssen, wer auf den Hof komme. Es half also nichts, er mußte sich losreißen.
Die Reiter standen bereits auf dem Hofplatz. Es waren Ragnvald Jonssohn, der junge Bruder des Lensmanns auf Galaby, und Gaute Sigurdssohn, den die Leute Virvir nannten; Eirik war in diesen zwei Monaten seines Daheimseins oft mit ihnen zusammengetroffen. Er rief Bothild herbei, und sie kam hinter dem Haus hervor.
»Hei«, sagte Ragnvald lachend, »du warst nicht allein! Da fürchte ich, daß wir unwillkommen sind –«
»Nähst du ein Hemd für Eirik, Bothild«, neckte Gaute Virvir.
Und jetzt duckte sie sich gleich wieder zusammen, mit flackerndem Blick. Sie ging rasch fort, als weiche sie zurück. –
Ragnvald und der andere waren den Landweg gekommen, denn sie hatten im Kirchort etwas zu tun gehabt, und mit nüchternem Magen waren sie dort nicht aufgebrochen, so daß Eirik dachte, es wäre am besten, die Angelegenheit erst zu erledigen, ehe sie sich an den Tisch setzten. Die Schwestern hatten gedeckt und aufgetragen, als die Männer vom Dachraum zurückkamen, und jetzt waren die Fremden auch hungrig und gar nicht wenig durstig. Während die Männer aßen und tranken, blieben die beiden jungen Mädchen mit in der Stube. Ragnvald hatte es beständig auf Cecilia abgesehen, und Cecilia gab schnippische und spitze Antworten; doch konnte Eirik merken, daß dieses Wortgeplänkel Cecilia Spaß machte – er hatte es früher schon gemerkt, die Schwester mochte es nicht ungern, wenn sie sich hervortun konnte. Bothild hatte wieder ihr scheues und unsicheres Wesen bekommen und schien ganz unglücklich zu sein, als Gaute sie nach einem gewissen Einar von Tegneby ausforschte, den sie im Sommer getroffen haben sollte, als sie mit Signe Arnestochter bei deren Tochter weilte. Eirik gefiel es nicht, zu hören, wie man sie mit einem anderen Mann neckte, und es gefiel ihm nicht, daß sie so aussah, als habe sie ein schlechtes Gewissen.
Ragnvald und Gaute brachen erst einige Zeit nach Sonnenuntergang auf. Und nun wollten sie, daß Eirik und die Mädchen sie noch ein Stück weit begleiteten.
»Nein, ich wage nicht, dich zu begleiten, Ragnvald«, sagte Cecilia Olavstochter, »ich könnte in das gleiche Unglück geraten, wie es Tora

Paalstochter widerfuhr – du scherztest so lange mit ihr, bis sie sich vor lauter Gähnen den Unterkiefer ausrenkte. – Auch kann es sein, daß Vater und die Männer bald heimkommen, ich kann nicht von daheim wegbleiben. Aber du, Bothild, könntest mit bis zu Liv hinaufgehen, nun, da Eirik dich zurückbegleiten kann.«

So machten die vier sich auf den Weg. Ragnvald und Gaute ließen ihre Pferde vorausgehen, die drei jungen Männer folgten plaudernd nach, und Bothild kam mit einem Bündel und einem Korb ein Stück weit hinterdrein. Es fing schon an zu dämmern; dünner weißer Dunst lag über den herbstbleichen Äckern, und der gelblich-rote Ton am Himmel verfärbte sich und wurde rostrot. Es roch bitter und welk in dem Erlenwald am Fluß, und der Weg war naß von dem Tau, der mit dem fallenden Laub herabtropfte.

Bei Rundmyr bog Bothild vom Weg ab – die schwarze gebeugte Gestalt ging bereits hoch oben über die Wiese, als die Männer es gewahr wurden. Eirik wollte mit den anderen noch weitergehen, sie baten ihn lachend, sich nicht zu bemühen. Jetzt stiegen sie zu Pferd.

»Schaurig kalt, um mit seinem Blumenkind im Hain zu spielen«, sagte Ragnvald lachend. »Aber ihr könnt euch wohl die Zeit nicht aussuchen – unten ist gewiß der Alte hinter euch her –«

»Gute Nacht«, wünschten beide. »Hüte dich, Eirik, daß heute nacht nicht die Trolle dein schönes Weib nehmen!«

Eirik blieb stehen und lauschte hinter den beiden her, die in den Abend fortritten. Dann wandte er sich zu dem kleinen Anwesen zurück.

Dort brannte ein schönes Feuer auf der Herdstätte bei der Tür, und in einer Eisenklammer in der Nähe von Livs Lager auf der einen Erdbank stak ein Licht. Bothild saß zu Füßen der Mutter und wickelte das Kind. Auf der andern Bank saßen Anki und die sechs älteren Kinder und schmausten von Cecilias Sendung, und der gute Duft von Fleisch in einem Topf, der über dem Feuer stand, war beinahe stärker als der üble Geruch in der Hütte. Behaglichkeit und Sorglosigkeit mitten in der Armut schlugen Eirik entgegen, als er aus dem naßkalten Herbstabend hereinkam.

Eine Weile saß er da und redete mit Anki, während Bothild allerhand ordnete – sie ließ sich Zeit damit, bis Eirik ungeduldig mahnte: nun müsse sie kommen, draußen sei schon dunkle Nacht.

Sie gingen fort, er voraus und sie hinterdrein, über die Äcker in Rundmyr, die grau in der Dunkelheit aufschimmerten, zu dem Reitpfad durch den Wald hinunter. Sie gingen am Bach entlang, der im

Gebüsch leise rieselte und gluckste; im Herbst führte er beinahe kein Wasser.
Von Zeit zu Zeit merkte Eirik, daß sie zurückblieb – dann hielt er im Gehen inne und wartete, bis sie kam. Und je öfter er so dastehen und in der Dunkelheit unter den Bäumen auf sie warten mußte, desto mehr war es, als könne er seinen bösen Willen nicht mehr bekämpfen.
Schließlich, als er wieder einmal wartete, kam sie nicht nach. Eirik hielt den Atem an, während er zurückging, und versuchte so lautlos wie möglich aufzutreten. Er stieß im Dunkeln gegen sie – als er sie an der Schulter berührte, fühlte er, daß sie zitterte.
»Was ist denn?« Das Blut pulste in ihm, so daß er seiner Stimme kaum Herr war.
»Ich kann nicht mehr weitergehen«, flüsterte sie voller Jammer.
»Dann müssen wir eine Zeitlang rasten –« Er packte sie, zog sie mit sich an den Rand des Weges, wo er eine kleine Lichtung zwischen den Bäumen sah. »Du willst es selber!« flüsterte er drohend.
Auf einmal riß sich Bothild von ihm los. Es dauerte einen Augenblick, bis Eirik sich besann – er hörte ihre flüchtenden Schritte auf dem Weg, setzte ihr nach, dann ein dumpfer Ton – Eirik wäre beinahe über den liegenden Körper gestolpert. Er bückte sich zu ihr hinunter – sie war vornüber gefallen. Eirik umfaßte sie, legte die Hand über ihren Mund und fühlte, wie etwas Nasses, Warmes herausquoll und -strömte – zuerst wußte er nicht, was es war, Ekel und Wut kochten in ihm auf – da lag die Hündin und kotzte –! Dann erfaßte ihn das Grauen, er merkte, daß es Blut war –.
Er drehte sie herum, kniete im Schmutz des Weges und lehnte sie an seine Brust. Es war so dunkel, daß er die bleiche Rundung des Gesichts und das Dunkle, das stoßweise aus ihrem Mund quoll, nur ahnte.
»Bothild – was ist das – hast du dich so aufgeschlagen?«
Er konnte keine Antwort erhalten, aber unter seiner Hand fühlte er das Herz des Mädchens mit dem seinen um die Wette schlagen. Vergeblich fuhr er fort zu betteln: »Kannst du nicht antworten, Bothild – Bothild, hast du dir weh getan –?«
Schließlich mußte er sie hinlegen. Er rannte durch die Büsche. Steine rollten unter seinen Füßen fort und Äste zerbrachen, während er in der Dunkelheit dahintappte und nach einer tiefen Stelle im Fluß suchte, um seinen Hut füllen zu können. Das Wasser rann durch den Filz; er hatte kaum noch einige Tropfen, als er Bothild wiederfand – damit bespritzte er sie. Jetzt spürte er auch den Geruch des Blutes;

seine eigenen Kleider waren voller Blut, und er fühlte sich krank vor Entsetzen und Ekel. Und Bothild lag da und schwieg, als sei sie schon tot –.

Da merkte er, daß er nichts anderes tun konnte – er hob sie auf seine Arme. Er mußte sie nach Hause bringen – aber schwer war sie, hing ihm leblos in den Armen. Der kurze Weg, in der Finsternis über Stock und Stein, wurde so lang wie die Ewigkeit. Und er selber war innerlich wie zerrissen – die wilde Begierde, die an diesem grauenvollen Rätsel zerschellt war –.

Endlich nach langer Zeit – so dünkte es ihn – erreichte er mit seiner Bürde den Hof.

Er stieß die Tür zur Frauenstube auf, ging zum Bett und legte Bothild darauf. Dann ging er hinaus, um Hilfe zu suchen – Cecilia, wo war sie?

Im Wohnhaus – als er eintrat, sah er, daß der Vater und die drei Bootsmänner am Tisch saßen und aus der Schüssel aßen. Die Schwester und die Magd waren im Begriff, die Kleider bei der Feuerstätte aufzuhängen.

»Ich glaube, Bothild ist krank –«

Cecilia drehte sich jäh herum – sah den Bruder dort am Rande des Lichtscheins stehen, mit blutigem Gesicht und mit Händen wie in Blut getaucht. Mit einem lauten Stöhnen ließ sie das Kleidungsstück fallen, das sie gerade aufhängen wollte, stürzte an ihm vorüber und zur Tür hinaus.

Aber auch Olav war aufgesprungen. Er setzte über den Tisch hinweg und lief der Tochter nach.

Und die Männer hatten sich erhoben, traten näher.

»Jesus Maria«, sagte der alte Tore klagend. »Jesus Maria – so ist es also wiedergekommen!«

Inga, die Magd, seufzte erfahren: »Konnte man anderes erwarten – die Schwindsucht ist so – sie läßt nicht mehr los, wenn sie einmal einen jungen Leib gepackt hat. Das habe ich mir die ganze Zeit gedacht – für Bothild, die Ärmste, gibt es wohl keine Hoffnung –«

»Cecilia wird das schwernehmen«, sagte einer der Männer. »Olav aber auch – sie haben sie so gerne, als wäre sie ihr eigenes Fleisch und Blut.«

»Allzu weiß und rot«, meinte Tore. »Ich hab' mir's wohl gedacht – ihr war kein langes Leben bestimmt. Wie eine Fremde ging sie umher – nichts half, soviel Messen auch Olav für sie lesen ließ und so sehr er auch wie ein Vater gegen sie war.«

Eirik war auf die Bettlerbank bei der Tür gesunken. Er wußte nicht, daß er sein Gesicht in den Armen verborgen hielt. Es war, als würde eine Hülle nach der anderen vor seinem Blick weggezogen – Schwindsucht, sagten sie, sie habe schon früher Blut gespuckt – sie war die ganze Zeit krank gewesen, und keiner hatte es ihm gegenüber mit einem Wort erwähnt. Alle die Zeit, während er so über sie gedacht, dies grausame Spiel mit ihr getrieben hatte, war sie ein krankes Geschöpf gewesen –.

So saß er, als jemand ihn an der Schulter berührte.

»Wie ging es zu – daß es sie so hart überfiel?«

Olav hatte leise gesprochen. Eirik blickte auf. Der Vater sah aus, als habe er bereits vergessen, wonach er gefragt hatte. Er starrte vor sich hin, bitter vergrämt. Eirik vermochte ihn nicht länger als einen Augenblick anzusehen.

Jetzt kam Cecilia herein. Das Gesinde drängte sich mit Fragen um sie. Das Mädchen schüttelte nur den Kopf – ihr Gesicht war wie zusammengepreßt; sie wollte weinen. Rasch nahm sie aus ihrer Truhe ein Kästchen und wollte wieder hinausgehen.

»Ich werde heute nacht mit dir wachen«, sagte Olav leise.

Die Tochter blieb stehen, nickte. Da nahm Olav sie in seine Arme, hielt ihr Gesicht einen Augenblick an seine Brust gedrückt. Dann ging er mit ihr hinaus.

– Eirik stand vor der Tür zur Frauenstube, wagte jedoch nicht hineinzugehen. Er erinnerte sich an jenen Abend kürzlich, da er mit ihr dort im Vorraum stand – er hatte nicht geahnt, daß sie eine Kranke war. – Inga kam heraus, um etwas zu holen. Es stünde schlecht um Bothild, antwortete sie auf Eiriks Frage. Der Blutgeruch aus seinen eigenen Kleidern wollte ihn fast ersticken.

Er ging zurück und legte sich zu Bett. Er hatte nicht geahnt, daß sie krank war, und jetzt begann er zu verstehen, was unter ihrem seltsamen Wesen gelegen hatte – so daß ihm angst wurde und er sich wehrte und nicht gezwungen werden wollte, alles zu sehen. Daß dir nicht der Troll dein schönes Weib nimmt, hatten sie gesagt, Ragnvald, oder war es Gaute gewesen –?

Ihm hatte geschienen, sie sei nicht wie eine reine und unberührte Jungfrau –. Aber er hatte sich nicht träumen lassen, daß der, der sie berührt hatte, der Tod war –.

Cecilia kam am nächsten Morgen mit roten Augen in die Stube. Nein, Bothild habe nicht viel geschlafen, antwortete sie, nein, sie habe auch nichts geredet, das vermöchte sie nicht – sie habe diesmal wohl mehr Blut verloren als je zuvor.

Cecilia nahm die Kleider, die der Bruder am Abend vorher getragen hatte: »Ich will sie in Ordnung bringen, sie waschen lassen.«

»Es ist wohl besser, ich ziehe jetzt meines Weges«, sagte Eirik unsicher, »zurück zu Herrn Ragnvald, jetzt, da ihr Krankheit auf dem Hof habt –.«

»Das ist doch nicht notwendig?« meinte Cecilia erstaunt.

Eirik sagte das gleiche zum Vater, als er ihn im Lauf des Tages traf. Olav stutzte – sah Eirik so seltsam an, daß der junge Mensch fühlte, wie seine ganze alte Angst vor dem Vater wieder auflebte und sich rührte. Wenn er etwas gemerkt hatte – oder Bothild etwas zu *ihm* sagte –. Eirik wurde rot, und Wut gegen den Vater stieg in ihm auf, weil dieser ihn zum Erröten brachte. Olav erwiderte kein Wort, sondern ließ ihn stehen.

Zwei Tage später war Eirik reisefertig.

Er wollte früh am Tag aufbrechen. Aber ehe er vom Hof zog, mußte er zu Bothild hineingehen – mußte Abschied von ihr nehmen.

Sie lag mit roten Rosen auf den Wangen da, als er aber an ihr Bett trat, sah er, daß ihr Gesicht eingefallen war, besonders um die Augen. Sie hatte einen Rosenkranz in den Händen gehalten, jetzt versteckte sie ihn rasch unter der Decke. Eirik empfand einen Schmerz, der ihm die Kehle zuschnürte, als er dies sah.

Der scharfe, säuerliche Schweißgeruch, der ihn so erregt hatte – oh, jetzt wußte er, was er bedeutete, Schwindsüchtige schwitzen stark, denn diese Krankheit verzehrt sie mit ihrer inneren Hitze. Und ihr leiser Husten, über den er sich geärgert hatte –.

Er stand still, ließ beide Hände auf dem Schwertknauf ruhen. Es war unmöglich, etwas zu sagen – sollte er sie jetzt um Verzeihung bitten, so kam es zu keinem Ende, am liebsten hätte er sich niedergeworfen, seinen Kopf an ihre kranke Brust gelegt.

»Du darfst nicht so schlecht von mir denken –. Ich meinte es nicht so böse, wie du mir wohl zutrautest. – Ich bin doch nicht so, wie du jetzt glaubst.«

Die Kranke lag da und sah ihn mit großen, dunklen Augen an.

»Sprich doch, Bothild – sag, ob du mir verzeihen kannst?«

»Ja«, antwortete sie nur. Eirik wartete noch eine Zeitlang.

Dann trat er ganz dicht an ihr Bett heran, ergriff ihre Hand.

»So leb wohl.« Er faßte sich ein Herz und streichelte ihre Wange –

aber ihr Gesicht war glühend heiß. »Möge Gott dir helfen – damit du gesund bist, wenn wir uns wiedersehen.«
»Leb wohl, Eirik. Gott sei mit dir.«

Der Vater und die Schwester begleiteten ihn nicht weiter als bis zur Scheune. Allein mußte er von daheim fortreiten. Und er vermochte das drückende Gefühl nicht von sich abzuschütteln – ihm war zumute, als reite er verflucht und geächtet fort.

5 Bothild mußte während des ganzen Herbstes liegen. Ihr Zustand war wechselnd, bald besser und bald wieder schlechter.
Olav sah, wie seine junge Tochter sich schweigsam und ernsthaft der kranken Schwester und dem ganzen Haushalt auf dem großen Hof widmete. Sie war tapfer und stark, Cecilia. Der Vater sah, daß ihr Herz von Angst und Sorge niedergedrückt war, oft war sie dem Weinen nahe, aber sie gab sich nicht nach – fleißig und tüchtig verrichtete sie die Arbeit, zu der sie früher zu zweit gewesen waren.
Dann sagte Olav, Cecilia solle nachts schlafen. Er wolle selber bei der Kranken wachen.
Bothild ließen Husten und Fieber nur wenig zum Schlafen kommen – in den Nächten, in denen es ihr besonders schlecht ging, blieb Olav auf und saß an ihrem Bett. Zum erstenmal in seinem Leben vermißte er es, daß er sich auf gar nichts verstand, was die Zeit vertrieben hätte – er konnte weder spielen noch singen noch erzählen. Und mit seiner Pflegetochter von Tod und Himmelreich sprechen, konnte er auch nicht.
Als er bei seinem Weib gewacht hatte, hatte er das Schweigen nicht wie eine Last empfunden. Er und Ingunn hatten ein ganzes Leben hinter sich – Kinderspiel und Jugendfreuden und Sorge und Schande und Liebe, stärker als der Tod, das Schweigen zwischen ihnen lebte und rauschte wie das Meer. Dieses Kind hier aber war dem Pflegevater zugleich bekannt und fremd – er wußte weiter nichts von ihr, als wie sie hier auf seinem Hof aufgewachsen war, schön und lieblich, so daß es eine Freude war, sie zu sehen; er hatte sie beschützt, so gut er konnte – jetzt starb sie, wie ein junger Baum eingeht.
Sie hatte ihn merken lassen, deutlicher als die anderen Kinder, daß sie seines Schutzes bedurfte; darum empfand er es bitter, daß sie jetzt

sterben mußte. Obwohl er wußte, daß es noch schlimmer wäre, wenn seine eigene Tochter hier liegen müßte.

So saß er auf dem Kubbestuhl zwischen Feuerstätte und Bett, schlummerte von Zeit zu Zeit oder stand auf und stützte die Kranke, wenn die Hustenanfälle kamen, zog ihr die Decke bis ans Kinn hinauf, damit sie nicht frieren sollte, mit Schweiß bedeckt, wie sie war. Er hielt ihr die Schöpfkelle zum Trinken an den Mund und setzte sich dann wieder hin.

Er war müde, und es war ihm schwer ums Herz – und er fühlte selber, daß dieser Kummer in seinem Gemüt wie ein fremder Gast in einem öden Haus war – nur ein Widerhall und Schatten jenes Kummers, den er um sein Eheweib getragen hatte. Das war viel schlimmer gewesen, und trotzdem war es tausendmal besser gewesen, damals, als sie von ihm getrennt wurde, wie wenn ein lebendes Band aus Fleisch und Blut zerrissen würde – besser als jetzt, da er hier saß und darauf wartete, daß die schwachen und zarten Bande zwischen ihm und diesem fremden Kind gelöst werden sollten.

Sie hatte ein paarmal Blut gespuckt – nicht so viel wie an jenem Abend auf dem Heimweg von Rundmyr, als sie krank wurde. Aber es war leicht zu sehen, daß es abwärts mit ihr ging, und zwar rasch –.

Eines Morgens, zu Beginn der Adventszeit, hatte sie wieder einen schweren Hustenanfall mit Blutspucken. Im Laufe des Tages merkte Olav, daß sie nun sehr schwach war. Gegen Abend schlief sie ein; der Vater blieb bei ihr sitzen. Und als Bothild um Mitternacht wieder erwachte und er sie frisch gebettet hatte, so daß sie gut lag, sagte er das, was ihn dünkte, daß es nun gesagt werden *müsse*: »Wenn es nun hell wird, meine Bothild, dann wird es wohl am besten sein, ich hole den Priester für dich.«

»Ach nein, ach nein –«, sie umfaßte den Arm des Mannes mit beiden Händen, bettelte angstvoll, »– ach nein, sag doch das nicht! Mein Pflegevater, glaubst du denn, daß ich sterben muß?«

Olav hatte nie anders gedacht, als daß das Kind dies wohl längst begriffen haben müßte.

»Kind, Kind«, sagte er beruhigend, »warum solltest du nicht sterben? Du bist jung und gut – du brauchst doch den Tod nicht zu fürchten. Dich werden Gottes heilige Engel empfangen und vor Gottes Thron führen, zu den seligen Jungfrauen, die dem Lamm Gottes folgen dürfen, wohin es auch geht –«

Aber die Tränen quollen unter Bothilds eingesunkenen Lidern hervor: »Ich bin nicht vorbereitet auf den Tod, Pflegevater – ich sehne mich nur danach, noch länger hier auf dieser Welt zu leben –. Ich habe *Angst* vor dem Sterben!«

»Angst brauchst du nicht zu haben. – Es ist besser, im Himmelreich zu wohnen und Maria als ihre geringste Magd zu folgen, als wenn du das ganze Erdenrund besäßest und über alles darauf herrschtest –«

»Das sagst du, weil du ein rechtschaffener Mann und ein guter Christ bist«, sagte Bothild weinend.

»Das glauben die Leute von mir«, antwortete Olav stark bewegt. »Tochter, meine liebe Tochter, das bin ich nicht; Gott weiß, was ich bin. Und trotzdem, Bothild, ich könnte dir Dinge von Gottes Barmherzigkeit erzählen, von Seiner Geduld mit uns Sündern und von der Liebe, die Unser König uns in Seinen fünf heiligen Wunden beweist, mit Seinen blutigen Striemen und Schmerzen –.

Jahre sind nun vergangen, seit ich selber vom Weg abwich, und mein eigener Weg ist mit Gras und wildem Gestrüpp überwuchert –.

Könnte ich dir nur sagen, was ich selber einmal gesehen und gelernt habe – es ist für mich am schlimmsten, daß ich nicht so zu leben wagte, wie ich wußte, daß es recht war – Pflegetochter, ich weiß, daß du froh sein könntest, jetzt zu sterben, ehe du größere Schuld an dem Tode und den Wunden Unseres Herrn trägst –«

Bothild sah den Pflegevater erstaunt und erschrocken an. Dann aber fing sie wieder zu weinen an: »Wohl habe ich Sünden, für die ich mich verantworten muß, wenngleich ich jung bin –«

»Die beichtest du morgen Sira Eyvind, und dann kannst du getrost ruhen –«

Olav setzte sich still auf den Bettrand, hielt Bothilds Hand in der seinen; sie weinte still und jammervoll.

»Weihnachten feiert sich am schönsten im Himmel«, sagte er leise.

»So magst du ihn denn holen«, flüsterte sie später, niedergebrochen, und dann weinte sie wieder.

Am nächsten Tage holte Olav den Priester. Bothild legte ihre Beichte ab; danach ließ sie den Pflegevater, die Schwester und das ganze Gesinde zu sich hereinrufen, bat sie um Verzeihung, wenn sie ihnen etwas angetan haben sollte, mit oder ohne Willen, dann gab Sira Eyvind ihr die Letzte Ölung und die Wegzehrung.

Nachdem der Priester fortgeritten war, ging Olav hinein und setzte sich zu der Sterbenden.

»Nun, meine Bothild, wirst du bald bei deinem Vater sein. Da mußt du Asger, meinen Freund, bitten, daß er mir verzeihen möge, wenn ich mein Wort nicht so gut gehalten habe, wie ich sollte – das Wort, das ich ihm an jenem Tag gab, da ich dich aus seinen Händen empfing und versprach, Vaterstelle an dir zu vertreten. Entsinnst du dich des Tages – du saßest vor der Tür zu dem Raum, in dem dein Vater lag, es schneite und regnete; du frorst und warst ganz blau vor Kälte. Ein gutes, gehorsames Kind bist du stets gewesen, Pflegetochter – Gott gebe, daß du keine Ursache haben mögest, dich allzu bitter über mich zu beklagen, wenn du nun vor deinem Richter stehst –.«

»Gegen mich bist du allezeit der liebreichste Vater gewesen.« Sie lag eine Weile da, dann flüsterte sie, als fürchte sie sich, von der neuen Sache zu sprechen: »Mögest du bloß gegen andere nie härter sein –«

»Was meinst du?« fragte der Mann etwas kühl.

»Eirik«, sagte Bothild sehr leise. »Gegen ihn, dünkt mich, warst du oft hart.«

»Das glaube ich nicht«, antwortete Olav abweisend. »Ich bin mir nicht bewußt, gegen Eirik strenger gewesen zu sein, als notwendig war.«

Bothild schwieg eine Zeitlang. Dann faßte sie sich ein Herz: »Und auch Cecilia, Vater. Ich wollte, du gäbest sie nicht Jörund Kolbeinssohn, wenn es allzusehr gegen ihren Willen ist.«

»Ist es denn das?« fragte Olav nach einiger Zeit unwillig.

»Aslak mochte sie lieber«, flüsterte die Schwester.

Darauf gab Olav keine Antwort.

»Ich habe nicht vorgehabt«, sagte er schließlich, »Cecilia zu zwingen. Ich will sie nicht mit einem Mann verheiraten, den sie ungern nimmt. Aber doch kann ich nicht versprechen, sie irgendeinem Mann zu geben, den zu lieben ihr einfällt, wenn ich sonst der Meinung sein muß, daß er keine gute Heirat für sie ist.«

Olavs Stimme klang nicht so, daß die Kranke noch weiter über diese Sache zu sprechen wagte.

Olav war ärgerlich geworden, weil die Pflegetochter über diese Dinge gesprochen hatte. Eiriks Abreise von Hestviken hatte allzusehr einer Flucht ähnlich gesehen, als daß Olav sich nicht hätte wundern müssen. Und er hatte allerlei beobachtet – der Verdacht regte sich. Aber Olav wollte ihm nicht Raum geben. Nein, so etwas durfte man von keinem Mann glauben, auch nicht von Eirik: daß er sich in einen heimlichen Handel einlassen könnte mit einem jungen Mädchen, das dem Schutz seines eigenen Vaters anvertraut war, mit seiner Pflegeschwester. Allerdings, Pflegegeschwister – aber das mit ihm selber und Ingunn war etwas anderes gewesen; sie hatten für verlobt gegolten, schon als sie noch Kinder waren; daß Liebe zwischen ihnen entstand, ja selbst, daß sie sich in der gegenseitigen Umarmung vergaßen – das mußte so kommen, wenn es niemand gab, der über ihnen wachte und sie auf den rechten Weg führte, mußte so unabweislich kommen, wie es unvermeidbar ist, daß zwei junge Bäume, die nebeneinander heranwachsen, ihre Zweige und ihr Laub zu *einer* Krone miteinander verschmelzen. – Weder Eirik noch Bothild haben je von solchen Plänen über sich gehört. Richtig war, daß er bisweilen daran *gedacht* hatte: Wenn es dahin käme, daß Eirik heimkehrte und nicht Cecilia Hestviken erbte – so konnte er sie, die ihm kaum weniger lieb war als seine Tochter, mit Eirik verheiraten. Es konnte eine Art Trost darin liegen, daß ihre Kinder das neue Geschlecht bildeten. Aber diese Gedanken waren ganz lose gewesen, er hatte zu niemand darüber gesprochen – soweit er sich erinnerte, hatte er nur Bothilds Jugend und Armut als Grund dafür angegeben, als er Ragnvald von Galaby wissen ließ, er solle sich nicht die Mühe machen, einen Brautwerber hierher zu senden –.

Dann war noch diese Sache mit Cecilia. Von Jörunds Verwandten hatte er weder etwas gehört noch erfahren, und Olav fühlte sich in seinem Herzen bitter gekränkt; es war kein gutes Zeichen, daß Jörund sich zuerst in einer solchen Angelegenheit umgetan hatte und dann, als er erfuhr, daß er sein Glück ruhig wagen dürfe, nichts weiter unternahm –. Im geheimen war Olav erzürnt, sowohl auf Jörund als auch auf Eirik, der Schuld an dieser Sache hatte.

An die Geschichte mit Aslak lohnte es sich nicht einmal mehr zu denken. Er konnte nicht bemerken, daß Cecilia den Gast noch in Gedanken trug –.

Aber nun war Olav doch unruhig geworden. Er fühlte sich gar nicht mehr so sicher, daß nicht zwischen Eirik und Bothild etwas bestanden hatte, was er nicht wußte – er konnte nicht wissen, *was* es gewesen war. Ungewißheit schlich sich in ihn ein.

Cecilia –. Die Leute sagten, wenn ein Weib einen Strauchbalg oder einen Bankert bekommen habe, so treffe ihre Töchter das gleiche Schicksal noch bis ins dritte Glied. Ingebjörg Jonstochter, Ingunn –. Es war völlig verrückt, an so etwas zu denken – bei Cecilia, so kühl und keusch wie Tau im Morgengrauen: undenkbar, daß ein Mann dieses standhafte junge Kind vom rechten Weg fortlocken könnte. Nichts an ihr erinnerte an den heißen Eigensinn der Großmutter oder die wehrlose Schwäche der Mutter. Aber Gott, mein Gott, konn-

te je ein Mensch in solchen Dingen für einen anderen einstehen –! Er brauchte nur an sich selber zu denken –.
Jedenfalls wollte er froh sein an dem Tag, an dem es ihm geglückt war, Cecilia eine gute und sichere Heirat zu verschaffen – das wußte er jetzt!

Am Abend, als er bei der Kranken saß, fragte Bothild Olav etwas über ihren Vater – irgendeine kleine Sache, von der sie glaubte, daß Olav sie vielleicht wisse.
Olav hatte nie daran gedacht, mit Bothild über seinen alten Freund zu sprechen. Erstaunt merkte er nun, daß Bothild in allen diesen Jahren getreu die Erinnerung an ihren Vater bewahrt hatte. Olav war froh, nun schließlich etwas gefunden zu haben, über das er mit dem kranken Mädchen sprechen konnte. Jetzt tauchten sie auf, die eine Jugenderinnerung nach der anderen – auch aus jener Zeit, da er in Dänemark bei seinem Oheim war. Es war gar nicht so wenig, was er Bothild über Asger Magnussohn und die gemeinsamen Verwandten zu erzählen wußte.
»Wie nahe verwandt sind wir eigentlich, Eirik und ich – und Cecilia?« fragte Bothild einmal.
Olav rechnete die Verwandtschaft nach. Sie war sehr weitläufig. Mit Eirik war Bothild ja schließlich überhaupt nicht verwandt, dachte er bei sich selber.
Es konnte doch wohl nicht sein, daß sie so fragte, um zu erfahren, ob sie in den verbotenen Graden miteinander verwandt waren – sie hatte sich doch jetzt mit dem Gedanken an den Tod ausgesöhnt.
Nie mehr brachte er es fertig, noch einmal etwas Ähnliches zu sagen wie in jener Nacht, da er zum erstenmal merkte, daß das arme Kind nicht sterben wollte. Vom Reich Gottes und Christi Liebe und von den Wegen, die er selber einstmals gegangen war, aber vom Gras hatte überwuchern lassen.
Zehn Nächte vor Weihnachten starb dann Bothild Asgerstochter in den Armen ihrer Pflegeschwester.

Herr Ragnvald Torvaldssohn saß in diesem Winter auf seinem Hof in der Nähe von Konungahella. Er war ein wenig erstaunt, als Eirik Olavssohn zurückkehrte, denn er hatte es nicht anders verstanden, als daß der Bursche diesmal für immer aus seinen Diensten ausgetreten sei. Er nahm den jungen Mann jedoch gut auf – jetzt war er an Eiriks Unbeständigkeit und Wanderlust gewöhnt. Und Eirik war ein tapferer Mann, treu und tüchtig, wenn er in Diensten stand, und Herr Ragnvald mochte sein Wesen gerne.

So erhielt Eirik wieder seinen alten Platz bei Herrn Ragnvald. Und er bewegte sich unter seinen alten Genossen wie ein Mann, der im Berg verhext worden war und nun wieder herausgelangt ist. Es steckten in diesem Winter weder Scherz noch Munterkeit in Eirik.

Je mehr er darum kämpfte, sich von seinen eigenen Gedanken loszureißen, desto schlimmer wurde es – er war wie der Fisch im Netz, soviel er auch zerrte und zappelte, um loszukommen, er geriet nur immer tiefer in die Maschen hinein.

Versuchte er an die erste, frohe und unschuldige Zeit daheim zu denken, mit Jörund und Cecilia und mit Lustigkeit und Sommerarbeit auf dem geliebten Hof, so stach der Schmerz nur noch tiefer: dies hatte er sich selbst für alle Zeiten zerstört. Bothilds kummerschwere Gestalt erschien ihm – das furchtsame Kind, das er geschändet und verraten und wie ein Wolf gejagt hatte, obgleich er sie liebte – sie war die erste und einzige, die er geliebt hatte.

Jetzt begriff er selber nicht, daß er so gegen sie hatte sein können. Sonst war er doch nicht von dieser Art –. Aber unklar empfand er es, als seien daheim von überall alte böse Dünste aufgestiegen, als er im Sommer nach Hestviken kam – aus den alten Häusern und dem Wasser und der Erde und aus Livs Hütte – wie Fußtapfen auf moorigem Grund sich mit schwarzem Wasser füllen. Und wie die Dünste aus stillem modrigem Moorwasser hatte ihn dies fieberkrank und wirr gemacht –.

Das aber war nun zu Ende – nach Hestviken konnte er nie mehr zurück. Jetzt war er ein von seinem Heim verbannter und friedloser Mann. Denn jetzt hatte der Vater wohl alles erfahren. Und der Gedanke daran, nach all dem dem Vater zu begegnen, von ihm zur Rechenschaft gezogen zu werden – erschreckte Eirik viel mehr als der Gedanke an den Jüngsten Tag.

Umsonst, umsonst, daß Bothild ihn gern hatte. Jetzt wußte er, daß es sich so verhielt – und sie hatte in all diesen Jahren, in denen er sich in der Welt draußen herumtrieb, auf ihn gewartet. Ihre bange, treue, wartende Liebe war es, die er in ihren demütigenden Blicken erkannt hatte, in ihrer hilflosen Ergebenheit, wenn sie zusammen waren. Und jetzt hatte er alles zerstört –.

Manchmal wieder versuchte er sich aufzuraffen. Er hatte doch das geliebte Mädchen nicht wirklich geschändet und verraten. Nie hatte er ihr doch wirklich Böses zugefügt – und Gedanken sind wohl frei

und ledig auf dieser Welt. Er hatte sich ein paarmal unhöfisch und roh benommen – das war schlimm genug, aber doch auch nicht schlimmer als schlimm.
Es half nichts, daß er sich so etwas selber vorsagte. Der Abend in dem Vorraum der Frauenstube, das Fürchterliche in jener Nacht im Wald – darüber konnte er nicht hinwegkommen. Er konnte das Gefühl nicht loswerden, daß hier viel mehr geschehen war, als er wußte. Und er fühlte es wie ein Versinken in einen Schlund voll Entsetzen.
Und dann kam die Versuchung, ein Ende zu machen. Den Schwertknauf gegen einen Stein zu stemmen und die Spitze gegen das eigene Herz zu richten – so konnte das kalte Eisen die brennende Qual in der Brust löschen. Es war kurz vor Weihnachten, als dieser Gedanke ihn verfolgte, er fand keine Ruhe, weder bei Tag noch bei Nacht – es mußte ein wunderbares Labsal sein, sich das Leben zu nehmen.

Aber gegen Neujahr erwachte er eines Morgens und fühlte, wie ihm so ganz anders zumute war, als sei eine Nebelschicht weggeblasen worden. Mit einemmal schien es ihm selber unbegreiflich, daß er so hatte denken können:
Bothild, sein armes, süßes Weib – sollte sie vergeblich harren! Gewiß wartete sie nun darauf, daß er zu ihr zurückkäme. Er war grausam und böse gegen sie gewesen – aber gekränkt hatte er sie doch nicht. Gott sei gelobt! Und als sie sich trennten – da hatten sie sich wie Freunde getrennt; er hatte versprochen, zu ihr zurückzukommen –.
Der Vater – jetzt begriff er nicht, wie er so entsetzliche Furcht vor ihm hatte empfinden können! Er selber war doch ein erwachsener Mann – mochte doch der Vater sich wütend gebärden, wie er wollte! Außerdem, warum sollte Bothild dem Vater etwas gesagt haben – es hatte sich nichts ereignet zwischen ihm und ihr, das ihr Grund gegeben hätte, sich ihrem Pflegevater gegenüber zu beklagen. Und wenn er sie auch ein- oder zweimal ein wenig hart in seine Arme genommen, ihr einen Kuß gegeben hatte – dadurch geriet kein Mädchen ins Elend!
Cecilia hatte gesagt, der Vater würde für eine gute Heirat für Bothild sorgen – er liebe Bothild, als sei sie sein eigenes Kind. Und selbst wenn er meinen sollte, daß sie nicht reich genug wäre, um das Weib seines Sohnes zu werden – er wollte den Vater schon lehren, anders zu denken.

Draußen herrschte jetzt strahlendes Winterwetter, der Schnee leuchtete in der Sonne, und der Himmel war so blau, als sei der Frühling nahe. Eirik ging umher und summte und sang von Zeit zu Zeit laut. Und am Abend, als er seinen Herrn zu Bett begleitete, bat er um Urlaub vom Dienst. Auf Herrn Ragnvalds Frage, was *das* nun bedeute, antwortete Eirik, er habe Nachricht erhalten, daß er heimkommen und Hochzeit feiern müsse.

Herr Ragnvald war leicht angetrunken und in guter Laune; er forschte und scherzte, und Eirik berichtete daraufhin:

Es handle sich um seine Pflegeschwester – Tochter jenes Asger Magnussohns, der Eirikstad durch Knuthild Holgeirstochter bekommen habe – Herr Ragnvald kenne ihn doch und wisse, daß er Paal Galt getötet habe und daß die Acht über ihn verhängt worden sei. – Ja, Olav auf Hestviken habe das kleine Mädchen samt der alten Bärin zu sich genommen – Olav und Asger seien Waffenbrüder gewesen – und nun sei sie erwachsen, fein und frank und frei, ein Spiegel für alle Frauen, aber sie besitze ja weder Land noch reiche Verwandte; Olav habe also nichts von dieser Heirat wissen wollen. Darum sei Eirik im Herbst wieder zu Herrn Ragnvald zurückgekehrt – ihn dünkte, der Vater solle Zeit haben, darüber nachzudenken, denn das habe er ihm gesagt, auf Hestviken bekämen sie ihn nicht mehr zu sehen, ehe der Vater sich bereit erklärt habe, ihm Bothild zu geben. Und Olav wisse es von früher her, daß Eirik nicht der war, der nachgab. – Und der Vater sei doch nun zu Jahren gekommen; es falle ihm schwer, so allein mit dem Hof und der ganzen Wirtschaft dazustehen; er brauche den Sohn jetzt daheim. Darum habe er ihm diese Nachricht gesandt: er solle heimkommen, Bothild dürfe sein Weib werden, und jetzt wollte der Vater, daß es so schnell wie möglich geschehe – es würde also wohl sofort das Verspruchsbier und gleich nach Beendigung der Fastenzeit die Hochzeit gefeiert werden. Ja, sagte Eirik, diese Nachricht sei ihm am vorhergehenden Tag bei der Kirche überbracht worden, von einem Mann aus Maastrand, der bei den Minoriten gewesen sei und mit dem er nach der Messe gesprochen habe. Es seien immer Leute aus seiner Gemeinde auf dem Heringsfischfang bei Maastrand dabei. Darum wolle er nun am liebsten gleich aufbrechen, so könne er diesen Mann nach Maastrand begleiten und von dort aus eine Fahrgelegenheit mit einer der Fischerschuten nach Hestviken finden.

Herr Ragnvald wünschte ihm Glück und schenkte ihm als Abschiedsgabe das Pferd, das Eirik meist geritten hatte, mit Sattel und Zaum-

zeug, außerdem einen roten Umhang mit einer Kapuze aus schwarzer Seide.
Schon am nächsten Tag ritt Eirik nach Norden zu; er wollte nach Maastrand. Ihm kam nicht in den Sinn, daß das, was er da Herrn Ragnvald erzählt hatte, nicht der Wahrheit entsprach; es war so oft, daß sich unter den Heringsfischern im Winter Leute aus der Heimat befanden, und er war darum sicher, jemand anzutreffen, der ihn bis in den Fjord hinein mitnehmen würde.

Der Fischfang war in vollem Gang, und Eirik wollte außerdem noch sein Pferd mit an Bord nehmen, denn jetzt war ihm der Gedanke gekommen, das Tier Bothild als Brautgeschenk zu geben. So dauerte es über eine Woche, bis er eine Fahrgelegenheit fand – mit ein paar Männern aus Drafn, die bei Maastrand gewesen waren und Salz verkauft hatten.
Während der Fahrt an der Küste entlang hatten sie schweres Wetter, und als sie nach Stavern kamen, mußten die Salzkrämer unter Land gehen und dort eine Zeitlang liegenbleiben. Der Fjord war im Norden voller Treibeis, das große Strecken weit zusammengefroren war; es gab jetzt keine Möglichkeit, über den Fjord zu gelangen, weder im Boot noch zu Pferd.
Eiriks Ungeduld hatte auf der ganzen Reise von Stunde zu Stunde zugenommen. Bothild, Bothild lebte in seinen Gedanken, er dachte an sie, die daheim auf Hestviken umherging und wartete. Keinem wagte sie ihren Kummer zu klagen –. Oder sie saßen zusammen in der Frauenstube, sie und Cecilia, spannen und nähten, und sprachen von ihm. Er sah ihr Gesicht vor sich und ihre Augen, sah sie in die Stube treten – nachdem über den ganzen Hof ausgerufen worden war, daß Eirik heimgekehrt sei. Und wenn er daran dachte, daß er sie in seinen Armen halten würde, in dem ersten Augenblick, da sie beide allein waren, so zitterte und lachte jeder Tropfen Blutes in ihm vor wonnevoller Sehnsucht – der bösen Gedanken gegen sie gedachte er nur noch wie einer Verhexung, aus der er erlöst worden war. Jetzt wurde auch sie von Kummer und Krankheit erlöst, und sie wollten ihr Leben lang in Freundschaft und Freude zusammenbleiben. Er zweifelte nicht daran, daß der Vater nachgeben würde, wenn er erst einmal eine Zeitlang hatte murren und ein finsteres Gesicht machen dürfen. Wenn er nun sah, daß der Sohn *nicht* nachgab –!
So sattelte Eirik Olavssohn sein Pferd und schlug den Landweg ein, der an der Westseite des Fjords entlang nach Norden führte. In Tuns-

berg meinten die Leute das gleiche – es sei wegen des Eises unmöglich, nach Hestviken hinüberzugelangen. Er ritt weiter. Bis ganz hinauf in den Skogheimsgau mußte er; der innerste Teil des Oslofjords war mit festem Eis bedeckt. Eirik hatte keine Zeit, den Umweg über die Stadt zu machen; er wandte sein Pferd nach Süden.

Es war an einem Nachmittag, als er durch den Kirchort daheim ritt. Dort begegnete er Ragnvald Jonssohn mit einer Schlittenlast; sie hielten an und begrüßten einander, Eirik fragte, ob Ragnvald vor kurzer Zeit in Hestviken gewesen sei?

»Nicht mehr seit dem Leichenbegängnis«, erwiderte Ragnvald.

Als Eirik nichts darauf antwortete, schien es Ragnvald, er müsse das Schweigen brechen.

»Mit deinem Vater und Cecilia habe ich seitdem nicht mehr gesprochen – ich habe sie nur bei der Kirche gesehen. Es war schwer für sie – obgleich es nicht unerwartet kam, aber sie war jung und gut, Gott erfreue ihre Seele! – Er hätte keinen schöneren Leichenschmaus ausrichten können, wenn es sein eigenes Kind gewesen wäre – und er sprach schön, dein Vater, als er der Leiche das Geleitwort zum Abschied gab –«

»Ich wußte nicht, daß meine Schwester gestorben ist –«

Eirik saß im Sattel und starrte in die Luft hinaus. Ragnvald wurde verlegen, denn er merkte, daß dem anderen hier ein großer Kummer widerfahren war.

So ergriff er seine Zügel, trieb das Pferd an –.

»Nein, will ich noch heimkommen, ehe es dunkel wird, so –. Leb wohl, Eirik – wir sehen uns wohl wieder, wenn du eine Zeitlang daheim bleibst –.«

Eirik kam an die Stelle, von wo aus er die eingeschneiten kleinen Häuser in Rundmyr jenseits der weißen Fläche sah. Ein Schauer des Widerwillens und erstickenden Schreckens rüttelte sein gelähmtes Sinnen auf.

Der ewig graue Frostrauch vom Fjord her zog verdunkelnd über die rauchfarbene Wolkenschicht im Westen herauf; die Sonne war dort hinter ihr untergegangen. Es lag nur wenig Schnee, und Steine und Wurzeln ragten noch unter dem Dickicht der Erlenbäume hervor; dunkle Büschel, Reste des sommerlichen Blumenflors, und gelbes welkes Gras säumten den Pfad längs des gefrorenen Flußlaufes ein.

Hell, kahl und offen war es jetzt im Wald. Aber an irgendeiner Stelle hier auf diesem Weg hatte es sich zugetragen – und Eirik entsann sich der klammen, bitteren Dunkelheit jener Herbstnacht, wie einer Nacht des Übels selber, in der sie beide gefangen gewesen waren –.

Es dunkelte, als er auf dem Hofplatz daheim einritt. Olav stand selber draußen. Er ging dem Gast entgegen; als er den Sohn erkannte, grüßte er erstaunt, jedoch freundlich: »Du bist es?«

Die gedrungene, nicht sehr hohe Gestalt des Vaters wirkte breit in dem Schafpelzkittel; er war barhaupt. Im Dämmerlicht konnte Eirik sein Haar und Gesicht erkennen, grau alles miteinander, konnte die reinen Züge erkennen, die auf der einen Gesichtshälfte eingehauen und zerrissen waren. Eirik wußte selber nicht, ob seine Verzweiflung beim Anblick des anderen schlimmer oder besser wurde. Eine Art Hoffnung sprang in ihm auf, daß ihm hier beim Vater Hilfe werden könnte, aber er bändigte den Gedanken, wie man einen Spürhund an der Koppel bändigt: er hatte schon so oft vergeblich etwas von Olav erhofft.

Dann kam Tore der Alte, begrüßte ihn und nahm sein Pferd in Empfang. Olav bat den Sohn, ins Haus zu treten, und befahl den Leuten, Essen zu bringen.

6

Es ging nur mäßig mit Olav und Eirik während des Winters. Eirik fand weder Rast noch Ruhe. Er hielt es auf Hestviken nicht aus – er hatte vergessen, wie der Vater im Alltagsleben war – schweigend, mit fernem Blick in den Augen; redete ihn jemand an, so war es oft, als müsse man über Seen und Täler zu ihm hinüberrufen. Und dann konnte es geschehen, daß Eirik fühlte, wie der Vater ihn anstarrte – und nie konnte Eirik wissen, ob der Vater ihn ansah, oder selber nicht wußte, daß er so dasaß und starrte. Eirik ertrug ihn nicht –. Und die Schwester ging so stumm und fremd umher.

So trieb sich Eirik in der Gemeinde draußen herum, und wenn er heimkehrte, war er oft noch benommen vom Trinken. Olav wußte, daß die Männer, mit denen der junge Bursche Umgang suchte, zu nichts weiter taugten als zum Trinken und Spielen, auch waren sie auf andere Weise sittenlos. Die meisten waren jüngere Söhne von den großen Höfen, solche, die daheim nicht das tun wollten, was für die Arbeit eines Knechtes angesehen werden konnte. Olav aber sagte nichts zu Eirik über diese Gesellschaft, die er da aufsuchte – er schwieg ihn nieder.

Ragnvald Jonssohn, der Bruder des Lensmannes, war jetzt Eiriks bester Freund geworden. Von Anfang an hatte Eirik sich an Ragnvald angeschlossen, weil er auf eine unklare Weise hoffte oder erwartete, daß Ragnvald noch mehr sagen würde – da er ja der erste gewesen war, aus dessen Mund Eirik ihren Tod erfahren hatte. Selbst wenn Ragnvald seine Schwestern nicht sehr gut gekannt hatte, so hatte er sie doch häufiger gesehen als die meisten anderen Burschen in der Umgegend.

Mit der Zeit, je mehr die Qual an Eiriks Seele nagte und nagte, stand ihm eine kranke Lust danach auf, den anderen auszuforschen: ob je Gerüchte über Bothild im Schwang gewesen seien. So tief hatte er sich nach und nach in die Erbärmlichkeit hineingebohrt, daß er selber glaubte, es würde leichter sein zu leben, wenn er erführe, daß sie in dem Ruf gestanden habe, leichtfertig oder verliebter Natur gewesen zu sein.

Denn den Gedanken, unschuldiges Blut auf dem Gewissen zu haben, vermochte er nicht zu ertragen.

Nie aber sprach jemand von Bothild Asgerstochter. Und schließlich schob er eines Nachts, als er auf Galaby schlafen sollte und mit Ragnvald das Bett teilte, alles Schamgefühl beiseite. Eirik fragte den Freund: »Was meintest du mit dem, was du damals sagtest, als du im Herbst in der Bucht bei uns draußen warst? Über Bothild?«

»Ich erinnere mich nicht, etwas gesagt zu haben.«

»Doch. Du sprachst von ihr, so unehrerbietig.«

»Bist du von Sinnen – habe ich unehrerbietig von deiner Schwester gesprochen?«

»Sie war doch nur meine Pflegeschwester –. Du redetest so, daß ich auf den Gedanken kam, Bothild habe vielleicht keinen festeren Willen, als daß die Leute ihr zutrauten, sie könne sich leicht von einem Mann verführen lassen.«

»Der hätte sich in einen Vogel verwandeln müssen, so wie jener Ritter in dem Lied, jener Mann, der eine der Olavstöchter hätte verführen wollen – so gut gehütet wie sie sind! Mir scheint, du bist von Sinnen, Eirik!

Vielleicht sagte ich das eine oder andere Scherzwort – jetzt, da du es erwähnst, glaube ich mich zu erinnern. – Um die Wahrheit zu sagen, mochte ich selber Bothild so gerne, daß ich Reidulf bewog, bei Olav einmal anzufragen. Er erhielt jedoch eine solche Antwort, daß wir es nicht anders zu deuten vermochten, sondern glauben mußten, Olav habe dir die Braut ausersehen«, Ragnvald lachte ein wenig: »Wenn er sie nicht für sich selber haben wollte, so alt er auch ist.«

Ein paar Tage später, als Olav und Eirik allein in der Stube saßen, fragte Eirik plötzlich: »Vater – ist es wahr, was sich die Leute draußen in der Gemeinde erzählen – daß du dich mit Bothild hättest verheiraten wollen?«
Olav blickte jäh von seinem Lederseil auf, an dem er flocht. Er betrachtete den Sohn eine Weile, dann wandte er sich wieder seiner Arbeit zu, gab keine Antwort.
Eirik fing wieder an, beinahe bittend: »Ich habe dies als etwas Bestimmtes gehört –?«
»Ich möchte wissen«, sagte Olav still, »was *du* hören könntest, das so töricht wäre, daß du es nicht glaubtest!«
Eirik flüsterte: »Du – oder ich. Die Leute sagen, so wie du über sie sprachst, mußten sie meinen, du wolltest, daß sie einmal hier auf Hestviken die Hausfrau werde.«
Wiederum blickte Olav auf. Er sagte auch jetzt nichts, Eirik sah jedoch den wechselnden Ausdruck in dem verheerten Gesicht des Alten – Staunen, oder Schmerz, oder beides.
»Vater – ist es wahr – hattest du gedacht, daß Bothild und ich hier zusammen hausen sollten?«
»Mag sein«, antwortete Olav leise, »vielleicht hatte ich so etwas gedacht. Daß es dem Hof hier zum Nutzen gereichen würde – nach meiner Zeit – wenn du die zum Weibe bekämest, die, wie ich wußte, tüchtig war und nicht faul, wenn du selbst einmal hier herrschen solltest –«
»Hätten wir das gewußt!« Eirik schlug die Hände zusammen, rang sie. »Hätten wir das gewußt! Aber wir meinten beide, du würdest so etwas nie hören wollen – da sie ein armes, alleinstehendes Kind war, keinen Fußbreit Erde besaß – es war unnütz, an so etwas zu denken –«
Olav beugte sich vor, stützte die Ellbogen auf die Knie und ließ die Hände herunterhängen.
»Darüber habt ihr gesprochen?« fragte er schließlich leise, ohne aufzublicken.
»Wir sprachen darüber, an jenem letzten Abend, als wir miteinander von Rundmyr heimgingen.«
»Ja, ja«, meinte Olav schließlich und seufzte. »Aber krank war sie auch schon vorher. Wie es also damit gegangen wäre, das weiß Gott allein.«
Eine Zeitlang saßen sie da, schweigend.
»Es ist auch nicht leicht für eine Frau«, sagte Olav leise und ein-

dringlich, »wenn sie kränklich ist – der Hauswirtschaft auf einem so großen Hof wie diesem hier vorzustehen, Sorgen und Pläne mit ihrem Gatten zu teilen, vielleicht ein Kind nach dem anderen auf die Welt zu bringen und zu ernähren, obgleich sie müde und krank ist. Ich sah es an deiner Mutter, Eirik – Schweres machte sie hier durch.«
Eirik erhob sich und stellte sich vor den Vater hin: »Das mag so sein, Vater. Jetzt aber habe ich alle Lust verloren, zu handeln und mich in die Angelegenheiten dieser Welt zu mischen. Jetzt gedenke ich in ein Kloster zu gehen.«
Olav hob den Kopf – starrte den jungen Mann überwältigt an.
Eirik sagte: »Ich begreife, Vater – dies wird schwer für dich sein. Du hast nur einen Sohn, der dich beerben kann – und er wird Mönch. Aber du sollst dich dem nicht widersetzen!«
»Mich widersetzen –. Aber es kommt unerwartet.«
In diesem Augenblick fühlte Eirik, daß es ihm selber unerwartet gekommen war. Er hatte nicht eher daran gedacht, als bis er es jetzt sagte. Dann aber war es wohl Gott selber, der ihm die Worte in den Mund gelegt hatte.
»Nach den Feiertagen hatte ich gedacht, in die Stadt zu gehen, mit dem Guardian zu sprechen.«
»Willst du *dorthin* gehen – Bettelmönch werden?«
Eirik nickte.
»Wissen andere von dieser Sache – wirst du im Kloster erwartet?«
Eirik schüttelte den Kopf.
»Dann mußt du mir Zeit geben, um über die Sache nachzudenken«, sagte Olav.
Eirik nickte. Dann sprachen sie nicht mehr zusammen, und bald darauf kam Cecilia mit den Mägden herein.

Kaum hatte Olav sich in den Nebenraum begeben, als Eirik sich vor dem Kruzifix niederwarf. Ihm war zumute wie einem Mann, der sich im moorigen Sumpf verlaufen hat und plötzlich auf einen festen Pfad trifft – und er betete, wie ein irregegangener Mann bewohnten Stätten entgegeneilt. Ihm schien es beinahe wie ein Zeichen – denn nie zuvor in seinem Leben hatte er einen einzigen Augenblick daran gedacht, ins Kloster zu gehen – und je länger er betete, desto deutlicher schien er den sicheren Pfad vor sich zu erkennen, und desto heller wurde es rings um ihn.
Er dachte auch jetzt nicht darüber nach, was die Worte bedeuteten, nicht mehr als sonst, wenn er des Morgens und Abends und jedes-

mal, sooft er in eine Kirche kam, betete. Aber sie trugen seine Gedanken wie ein Strom dahin, er segelte auf ihm weiter und weiter, neuen Ländern entgegen –.

Wenig hatte er gelernt vom Christentum, und von dem, was er gelernt hatte, wußte er jetzt nicht mehr viel. Als er aber nun versuchte, sich das ins Gedächtnis zurückzurufen, was er einmal gewußt hatte – vom Leben und Sterben Unseres Herrn, von der Marienlegende, Worte aus den Weissagungen und den Davidspsalmen, Meßgebete – da war ihm, als wandere er in einer herrlichen Halle umher und als stünden dort riesige prächtig geschnitzte Truhen und Schreine in jedem Winkel. Er selber war nun der junge Erbe, der zum erstenmal hier stand und die Schlüssel in seiner Hand hielt. Voll eines ungeduldigen Eifers vermochte er kaum die Stunde zu erwarten, in der er aufschließen und alles besitzen und mit Händen greifen dürfte, was in den Geheimkammern des Glaubens verborgen lag.

Vielleicht würde er Priester werden – er war nicht schwerfälliger von Verstand als andere Männer, das also mußte er doch wohl erreichen können. Eirik sah wie im Traum einen Mann vor einem Altar stehen: in Linnen und golddurchwirkte Stoffe gehüllt, hob er die Hände empor, um das tiefste Mysterium des Himmelreichs zu empfangen, unfaßlich vereint mit Christus selber, während des Wunders der Messe. – Es war, als habe der Engel des Herrn ihn beim Haar erfaßt, ihn empor- und herausgehoben aus seiner gewohnten Welt, ihn dort hingestellt – so wie er sich erinnerte, von einem der jüdischen weisen Männer gehört zu haben: er ging hinaus mit dem Eßnapf und sollte den Schnittern zu essen bringen, da kam der Engel Gottes, erfaßte ihn beim Haar und fuhr mit ihm gen Babylon.

Sie würden erstaunt sein, die Brüder in Konungahella, wenn sie erführen, daß Eirik Olavssohn in ihren Orden eingetreten war – weder sie noch er hatten sich wohl je träumen lassen, daß er eines Tages Barfüßermönch werden würde! Jetzt kam es ihm zum Bewußtsein: auch dieser Gedanke war ihm eingegeben worden, ohne daß er selber denken oder wählen hatte müssen – zu den Minoriten in Oslo sollte er gehen. Und er war auch hierin mit Gottes Wahl zufrieden. Er hatte stets bei den Minoriten gebeichtet, sowohl in Oslo als auch in Konungahella – die Leute sagten, sie beteten viel mehr für ihre Beichtkinder, als die Laienpriester dies täten. Zwar hatte er selten Anlaß genommen, häufiger als das eine Mal im Jahr, vor Ostern, zu beichten – achtlos war er mit seiner Seele umgegangen, das erkannte er jetzt. Aber er hatte diese Brüder stets gemocht, und er freute sich darauf, deren Freude zu sehen, wenn er nun kommen und darum bitten würde, in ihre Gemeinschaft aufgenommen zu werden.

Olav lag wach da. Und während er sich bemühte, die zahllosen Gedanken zu ordnen, die die Worte des Sohnes in ihm geweckt hatten, hörte er den hastig flüsternden Strom von Gebeten – Pater noster, Ave, Credo, Laudate Dominum –. Die junge Stimme stieg und fiel, die Worte kamen rascher und langsamer, je nachdem der Strom in Eiriks Gemüt dahinfloß.

Der Junge hatte ein Licht angezündet, als er sich zu beten anschickte. Dies stand so, daß Olav es von dort aus, wo er lag, nicht sehen konnte. Aber hinter der Türöffnung schwamm der Raum in dem sanften gelben Schimmer.

Olavs Herz war wie zusammengepreßt. Obgleich er sich selber sagte, daß es ein großes Glück sei, wenn Eirik nun so ganz unerwartet und von selbst sich zum Klosterleben berufen fühlte. Ein Glück war es für den Burschen und ein Glück für Cecilia. Und er brauchte sich nicht von dem Gedanken an den unechten Erben quälen lassen, den er durch Betrug in die Sippe hineingebracht hatte.

– Ein so großes Unrecht er auch begangen hatte, als er eines anderen Mannes Kind für das seine ausgab – hätte er es *nicht* getan, sondern den Buben dort gelassen, wo die Mutter ihn irgendwo droben im Lande versteckt hatte – ja, dann wäre wohl Eirik niemals ein anderes Schicksal beschieden gewesen als das der Kinder armer Leute. Auch das wäre Unrecht gewesen – Unrecht von *ihr*. Jetzt wurde Eirik ein Diener Gottes – und er konnte mit einer reichen Mitgift ins Kloster kommen – wollte er sein ganzes mütterliches Erbe mitbringen, würde er, Olav, sich dem nicht widersetzen. So blieb doch wenigstens *diese* Sünde ungetan. Und aus ihrem Unglückskind war ein Leben zur Ehre Gottes und zum Nutzen für viele geworden – denn in Zeiten wie diesen, da so viele Menschen gleichgültig schienen, lieblos und trotzig gegen Gott, war es schön und nützlich, einen jungen Mann in Eiriks Verhältnissen zu sehen, der alles um des Himmelreiches willen aufgab. Und jetzt konnte er auch eine Hilfe für seine Mutter werden, vielleicht –. Vielleicht auch für ihn –.

Dennoch war das Herz des Vaters schwer.

Er konnte den Gedanken an das nicht loswerden, was Eirik über sich selber und Bothild gesagt hatte. Eine unverständige Heirat wäre es gewesen – Olav war nicht sicher, ob er seine Einwilligung dazu gegeben hätte. Aber er mußte an den Kummer der beiden jungen Menschen denken – an alle die Nächte, in denen er bei seiner Pflegetochter gewacht hatte. Hatte das Kind dagelegen und solchen Kummer gelitten –? Er war nahe daran, zu wünschen, sie hätten mit ihm gesprochen. Trotzdem, die Krankheit hatte sie gewiß schon für immer erfaßt gehabt – es wäre wohl bloß wieder das gleiche Elend wie mit Ingunn geworden. Und Eirik hatte nun ein besseres Erbe erhalten. Es war gut, daß es so ging, wie es ging –.

Aber, aber, aber –. Wie oft hatte er gedacht, wenn Eirik nie wieder nach Hestviken zurückkäme, so wäre es am allerbesten –. Wie tief hatte das Wesen des Knaben ihn oft gereizt, wie viele tausend Male hatte er Zorn, Geringschätzung, Ratlosigkeit diesem fremden Vogel gegenüber empfunden, der ihm hier zugeflogen war – es war auch noch so viel anderes mit hineingemischt, während er das Kind aus jenem Unglück beschützte, das sein eigenes und Ingunns Leben umgestürzt hatte. Er hatte sich Eiriks angenommen in einer Zeit, da der Knabe noch ein Kind war, hatte für ihn gesorgt, während er zum Mann heranwuchs.

Und wenn er nun Eirik hergeben sollte, so war es, als sei der Junge sein eigener Sohn gewesen.

Die Stimme nebenan war verstummt – aber das Licht brannte noch –, und nun hörte er von Zeit zu Zeit ein Schnarchen. Olav stand auf und schaute in die Stube. Eirik kniete noch dort, hingesunken über der Truhe, den Kopf in den Armen vergraben. Die brennende Kerze stand dicht neben seinem Ellbogen. Leicht hätte sie umgeworfen werden und in das Stroh auf dem Boden fallen können.

Der Vater faßte Eirik an, schüttelte ihn wach, so sanft er nur konnte. Halbwach nur, träumend und mit vom Schlaf wirren Augen zog Eirik sich aus – er gab keinen Ton von sich – halb schlafend legte er sich zu Bett und schlummerte sofort ein. Wie ein Kind war er gewesen, während er gehorsam und ganz im Schlaf befangen alles tat, was der Vater ihm sagte.

Olav blies das Licht aus, drückte den Docht mit nassen Fingern zusammen und schlich still zum Nebenraum zurück. Wach lag er im Dunkel da und mühte sich wiederum, seinem unverständigen Herzen zuzusprechen.

7 Eines Abends in der Woche darauf, als Eirik bei seinen Gebeten war – jetzt schien es ihm selber, als sei es seit undenklichen Zeiten so gewesen, daß er, wenn seine Hausgenossen sich zur Ruhe gelegt hatten, sich jeden Abend stundenlangem Gebet hingab –, wurde er von einem scharfen Flüstern aufgeweckt: »Eirik –?«
Er wandte sich um. Halb auf der Leiter, die zu dem Raum über Nebenstube und Vorraum führte, erblickte er die lichte Gestalt der Schwester.
Eirik schloß jäh mit einem »In nomine«, bekreuzigte sich, als werfe er sich einen Umhang um, dann sprang er auf und ging zur Leiter hin: »Kannst du meinetwegen nicht schlafen, Cecilia?«
»Nein – ich habe Angst, du könntest neben dem brennenden Licht einschlafen. Du hast das mehrere Abende so gemacht – und gestern abend mußte ich herunterkommen und das Licht auslöschen, denn da schlief auch der Vater.«
Das junge Mädchen zitterte vor Kälte in dem dünnen Nachtgewand. Eirik stand vor ihr, blickte zu der hellen Gestalt auf: ihn dünkte, sie gleiche einem Engel, und er beugte den Kopf ein wenig vor, hauchte liebevoll die nackten, von der Kälte roten Zehen an, die unter dem langen, faltenreichen Gewand hervorsahen, die Stufen der Leiter umklammernd.
»Steig nun hinauf, Cecilia, und leg dich hin«, sagte er munter. Und es überkam ihn eine Lust, mit seiner Schwester über all das Neue zu sprechen, das ihn erfüllte. »– Dann komme ich eine Weile zu dir.«
Er kroch zu ihr unter das Fell, bog einen Arm um das Kopfpolster und begann, mit Eifer in der Stimme: »Nun sollst du etwas Neues hören, das dich wundern wird, Cecilia – ich will ins Kloster gehen.«
»Ja, das habe ich gehört.«
Eirik schwieg eine Weile, überrumpelt.
»Hast du das gehört –? Hat der Vater es dir gesagt?«
»Nein, Ragna sagte es.«
Ragna, die Stallmagd –. Nun ja, er hatte es auch ihr gegenüber einmal erwähnt. Es kam Eirik zum Bewußtsein, daß er bereits gar nicht so wenig Menschen gegenüber davon gesprochen hatte. Aber Ragna war stets so freundlich gegen ihn gewesen – und so hatte er ihr versprochen, wenn er Mönch würde, besonders viel für ihr ältestes Kind, das kranke Mädchen, zu beten. Alle drei Kinder Ragnas waren im vergangenen Sommer mit Eirik so gut Freund geworden.
»Ja –«, sagte Eirik. »Hast du nie so gedacht, Cecilia – hast du nie Lust dazu gefühlt, Nonne zu werden und der Jungfrau Maria zu dienen?«

»Nein«, sagte Cecilia. Es klang so, wie wenn ein Schloß einschnappt, und Eirik verstummte.
»Nein, nein«, sagte er kurz darauf zaghaft. »Auch mir ist dieser Gedanke nicht von selber gekommen – er ist mir durch Gottes Barmherzigkeit gesandt worden.«
»Es ist wohl beinahe plötzlich über dich gekommen?« fragte Cecilia zögernd.
»Ja«, antwortete Eirik lustig. »Wie ein Schlag an die Tür zur Nachtzeit, und eine rufende Stimme, die mir befahl, aufzustehen und hinauszugehen. Auch ich habe nie zuvor an so etwas gedacht. Kann es da nicht auch dir einmal so ergehen, Schwester?«
»Ich weiß nicht«, meinte Cecilia leise. »Ich kann es nicht glauben –. Aber still wird es hier nun werden«, flüsterte sie, und ihre Stimme hörte sich plötzlich jammervoll klein und schmächtig an. »Zuerst verlor ich Bothild – und jetzt gehst du von uns. –«
Eirik blieb still liegen, von den Worten der Schwester betroffen. Ihren gemeinsamen Sommer hatte er beinahe vergessen über all dem, was darauf gefolgt war; von der Erinnerung an Bothild war er in diesen Tagen gleichsam weit weggewandert. Jetzt aber mußte er daran denken, hier, wo er jetzt lag, hatte sie neben Cecilia geschlafen. Alle Erinnerungen, die mit einemmal aufbrachen, erfüllten ihn mit grenzenloser Trauer. Er vermochte nicht ein Wort vorzubringen.
»Weinst du?« fragte er endlich, da auch Cecilia das Schweigen zwischen ihnen nicht brach.
»Nein«, antwortete die Schwester ebenso knapp wie zuvor.
Ja, nun schlief Bothild unter der Erde, und seine Füße waren auf einen Weg gestellt, der weit fortführte von all dem. Aber Cecilia, sie sollte hier zurückbleiben, einsam wie ein Vogel, wenn alle anderen aus dem Lande gezogen sind, allein mit dem lastenden, schweigsamen Vater.
»Habt ihr in diesem Winter nichts mehr von Jörund gehört?« fragte er plötzlich.
»Das haben wir nicht.« Er hörte ihrer Stimme an, daß sie empört war.
»Das ist *seltsam*. Er erwähnte mir gegenüber, daß er im Winter einmal hierherkommen wolle.«
Cecilia gab es einen Ruck; sie drehte sich plötzlich der Wand zu. Eirik merkte, daß das Mädchen zitterte. Er stützte sich auf den Ellbogen auf, beugte sich über die Schwester.
»Was ist mit dir?« fragte er ängstlich.
»Nichts ist mit mir«, flüsterte sie, halb erstickt. »Ich frage nicht da-

nach, wo Jörund Kolbeinssohn sich herumtreibt. *Ich* habe mein Herz nicht an ihn gehängt.«

Eirik sagte unsicher: »Das begreife ich nicht. Du redest, als seist du böse auf ihn.«

»Böse?« Sie warf sich wieder herum, wandte sich dem Bruder zu. »Vielleicht bin ich das. Denn ich bin nicht gewohnt, daß ein Mann so mit mir spricht, wie Jörund es tat. Und die Antwort, die ich ihm gab, war so – war so, daß –. Ich bin nicht gewohnt, Mißachtung zu ertragen.«

»Nun mußt du mir sagen, was das bedeutet«, bat Eirik still.

»Nein, ich weiß nicht – vielleicht rechnet man es unter den Menschen nicht mehr groß an, vielleicht bin nur ich es, unerfahren und wenig herumgekommen, wie ich bin, die meint, daß die Worte einer adeligen Jungfrau so kostbar seien. Aber er kam in die Frauenstube zu mir, an dem Abend, ehe er fortreiten sollte. Und da sagte er – ja, er sprach davon, daß er mit seinen Verwandten zurückkommen und um mich werben wolle. Dann fragte er, ob dies gegen meinen Willen sei. Dies verneinte ich. – Er bat auch darum, mich küssen zu dürfen«, flüsterte sie beinahe unhörbar. »Auch das verweigerte ich ihm nicht. Gott weiß, daß ich lieber ungeküßt geblieben wäre. Gott weiß, daß ich keine Liebe zu ihm trug. Aber er redete so, daß ich glauben mußte, der Vater wünsche es – und du auch. Und da wollte ich mich nicht dagegen auflehnen. Damals hatte ich eine so gute Meinung von Jörund, daß ich dachte, er könnte besser sein als die meisten anderen. – Denn ich habe ja merken müssen, daß der Vater mich nur wenig über meine eigene Heirat bestimmen lassen will. – Aber Jörund sieht wohl ein Wort und einen Kuß für nichts Großes an –«

Jäh beugte Eirik sich über die Schwester und küßte sie auf den Mund. Dann legte er sich wieder still hin.

»Vielleicht konnte Jörund selbst nicht über sich verfügen«, sagte er plötzlich entschuldigend. »Vielleicht hatten seine Verwandten sich bereits nach einer anderen Heirat für ihn umgesehen, ohne daß er etwas davon wußte.«

»Da hätte er doch wohl nicht reden dürfen«, antwortete Cecilia zürnend. »Wenn er nicht wußte, ob er gekauft oder verkauft war.«

»Das mag sein. Aber – ja, er sprach mit mir über diese Sache, als läge es ihm sehr am Herzen – daß er dich bekäme, meine ich. Aber du weißt, er mußte doch heim und sich mit seinen Brüdern beraten –.«

»Sollten jene vielleicht meinen, wir seien nicht gut genug für Jörund?«

Eirik lag da und wußte sich keinen Rat. Die Schwester hatte Grund, böse zu sein. Und jetzt glaubte er sich zu erinnern, daß er Jörund gebeten hatte, er möge Cecilia gegenüber nichts von dieser Sache erwähnen, ehe er als Freier käme, und Jörund hatte ihm dies versprochen. Aber Eirik begriff ja: gar leicht war es möglich, daß Jörund dieses Versprechen vergessen hatte, so schön und süß wie Cecilia war. So nahm er ihre Hand, legte sie auf seine Brust und streichelte sie, während er auf den ersten Grund zurückkam, mit dem er seinen Freund zu entschuldigen versucht hatte: »Sie haben wohl eine andere Heirat für ihn ausersehen, ohne daß er es wußte.«

Cecilia gab keine Antwort. Eirik lag da und streichelte ihre Hand – jetzt aber merkte er, daß er sehr schläfrig wurde. Sie schlief gewiß bereits. Noch einmal beugte Eirik sich über sie, küßte behutsam die junge Schwester, dann stahl er sich aus dem Bett und schlich hinunter. Er war schon auf der Leiter; da fragte die kleine, kühle Mädchenstimme aus der Dunkelheit oben: »Heute abend wirst du wohl nicht noch mehr Gebete sprechen?«

»Nein«, antwortete Eirik innig, »jetzt will ich schlafen gehen.«

»Dann löschest du wohl das Licht aus?«

Das tat Eirik. – Dann lag er da und war böse auf Jörund, der seiner Schwester und ihnen allen so wenig Achtung erzeigt hatte. Gleichzeitig aber war es, als widerstrebe ihm nun der Gedanke, daß Cecilia Jörund gegeben werden sollte. Diese einzige Woche, die er mit völlig umgewandelten Sinnen gelebt hatte, hatte seine Meinung über gar vieles bereits vollständig verändert. Jetzt dachte er mit Widerwillen, ja, mit Kummer an sein ganzes Leben seit jenem Tage, da er von daheim fortgelaufen war. Er bereute seine Sünden, das war recht und gut – aber er wünschte trotzdem, jetzt, da er Gott sein Leben weihen wollte, daß es weniger beschmutzt gewesen wäre.

– Aber Jörund, der keinen solchen Ruf erhalten hatte – von ihm konnte wohl keiner verlangen, daß er besser sein wollte als andere Männer. Und *schlimmer* war Jörund ja nicht. Aber Cecilia – sie war so *gut.*

Olav hatte es nicht so sehr ernsthaft gemeint, wenn er so redete, als schätze er den Orden der Minoriten nicht sonderlich hoch ein. Er war ihrer überdrüssig geworden, er wie so viele andere Leute hier in der Gegend, zu Sira Hallbjörns Zeiten – weil der Priester sie früh und spät in sein Haus zog. Die Graukutten hatten lange Zeit in großer Fehde mit dem Domkapitel und den Priestern in Oslo gelegen, doch war es nicht gewiß, ob die Brüder den größeren Teil der Schuld an dem Unfrieden trugen. Und es war seinerzeit ein häßliches Gerede aufgekommen über einen der Minoriten und Eldrid Bersestochter auf Neset – aber häßliche Gerüchte über Eldrid waren stets im Umlauf gewesen, seit ihr Vater die widerwillige junge Maid dem alten Harald Jonssohn gegeben hatte, und einen klaren Einblick in die Dinge hatten die Leute nie bekommen; sie war unfruchtbar wie eine alte Schuhsohle. Im übrigen war sie die Tochter eines Brudersohnes des seligen Sira Benedikt und im vierten Glied verwandt mit den Arnestöchtern, die Verwandten sprachen jedoch nie von ihr; sie war ganz aus dem Kreis der ehrbaren Leute hinausgeraten. Den jungen Mönch, Bruder Gunnar, der allzu oft bei ihr auf Neset gewesen war, hatte man außer Landes gesandt, auf eine gelehrte Schule, so hieß es.

Die einzigen Männer im Orden, die Olav etwas näher kannte, waren ein Bruder der Rikardssöhne, Edvin Bildmeister, und außerdem Bruder Stefan, der einmal im Jahr, zur Fastenzeit, nach Hestviken herauszukommen pflegte – er tat dies, seitdem er bei Ingunn in ihrer Todesstunde geweilt hatte. Olav mochte Bruder Stefans Äußeres nicht; er war klein und krumm von Gestalt, und sein Gesicht hatte Ähnlichkeit mit einer Wasserratte, man erwartete unwillkürlich, daß er seine lange, weiche Nase bewegen könne. Aber Olav hatte nie etwas anderes als nur Gutes von dem Mann gehört oder gesehen.

Wenn Eirik selbst so sicher zu wissen schien, daß er in diesen Orden eintreten wolle, so war der Vater durchaus bereit, ihn mit der geziemenden Ausstattung den Minoriten zu geben.

Olav dachte ziemlich viel über die Sache mit Eiriks Geburt nach. Aber er hatte nie gehört, daß irgendeinem Mann, der im übrigen sich zum Mönch oder Priester als wohlgeeignet erwies, die Dispens von unechter Geburt verweigert worden war. Und er selbst hatte bereits so viel auf sich geladen, daß er gerne auch noch dies auf sich nehmen und – das Geheimnis verschweigen konnte. Seine Bürde war ihm ins Fleisch gewachsen und in seine Seele – er fühlte, daß er sich nicht von ihr zu trennen vermochte.

Eirik empfand das veränderte Wesen des Vaters gegen ihn wie einen Teil seines neuen Glücks. Obgleich Olav nicht viel mehr mit dem Sohn sprach, als es sonst seine Gewohnheit war, fühlte Eirik doch diese neue Wärme, die ihm entgegenströmte, sooft er mit dem älteren Mann zusammen war. Das meiste, das Eirik in den vergangenen

Jahren von den Reden und Predigten frommer Menschen gehört hatte, war bei ihm scheinbar bei dem einen Ohr hinein und beim anderen wieder herausgegangen. Jetzt aber tauchte doch das eine oder andere wieder in seiner Erinnerung auf. »Suchet also zuerst das Reich Gottes und Seine Gerechtigkeit, so wird euch dieses alles zugegeben werden –« etwas Ähnliches sollte Christus einmal seinen Jüngern gesagt haben, hatte er gehört, das fiel nun Eirik ein. Sein ganzes Leben dünkte ihn eines ersehnenswerter als alles andere in der Welt – seinen Vater dazu zu zwingen, daß er ihn mit liebevollem Stolz anerkannte. Jetzt, da er sich aller Güter dieser Welt entäußern wollte, um das Himmelreich zu gewinnen, erhielt er das als Abschiedsgabe mit auf den Weg, worum er von Kindheit an gebettelt hatte.
So war es nur noch der Gedanke an die Schwester, der Eirik beunruhigte. Er sagte sich selber, daß wohl niemand anderer als nur der Vater und die Schwester darauf hätten verfallen können, diese Sache mit Jörunds Werbung so schwerzunehmen, so etwas Wortbruch und Mißachtung zu nennen. In diesen Zeiten nahmen es doch die Menschen nicht mehr so genau mit jedem Wort, das aufs ungewisse hin gesagt worden war – er selber hatte das nie getan. Jetzt aber dünkte ihn doch, daß der Vater recht habe – es würde sich viel besser in der Welt leben lassen, wenn die Menschen sich mehr an ihr eigenes Wort hielten.

Und eines Tages, als Olav und Eirik am Strand unten ein Boot teerten und Cecilia ihnen einen Imbiß hinuntergebracht hatte, sagte der Bruder, als sie gegangen war: »Es wird einsam für sie werden, wenn ich fortziehe.«
»Vielleicht.« Olav blickte gedankenvoll dem jungen Mädchen nach, das den Hang hinaufstieg.
Eirik sagte: »Das ist mein einziger Kummer: daß ich fortgehen muß, ehe ihr Schicksal gesichert ist.«
»Das kannst du wohl meine Sorge sein lassen.« Olavs Mund verzog sich zu jenem kleinen schiefen Lächeln, das ihm früher so oft auf die Lippen getreten war, wenn er dem Sohn eine Antwort gab. »Wir merkten doch viele Jahre lang nichts davon, daß du dich um das Wohl deiner Schwester kümmertest.«
»Nein, nein. – Aber ich mußte mich doch erst in der Welt umsehen, ich so gut wie andere Männer. Und ich wußte sie gut aufgehoben in deinem Schutz.«
»Sollte dieser Schutz jetzt nicht mehr gut genug sein?«

Eirik stand da, drückte das Schabeisen gegen das Boot und schlug die Augen nieder.
»Du weißt, Vater, du wirst allmählich alt, darum –« Er blickte schräg zum Vater hinüber, verlegen. Olavs Gesicht war jetzt kalt und unfreundlich, dennoch sagte Eirik: »Sie ist nicht so frohen und leichten Sinnes, meine Schwester, wie sie – dem Alter nach – sein sollte.«
Olav konnte sich nicht enthalten, obwohl es ihm widerstrebte, danach zu fragen: »Hat sie sich – bei dir – beklagt?« fragte er mißtrauisch.
Es war Aslak, an den er dachte. Eirik aber antwortete: »Ich glaube, sie wundert sich darüber, daß sie nichts mehr von Jörund gehört hat.«
Olav fuhr heftig in seiner Arbeit fort, sagte jedoch nichts.
»Hast du keine Nachricht von ihnen erhalten?« fragte Eirik schließlich.
Olav sagte: »*Weiß* sie, daß Jörund –? Wenn ich mich recht entsinne, so bat ich dich, deinem Freund zu sagen – ich verlangte, daß er dem Kind gegenüber nichts von der Sache erwähne, nicht ehe sie viel weiter gediehen sei. Unmännlich und wenig ehrenhaft möchte ich es nennen, wenn er zu einem so jungen Mädchen gesprochen hat, ehe seine Verwandten und ich zu einer Einigkeit gelangt waren.«
Olavs Ton war so voller Verachtung, daß in Eirik wieder etwas von der alten Waffenbruderliebe zu Jörund auflebte: »*Gesagt* hat er wohl kaum etwas. Aber haben zwei junge Menschen Neigung zueinander gefaßt, so läßt sich dies wohl nicht so verbergen, daß nicht der eine vom anderen weiß –«
Olav arbeitete schweigend weiter.
»Jörund!« sagte er plötzlich, so barsch und so höhnisch, daß Eirik keine Frage zu stellen wagte, als der Vater wieder schwieg.
Kein Jahr war vergangen, seit Aslak die gleichen Worte gesagt hatte – solches ließe sich nicht verbergen. Von da an hatte er seine Tochter stets im Auge behalten, besorgt darum, sie könnte Aslak zu sehr nachtrauern. Das aber hätte er sich gerne sparen können. War es doch klar und erwiesen, daß sie es nicht allzu schwer genommen hatte, denn als nun Jörund erschien – da würde sie wohl auch über diesen Kummer hinwegkommen. Sie war ja auch noch fast ein Kind –. Und trotzdem empfand Olav es wie eine Enttäuschung, daß seine Tochter so schnell vergessen können sollte.

Eirik wollte noch vor Ostern zum Kloster segeln – er vermochte jetzt keine Ruhe für seine Seele zu finden, ehe er sein Mönchsleben aufgenommen hatte.
Es war Olavs Absicht gewesen, den Sohn zu begleiten. Nun aber wurde er krank. Er hatte sich bei dem Kampf bei der Frysjubrücke ein inneres Leiden zugezogen; damals hatte er dies wenig beachtet, nun aber meldete es sich von Zeit zu Zeit mit Blutsturz und Erbrechen schwarzer Blutklumpen. Diesmal mußte er sich zu Bett legen, Eirik jedoch konnte nicht warten. So versprach er dem Vater, rechtzeitig Nachricht zu geben, sobald der Tag festgesetzt sei, an dem er eingekleidet werden sollte. Dann wollte Olav mit Cecilia in die Stadt kommen.
An jenem Morgen, da er reisefertig war, betrat er den Nebenraum, um von seinem Vater Abschied zu nehmen. Er kniete vor dem Bett nieder und bat den Vater um seinen Segen.
Olav sagte: »Um das eine will ich dich bitten, Eirik, daß du jetzt das Offizium für die Toten lernst und es jede Woche für die Seele deiner Mutter und für deinen Vater sprichst.«
»Das gelobe ich dir. Ich will für die Mutter und für dich so viel beten, als ich nur kann.«
Olav antwortete leise: »Für deinen Vater sollst du beten. Meinen Namen aber sollst du nicht nennen.«
Innig bewegt von der Demut des Vaters küßte Eirik ihm die Hand.

Bei den Minoriten fand Eirik Olavssohn die liebevollste Aufnahme. Und so eifrig war er jetzt, daß er nicht bis nach den Feiertagen warten konnte; er begann sofort Unterricht zu nehmen bei den Brüdern in dem neuen Leben, und sooft er konnte, folgte er ihnen zum Chor und nahm teil an ihrem Gesang.
Aber eine Woche nach Ostern begab er sich zum Guardian und sagte, er habe einen Freund, von dem er Abschied nehmen wolle, ehe er die Welt verlasse. Und er wolle sofort dorthin reiten, dann könne er vielleicht doch noch, so wie sie besprochen hatten, schon am Sankt-Eiriks-Tag*) eingekleidet werden.
Eirik glaubte nun sicher zu wissen, die Empörung der Schwester in jener Nacht, da er bei ihr gelegen und mit ihr geredet hatte, müsse daher rühren, daß sie Liebe zu Jörund empfand. Und nun wollte er auf jeden Fall versuchen, seiner geliebten Schwester einen Dienst

*) Sankt-Eiriks-Tag: 18. Mai.

zu erweisen, ehe er ins Kloster ging – jedenfalls wollte er zu erforschen suchen, wie die Dinge standen.

Auf Gunnarsby wurde er freundlich empfangen, nur Jörund war etwas zurückhaltend. Als jedoch Eirik sagte, daß er nun ins Kloster gehen wolle und daß er hierher gekommen sei, um von seinem Freund Abschied zu nehmen, schienen sowohl Jörund als auch seine Brüder sehr erstaunt zu sein.

In der Nacht auf den vorletzten Tag von Eiriks Aufenthalt, ehe er wieder ins Kloster zurückkehren sollte, zogen er und Jörund zusammen auf die Auerhahnbalz. Während sie so durch den Wald gingen, sagte Jörund Rypa zu seinem Freund: »Mich dünkt dennoch, Eirik, du solltest eine Weile warten und dich selbst erproben, ehe du Hestviken und allen anderen Gütern der Welt entsagst.«

Er hörte Eiriks Stimme an, daß der Freund lächelnd im Dunkeln weiterging: »Warum? Meinst du, es könnte nützen, wenn ich mich selbst erprobte, da ich doch weiß, daß es nicht aus mir gekommen ist? Den, der mich gerufen hat, werde ich wohl nicht warten lassen!«

»Auch diesen hier sollst du ablegen«, sagte Jörund gleichsam scherzend und berührte den Bogen, den Eirik trug. »Du warst stets ein eifriger Weidmann, Eirik.«

»Ich vertausche ihn mit einem Bogen, der höher schießt.«

»Ja, so ist es wohl. Willst du dann nicht wenigstens so lange warten, bis wir mit deinem Vater gesprochen haben, du weißt, was ich meine; damit du bei Olav und Cecilia ein Wort für mich einlegen kannst?«

Eirik vermochte kaum seine Freude zu verbergen. Und jetzt erzählte Jörund, daß er den ganzen Winter in Unruhe verbracht und sich nach Cecilia gesehnt habe. Aber er hatte gesäumt, weil die Rede davon gewesen war, daß Steinar und Brynhild nach Norderheim ziehen sollten, und da wollte er lieber noch warten, auf diese Weise blieb es vielleicht der jungen Cecilia erspart, gemeinsam mit Brynhild leben zu müssen, die eine Hexe war. Jetzt aber war diese Sache ins reine gebracht.

Eirik hielt fest an seinem Vorsatz; brach zur rechten Zeit auf, wie er mit dem Guardian verabredet hatte. Er gab Jörund eine Schließe als Zeichen für Cecilia.

8 Olav Audunssohn war nach seiner Krankheit erst kurz wieder vom Bett aufgestanden, als die Brüder von Gunnarsby auf den Hof geritten kamen.

Olav nahm sie freundlich auf. Er glaubte, die Fremden würden nicht merken, daß er noch nicht wohl war und kein Essen vertrug – und es war gleichsam, als sei er auch in seiner Seele müde: er vermochte sich nur schwer darüber klarzuwerden, was er antworten sollte, wenn seine Gäste ihr Anliegen vorbringen würden.

Im Groll über diesen Jörund Rypa, der ihm zuerst ein halbes Versprechen abgelockt und dann drei Vierteljahr hatte hingehen lassen, ehe er wieder von sich hören ließ, hatte Olav gemeint – nein, er mochte diesen Burschen nicht, er traute ihm nicht weiter als er ihn sah, Cecilia konnte zehn Männer finden, die besser waren als dieser eine. Jetzt aber waren die Leute von Rypa gekommen, und er konnte nicht leugnen, daß sie höfische Männer von vornehmem Gebaren waren. Aake, der Älteste, war mit Lucia Torestochter von Leikvin und Steinar mit Brynhild Bergstochter von Hof in Lautin verheiratet, so daß es schwer für ihn war, einen Vorwand zu finden, wenn er Jörund zurückweisen wollte. Er hatte keinen anderen Grund, als den, daß er keine Lust fühlte, seine Einwilligung zu geben.

So sandte er heimlich einen Boten zu Baard auf Skikkjustad, verabredete mit ihm weit weg vom Hof an einem Ort im Wald eine Zusammenkunft.

Baard kam und wiederholte noch einmal alles, was er über die Leute von Gunnarsby wußte.

Die alten Eichen standen mit winzigem, rotbraunem Junglaub gegen die milde, blaue Luft und das Gras schob sich dichtgedrängt durch die helle Schicht welken Laubes empor, überall wo die Sonne hingelangen konnte. Dicht an den großen, mit dem Erdboden verwachsenen Felsen, die die Wärme der Sonne bewahrten, erblauten große Büschel von Veilchen. Olav hatte sich am Hang ausgestreckt, und Baard, der dasaß und auf den Freund hinabblickte, dachte bei sich, der andere sehe so aus, als sei er krank. Sein Gesicht war grau und eingesunken, die Augen so blaß wie wässerige Milch und das Weiße darin gelblich, der schöne silberne Glanz von Haar und Bart schien gleichsam trübe angelaufen. Da sagte Baard: »Du weißt es, Verwandter, Torgrim und ich werden Cecilia und ihre Habe nach besten Kräften schützen, sollte es so kommen, daß sie allein bleibt. Nun aber wird alles, was du besitzest, einmal ihr gehören, da Eirik ins Kloster geht. Und ein Ehemann verwaltet doch besser als andere –.«

Olav nickte.
Er wußte das. Gleichviel wie gut die Beschützer eines Kindes es meinen – der Hof gedeiht trotzdem am besten unter der Hand dessen, dem er gehört. Wenn Jörund Cecilia bekam, so würden beide gleich nach seinem Tode, oder wenn er einmal zu alt war, um allein zu wirtschaften, nach Hestviken ziehen; auf Gunnarsby saßen bereits zwei verheiratete Söhne. Gewiß war das Gerücht, daß der Erbe Mönch wurde, die Ursache, die die Brüder veranlaßt hatte, jetzt ihre Werbung vorzubringen. Da aber die beiden jungen Menschen einander bereits im Sommer liebgewonnen hatten, wie Eirik sagte, so würde Jörund sie jetzt wohl kaum weniger lieben, wenn er mit ihr den Hof bekam. Und die Leute von Rypa standen in dem Ruf, tüchtige und kluge Männer zu sein, sagte Baard –.
Olav hatte selber gedacht – die Tochter könnte, ehe man sich's versehe, plötzlich allein dastehen; er hatte sich in diesem Frühjahr sehr schlecht gefühlt. Wohl würde Cecilia bei Baard und Signe in guten Händen sein, und so jung sie auch war, zeigte sie sich doch verständig genug. Aber dennoch hatte es sich im Vater wie eine Angst festgesetzt – die Veranlagung, die vielleicht in ihr steckte, von ihrer Mutter her und ihm selber, Gott bewahre sie –.
»Du redest also zu, merke ich«, sagte Olav leise.
»Hm – weder das eine noch das andere«, erwiderte Baard. »Aber wie die Sachen nun stehen, seit Eirik fort ist, so möchte ich dir doch auch wieder nicht abraten, Olav!«
Und als nun Aake Kolbeinssohn das Anliegen der Brüder vorbrachte, hörte Olav ihn wohlwollend an und zeigte sich seinem Vorschlag zugänglich. Schließlich wurde verabredet, daß das Verspruchsbier am Abend vor dem Sankt-Columbans-Tag*) auf Hestviken stattfinden und die Braut vier Tage vor der Lavransmesse nach Gunnarsby geführt werden sollte.

Olav Audunssohn hatte die Klosterkirche der Minoriten nicht mehr gesehen, seit sie fertig geworden war.
Es war an einem hellen und frischen Maimorgen, der Frühling hatte in diesem Jahr so zeitig eingesetzt, daß die Traubenkirschen am Wegrand schon in voller Blüte standen, als Olav vom Bollwerk des Klosters aus den Hang hinanstieg. Er war früh daran – als er schon oben angelangt war, fingen erst die Glocken im Glockenturm zu läuten an.

*) Sankt-Columbans-Tag: 9. Juni.

Die schwingenden erzenen Töne dicht über seinem Kopf sandten ihm kalte Schauer über den Rücken.
In der Kirche fiel das Sonnenlicht schräg durch die Fenster herein, wie breite Balken, und der Staub tanzte im Licht. Olav warf einen raschen Blick um sich, aber nichts glich dem Bild, das er von der Kirche der Franziskaner in Erinnerung hatte – von jenem Abend: dunkel und kalt und öde, unaufgeräumt noch während des Baues, mit dem Chorbogen, der in die schwarze Nacht hineinklaffte. Jetzt lag der Chor in buntem Sonnenlicht gebadet – man hatte bereits farbige Scheiben in die Fenster eingesetzt –, die Wände waren mit auf den Kalk gemalten Bildern geschmückt, und der Hauptaltar war reich und schön verziert. Dahinter, tiefer drinnen im Chor, konnte er die Klosterbrüder in ihren braunen Gewändern in den Stühlen sehen, sie waren noch beim Stundengebet.
An der Wand links vom Chorbogen, wo, wie er sich erinnerte, das seltsame lebende Kruzifix gestanden hatte, befanden sich jetzt zwei kleine Seitenaltäre mit gewebten Teppichen dahinter. Das Kruzifix war wohl das gleiche gewesen, das jetzt auf einem Querbalken über dem Chorbogen stand, aber es sah anders aus als im Tageslicht.
Die Kirche war beinahe noch ganz menschenleer, so daß Olav sich auf die Bank bei der Tür niederließ, um die Zeit bis zur Messe abzuwarten. Untätig blickte er um sich – es hatte seine Richtigkeit, wenn die Leute sagten, die Kirche der Barfußbrüder sei schön geworden. Über ihm riefen die Glocken, und die Kirchenbesucher strömten herein, immer mehr und mehr. Sein eigenes Gefolge kam, Baard in seinem besten Staat, Anki und Tore in den neuen Gewändern, die er ihnen zu der Fahrt in die Stadt geschenkt hatte. Sie knieten eine Weile nieder; als sie sich erhoben, trat auch Olav vor und ging mit ihnen zum Chor hinauf. Signe und Una knieten bereits ganz vorn auf der Frauenseite, zwischen ihnen Cecilia. Das junge Mädchen war dicht verschleiert. Die Kirche füllte sich allmählich – es zog stets viele Menschen an, wenn ein Novize eingekleidet werden sollte.
Ein Mönch kam mit der langen Kerzenstange herein und zündete die Altarkerzen an, und die meisten Leute, die ganz vorn in der Kirche standen, fielen auf die Knie. Es quälte Olav, allein zu stehen, das Ziel aller Augen zu sein, darum kniete er auch nieder und hielt sich einen Zipfel vors Gesicht. Der Seidenstoff fühlte sich so befremdend weich und kühl an – befremdend, weil es in den letzten Jahren nicht oft vorgekommen war, daß er sein Festgewand getragen hatte.
Aus Gewohnheit begann er Gebete zu murmeln, nun, da er sich in

dieser Stellung befand – er tat dies stets, wenn Brauch und Sitte von ihm forderten, daß er so tue, als bete er. Auch verfolgte er damit eine gewisse Absicht – er galt für einen frommen Christen, und er *wollte* dafür gelten. Seinen Abfall wollte er verbergen wie das Geheimnis seines eigenen Herzens – öffentlich wollte er nicht zu denen gezählt werden, die Gott Trotz oder Hohn boten. Nicht diese waren es, denen er Sieg oder Erfolg wünschte – er wußte selber, obgleich er nun einmal nicht anders war, wünschte er doch Christus den Sieg und die Ehre – wie ein Landesverräter, in fremde Länder verbannt, sich heimlich über die Siege seiner Landsleute freuen, heimlich auf Erfolg der Fahne hoffen kann, unter der er selber nie wieder kämpfen darf.

Aber er wußte auch, daß diese Worte, die ihm über die Lippen flossen, dem Saatkorn gleich waren, in dem der Keim erstickt ist, und dennoch stieß er sie aus, nur weil er nicht wollte, daß seine Nebenmänner von seiner Armut erführen.

Aber als er sich nun darauf besann, daß er im Winter allein auf Hestviken sitzen sollte –! Da vermochte er nicht mehr die Lautlosigkeit und Leere in sich mit dem Gedanken zu betäuben, daß er sich für andere abmühte, für alle jene, deren Wohl und Wehe es galt, wenn er seine Kraft einsetzte. Für Cecilia würde es ein Gewinn sein, das begriff Olav gut, wenn ihr Gatte alles übernehmen konnte, was er mit ihr bekommen sollte, und zwar je früher je besser. Und Eirik war fort, und Bothild war fort –.

So würde er allein bleiben mit seiner eigenen Seele, wie ein Gefangener, den man in dem tiefsten Loch unter dem Turm mit der Leiche seines Mitgefangenen allein gelassen hat.

Olav fühlte, daß er mit diesen Gedanken wie in den Stromwirbel eines Flusses geraten war – reißend schnell wurde er hinabgezogen. Eine Art Schwindel beim Anblick der Einsamkeit, die nun da draußen in der Bucht herrschen würde, erfaßte ihn – dann war Stille um ihn, als sei er auf einen Meeresgrund hinabgesunken, eine klare und unbewegliche Tiefe, und dann kam die Gewißheit darüber, daß er auch in dieser Tiefe nicht allein war. Wenn alles, worauf er seine Gedanken richten konnte, aus seiner Reichweite weggeräumt wurde, würde er doch wiederum allein sein mit dem einen Lebenden, vor dem er zu flüchten und sich zu verbergen gesucht hatte –.

Gott, mein Gott, hast Du mich bis an die Wolken hinauf und auf den Grund des Meeres hinunter gejagt? – Einmal hatte er allein vor Gottes Angesicht gestanden unter dem blaubleichen Gewölbe einer Winternacht – als er sein halbes Leben verlor –. Jetzt, da er alles verlor, was er an ihre Stelle zu setzen versucht hatte, wurde er gezwungen, Gottes Blicke auf sich zu spüren, als drängten sie aus den Tangwäldern in der Finsternis des Meeresgrundes.

Wenn nun das Saatkorn, das tot geschienen hatte, doch nicht tot war, und das ermordete Kind sich auf seinem Lager aus welkem Laub regte und erwachte –.

Olav wußte nicht, ob es Entsetzen oder Hoffnung war. Aber in dieser Hellsichtigkeit, die ihn jetzt wiederum überwältigte, sah er – er hatte sich nie davor gefürchtet, Schrecken oder Schmerzen zu ertragen, wenn er geglaubt hatte, ein Leben vor Verwüstung oder Zerstörung retten zu können. Das einzige, wovor er sich stets gefürchtet hatte, war, ein Leben zugrunde gehen, verfaulen zu sehen. Und seltsam klar erkannte er plötzlich, daß dieser gleiche Trieb, der ihn gezwungen hatte, sich all jener anzunehmen, die ihm über den Weg geführt wurden, daß dieser Trieb ihn nun zwingen würde, sich seiner eigenen Seele anzunehmen. Daß ein Mann seinen Nächsten lieben sollte wie sich selbst, hatte er immer gehört und begriffen, ja, das war richtig, und je mehr einer nach diesem Wort leben konnte, desto besser war es. Aber wie ein Glasfenster so von der Sonne durchleuchtet wird, daß man unterscheiden kann, was darauf gemalt ist, so begriff er plötzlich, welche Bedeutung darin lag, was Gott befohlen hatte, klar und ohne Umschweife: daß man auch sich selber lieben sollte –.

Er wurde aufgeweckt, indem einer ihn an der Schulter berührte. Einer der Mönche deutete mit der Hand und machte Olav ein Zeichen, daß er vorgehen solle – Olav hatte nicht beachtet, wie weit die Messe vorgeschritten war, der Priester war bereits beim Orate, fratres, angelangt – und nun sah er Eirik; er hatte nicht bemerkt, daß der Sohn gekommen war.

Dort unter dem Chorbogen lag Eirik, die Hände nach den Seiten ausgestreckt, die Stirn am Boden. Der dunkelrote Samtumhang floß über die liegende Gestalt hin, breitete sich auf dem grauen Stein des Bodens aus, darunter schimmerte das Schwert hervor – denn heute, da er kam, um sich selber und alles, was er besaß, Gott darzubringen, wagte Eirik als einziger von allen Männern, mit seinen Waffen das Haus Gottes zu betreten.

Olav stand auf und tat die wenigen Schritte vor, kniete auf seinem Platz auf der linken Seite des jungen Mannes nieder. Und die Liebe zu dem Sohn durchbrach schließlich alle Fesseln. Es war sein eigener

Sohn, den er heute fortgab. – Olav verbarg sein Gesicht wieder in den Falten des Umhangs.
Seine Tochter hatte er weggegeben – sie sollte einem Mann gehören, dem er nur halb traute, sollte all dem überlassen sein, was ungewiß und wechselnd in der Welt war, darum aber dünkte ihn, Cecilia gebe er doch nicht ganz aus seinen Händen. Es konnte sein, daß er noch einmal genötigt war, in ihr Schicksal einzugreifen. Eirik aber sollte er Gott geben, all dem, das fester ist als der Fels, gewisser als der Tod und der Jüngste Tag – dies war die vollkommene Trennung, für alle Zeiten, ja vielleicht für alle Ewigkeit –.
Olav vermochte der Messe nicht zu folgen – er bemerkte nichts rings um sich, bis er die Stimme dicht über sich hörte. Der Guardian stand mitten unter dem Chorbogen, vor ihm kniete nun Eirik rank und aufrecht, das junge Gesicht nach oben gewandt, den Umhang zurückgeschlagen, so daß die Schließen und die Bräutigamskette auf seinem Seidenwams leuchteten. Eirik war ganz in Rot gekleidet, denn die Kleider sollten dem Altar geopfert werden, und im Kloster brauchte man am notwendigsten ein neues rotes Meßgewand –.
Olav hörte Eirik die Antworten geben – so laut und klar, daß es durch den ganzen Raum klang. Hinten in der Kirche weinten ein paar Frauen laut – aber manche Frauen tun das immer, versuchte Olav sich selber zu sagen, um nicht übermannt zu werden. – Eirik war mündig, so daß Olav nichts an seiner Stelle zu beantworten brauchte. Er sah, wie Eirik sich an der Hand des Guardians erhob. Eiriks Sporen klirrten leise und fein, während der junge Mann dem Mönch zum Hauptaltar hinauf folgte. Olav sah das Bündel groben aschengrauen Frieses, das auf dem Altar lag – jetzt wurde die Tracht des Novizen gesegnet – jetzt wurde sie Eirik überreicht, der sie entgegennahm und an seine Brust drückte.
Der würgende Schmerz in der Kehle wurde unerträglich – dann fühlte Olav, wie seine brennenden Augen geblendet wurden. Er hielt wieder den Umhang vor das Gesicht. Als er aufblickte, war Eirik fort.
Olav erhob sich, ging an seinen Platz neben Baard zurück. Er begriff nichts von dem, was nun vorgelesen und gebetet wurde. Das Veni creator war zu Ende gesungen worden, ohne daß er es gemerkt hatte.
Und endlich kamen sie zurück. Olav meinte, diesen jungen Mönch nicht zu kennen. – Der feine schmale Schädel leuchtete frisch geschabt und hell über dem kurzgeschorenen schwarzen Rand des Haares auf. Und war dies Eiriks dunkles, unruhiges Gesicht, das sich so verän-

dert hatte, bleich wie Bast unter der Bräune? Seine großen hellen Augen strahlten wie Sterne. Er schien in der aschengrauen Kutte mit dem geknoteten Strick um die schmale Mitte noch größer und breitschultriger. Unter dem Kuttenrand sah Olav die Füße des Sohnes nackt in den Sandalen stecken.

Einen Augenblick stand er da, still und strahlend, dann wandte er sich um – ging rund durch den Chor, wurde von seinen neuen Brüdern mit dem Friedenskuß begrüßt. Als der Vater wieder aufblickte, verschwanden die letzten Mönche durch die Tür zum Kloster.

Draußen auf dem Kirchenhügel traf Olav sein Gefolge. Sie reichten ihm die Hand, einer nach dem anderen, beglückwünschten ihn zu seinem Sohn. Mehrere Männer aus der Stadt, die Olav Audunssohn kannten, kamen herbei und begrüßten ihn.

Die Arnestöchter trockneten ihre verweinten Gesichter mit dem Zipfel ihrer Frauenhauben. Cecilia trug den Schleier herabgelassen – sie hatte ihn in der Kirche gewiß nicht ein einziges Mal aufgeschlagen.

»Wie dünkt es dich, meine Tochter?« fragte Olav sie, während sie zum Gästehaus hinübergingen; sie alle waren dorthin eingeladen worden, um das Frühstück einzunehmen.

»Ja«, sagte das Mädchen nur.

Ach nein, aber sie hatte ja auch viele Jahre lang so wenig von ihrem Bruder zu sehen bekommen, dachte Olav.

9

Olav hatte an nichts gespart, als er das Verspruchsbier seiner Tochter feierte, und die Leute, die dazu geladen waren, sprachen sich hinterher zufrieden darüber aus. Mit Freude und Lustigkeit war es bei Olav Audunssohns Gelagen ja stets ein wenig knapp bestellt, aber alles war schön und würdig gewesen.

Signe und Una blieben mit zweien ihrer Töchter und einigen Mägden zurück, und nun begann eine geschäftige Zeit auf Hestviken. Cecilias reiche Ausstattung sollte zur Schau gestellt werden, und die Frauen wollten noch die letzte Hand daran legen. Die Festkleider für so viele Leute aus dem Gesinde, die Olav beim Brautgefolge dabei haben wollte, mußten hergerichtet werden.

Eines Morgens kam Signe zu Olav und sagte, nun müßten sie das durchsehen, was dem Kinde als Erbschaft von seiner Mutter bestimmt sei.

Ingunn Steinfinnstochters Brauttruhe hatte in all diesen Jahren bei

Olav im Nebenraum gestanden; er hatte nie eine Antwort darauf gegeben, wenn jemand davon sprach, sie in das Vorratshaus hinüberzuschaffen, so daß nun, als er und Tore der Alte die Truhe ans Licht brachten, die Frauen besorgt waren, die Stoffe könnten Schaden gelitten haben. Wohl hatte sie auf ein paar Holzscheiten gestanden, aber die Luft im Nebenraum war stets so feucht gewesen.
Olav sah, daß Cecilia voller Erwartung war, obgleich sie sich ruhig gab wie stets. Die Tochter hatte die Sachen noch nie zu sehen bekommen, die sie von der Mutter erben sollte; die Truhe war nicht mehr geöffnet worden seit dem Tag, an dem Olav ihr die Totengewänder seines Weibes entnahm.
Olav gab Signe den Schlüssel. Doch die Frauen kamen mit dem Schloß nicht zurecht – er mußte selber zugreifen. Dann blieb er stehen und sah zu, was sie aus der Truhe hoben. Das erste, was seine Augen erblickten, war eine zusammengelegte Decke aus rotbrauner Wolle. Obgleich er sie auf der verkehrten Seite sah, erkannte er sie sofort: die hatte man in seiner Kindheit auf Frettastein verwendet, wenn die Halle mit Teppichen ausgekleidet wurde. Sie war mit Bildern bestickt von dem neuen Jerusalem und mit Heiligen, die das Lamm hüteten, nach dem Traum von Sankt Johannes. Über und unter den Bildern sah man Borten von Ranken mit Tieren und Jägern dazwischen.
Die Frauen schüttelten die Decke aus, so daß die trockenen Blumen, die zum Schutz gegen die Motten eingelegt waren, herausfielen. Schaden hatte sie nicht gelitten.
»Aber schön ist sie nicht«, sagte Una, »und uralt muß sie wohl sein?«
Die Heiligen waren kurz und breit, und alle Männer hatten Bärte.
»Das ist wohl nicht geeignet, um es Cecilia nach Gunnarsby mitzugeben?«
»Es ist nur zum Schutz obenaufgelegt.« Olav nahm die Decke weg, wickelte sie zusammen und legte sie auf die Bank hinter sich.
Stück für Stück wurde ans Tageslicht emporgehoben und ausgeschüttelt, so daß alle, die ringsum standen, von dem Staub der Kräuter niesen mußten. Sitzkissen und Decken, Kittel und Umhänge, Kapuzen aus Samt und flämischem Tuch, Hemden mit gestickten Oberteilen aus Seide und Linnen und noch weitere Oberteile, an die noch kein Hemd genäht war, wurde entfaltet.
»Geschickte Hände hatte Ingunn«, sagte Una und hielt Cecilia ein solches Oberteil hin. »Hast du je eine so schöne Stickerei gesehen?«
Cecilia befühlte das kostbare Stück: es war aus weißer Seide, an den Armbünden und am Hals mit schwarzem und goldenem Faden aus-

genäht: »Nein, ähnliches habe ich noch nie gesehen. Die Mutter war sehr tüchtig!«

Der Vater nickte – er fühlte keine Lust, sich in das Gespräch zu mischen. Im übrigen war es nicht Ingunn, die dieses Hemdleibchen genäht hatte – er hatte es gekauft, als er sich mit dem Jarl in Stockholm aufhielt, von einem Mann, der sagte, es stamme vom Myklehof. Ingunn hatte es nie zum Gebrauch fertig gemacht.

Die Frauen hoben den geschnitzten Schrein heraus und breiteten die Schmuckstücke auf dem Tisch aus – Fingerringe, mit einem Band zusammengeknüpft, weiße und vergoldete Schließen, die jedoch vom Liegen nachgedunkelt und mit Grünspan überzogen waren, ein morscher Ledergürtel, mit getriebenen Platten beschlagen. Eine Spange aus purem Gold – die hatte er ihr selbst gegeben, er hatte sie von seinem Vater geerbt. Auf dem Ring der Spange stand der Englische Gruß geschrieben und das Wort »Amor vincit omnia«. Dann reichte Signe Olav ein verblaßtes grünes Samtband, dicht mit vergoldeten Rosen besetzt – Ingunns Stirnschmuck, das Zeichen für unversehrtes Jungfrauentum und freie Geburt.

»Daß du Cecilia nicht dies zum Verspruchsbier gabst«, wunderte sich Signe.

»Der andere Kopfschmuck, den ich ihr gab, ist besser«, antwortete der Vater abweisend. »Der hier wiegt kaum die Hälfte.«

Die Frauen hoben ein Gewand aus grüner Seide, in das goldgelbe Blumen und Vögel eingewebt waren, ans Licht empor. Bis zur Mitte war es ziemlich eng, nach unten zu aber wurde es weit und war übermäßig lang. Alle Frauen schrien auf vor Entzücken über diesen schönen Stoff – ein Jammer, daß sie ihn zerschneiden mußten, wenn Cecilia als Braut darin gehen sollte.

Olav erinnerte sich, daß Ingunn das Gewand hatte aufheben müssen, als sie bei Tisch umherging und einschenkte – sie war darüber gestolpert, als sie Hand in Hand mit ihm in jener Sommernacht über den regennassen Hofplatz lief, und in dem dunklen Vorratshaus hatte er die weiche Seide um ihren zarten Körper wie einen Teil der gesetzlosen Süßigkeit des Märchens empfunden. Das Herz wurde ihm heiß im Leibe bei dem Gedanken, daß jener Mann seine Tochter in diesem Gewand umarmen sollte –.

»Ein Jammer wäre es, so kostbare Seide zu zerschneiden und zu verderben«, sagte er. »Cecilia ist noch nicht so alt, daß sie nicht noch wachsen könnte – ihre Mutter war eine große Frau. Besser, man läßt dieses Gewand noch einige Jahre liegen.« –

Olav hatte mit Aake Kolbeinssohn verabredet, noch vor der Heuernte nach Gunnarsby zu kommen, um zu sehen, wie es dort ausschaue, ehe er seine Tochter dorthin führte. Auf dem Weg dorthin suchte er Oslo auf, um einige Schmuckstücke und Tischgeräte zum Goldschmied zu bringen – ein paar neue Stücke sollte Cecilia doch auch mitbekommen, und es gab genug Schmuck auf Hestviken, so daß er nur einige von den alten Stücken umarbeiten zu lassen brauchte. Die Hochzeit der Tochter brachte Ausgaben genug mit sich, auch ohne daß er neues Silber für ihre Ausstattung kaufte.
Am letzten Tag, den er in der Stadt war, ging er zum Fluß hinunter und hörte dem Vespergesang in der Kirche der Minoriten zu. Dann ging er an die Pforte und bat darum, mit seinem Sohn sprechen zu dürfen.
Bruder Eirik kam zur Pforte herunter – wiederum gab es Olav einen Ruck, als er den jungen Mönch sah – er war so verändert gegen damals in der Bucht draußen. Klösterliche Gebärden hatte er bereits angenommen, aber auf eine Art, daß sie *ihn* kleideten. Daheim war es stets so gewesen, daß Eirik nie zu wissen schien, wie er sich benehmen sollte – bald war er zu lärmend und bald zu störrisch, bald zu höfisch und bald zu barsch, aber wie er auch war, so tat er doch stets des Guten zuviel. Jetzt schien er gelernt zu haben, sich ruhig zu benehmen, und er redete nun so, als dächte er, ehe er spräche.
Er habe wenig Zeit, sagte er – daran sei diese Sucht schuld, die auch bis hierher vorgedrungen sei. Vater Einar sage, es komme vom Wasser, das bei dieser Hitze verfaule. Nun müßten er und Bruder Arne im Garten arbeiten. Aber er wolle fragen, ob er nicht den Vater dorthin mitnehmen dürfe, damit sie miteinander reden könnten.
Es war kühl in dem Laubschatten unter den großen Birken, und das Gras wucherte hoch und üppig in dem Geriesel aus den ausgehöhlten Baumstämmen, die einen Bach vom Eikaberg oben zum Klostergarten herunterleiteten. Olav saß da und ließ sich von der Ruhe einhüllen, während er den beiden jungen Brüdern zusah, die in grauen Kutten umhergingen und Wasser zu den Bohnenstangen und Selleriebeeten trugen. Weiter drüben in dem Blumenteppich war bereits die eine oder andere Rose aufgesprungen, und ringsum schwankten gelbe Lilien und einige blaue Blumen, die Olav nicht mit Namen kannte. Von Zeit zu Zeit, wenn Eirik zur Wassertonne kam, wechselte er ein paar Worte mit dem Vater. Vater Einar, der Novizenmeister, habe bereits angefangen, ihn im Lesen von Büchern und im Schreiben zu unterweisen, es falle ihm leicht.
In dem einen oder anderen erkannte Olav den Sohn von früher wie-

der – Eirik hatte stets ein so gutes Zutrauen zu sich gehabt, wenn er etwas tun wollte – ehe er damit richtig in Gang gekommen war. Aber der Sohn war noch nicht länger als sechs Wochen hier, und Olav merkte ihm bereits eine große Veränderung an. Er saß da und ließ von der Liebe zu Eirik sein Herz auftauen und wärmen: auf eine gewisse Art hatte er dieses Kind trotzdem gern gehabt, und es tat gut, zu fühlen, wie diese schwer mitgenommene und verkrüppelte Liebe jetzt zu wachsen, gesund und stark zu werden wagte.

Auf Gunnarsby wurde Olav so gut empfangen, und die Kolbeinssöhne erwiesen ihm so viele Ehren – es konnte nicht anders sein, als daß es ihm dort gefiel.

Der Hof war groß und schön, und so wie er der Sonne zugewandt am Hang lag, mit seinen Äckern, von einem kleinen See her aufsteigend, mit breiten Feldern und Wiesen ringsum und vielen neuen, gutgebauten Häusern, konnten wohl drei Brüder auf Herrenart von ihm leben. Der Hausbrauch hier richtete sich mehr nach den neuen Sitten am Königshof – wie es begreiflich war, hier lebten junge Herren und war ein großer Haushalt. Zwischen den Hofherren selber und den Arbeitern auf dem Hof und in den Werkstätten lief eine Schar von Mädchen und Knechten umher – einige von diesen waren arme Verwandte der Rypa-Leute.

Olav hatte bisher noch keine der Frauen von Gunnarsby gesehen. Gunhild Rypa, die Mutter der Kolbeinssöhne, war gebrechlich und ging in die zweite Kindheit hinüber. Cecilia bekam also keine Schwiegermutter über sich. Aakes und Steinars Frauen hatten alle beide gerade im Kindbett gelegen, als das Verspruchsbier auf Hestviken gefeiert wurde. Diese mochte Olav am wenigsten von den Leuten auf Gunnarsby. Brynhild sah hart aus, während Lucia allzu freundlich war – sie versprach Olav, daß Cecilia Milch bekommen solle, sich darin zu waschen, und Wein zum Trinken, wie ein Sprichwort sage. Olav lächelte vor sich hin – Cecilia würde sich schon gegen sie zu behaupten wissen – seinem Kinde mangelte es weder an Verstand noch an Willen, und sie benahm sich ebenso höfisch wie diese beiden Ritterstöchter. Im übrigen war es durchaus begreiflich, daß diese Schwägerinnen sich darüber freuten, wenn ihr jüngster Schwager eine Frau heiratete, die einmal einen Hof erben sollte, so konnte er mit Frau und Kindern von Gunnarsby wegziehen, wenn die Zeit inne war.

Olav war also, als er von Gunnarsby fortritt, nicht unzufrieden mit dem, was er gesehen hatte.

Die Sommerhitze hielt an, tagaus, tagein. Nachmittags, um die Zeit der None, zog es gern herauf – eine dunkle blaue Wand, gekrönt mit leuchtend rotgelben Wolken, erhob sich hinter den waldigen Höhen; drinnen in dem dunklen Blau glomm es von fernen Blitzen, wie wenn jemand ein Licht in einem Zelt hin und her trägt, und der Donner rollte dumpf, weit drinnen im Lande. Bisweilen zogen ein Ausläufer des Wetters und ein Regenschauer über die ausgedörrten Gemeinden hin, aber das Gewitter, das die Luft reinigen sollte, ließ auf sich warten. Und jeden Abend klarte es auf, und jeder Morgen graute mit blaudunstigem Himmel, der Hitze für den Tag verhieß.
Brennend heiß war es auch schon mitten am Morgen an jenem Tag, als Olav und Tore durch die Wälder heimritten, die die Gemeinden um den Eyjasee vom Oslofjord trennten. Und gegen Nachmittag, als sie einen waldigen Hang hinaufritten, quollen wiederum Gewitterwolken im Norden und Osten empor, beschatteten die sonnengesättigten Wälder, verdunkelten die Wasser draußen in den bleichen Mooren, die sich in allen Niederungen des Geländes hinzogen.
Der Pfad führte über einige Almwiesen auf der Kuppe des Berges dahin, und hier wollten sie nun ihre Pferde absatteln und etliche Stunden rasten. Vor einer der Hütten trafen sie eine junge Frau an, die dasaß und spann, während sie zugleich einen Kessel im Auge behielt, der dicht neben ihr über einem Feuerloch am Hang stand. Als sie sah, daß die Ankommenden friedliche Wanderer waren, ließ sie große Freude darüber erkennen, Gäste zu bekommen; sie wollte ihnen unbedingt frische Milch und Quark zu ihrem Mundvorrat anbieten. Als sie eine Weile miteinander geredet hatten, stellte sich heraus, daß Tore der Alte einige Verwandte ihres Mannes gekannt hatte. So blieben sie sitzen und redeten weiter, während Olav zu dem Bach ging, den man gleich in der Nähe im Wald rieseln hörte – er wollte einen kühlen Platz finden, wo er sich zum Schlafen hinlegen konnte.
Er mußte ziemlich weit hinuntergehen; oben bei den Almen war die Erde rings um die Trankstellen vom Vieh zertrampelt, und dort, wo er sich zuerst ins Moos unter den Fichten hingeworfen hatte, wimmelte es von Ameisen. Nun aber kam er an einen kleinen trockenen Hang mit kurzem Gras, Thymian und Hasenpfötchen, und dort streckte er sich am Rand des Waldes aus.
Er war nicht sehr schläfrig – sondern lag da und blickte zu den großen blauen und silberverbrämten Wolken empor, die über den Wipfeln dahinzogen, so daß die Schatten mit stechendem gelbem Son-

nenlicht abwechselten. Donner grollte irgendwo in weiter Ferne, und unterhalb des Hanges rieselte und plätscherte der Bach zwischen großen Steinen dahin.

Jenseits des Baches stieg der Wald steil an, aber Olav gerade gegenüber befand sich ein Geröllfeld, und rote blühende Weidenröschen wuchsen in Mengen zwischen den Steinen. Und plötzlich wußte Olav, er war hier schon einmal gewesen – er erkannte das Geröllfeld und die Blütenbüschel wieder, und diese blauen stumm aufsteigenden Wolken, und das Bachgeriesel und den Donner in der Ferne – das alles war schon einmal gewesen.

Dann verschwand der Zauber ebenso plötzlich, wie er aufgetaucht war. Hier sah es so aus, wie es überall an Flußläufen in einem Wald aussieht. Olav legte sich hin, blinzelte mit halb offenen Augen in den Sonnenschein hinauf und atmete den würzigen Geruch ringsum ein, der über ihn hinströmte und ihn schläfrig machte.

Da fühlte er sich mit einem Male hellwach geweckt, von einem kleinen Laut, der verklang, ehe er Zeit hatte, zu begreifen, was es war – ein Schatten huschte an ihm vorüber, jäh wie der Schatten eines fliegenden Vogels. Er öffnete die Augen, sah sich um und wurde gewahr, daß Ingunn dort drüben in dem Geröllfeld jenseits des Baches zwischen den roten Blumen stand.

Olav empfand kein Staunen – während er sich auf die Knie aufrichtete, umfaßte er mit einem Blick alle die Dinge, deren er sich später noch von diesem Gesicht erinnerte. Ein Hauch warmer Luft strich in diesem Augenblick durch den Wald, und die hohen roten Blütenbüschel drüben schwankten, die Bäume neigten seufzend ihre Wipfel und rauschten mit den Zweigen, aber nicht eine Locke rührte sich in ihrem Umhang aus offenem goldbraunem Haar. Unbeweglich stand sie da, die langen, bleichen Hände über der Brust gekreuzt. Auch ihr weißes Gesicht war vollkommen unbeweglich – sie starrte ihn mit einem seltsam flehenden Blick aus den großen, weit geöffneten Augen an. Obgleich er so weit von ihr entfernt kniete, konnte er sehen, daß ihre Haut bleich und gleichsam betaut war – wie sie es stets wurde, wenn Ingunn unter der Hitze litt.

Er verfiel nicht darauf, sich darüber zu wundern, daß er sie so sah, wie sie zu jener Zeit gewesen war, als sie heranwuchsen. Er verspürte es nicht, daß auch er selber kein Alter hatte, als er sich erhob und den Hang hinunter auf das Bild zulief.

In demselben Augenblick, da er über den Bach setzte, streckte sie ihm die Hand entgegen – er wußte nicht, ob es geschah, um ihn zu emp-

fangen, oder um ihn zurückzubannen, damit er nicht näherkomme. Jetzt aber las er große Angst in ihrem schneeweißen Antlitz –.
Da gab ein Stein unter seinem Fuß nach. Olav brach in die Knie und hörte etwas hinter sich im Bach aufklatschen. Als er den Kopf wieder erhob, war das Gesicht vor ihm verschwunden, doch die hohen, wehenden Blumenbüschel in dem Geröll schwankten, als habe jemand hangaufwärts die Flucht ergriffen –.
Einen Augenblick blieb er so liegen, halb gestürzt, versuchte sich zu sammeln –. Dann war es, als müsse sein Herz unter der Blutwelle brechen und sein Gehirn den Schädel zersprengen – und das Geröllfeld begann emporzuwirbeln, während Fetzen auf Fetzen von Dunkelheit vor seinen Augen herabfielen und er bewußtlos vornübersank.
Regentropfen weckten ihn – das erste, was er sah, war, daß die Steine dicht gesprenkelt waren, aber noch nicht ganz naß, er sah Blut auf den Steinen, auf denen er gelegen hatte, und er fühlte sein Gesicht steif und naß von Blut. Er sah die grauweiße Schleppe des Regenschauers, der über dem Bachbett dahinfegte, während der Laubwald weiß aufleuchtete von einem Windstoß, der die Rückseite der Blätter nach oben kehrte.
Olav erhob sich, und ihm war, als sei ihm alles Mark aus den Knochen gesogen. Sein Kopf schmerzte unerträglich – und zwar nicht von dem Aufschlag, sondern innerlich, und es schmerzte im Herzen – als er begriff, daß sie hier gewesen und nun verschwunden war, und daß das Gesicht wie eine Offenbarung aus anderen Zeiten als den gegenwärtigen gewesen war, Zeiten, von denen er geglaubt hatte, daß mehr als ein Mannesalter von Jahren darüber läge. Er fühlte seinen Körper und seine Seele von einem Schmerz durchschnitten, der ungleich war allem anderen, was er gefühlt hatte, und er dachte, dies sei der Tod –.
Dann verebbte der Schmerz, sein Atem kehrte wieder, und er schüttelte sich ein wenig unter dem herabstürzenden Regen. Als er über den Bach zurücksprang, fühlte er, daß er am ganzen Körper zitterte und keine Kraft besaß.
Der Regen rauschte auf den Hang herab, als Olav bald darauf die Almwiese hinaufeilte. Tore und die Frau hielten unter der Tür Ausschau nach ihm: »Was hast du dir getan, Olav?« fragte der Knecht erstaunt.
Olav hatte vergessen, daß er blutete. Jetzt antwortete er, er sei mit der Stirn gegen einen Fichtenstamm gerannt. Dann warf er sich auf das hinterste Lager in der Hütte, legte die Hände vors Gesicht, suchte

dies alles zu begreifen. Die beiden anderen standen in der Hüttentür und sahen in den Regen hinaus.
Als Olav und Tore am Nachmittag weiterzogen, schien die Sonne wieder, und das Waldland leuchtete grün und blau und fein nach der Erfrischung. Olav ritt in tiefen Gedanken dahin. Aber zutiefst in seiner Seele drinnen, tiefer als Zweifel und Unruhe, saß die Freude. Er hatte es gesehen: noch hatte der Tod ihn nicht von ihr getrennt, und seine eigene Jugend lebte noch irgendwo in Zeit und Raum, trotz allem, was er selbst getan hatte, um sie zu töten.

Nach Hestviken kamen sie erst in der Nacht. Olav half Tore die Pferde zu versorgen – sie führten sie in den Stall, für den Fall, daß in der Nacht noch einmal ein Gewitter käme. Olav wollte das Fohlen, das sich in dem Stande neben seinem Reitpferd befand, streicheln – das Tier warf sich herum, so daß die Bohlen polterten und dröhnten – es scheute und wich zurück. Als Olav erstaunt zu ihm hineingehen wollte, gebärdete es sich völlig von Sinnen.
»Mir scheint, das Fohlen fürchtet sich vor dir!« sagte Tore.
Olav mußte eilig aus dem Stand heraus; er sagte nichts.
Gleich nachdem er sich hingelegt hatte, schlief er ein. Am Morgen war die Erinnerung an das Gesicht halb verblaßt, oder doch so, als habe sich das Geschehnis vor langer Zeit zugetragen. Als er sich anziehen wollte, trat er unter die Tür zur Wohnstube, um sein Hemd genauer anzusehen – er fürchtete, sich oben auf der Alm Ungeziefer geholt zu haben. Da sah er, als er den Kopf nach hinten drehte, daß er auf der Schulter blutete – es waren die Spuren eines Bisses. Während er hinschaute, quoll frisches Blut aus den kleinen Löchern, die von Zähnen eingegraben worden waren.
Wiederum fühlte er den erstickenden und bedrängenden Schmerz im Kopf und im Herzen. Und er mußte sich an der Tür festhalten, bis er die Gewißheit gemeistert hatte, daß das Unfaßliche eingetroffen war – gleichviel, wie es auch zusammenhängen mochte –.
Er hatte an dieser Stelle eine kleine Narbe gehabt. Ingunn hatte ihn einmal im Übermut in die Schulter gebissen, eines Nachts, als er in ihrer Kammer auf Frettastein war. Es war ewig lange her, seit er zum letztenmal daran gedacht hatte, denn die Narbe war mit den Jahren beinahe unsichtbar geworden, auch saß sie so weit hinten auf der Schulter, daß er sie nicht sehen konnte, ohne den Kopf zu drehen. Jetzt aber quoll das Blut rot und frisch aus den kleinen Gruben, die ihre Zähne gegraben hatten –.

10 Während die Arneströchter und seine Verwandten und Freunde die Vorbereitungen zu der großen Brautfahrt trafen, ging Olav wie ein Schlafwandler auf seinem eigenen Hof umher. Sein ganzes Sinnen war nach innen gerichtet auf die Erinnerung an jenes Gesicht. Er mußte ergründen, was es bedeuten sollte, daß sie so zurückgekommen war –.

Das Zeichen auf der Schulter begann immer noch des Morgens zu bluten. Sonst spürte er nichts davon; wenn jedoch seine Gedanken eine Zeitlang von der Begegnung mit der Toten abgeschweift waren, so brachte es sich durch ein leises Stechen oder Brennen in Erinnerung.

Jene Vergangenheit lag so weit hinter ihm, daß er nicht mehr wußte, was Wirklichkeit und was Traum war. Jetzt aber dünkte ihn, er entsinne sich, daß sie in jener Nacht gelacht habe und gesagt, sie wolle ein Merkmal in ihr Eigentum beißen –.

Und war sie nun gekommen, um ihn daran zu erinnern?

Jetzt blieb er bald wieder allein. Alles, was er gemeint hatte, nicht aus seinen Händen geben zu können, war jetzt bald von ihm abgeglitten. Bald stand er ebenso allein in der Welt und vogelfrei wie damals, da er sich selber an seine Kinderbraut band.

Es war ein langer und schwerer Weg, den er aus ihrer gemeinsamen Jugend fortgewandert war. Und wenn er nun nachdachte, so war die Zeit, während der sie ihr Leben gemeinsam als Mann und Frau hier in der Bucht verbrachten, nur der kleinere Teil gewesen – zwölf Jahre hatten sie zusammen gewohnt, doch die Zeit seiner Verbannung in der Jugend hatte nahezu zehn Jahre gedauert, und jetzt waren über dreizehn Jahre seit Ingunns Tod vergangen. Nie zuvor war er auf solche Gedanken gekommen – die Zeit, in der sie als verheiratete Leute zusammen hatten leben können, war eigentlich kurz gewesen. Ihm hatte es stets so geschienen, als hätten sie einander die ganze Zeit gehört, so weit er zurückdenken konnte, und als hätte ihr Tod dem kein Ende gesetzt. Erst als sein eigenes Leben zu vertrocknen und zu welken begann, wie ein Baum alt wird, hohl und morsch, wenn mit jedem Frühjahr immer weniger und weniger Zweige ausschlagen, hörte bei ihm die Empfindung auf, daß sie zusammengebunden waren, viel tiefer und weittragender, als er selbst jemals hatte erkennen können – aber die kurzen Zeiten, in denen sie ihre Liebe zueinander hatten genießen dürfen, auf Frettastein in jenem Herbst und in den ersten Jahren hier auf Hestviken, diese Zeiten waren nur wie sichtbare Zeichen für ihre heimliche Zusammengehörigkeit gewesen.

Und war es ihr nun gewährt worden, ihr Versprechen einzulösen, zu ihm zu kommen – die Lebende zu dem Sterbenden – und war es ihr gewährt worden, das Zeichen aufzuwecken, mit dem sie ihn einmal in hitzigem Mädchensinn gezeichnet hatte, so war dies wohl geschehen, um ihn daran zu erinnern, daß das Band zwischen ihnen noch nicht zerrissen war und ihr Pakt noch galt, und daß sie ihn immer noch als ihr Eigentum fordern konnte?

So konnten sie wohl nicht getrennt werden, außer Gottes Urteil trennte sie voneinander, so weit, wie es vom Himmelreich bis zur Hölle ist – wenn sie einander schließlich so unähnlich geworden waren, wie die freien und seligen Geister in Gottes Gefolge den gebundenen Sklaven des Teufels unähnlich sind.

Auch noch etwas anderes sah er, obgleich er nicht wußte, wie es ihm hatte widerfahren können, es zu sehen: daß die Seelen kein Alter haben. Sünde und Gnade schaffen an ihnen und bilden sie, aber es geschah auf eine andere Art als auf jene, in der Jahre und Arbeit und Krankheit die Hülle zeichneten. Ingunns verheerter Leib und sein verwitterter, mit Narben bedeckter Körper waren nur die arg mißhandelten Arbeitskleider; das war es, was der Bildmeister gemeint hatte, als er die Seelen als nackte Kinder malte, von denen Engel und Teufel jeder die ihren an sich nehmen, wenn sie aus dem Munde der Sterbenden fahren. Alter überlebt den Tod nicht; aber sowohl die Seligen als auch die Verdammten müssen ihr ewiges Schicksal mit der vollen Kraft und Empfindsamkeit der Jugend entgegennehmen. Das hatte auch Bruder Vegard sie gelehrt – in der Ewigkeit sind alle stets jung.

Es wurde ein Gefolge von fünfzig Menschen, mit Knechten und Mägden, als Cecilia Olavstochters Brautgefolge sich von Hestviken auf den Weg machte. Mit den Saumtieren und der Herde war es ein schöner Zug durch die Gemeinden. Olav betrachtete ihn, wohlzufrieden: so wie die Leute urteilten, hatte er Glück gehabt in den letzten Jahren. Seit dem Schwedenkriegszug genoß er Ansehen in der Gemeinde, alle wußten, daß er Macht hätte haben können, wenn er sie hätte gebrauchen mögen, Wohlstand besaß er, und seine Kinder waren so geartet, daß er Ehre und Freude an ihnen fand. Denn keinem hatte er seinen Kummer in den schweren Jahren geklagt, und keiner hatte ihn in den guten Zeiten hochmütig gesehen – *diese* Welt hatte ihn nie zu überwältigen vermocht.

So durfte er nun dem jahrelangen Mahnen seines Herzens folgen –

durfte Christus dem Gekreuzigten zu Füßen fallen und verkünden, daß er die ganze Zeit in einem heimlichen Kampf gegen Gott gelebt habe und daß er nun hier auf den Knien vor Ihm liege, überwunden.

Was dann geschehen würde, konnte er nicht wissen. Die uralte Schuld des Totschlags mochte jetzt wohl keiner mehr ans Licht zerren. Sie war nur wie die Spitze, die er sich in sein eigenes Fleisch gedrückt hatte – diese war wieder herausgeeitert und längst vergessen, die Wunde jedoch fraß weiter und verzehrte ihn.

Viel eher würde man ihm wohl auferlegen, eine Wallfahrt zu machen, die bis zu seinem Tod dauern würde, so alt wie er nun war. Und er dachte mit freiem Mut daran, gerade jetzt, wenn er auf seinen Wohlstand herabblickte – er würde jetzt gern von all dem weggehen, sich eiserne Fesseln an Hände und Füße schmieden lassen, als ein bußfertiger Pilger von Heiligtum zu Heiligtum wandern, sich seine Nahrung erbetteln. –

Aber sooft er an Eirik dachte, durchzitterte ihn die Spannung. Wenn er sich nun des Sohnes erinnerte, so sah er ihn nur noch, wie er damals unter dem Chorbogen der Klosterkirche kniete, aufrecht und schimmernd in seiner Bräutigamstracht. Eirik hatte sich Gott übergeben, furchtlos und ohne kleinlichen Sinn. Und als er in der Kutte des Barfüßermönchs vortrat, um der Welt Lebewohl zu sagen – der Vater, der es jetzt endlich wagte, die Liebe zum Sohn sich ungehemmt entfalten zu lassen, sah schon den Glorienschein um Eiriks schmalen glänzenden Kopf strahlen.

Zu ihm sollte er nun sagen: »Ich bin nicht dein richtiger Vater – deines Vaters Mörder bin ich.«

Nahm Eirik ihn nach *diesem* auf – so war alles gut.

Daran, was Cecilia dazu sagen würde, dachte er nicht sehr viel.

Die Hochzeit auf Gunnarsby wurde schön gefeiert; sowohl die Rypaleute als auch Olav gewannen Ehre dabei. Cecilia Olavstochter war eine so holde Braut, daß ein Leuchten von ihr ausging, wie sie nun die Goldkrone über ihrem offenen krausen Flachshaar trug.

Olav war betroffen, als er am nächsten Morgen die junge Frau unter der Linnenhaube sah – das Haar war das Schönste gewesen an Cecilia, und jetzt, da sie es verborgen hatte, wirkte sie viel unansehnlicher, bleich und helläugig wie sie war und nicht sehr groß. Aber sie war an einem fremden Ort, in ungewohnter Umgebung – sicherlich würde sie sich erholen, wenn sie einmal daran gewöhnt war, verheiratet zu sein und auf Gunnarsby zu leben. Jörund schien große Freude über die Braut zu empfinden.

Am sechsten Tag der Hochzeit – Olav gedachte tags darauf heimzuziehen – wollten die Kolbeinssöhne ihm und einigen seiner nächsten Verwandten die Kostbarkeiten zeigen, die ihrer Mutter gehörten und die sie einmal untereinander teilen sollten. Große Schätze besaß sie, Gunhild Rypa, und viele schöne Dinge.

Die Kolbeinssöhne und die jungen Hausfrauen, Aakes und Steinars Frauen, wurden nach und nach sehr lebhaft. Und wiederum überkam es Olav, daß er diese Leute nicht so recht mochte. Ihn dünkte es schamlos und wenig vornehm, daß sie nicht ruhiger und würdiger mit den Kostbarkeiten umgehen konnten – ihre Stimmen schwollen an und ab; bald waren sie laut und scharf und gleich darauf schmeichlerisch süß, während einer den anderen mit mißtrauischen und gierigen Blikken betrachtete. Auf friedliche Weise werden diese Verwandten wohl kaum die Erbschaft teilen, wenn die Mutter einmal nicht mehr lebt, dachte Olav. Dies wenigstens hatten sie doch gekonnt, die vornehmen Herren, bei denen er aufgewachsen war, und er selber wohl auch – so tun, als könne weder Verlust noch Gewinn die Gemütsruhe erschüttern. –

Er mußte dabei zu seiner Tochter hinübersehen. Sie stand schweigend an der Seite ihres Mannes. Olav las in ihren Augen, daß sie wie er empfand, und er fühlte einen leisen Stich, als er daran dachte, er werde am nächsten Tag fortreiten und sie bei diesen Menschen hier zurücklassen.

Am Abend ging er hinaus und wanderte mit seiner Tochter auf einem Pfad, der zum See hinunterführte. Er hatte sie selber gebeten, ihn zu begleiten – wollte gerne erfahren, wie es ihr in der neuen Heimat gefiel. Aber Cecilia sagte nichts darüber, und Olav brachte es nicht über sich, danach zu fragen.

Erst als sie wieder zum Hof hinaufgingen, sagte er: »Nun verhält es sich so, Cecilia – du weißt, der Tag wird kommen, und vielleicht eher, als jemand dies erwartet –, da du nach Hestviken heimkehrst, und dann gehört alles dir. Erinnere dich daran, wenn es für dich so kommen sollte, daß dich nun in der ersten Zeit dann und wann die Sehnsucht überfällt.«

»Gott gönne dir ein langes Leben, Vater«, sagte die junge Frau schnell. – »Habt ihr nie darüber gesprochen, daß Jörund nach Hestviken ziehen sollte, noch während du lebst?« fragte sie dann.

Daran hatte Olav nie gedacht, er verstummte. Es war, als habe der

Gedanke nichts Angenehmes an sich: mit seinem Tochtermann zusammen zu leben, würde ihm nicht gefallen. So antwortete Olav nur: »Es kann aber auch sein, daß du, wenn du erst eine Zeitlang auf Gunnarsby gelebt hast, nur ungern von hier wegziehen willst. Hier gibt es Jugend auf dem Hof« – er wollte etwas sagen von gleichaltrigen jungen Frauen, vermochte aber doch nicht Cecilias Schwägerinnen als einen Gewinn zu nennen –, »große bevölkerte Gemeinden. Und du wirst frei umhergehen und über vieles herrschen können –«
Darauf antwortete Cecilia nichts.

Am nächsten Morgen erhob sich Olav vor den anderen Gästen von der Frühmahlzeit; es waren ihrer viele, die zugleich mit ihm heimreiten wollten, und darum meinte er, nachsehen zu müssen, wie die Knechte mit dem Satteln und Aufpacken der Pferde zurechtkämen. Als er auf die Scheunenbrücke hinaufkam – ihre Sättel und Zaumzeuge waren in einer Scheune untergebracht worden –, hörte er Cecilia drinnen reden; sie war bei dem alten Tore. Seine Tochter sagte: »– daß du von mir fortgehen mußt –. Kannst du nicht hierherkommen und bei uns auf Gunnarsby bleiben? Brynhild und Lucia haben ihre eigenen Knechte und Mägde; sie würden es wohl auch mir gönnen, einen Mann zu haben, der meine Pferde versorgen und mir dienen könnte –«
»Gott steh uns bei, Cecilia«, der Alte lachte –, »kannst du nicht jemand finden, der noch weniger dazu taugt, einer Frau auf Gunnarsby aufzuwarten?«
Olav mußte bei diesem Gedanken lächeln. Tore sah seltsam aus, denn er hatte einen so ungeheuer mächtigen und breiten Oberkörper, während seine Beine kurz und krumm waren, und er hatte einen kugelrunden Kopf, von dem langes und wirres graues Haar herunterhing, sein Gesicht war voll kleiner Falten, aber fett und rot, und die Augen matt wie die eines gekochten Fisches. Er hatte unheimliche Kräfte und mochte schwere Arbeit selber am liebsten, dazu war er wortkarg und zuverlässig; man konnte nicht sagen, daß sein Wesen unhöfisch war, aber er war sich selbst genug und hätte sich gewiß nie zu solcher Geschmeidigkeit zwingen können, wie die Diener auf Gunnarsby sie übten.
»Ich würde *so gut* gegen dich sein!« bettelte Cecilia.
»Du bist so gut wie Gold, das weiß ich. Aber nun habe ich deinem Vater zwanzig Jahre lang und länger gedient, und wenn ich die Wahrheit sagen soll, so würde es Olav wohl schwerer fallen, in Hestviken ohne mich zurechtzukommen – schwerer, als er es wohl selber ahnt –«

»Es fällt auch mir schwer, ohne dich zu sein. Nicht einen Freund habe ich gehabt, der so treu war wie du, seit der Zeit, da ich noch klein war und du mich auf deinen Schultern reiten ließest –«

»Wenn ich einmal so alt bin, daß ich zu nichts anderm mehr tauge«, meinte Tore lachend, »werde ich zu dir kommen und deine Kinder hüten, Cecilia –«

»Ja, versprichst du das auch gewiß?«

Olav trat ein. Cecilia saß auf den Knien des alten Knechtes und hatte einen Arm um seinen Nacken geschlungen; sie blickte in das häßliche Gesicht wie ein Kind, das um etwas bettelt.

Olav nickte den beiden zu: »Du bist unfroh, weil du dich von Tore trennen mußt, merke ich.«

Cecilia hatte sich rasch erhoben, und jetzt war ihr Gesicht ebenso ernst und ruhig wie immer.

»Ich habe Tore gefragt, Vater, ob er nicht zu uns nach Gunnarsby ziehen möchte.«

»Es ist nicht sicher, Cecilia, daß er sich hier wohl fühlen würde – alten Leuten fällt es schwer, sich an neue Sitten zu gewöhnen.« Tore stimmte seinem Herrn zu.

Auf der Hinfahrt hatte das Brautgefolge sich an die besten Wege halten müssen, die man finden konnte, auf dem Heimweg jedoch schlugen Olav und einige der Gäste, die rasch vorwärtskommen wollten, den gleichen Richtweg durch den Wald ein, den er damals genommen hatte, als er das erste Mal von Gunnarsby fortritt.

Sie rasteten auf derselben Alm wie damals. Und während seine Begleiter sich auf der Wiese lagerten und ausruhten, schlich Olav sich heimlich davon und ging am Fluß entlang hinunter.

Die Sonne schien, und nichts war anders als das letzte Mal – nur die Weidenröschen waren verblüht und verblaßt; der Samen löste sich schon von den Stengeln und trieb wie Silberflaum vor dem Wind dahin. Olav stand eine Weile da und starrte zu dem Geröllfeld hinüber, aber heute wurde er nichts Seltsames gewahr.

Zum erstenmal fiel ihm ein, daß das Gesicht vielleicht ein Blendwerk war – oder etwas anderes: »a negotio perambulante in tenebris, ab incursu et daemonio meridiano.« Man bitte darum im Abendgebet, um Hilfe gegen jene Dinge, die im Dunkeln umgehen, gegen Angriffe böser Geister um die Mittagszeit. Und das hatte er oft selbst empfunden, daß gerade in der sonnenbrütenden heißen Mittagsstille sich gar manches herumtreibt, was man nicht sieht –.

Oder ob sie es doch gewesen war, aber etwas anderes von ihm gewollt hatte – ihn hatte bitten wollen, sich gut vorzusehen, ehe er ihrer beider einziges Kind fortgab –.
Dann schüttelte Olav diese Gedanken von sich ab. Er wollte weiterhin das glauben, was er zuerst geglaubt hatte.

Oben im Kirchort erfuhr Olav, daß auf Hestviken ein Feuer ausgebrochen war. Die große alte Scheune auf der Ostseite des Hofes und die Heuschober waren verbrannt.
Der Wald war auf der Nordseite der Bucht drüben in Brand geraten – die Fischer hatten bei der Stierwand ein Feuer angezündet, und dieses hatte auf das Heidekraut übergegriffen und den Kiefernwald in Asche gelegt, doch bei der Kluft, die hier ins Land schnitt und mit Linden und Haselbüschen überwuchert war, machte es halt. Einige Zeit aber hatte der Wind von Norden her gestanden und Funken in die Heuschober vor der Scheune getrieben, da wurden Heu und Scheune vernichtet – eine Zeitlang hatte es auch für die Häuser am Hang drohend ausgesehen.
Merkwürdig, wie unfreundlich es jetzt hier in der Bucht aussieht, dachte Olav, als er am nächsten Morgen draußen stand und zur Stierwand mit den verkohlten, versengten Bäumen hinübersah, die umgestürzt auf dem verbrannten Moosgrund lagen oder ihre versengten Äste in den Himmel spreizten. Holzkohlen und Ruß säumten den ganzen Strand mit einer fetten Verbrämung.
Die Scheune war das einzige Haus auf Hestviken gewesen, das noch aus der großen Zeit des Hofes gestammt hatte. Olav tat es darum leid, sie verloren zu haben. Und es würde nun sehr schwierig sein, genügend Futter für den Winter zu beschaffen –.
Er mußte daran denken, ein neues Gebäude aufzuführen, neues Futter zu beschaffen. Dann kam die Robbenjagd und die Zeit des Fischfanges. Olav hatte während des ganzen Herbstes und Winters die Hände voll mit allerlei Arbeit. Das Gesinde merkte, daß er ungewöhnlich viel Sorgfalt auf alles verwendete, was er in diesem Winter tat. Tore gegenüber hatte er einige Worte fallen lassen, die in den Männern den Glauben erweckten, daß er zum Sommer wieder ins Ausland ziehen würde und es vielleicht seine Absicht sei, Jörund Kolbeinssohn mit seinem Weib hierherkommen zu lassen.
Olav gefiel es daheim so gut wie noch nie in allen Jahren, die hinter ihm lagen. Er liebte die Einsamkeit und er liebte die Geschäftigkeit – denn er empfand sie wie die Geschäftigkeit vor dem Aufbruch.

Selbst den Rücken des Stiers mit dem verbrannten Wald betrachtete er gern, als er sich an den Anblick gewöhnt hatte, besonders nachdem die Herbststürme es dort ein wenig heller gemacht hatten und Schnee gefallen war. Es sah jetzt hier gleichsam offener aus.

In diesem Winter waren Einar und Valgard, die Björnssöhne, Torhilds Brüder, in Haugsvik oben. Olav hatte oft gewünscht, etwas von seinem Sohn, Björn, und von der Mutter des Knaben erfahren zu können. Jetzt sandte er Tore fort – der war ja von früher gut mit Einar und dem Bruder bekannt.

Tore kam zurück und konnte berichten, daß Björn im vergangenen Frühling von daheim fortgezogen war, er wollte in die Welt hinaus und sein Glück erproben. Die Oheime sagten, er sei fortgezogen, um das Schmiedehandwerk zu erlernen – von Kindheit an war er geschickter gewesen als die meisten Knaben – er habe davon gesprochen, zu einem Mann im Dovregebirge zu gehen, von dem es hieß, daß seine Mutter eine Jotuntochter gewesen sei – aber das war vielleicht nicht wahr; er galt als der hervorragendste Schmied. Bei ihm wollte Björn Olavssohn sich in den Dienst begeben.

Torhild und Ketil gehe es gut, sie hätten drei Kinder miteinander, eine Tochter und dann noch einen Sohn und eine Tochter, die Zwillinge waren. Nein, Björn sei im Guten von seinen Eltern geschieden, und die Mutter habe ihm Sattel und Pferd mitgegeben und ihn so prächtig ausgerüstet, wie ihre Verhältnisse es zuließen, so daß die Leute schon von ihrem Übermut redeten.

Olav antwortete nicht viel auf Tores Bericht. Auf diesen Sohn hatte er ja nie ein Recht besessen.

11

Im Lauf des nächsten Vorsommers errichtete Olav eine neue Scheune und brachte sie um die Zeit der Heuernte unter Dach. Einmal – er arbeitete mit seinem Gesinde auf den Wiesen unten bei der Flußmündung, an einem Nachmittag einige Tage vor der Margretmesse*) – kam ein fremder Mann zwischen den Heuhaufen auf ihn zugegangen, begrüßte ihn und sagte: »Ich habe einen Auftrag an dich, Olav, der so geartet ist, daß ich es nicht aufschieben darf, ihn dir

*) Margretmesse: Die heilige Margaretha aus Antiochia wurde in Norwegen am 20. Juli verehrt.

auszurichten. Willst du mit mir ein wenig abseits gehen, damit wir unter vier Augen miteinander sprechen können?«

Olav tat dies, und als sie sich ein Stück weit von den anderen entfernt hatten, sagte der Mann: »Ich komme von Gunnarsby. Deine Tochter liegt in Kindsnöten und leidet die größten Schmerzen; gut wäre es, wenn du zu ihr kommen könntest, und zwar so schnell, wie dein schnellstes Pferd laufen kann.«

»Steht es so«, fragte Olav, »daß sie meinen, es gehe um ihr Leben?«

»Dafür besteht Gefahr«, antwortete der Mann.

Olav lief zur Wiese zurück, rief Ragna und Tore herbei und sagte ihnen, was es galt. Er befahl Tore, sein Pferd Brunsvein von der Weide zu holen, und Ragna bat er, Mundvorrat herzurichten; dann ging er zu dem Fremden zurück und bat ihn, mit ihm auf den Hof zu kommen. Während sie weitergingen, fragte Olav plötzlich: »Aber wo hast du dein Pferd, Mann?«

»Ich bin zu Fuß von Gunnarsby fortgegangen.«

»Bist du gegangen?« Olav sah den Gast mißtrauisch an. Er war ein Mann von etwa dreißig Jahren, sah aus wie ein ordentlicher Knecht – Olav konnte sich nicht erinnern, ihn zuvor gesehen zu haben, aber das wollte nichts bedeuten bei so zahlreichem Gesinde, wie man dort auf Gunnarsby hielt; er sah glaubwürdig aus. »Sendet Jörund dich mit einer solchen Botschaft und gibt dir kein Pferd mit –«

»Um die Wahrheit zu sagen, so haben nicht die Männer von Gunnarsby mich geschickt. Aber Cecilia half mir einmal, als es mir schlecht erging – da gelobte ich Gott und Sankt Halvard, es ihr zu vergelten, wenn es sich je so treffen sollte, daß ich dies vermöchte. Ich meinte, nun sei die Gelegenheit dazu gekommen – wenn sie dich jetzt sehen und mit dir sprechen kann, ehe sie sterben muß –«

Olav dachte, immerhin etwas erleichtert, daß es vielleicht doch nicht so schlimm um die Tochter stünde, da weder ihr Mann noch die Schwägerinnen den Boten gesandt hatten. Etwas seltsam dünkte ihn die ganze Angelegenheit, aber wie dem auch sein mochte, so war er doch froh, von den Nöten seiner Tochter erfahren zu haben, und er wollte sofort nach Gunnarsby reiten. Er stellte dem Ankömmling – Finn war sein Name – keine weiteren Fragen mehr, und als sie auf dem Hof angelangt waren, befahl er, daß der Fremde gut untergebracht war und versorgt werde und man ihm, wenn er ausgeruht sei, für den Heimweg ein Pferd leihe.

Eine Stunde später stieg Olav zu Pferd und ließ Brunsvein ausgreifen – es war das flinkeste Tier, das er besaß, er pflegte es jedoch nicht selbst zu reiten, denn es sah nicht so stattlich aus wie der Rote Roland, sein eigenes Reittier. Als er in die Gegend von Skeidis hinaufgekommen war, hielt er sich einige Stunden bei seinen Verwandten auf Hestbaek auf und ließ Brunsvein rasten, aber noch ehe die Sonne aufging, saß Olav wieder im Sattel, und am Nachmittag langte er auf Gunnarsby an.

Dort aber erfuhr er sofort, daß es Cecilia gut ging; sie hatte einen gesunden und schönen Sohn geboren, bereits vor anderthalb Tagen. Nein, antwortete Frau Lucia auf seine Frage, Cecilia habe nicht sehr schwer leiden müssen; sie habe in keiner größeren Lebensgefahr geschwebt als alle anderen jungen Frauen. Olav merkte wohl, daß sie sich über seine Ankunft wunderten, und mehr als nur mäßig willkommen war er diesmal nicht auf Gunnarsby. Hier gab es etwas Verborgenes – er konnte nicht erkennen was –, aber um diesen Finn nicht zu verraten, gab er Lucia auf ihre Frage, wie er es erfahren habe, daß Cecilia krank liege, zur Antwort, er habe bei der Kirche daheim einige Leute getroffen, die Verwandte hier in der Gemeinde besaßen; sie hätten ihm gesagt, daß seine Tochter, die im vergangenen Sommer nach Gunnarsby geheiratet habe, wohl um die Zeit der Margretmesse ein Kind erwarte.

»Aber man konnte es doch nicht vor Mariä Himmelfahrt erwarten –« Dann wurde Frau Lucia verwirrt, als habe sie sich verplappert, und auch die anderen sahen merkwürdig drein. Brynhild sagte, die junge Frau sei während der ganzen Zeit ihrer Schwangerschaft so voller Angst gewesen; vielleicht habe sie darüber gesprochen und auch gesagt, daß sie fürchte, das Kind könnte vor der Zeit kommen –.

Es sah nun Cecilia wenig ähnlich, ängstlich zu sein, dachte der Vater. Aber in diesen Dingen kann man ja bei Frauen nie sicher sein, und überhaupt war das Ganze eine Angelegenheit, auf die ein Mann sich nicht gut verstand. Er mußte froh sein, daß es Cecilia gut ging, und da er nun einmal hierhergekommen war, freute er sich auch, seine Tochter wiedersehen zu können.

Es war ziemlich dunkel in dem Dachraum, in dem Cecilia lag, als Lucia Olav am Abend zu ihr hinaufführte. Auch Jörund kam mit. Olav wurde froh, denn er merkte, daß die Tochter sich über sein Kommen freute; sie sagte, es sei jetzt alles in Ordnung mit ihr, und es gehe ihr in jeder Beziehung gut. Der Raum, in dem man sie untergebracht hatte, war auch wirklich groß und war schön geschmückt,

und rings um sie befand sich eine Menge Hausfrauen und Mägde, die sie und das Kind versorgten.
Jörund sprach sehr liebevoll mit seiner Frau und tat überaus stolz darauf, daß auch er nun einen Sohn habe. Und die Frauen lobten das Kind über alle Maßen. Olav nahm es in seine Arme, als sie es ihm hinreichten, sah es an – das war der Knabe, der einmal nach ihm auf Hestviken sitzen sollte, wenn Gott ihn heranwachsen lassen wollte –, aber er hatte stets gefunden, daß neugeborene Kinder häßlich anzusehen seien, alle mit Ausnahme von Cecilia, sie war vom ersten Tag ihres Lebens an schön gewesen.

Am nächsten Morgen saß Olav wieder bei seiner Tochter oben, sie redeten hauptsächlich von Bekannten daheim. Cecilia sprach nur sehr wenig darüber, wie es ihr hier in ihrem neuen Heim gefiel – nur daß die Leute von Gunnarsby viel auf Gastgelagen und ähnlichen Festen unterwegs seien – das habe sie zum Schluß etwas angegriffen; jetzt aber würde sie wohl mehr daheim sitzen, um des Säuglings willen.
»Ja, ja«, sagte der Vater, »aber solch ein Bursche wächst ja rasch heran, und dann bist du wieder frei.«
»Ich meinte es nicht so«, antwortete die junge Frau schnell. »Ich gerate sicherlich dir nach, Vater – mir gefällt es besser dort, wo nicht so viele Menschen sind.«
Diese letzten Worte dünkten den Vater seltsam spöttisch; er wollte seine Tochter zurechtweisen, sie bitten, ihre Jugend zu genießen, solange ihr diese gewährt sei.
In diesem Augenblick kam eine der Wehmütter mit dem Kind herein, wollte es der Mutter an die Brust legen. Cecilia trug nur eine leichte Hülle, die Brust und Arme bedeckte; als die Frau die Wöchnerin in den Kissen höher setzte, konnte der Vater einen kurzen Augenblick ihren bloßen Leib um die Mitte erblicken, und er sah, daß sie an den Seiten blau und braun war. Das Sonnenlicht fiel in diesem Augenblick auf das Bett – draußen zogen die Wolken am Himmel dahin und ließen die Sonne nur immer kurz aufleuchten –, er wurde gewahr, daß sie auch im Gesicht Spuren wie von Schlägen hatte.
»Hast du dir etwas getan?« fragte der Vater, als die fremde Frau gegangen war.
»Ja, ich fiel hin und schlug mich«, sagte Cecilia. »Darum kam er auch vor der Zeit.«
Olav dachte, es sei nur gut, daß dieses Mißgeschick und nichts anderes an der frühen Geburt die Schuld trage – er hatte befürchtet, sie

könnte die Schwäche der Mutter geerbt haben, nun war es wohl nur dieser Sturz, den sie für gefährlich gehalten hatte.
»Das war wohl die Ursache, daß du auf den Gedanken kamst, diesen Finn nach mir zu schicken?«
Cecilia schwieg eine Weile, als überlege sie: »Ich bat ihn zwar nicht –. Aber er meinte wohl, er schulde mir Dank –. Da kam er vielleicht auf den Gedanken, es mir vergelten zu müssen – als er hörte, daß ich gefallen war und Schaden genommen hatte –«
»Ich frage mich übrigens«, sagte Olav, »ob er jetzt schon zurückgekommen ist – weißt du etwas darüber? Er sollte bei uns ein Pferd geliehen bekommen, das ich dann wieder zurücknehmen wollte.«
»Finn wird schon dafür sorgen, daß das Pferd zu dir zurückkommt. Aber, die Wahrheit zu sagen, glaube ich nicht, daß er nach Gunnarsby zurückkehrt. Sie sind hier strenger gegen ihre Knechte, als wir es gewohnt sind, und wenn Finn von hier fortgelaufen ist, ohne um Erlaubnis zu fragen –«
»Ist er denn das?«
Cecilia nickte. »Ich gäbe etwas darum, zu wissen«, sagte sie dann, »was er jetzt anfangen wird. Er hat sich als ein treuer Bursche gegen mich erwiesen.«
»Vielleicht möchtest du«, fragte Olav, »daß ich ihn bei mir in Hestviken aufnehme?«
Cecilia lag eine Weile da, blickte auf ihr Kind hinab, das sie an der Brust hatte.
»Nein, *das* will ich keineswegs«, sagte sie mit ihrer leisen, knappen Stimme.

Am nächsten Morgen wurde der Knabe getauft, und nun wollte Olav anderntags heimkehren. Am Abend aber, als er seiner Tochter gute Nacht wünschen wollte, fügte es sich so, daß er einen Augenblick mit ihr allein war. Da raffte er sich auf und fragte sie: »Sag mir nun das eine, Cecilia, da wir allein beisammen sind – hast du etwas auf dem Herzen, was du mir sagen möchtest?«
»Nein, das habe ich nicht«, erwiderte die junge Frau fest. Als sie sah, daß der Vater enttäuscht war, streckte sie ihm ihre Hand hin: »Aber froh bin ich doch, daß du hierherkamst, Vater!«
Am Tag darauf begab sich Olav auf den Heimweg. Er hatte die dichter besiedelte Gemeinde hinter sich und ritt nun an einem Fluß entlang; zu beiden Seiten des Flusses lagen einige kleine Höfe in grüne Wiesen gebettet. Er ritt in seinen eigenen Gedanken dahin, als das

Pferd zusammenschrak – ein Mann hatte sich plötzlich unter dem Gebüsch am Rand des Reitweges aufgerichtet. Es war dieser Finn.
Sie begrüßten einander. Als jedoch der Mann nichts sagte, meinte Olav, er müsse wohl selber anfangen.
»Es stand nun doch nicht so schlimm, wie du wahrsagtest, Freund«, sagte er milde. »Meiner Tochter geht es jetzt gut, und gestern tauften wir Kolbein Jörundssohn.«
»Ja, das habe ich gehört.«
»Bist du auf dem Weg nach Gunnarsby?« fragte Olav.
»Nein, jetzt gedenke ich mich nach Süden zu wenden«, erwiderte der Mann. Er hatte sich bei Bekannten drüben in einem der kleinen Höfe jenseits des Flusses aufgehalten.
Olav fiel es nun ein, daß es ja sozusagen dieser Finn war, der ihm die Nachricht von der Geburt seines Tochtersohns überbracht hatte. Er sprach dies aus und dankte dafür. Er hatte zehn englische Florins mitgenommen, die er noch von seiner Englandfahrt besaß – um eine geziemende Opfergabe spenden zu können. Jetzt holte er die zwei Münzen, die er noch übrig hatte, heraus, und gab sie Finn.
Der Mann nahm sie etwas zögernd an. Dann stand er da und betrachtete Olav, und dieser saß auf seinem Pferd und blickte auf ihn hinab. Keiner von ihnen sprach. Schließlich sagte Olav, er müsse jetzt wohl weiterreiten: »Vielleicht haben wir den gleichen Weg?«
So sei es, antwortete der Mann. Da ließ Olav Brunsvein im Schritt flußaufwärts gehen, und Finn wanderte neben ihm her, und es war kein Laut zu vernehmen außer dem Rieseln des Baches zwischen den Wiesen und dem Schlag der Pferdehufe, die manchmal auf Steine trafen, und dem leisen sommerlichen Rauschen der Nadelbäume, und die Sonne brannte und glitzerte auf dem Laub und auf den Nadeln – und beide Männer schwiegen.
Einmal fragte Olav, ob der andere in der Bucht ein Pferd geliehen bekommen habe, und Finn antwortete, nein, er habe lieber gehen wollen. Nach einer Weile fragte Olav, ob Finn aus der Gemeinde hier sei, und Finn antwortete, nein, er stamme von Nes auf Raumarike. Damit war das Gespräch beendet.
Als sie etwa eine Stunde so miteinander dahingezogen waren, sagte Finn, jetzt müsse er dort hinaufsteigen – er deutete auf einen kleinen Pfad, der über einen Hang aufwärts führte. Da bedankte Olav sich für die Begleitung, und Finn gab den Dank zurück, und verschwunden war er im Wald.
Hinterher bereute Olav, daß er nicht versucht hatte, mehr zu erfah-

ren. Aber er hatte es nicht über sich gebracht, den Dienstknecht seiner Tochter auszufragen –. So ritt er rascher weiter.

Olav hatte versprechen müssen, auf dem Heimweg nochmals auf Hestbaek anzuhalten. Und jetzt durfte er nicht wieder so schnell vom Hof weg – es seien sechs Jahre her, seit er sich zum letztenmal nach seinen Verwandten hier umgeschaut habe, sagte Arne. »Und es wird wohl wieder sechs Jahre dauern, bis du das nächste Mal kommst – und bis dahin bin ich unter der Erde.«

Arne Torgilssohn war jetzt wohl achtzig Winter alt, aber nicht so sehr gebrechlich. Er glich seinem Vater, Torgils Trensbart, man konnte sich denken, daß dieser so ausgesehen hätte, wäre er nicht schwachsinnig gewesen; Arne war eher klein, aber gut gebaut und schön; Haar und Bart waren weiß wie Wollgras, und aus diesem weißen Rahmen leuchteten seine rotgesprenkelten Wangen und die meerblauen Augen. Torgunn, seine jüngste Tochter, betrieb den Hof zusammen mit ihren Söhnen; sie lebte schon seit vielen Jahren als Witwe.

Arne grunzte, als Olav erzählte, daß Cecilia einen Sohn bekommen habe.

»Das wird so wie hier bei uns – nur ein Tochtersohn, der dir auf Hestviken nachfolgen wird! Mir wollte Gott keinen Sohn gönnen, obgleich ich heiß darum bat – du hattest einen, und er ist Barfüßermönch geworden. Hättest nicht du, Olav, der so reich ist und stets mit den Priestern auf so gutem Fuß gestanden hat, einen Boten nach Rom senden und um Dispens bitten können – dann hättest du Torgunn heiraten und die Weißblondsippe in unserm alten Heim weiterführen können!«

»Hättest du nicht früher darauf verfallen können, Verwandter«, sagte Olav lachend, »ehe Torgunn und ich alte Leute wurden!«

Olav mußte zwei ganze Tage auf Hestbaek bleiben; erst als die Sonne am dritten Tag unterging, langte er in Hestviken an. Die Luft war voller Wolken, die leuchteten und brannten und sich rot und golden im Wasser des Fjords spiegelten – die sinkende Sonne schoß ihre schrägen Strahlen hindurch, und die langen Schatten fielen unruhig über die Wiesen, so daß Olav nicht deutlich erkennen konnte, wer ihm dort über die Äcker entgegenkam; es war etwas Bekanntes und zugleich Fremdes an der hohen und breitschultrigen Gestalt, und die Tracht hatte etwas Höfisches im Schnitt, was hier in der Bucht nicht daheim war. Neben dem Herankommenden ging ein riesiger kohlschwarzer Ziegenbock mit mächtigen Hörnern.

Dann sah Olav, daß es Eirik war – Eirik, der ihm in einem zweifarbigen Wams entgegenkam, halb rot und halb gelb, so kurz und eng, daß es Olav unschicklich dünkte, er trug einen Ledergürtel um den Leib, mit einem langen Dolch, einem Messer und einer Tasche daran. Das dunkle, krause Haar war noch nicht lang genug gewachsen, so daß die Tonsur noch hindurchleuchtete. Den ersten Eindruck von etwas Teuflischem bei diesem Anblick konnte Olav nicht ganz loswerden, selbst nachdem er den Bock erkannt hatte, es war sein eigener alter Ziegenbock.

Olav hielt sein Pferd an. Eirik kam die letzten Schritte herbeigelaufen, er legte seine Hand auf den Sattelknauf des Vaters, fragte zu dem Alten hinauf: »Vater – ist sie tot?«

»Cecilia? Nein, es geht ihr gut.« Schweigend sahen sich die beiden noch eine Weile an, Eirik immer mehr errötend und verquält. Aber es nützte nichts, er mußte selber zu sprechen anfangen: »Ich bin heimgekommen, Vater«, sagte er flehend. »Wie du siehst.«

»Ich sehe es.« Olav riß am Zügel, so daß Eirik zur Seite treten mußte, er folgte jedoch neben dem Pferde einhergehend dem Vater zu den Häusern hinauf.

Im Hofplatz oben stieg Olav ab, beantwortete Tores und Ragnas Fragen nach Cecilia. Dann wandte er sich dem Wohnhaus zu, vor dem Eirik stand und wartete. Der Sohn trat nach seinem Vater ein. Olav warf den Umhang ab, legte seine Waffen weg und dann erst wandte er sich an Eirik: »Wo bist du hergekommen?«

»Das weißt du doch«, sagte Eirik leise. »Ich zog von daheim fort – vom Kloster, meine ich – gestern morgen – bekam von Galfrid ein Boot geliehen –«

»Hast du den Mut zum Klosterleben verloren? Oder – haben dich die Brüder weggeschickt? Hast du dich vergangen, so daß sie dich nicht mehr haben wollen?« fragte Olav hart.

Eirik war dunkelrot geworden; es lief ein Zittern wie von einem Schmerz über seine Züge. Aber er erwiderte sehr sanftmütig: »Die Brüder meinten, ich sei nicht zu ihrem Leben bestimmt. Du weißt doch, Vater – dafür hat man das Probejahr – es sind nun zwei Monate her, seit es für mich um war. Ich wollte mich nur ungern von meinen Brüdern trennen; so ließen sie mich noch eine Zeitlang dort bleiben. Dann aber sagten sie zu mir, sie glaubten, ich sei nicht zum Mönch ausersehen – ich könnte Gott besser dienen, wenn ich in der Welt lebte –«

»Du sollst in der Welt leben und Gott dienen?« Die Stimme des Vaters war eisig vor Hohn. »Da müssen die Brüder dich schlecht kennen!«

Er sah, daß der Sohn sich krümmte. Aber Eirik antwortete doch ebenso sanftmütig wie zuvor: »Nein, Vater – meine Brüder kennen mich am besten von allen – mein Vater Bruder Einar und der Guardian –. Ich werde das nicht vergessen, was sie mich gelehrt haben. Glaube nicht, ich sei gekommen, um das – sittenlose – Leben wieder aufzunehmen, das ich früher geführt habe. Ich – ich – sie haben mich als ihren Bruder aufgenommen – als Bruder ab extra. Das weißt du doch selber am besten, ein Mann kann in der Welt leben und trotzdem seinen Erlöser im Gedächtnis behalten und ihm dienen.«

Olav stand stumm da und sah den Jungen an: »Was ist das für ein – wie siehst du aus?«

Eirik errötete wiederum, zupfte und nestelte an dem lächerlichen Staatsgewand, das ihm an allen Ecken und Enden zu kurz und zu eng war: »Sie gaben es mir im Kloster«, sagte er bittend. »Sie hatten es einmal als Geschenk bekommen, und so stimmten sie alle ein, es mir zu geben, damit ich keine Schulden in der Stadt zu machen brauchte, um mir Kleider zur Heimfahrt zu beschaffen.«

»So.«

Jetzt kam Ragna mit dem Essen, und hinter ihr erschien das Gesinde zur Mahlzeit. Olav redete mit seinen Leuten, sagte jedoch nichts mehr zu Eirik, sah ihn kaum an.

Nach der Mahlzeit ließ Olav Bier und Met hereinbringen – lud das Gesinde ein, auf Kolbein Jörundssohns Wohl zu trinken. Eirik nahm die Schale entgegen, trank zur Ehre seines Schwestersohnes und gab sie weiter. Aber als das Horn zum zweitenmal zu ihm kam, ließ er es an sich vorübergehen, und bald darauf schlich er sich zur Tür hinaus.

»Er will wohl seine Gebete verrichten«, meinte Ragna gerührt, »er betet die Stundengebete und trägt unter dem Wams einen großen Rosenkranz um den Hals.«

Olav wurde nur noch empörter vor Verachtung und Zorn, als er dies hörte.

12 Olavs Erbitterung hatte sich gleichsam an diesem ersten Anblick des Heimgekehrten festgehakt. Er hatte sich daran gewöhnt, so an Eirik zu denken, als sei der junge Bursche bereits ein halber Heiliger – und ganz unerwartet kam ihm nun der Sohn über den Acker daheim entgegen, lächerlich aufgeputzt, mit einem stinkenden schwarzen Bock als Begleiter.

Und außerdem meldete sich der Gedanke an alle die Schwierigkeiten, die Eiriks Wankelmut verursachen würde. Auch mußte er mit diesen Barfußbrüdern abrechnen. Nach ihren Regeln konnten sie doch wohl von den Männern, die um Aufnahme in ihre Gemeinschaft ersuchten, keine Mitgift annehmen, so daß alles, was sie erhalten hatten, als Eirik ins Kloster kam, als ein Almosen gespendet war; das konnte Olav nicht zurückfordern. Versuchten sie jedoch etwas von dem zu fordern, was er ihnen versprochen hatte, wenn Eirik Mönch würde, dann –! Olav war jetzt auf die ganze Bruderschaft böse; zuerst hatten sie Eirik in seinem Vorsatz gestärkt, soviel sie nur konnten, und dann hatten sie – wenn er dem, was Eirik selber sagte, einigermaßen Glauben schenken durfte – ihm wiederum zugestimmt, als er Skrupel bekam und anfing, an seiner Bestimmung zum Klosterleben zu zweifeln.

Aber es kam noch etwas Schlimmeres hinzu. Eiriks Vorsatz, die Welt zu verlassen, war es, der Jörund Rypa bewogen hatte, seine Werbung vorzubringen – daran konnte man durchaus nicht zweifeln. Und trotz allem wußte Olav nicht so gewiß – erst recht nicht seit seiner letzten Reise nach Gunnarsby –, ob Cecilias Glück bei den Leuten von Gunnarsby ganz sichergestellt war. Wenn sie nun ein Recht bekämen zu meinen, ihre Verwandten hätten nicht ganz ehrlich an ihnen gehandelt –. Olav erwähnte dies eines Tages Eirik gegenüber. Er sah, daß dieser unglücklich wurde. »Man hat es doch schon früher gehört«, erwiderte Eirik schüchtern, »daß ein Klosternovize für untauglich befunden wurde, nach den Regeln zu leben.«

Olav gab darauf keine Antwort. Es war richtig, was Eirik da sagte, aber die meisten, die ins Kloster eintraten, wurden doch mit der Zeit Mönche und Nonnen, und Eirik war so eifrig gewesen, als er im vergangenen Jahr die Kutte nahm; und er hatte seinen Entschluß, Mönch zu werden, gefaßt, ohne daß irgendeiner ihm dazu geraten oder ihn auf jenen Weg gezwungen hatte.

»Es ist ja auch nicht sicher, daß ich mich einmal verheiraten werde«, sagte er dann.

»Nicht? Hast du also vor, dein altes liederliches Leben wieder aufzunehmen?«

Eirik wurde flammend rot. Er antwortete jedoch ruhig und sanft: »Du, Vater, hast doch in all diesen Jahren, seit unsere Mutter starb, so gelebt, wie es sich für einen Christen geziemt – obgleich du weder noch einmal heiratetest noch dir eine Buhlerin nahmst.«
»Ich?« sagte Olav aufgebracht. »Ich war ja schon fast ein alter Mann. Aber auch in meiner Jugend kannte man mich nicht in den Häusern der Dirnen oder dort, wo Würfel über den Tisch rollen –«
Immer noch erwiderte Eirik gefaßt: »Ich versprach Vater Einar, als ich mich von ihm trennte, mich von Dirnen und übermäßigem Trinken fernzuhalten. Willst du es nicht glauben, Vater, daß ich *etwas* Gutes und Nützliches gelernt habe in dem Jahr, das ich unter Sankt Franziskus' Dach verlebt und in dem ich jeden Tag vor Gott selber in dem Mysterium Seines höchsten Heiligtumes gebetet habe?«
»Ja, ja«, murmelte Olav etwas beschämt. »Die Zeit wird es zeigen, Eirik – wie lange du an *diesen* Vorsätzen festhältst.«
»So etwas solltest du nicht sagen!« Eirik sprang auf und ging hinaus.

Aber es war, als reize es Olav nur noch mehr auf, daß Eirik jetzt so fromm und sanftmütig geworden zu sein schien. Nie ließ er sich hinreißen, eine zornige Antwort zu geben, auch prahlte und log er nicht mehr. Der Vater hielt ihn jetzt so streng, daß Eirik nichts besaß, was er sein Eigentum hätte nennen können. Olav selbst war stets freigebig gewesen, aber nichts von dem, was er den Armen und Kranken gab, durfte durch Eiriks Hände gehen. Eirik jedoch wußte sich zu helfen – er leistete seinen Hausgenossen und den Leuten, die bei der Bucht aus- und einfuhren, manchen Dienst, der seine Demut und seinen guten Willen bewies. Auch das ärgerte den Vater, und es ärgerte ihn auch, sooft er merkte, daß Eirik sich von den Menschen zurückzog, zu den Klippen am Wasser hinunter oder in irgendeines der Nebenhäuser, um seine Gebete allein zu verrichten. Er betete die Tagzeiten mit seinem Rosenkranz und das kleine Offizium Unserer Lieben Frau, von dem er jetzt das meiste konnte. Nach und nach entdeckte Olav, daß Eirik da und dort in den Wäldern rings um den Hof kleine Kreuze aufgestellt hatte, an den Orten, zu denen er hinzugehen pflegte, um seine Andachten abzuhalten.
Im Lauf des Herbstes kam Olav das Gerücht zu Ohren, Eirik Olavssohn habe sein Kloster verlassen, weil er die Berufung zu einem Leben mit noch strengerer Buße in sich fühlte. Es sei seine Absicht, sich eine Hütte auf dem Friedhof zu bauen und Einsiedler zu werden. So etwas war bisher in der Gemeinde noch nie vorgekommen, so daß die Leute

viel redeten – die einen spotteten darüber, andere jedoch meinten, dies bedeute einen großen Gewinn für die Gemeinde. Schließlich merkte Olav, daß Eirik selber auf die eine oder andere Weise der Urheber dieser Gerüchte sein mußte, und so nahm er sich den Sohn vor. Eirik wurde sehr verwirrt – und es war das erstemal, seit er vom Kloster heimkehrte, daß der Vater ihn unsicher und mit unruhigen Augen sah. Er antwortete jedoch, er habe nie gesagt, daß er selber Einsiedler werden wolle; er habe nur von einer Geschichte erzählt, die während des Winters im Refektorium vorgelesen worden sei, ein Buch, das Vitae Patrum genannt wurde.

Eines Tages kam Eirik zu Olav und fragte, ob er das älteste Kind von Rundmyr auf den Hof nehmen dürfe. Der Knabe war seit einer Krankheit, die ihn mit sieben Jahren befallen hatte, zum Krüppel geworden; wenn man ihn im Sommer auf die Wiese hinauslegte, vermochte er sich nur gerade mit den Armen ein wenig vorwärts zu bewegen, und ordentlich reden konnte er auch nicht. Ehe er krank wurde, war er ein lebhaftes und schönes Kind gewesen – er glich weder Liv noch Anki, sondern einem jungen und lustigen, rothaarigen und braunäugigen Knecht, der in dem Winter, ehe die beiden miteinander verheiratet wurden, auf Hestviken war. Dies aber tat Ankis Vaterstolz keinen Abbruch, und auch jetzt, da der Knabe so hinfällig war, sagten Anki sowohl als auch Liv, sie wollten lieber alle ihre anderen Kinder verlieren als diesen Knaben. Obgleich sie ihn aber so liebten und obgleich sie stets so reichliche Hilfe auf Hestviken bekamen, daß sie keine Not zu leiden brauchten, lag das kranke Kind doch voller Wunden und Läuse da und verfaulte beinahe in seinem eigenen Schmutz. Die Eltern sorgten wohl für ihn, schoben ihm die besten Bissen zu, aber um den Schmutz kümmerten sie sich nicht. – Olav meinte, Eirik die Bitte nicht abschlagen zu dürfen, denn er selbst war der Got des Kindes, das nach ihm Olav hieß. So sagte er nur, Eirik solle ihm den Knaben nicht in die Stube bringen, außer wenn es ihm gelinge, ihn von den Läusen zu befreien und die Wunden so rein zu halten, daß sie nicht allzu widerlich stänken. Daraufhin brachte Eirik Olav Livssohn in der Scheune unter, bis die Kälte einsetzte, dann aber mußten sie den Knaben in die Wohnstube nehmen. Eirik war es nun gelungen, ihn einigermaßen zu säubern, und der Knabe hatte gelernt, sich mit Hilfe von zwei Krücken ein paar Schritte weit vorwärts zu werfen. Im Lauf des Winters brachte er es sogar dahin, daß er kleine Arbeiten verrichten, Weidenzweige und Sehnen zum Nähen von Pelzwerk einweichen, rauhe Holzgegenstände und derartiges glätten konnte. Auch mit dem Sprechen ging es besser, obgleich er auch weiterhin nur stotternd und mit schwerer Zunge sich verständlich zu machen vermochte. Trotzdem hatte es viele Unannehmlichkeiten im Gefolge, daß er sich in der Stube aufhielt. Das Gesinde jedoch war nie unfreundlich gegen ihn, und geschah es, daß Olav Audunssohn sich an sein Gotenkind wendete, so war dies stets in guter Absicht – an und für sich war Olav nicht unzufrieden damit, daß der arme Krüppel jetzt wie ein christliches Kind gepflegt wurde – ärgerte er sich aber über die Unannehmlichkeiten, die der Kranke verursachte, bekam Eirik die böse Laune des Vaters zu spüren.

Immer noch wußte Olav nichts darüber, wie die Leute auf Gunnarsby die Nachricht aufgenommen hatten, daß der Sohn auf Hestviken zurückgekehrt war. Er konnte sich jedoch böser Ahnungen nicht erwehren, sooft er daran dachte, und es verging nie lange Zeit, ohne daß sich seine Gedanken wieder mit dieser Angelegenheit beschäftigten.

Im Spätherbst fand Olav Zeit zu einer Reise nach Oslo. Dabei suchte er auch das Minoritenkloster auf. Er merkte schnell, daß er dort nichts Näheres über den Grund von Eiriks Abfall erfahren würde. Die Brüder sahen dies wohl für eine innere Angelegenheit des Klosters an, und das Schweigen des Konvents war wie eine Mauer, gegen die man vergeblich anrennt. Sie redeten nur Gutes über Eirik, sagten, sie hätten ihren jungen Bruder herzlich liebgewonnen, nachdem es aber sowohl ihm selber als auch ihnen klargeworden sei, daß Gott dieser Seele andere Wege als das Mönchsleben bestimmt habe, so –.

»War es damals, als er diesen Bauern auf Tveit verprügelte, daß ihr euch darüber klar wurdet?« fragte Olav.

Das hatte er bei Claus Wiephart gehört. Eine fromme Witwe auf einem der Tveitshöfe hatte einen Boten ins Kloster gesandt mit der Nachricht, daß sie ihnen Fries und Lebensmittel schenken wolle. Bruder Stefan sollte die Gaben abholen und nahm Bruder Eirik mit, damit er ihm beim Tragen behilflich sein könne. Als sie jedoch, jeder mit seiner Last auf dem Rücken, bereit waren, vom Hof aufzubrechen, kehrte der eine Sohn der Witwe heim, und dieser hegte keine so große Liebe zu den Bettelmönchen wie seine Mutter, so daß er die beiden Brüder ausschalt – und schließlich konnte sich Bruder Eirik nicht mehr beherrschen, er warf den Sack weg, sprang auf den Bauern zu und versetzte ihm einen Schlag unter das Kinn, daß der Mann zu Boden stürzte. Wohl hatte Bruder Stefan ihn auf der Stelle zurechtgewiesen, und Eirik hatte sich vor dem Bauern gedemütigt – und auch im Kloster daheim hatte er wohl Buße tun müssen; es behagte den Barfußbrüdern nicht, daß die Erinnerung an ihre Streitbarkeit in früheren Zeiten auf solche Weise aufgefrischt wurde. Aber die Geschichte war weitergedrungen.

Darum hatte Olav erwartet, hierauf eine Antwort zu bekommen. Doch der Guardian zuckte nicht mit der Wimper. Nein, sagte er, sie dürften nicht einen Novizen um eines solchen Fehltritts willen fortschicken, wenn er selber wahre Reue über die Sünde bezeige. Eirik habe nicht versucht, seine Heftigkeit zu entschuldigen, sondern habe sich in einer Weise unter die Pönitenz gebeugt, daß man ihn ein Beispiel für Gehorsam nennen konnte.

Eiriks Vater lächelte ungläubig.

Dann endlich sagte der Guardian – Eirik sei doch hierhergekommen, weil er glaubte, zum Priester berufen zu sein. Da ihm nun ein Hindernis im Wege gestanden habe –

»Hindernis?« Olav stieg jähe Röte ins Gesicht. »Wer hat das gesagt, Vater, daß hier ein Hindernis sei?«

»So lauten die Gesetze der Heiligen Kirche, Olav: Kein Mann, der ein Gebrechen an Leib oder Gliedern hat, kann vor dem Altar dienen. Darum kann Eirik mit seiner verstümmelten Hand nicht –«

Olav schwieg. Daran, daß Eirik an dem kleinen Finger der linken Hand zwei Glieder fehlten, hatte er nicht gedacht. Ihm war sofort Eiriks Geburt in den Sinn gekommen.

Der Guardian fing wieder an, jetzt rasch und ziemlich sicher: Eirik habe darum nachgesucht, in ihren Bund aufgenommen zu werden, weil er meinte, Gott habe ihn zum Priester berufen. Da jedoch Gott niemals einem Mann einen Ruf gibt, dem er nicht folgen kann, so war es klar, daß Eirik Olavssohn sich hierin getäuscht hatte. Nun aber sah die Sache gleich anders aus. Während des Restes des Probejahres hatte Eirik darum gekämpft, sich darüber klarzuwerden, ob er dazu ausersehen sei, Gott als Laienbruder im Kloster zu dienen, schließlich aber hatten sie alle die Gewißheit erlangt, daß es sich nicht so verhielt –.

Damit mußte Olav sich's genügen lassen. Die Brüder sagten nichts von den Geschenken, die sie erhalten hatten, als Eirik zu ihnen kam, aber auch nichts über das, was ihnen für später versprochen worden war. Diese Angelegenheit kam also überhaupt nicht zur Sprache.

Aber Olav Audunssohn verabschiedete sich in nicht allzu freundlicher Stimmung von den Minoriten. Und von da an sprach er nur noch mit Unwillen über diese Mönche. Und da er im übrigen dafür bekannt war, ein frommer Mann zu sein und Klosterleuten und Priestern gegenüber so fügsam, daß nicht einmal Sira Hallbjörn Erlingssohn sich mit ihm hatte verfeinden können, meinten die Leute, er müsse triftigen Grund haben, sich über das Vorgehen der Barfußbrüder in dieser Sache zu beklagen.

Es beruhte auf Wahrheit: zum erstenmal wurde Eirik in seinem Vorsatz erschüttert, als er erfuhr, daß er nicht Priester werden könne.

Er hatte sich mit so brennendem Eifer in dieses neue Leben gestürzt, daß der Novizenmeister, Bruder Einar, ihn oftmals zurückhalten mußte. Viele der Mönche pflegten nach der Frühmette in der Kirche zu bleiben, um bis zur Prim dort zu beten. Eirik wollte sofort die Erlaubnis erhalten, dies jeden Morgen tun zu dürfen, und Bruder Einar mußte ihm befehlen, ins Dormitorium zurückzugehen und sich wieder hinzulegen.

Eirik selbst meinte, er brauche nicht mehr Schlaf als ein Vogel auf dem Schlafzweig. Wenn er auch noch so müde war, wurde er zur Matutin geweckt – der erste kühle Lufthauch der Sommernacht, der ihm begegnete, wenn er in den Klosterhof hinunterkam, machte ihn hellwach. In die kalte, halbdunkle Kirche einzutreten vermittelte ihm beinahe das gleiche Gefühl, wie er es als Kind empfunden hatte, wenn er ins Meer sprang und zu schwimmen anfing. Während der Frühmette wurde es nach und nach heller in dem lichten, hochgewölbten Raum. Zur Mittsommerzeit streiften, wenn die Brüder aus dem Chor kamen und auf den grünen Hofplatz traten, um zum Schlafhaus zurückzukehren, die ersten Strahlen der Morgensonne die obersten Höhenzüge drüben in der Akersgemeinde.

Aber an zwei Morgen in der Woche erhielt er die Erlaubnis, nach der Frühmette in der Kirche zu verweilen. Während er dann dalag und betete, wurden die Bilder in den Fensterscheiben des Chors immer deutlicher, die Farben begannen zu leuchten – dann entzündete die Sonne das Glas, und Rot und Gold glühten und funkelten, bis der Chor im unirdischen Licht und Feuer der bunten Sonnenstrahlen dalag, die die Bilder der Wände und das Kreuz und die Kerzenhalter des Altars mit blauen, violetten und goldenen Lichtflecken übersäten. Wenn die Brüder zur Prim zurückkehrten, war die Kirche bis in den letzten Winkel von Sonnenschein und dem Widerglanz von Sonnenschein erfüllt – und dann klangen Schritte vom Kirchenschiff herauf

und wurden von dem Gewölbe wieder zurückgeworfen, es waren die Menschen, die hereinströmten, um die Messe zu hören.
Jedesmal, wenn er dabei sein und mitsingen durfte, empfand er die gleiche emporquellende Freude: er freute sich jeden Tag darauf, daß er in der Messe mitsingen durfte, er freute sich auf die Sonntage und Festtage, denn da sangen sie auch die Stundengebete, er freute sich auf alle Seelenmessen, denn da durfte er am Abend zuvor die Vigilie singen. Stets hatte er sich seiner eigenen schönen Stimme gefreut. Jetzt dachte er bekümmert daran, wozu er diese kostbare Gabe bisher benutzt hatte, und es geschah mit heiliger Ehrfurcht, wenn er sich lehren ließ, sie zu Gottes Lobgesang zu gebrauchen. Da mußte er an ein Wort denken, eines der ersten, die er hier im Hause gelernt hatte: »Eructavit cor meum verbum bonum: dico ego opera mea Regi.«*) Oft wählte Eirik den ganzen Psalm, der mit diesen Worten beginnt, als einen Leitspruch für seine Gedanken, wenn er des Morgens in der Kirche bleiben durfte – wortwörtlich konnte er ihn noch nicht auswendig, aber es lag Reichtum genug in dem, was er gelernt hatte.
Das erste Bild, das ihm erschienen war, als er sich dem Gebet hingab – daß sein Christentum wie ein Speicherraum voll verschlossener Truhen gewesen sei, die zu öffnen ihm nie eingefallen war –, blieb auch weiterhin vor ihm stehen. Jetzt legte ihm jeder Tag neue Schlüssel in die Hände, und er begriff: eines Mannes Leben auf dieser Erde kann nie so lange währen, daß er es erreichte, von mehr als nur einem winzigen Teil der in den Geheimnissen des Glaubens verborgenen Güter Besitz zu ergreifen.
Eines Tages war im Refektorium ein Buch über das Paradies vorgelesen worden. Eirik entsann sich dieses Stücks, als er am nächsten Morgen im Chor kniete und an Gethsemane dachte. Er sah das Paradies vor sich: einen Garten gleich ihrem eigenen – an dessen Obstbäumen sich jetzt ein Fruchtbüschel dicht an das andere reihte, während Kräuter und Wurzeln aus dem fetten Erdreich der Beete emporwucherten und die Blumen an der Hauswand entlang aufzuspringen begannen. So hatte Gott den Erbgrund für die ersten Menschen bepflanzt und besät; einen einzigen Baum nur hatte er zu berühren verboten. Dafür aber glaubten sie der Schlange, kaum daß sie lockte und ihnen sagte, dieser eine Baum sei der schönste – und sofort waren sie bereit, zu rauben. Es war der Garten, den Gott dem Menschengeschlecht

*) Eructavit cor meum etc.: Mein Herz quillt von guter Rede; ich singe mein Lied dem König. Psalm 44 (45).

als Morgengabe gegeben hatte. In Gethsemane aber ragten die mageren, verdorrten Zweige der Ölbäume in den Mondschein empor – im Kloster besaßen sie einige Ölbaumzweige, sie stammten aus der Burg, in der ihr Vater, Sankt Franziskus, geboren war. Sie waren häßlich und rauh, mit zähen, verschrumpften Blättern. So hatten die Menschen ihren Garten bepflanzt, um Gott darin zu empfangen, als Er zu ihnen herabstieg und sie von der Sünde erlösen wollte. Zwischen diesen bitteren, welken Büschen hatte Er auf Seinem Angesicht gelegen und Blut geschwitzt, während Er auf dem Grund des Kelches all das Böse erblickte, das Adams und Evas Geschlecht verübt hatte und vom Tagesgrauen der Zeiten an bis zum Jüngsten Tag verüben würde. Alles Blut, das vergossen wurde, Raub und Mord, Meineid und Verrat, Unzucht und falsche Freundschaft waren in diesem Kelch, und alles sollte nun Er auf Sich nehmen und sühnen – und dort bei der Pforte lagen Seine Jünger und schliefen – – aber oben auf dem Weg von der Burg herab kommt bereits Judas und führt die Knechte des Oberpriesters und die Krieger von Pilatus mit Fackeln und mit Schwertern und Speeren herbei, um Gott zu binden und zu schlagen und zu töten.

Es war niemand sonst in der Kirche an diesem Morgen. Auf den Knien rutschte Eirik zum Allerheiligsten vor, öffnete sein Gewand und ließ es bis zur Mitte herabgleiten. Dann ergriff er das geknotete Tau, das er um den Leib trug, geißelte sich, bis er rot war von Blut.

Tagsüber wurde er in den Garten hinausbefohlen, um zu jäten. Die Sonne brannte heiß herab. Zuerst verspürte er nicht viel auf seinem wunden Rücken, je länger er aber zwischen den Beeten umherkroch und je mehr die grobe Kutte mit der geplatzten Haut zusammenklebte, wieder losgerissen wurde und an den Wunden scheuerte, und je länger die Sonne senkrecht auf ihn herabbrannte, desto mehr war es, als trage er ein brennendes Feuer auf den Schultern. Aber der Schmerz erfüllte ihn mit tiefer und verschämter Seligkeit, denn so etwa, meinte er, mußte es sein, ein Kreuz auf dem Rücken zu tragen – und da dünkte ihn, er sei so unwürdig, und er wurde so tief demütig, daß er sich am liebsten mit dem Gesicht nach unten flach auf die Erde geworfen hätte. Zum erstenmal begann er wirklich den Sinn aller Bußübungen und aller Gewalt gegen sich selber zu begreifen – daß dies kein Ziel, sondern ein Mittel war: der Körper bedurfte der Zucht und mußte zum Gehorsam erzogen werden, wie man ein Pferd erzieht, und er erkannte verschleiert jene Wege, die für die Seele freigelegt werden, je mehr sie Herr über das Fleisch wird.

Als er jedoch bei seiner nächsten Beichte dem Vater Einar darüber sprach, sagte dieser ernsthaft, das seien Wege, auf denen ein Neuling sich leicht verirren könne, und er befahl dem Novizen, sich nicht noch einmal zu geißeln, ohne sich mit ihm besprochen zu haben.
Den ganzen Vormittag bis zur Zeit des zweiten Frühstücks arbeiteten sie im Kreuzgang, alle Brüder, die daheim waren. – Nur die Kirche samt dem Ostflügel – das Konventshaus und die Schreiberstube – waren bereits aus Stein gemauert, mit einem fliesenbelegten Säulengang davor. Auf der Westseite und auf der Südseite des Hofraumes standen Holzhäuser mit einem Altan aus Balken ringsum. Im Kreuzgang vor dem Steinhaus saßen jene Brüder, die lasen oder schrieben, vor dem Südflügel jedoch hatte der alte Bruder Arnstein Antonius seinen Webstuhl, und dort standen auch Bruder Sivard und Bruder Johannes mit der Drehbank und dem Block. In diesen Vormittagsstunden hatte Bruder Eirik seinen Platz bei Bruder Hubert, einem alten deutschen Mönch, der zu der ersten Schar von Brüdern aus der Zeit, da dieses Haus gegründet wurde, gehörte. Er sollte den Novizen im Bücherlesen und Latein unterweisen. Und der Stille wegen setzten sie sich in den hintersten Winkel des Kreuzganges ganz oben bei der Kirchentür.
In diesem Sommer war nur noch ein zweiter Jungbruder im Kloster, Bruder Arne, er lebte jedoch bereits seit seinem siebenten Jahr hier, schon seit der Zeit, da sein Vater, Bruder Sveinke, ins Kloster gegangen war – die Mutter war mit zwei Töchtern auf Gimsöy eingetreten, und die älteste dieser Töchter war bereits gestorben, achtzehn Jahre alt, im Rufe der Heiligkeit. Bruder Arne hatte erst das siebzehnte Jahr erreicht, galt aber bereits als voll ausgebildeter Schreiber. Eirik mußte also allein lernen, und er zeigte eine so leichte Auffassungsgabe, daß sowohl der Lehrmeister als auch der Novizenmeister sich wunderten. Und so kam ein Tag, an dem Eirik wieder die Tafel voller Zeichen geritzt hatte und die Schrift so schön und sicher in dem grünen Wachs stand, daß Bruder Hubert nicht umhin konnte, sie einigen der anderen Mönche zu zeigen, ehe alles wieder ausgeglättet wurde: »– Sehr schade ist es, daß Bruder Eirik mit einem Gebrechen behaftet sein muß und nicht Priester werden kann.«
Das war der erste Hauch von Grau, der über Eiriks hellen Sommerhimmel zog. Eirik war so klein gewesen, als er diesen Finger verlor, er hatte sich daran gewöhnt, ohne ihn zu leben, und es war ihm nie in den Sinn gekommen, daß ihn dies vom Altardienst ausschließen könnte. Der Novizenmeister merkte, daß der junge Mann es schwer-

nahm – darum sprach er mit ihm darüber und erinnerte ihn daran, daß es ihn der Vollkommenheit viel näher brächte, die Kreuze mit Geduld zu tragen, die ihm auferlegt wurden, als wenn er selbst sich noch so viele Kreuze nach eigenem Gutdünken auswählte. Und wenn er Laienbruder werden müsse, so könne er als ein guter Schreiber ebenso nützlich sein; ihr Vater, Sankt Franziskus, habe nie etwas anderes sein wollen als ein Laie, und ursprünglich habe er im Sinn gehabt, seinen Orden als eine Gemeinschaft von lauter Laienbrüdern zu stiften.

Eirik hörte die Rede des Novizenmeisters geduldig an, erwähnte die Sache von da an nie wieder, blieb jedoch lange Zeit nachdenklich. Und so begann es Herbst zu werden.

Im Garten gab es nichts mehr für die Brüder zu tun. Das Erbsenstroh lag in Bündeln auf den vom Frost geborstenen grauen Beeten, und das herabgefallene Laub unter den Obstbäumen war weiß bereift. Seit langer Zeit nahmen die Mönche die kleinen Laternen mit, wenn sie zur Frühmette in die Kirche gingen. Aus der ohnehin spärlichen Wärme, die sich unter den dünnen Decken des Lagers ansammelte, hieß es in der Kälte des Dormitoriums aufstehen und in den Kreuzgang hinuntergehen, wo der feuchte Frosthauch in die Nase schnitt und an den nackten Beinen eisig heraufstieg. Dicht wie Wolle lag der Winternebel über dem Kloster; kaum trat man in ihn hinaus, schien er sich an einen heranzudrängen und die kleine Laterne zu verdüstern. Drinnen in der Kirche aber war es kälter als kalt.

Eirik fror so, daß er meinte, sein Gehirn erstarre ihm im Schädel. Er begriff nicht ein Wort von dem, was im Offizium gelesen wurde, denn er vermochte vor Kälte nicht daran zu denken, was es bedeutete. Der Nebel drang auch in die Kirche hinein; die Lichter bei den Chorstühlen leuchteten in einer Dunstschicht, und der Atem der Brüder quoll wie weißer Rauch aus ihren Mündern: unten im Schiff aber brütete tiefste Finsternis.

Jetzt graute ihm vor den beiden Morgen, an denen er nach der Frühmette zurückbleiben durfte, um für sich zu beten. Steif vor Kälte lag er da, die Blicke starr auf die kleine Lampe geheftet, die vor dem Allerheiligsten leuchtete. Hinter sich fühlte er den öden, dunklen Kirchenraum mit den Grabsteinen im Boden. Gleich außerhalb des Chorbogens lag Sira Hallbjörn – und Eirik konnte sich von dem Gedanken nicht befreien: wenn nun der tote Priester sich ihm eines Morgens zeigen würde. Wenn er sich umdrehte und Sira Hallbjörn hinter sich stehen sähe, wie ihm das Blut aus dem zerschmetterten

Schädel über das bleiche, knochige Gesicht herabrann, das Meßgewand, in dem er in das Grab gelegt wurde, von Blut befleckt –.
Von Zeit zu Zeit vernahm er ein leises Murmeln von dem einen oder anderen der Brüder, die zusammen mit ihm zurückgeblieben waren. Meist jedoch lagen sie vollkommen still. Sie hatten dieses Leben seit Jahren gelebt, Sommer wie Winter, und es war, als rühre sie kaum noch etwas, weder die wunderbare Herrlichkeit der Sommermorgen noch das öde Grauen der Winternächte.
Eirik versuchte sich mit all seinen Gedanken an das Allerheiligste zu klammern. Aber selbst dieses Geheimnis erschreckte ihn jetzt mehr, als es ihn tröstete –: daß Gott selber sich in diesen kleinen gemalten Holzturm hatte einschließen lassen und dort *war*. Hellwach, mit körperlicher Substanz, Geist und Seele, füllte Er die Kirche, sah in sein sündiges Herz und sah seinen sinkenden Mut, sah alles, was sich in aller Herzen bewegte – und in der Allmacht Seiner Göttlichkeit wachte Er über diesem ganzen Winterland, erfüllte jeden Raum: das eiskalte Kloster – die Stadt und den Fjord und die Höfe längs der gefrorenen Ufer – und Hestviken, Rundmyr, Konungahella – alle Orte, an die Eirik denken konnte. Im Sommer, wenn Eirik hier kniete und die volle Süße empfand, mit Gott so nahe sprechen zu können, da hatte es ihn mit Wonne auf Wonne durchschauert, zu wissen, daß er von Gottes körperlicher Anwesenheit im Sakrament hinausging in Seine unsichtbare Anwesenheit an allen Orten – im Sonnenschein, der den Kreuzgang draußen erfüllte, der die Erde im Garten buk, so daß die jungen Triebe sich vom Morgen bis zum späten Abend, der zwischen den Laubkronen herabsickerte, gestreckt hatten – während der Fjord mit seinen Inseln und das Waldland ringsum den ganzen Tag in Sonnenglast getaucht lagen. Nun aber, da der Winter die Welt bezwang, war es nur unheimlich – als ahne er den gewaltigen und lautlosen Kampf zwischen Christus und Satan, zwischen dem Leben und dem Tod, in erbittertem Ringen. Alle sichtbaren und fühlbaren Dinge wurden zu lauter leblosen Geringfügigkeiten, die unter dem rasenden Kampf schwankten.
Er wollte nicht darum bitten, von diesen Stunden des Wachens befreit zu werden, um die er selbst gebettelt hatte. Im Lauf des Winters jedoch merkte Bruder Einar, daß Eirik keinen Nutzen mehr von diesen Stunden hatte, und so befahl er, daß der junge Novize jetzt eine Zeitlang wieder jeden Morgen nach der Frühmette hineingehen und sich schlafen legen solle.
Aber es fiel Eirik schwer, wieder einzuschlafen. Er vermochte den

Körper auf dem schmalen Lager mit nur einem Strohsack und zwei dünnen Decken nicht zu erwärmen. Die Kälte war auch die Ursache, daß er des Abends spät einschlief – darum war er stets müde und unausgeruht, und des Morgens konnte er oftmals keinen Schlaf finden, weil ihm so davor graute, zur Prim wieder aufzustehen. Und geschah es, daß er sich im Bett ein wenig erwärmte, so begannen die Frostbeulen an Fingern und Zehen unerträglich zu brennen und zu jucken.

Er war selber über seine Mutlosigkeit verzweifelt und versuchte sich aufzuraffen: hatte er nicht vieles erprobt, was viel härter war, und hatte dessen doch nie im geringsten geachtet! Er versuchte an die Ritte durch Sturm und Schneegestöber zu denken, in denen er manchmal kaum mehr den Kopf seines eigenen Pferdes hatte erkennen können. Oder an die Fahrten mit dem Boot im Winter – jene Nacht im vergangenen Jahr, kurz nach seiner Heimkehr, als sie nach Tunsberg segelten und ein Sturm aufkam. Gerade vor ihnen im Dunkeln dröhnte und donnerte es durch das Brausen und Brüllen der Sturmnacht – jene weiße Wand, die dort drinnen auftauchte, war sicherlich die Rakkeklippe, und sie trieben ihr entgegen; mit jeder Woge, die ihr Boot hoch in die Luft hob, meinte er der Brandung näher zu sein. Alles an ihnen war mit Eis überzogen, als sie endlich spät am Morgen irgendwo weit im Süden des Fjords in einen Hafen flüchten konnten – er hatte damals nicht geglaubt, daß Knut, der eine von Ragnas Söhnen, aus dieser Nacht mit dem Leben davonkommen würde. – Und jetzt war er so empfindlich geworden, daß er schon jammerte, weil die Frostbeulen juckten, er, der mehr als einmal die Stiefel an seinen eiskalten Füßen aufgeschnitten hatte, er, der daran gewöhnt war, Meer und Salz in dem blutigen Fleisch der Hände brennen zu fühlen –.

Aber das waren Härten gewesen, denen man nicht ausweichen konnte, und man hatte sie genommen, wie sie kamen. Und danach – wenn es nicht das Leben gekostet hatte – folgte die süße Wollust, die es bedeutete, unter Dach zu kommen, den erfrorenen Leib aufzutauen, sich satt essen und satt trinken zu können, irgendwo zwischen Bettfelle kriechen zu dürfen, zwei bis drei Männer in ein Bett, so daß sie einander halfen, warm zu werden, und wie ein Felsblock zu schlafen. Und stets diese Frische dabei: man wußte nicht, wie es gehen würde, und man wußte nie, was der nächste Tag bringen konnte –.

Hier aber galt es eine Wahl fürs ganze Leben – nach der Wärme und Wonne jedes Sommers in der Seele ging es dem Winter entgegen, es hieß ihn frierend zu überstehen, zu wachen, zu beten, zu fasten von der Kreuzmesse im Herbst bis zum Ostertag, bis ins Innerste durchgefroren, so daß weder die Ruhestunden auf dem harten Bett noch die kurze Zeit in der Wärme des Refektoriums mehr waren als ein Hauch. Nur nicht daran denken, die Tage so nehmen, wie sie kamen, denn es wurde nicht anders, bis Gott die Luft wieder warm werden ließ.

Und Eirik wurde es klar, was in Wirklichkeit das Opfer und die Härte im Mönchsleben bedeuteten: daß ein Mann dies selber wollen sollte und es ein für allemal wollen sollte, daß er dem Spiel mit dem Schicksal entsagte und ein Leben wählte, aus dem das Unerwartete ausgeschlossen und in dem alles gewollt war. Selbst die Unterwerfung des Willens war eine Willenshandlung. Da aber dünkte ihn, er müsse sich geschlagen geben – *das* vermochte er nicht!

Schließlich mußte er Vater Einar sagen, wie es um ihn stand. Der Mönch antwortete, das Schicksal folge wohl einem Mann auch ins Kloster, oder richtiger gesagt, Gott könne ihm gar manches Unerwartete senden, Krankheit oder Reisen zum Beispiel. Eirik müsse um Stärke bitten, um diese Versuchung zu überwinden.

Und Eirik betete. Aber er wußte selber, daß aus einer größeren Tiefe in ihm als dort, wo er die Worte zu seinen Gebeten fand, eine Stimme flehte: »Gewähre mir nicht diese Gnade, um die ich jetzt bitte! Sende mich heim –!«

Bisweilen dachte er, vielleicht zeige der Teufel gerade darin seine tiefste Schlauheit – daß er ihn nie mit etwas in Versuchung führte, was zu dem sittenlosen Leben seiner Jugend gehörte. Er haßte den Gedanken daran und haßte sich selber aus jener Zeit. Selbst wenn er zur Welt zurückkehren mußte, konnte er jedenfalls nicht wieder so werden.

Es war die Erinnerung an Hestviken, die in ihm aufbrach und ihn überwältigte – Hestviken, an das er des Nachts dachte, mit dem ganzen Körper und allen Sinnen dachte. Nirgends in der Welt roch es gerade so wie an ihrem eigenen Ebbestrand; wenn ihr Getreide in Garben stand und sich während der Nacht der Reif darauf gelegt hatte, war es anders als das Getreide auf anderen Äckern – er lag da und vermeinte den Duft ihrer eigenen Heuhaufen und den der Linden zwischen den Felsen rings um die Bucht verspüren zu können. Unter seinen geschlossenen Augenlidern wimmelten Bilder jenes Landes, von dem er sich getrennt hatte: die Moorwiesen drinnen im Kverntal, der kleine trockene Hang, auf dem er die Lappenpfeile fand, jeder Sprung in den Klippen daheim, der schwarze Fels der Roßwand hinter den Häusern und die rötliche rundgeschliffene Seite des

Stiers, die aus dem Meer emporstieg, die Brandung darunter, frisch und weiß an blauen Gutwettertagen – aber an den Herbsttagen brodelte es dort drüben im Dunkel, und die tanzende Brandung und fliegender weißer Schaum schimmerten durch die Nacht.

Die meisten Kälber, die auf Hestviken geboren wurden, waren braun- und schwarzgefleckt, und fast alle hatten ein weißes Abzeichen, ein Herz auf der Stirn oder einen weißen Fleck an der Seite oder weiße Beine. Er sah sie vor sich, wie sie das salzige Gras auf der großen flachen Strandwiese in Saltviken abweideten und auf dem steilen Hang, an dem der Wald abgehauen worden war, um Kohle daraus zu brennen – nur die großen Wacholderbüsche standen noch, dunkel und spitz. An die Salzpfannen erinnerte er sich, und an den Hof ein Stück weiter drinnen mit Häusern, die fast schon einfielen, nur eines wurde so weit instandgehalten, daß die Salzbrenner und Schnitter darin schlafen konnten. Der Vater ließ den Grund dort als Weideland liegen, Eirik selbst aber hatte immer gedacht, wenn seine Zeit einmal käme, wollte er ihn wieder bebauen – es konnte ein viel besserer Getreideboden werden als das Land rings um Hestviken.

Und das, was seinen Körper und sein Blut lockte und anzog, das war ja keine Sünde – es war ein ehrenhaftes und christliches Leben, auch dieses. Geschlecht auf Geschlecht hatten Männer auf Hestviken gelebt, die Gott Ehrfurcht erwiesen und Seinen Geboten gehorcht hatten, sie hatten eine offene Hand gegen Arme und Fremde gehabt, sie hatten sowohl die Macht als auch den Willen besessen, das Recht der Witwen und kleinen Leute zu verteidigen – sie waren die ersten gewesen, die zu den Waffen griffen, wenn der Bauernfrieden vom Feind im Lande oder von außen her bedroht wurde. Sollte Jörund Rypa es einmal sein, der nach dem Vater dort lebte, so würde vieles anders werden auf dem Hof dort, als es von alters her gewesen war – soweit kannte er seinen Schwager. – Und er selber, der sein ganzes Leben lang nur daran gedacht hatte, wie es sein würde, wenn er einmal Hestviken bekäme –.

Es schien, als brächte er es jetzt auch im Lesen und Schreiben nicht mehr weiter. Außerdem waren sie nun zwei Novizen bei Bruder Hubert – zu Anfang des Herbstes hatte ein armer Häuslerssohn von Eiker draußen die Kutte genommen. Vieles wurde dadurch wiederholt, was Eirik bereits gelernt hatte, und das Neue schritt nur mühselig vorwärts, denn dieser Bruder Torbjörn war ziemlich schwerfällig im Begreifen.

Nach und nach begann der Novizenmeister, Bruder Einar, den Glauben an Eirik Olavssohns Berufung zum Klosterleben zu verlieren. Aber er hatte den jungen Mann liebgewonnen, zweifelte nicht daran, daß Gott selber es war, der ihn angerührt und aus seiner Gedankenlosigkeit zur Nachdenklichkeit geweckt hatte. Eiriks Wärme in der ersten Zeit, sein Eifer, sich unter die Ordensregeln zu beugen, das war mehr gewesen als eine bloße Neigung.
Zunächst aber war es doch wohl der Kummer über eine Frau gewesen, der ihn an die Klosterpforte getrieben hatte – selbst wenn es auch noch vieles andere war. Das aber hatte der Novizenmeister gelernt, daß selten jene die besten Mönche wurden, die ihre Liebe auf Gott warfen, weil sie in der Welt nicht die Frau erhalten hatten, zu der sie sich hingezogen fühlten. Und was eigentlich zwischen Eirik und dieser seiner Pflegeschwester vorgefallen war, wußte er nicht – *jetzt* sagte der Mann, es habe sich nichts Sonderliches ereignet, und jetzt fürchtete er, es sei der Teufel gewesen, der ihn dazu verleitet habe, alles noch schlimmer anzusehen, als es war, um ihn ohne innere Berufung ins Kloster zu jagen – auf die Weise sollte er ein schlechter Mönch und die sichere Beute des Bösen werden. Wohl hatte Bruder Einar ihn um dieser Reden willen hart zurechtgewiesen: der Teufel besitze keine größere Macht über einen Menschen, als Gott ihm verleihe und der Mensch selbst ihm gewähre, und einen Diener Gottes könne er nicht aus Seiner Schar rauben, ohne daß dieser selber ihm die Tür öffnete. Aber es lag etwas Wahres in dem, was Eirik sagte; der Novizenmeister merkte, daß Eirik nie mit Absicht die Unwahrheit sprach, doch es war unverkennbar, daß der Mann sich selber nicht daran erinnerte, wie diese Sache wirklich zusammenhing. Und gerade das hatte er schon viele Male beobachtet. – Eirik fiel es schwer, sich an etwas so genau zu erinnern, daß er es zweimal hintereinander auf die gleiche Weise berichten konnte. Galt dies jedoch schon an jedem weltlichen Mann als Gebrechen, so war es ein um so größerer Mangel an einem Mönch.
Und Eirik schien wechselnden Sinnes zu sein und würde dies wahrscheinlich stets bleiben. Auch dies war eine Veranlagung, die Bruder Einar genug und mehr als genug beobachtet hatte, und es bedeutete stets ein Unglück für ein Kloster, einen Bruder aufzunehmen, der sich fortwährend nach Veränderung sehnte – sich ständig ein anderes Amt wünschte oder eine andere Arbeit als die, die man ihm zugewiesen hatte – der sich danach sehnte, in ein anderes Haus versetzt zu werden, bis er sämtliche Klöster seines Ordens in drei, vier König-

reichen kennengelernt hatte. War nicht Bruder Edvin Rikardssohn trotz seinem frommen und reinen Herzen ein Kreuz für die Bruderschaft gewesen, behaftet mit dem Geist der Unruhe, der in ihm wohnte? Immerhin gab es bei ihm noch einen Rat für seine Wanderlust – er stand als Bildmeister in einem solchen Ruf, daß von allen Seiten nach ihm gesandt wurde, wo die Leute ihn zum Arbeiten zu sich kommen lassen wollten. Aber solch ein unruhiger Geist wirkte in einem Kloster gern ansteckend. Bruder Einar selber war zehn Jahre lang Schwarzer Mönch*) bei den Benediktinern in Björgvin gewesen, ehe er den Ruf erhielt, in einen strengeren Orden überzutreten. Und jetzt war er seit mehr als dreißig Wintern Minoritenmönch, aber immer noch steckte es in ihm, daß ein Mönch nicht ohne schwerwiegende Gründe das Kloster verlassen sollte, in dem er das Gelübde abgelegt hatte.

Mit dem Frühjahr erwachte Eiriks Liebe zu seinem Kloster wieder – doch auch die Sehnsucht nach Hestviken nahm zu, und jetzt war er ganz unglücklich, denn er meinte keinen Weg vor sich sehen zu können, und soviel er auch betete und sich selber züchtigte, hörte die Sehnsucht doch nicht auf, ihn gleich heftig nach beiden Seiten zu zerren. Als sein Probejahr vergangen war, wurde verabredet, daß er mit seinem Profeß bis zum Herbst warten solle – um jene Zeit sollten die beiden anderen Novizen, Bruder Arne und Bruder Torbjörn, das Gelübde ablegen.

Dann kam diese Sache, daß er sich vergaß und den Sohn auf Tveit zu Boden schlug. Wäre er selber es gewesen, gegen den dieser Tölpel aufbegehrte – er glaubte, dies hätte er vielleicht jetzt zu ertragen vermocht. Aber es galt ja dem Haus, das er jetzt noch heftiger liebte, da er schon halb entschlossen war, es zu verlassen, und den Brüdern, die er schätzte, und der Ordenstracht, die in Ehren zu tragen er sich so sehr bemüht hatte. – Er demütigte sich vor dem Mann auf Bruder Stefans erstes Wort hin, er demütigte sich daheim in der Konventsstube – trotzdem war es doch dieses Ereignis, das schließlich den Ausschlag gab.

Doch daß er nicht mitgehen durfte, an jenem Tag, da alle Brüder zu Bruder Bjarnvard, dem Haarschneider, gingen, um sich die Tonsur schneiden zu lassen – das brannte in ihm. Und an jenem Morgen, als

*) **Schwarzer Mönch: Ein vom Volk gebrauchter Name für die Benediktiner,** der bei Entstehung der Bettelorden im 13. Jahrhundert aufkam.

er wieder mit Strümpfen und Schuhen bekleidet war, in dem allzu engen roten und gelben Wams und mit dem Messergürtel um die Mitte, fiel er gänzlich zusammen – in der Kirche konnte er der Tränen nicht Herr werden; er weinte vor Scham und vor Reue, wünschte, er hätte zu bleiben gewählt. Aber er wußte selber, daß er der Reue nicht entgangen wäre, gleichgültig, ob er nun den einen oder den anderen Weg gewählt hätte.

Die Brüder nahmen liebevoll Abschied von ihm, versprachen für ihn zu beten – er sollte ja auch weiterhin ihrer Gemeinschaft angehören, als Bruder ab extra. Dann ging er zur Brücke hinunter – er fühlte sich schamvoll und entblößt in der ungewohnten Tracht, er schämte sich vor einem jeden Menschen im Plattenmeisterhof. Und sein Herz wollte beinahe brechen vor Kummer, als er das Segel setzte und zwischen den Inseln hinaussteuerte, allein in dem kleinen Boot, das Galfrid ihm geliehen hatte.

Als er jedoch bis zum Haaöysund hinausgelangt war, wiederum die bekannten Orte am Strand sah – nein, da bereute er nichts. Und als er zu Füßen des Stiers die weiße Brandung erblickte, als er die Klippen rundete und in die Bucht hinein hielt – nein, da bereute er nicht. Und als er vom Bollwerk hinaufging, mit leeren Händen und frei – die Brise lief spielend vor ihm her, so daß das Korn auf dem Guten Acker sich wie Flammen neigte, die Sonne glänzend auf den seidenschimmernden Ähren lag – da fühlte Eirik Lust, über den Zaun zu springen und die Gerste zu streicheln, die der Wind striegelte.

Die Kälte des Vaters tat ihm eher wohl, als daß sie ihn schmerzte. Es war nicht leicht, wieder daheim umherzugehen und so ganz anders sein zu müssen, als er vorher gewesen war. Daß er aber nicht ohne Kampf so leben durfte, wie er meinte, daß es für einen Christen würdig und recht sei, das gab ihm das sichere Gefühl, richtig gewählt zu haben. Er war nicht aus dem Kloster in das alte gedankenlose und behagliche Leben zurückgeflüchtet – es gab noch einen dritten Weg, und den hatte er gefunden; es stärkte seinen Mut an jedem Tag, an dem er fühlen durfte, daß es nicht leicht war, diesem Weg zu folgen.

So verging der Winter, ohne daß Eirik die geringsten Anzeichen eines Nachlassens verriet.

Acht Tage vor der Osterwoche zogen Olav und Eirik miteinander nach Galaby hinauf. Im Lauf des Nachmittags, als die Angelegenheiten geordnet waren und Olav mit dem Lensmann und einigen anderen der

älteren Bauern beim Trinken saß, entstand Lärm im Hofplatz – plötzlich riß ein Bursche die Tür auf und rief den Männern zu, Eirik Olavssohn liege draußen und sei wohl zu Tode verwundet.
Olav sprang auf und lief hinaus. Beim Stall drüben standen mehrere Männer um einen geschart, der auf der Seite im Schnee lag und so stark blutete, daß alles unter ihm rot war, seine rechte Hand hielt noch den Dolch. Eirik lag ohne Besinnung da. Olav und noch ein Mann trugen ihn hinein auf ein Bett, sahen nach den Wunden. Er hatte einen Messerstich in den Rücken erhalten und einen vorne, nahe dem Schlüsselbein, im Gesicht trug er Spuren von Schlägen. Die Wunden waren häßlich, aber tödlich brauchten sie nicht zu sein, ohne daß besonderes Mißgeschick hinzukam. Während der Vater sich um ihn bemühte, schlug Eirik die Augen auf.
»Konntest du dein Mannestum nicht mehr länger bezähmen?« fragte Olav, aber nicht unfreundlich – er lächelte ein wenig.
Eirik fielen die Augen wieder zu.
Dann erfuhr Olav, wie sich die Sache zugetragen hatte. Zwei Knechte waren miteinander in Streit geraten, als sie die Pferde satteln sollten – sie waren wohl alte Feinde –, und es kam zur Rauferei; ihre Waffen lagen vom Thing her noch drinnen im Haus, dafür aber griffen sie zu ihren Messern. Als Eirik sich ins Mittel legen wollte, wandten sie sich beide gegen ihn, und so zog er den Dolch, er hatte sich jedoch nur verteidigen wollen; keiner der Knechte war mehr als nur leicht geritzt worden. Jetzt lagen sie gefesselt in einem Keller.
Eirik kam erst gegen Abend wieder zur Besinnung; er flüsterte, er wolle nicht, daß, sollte er an seinen Wunden sterben müssen, gegen die armen Männer vorgegangen werde.
Darauf gab Olav keine Antwort. Weder er noch Reidulf gedachten die Männer zu schonen, wenn es mit Eiriks Wunden eine schlimme Wendung nehmen sollte. Aber es ging gut; Reidulf hatte nach einem alten Mann senden lassen, der das Blut besprechen konnte und sich gut auf Wundbehandlung verstand. Eine Woche darauf konnte Olav den Sohn nach Hestviken heimschaffen, und dort pflegten er und Ragna den Verwundeten so gut, daß Eirik noch vor dem Weißen Sonntag*) wieder auf den Beinen war.
Von da an war der Frieden zwischen Vater und Sohn wiederhergestellt. Aber während Eirik krank lag, war er aus der Gewohnheit sei-

*) Weißer Sonntag: In Norwegen wurde Pfingsten die Weiß-Sonntags-Zeit genannt.

ner Stundengebete und aller Übungen herausgekommen; wohl begann er wieder damit, nachdem er aufgestanden war, aber entweder nahm er es jetzt nicht mehr so genau damit, oder er verbarg es mehr vor seinen Hausgenossen. Und traf Olav ihn dabei an, wie er seine Paternoster betete, oder merkte er, daß Eirik sich irgendeiner Selbstzüchtigung unterwarf, so mußte der Sohn es im Lauf des Tages einmal zu hören bekommen: »Es ist nur gut, Eirik«, sagte der Vater und lachte still, »daß wir gesehen haben, wie deine Hand den Weg zum Dolch noch finden kann. Sonst wäre es nicht so leicht für uns andere, mit einem so frommen Mann zusammenzuwohnen, wie du jetzt einer geworden bist.«
Eirik wurde rot. Es quälte ihn, daß der Vater so redete, aber Olav sagte es so gutmütig, und Eirik hatte dem Vater nie widerstehen können, wenn dieser ihm auch nur das geringste Wohlwollen erwies.

13

Eirik lag eines Morgens wach in einem Bett auf Gunnarsby. Jörund kleidete sich in der anderen Ecke der Stube an. Cecilia kam von draußen herein, wechselte ein paar Worte mit ihrem Mann. Dabei sagte er: »Willst du nicht jetzt deinem Bruder sagen, was wir miteinander besprochen haben?«
»Nein. Ich habe dir gesagt, daß ich es nicht will.«
Jörund murmelte etwas wie im Zorn. Dann folgte er seiner Frau hinaus.
Eirik stand auf und zog sich an. Als er hinauskam, saß Cecilia auf der Erdbank vor dem Haus mit ihrem Sohn auf dem Schoß. Das Kind krabbelte auf der Mutter herum und wollte gestreichelt werden; Cecilia drückte den Knaben an sich, sah jedoch aus, als denke sie an andere Dinge. Eirik grüßte seine Schwester, blieb stehen und sah zu ihr hinab.
»Was wollte Jörund, daß du mir sagen solltest?«
»Da du das gehört hast« – Cecilia sah mit ihrem klaren, kühlen Blick auf –, »so hörtest du wohl auch, was ich darauf antwortete.«
»Handelt es sich darum, daß ich aus dem Kloster zurückkam?« fragte Eirik. »Ist es dadurch schlimmer für dich, auf Gunnarsby zu sein?«
»Ach – es ist nicht nur das.« Ihr Blick verweilte auch weiterhin auf der hohen und schönen Gestalt des Bruders, er stand vor ihr in der Morgensonne, die auf den gesenkten braunen lockigen Kopf herableuchtete. Eirik war in einen knielangen dunkelroten Kittel gekleidet,

der gut über den breiten Schultern saß, und trug einen Ledergürtel mit einer silbernen Spange um die schmale Mitte. Ihr gefiel er besser so – es hatte sie empört, als sie ihren schönen lebhaften Bruder in der Kutte der Barfüßermönche sah, niemals hatte sie glauben können, daß dies ein Leben für Eirik war. »Es gibt noch viel anderes auch –«

Eirik sagte: »Selbst mit einem Schwesterteil in Hestviken erhält Jörund mehr durch dich, als seine Brüder durch ihre Frauen bekommen haben. Brynhild hat vier Brüder, und Lucias Vater mußte dem König schwere Buße für das dumme Spiel zahlen, das er trieb, als der Herzog vor Akershus lag.«

»Jörund weiß das – sie wissen es alle. Das aber macht es jetzt nicht leichter für Jörund – wir leben hier, die Jüngsten auf diesem bevölkerten Hof, und müssen uns den anderen in allem und jedem fügen.«

»Ist es Frau Brynhild?« fragte Eirik.

»Brynhild mag ich am liebsten. Sie sagt alles so, wie sie es meint –. Das aber ist wahr, daß sie und Jörund nie Freunde waren. Und Aake und Lucia können mich nicht leiden.«

Eirik blickte auf die junge Mutter hinab. Er glaubte es in diesen Tagen, da er hier als Gast weilte, bemerkt zu haben: weder Jörund noch Cecilia hatten es leicht.

»Sag mir nun trotzdem das, was Jörund wollte, daß du mir sagen solltest«, bat er. »Sag es«, wiederholte er, als die Schwester errötete, aber nicht antworten wollte.

Schroff, wie ungeduldig, setzte Cecilia das plappernde Kind auf die Erde. Der einjährige Junge fiel und wollte schon zu schreien anfangen – da hob Eirik ihn auf und nahm ihn auf den Arm.

»Ja, es wird nicht länger als bis zur Klemensmesse*) dauern – dann habe ich wohl noch ein solches Kind.«

Cecilia atmete ein paarmal tief auf. »Ich kann es nicht leugnen, ich würde viel dafür geben, wenn ich dieses Kind nicht unter den Händen meiner Schwägerinnen zu gebären brauchte –

– Selbst wenn du es sein wirst, der Hestviken besitzt – könnten wir nicht zusammen dort wohnen? – Er und Aake, sie konnten einander nie *ertragen*. Jörund hat es schon immer gewollt, seit wir verheiratet wurden – er bat mich, es war in einer der ersten Nächte, die wir zusammen schliefen – da bat er mich, es beim Vater zu erwirken, daß wir zu ihm ziehen dürften. Aber wenn er das wollen konnte – wenn

*) Klemensmesse: 23. November.

er lieber mit unserm Vater zusammen wohnen wollte, der so unwirsch ist und mit dem es sich nicht leicht zusammen lebt, wenn er lieber bei ihm sein wollte als bei seinen Brüdern – dann muß es doch noch leichter sein, wenn der Vater einmal nicht mehr lebt und du es bist, der dort befiehlt; du und er, ihr wart doch so lange Zeit getreue Freunde –«

»Möchtest du also«, fragte Eirik, als Cecilia innehalten mußte, um Atem zu holen, »daß ich mit Vater reden soll – ob ihr im Herbst bereits zu uns ziehen könnt?«

»Ja«, sagte Cecilia und errötete wiederum.

Eirik hielt ihr das Kind hin, das jetzt strampelte und wieder zur Mutter wollte. Dann ging er fort, um Jörund zu suchen.

Den ganzen Vormittag über waren die beiden Freunde zusammen im Wald draußen; sie schlenderten umher und saßen oder lagen auf einem Hang, und Jörund redete ununterbrochen. Er versicherte, daß er es nicht so böse aufgenommen habe, als er erfuhr, daß Eirik nun doch nicht Mönch werde; er wenigstens habe die ganze Zeit daran gedacht, daß ein Probejahr eben ein Probejahr sei – aber Aake und Steinar und deren Frauen hatten Worte gebraucht, die Cecilia zum Widerspruch reizten – und Eirik wußte wohl selber, daß sie eigenwillig war und sich niemals beugte, wenn sie anderer Meinung war als andere –. Das war sie oft hier auf dem Hof, und meist hatte sie ja auch recht mit dem, was sie sagte. Aber es war wirklich unerträglich für sie, hier zu sein – die Uneinigkeit zwischen ihm und den Brüdern war zehnmal so schlimm geworden, seitdem er Cecilia bekommen hatte. Und wenn sie nach Hestviken zogen, so war er sicher, daß er gut mit ihr zusammen leben könnte. Dann fing er an, von dem Tischsilber zu reden, das Cecilia mit dem Heiratsgut erhalten hatte – Aakes Hausfrau hatte bei Magnus, dem Goldschmied in Oslo, erfahren, daß es das alte Silber war, das Olav beim Verspruchsbier hergezeigt hatte; Olav habe es umarbeiten lassen, das aber bezeichneten sie als einen Betrug, den Olav am Erbe seines Tochtermannes begangen habe – und Cecilia war ihnen die Antwort nicht schuldig geblieben –. Als sie später miteinander zum Hof gingen, war Eirik ganz wirr im Kopf von den Klagen, die er von Jörund gehört hatte.

Auf dem Heimweg faßte Eirik den festen Entschluß, den Vater zum Nachgeben zu bestimmen – selbst wenn es schwierig sein würde, das Einverständnis des Alten zu erlangen. Das einzige, was er nicht erwartet hatte, traf ein – Olav gab sofort seine Einwilligung. Und so zogen Jörund und Cecilia noch im gleichen Herbst nach Hestviken. Sie bekamen die Frauenstube eingeräumt.

Kurze Zeit darauf gebar Cecilia ihren zweiten Sohn. Er wurde Torgils genannt, aus Versehen: der Knabe kam halb erstickt zur Welt, und die Frauen holten Eirik herein; er gab dem Neugeborenen die Nottaufe. In der Eile nannte er das Kind bei dem ersten Sippennamen, der ihm einfiel. Olav wurde böse – der Knabe hätte Audun heißen sollen, nach seinem Vater und seinem kleinen verstorbenen Sohn, und Trensbarts Name hätte nach seinem Willen nie wieder in die Sippe aufgenommen werden sollen – obwohl die eigenen Nachkommen des Mannes dies getan hatten: zwei der Töchter von Arne Torgilssohn hatten den Namen des Großvaters weitergegeben.

Eines Tages sagte Eirik zum Vater: »Könntest du nicht weniger wortkarg sein, wenn du mit Jörund sprichst? Er meint, du magst ihn nicht.«

»Nein, das kann ich nicht«, sagte Olav barsch. Dann fügte er hinzu, sogleich etwas umgänglicher: »Jörund kann doch nicht erwarten, daß ich weiterhin so gegen ihn bin wie damals, als er unser Gast war, jetzt, da er hergezogen ist, um ständig hier zu wohnen.«

Olav war nun dort angelangt, wo er seinen Widerwillen gegen Eirik nicht mehr länger aufrechtzuerhalten vermochte. Der junge Mann hatte sich eine gewisse Anerkennung beim Vater erzwungen: es war jetzt im zweiten Jahr, daß er daheim lebte, und die Veränderung, die seit der Klosterzeit über ihn gekommen war, hielt noch an. Olav merkte, daß Eirik stets das zu tun versuchte, was das Richtigste war, und er hatte eine Gewalt über sich bekommen, wie Olav sie Eirik nie und nimmermehr zugetraut hätte. Der Vater empfand etwas wie Scham, wenn er sich an die erste Zeit erinnerte, in der er wohl darauf gewartet und beinahe gewünscht hatte, daß Eirik in sein altes Unwesen zurückfallen möge –.

– Ohne daß einer von ihnen es wollte oder sich dessen auch nur klar bewußt war, schlossen sie sich enger aneinander an, alle diese Menschen, die so lange Zeit eine Gemeinschaft gebildet hatten. – Seitdem Jörund Rypa hierher gezogen war, fühlten sie, daß sie sich zusammengelebt hatten und Jörund ein Fremder war –.

Er trieb sich so auf dem Hof herum, ein wenig verloren – tat nichts. Auch war er an keine von den Arbeiten gewöhnt, wie sie sich hier auf Hestviken fanden. Er ging des Morgens hinaus, stand an der Stalltür und sah zu, wie sein Knecht die Pferde versorgte, die ihm gehörten; war das Wetter nicht allzu schlecht, schlenderte er einmal zum Bollwerk hinunter, stand dort und sah hinaus und spuckte ins Meer. Ein paarmal war er mit den Booten draußen gewesen, dann aber mochte er nicht mehr. Später legte er sich in seinem Haus auf die Bank und schlief oder lag wach – er könne nachts so wenig schlafen mit den beiden kleinen Kindern in der Stube, klagte er. Wenn Olav und Eirik mit den Bootsleuten heimkehrten – es war zur Zeit des Fischfangs –, kam er mit hinüber in die Altstube und setzte sich dorthin, doch die Männer waren müde und hungrig und dachten nicht daran, Jörund Rypa die Zeit zu verkürzen. In der Zeit des Alkfangs lebte er ein wenig auf und zog mit den anderen hinaus – dann aber kam eine Woche fegenden Nordsturms, und damit war das vorbei.

Von Cecilia bekamen die anderen auf dem Hof wenig zu sehen – sie hielt sich in der Frauenstube auf oder war mit den Mägden im Küchenhaus und in den Ställen.

Das Futter wurde in diesem Jahr sehr knapp auf Hestviken, da sie auch Jörunds Vieh durchzubringen hatten; sie hatten einen alten Stall wieder in Gebrauch nehmen müssen, den man seit undenklichen Zeiten hatte verfallen lassen. Er war ein wenig ausgebessert worden, trotzdem litten die ausgehungerten Tiere grausam darin. Es kam vor, daß Cecilia weinend heraustrat, wenn sie beim Füttern des Viehs mitgeholfen hatte – es geschah nicht oft, daß jemand sie weinen sah, um jener Dinge willen, die sich unter Menschen zutrugen, eines Abends aber, als sie aus dem Stall kam und Eirik in der Vorstube begegnete, schlang sie im Dunkeln die Arme um seinen Hals: »Eirik – du, der so viel zu Gott betet, kannst du nicht darum beten, daß es in diesem Jahr zeitig Frühling wird!«

»Das tue ich, das weißt du doch.«

Als Olav sich an jenem Abend schlafen gelegt hatte, ging Eirik zu ihm in den Nebenraum, und nun sagte er dem Vater, was er sich ausgedacht hatte: sie sollten den Hof in Saltviken wieder instand setzen. Olav meinte, sie hätten mehr Nutzen von der Erde, wenn sie sie so verwendeten wie jetzt, sie als Heuwiesen und Weideland gebrauchten, als wenn sie das Land an einen Pächter abgäben. Eirik antwortete, er meine nicht, daß sie einen Pächter darauf setzen, sondern daß sie ihn selber mit Leuten von hier betreiben sollten: »– Soll Jörund zehn Kühe und vier Pferde hier auf dem Hof halten, so können wir selber viel weniger aufstellen, als wir bisher gehabt haben, oder wir müssen mit einem Teil davon ausziehen.«

Schließlich erhielt er eine Art Einwilligung vom Vater. Eirik nahm Knut und Sveina, Ragnas junge Söhne, mit sich, ruderte bereits ein paar Tage später mit zwei Booten voll Pfosten und langer Scheite für einen Zaun nach Süden. Sie arbeiteten eine ganze Woche dort unten, um alles das in Ordnung zu bringen, was sie bewältigen konnten. Kaum war der Frost aus der Erde gewichen, als Eirik sich wieder auf den Weg machte, diesmal mit einem Teil des Viehs, und noch vor der Hallvardsmesse hatte Eirik einen guten Teil von dem eingezäunt, was früher einmal bebautes Land gewesen war, wenn auch zum Teil nicht anders als mit abgehauenen Ästen. – Mit der Zeit sollte der Vater selber gezwungen sein, ihm recht zu geben – dies konnte noch einmal ein guter Hof werden.

Zum Wintermarkt war Olav Audunssohn selber nach Oslo gezogen. Wie gewöhnlich hatte er dabei auch verschiedenes verkauft, was jetzt zur Hallvardsmesse bezahlt werden sollte. Zu diesem Zweck wollte er nun Eirik dorthin senden, und Eirik forderte Jörund auf, ihn zu begleiten.

Die beiden Schwäger blieben noch einige Tage über den Feiertag in der Stadt; sie hatten Bekannte getroffen, und des Abends zogen sie von einem Hof zum anderen und tranken. Eirik nahm sich in acht – er wollte an keinen der Orte kommen, wo er früher nur allzu gut bekannt gewesen war; dies war einer der Gründe, weshalb er Jörund gebeten hatte, mitzukommen: wenn er mit einem verheirateten Mann zusammen war, traf es sich mehr von selber, daß er nicht in die gemeinen Herbergen ging, sondern sich mehr in den Gildenhallen und den Höfen der Städter aufhielt. Ein anderer Grund war der: er merkte, daß Jörund sich auf Hestviken unerträglich langweilte.

Am Abend vor dem Sankt-Eiriks-Tag kamen sie beide spät zum Plattenmeisterhof heim, und sie waren so betrunken, daß Eirik am nächsten Morgen verschlief. An diesem Tag wenigstens, das hatte er sich fest vorgenommen gehabt, wollte er die Messe bei seinen eigenen Brüdern hören – es war ihm noch nicht möglich gewesen, seit dem ersten Tag, den er in der Stadt weilte, ins Kloster hinauszukommen – aber wiederum war es zu spät geworden. Jetzt waren die Messen in allen Kirchen mit Ausnahme in der Hallvardskirche zu Ende; so mußte er dorthin gehen und die Brüder erst zur Vesper aufsuchen.

Während er in der Messe betete, kam ihm der Gedanke, im Kloster um ein paar Schößlinge aus dem Hain von Kirschbäumen unter den Felsen dort zu bitten. In der Nähe der Häuser in Saltviken war vor einer sonnigen Felswand eine Mulde, gerade der richtige Platz für

Obstbäume. Solche Stellen gab es auch viele in Hestviken – aber der Vater hatte ihn ausgelacht, als er den Vorschlag machte: hier sei kein Ritterhof, hatte er gesagt, daß sie einen Frauenhain oder Rosenhag anlegen müßten. Saltviken aber sah Eirik bereits für seinen eigenen Hof an.

Als er zur Herberge zurückkam, erfuhr er von Galfrid, daß Jörund mit einigen Männern fortgegangen sei, die im Brandshof wohnten. Er ging ihm nach und traf den Schwager in einem der inneren Häuser des Hofes, zusammen mit etlichen Männern, die dort Hähne hielten. Zuerst schauten sie den Hahnenkämpfen zu, und dann gingen sie in eine Stube hinauf und tranken. Nach einer Weile kamen ein paar Frauen herein – eine namens Gyda Paradieskorn hatte Eirik schon früher gekannt; sie setzte sich ihm auf den Schoß, und er trank mit ihr, er streichelte die Dirne auch ein wenig, während er daran dachte, daß es nun das klügste wäre, wenn er seiner Wege ginge –. Aber er schämte sich vor den anderen Männern. Dann stand auf einmal der Becher mit den Würfeln da. Eirik hatte keine Lust zu würfeln, seitdem er versprochen hatte, sich von solchen Dingen fernzuhalten – aber das war nicht immer möglich – er hatte auch der anderen wegen keine Lust, sich diesem Spiel zu entziehen. Da stand ein Mann auf, einer, der Eirik nicht kannte, und er sagte, er mache sich nichts aus dem Würfelspiel, aber ob denn keiner hier sei, der Schach spielen wolle? Das bedeutete eine Erlösung von zwei Versuchungen auf einmal, denn Eirik konnte doch nicht mit dem Paradieskorn auf dem Schoß Schach spielen – so meldete er sich bereitwillig und schob das Mädchen zur Seite, nicht ohne heimliches Bedauern darüber, sie loslassen zu müssen. Der Fremde aber, Helge, war ein so guter Schachspieler, daß Eirik bald alles andere über dem Spiel vergaß. Am liebsten wäre er auch noch von der Vesper fortgeblieben, als es jedoch anfing, von den Kirchen zu läuten, erinnerte er sich der Kirschbäume, und jetzt wollte er sie sich verschaffen. Jörund blieb zurück – Eirik sah, daß er bereits schwer betrunken war; er selber war gleich vor lauter Eifer nüchtern geworden, als er merkte, welch einen tüchtigen Gegner am Schachbrett er gefunden hatte. Jörund würfelte heftig, aber Eirik tat seine Bedenken damit ab: der Mann hatte stets Glück im Spiel, und außerdem wußte er wohl selber Maß zu halten –.

Als er nun wieder in seiner eigenen Kirche stand und Ave Maris stella mitsang und das Magnificat, vergaß er das alles wieder. Nach dem Gottesdienst kamen mehrere Brüder zu ihm herunter, und er ging mit ihnen ins Kloster hinein; jetzt mußte er mit ihnen allen sprechen, es kam die Zeit des Abendessens – und so überredeten sie Eirik dazu, die Nacht in der Gästestube zu verbringen; am nächsten Morgen nach der Messe wollten sie ihm dann die Wurzelschößlinge ausgraben. Die Fruchtbäume waren schon ziemlich weit im Wachstum, aber Vater Einar meinte, wenn sie die Wurzeln gut mit Moos und Birkenrinde umwickelten und Eirik gleich nach Saltviken hinaussegelte und sie noch am Abend in die Erde pflanzte, so würden sie wohl anwachsen.

Eirik war zur Komplete in der Kirche und schlief im Gästeraum, und in der hellen Frühlingsnacht wurde er von dem Mönch geweckt, der mit über den Kopf gezogener Kapuze vor ihm stand und flüsterte: »Benedicamus Domino.« Und er ging zur Frühmette, legte sich danach wieder zu Bett, stand auf und ging dann zur Messe. Da erst fiel ihm der Beutel mit dem Geld ein, das er für seinen Vater hatte in Empfang nehmen müssen – er lag in seinem Bett bei den Rikardssöhnen versteckt – dort aber lag er wohl ganz sicher –.

Als die Brüder erst die Kirschenschößlinge ausgegraben hatten, wollten sie ihm noch allerlei andere Gewächse aus dem Garten mitgeben. Eirik trug die ganze Last zum Boot hinunter, nahm ein altes Segel und schlug alles darin ein, zum Schutz gegen die Sonne. Es war schon Mittag, als er zum Plattenmeisterhof zurückkehrte. Dort erfuhr er, daß Jörund am vorhergehenden Abend für kurze Zeit daheim gewesen sei, die Nacht jedoch nicht hier zugebracht habe.

Eirik wanderte in die Stadt hinunter, um den Schwager zu suchen. Im Brandshof traf er Helge, und von ihm erfuhr er, daß er spät am Abend zuvor mit Jörund Rypa in einem Hof gewesen war, in dem kein Mann den Gatten seiner Schwester gern angetroffen hätte. Er habe noch dort gesessen, als Helge ging. Eirik bat Helge, mit ihm hinzugehen, als sie jedoch auf dem Hof anlangten, erhielten sie zur Antwort, Jörund sei vor kurzer Zeit nach Haus gegangen. So begab sich Eirik wieder zur Herberge zurück.

Dort traf er Jörund, der im Begriff war, ihrer beider Sachen zusammenzupacken. Er sah aus, als sei er ziemlich schwer mitgenommen. Eirik brachte es nicht über sich, ein Wort zu sagen. Er legte die letzten Gegenstände ihres Reisegutes zusammen. Als er im Bett nach dem Beutel suchte, war der verschwunden.

»Den habe ich in Verwahrung genommen«, sagte Jörund. »Ich konnte nicht wissen, wie lange du vorhattest, dich bei deinen Brüdern draußen herumzutreiben –«

Eirik wandte sich jäh zu dem Schwager um. Dann aber verschluckte er die Antwort, die ihm bereits auf der Zunge lag. Es war ohnehin schon schlimm genug, wie es war – wurde nicht besser davon, daß man darüber sprach –.

So gingen sie zum Boot hinunter. Während der Fahrt wechselten sie kein unnötiges Wort. Eirik war nur froh, keinen von den Knechten mitgenommen zu haben, so daß Cecilia nichts über das Betragen des Mannes erfahren konnte.

Nach der Abendmahlzeit daheim berichtete Eirik dem Vater, wie er seinen Auftrag ausgeführt hatte: »Den Beutel mit dem Geld hat Jörund bei sich.«

Jörund Rypa erhob sich: »Mein lieber Schwiegervater – um die Wahrheit zu sagen, so habe ich das Geld eigentlich nicht hier. Es fügte sich so, daß ich einen Mann traf, der mich mahnte – ich war ihm anderthalb Mark Silber schuldig – es war einer aus dem Gudbrandstal, es war der, der mir die Graugans, die Stute, verkaufte, aber er war heimgereist damals, als ich ihm das Geld geben wollte – darum lieh ich mir jetzt dieses dein Geld, um die alte Schuld loswerden zu können –«

Olav starrte den Tochtermann an, so daß Jörund etwas verwirrt wurde: »Ja, wir spielten auch ein wenig mit Würfeln – ich bin so gewohnt, daß mir das Glück hold ist, wenn ich würfle; ich hatte erwartet, so viel zu gewinnen, daß ich diesem Simon alles bezahlen konnte, was ich ihm schuldete –. Aber hier habe ich einen Becher, der viel mehr wert ist als das Silber, das ich von dir geliehen habe –«

Jörund holte einen schönen kleinen Becher aus den Falten seines Gewandes hervor, stellte ihn auf den Tisch vor seinen Schwiegervater. »Nimm also diesen hier –«

Olav erfaßte den Becher, preßte ihn in der Hand zusammen – dann schleuderte er ihn Jörund Rypa mitten ins Gesicht.

»Ich habe dich nicht um deinen Becher gebeten. Mein Silber will ich haben – nicht mehr und nicht weniger!«

Eirik war aufgesprungen. Einen Augenblick sah er etwas in Jörunds Gesicht schimmern – und Angst durcheiste ihn – dies hätte nicht geschehen dürfen!

Jörund sah auf den zusammengepreßten Becher hinunter, der vor ihm lag. Dann setzte er den Fuß darauf und zertrat ihn.

»Nimm deinen Becher«, sagte Olav in einer Weise, daß der Tochtermann gehorchte.

Dann ging Jörund hinaus –.

Eirik und Olav standen schweigend da und vermieden, einander anzublicken. Dann fragte der Vater leise und zornig: »Und du – warst du beim Spiel dabei –?«

Eirik schüttelte den Kopf.
»Er muß es«, sagte er dann, »an dem letzten Abend getan haben, den wir in Oslo waren. Da ging jeder von uns seine eigenen Wege. Er begab sich zu einem seiner Verwandten, und ich war bei den Brüdern draußen im Kloster, schlief die Nacht dort.«
»Konnte dir nichts Besseres einfallen«, fragte Olav schneidend, »als da draußen zu bleiben und mit deinem Rosenkranz zu spielen – wenn du doch *ihn* bei dir hattest? *Du* mußtest doch deinen Freund kennen. Es ist schlimm, wenn man dem Fuchs das Schaf zum Hüter setzt –«
Eirik stand schweigend da. – Trotzdem hättest du das nicht tun sollen, Vater – aber das wagte er nicht zu sagen.
Eirik konnte keinen Schlaf finden. Er hätte nicht von Jörund weggehen sollen – darin hatte der Vater noch mehr recht, als er selber wissen konnte; er wußte ja nicht, was für eine Gesellschaft es war, die er selbst verließ und bei der Jörund zurückblieb. Er hätte den Versuch machen können, Jörund mit zur Kirche hinauszunehmen, dazu aber hatte er keine Lust gehabt; er hatte in Frieden sein wollen mit seinen Freunden da draußen, die er auf eine andere Art schätzte, als er Jörund schätzte.
Trotzdem hätte der Vater das nicht tun sollen – ihm den Becher ins Gesicht werfen und mit ihm wie mit einem Dieb reden. Eirik stöhnte leise – Jörund würde das dem Vater nicht vergessen. Und wenn sie nun hier auf dem Hof zusammen leben sollten –. Er fühlte es in sich wie die Vorhersage von – er wußte nicht von welchen Unglücksfällen –.
Dann fielen ihm die Pflanzen ein, die er noch in der Schiffshütte unten liegen hatte, in ein Stück Segeltuch gewickelt. Er mußte sie sobald wie möglich in die Erde bringen, hatten sowohl Vater Einar als auch Bruder Hubert gesagt. Eirik wollte es gerne vermeiden, am nächsten Morgen mit dem Vater oder Jörund oder Cecelia zusammenzutreffen. Er stand auf und schlich sich hinaus.
Der Fjord lag bleich und still unter der Frühlingsnacht, die schon dem Tag entgegendämmerte. Die Dünung leckte an der gelben Tangverbrämung unter den Klippen, die Möwen saßen wie weiße Punkte darin – eine einzelne hob sich empor und flog über das Wasser hinaus. Aber oben aus dem Kiefernwald, der sich in jeder Vertiefung zwischen den moosgrauen Klippen längs des Strandes eingenistet hatte, wachte der Vogelgesang nach und nach auf. Die bleichen grauen Wolken im Süden wurden rötlichgrau, und der Himmel verfärbte sich im Nordosten ins Rötlichgelbe, als Eirik an dem breiten, gebuchteten

weißen Sandstrand von Saltviken entlangruderte. Etwas tiefer drinnen im Land war eine große, magere Wiese mit einigen wenigen Erlenbäumen darauf, die die Salzsieder geschont hatten, und mächtige alte Wacholderbäume, die an riesenhafte Speerspitzen erinnerten. Eirik ruderte vorbei – er verspürte auf einmal Lust, nach seinen Netzen zu schauen, die er unter ein paar Klippen südlich auszulegen pflegte – ob die Burschen auf sie aufgepaßt hatten, während er von daheim fort war. Als er wieder zurückruderte, zappelte etwa ein Dutzend Fische auf dem Grunde seines Bootes.

Die Häuser lagen ein Stück weit vom Strand entfernt, vom Meer aus halb hinter einer großen und niedrigen roten Klippe verborgen, die dem Rücken eines ungeheuren Wales glich. Es dehnten sich noch mehrere solcher Walrücken bis zum Rand des Waldes hin.

Als Eirik an der Tür seines Wohnhauses vorbeiging, hörte er seine Hunde – sie hatten ihn erkannt. Er ließ sie heraus, weidete sich an ihrer Freude. Aber die Buben, seine Knechte, wie er sie nannte, schliefen tief – Knut und Svein in dem einen Bett und Olav Livssohn auf der Bank; Eirik hatte ihn mit hierher genommen, denn auf Hestviken war man seines Schützlings ziemlich überdrüssig geworden, soviel er gemerkt hatte; hier konnte der Junge wenigstens ihre Sachen ein wenig in Ordnung halten, solange sie frauenlos in der Bucht hausten.

Aber während er pflanzte, mußte er die Hunde einsperren – sie wollten alles wieder herauswühlen, kaum daß er es eingesetzt hatte. Er war beinahe fertig mit seiner Arbeit, als er die Buben zum Stall hinübergehen hörte. Nun war die Sonne bereits vor einiger Zeit aufgegangen, der Fjord und das Ufer drüben lagen in dem frischen, bleichen Morgenglanz da. Als die Buben die Kühe losbanden und sie auf das eingezäunte Land trieben, aus dem er im nächsten Jahr einen Acker machen wollte, war er fertig.

Er ging hinunter, wünschte einen guten Morgen und erzählte von seinem Fischfang. Dann warf er Olav Livssohn die mit Erde beschmutzten Kleider hin, stürzte eine Schöpfkelle voll kuhwarmer Morgenmilch hinunter und warf sich aufs Bett, fühlte, daß er jetzt bis zum Abend schlafen würde.

14

Eirik hielt sich fast während des ganzen Sommers in Saltviken auf. Es war, als habe er seine ganze Liebe zu dem Hof seiner Väter auf diesen Ort übertragen; es gefiel ihm nicht mehr auf Hestviken, und wenn er gezwungen war, einige Tage dort zu verweilen, sehnte er sich nur wieder nach seinem verwilderten Hof zurück und dachte daran, was er sich nun als Nächstes dort vornehmen wollte.

Der Vater schalt ihn deswegen: »Ich habe bald nicht mehr Nutzen von dir als von meinem Tochtermann.«

»Ja, von ihm hast du wohl keine große Hilfe –«

Olav lachte vor Zorn.

Eirik schaffte nach Kräften, um die Nebengebäude so weit instand zu setzen, daß den Winter über jemand mit etwa zehn Stück Vieh hier hausen konnte. Er hatte nur die beiden jungen Buben und den Krüppel zur Hilfe, aber er brachte es doch zuwege. Im Sommer beschäftigte Olav zwei Salzsieder in der Bucht, und die schliefen oben im Hof.

Endlich, als Eirik mit der Heuernte schon fertig war, kam Olav eines Tages zu ihm heraus, um sich nach der Salzsiederei umzusehen. Er tat entsetzt darüber, wie schlimm es auf dem Hofplatz aussah – ein unordentlicher Haufen von Gerätschaften und Bauholz und überall Späne –, in der Stube war es, wie man es nicht anders erwarten durfte, wenn fünf Männer und ein hilfloser Krüppel ohne Frau die Wirtschaft führen; er brummelte etwas von den häßlichen welken Buschzäunen hier oben bei den Häusern, und daß er nun Eirik bei sich daheim haben wolle zur Hilfe bei der Ernte. Olav sagte nicht viel, als Eirik ihn herumführte und ihm zeigte, was er ausgerichtet hatte, und ihm erklärte, was er noch weiter vorhabe. Als sie jedoch zum Boot hinunterwanderten, blieb er einmal stehen: »Du hattest recht, Eirik. Der Hof hier kann viel besser werden, als ich glaubte. Ich sehe nun, daß alles gut war, was du getan hast.«

Eirik errötete vor Freude. Er sagte mit einem kleinen Lächeln: »Weißt du auch, mein Vater, dies ist das erstemal, solange wir beide einander kennen, daß du mir recht gegeben hast?«

Olav antwortete gedankenvoll: »Meinst du? Ich gab dir doch recht, damals, als du ins Kloster wolltest –. – Als du von daheim fortliefst, weil du in die Welt hinausziehen und dein Glück versuchen wolltest – ich kann mich nicht anders erinnern, als daß ich dir auch darin recht gab, obgleich es mir nicht gefiel, daß du auf diese Weise von mir fortgegangen warst. Und hättest du wegen Bothild zu mir gesprochen, vielleicht hätte ich auch hierzu nicht nein gesagt –«

Eirik schwieg verwirrt. Er sah, daß der Vater die Wahrheit sprach – aber er wußte, daß es doch nicht die *ganze* Wahrheit war –.
»Hast du dir das Kloster ganz aus dem Kopf geschlagen?«
Es war nicht leicht, darauf zu antworten. In einer gewissen Weise sehnte er sich ständig nach jenem Leben zurück – und manchmal hatte er gedacht, wenn der Hof hier in Saltviken wieder in die Höhe gekommen sein würde –. Hätte er nun ohne weiteres das Gelübde ablegen können – er glaubte, daß er es dann getan hätte. Aber er mußte ja wiederum erst das Noviziat durchmachen, und er vermochte es nicht auszuhalten, noch einmal ein ganzes Jahr die Wahl vor sich zu haben.
»Unbeständig bist du, mein Sohn«, sagte Olav leise, während er anfing, weiterzugehen, »und ich frage mich, ob nicht der Tag kommen wird, da du auch keine Lust mehr hast, hier auf Saltviken zu sein.«
Eirik spuckte die Wacholderbeeren aus, die er zerkaut hatte. Dann aber hielt er damit inne und gab dem Vater keine Antwort. Unbeständig, das hatte auch Vater Einar gesagt. Es war seltsam –
»Da du nicht mehr ans Kloster denkst, solltest du dich jetzt wohl bald verheiraten.«
Als Eirik nicht antwortete, fing Olav wieder an: »Du bist achtundzwanzig Winter alt, Eirik; es wäre wohl an der Zeit. Und ich über fünfzig – in meinem Alter weiß kein Mann, ob er im nächsten Frühjahr noch über der Erde ist. – Ich möchte gerne wissen, wie es hier auf Hestviken werden wird, wenn ich einmal fort bin.«
»Cecilia hat zwei schöne Söhne«, erwiderte Eirik.
»Zweieinhalb, fürchte ich«, sagte Olav kurz. »Ja, es sind schöne Söhne, höre ich die Frauen sagen. Aber sie haben Mausohren – wie ihr Vater.«
Eirik fragte: »Hast du an jemand gedacht –? An eine, von der du möchtest, daß ich sie heirate, meine ich.«
»Berse auf Eiken hat eine Tochter –«
»Gunhild? – Aber es herrscht doch Feindschaft zwischen dir und Berse?«
»Keine schlimmere, als daß wir nicht wieder Freunde werden könnten –.« Olav lächelte ein wenig.
Sie redeten nicht mehr weiter darüber, während Eirik im Sommerabend heimwärts ruderte. Erst als sie beim Bollwerk angelangt waren, sagte der Vater: »Tore der Alte kann wohl den Winter über auf Saltviken sein, mit dem Vieh, das du dort haben möchtest!«
»Tore? Kannst du ihn denn hier entbehren?«

»Besser ihn als dich.« Olav wartete eine Weile. »Allein mit Jörund hierbleiben möchte ich ungern –.«

Eirik sah, daß es den Vater nicht wenig kostete, dies zu sagen.

Während der ersten Arbeitsrast am nächsten Tag ging Eirik zu seiner Schwester hinein. Als sie sich erhob, merkte er, daß es wohl so um sie stand, wie der Vater gesagt hatte. Man sah ihr nichts weiter an, nur bewegte sie sich so, als bereite ihr das Bücken Schwierigkeiten – und plötzlich fiel es dem Bruder ein, daß man Cecilia nie etwas auf andere Art anmerkte: sie wurde nur unbeweglich und steif im Rücken.

Sie holte Kanne und Becher herbei und stellte beides vor ihn hin; dann setzte sie sich wieder an ihre Näharbeit. Das Bier hatte schon lange in der Stube gestanden; es war so wenig frisch, daß Eirik nur trank, um die Schwester nicht zu kränken.

Er wußte kaum, worüber er mit ihr reden sollte. Sie saß vollkommen aufrecht da und hielt sich die Arbeit nahe an die Augen; der feine, bleiche Mund schien in einer festen, geraden Linie erstarrt, und ihre Wangen waren so hohl geworden, daß die starken Backenknochen und das viereckige Kinn hervortraten. Er sah, daß ihre hellen Augen jetzt trübe waren, kleinen hellgrauen Steinen am Strand glichen.

Kolbein, der älteste Junge, kam mit irgendeinem Fund herangestapft – ein Stück Rinde – er legte es der Mutter auf die Knie. Sie bedankte sich ernsthaft, schüttelte jedoch den Kopf, als er auf ihren Schoß wollte. Sie nähte eifrig.

Da nahm er seine Rinde wieder an sich und brachte sie Eirik. Eirik hob den Knaben auf und spielte mit ihm, er hatte sich stets gut mit Kindern verstanden. Kolbein war rund und schön – Eirik fuhr mit den Fingern durch das helle, feuchte Haar des Kindes. Es stimmte, er hatte Mausohren; trotzdem war Eirik empört darüber, daß der eigene Großvater des Knaben dies sagte. Er hatte nicht daran gedacht, daß Jörund selbst solche Ohren hatte – dieser trug sein Haar rund geschnitten, so daß man sie nicht sehen konnte. Es galt als ein Zeichen dafür, daß Sklavenblut in eine Sippe gekommen sei.

Eirik hatte Lust, Cecilia nach Gunhild Bersestochter zu fragen – sie waren gleichaltrig –, brachte es jedoch nicht über sich; er hatte Gunhild oftmals bei der Kirche gesehen, konnte sich aber nicht deutlich erinnern, wie sie aussah – sicherlich weder häßlich noch schön, und rothaarig, so glaubte er –.

Er wünschte, die Schwester hätte ihre Kinder auf den Schoß genommen, mit ihnen gelacht und gespielt und voller Stolz von ihnen erzählt, wie er es andere junge Frauen hatte tun sehen. Aber Cecilia tat das nie. Sie versorgte sie gut, aber ohne Lächeln oder Scherz. Sie sprach mit Jörund und über Jörund – das wenige, was Eirik sie hatte sprechen hören –, wie es die Pflicht einer guten Hausfrau war, aber stets gleichmäßig kühl und schwer. Ihm wäre es lieber gewesen, sie hätte sich beklagt – denn er wußte, verhielt es sich so, daß sie einen Grund hatte zu klagen, so war es ihre Art, es zu verschweigen. Er empfand auch um Jörunds willen Unruhe – mit einem solchen Wesen konnte sie Jörund Rypa nicht bei guter Laune und in freundlicher Stimmung erhalten, und wenn nun Jörund auch noch mit ihrem Vater verfeindet war –.

In diesem Augenblick kam der Schwager in die Stube, grüßte Eirik und schenkte sich Bier ein: »Wo ist Magnhild – sag ihr, sie soll uns frisches Bier bringen!«

»Ich weiß nicht, wo Magnhild ist.« Cecilia legte ihre Arbeit hin, ergriff die Kanne und ging hinaus.

»Hat er dich geholt, damit du bei der Heuarbeit helfen sollst?« Jörund dehnte sich ein wenig. »Ja – ich habe keine Hand gerührt – und werde das auch nicht tun, bis Olav sich bereit erklärt, sein Vergehen gegen mich im Frühling wieder gutzumachen.«

Am Abend fragte Eirik den Vater: »Hat Jörund dir das Silber wiedergegeben, das er im Frühjahr von dir lieh?«

Olav schnaubte höhnisch, antwortete nicht einmal.

Als am Sonntag die Leute von Hestviken nach der Messe die Kirche verließen, trat Torgrim von Rynjul zu ihnen: »Una meint, du könntest deinen jungen Leuten heute doch einmal Urlaub geben, Olav – es sei so lange her, seit sie mit Eirik gesprochen habe, sagt sie.«

»Den können sie gerne haben –.« Olav schwang sich in den Sattel. Er und das Gesinde ritten fort.

In dem Augenblick, da Eirik Una Arnestochter die Hand reichte, sah er, daß Gunhild ganz in der Nähe stand, zusammen mit den Kindern von Rynjul. Sie hakte gerade ihren Umhang auf, gab diesen und den Schleier Torgrims Sohn: »Es ist so warm heute«, sagte sie zu dem Jungen. Ihre Stimme klang frisch und gut – Eirik gefiel sie.

Verstohlen sah er zu ihr hinüber, während Una Jörund und Cecilia begrüßte. Rothaarig, wie er geglaubt hatte, war sie nicht – ihre Zöpfe waren aschenfarben, aber sie hatte die gleiche feine rot und weiße und sommersprossige Haut, wie Rothaarige sie meist haben, und

glänzend wie Seide. Sie war groß von Gestalt, rank und schlank – und das rotbraune Gewand legte sich dicht um ihren Leib bis zu dem Silbergürtel um die Hüften, von hier an fiel es in reichen Falten herab, die sich um ihre Füße auf dem Gras ausbreiteten. Die Ärmel des Gewandes reichten fast bis zur Erde, und sie waren bis an die Ellbogen hinauf geschlitzt, so daß die gefältelten, hellblauen Ärmel des Hemdes sichtbar wurden.

Sie sah nicht anders aus als gar viele andere frische und höfische Frauen, die in sorglosen Verhältnissen herangewachsen sind – das Gesicht war länglich und voll, die Nase gerade und an der Spitze ein wenig dick, die Augen grau. Aber während Eirik die Jungfrau, die für ihn bestimmt war, betrachtete, begann er bereits, sie von allen anderen Frauen zu trennen. Torgrim und Una mußten in die Sache eingeweiht sein, das merkte er.

Und als sie nun alle fortreiten wollten, hob Eirik Gunhild Bersestochter in den Sattel. Sie dankte ihm mit freimütiger Freundlichkeit, blickte in sein schmales, dunkel getöntes Gesicht hinab, sah, daß die großen gelblichen Augen des Mannes seltsam schön waren, und dann lächelte sie ganz leise und dankte noch einmal, indem sie die Zügel ergriff.

Es fand sich keine Gelegenheit für ihn, mit ihr zu sprechen, solange sie auf Rynjul zusammen waren, aber es füllte für ihn gleichsam den ganzen Tag aus, daß sie überhaupt da war. Gegen Abend wollten die Kinder des Hofes, Astrid, Torgils und Elin, ein Spiel anfangen.

Zuerst mochte Eirik nicht mittun – er war so viel älter als Unas Kinder und deren Freunde. Und er hatte sich seit seiner Heimkehr fast immer ferngehalten von Spiel und Tanz. Aber er tanzte gern – und seine jungen Verwandten ließen nicht nach zu bitten, er möge vorsingen. Als er sich der Kette näherte, ließ Astrid Gunhilds Hand los und griff nach der seinen. So fügte es sich, daß er zwischen die beiden jungen Mädchen zu stehen kam.

Die Sonne war im Begriff unterzugehen, und in dem warmen gelben Schein fielen die Schatten der Tanzenden lang über das Gras. Der Gesang klang so schön in die Ruhe des Sommerabends hinaus, und Eirik fühlte eine feine, berauschende Wollust, als er seine eigene schöne Stimme vernahm. Die ganze Zeit spürte er Gunhilds Hand, die in der seinen lag – sie war warm und ein wenig feucht, und Süßigkeit und Güte strömten aus ihr in seinen ganzen Körper über. Er freute sich zu fühlen, wie jedesmal, wenn der Kreis nach der anderen Seite hintanzte, ihre flatternden Ärmelzipfel ihn streiften.

Einmal, während die Tanzenden dastanden und Atem holten, warf er einen Blick dorthin, wo Cecilia bei Una saß und dem Spiel der Jungen zuschaute. Die Schwester hatte sich ganz in ihren blauen Umhang gehüllt; ihr Gesicht leuchtete gelb wie Bein aus dem weißen Faltenwurf der Frauenhaube. Für sie waren Spiel und Tanz zu Ende, und sie war ein wenig jünger als Gunhild –. Eirik ließ Astrids Hand los und trat zu den beiden Frauen.

Er streckte sich zu ihren Füßen ins Gras, lag so da und redete zu Una hinauf. Kurz darauf kamen auch die jungen Leute herbei. Sie gingen bald wieder fort, Gunhild jedoch setzte sich neben Cecilia, und die beiden sprachen leise miteinander. Eirik hörte ihre frische Stimme hinter sich, während die Jüngsten auf der Wiese weitertanzten und sangen und er selber sich mit Una unterhielt.

Als es anfing, dunkel zu werden, brachen die Geschwister auf. Torgrim erzählte, Jörund sei schon vor einiger Zeit fortgeritten – er müsse unterwegs noch etwas erledigen, habe er gesagt. Als sie in den Wald kamen, stieg Eirik vom Pferd und führte das Tier der Schwester am Zügel. Er hätte nicht so lange auf Rynjul bleiben sollen, überlegte er sich nun – es war nicht ungefährlich für sie, noch nach Einbruch der Dunkelheit unterwegs zu sein.

Bei Rundmyr schlug er den kleinen Pfad ein, der an der oberen Seite des Moores entlangführte; er hatte Arnketil eine Nachricht zu bringen, wagte jedoch nicht, Cecilia allein zu lassen, und hoffte nun, daß er vielleicht noch Leute bei den Häusern antreffen würde. Gerade als sie unterhalb des Hanges waren, auf dem die Häuser lagen, ging droben die Tür auf – drinnen leuchtete es von dem Feuer auf der Herdstätte – und Leute kamen heraus, Männer und Frauen, er erkannte an ihren Stimmen, daß es Landstreicher waren.

Da erblickte er in der Schar einen in einem zweifarbigen Kittel, den er zu erkennen vermeinte. Er hatte Jörund das Gewand verkauft, das die Minoriten ihm zum Abschied gegeben hatten.

Eirik erschrak – Jörund jetzt in Rundmyr –! Mit heißen Ohren entsann er sich all dessen, was er selbst in früheren Zeiten Jörund von seinen Abenteuern dort erzählt hatte – abenteuerlicher als sie waren. Aber er fühlte unklar, daß, sollte Jörund sich jetzt dort seinen Zeitvertreib suchen, es noch schlimmer kommen würde. Ohne sich selber je darüber Rechenschaft abgelegt zu haben, empfand er die Gemütskälte des anderen so stark, daß er wußte, wenn Jörund im Schmutz wühlte, besaß er dabei in sich selber nichts, was sich in der Pfütze spiegelte und sie zum Glänzen brachte.

Cecilia hatte nichts gesehen, Gott sei Dank – sie saß so, daß sie nach der anderen Richtung blickte.

Als sie daheim angelangt waren, brachte Eirik die Pferde in den Stall, dessen Stände jetzt in der Sommernacht alle leer waren. Dann setzte er sich auf eine Kiste, die vorn bei der Tür stand – er wollte Jörund abwarten, versuchen, ob er den Mann in die Stube bringen könne, ohne daß Cecilia geweckt wurde.

Gunhild, Gunhild – sie glitt die ganze Zeit in seinen Gedanken aus und ein. Seine Hände waren, seitdem er das Kloster verlassen hatte, kaum mehr in die Nähe einer Frau gekommen. Seit mehr als drei Jahren hatte er sich stets selber bewacht, in Taten, in Worten, in Gedanken. War er vom Teufel, von der Welt und seinem eigenen Fleisch in Versuchung geführt worden, so hatte er gekämpft –.

Jetzt war ihm freigestellt worden, eine Frau anzusehen, an sie zu denken. Jetzt war ihm freigestellt worden, sich zu erinnern, wie es war, sie zu umfassen und aufs Pferd zu heben, ihre Hand zu fühlen, die er in der seinen gehalten hatte – eine Süßigkeit und ein Versprechen auf mehr, mehr –.

Während er an den Ernst dieser letzten Jahre dachte, da er gelernt hatte, zu wollen und den Willen gegen sich selber zu gebrauchen, trieb der Schatten von Erinnerungen aus jener Jugendzeit mit den Umarmungen feiler Dirnen und den Träumen von höfischen Jungfrauen vorüber – Träume, die er nicht dadurch aufs Spiel zu setzen wagte, daß er eine von diesen Jungfrauen kennenlernte. Und Bothild – ganz offen an sie zu denken wagte er nie, aber die Scham und das Entsetzen und der Schmerz über das, was sie in seinem Leben bedeutet hatte, lagen aufgelöst auf dem Grunde seines Wesens und hatten alle Ströme gefärbt, die in diesen Jahren durch sein Gemüt gezogen waren.

Jetzt begann Gunhild Bersestochters helles Bild sich von diesem dunklen Purpurgrund abzuheben. Er hatte bereits angefangen, sie zu lieben.

Mitternacht war schon vorüber, und noch kam Jörund nicht heim. Eirik saß da und wartete, ängstigte sich um des Schwagers willen, dachte dann wieder an Gunhild und wurde wieder froh –.

Er erwachte und merkte, daß er lange geschlafen hatte – draußen war es hell. Er sah hinaus – oben beim Zaun ging Jörunds schönes helles Reitpferd, und im Schuppen vor dem Stall hingen sein Sattel und das Zaumzeug am richtigen Platz. So konnte er doch wenigstens nicht gänzlich betrunken gewesen sein –.

Der Vater erwähnte die Angelegenheit mit keinem Wort, erst eine Woche später sagte er: »Hast du dir das überlegt, was wir kürzlich besprachen? Wegen einer Heirat für dich?«
»Damit mag es so werden, wie du willst, Vater.«

Ein paar Tage später verschaffte Eirik sich einen Anlaß, wieder nach Rynjul zu kommen. Gunhild war noch dort. Er kam nicht dazu, viele Worte mit ihr zu sprechen, aber sie saß mit bei Una drinnen, während er mit seiner Verwandten redete.
Berse auf Eiken war ein Geschwisterkind von Arne auf Hestbaek, Baards und Torgrims Schwiegervater. Aber er und Torgrim auf Rynjul waren viele Jahre lang Feinde gewesen – Torgrim war heftig und hatte eine scharfe Zunge; die Leute kümmerten sich meist wenig um seinen Jähzorn, denn keiner beruhigte sich auch wieder so schnell wie er, und er war hohen Sinnes, Berse jedoch vertrug kein unüberlegtes Wort, denn er hielt sehr auf das, was er seine Würde nannte. Auch Olav Audunssohn hatte sich seinerzeit mit ihm verfeindet: die beiden waren einmal in einer Angelegenheit zu Obmännern gewählt worden, hatten jedoch nicht einig werden können, und Olav hatte dabei seine Ansicht in Worten geäußert, die schärfer waren, als Berse mit seinem Ansehen vereinigen zu können meinte.
Eirik hatte bisher dieser Feindschaft zwischen drei alten Männern nie einen Gedanken geschenkt, jetzt aber, als die Frauen die Stube verlassen hatten, fragte er Torgrim: »Seid ihr beiden Verwandten nun versöhnt – da die Tochter von Eiken hier zu Gast weilt?«
Torgrim lachte und trank Eirik zu: »Ja, jetzt habe ich dem Alten gezeigt, daß ich es wagte, sieben Jahre lang mit ihm verfeindet zu sein. Nun aber will ich ihm bei Gott zeigen, daß ich noch viel kühner bin – ich wage es auch, sieben Jahre mit ihm befreundet zu sein, wenn es sein muß –
– Aber so lange lebt er wohl nicht mehr – er ist siebzig Winter alt, wenn nicht mehr. Und Gunhild gleicht der Mutter – was gut ist für sie«, nickte er Eirik zu.
Da merkte Eirik, daß Torgrim den ersten Schritt tun sollte.

Einige Tage nach der Bartholomäusmesse*) kam Una nach Hestviken hinaus, um sich nach Cecilia umzusehen; sie brachte ihre beiden jungen Töchter mit und Gunhild Bersestochter.

*) Bartholomäusmesse: 24. August.

Alle jungen Leute saßen in der Frauenstube bei den Frauen, als Una zu Cecilia sagte, vor allem möchte sie ihr anbieten, Torgils während des Winters zu sich zu nehmen: »Wenn du nun, noch ehe er ein Jahr alt ist, wieder ein Kind bekommst, so wird es zuviel für dich, und ich habe jetzt eine Nährmutter für ihn; Ingrid gebar ihr Kind gestern abend, und es war tot – die arme junge Frau, sie würde gern deinen Torgils nehmen und ihn an die Brust legen –«

»Nein, nein –. Ich will meinen Sohn nicht von mir fortgeben –«

Da sagte Jörund: »Dafür solltest du der Hausfrau auf Rynjul eher Dank sagen. Du bedarfst selbst der Nachtruhe jetzt, Cecilia, und vielleicht wird Torgils weniger unleidlich, wenn er an einer anderen Mutter trinken darf.«

Una sagte, Jörund habe recht. Dann fing sie an, von Ingrids Unglück zu sprechen. Sie war viele Jahre lang Unas Magd gewesen und beinahe wie eine Pflegetochter auf Rynjul; von dort weg heiratete sie einen guten, kühnen Mann, der bei Gunhilds Oheim diente, Guttorm auf Draumtorp im Skeidiskirchspiel. Guttorm und sein Weib waren zu einer Hochzeit auf Raumarike gewesen, und sie hatten einen Sack mit Kostbarkeiten bei sich geführt, die zum Gastgelage ausgeliehen worden waren. Im Wald bei Gerdarud waren sie von Strauchdieben umzingelt worden – der Bauer und seine drei Knechte; sie hatten sich gehörig gewehrt, aber Jon, Ingrids Mann, starb einige Zeit später an seinen Wunden. Die Witwe verlor beinahe den Verstand vor Kummer, und so lief sie eines Nachts von Draumtorp fort; allein mit einem kleinen Buben, den sie zum Mitkommen überredet hatte, kam sie zu Fuß auf Rynjul an.

Die Frauen redeten noch eine Weile über die Räuber, von denen man da und dort in den Gemeinden rings um Oslo hörte. Dann aber schickte Una die jungen Leute hinaus; sie wollte mit Cecilia etwas unter vier Augen besprechen.

Wiederum fühlte Eirik das herzbeklemmende Mitleid mit seiner Schwester, die zurückbleiben mußte, welk und schwer, mit der älteren Frau, während alle die anderen hinausgingen, wo die Luft lichterfüllt über den Klippen flimmerte und es im Sonnenuntergangswind weiß vom Fjord heraufstrahlte.

Astrid und Elin, ebenso blond wie die Mutter in ihrer Jugend, waren erst sechzehn und vierzehn Jahre alt. Elin hatte den kleinen Torgils mit hinausgenommen und wehrte sich lachend gegen die Schwester, die ihn ebenfalls tragen wollte – der Säugling war ein schönes, blondlockiges Kind, aber blaß und mit schlaffen Gliedern. »Du wirst

vier Pflegemütter haben, wenn du nach Rynjul kommst«, lachte die kleine Elin und drückte den Knaben eng an sich.
»Du bist noch nie hier in der Bucht gewesen?« fragte Eirik Gunhild; sie standen Seite an Seite und sahen den jungen Mädchen zu, die sich um das Kind stritten.
»Nein. Ich hätte wohl Lust, ans Wasser hinunterzugehen –«
»Möchtest du vielleicht, daß ich dich hinausrudere?« wagte Eirik zu fragen.
»Das möchte ich gerne.«
Jörund hatte sich von ihnen getrennt, so daß Eirik allein mit den drei jungen Mädchen im Boot war. Gunhild saß ganz vorn im Steven, erhöht gegen die blaue Luft, und das Licht war hinter ihr, so daß ihre geschmeidige Gestalt ein wenig undeutlich schien, aber ihre Bewegungen, wenn sie sich umdrehte und umherblickte, wirkten schön und angenehm. Auf der Bank mitten vor ihm saßen die beiden jungen Schwestern; Astrid, die redete und fragte, und Elin mit dem kleinen Kind, das an ihrer Brust eingeschlafen war; von Zeit zu Zeit legte sie ihren Umhang besser zurecht und schob ihn wieder etwas zur Seite und schaute den Knaben an. – Eirik hätte fast Lust gehabt, so weit zu rudern, daß man Saltviken hätte sehen können, aber dazu war die Zeit zu knapp.
»Hestviken ist am schönsten vom Wasser aus«, sagte Gunhild, als sie vom Bollwerk hinaufgingen.
»Aber am Fjord wohnen – das würdest du vielleicht nicht gerne?«
»Ach doch. Ich glaube, es würde mir gut gefallen«, erwiderte sie, und wiederum dachte Eirik, daß ihre Stimme gut und freimütig sei.
»Du würdest also einem Freier kein Nein geben – nur weil er dich vielleicht in diese Gegend herausführen würde?« Ihn dünkte selbst, daß sich dies unbeholfen anhörte.
»O nein –« Gunhild lächelte ein wenig. »Nicht, wenn man ihm nicht noch Schlechteres nachsagen könnte.«
»Was denn? – Daß er – daß du auf einem Hof mit seinen verheirateten Geschwistern leben müßtest zum Beispiel?«
Gunhild schüttelte den Kopf.
»Ein Mädchen, das seit seinem zwölften Jahr eine Stiefmutter gehabt hat«, sagte sie ernsthaft, »hat wohl gelernt, sich nach den Leuten zu richten. Das also würde mich nicht schrecken, glaube ich, wenn der Mann mir sonst gefiele.«
»Ich wollte, ich wüßte«, flüsterte Eirik, »– ob du meinst, daß ich dir einmal gefallen könnte?«

Gunhild antwortete mit klarer Stimme und lächelnd: »Ich habe nie etwas anderes über dich gehört, Eirik, als daß du ein Mann von gewinnendem Wesen seist.«
»So würdest du nicht traurig darüber sein, wenn mein Vater sich mit Berse aussöhnen könnte?«
Jetzt lachte sie: »Nein! Wie sollte ich darüber traurig sein können, wenn mein Vater sich mit einem Feind versöhnt?«
Da lachte auch Eirik.
An diesem Abend wagte er es, seine Brust ein wenig gegen ihre Knie zu drücken, als er sie in den Sattel hinaufhob.
»Wann werde ich dich wohl wiedersehen?«
»Das weiß ich nicht. Morgen werde ich von Rynjul heimreisen.«
Cecilia und Eirik begleiteten die Gäste ein Stück weit über die Äcker. Der kleine Torgils schlief, gut eingehüllt, auf Unas breitem Schoß. Als sie sich trennen mußten, streckte die Mutter die Arme zu ihm empor: »Ich möchte ihn noch einmal in den Armen halten, Una!« Sie küßte den Knaben behutsam, damit er nicht erwachte. »Ich weiß wohl, daß du ihn ebensogut versorgen wirst, wie ich selber es tun würde –.«
Langsam gingen Bruder und Schwester zum Hof zurück.
»Es ist doch wohl am besten, daß Una sich während des Winters seiner annimmt –«, sagte er besänftigend.
»Ja, das ist es; ich weiß. Aber –.«
Eirik ging neben ihr und wünschte, sie an sich ziehen zu dürfen – oder etwas für sie tun zu können, das sie froh machte. Es schnitt ihm in die Seele, daß sie nicht heiter sein sollte, jetzt, da er selber es war. Nach diesem Gespräch mit Gunhild, das sein Herz aufpochen ließ, war ihm ganz ungewöhnlich hell und leicht zumute –.

Als er in die Stube trat, saß der Vater da und aß – er hatte noch nicht einmal Hut und Umhang abgelegt. Eirik blieb eine Zeitlang stehen.
»Vater – kannst du dich nicht mit Jörund aussöhnen? Es wird unerträglich für Cecilia, daß ihr hier nebeneinander hergeht und kein Wort miteinander sprecht.«
»Hat *sie* dich gebeten, mir das zu sagen?«
»Cecilia? Wie kannst du so etwas denken! Aber das siehst du doch wohl selber –«
»Hm. Auch sie spricht nicht mit mir, nicht ein Wort mehr, als nötig ist. Sie hält zu Jörund, glaube ich. Und so ist es wohl auch am besten–

– Wir wollen nun noch ein wenig abwarten, Eirik, sehen, wie es geht. Ich habe wenig Lust, Jörund als erster die Hand zu bieten. Nicht, daß ich einem Gegner nicht auch verzeihen könnte – aber Jörund – habe ich das *einmal* getan, nachgegeben, wenn er im Unrecht war – so fürchte ich, es wird nicht lange dauern, bis er sich wieder hervorwagt.«
Es nützte also nichts. Und so unrichtig war es auch nicht, was der Vater sagte. Eirik mußte warten –.

Kurze Zeit darauf sah Eirik Berse auf Eiken bei einem Thing in Haugsvik.
Er war ein Riese von Gestalt und dick, mit reichem silberweißen Haar und Bart und großen und schönen Gesichtszügen, jedoch voller Narben und auf einem Auge blind von den Pocken. Er saß für sich allein auf der Erdbank; in dem stattlichen Gewand schien er eine Brust wie ein altes Weib zu haben, und sein Bauch hing ihm bis auf die Knie herab. Olav und Torgrim saßen auf der Seitenbank, und zum erstenmal wurde es Eirik bewußt, daß doch ein großer Unterschied war zwischen siebzig Jahren und fünfzig Jahren. Sein Vater sah klein aus neben Berse, aber trotz dem weißen Haar und dem verunstalteten Gesicht wirkte er jung und geschmeidig, rank wie er war und mit straffem Körper. Torgrim aber, mit der mageren und schlotternden Gestalt und dem ganzen Büschel grau und braun gesprenkelter Haare über den lebhaften, kantigen Gesichtszügen, dünkte Eirik fast wie ein Gleichaltriger.
Da rief Olav den Sohn zu sich und Berse heran.
Nun stand Eirik vor Berse, antwortete ehrerbietig und höfisch auf die Worte, die der Alte mit überaus großem Ernst und voller Würde an ihn richtete.
Dann gab der Alte ein Zeichen, daß der Junge sich entfernen könne.
– Das ging noch gut, dachte Eirik. Im Hof draußen traf er mit Ragnvald Jonssohn zusammen »Warum lachst du denn so vor dich hin?« fragte Ragnvald erstaunt.
Eirik versetzte Ragnvald einen Schlag auf den Rücken, daß dem Freund die Luft ausging – dann hatte er sich nicht mehr in der Gewalt; das Lachen überwältigte ihn, so daß er sich an Ragnvald festhalten mußte.
Als sie heimwärts ruderten, fragte Olav: »Was dünkt dich von Berse auf Eiken, mein Sohn?« Eirik biß sich auf die Lippe und bemühte sich, ernsthaft auszusehen. Olav sagte: »Du weißt, die Sippe ist alt

und gut, viele hervorragende Männer – auch großer Reichtum ist da. Und das Mädchen gleicht ihrer Mutter; Helga war eine wackere Frau. Irgend etwas gibt es bei jedem Handel, das man anders wünschen möchte. – Hier ist es also Berse.«

Als Eirik merkte, daß der Vater lächelte, wagte er auch zu lachen.

»– Aber er ist jetzt steinalt, dieser Berse, und es ist ja weit von Eiken bis nach Hestviken hinaus.«

»Ja, das sagte auch Gunhild.«

»Hast du mit Gunhild gesprochen?« fragte der Vater.

»Nicht viel. Wir redeten ein wenig miteinander, als sie mit Una bei uns draußen war. Da sagte sie das – sie fand, man könne wohl am Fjord leben, und Eiken liege weit drinnen im Land. So sagte sie.«

»Ja, ja. Aber begehe nun keine Unklugheit, Eirik – sprich lieber nicht mehr mit ihr, bis alles im reinen ist. Berse kommt – soviel ist sicher, doch wir müssen ihm Zeit lassen, langsam zu kommen, bei jedem Hügel zu verschnaufen. Du verstehst, das ist am geziemendsten –.«

Sie sahen einander an und lachten ein wenig.

Um die Zeit der Michaelsmesse*) herrschte einige Tage Kälte, die Erde war bereift, auf allen Wasserpfützen bildete sich Eis, und von Zeit zu Zeit fegte eine Schneebö über das Land hin. Dann kam wieder gutes Wetter – die Hänge standen blauschwarz und von den Laubbäumen goldgefleckt da, der Fjord ging zitternd blau in diesen sonnigen Tagen. Die Wiesen längs der Bucht lagen grün zwischen weißen Stoppelfeldern; es war licht geworden in allen Hainen, in denen jetzt gelbe Blätter herabrieselten, nur die Erlen hielten noch die letzten welken grünen Blätter am Wipfel fest.

Eirik war eines Morgens von Saltviken herübergesegelt. Das Wetter war so schön, daß er eine Zeitlang vor dem Haus stehenblieb. Die braun- und schwarzgefleckten Rinder, die draußen auf den grünen Wiesen weideten, waren noch sommerlich fett, es befanden sich viele prachtvolle Tiere unter ihnen. Man konnte gut noch fünf bis sechs Stück nach Saltviken herübernehmen.

Er erblickte Cecilia oben auf der Treppe zu dem Vorratshaus, das ihr und Jörund für ihre Zwecke überlassen worden war. Sie trug ein mächtiges Bündel von Pelzumhängen und Kleidern im Arm. Eirik rief ihr etwas zu, sprang hinauf und nahm ihr alles ab.

»Ich wollte noch unsere Wintersachen in Ordnung bringen, ehe ich

*) Michaelsmesse: 29. September.

wieder liegen muß – die Kälte kann bald allen Ernstes einsetzen –.«
Sie wandte sich zur Tür zurück.
»Wenn du noch mehr holen willst, so such' es hervor – ich werde hinaufkommen und es für dich ins Haus tragen.«
Eirik kam zurück, lief pfeifend die Treppe hinauf und betrat den Vorratsraum. Die Sonne schien durch die Tür herein auf die Schwester, die vor einer offenen Truhe kniete.
Mit einem Satz war er bei ihr: »Cecilia! Bist du krank –«
»Nein –« Sie stieß einen lauten Schmerzensschrei aus. Sie hatte die Truhe so plötzlich zugeschlagen, daß ihr der Deckel auf die Finger gefallen war.
Eirik lüpfte den Deckel – erblickte flüchtig, was in der Truhe lag und glitzerte. Dann schlang er den Arm um seine Schwester, führte sie zu einer Bank. Er nahm ihre gequetschte Hand und untersuchte behutsam, ob sie verletzt sei. Cecilia rang keuchend nach Atem, schwer und gequält.
»Soll ich noch mehr für dich hinuntertragen?« Rasch schlug er den Truhendeckel zurück.
Cecilia warf einen einzigen angstvollen Blick zu ihm hinüber. Er sah, daß sie aufzustehen versuchte, aber sie vermochte es nicht.
»Ein seltsamer Ort, an dem Jörund sein Silber aufbewahrt!«
Er merkte, daß seine eigenen Hände bebten, während er Stück um Stück aus dem Friestuch heraushob: einen großen Silberbecher, in dem ein Klumpen geschmolzenen Silbers lag, und zwei kleinere Becher.
»Diese Dinge habe ich noch nie gesehen.«
»Auch ich nicht«, flüsterte Cecilia. Dann nahm sie sich zusammen. »Es muß etwas sein, was er kürzlich gekauft hat.«
Eirik nickte unwillkürlich.
Cecilia sagte verzweifelt, eifrig: »Er hat stets gemeint, seine Brüder hätten ihn betrogen – zweimal, als eine Erbschaft verteilt wurde –, darum kann Jörund jetzt nie genug Silber besitzen. Sie machen sich sehr viel mehr aus Kostbarkeiten dort auf Gunnarsby –. Darum möchte Jörund immer alles kaufen, was er nur erreichen kann –.«
Eirik nickte wiederum. Jörund war wie ein Rabe auf Silber versessen gewesen – obgleich er es oft wieder verspielte. Nie aber hatte Eirik gedacht, es könnte so weit führen, daß –. Daß das eintreten könnte, was er jetzt befürchtete; aber er wußte ja noch nichts –.
So nahm er die Gewänder, die Cecilia vor der Truhe hatte fallen lassen, reichte der Schwester die Hand. Sie zitterte am ganzen Leib.

»Eirik – um Gottes willen – was willst du tun?«
»Mit Jörund sprechen. Hab' keine Angst, Cecilia«, bat er flehend.
Der Bruder stützte sie, als sie über die Treppe hinuntergingen, begleitete sie in die Stube und half ihr dort, sich aufs Bett zu legen.
»Soll ich Magnhild suchen und zu dir senden?«
Cecilia schüttelte den Kopf.
»Ist es nicht gewagt, dich jetzt allein zu lassen?«
»Nein, ich kann gut allein sein.«
Draußen auf dem Hofplatz lief ihm Kolbein zwischen die Beine. Eirik hob den Schwestersohn auf; mit dem Kind auf den Armen ging er zur Frauenstube, bückte sich unter die Tür hinein: »Kolli möchte zu seiner Mutter, sagt er – dürfen wir hineinkommen?«
»Ich möchte lieber allein bleiben.«

Er ging wieder und spielte mit dem Knaben, sang ihm etwas vor und versuchte seine eigene Herzensangst zu betäuben. Bis er Jörunds Boot draußen erblickte; da trug er Kolbein zu den Frauen ins Küchenhaus. Eirik stand oben bei dem Zaun um den Guten Acker, als Jörund vom Meer heraufkam.
»Bist du heimgekommen –?«
»Ja, ich kam heute morgen. Ich werde jetzt wohl eine Zeitlang hierbleiben –. Es ist da eine Sache, über die ich mit dir sprechen möchte.«
Sie schritten zusammen über den Hofplatz. »Wir können in dein Vorratshaus hinaufgehen.«
Jörund zuckte zusammen. Eirik sah dem anderen ins Gesicht, bis er den flackernden Blick für einen Augenblick festgehalten hatte: »Bedenke, Jörund, daß ich seit unserer Jugend dein Freund war – schon oftmals habe ich dir aus einer schlimmen Lage herausgeholfen. Und jetzt sind wir beide in *einem* Boot; dein Wohlergehen ist unser Wohlergehen. Hast du nun eine Torheit begangen, so kommt dein Unglück über meine Schwester und uns. – Nein, du kannst vorangehen«, sagte er, als sie an die Treppe kamen.
Jörund nahm die Hand vom Dolchschaft und gehorchte.
Als sie im Vorratshaus standen, ging Eirik ohne zu zögern auf die Truhe zu und öffnete sie.
»Was hast du in meiner Truhe getan?«
»Nichts. Cecilia wollte einige Kleider hervorsuchen, und ich sollte ihr helfen, sie hinunterzutragen.«
»Cecilia –!«
»Ja. Aber sie ist nicht daran schuld – ich denke, Gott selber fügte es

so, daß wir aus dieser Gefahr erlöst werden konnten. Und lässest du nun Cecilia um dieser Sache willen leiden, so kannst du sofort hingehen und deine Beichte ablegen.«

»Drohst du mir?«

»Ja.«

»Meinst du, ich fürchte dich? So heilig, wie du tust – du hältst ja auch noch die andere Wange hin, wenn ein Mann dich schlägt –.«

»Ja, ich habe mich in den letzten Jahren ein paarmal beherrscht, wenn ich gereizt wurde. Aber du weißt selber, früher hatte ich nichts dagegen, in eine Schlägerei zu geraten – du hast das stets gescheut. Mich hast du nie zu fürchten brauchen – aber ich weiß wohl, daß du keiner von den Mutigsten bist.«

»Wo hast du denn heute deine Frömmigkeit gelassen?« Jörund versuchte zu spotten.

»Kümmere dich nicht darum. Jetzt müssen wir besprechen, was wir mit diesem Silber tun sollen.«

»Das Silber habe ich gekauft –.«

»Ja, das dachte ich. Du hast es von den Leuten gekauft, die du auf Rundmyr trafst, am Abend des achten Sonntags nach Pfingsten?«

»Ja, ich hätte daran denken sollen, daß dies da oben deine Sklaven sind«, fuhr Jörund auf, »und daß du das Nest wohl für dich allein haben willst mit allem, was an Dieben und Huren darin ist –«

»Schweig jetzt«, sagte Eirik ruhig. »Wahr ist es, du hättest daran denken sollen, daß diese Leute uns treu sind. Und bist du ein so dummes Vieh, daß du alles geglaubt hast, was ich seinerzeit im Scherz zusammengefaselt habe –? Konnte ich wissen, daß du so leichtgläubig sein würdest; das sieht dir nicht gleich. Nun traf es sich aber so, daß ich vorbeiritt und dich draußen stehen sah mit einigen –. Sie haben nichts gesagt; das rate ich dir, nicht zu vergessen!

– Waren es die Räuber selber oder waren es ihre Hehler?« fragte er dann mühsam.

»Es war ein Weib«, sagte Jörund kurz.

Glaubst du, die Braut habe das Silber geerbt, mit dem sie durchs Land zog – aber er sagte es nicht.

»Ich habe an einen Ausweg gedacht, Jörund. Wir wollen diese Sachen bei Rundmyr in die Erde vergraben. Und wenn sie eine Zeitlang dort gelegen haben, können wir sie wiederfinden und Guttorm auf Draumtorp überbringen.«

»Ich habe sie gekauft«, sagte Jörund zornig.

»Ich gebe dir Agnar dafür.« – Er bereute sofort, daß ihm nicht etwas

anderes eingefallen war; Jörund ging mit seinen Pferden nicht immer gut um. »Ich getraue mir zu behaupten, daß er mehr wert ist als das, was du diesem Weib gabst«, sagte er etwas höhnisch.
»Begreifst du nicht, Mann, es ist deine eigene Ehre und dein Wohlergehen, das du auf diese Weise errettest«, bat er eindringlich. »Welchen Nutzen hast du von Silberzeug, das du nicht vorzeigen kannst?«
Er hüllte den Schatz wieder in das Tuch ein, nahm das Bündel unter seinen Umhang, trug es hinunter und versteckte es in seinem Bett.
Im Lauf des Nachmittags, als er Jörund hatte fortgehen sehen, ging er in die Frauenstube hinüber, um zu hören, wie es um Cecilia stünde.
Sie nähte an einem der Gewänder, die er am Morgen für sie hinuntergetragen hatte. Eirik fürchtete sich zu fragen. Schließlich aber sagte er trotzdem: »Hat Jörund dir etwas von dem erzählt, was wir heute morgen sprachen?«
»Ja. Ich danke dir dafür, Eirik, daß du ihm helfen willst. Er begreift selber nicht, sagt er, daß er so gedankenlos sein konnte, sich diese Sachen aufschwätzen zu lassen. Aber es verhielt sich so, daß er dem Vater gerne das wieder verschaffen wollte, was er ihm schuldet.«
Das ist wohl eine Lüge, dachte der Bruder. Er neigte sich über Cecilia, fuhr ihr ein paarmal über den mit der Leinenhaube verhüllten Kopf, den sie über die Arbeit gebeugt hielt.

Am Abend, als er und der Vater zu Bett gehen wollten, sagte Eirik: »Nun habe ich eine Bitte an dich, Vater, und zwar ist es das gleiche, um das ich dich schon einmal gebeten habe – versöhne dich mit Jörund!«
»Darauf habe ich dir bereits eine Antwort gegeben.«
»Ja. Jetzt aber sage ich dir – dies alles ist schlimmer für Cecilia, als du glaubst. So wahr Gott für uns alle in den Tod ging – erfülle mir diese Bitte!«
Olav sah den Sohn an, gab jedoch keine Antwort.
»Ja, ich will sogar um mehr bitten. Wenn Cecilia jetzt ihren Kirchgang gefeiert hat – übergib ihr das Hausfrauenrecht über den ganzen Hof hier!«
»Was sagst du da! Jetzt, da du selbst bis zum Sommer eine Hausfrau hierherführen wirst –! Es wäre eine kurze Frist, in der Cecilia die Schlüssel tragen dürfte –.«
»Ach, ich weiß nicht –. Ich habe gedacht, daß Gunhild und ich vielleicht die meiste Zeit in Saltviken sein könnten.«
»Nein, Eirik! Saltviken, das ist allzu klein für die Tochter von Eiken.«

»Vielleicht. Aber einmal soll Hestviken ja doch uns gehören – und da werden wir wohl nicht für geringer angesehen, wenn wir uns vorher einige Jahre auf dem Ödhof aufhalten.«
»Ich habe dir gesagt«, entgegnete Olav langsam, »das letztemal, als wir über diese Dinge sprachen –. Ich glaube, es ist gefährlich, Jörund recht zu geben, wenn er im Unrecht ist.«
»Vater!« Eirik erhob sich, stand vor Olav und sprach tief eindringlich: »Ich bitte dich darum, soviel ich vermag! Denk an unsere Mutter! Hat sie dir je leid getan in den Jahren, in denen sie hier lahm und gebrochen darniederlag – und das hat sie dir wohl –, hast du bereut, daß du ihr das Leben schwerer machtest –? Vater, Christus weiß, daß ich dies nicht sage, um mit dir zu rechten, ich weiß, daß auch du es im Leben schwer hattest – ich weiß, du wolltest sie nicht haben, sondern man zwang dich zu dieser Heirat, ehe du erwachsen warst. Aber wenn du sie auch nicht liebtest, so mußtest du doch Mitleid mit ihr haben, und achte darauf, daß Cecilia nicht durch deine Schuld ein ebenso schweres Schicksal erleidet wie unsere Mutter!«
Olav hatte dem Sohn zugehört – mit einem Ausdruck, der Eirik verwirrt machte.
»Wie kommst du auf diesen Gedanken? Daß ich deine Mutter nicht liebte?« Das seltsam helle Lächeln, das sich über das ganze Gesicht des Mannes verbreitete, während es gleichzeitig erstarb, ließ den Sohn an Ringe denken, die sich über eine Wasserfläche ausbreiten. »Ich liebte sie doch. Und um ihretwillen werde ich das tun, worum du mich bittest.«
Als Eirik zu Bett gegangen war – er lag auf dem Silber und dachte, lieber hätte er ein Kreuzotternnest im Bettstroh –, trat der Vater vom Nebenraum her unter die Tür.
»Bleibst du jetzt daheim?«
»Ich hatte vor, morgen mit Tore hinüberzusegeln, ihn dort einzuweisen. Dann komme ich wohl am zweiten oder dritten Tag wieder.«
»Das ist gut.«
– Mitten in all dem Elend, über das er nachgrübelte, wurde es Eirik plötzlich klar – es war nun doch so weit gekommen, daß er hier auf Hestviken gar nicht so wenig zu sagen hatte. Und der Gedanke machte ihn nicht unfroh. Und bis Johannis, hatte der Vater gesagt. Er lag schlaflos in dieser Nacht, in einem Fieber von Angst und Widerwillen gegen die Angelegenheiten des anderen, in einem Fieber der Freude über seine eigenen –.
Um Mitternacht schlich er sich hinaus und ging in der Richtung nach

Rundmyr hinauf. Er fand das Versteck, an das er gedacht hatte, vergrub das Draumtorp-Silber dort. Als er heimkehrte, weckte er Tore, und als Olav in der Morgendämmerung hinausging, hatten sie die Boote beladen und waren bereit abzusegeln.

In Saltviken draußen kam ihnen Olav Livssohn entgegen. Mit den zwei Krücken und den dünnen, schlaffen Gliedern erinnerte der Krüppel an eine riesige Spinne, die auf sie zugekrochen kam. Aber sein Gesicht war schön, fein und schmal, mit großen braunen Augen. Eirik dachte mit Unwillen an Jörund, der ihn gefragt hatte, ob er der Vater des Kranken sei. Als Eirik lachend geantwortet hatte, er wäre damals wohl zwölf oder dreizehn Jahre alt gewesen, lächelte Jörund häßlich: »Ja?« Jetzt begriff Eirik selber nicht, daß er Jörund Rypa je hatte leiden können. Und trotzdem mochte er ihn –.

Es wurde ein arbeitsreicher Tag. Hier draußen mußte er bei allem selber Hand anlegen. Die Bündel mit Laub lagen noch draußen aufgestapelt, jetzt aber waren sie trocken; sie rochen schon von weitem bittersüß und gut. Im Frühjahr, wenn sie Mist hatten und die Äcker pflügen konnten, sollten die häßlichen Umhegungen aus Ästen und Zweigen durch Zäune ersetzt werden. Er ging hinüber und sah nach seinen Kirschbäumen – sie trugen keine Früchte, das war auch nicht zu erwarten, aber von den zehn Bäumen waren nur vier eingegangen, und zwei von den Rosenbüschen lebten. Er pflückte einen Stengel von der Pfefferminzstaude ab, zerrieb ihn zwischen den Fingern und roch daran. Auch einige feine blaugrüne Blätter waren aufgegangen – sicherlich das Kraut, das Bruder Hubert Acquilegia*) nannte; es hatten wohl einige Samenkörner davon in der Erde rings um die Baumwurzeln gelegen. Sie brachten große leuchtend blaue Blüten hervor – ob Gunhild solche wohl schon gesehen hatte –.

Sie würde staunen, wenn sie einmal sah, daß er auch einen Garten auf seinem Hof hatte.

Ehe er an diesem Abend einschlief, fiel ihm ein, daß es von hier aus nicht so weit nach Eiken war wie von daheim auf Hestviken. Und am nächsten Morgen sattelte er seinen Fuchs und ritt ins Land hinein.

Er hatte Eiken noch nie anders als von weitem gesehen – keiner der allgemeinen Wege führte nahe daran vorbei. Jetzt bog er mit seinem Pferd auf einen Seitenpfad ab, der in der Richtung zum Hof führte. Dieser lag einsam auf einem Hügel, der zwischen zwei sich begegnen-

*) Acquilegia: Aquileja = Akelei.

den Flüssen in eine Zunge auslief, ganz oben unter einem mit dunklem Wald bestandenen Höhenzug.
Eirik ritt hinauf und daran vorbei. Er sah keine Leute draußen zwischen den Häusern. Der Hof lag wie ausgestorben am Waldrand, mit vielen Balkenhäusern, und davor standen einige große Eichen mit gebräuntem Laub gegen die Luft.
Oberhalb des Hofes führte der Weg in den Wald hinein. Das Wetter war schön, und Eirik fand Freude daran, so ins Ungewisse hinauszureiten – er fühlte Lust zu sehen, wohin dieser Pfad führte – ob er ihn vielleicht irgendwo auf die Höhe trüge, von wo aus er über diesen Teil der Gegend hinsehen konnte – er kannte sich nur wenig hier aus.
So gelangte er an eine Stelle, wo der Grund felsig war und der Wald lichter, mit Fichten, deren Wipfel vom Wind oder der Last des Schnees gebrochen waren. Moos und Heidekraut wucherten hier dicht, und zwischen den Felsen war das Gelände sumpfig mit absterbenden weißbärtigen Bäumen und vergilbten Zwergbirken rings um die spiegelnden blauen Pfützen.
Überall im Schatten lag hier oben Reif, und ein paar kleine Schneekörner im Moos ließen erkennen, daß eine Schneebö über den Wald hinweggegangen war. Jetzt aber war der Himmel klar und blau, von weißen Gutwetterwolken gestreift, und die Sonne leuchtete über dem herbstlichen Wald. Eirik ließ das Pferd verschnaufen, saß wohlgemut da und dachte an nichts –.
– Da ertönte ein Lockruf auf der anderen Seite des Moores – eine hohe, klare Frauenstimme. Sie lockte eine Ziege, rief etwas, sicherlich einen Namen, traurig und klagend, und dann erklang wiederum der Lockruf.
Eirik lauschte gespannt. Dann bekreuzigte er sich – war dies kein Mensch, so hatte das Wesen gegen seinen Willen keine Macht über ihn. Aber es konnte auch jemand von Eiken sein –.
Der Lockruf kam näher. Jetzt hörte er: »Blaalin, Blaalin«, rief sie – er sah nun eine grüngekleidete Frau; sie stieg auf eine kleine Erhöhung diesseits des kleinen Waldsees, blieb bei ein paar gelben Birken stehen.
– Jetzt hatte sie gesehen, daß dort auf dem Berg ein fremder Mann auf einem Pferd hielt; sie verhielt sich ruhig, ungewiß. Da wandte er sein Pferd, während er den Lockruf aufnahm, so daß es schallte, und dann rief er ihren Namen: »Gunhild, Gunhild –« und ritt auf sie zu.
»Erschreckte ich dich?« rief er, als er so nahe kam, daß sie ihn erkennen konnte.

Sie trat vor und ging ihm entgegen, zögerte ein wenig.
»Bist *du* hier? In dieser Gegend?«
»Ja, ich hatte etwas zu tun –.« Er verstummte plötzlich. Dies war der schwierigste von allen seinen guten Vorsätzen: stets die Wahrheit zu sagen statt des nächstbesten Gedankens, der ihm einfiel: »Es kam mich die Lust an, mich einmal hier umzusehen. Ich bin noch nie östlich vom Kambshornweg gewesen.«
Ihr Gewand war grün, mit Rot eingefaßt, aber einfach im Schnitt, wie der Arbeitskittel einer Magd: die Ärmel reichten nicht bis ans Handgelenk, und es war so kurz, daß man die Knöchel sah; sie ging in derben Schuhen, die von Nässe dunkel und vom Schlamm schmutzig waren. Dürre Zweige und Laub hatten sich an ihrem Kleid verfangen und in ihren Zöpfen, die halb aufgelöst waren. Eirik fand, sie sehe jünger aus und gleichsam näher in dieser einfachen Tracht.
»Aber – ist es nicht waghalsig von dir, Gunhild, so allein im Wald umherzustreifen?« Er wußte, daß es in diesen Bergen hier viele Bären gab – und es sollten auch Berggeister hier wohnen –.
Gunhild blickte zu seinem Gesicht auf; er sah, daß sie sich gefürchtet hatte: »Meine Ziege kam gestern abend nicht heim – eine, die mir schon als Kitz gehört hat.«
»Soll ich dir suchen helfen?« Sie ist wohl von einem Raubtier geholt worden, dachte er, aber es konnte ja sein, daß sie Spuren fanden –.
»Danke, magst du? Dann ist es vielleicht am besten, du läßt dein Pferd auf der Wiese bei unserem Sommerstall weiden – er ist gleich hier in der Nähe –.«
»Aber du kommst doch mit? Ich möchte ungern, daß du allein hier im Wald bleibst.«
Er ging mit dem Zügel über dem Arm, und sie schritt an seiner Seite dahin. Sie hätten noch einige Stück Jungvieh und die Ziegen hier oben, und da der Vater und die Stiefmutter vor zwei Tagen fortgezogen wären, sei sie heraufgekommen, um zu sehen, wie alles stünde. Am gestrigen Morgen habe Blaalin wenig Milch gehabt; sie habe sich nichts dabei gedacht, später aber sagte der Hüter, daß sie sich so seltsam bewegt habe, fast als wäre sie betrunken gewesen – und nun sei sie abends nicht mit heimgekommen. Und Gunhild hatte heute nacht fast nicht schlafen können vor Kummer – Blaalin, die Ärmste, die irgendwo draußen lag –. Eirik verschlang jedes ihrer Worte – sie redete mit ihm, als seien sie schon immer Freunde gewesen.
Der Weg führte auf eine Wiese, auf der einige schwarze alte Häuser standen, dem Verfall nahe. Seitdem er die alten Häuser in Saltviken

ausgebessert hatte, konnte Eirik keine verfallenen Hütten mehr sehen, ohne daß er sich überlegte, wie er sie wieder herrichten könnte – so auch hier. Jetzt war das Häuserbauen jene Arbeit, zu der er am meisten Lust fühlte, von allem in der Welt.
»Aber wir müssen eher in dieser Richtung gehen, Gunhild – gestern blies der Wind aus Südwesten.«
Das wußte Gunhild nicht – daß die Ziegen stets gegen den Wind ziehen.
So machten sie sich nach der anderen Richtung auf den Weg. Sie blieben auf die Weise beisammen, daß beide für sich gingen, aber nicht weiter voneinander entfernt, als daß sie einander noch sehen und hören konnten; eines antwortete stets auf den Lockruf des anderen.
Die hohen scharfen Töne schallten in den klaren Herbsttag hinaus. Eirik sprang über knisternde Flechten, über Geröllfelder hinunter, wo das Farnkraut sich welk zusammenrollte, und über Himbeerbüsche, an denen noch blutrote Beeren hingen, während das Laub schon abgefallen zwischen den Steinen lag und mit der silberweißen Rückseite aufleuchtete. Er sprang in mooriges Gelände, daß das braune Wasser aufspritzte und sein Speer tief im Boden versank, wenn er sich darauf stützen wollte, er kam auf gefrorene Stellen, wo das dünne Eis bei jedem Schritt unter seinen Füßen zerbrach, geriet in einen dichten Nadelwald, wo er Gunhild aus den Augen verlor. Dann lockte er: »Bist du, bist du, bist du da, Gunhild, Gunhild, Gunhild, meine Gunhild –«
Und sie lockte ihn wiederum: »Bist du, bist du, bist du da, Eirik, Eirik, Eirik –«
Er hörte ihrer Stimme an, daß sie jetzt über dem Spiel ihren Kummer vergessen hatte, und voll Freude sprang er dahin und ließ seine reine, weiche Stimme unter dem blauen Himmel erklingen. Einmal kamen sie an eine Stelle, wo der Widerklang so stark zurückschallte, daß sie stehenblieben und zum Felsen hinüberriefen und sangen und das Suchen vergaßen –.
Sie stiegen einen Hang hinauf, an dem viele windgebrochene Bäume lagen, den aufgerissenen Moosboden noch um die in die Luft ragenden Wurzeln, und dazwischen leuchteten die Preiselbeeren rot auf. Eirik und Gunhild gingen so, daß sie einander sahen – auf einmal raffte sie ihr Gewand mit beiden Händen zusammen, fing an, über Stock und Stein zu springen und zu klettern, quer durch den Wald zu ihm hin. Im gleichen Augenblick hörte er auch das schwache, jämmerliche Schreien – auch er lief dem Laut nach. Sie trafen bei

einer kleinen Bodensenkung zusammen – dort lag der Reif dick auf Moos und welken Blättern, und dort fanden sie die kleine schwarzgefleckte Ziege; sie hielt die Beine steif ausgestreckt und den Hals weit zurückgebogen; es war nicht mehr viel Leben in dem armen Tier. Gunhild warf sich bei ihm nieder, hob es halb in ihren Schoß, während sie es streichelte und liebkoste.

Eirik nahm Blaalin auf seine Arme und trug sie, und Gunhild ergriff seinen kleinen leichten Speer, während sie neben ihm herging. Es wäre besser gewesen, das arme Tier zu töten, das schon nahe am Sterben war – und mit der Zeit war die Ziege auch schwer zu tragen. Aber Eirik fand zu große Freude darüber, an ihrer Seite gehen zu dürfen, als daß er so etwas hätte sagen mögen; von Zeit zu Zeit mußte Gunhild Blaalin in seinen Armen streicheln.

Endlich fanden sie den Weg zum Sommerstall zurück. Eirik holte für Gunhild einen Armvoll Heu, das sie Blaalin als Lager streuen wollte; Gunhild brachte außerdem ein altes Webstück herbei, um es über das Tier zu breiten. Dann: »Aber du mußt hereinkommen, Eirik, und ausruhen. Ich kann dir zwar nichts bieten als Ziegenmilch und ein Stück Käse –«

»Hast du heute nacht hier geschlafen?« fragte er leise – sie traten in eine kleine kohlschwarze Hütte, in die das Tageslicht durch alle Balkenritzen hereindrang. Die Herdstätte bestand aus einer Vertiefung im Boden, und das Lager war eine Bank aus gespaltenen Prügeln, auf denen Heu und einige Decken lagen. Da war sie nicht hochmütig – freundlich war sie, voller Umsicht für alles, was sie unter ihren Händen hatte, treu und fleißig –. Eirik betrachtete sie voll zärtlicher Verwunderung, während er auf der Kante ihres armseligen Lagers saß und die Ziegenmilch trank, die nach Rauch schmeckte.

Er machte Feuer für sie – und sie hängte den Kessel darüber. Während sie warteten, bis die Milch heiß genug war, um das Mehl einlaufen zu lassen, saßen sie Seite an Seite auf der Bank, redeten miteinander wie alte Freunde. Bis Gunhild auf einmal sagte – und zugleich rot wurde: »Ich glaube, Eirik – die Stallmagd kommt bald zurück – sie könnte sich am Ende darüber wundern, daß ich einen fremden Gast in der Hütte habe –«

Eirik erhob sich etwas widerwillig: »Aber begleite mich doch noch über die Wiese hinunter, Gunhild, wenn du dich getraust, von der Milch wegzugehen –«

Er nahm sein Pferd, führte es durch den Zaun, dann mußten sie Abschied voneinander nehmen –.

»Du hast deine Hand rußig gemacht –« Er hielt sie in der seinen. So standen sie und sahen einander an, lächelten ein wenig. Sie leistete keinen Widerstand, als er sie dicht an sich zog, und dann schlang er die Arme um das Mädchen und küßte es auf den Mund.
Sie ließ es geschehen; da küßte er ihr ganzes Gesicht, preßte sie fest an sich – bis er merkte, daß sie sich wehrte: »Eirik – jetzt mußt du mich freigeben –«
»Ach nein –?«
»Doch – laß los!« Er gab sie frei: »Bist du jetzt böse, Gunhild –?«
»Ach, ich weiß nicht.« Da zog er sie wieder an sich. Rasch schlang sie ihre Arme für einen kurzen Augenblick um seinen Nacken: »Jetzt aber mußt du reiten – nein, nein, was tust du –«
Er hatte eine Hand in den Halsausschnitt ihres Gewandes gezwängt, drückte sie einen Augenblick gegen ihre seidenglatte Brust. Halb lachend und halb verwirrt stieß sie ihn von sich, holte das harte und kalte Ding heraus, das er ihr in die Kleider gesteckt hatte: »Nein, Eirik – das mußt du zurücknehmen – ein so großes Geschenk wage ich noch nicht von dir anzunehmen –« Sie hielt ihm die goldene Spange hin, die vorher an seinem Hemd gesteckt hatte.
»Doch.« Er schwang sich in den Sattel; als sie herankam, ihm mit der einen Hand seinen Speer reichte und mit der anderen die Goldspange aufzwingen wollte, bückte er sich hinunter und streifte noch einmal mit seinen Lippen ihre glatte, kühle Stirn. »Sie gehört dir – und du mußt sie aufheben, bis du sie brauchen kannst!«
Dann trieb er das Pferd an. Immer und immer wieder drehte er sich um, nickte ihr zu. Als er sie zum letztenmal sah – der Weg bog ins Dickicht hinein ab –, hob Gunhild ihre Hand und winkte ihm nach.
Eirik lächelte vor sich hin, lachte von Zeit zu Zeit leise auf, während er an den Fjord hinausritt. Dann und wann summte er den Lockruf vor sich hin, aber ganz leise, und ihren Namen hinauszusingen wagte er nicht. Dies war der froheste Tag, den er erlebt hatte –.

15

Am vorletzten Sonntag vor der Adventszeit feierte Cecilia Olavstochter ihren Kirchgang, und als sie nach Hestviken heimkehrten, überreichte der Vater ihr im Beisein des ganzen Hausgesindes die Schlüssel für seine Schränke und Truhen, indem er sie bat, ihm den Gefallen zu erweisen und die Last der Hausfrau auf Hestviken auf sich zu nehmen.

Olav und Jörund sprachen jetzt miteinander – nicht sehr viel, aber Olav war jedenfalls nicht unfreundlich gegen den Tochtermann. Und er hatte Cecilia ein paarmal besucht, um das jüngste Kind anzusehen, das sie bekommen hatte; die Leute meinten, er sei wohl froh, daß nun wieder ein Audun auf Hestviken sei. Es war auch ein schönes und großes Kind.

Cecilia war blaß und mager, schien jedoch gesund zu sein. Sie faßte ihr Amt als Hausfrau wie eine tüchtige Frau an, und die alten Dienstboten, die sie schon kannten, fügten sich eifrig der jungen Hausfrau und liebten ihre kleinen Söhne.

Eiriks Freude war so, daß jeder von diesen stillen Menschen auf diesem stillen Hof ein wenig davon auflebte, obgleich er selber jetzt ziemlich ruhig war. Seit jenem Tag im Wald hatte er nur ein einziges Mal mit Gunhild gesprochen – bei der Kirche. Und da konnte er nichts weiter vorbringen als eine Frage nach Blaalin –.

Blaalin war tot.

Aber Olav hatte ihm gesagt, daß Torgrim nun Berses Antwort erhalten habe; sie könnten nach Weihnachten zu ihm kommen und über die Angelegenheit sprechen – er fand es nicht schicklich, einen solchen Handel in der Adventszeit abzuschließen und auch nicht während der Feiertage. Das Verspruchsbier könnte gerne vor der Fastenzeit abgehalten werden, und wenn Olav Audunssohn es wünschte, daß die Hochzeit noch im Vorsommer gefeiert werde, so wollte Berse sich ihm nicht widersetzen, da Eirik ja nicht mehr so jung war und Gunhild bereits ihr zwanzigstes Jahr vollendet hatte.

– Und Una sagte, sie sowohl als auch Signe wollten es so einrichten, daß er Gunhild Bersestochter an Weihnachten treffen könne: »Ihr müßt doch ein paarmal miteinander sprechen können, ehe ihr durch die Verlobung zusammengegeben werdet – nun, da es verabredet ist, daß du Gunhild bekommen sollst.«

Es beunruhigte ihn ziemlich, daß er in Rundmyr oben diese Dinge vergraben hatte. Es gab noch andere außer ihm, die dieses Versteck kannten. Wohl hatte er seinerzeit Arnketil verboten, unehrliche Leute zu beherbergen, aber man konnte deutlich sehen, daß dieses Verbot in Rundmyr nur ungenau eingehalten wurde. Jörund hatte sich auch ein paarmal an ihn herangemacht – wollte wissen, was er mit dem Schatz angefangen habe. Eirik ging darüber hinweg – erinnerte ihn daran, daß er ihm das Silber doch gegen ein gutes Pferd abgekauft habe, und sagte, daß es an einer Stelle läge, wo es selbst bei Tage gefährlich sei, sich herumzutreiben. Im übrigen versuchte er Jörund auf alle Art und Weise bei guter Laune zu erhalten – nahm ihn auf die Jagd mit und im Boot und dachte sich immer wieder einen Anlaß aus, um mit ihm alle die Höfe aufzusuchen, wo er Freunde oder Verwandte besaß. Es war nicht mehr so recht nach seinem Sinn, soviel herumzustreifen, aber er merkte, daß das stille Leben auf Hestviken eine Gefahr für Jörund bedeutete: der Mann war launisch wie ein Stier, und wurde er wütend, so konnte es über Cecilia ausgehen, fürchtete Eirik.

Aber er war viel zu frohgelaunt, als daß ihm dies alles wirklich hätte etwas anhaben können. Wenn er erst einmal Gunhild hier hatte, dann würden auch die Sorgen und Schwierigkeiten der anderen auf irgendeine Weise geringer werden, glaubte er. Sie brachte soviel Freude mit sich –.

Dann, eines Morgens vierzehn Tage vor Weihnachten, sah Eirik, als er in den Hof hinauskam, daß eine dünne Schicht Schnee gefallen war. Der morgendliche Mond schimmerte wie ein heller Fleck in der treibenden dicken Luft und versprach noch mehr Schnee. Eirik beschloß, heute das Silber auszugraben – es konnte sonst leicht sein, daß der Schnee ihn zum Warten zwang, wer weiß wie lange, und er sehnte sich danach, die Sachen loszuwerden.

Er bat Jörund, im Lauf des Tages mit ihm auf die Jagd zu gehen, und als die beiden bei Einbruch der Dunkelheit heimkehrten, hatte Eirik einen Fuchs erlegt und trug ein kleines Bündel in einem mit Erde befleckten Stück Tuch –.

Nun wußte er nicht, ob er es dem Vater sagen sollte oder nicht. Aber er hatte keine Lust, noch mehr zu lügen, als er in dieser kläglichen Angelegenheit ohnehin mußte. Und er fürchtete, es könnte Cecilia beunruhigen und quälen, wenn nun hier daheim wieder die Rede auf dieses Silber käme – sie hatte jetzt vor Weihnachten schon genug Mühen und fand wenig Nachtruhe mit dem Säugling.

So sagte er zum Vater nur, Jörund habe in der Nachbargemeinde etwas zu erledigen, und er habe versprochen, den Schwager zu begleiten. Dann ritten sie nach Draumtorp.

Dort langten sie am Abend an, und Eirik war es nicht lieb zu hören, daß Berse auf Eiken mit zweien seiner Söhne, Gunhilds echten Brüdern, hier weilte. Die ganze Zeit hatte es seine Empörung über diese Angelegenheit noch gesteigert, daß Guttorm auf Draumtorp dieser beider Oheim war. Daß er aber gezwungen sein sollte, seine Lügen-

geschichten zu erzählen, während jene zuhörten, die bald seine Schwäger werden sollten, das hatte er nicht erwartet.
Doch es ging gut. Als Eirik erst einmal angefangen hatte, erzählte er glatt und glaubwürdig von der Fuchsjagd und von dem Hund, der sich in ein Erdloch verrannt hatte, und von dem Fund, von dem Jörund und er sofort annahmen, es könne ein Teil des Draumtorpschatzes sein.
Guttorm war froh, einiges von seinem Silber zurückzuerhalten, so daß Eirik und Jörund aufs beste aufgenommen wurden. Nun besprach man den Überfall im Gerdarudwald des weiten und breiten. Die Schwäger von Hestviken hörten den Alten zu und antworteten nicht mehr, als notwendig war – dies schien Berse zu gefallen; er wurde bald freundlich gegen sie; er scherzte sogar mit Eirik und sagte, sie würden einander vielleicht mit der Zeit besser kennenlernen – und schließlich wurde Eirik die Ehre zuteil, Berse zu Bett zu geleiten. Jetzt, da er sein häßliches Geheimnis losgeworden war, fühlte Eirik sich schnell leicht und froh zumute, und er hatte soviel getrunken, als er brauchte – so daß er mit großer innerer Heiterkeit seinem zukünftigen Schwiegervater behilflich war. Selbst wenn dieser alte Berse von der Gebrechlichkeit seines Körpers überwältigt und von Schmerzen geplagt wurde, gelang es ihm doch, seine Würde zu wahren.
Guttorm von Draumtorp sprach am nächsten Morgen lange Zeit mit Eirik. Er schien ein verständiger und besonnener Mann zu sein. Er redete von Berse – erinnerte daran, daß der Alte viele Jahre lang als ein Anführer der Bauern geehrt worden sei, und mit vollem Recht; er war in seinen jüngeren Jahren ein hochgesinnter, mutiger und kundiger Mann gewesen. Jetzt war er ja mit dem Alter etwas eigen geworden – und die junge Frau, die dritte, die er geheiratet hatte, als er schon sechzig Jahre zählte, hatte ihn ziemlich in der Gewalt, aber das wollte er nicht zugeben. Und mit den Kindern seiner ersten Frau hatte er große Sorgen gehabt – der Sohn, Benedikt, hatte dem Vater die Schuld am Unglück der Schwester zugeschrieben und war im Zorn von Eiken fortgeritten; Berse sah ihn nie wieder, denn er fiel im Jahr darauf in Dänemark. Aber Eldrid starb nicht – so gut lief es nicht ab –.
»Doch alle die Kinder, die er mit Helga, meiner Schwester, bekam, sind vornehme Menschen, Eirik – und jetzt freue ich mich, daß Gunhild so gut verheiratet wird.«
Eirik merkte daraus, daß alle Verwandten des Mädchens von der Verabredung wußten; auch ihre jungen Brüder, Torleif und Kaare,

begegnetem ihm wie einem, der nun bald ihr Schwager werden sollte.
Guttorm war mit Olav Audunssohn auf Hestbaek zusammengetroffen, und so bat er Eirik beim Abschied, seinen Vater zu grüßen. Als Eirik dann heimkam, mußte er Olav sagen, daß er auf Draumtorp gewesen war, und mußte von dem Silberfund erzählen. Olav wurde böse, als er erfuhr, daß man solche Dinge in seinem Wald gefunden habe. Eirik antwortete, er habe Anki und Liv bereits gescholten, und er würde in Zukunft schon auf Ordnung halten, aber er bat den Vater, die beiden diesmal zu schonen.
An Weihnachten traf Eirik die Leute von Eiken, und jetzt ließ sich aus ihrem Wesen gegen ihn für alle deutlich erkennen, was kommen sollte. Als sie acht Tage nach Weihnachten zur Kirche von Skikkjustad ritten und der Weg vereist war und der Regen herabströmte, bat Berse Eirik, neben Gunhild zu reiten und auf ihr Pferd zu achten, und auf Rynjul durften sie einen ganzen Abend lang allein beim Brettspiel sitzen. Es wurde ein seltsames Spiel, denn Gunhild stellte sich außerordentlich ungeschickt an, aber auch das, so dünkte Eirik, kleidete sie gut – er hatte nie zuvor mit anderen Frauen Schach gespielt, außer mit seiner Schwester, und diese spielte besser als die meisten Männer.
Am gleichen Abend sprachen Olav auf Hestviken und Berse von Eiken lange miteinander in einem anderen Haus des Hofes – obgleich noch Festzeit war und Freunde und Verwandte von beiden Seiten hier weilten. Danach erzählte Olav seinem Sohn, was über die Mitgift der Braut verabredet worden war; Olav sollte am Abend der Agnesmesse*) mit Eirik und seinen Zeugen nach Eiken kommen, und am nächsten Tag sollte Eirik Olavssohn sich mit Gunhild Bersestochter mit Ring und Gaben verloben.
Am Morgen darauf wurde Gunhild zusammen mit der Stiefmutter und dem ältesten verheirateten Bruder heimgesandt, Berse aber blieb mit den beiden jüngsten Söhnen auf Rynjul zurück. Es war ein wunderschöner klarer Wintertag, und Eirik machte den Vorschlag, sie sollten in die Stadt hineinreiten, wer immer Lust hatte, die große Prozession anzusehen, mit der der König am Epiphaniastag**) zur Marienkirche kam – es hieß, König Haakon sei in Oslo.
Alle die jungen Leute wollten mitkommen – Berses Söhne, Jörund

*) Agnesmesse: 21. Januar.
**) Epiphaniastag: 6. Januar.

Rypa, der junge Torgils Torgrimssohn und sein Vetter, Sigmund Baardssohn von Skikkjustad. Da sagte Torgrim, der Bauer selber, daß auch er Lust habe, mitzukommen: »Was meinst du, Olav, sollen wir beide uns dieses eine Mal mit der Jugend zusammentun?«

Olav Audunssohn lachte und schüttelte den Kopf. Er müsse wohl besser heimkehren: »Cecilia hat jetzt lange genug allein in der Bucht draußen gesessen.«

Da meldete sich Berse selber. Er hatte zu König Eiriks und später zu König Haakons Gefolge gehört, und nun wollte er seinen König ein letztes Mal begrüßen und wollte seinen Platz in der Prozession einnehmen.

Dadurch kamen sie nicht sehr rasch vorwärts, und als sie in der Stadt anlangten, war es so spät, daß Eirik nicht zu seinem Kloster gehen und dort um Herberge bitten konnte, wie es seine Absicht gewesen war; er ging daher mit einer Schar zu einem Gehöft, auf dem Guttorms Tochtermann ein Haus besaß.

Trotz der späten Stunde war der Raum, in den sie hinaufgeführt wurden, voll von Männern, und die Tische waren mit Speisen und Getränken beladen. Die Männer drängten sich um Guttorm, um ihm die neue Nachricht zu melden, die in der ganzen Stadt verbreitet war: vor drei Nächten hatten die Bauern von Aker die Höhle jener Räuber überfallen, die die Wälder rings um Oslo so lange unsicher gemacht hatten. Im Herbst hatten die Verbrecher ein kleines, gerodetes Anwesen bei Elivaag heimgesucht, in dem zwei Brüder mit ihren Frauen und einer jungen Schwester lebten; sie hatten geraubt und das Vieh niedergeschlagen, die Frauen, die allein daheim waren, geschändet – aber einem der Räuber hatte das junge Mädchen wohl so gut gefallen, daß er auf ihre Seite übergegangen war. Sie stellte sich freundlich gegen ihn und lockte schließlich aus ihm heraus, wo sich die Diebsburg befand, und dann hatten ihre Brüder die Bauern hingeführt: sechs der Räuber waren getötet oder durch das gelegte Feuer verbrannt worden, aber vier Burschen und eine Frau saßen im Keller des alten Königshofs und warteten darauf, den Lohn für ihre Taten auf der Stegleschäre zu erhalten. Das junge Mädchen hatte sich als Lohn ausbedungen, bei der Hinrichtung das Haar des Verbrechers halten zu dürfen.

Nach langer Zeit endlich, als die Männer sich ausgeredet und ihren Durst gelöscht hatten, kamen die Leute ins Bett. Eirik lag außen in einem Bett zusammen mit Jörund Rypa und Kaare Bersessohn; die beiden schliefen sofort ein, er aber lag wach da, aufgewühlt von Entsetzen, und versuchte sich selber einzureden, daß er doch nichts zu fürchten brauche, ehe er wisse, ob es etwas zu fürchten gäbe –.

Er nahm den Rosenkranz von seinem Hals, lag da und ließ ihn durch die Finger gleiten. Aber in allen diesen Jahren hatte er nie um die Erfüllung einer Bitte gebetet – hatte nur darum gebetet, zu fühlen, daß Gott da war und daß er zu ihm sprechen durfte, er hatte sich's genügen lassen, all das anzunehmen, was aus Gottes Hand kam –. Ja, er hatte für Cecilia gebetet –. Jetzt aber wußte er nicht, was er wagen durfte – war es schlimm, das, was er getan hatte, so durfte er Gott doch wohl nicht darum bitten, ihm zu helfen, die Wahrheit zu verbergen, wenn sie so geartet war, daß sie an den Tag kommen mußte –.

– Er stand in dem Volkshaufen unten beim Bollwerk des Königshofes eingeklemmt, so daß er beinahe nichts von der Prozession sehen konnte – horchte auf die Reden der Leute rings um sich; er vermochte sich gleichsam nicht vorzustellen, daß sie von etwas anderem als von den Räubern sprechen könnten –.

Die Kirche war so voller Menschen, daß es keinen Platz zum Niederknien gab, und es gelang ihm nicht, der Messe zu folgen, denn sein Herz war zu unruhig. Aber er blieb zurück, als das Schiff sich nach und nach leerte. Jetzt sah er, daß er in der Nähe eines Seitenaltars gestanden hatte, und auf der Wand dicht daneben war Maria mit ihrer Schar von Jungfrauen abgebildet: Margret, Lucia, Cecilia, Barbara, Agatha – ganz am Rande der Schar stand Agnes mit ihrem Lamm. Sie war es, die Zeugin dafür sein sollte, daß er Gunhild seine Treue schenkte; darüber war er so froh gewesen, denn er hatte schon immer eine besondere Liebe zu dieser kindlich jungen Blutzeugin gehegt, seit er ihre Saga gehört hatte. So ging er dorthin, betete zu ihr: »Erbitte für mich das, was das Beste ist –.« Er wurde sofort ruhiger; es war, als habe er sich mit einer kleinen Schwester beraten –.

Als jemand ihn an der Schulter berührte, erhob er sich sofort – es war Guttorm von Draumtorp; Eirik hatte ihn erwartet, so dünkte ihn. Sie verließen miteinander die Kirche, als sie jedoch draußen vor dem Portal standen und über die Straße hinblickten, sagte Guttorm: »Wir können ebensogut drinnen bleiben. Es sind Dinge aufgekommen, über die ich am liebsten mit dir unter vier Augen sprechen möchte, Eirik Olavssohn. Du errätst vielleicht, um was es sich handelt?«

Eirik sah den anderen an, antwortete jedoch nichts.

»Ich wollte gerne erfahren, ob noch mehr ans Tageslicht gekommen sei«, sagte Guttorm, »von meinem Silber, den Rest davon meine ich. Wir gingen heute morgen vor der Messe zum Königshof hinüber – Berse mußte ja auf jeden Fall hingehen, und da begleitete ich ihn. Herr Tore ließ nun die Gefangenen in die Reisigenstube heraufführen, so daß wir mit ihnen reden konnten –«

Eirik zerdrückte seinen Hut zwischen den Händen, antwortete jedoch nicht. Jetzt standen sie vorn, wieder bei dem gleichen Seitenaltar – und an der Wand über sich sah er das Bild der heiligen Jungfrauen, schlank und geschmeidig in ihren leuchtenden Gewändern umringten sie die Königin und lächelten dem Königskind auf ihrem Schoß zu. Eirik mußte an den Vers denken: »Ego mater*) pulchrae dilectionis, et timoris, et agnitionis, et sanctae spei«, und die Antwort »Deo gratias«. Guttorm kratzte sich am Kopf.

»Offen gestanden, Eirik – mich dünkt es selbst unheimlich, über diese Dinge sprechen zu müssen –. Und ich meine – könntest nicht ebensogut du etwas sagen?«

»Ich –?«

»Du kannst dir denken, daß ich sie nach ihrem Versteck draußen im Hestvikswald ausfragte.« Er blickte den jungen Mann forschend an, der mit weißem stillen Gesicht dastand und zu Boden sah. »Um es kurz zu machen – es scheint sich so zu verhalten, daß du, als du mein Silber fandest, wußtest, wo du es zu suchen hattest?«

Eirik nickte ein wenig.

»Ich habe dir dein Silber wiederbeschafft, Guttorm«, sagte er leise. »Kannst du dir's damit nicht genug sein lassen?«

»Ist es wahr, daß du es gekauft hast?«

»Ja. – Aber du glaubst doch wohl nicht, daß ich es von einem gekauft habe, den ich nicht kannte«, fuhr er fort, etwas lebhafter. »An dem Ort, wo – dort, wo ich von dieser Sache erfuhr – wohnen ein paar arme unverständige Leute – der Mann war wie ein Pflegevater für mich, als ich ein Knabe war. Sie haben wenig Verstand – und allerlei Bettler und derartiges Volk geht in ihrem Heim aus und ein, einige gehören zu unseren eigenen Almosenarmen und sind ordentliche Leute, andere sind mit auf unseren Booten draußen gewesen, allerlei Volk, Bettler und Landstreicher, und –. Guttorm – könntest du nicht aufhören, noch mehr in dieser Sache nachzuforschen, und zufrieden

*) Ego mater etc.: Ich bin die Mutter der schönen Liebe und der Furcht, der Erkenntnis und der heiligen Hoffnung. Liber ecclesiastici 24, 25.

sein damit, daß ich mich in Unkosten gestürzt habe, um dir dein Eigentum wieder zu verschaffen – und es mir überlassen, unter meinen eigenen Leuten daheim Gericht zu halten?«

»Nein, Eirik – es hilft nichts, das du nun so tun willst, als sei es einer von deinen Leuten gewesen –«

Eirik unterbrach ihn: »– In Gottes Namen denn, wenn du mehr weißt, so weißt du wohl auch, daß ich triftigen Grund hatte, in dieser Sache so – heimlich – vorzugehen, wie ich es tat –«

»Das mag sein.« Guttorm stand eine Weile, kaute und kaute an etwas. »Du weißt nicht, ob dort draußen noch mehr von dem Silber gefunden werden könnte?«

»Nein –. Daran habe ich nicht gedacht. Ich kann es auch nicht glauben – aber wenn du willst, so könntest du mit uns herauskommen, wenn der Hang schneefrei wird, ich werde dir gerne suchen helfen.«

Guttorm sah den jungen Mann scharf an – er war selber rot, als er sagte: »Es ist besser, wir machen dem ein Ende. Jörund Rypa sagt, es seien vier Becher gewesen – der große Kelch und vier kleine –«

Eirik sah Guttorm an, verwirrt. Der Silberklumpen, dachte er, so war es Jörund selber, der einige der Kostbarkeiten zusammengeschmolzen hatte – dies wurde schlimmer und schlimmer. Er schüttelte den Kopf: »Ich habe es nicht anders gesehen als so, wie ich es dir gab. Ich weiß also nicht, wer deinen Silberbecher eingeschmolzen hat.«

»Es müßten vier Becher und der Silberklumpen sein, sagt er«, wiederholte Guttorm leise.

Eirik starrte ihn an – langsam kroch die Röte über sein bleiches Gesicht.

»Da erinnert Jörund sich nicht richtig.«

»Das Pferd, das du ihm dafür gabst«, fragte Guttorm vorsichtig, »das war doch mehr wert als das Silber, das du mir brachtest – war es nicht das gleiche, das er gestern ritt?«

»Da du weißt, *wer* es war«, sagte Eirik heftig, »kannst du dir da denken, ich hätte Lust gehabt, um den Preis zu feilschen?«

Guttorm schwieg eine Weile, dann fragte er langsam: »Du weißt also nichts von weiterem Silber als dem, das ich von dir erhalten habe –? Du antwortest mir hier, wo wir nun stehen, und ich werde deinem Wort glauben.«

Unwillkürlich blickte Eirik zu der Wand hinauf – ihm flog durch den Sinn, was er über Bilder gehört hatte, die die Sprache gewannen: Maria selber und ihr Sohn hatten mit Lippen, die der Maler gemalt hatte, und mit Mündern, die der Steinmetz aus dem Stein gehauen hatte, bezeugt, um der Wahrheit zu ihrem Recht zu verhelfen. Aber die sanften Gesichter unter den Goldkronen veränderten sich nicht, und die heiligen Jungfrauen standen unbeweglich und zeigten die Räder und Schwerter, die einstmals ihre Körper zerrissen hatten.

»Nein. Ich weiß von nichts anderem mehr«, sagte er dann nur.

Guttorm streckte die Hand aus. Als Eirik keine Miene machte, sie zu nehmen, griff er selbst nach der Hand des jungen Mannes.

»Ich glaube dir, sage ich. – Aber daß ich diese Sache klären mußte – das wirst du mir wohl nicht übelnehmen.«

»Nein. Du mußtest es wohl –.«

»Hier ist es zu kalt zum Stehenbleiben«, sagte Guttorm. »Komm, laß uns hinausgehen.«

Draußen stieg tanzend der Rauch von all den weißen Hausdächern empor – es war mild, die Sonne schien, und der Himmel glänzte blau. Die dünne Schicht Neuschnee, die während der Nacht gefallen war, war zertreten und die Straße schlüpfrig. »Darf ich dich unterfassen?« bat Guttorm.

Eirik vermochte nicht zu antworten. Er begriff die Absicht des älteren Mannes, aber es war bitter, eine solche Wiederaufrichtung entgegenzunehmen, nachdem er unschuldig so unerhörte Kränkung hatte erdulden müssen. Arm in Arm gingen die beiden die Westliche Straße hinauf. Auf dem Platz vor der Halvardskirche traf Guttorm einige Männer, die er kannte; er stützte sich schwer auf Eiriks Arm, während er mit diesen sprach. Eirik stand stumm wie ein Stock dabei. Als sie jedoch zu dem Hof bei der Kreuzkirche gekommen waren, wo sie wohnten, sagte er zu Guttorm: »Ehe wir hineingehen – würde *ich* dich gerne noch verschiedenes fragen.«

»Das ist begreiflich.«

Sie waren bis über die Höfe hinausgelangt, wo der Fluß unten zwischen lehmigen Ufern dahinlief. Eirik bat Guttorm, ihm zu erzählen, was sich in der Reisigenstube des Königshofes am Morgen zugetragen hatte und wer dabei gewesen war.

Guttorm sagte, Berse sei mit seinen beiden Söhnen dagewesen, außerdem Torgrim von Rynjul und Jörund Rypa, er selber mit seinem Tochtermann Karl. Von den Leuten im Königshof sei niemand anderer dagewesen als Herr Tore und außerdem die Burschen, die die Gefangenen hereinführten.

Keiner von diesen letzteren war dabei gewesen, als Guttorm und sein Gefolge beraubt wurden – diese Räuber waren entweder getötet worden oder sie hatten die Schar schon vorher im Winter verlassen. Die Frau aber war bereit gewesen, über das zu sprechen, was mit dem Draumtorpsilber geschehen war: sie hatte es an den Mann verkauft, der dort stand, Jörund Rypa. Die beiden kannten sich von früher her. Da hatte Jörund sofort ihre Worte bestätigt, nur sagte er, ihm habe Aasa erzählt, es sei ihr Erbe, das sie nun daheim geholt habe, und er hatte ihr geglaubt, denn er wußte, daß sie aus gutem Geschlecht stammte. Er kaufte ihr das Silber ab, weil sie sagte, sie wolle nun sehen, von ihrem Bauern fortzukommen – verheiratet war sie nicht mit ihm –, und nun wolle sie ihren Lebenswandel ändern.

Darauf hatte die Frau gesagt, es sei nicht darüber gesprochen worden, woher das Silber stamme, und sie habe in jener Nacht nichts davon gemerkt, daß Jörund so eifrig gewesen wäre, ihre Sitten zu bessern.

Da entgegnete Jörund, sie lüge, und er habe nicht anders gedacht, als daß das Silber ihr Erbteil von Aasmund auf Haugseter sei. Dies letztere beruhte zum Teil auf Richtigkeit, sie war die Tochter dieses Mannes, aber sie hatte sich verfehlt und war dann von daheim fortgelaufen. Erst als Jörund Eirik seinen Kauf gezeigt hatte, habe er von seinem Schwager erfahren, daß es möglicherweise geraubtes Gut sein könnte. Da wollte Jörund es nicht behalten, Eirik aber habe sich erboten, es ihm gegen den schwarzen Wallach abzunehmen, den er, Jörund, jetzt ritt – und es handelte sich um einen großen Kelch, vier kleinere Becher und einen Klumpen geschmolzenes Silber. Aber im Lauf des Winters habe Eirik gesagt, er wage es nicht länger zu behalten – jetzt, da er sich mit Guttorms Schwestertochter verloben sollte, hielt er es für das sicherste, das Silber noch vorher dem Bauern auf Draumtorp zurückzugeben.

Eirik stand schlaff da, mit dem Rücken an einen Zaun gelehnt. Auf den weißen Äckern jenseits des Flusses funkelte es von Schnee, so daß es in die Augen schnitt; das Blau und das Weiß blendeten so sehr – und blickte er hinunter, wo der Fluß dunkel zwischen den schneebedeckten Lehmufern floß, so wurde ihm schwindelig. Es hatte ihn plötzlich ein unerträgliches Kopfweh überfallen –.

»Was sagte Berse?« fragte Eirik.

»Berse – oh, das kannst du dir wohl denken –. Aber höre, Eirik, was für eine Art Mann ist dieser dein Schwager, Jörund Rypa?«

»Von den Rypa-Leuten auf Gunnarsby hast du wohl gehört. – Er und ich sind viele Jahre lang Freunde gewesen –«

»Seid ihr das jetzt nicht –? Es kamen mir allerlei Gedanken, als er sagte, du habest nicht eher daran gedacht, mir das Silber zurückzugeben, als bis von einer Schwagerschaft zwischen uns die Rede war – du weißt, er hätte nicht nötig gehabt, das zu sagen; es wäre begreiflicher gewesen, er hätte dies *nicht* von dem Bruder seines Weibes gesagt. Wenn er nicht die Absicht damit verfolgte, deine Heirat mit Gunhild zu verhindern –?«

Eirik sah den anderen eine Weile an –

»– Solches zu glauben ist schwer«, flüsterte er matt. Dann richtete er sich auf, schüttelte sich ein wenig und schob den Umhang zurecht: »Aber jetzt will ich gehen und Berse suchen«, sagte er schnell und gleichsam sich aufraffend.

Guttorm streckte eine Hand aus, wie um ihn aufzuhalten: »Du begreifst wohl, Eirik – das, was wir für dich und Gunhild im Sinn hatten, daraus kann nun nichts werden.«

»Aber du wirst doch für mich sprechen, Guttorm?« fragte der junge Mann eifrig – »wirst Berse sagen, daß du mich für einen ehrenhaften Mann hältst?«

»Das will ich, sei dessen sicher. Aber es handelt sich – um den anderen, Eirik. Je fester wir daran glauben, daß du gut genug sein könntest, du und dein Vater und alle deine übrigen Verwandten, desto mehr müssen wir fürchten, mit jenem anderen verwandt zu werden –«

Eirik starrte Guttorm an – er war weiß rings um den Mund wie ein kranker Mann.

»Trotzdem will ich Berse suchen gehen«, sagte er dann, eilte schnell zur Stadt zurück.

Als sie jedoch zur Herberge zurückgekommen waren, erfuhren sie, daß Berse mit seinem ganzen Gefolge aufgebrochen sei. Und gleich darauf hatte Jörund sich auf den Weg gemacht. – Torgrim von Rynjul, Guttorms Tochtermann, hatte Eirik verteidigt, sagte Karl, da aber Berse nicht gleich aufs erstemal glauben wollte, daß Eirik so unschuldig sei wie das Kind im Mutterleib, geriet Torgrim außer sich vor Wut, und als er sagte, es sei schlimm, daß Berse niemals Verstand besessen habe, denn nun hätte er gut ein wenig davon brauchen können – war der Alte in großem Zorn vom Hof geritten. Torgrims Gespräch mit Jörund hatte damit geendet, daß der Bauer einen herumliegenden Ochsenfiesel ergriff und Jörund damit übers Gesicht schlug –.

»– Und hätten nicht Gott und Sankt Olav meine Hand so lenken können, daß ich statt dessen einen Speer ergriffen und ihn damit an die Wand geheftet hätte?« jammerte Torgrim.

Dann wandte er seinen Zorn gegen Eirik, der auf seinen erbosten Ausbruch nicht antwortete: »Du sitzest so stur da wie eine schwangere Braut – oder wie ein Erzengel, dem die Teufel alle Federn aus den Flügeln gerupft haben! Lauf doch lieber gleich zu den Brüdern im Kloster und bitte sie, daß sie dir deine Kutte wiedergeben! Dann hat Jörund das erreicht, was er wollte!«

Karl pfiff – Guttorm blickte jäh auf. Eirik aber erwiderte ruhig: »Was auch geschehen mag – auf *diese* Weise werde ich nicht ins Kloster zurückgehen – wenn ich gehe.«

Es war Torgrim, der sagte, sie sollten jetzt gleich fortreiten – Olav davon verständigen: »Du bist ein rechtschaffener Mann, Guttorm, du wirst also mit uns kommen.« Guttorm war damit einverstanden.

»Es wäre besser gewesen, du hättest deinen Vater um Rat gefragt«, sagte Guttorm zu Eirik, während sie über das Eis der Bucht ritten, »gleich nachdem du in die Sache verwickelt wurdest!«

»Du, der meinen Vater kennt«, antwortete Eirik heftig, »wie glaubst du, daß er es aufgenommen hätte? Es wäre unerträglich für uns geworden, von da an miteinander auf Hestviken zu leben. Gott stehe jetzt meiner Schwester und ihren Kindern bei –«

Ein Stück weit von Draumtorp entfernt begegneten sie einem von Guttorms Knechten; er meldete, daß Berse auf den Hof gekommen sei und unbedingt mit dem Bauern sprechen wolle, ehe er nach Eiken weiterziehe.

»Laß ihn warten«, sagte Torgrim, und Guttorm antwortete, er würde am nächsten Tag heimkommen.

Bei ihrer Ankunft in Hestviken draußen war es dunkel. Als die Reiterschar vor dem Wohnhaus anhielt, sah Eirik, daß jemand oben auf dem Aussichtsfelsen stand, schwarz gegen den letzten grünklaren Schimmer am Himmelsrand. Während der Vater herunterschritt, fühlte Eirik sich an einen erinnert, der von Richter zu Richter geschleppt wurde – ich vermag nicht mehr, Gott, mein Gott, hilf mir, auf daß ich vermag!

Es war so dunkel, daß sie Olavs Gesichtsausdruck nicht sehen konnten, als er herankam, Torgrim aber war vom Pferd gesprungen und eilte auf ihn zu: »Ist er heimgekommen, der Jörund, und was hat er gesagt –«

»Nicht ein Wort, das ich glaube«, antwortete Olav voller Hohn.

Es war dunkel in der Stube, nur ein kleines rotes Glutauge glomm

auf der Herdstätte. Dann aber wurde es hell in der Vorstube – Cecilia Olavstochter trat ein und trug in jeder Hand einen Kerzenhalter mit einem brennenden Licht. Eirik stand neben der Tür, auf sein Schwert gestützt, noch im Umhang: das ist das Schlimmste, dachte er, als er das versteinerte Gesicht der Schwester sah. Sie stellte die Lichter auf den Tisch, kniete bei der Feuerstätte hin und legte Birkenrinde und Kienspäne auf die Glut, während Olav Guttorm begrüßte.
»Diese Männer sollen wohl heute nacht hier schlafen?« fragte sie, nachdem sie das Feuer angefacht hatte. »Und wollt ihr zuerst miteinander sprechen oder wollt ihr warten, bis ihr etwas zu essen bekommen habt?«
»In Gottes Namen laßt uns erst das sagen, was gesagt sein muß«, rief Torgrim.
Als der Vater nickte, wandte sie sich der Tür zu. In diesem Augenblick tauchte Jörund auf und trat ins Licht. Er blickte um sich und auf die Neuangekommenen: »Eirik rückt mannsstark an, sehe ich – mit seinen Freunden, jungen und alten. Nun will er wohl seine Saga erzählen – und geschickt im Zusammenreimen und im Erfinden von Zeitvertreib war er ja schon immer, das wissen wir alle, ich erwarte mir also nichts anderes, als daß ihr ihm glauben werdet, du Olav, und alle seine Verwandten. Ich besitze solche Gaben nicht und weiß, daß ich zu kurz komme – ich konnte nichts erfinden, was wahrscheinlicher klingt, wenn die Wahrheit unwahrscheinlich erscheint –«
Man hörte im Hintergrund einen Schlag – Cecilia hatte den Balken vor die Tür gestoßen. Jetzt trat sie vor, stellte sich an die Seite ihres Mannes: »Da ist es am besten, wenn ich zuerst das sage, was ich weiß – da ich es war, die das Silber fand, und es meine Schuld ist, daß mein Bruder in unsere Angelegenheiten hineingezogen wurde.«
Jörund wandte sich wütend gegen sie: »Du zeugst gegen deinen eigenen Gatten –«
Eirik stellte sich an die andere Seite der Schwester: »– Nein, Cecilia – du darfst nichts sagen –«
Cecilia schob beide Männer zur Seite: »Ich bezeuge das, was wahr ist – das gereicht uns allen zum besten«, sagte sie ruhig, »auch dir, Jörund! Zuerst aber bitte ich euch alle, über diese Sache zu schweigen, wie ihr wollt, daß die Engel am Jüngsten Tag über jene eurer Sünden schweigen, von denen es euch am ärgsten wäre, wenn sie in der Versammlung aller Seelen ausgerufen werden würden!«
»Wir wollen tun, was wir vermögen, Hausfrau«, sagte Guttorm,

»auf daß diese üble Sache totgeschwiegen werden kann.« Die anderen stimmten zu.
Dann berichtete sie von dem Fund des Silbers. Torgrim fragte: »Du bist sicher, daß nichts weiter in der Truhe lag als diese drei Becher?«
»Ja, ich hatte alles herausgenommen – der Umhang, den ich suchte, lag zuunterst. Aber jetzt muß ich hinausgehen und meine Pflicht erfüllen – ihr seid gewiß hungrig und durstig nach diesem langen Ritt heute.«
Jörund wandte sich um, wollte seiner Frau folgen, als sie hinausging. Olav sagte: »Nein, bleib hier, Jörund – wir haben noch nicht miteinander zu Ende gesprochen.«
Cecilia wandte sich in der Tür um: »Vergiß nicht, Vater, was ich dir gesagt habe – Jörund mußte als Kind schon erfahren, daß er auf seine eigenen nächsten Verwandten nicht vertrauen konnte. Schlimm ist es, daß es so gekommen ist und er nun glaubt, auch du und Eirik seien seine Feinde, und daß er meinte, sich für etwas rächen zu müssen.«
»– und männliche Rache hat er genommen!« fiel Torgrim schneidend ein.
»Auch du, Verwandter, kannst mit Ursache dazu sein, daß mein Mann den Glauben gewann, ihr alle wolltet ihm böse sein. Es ist schwer für einen, der dich nicht kennt, zu wissen, daß du nicht alles so meinst, wie du es sagst, wenn der Jähzorn dich erfaßt.«
Es wurde eine unbehagliche Mahlzeit – die Männer aßen und tranken fast vollkommen schweigend von all den guten Sachen, die Cecilia und ihre Mägde auf den Tisch stellten. Olav hatte beinahe nichts gesagt – nicht ein Wort hatte er an Eirik gerichtet, und Eirik und Jörund saßen da und schwiegen wie die Wand. Cecilia blieb in der Stube, ging selbst umher und schenkte ein. Als jedoch die Mägde die Speisen hinausgetragen und noch mehr Bier bereitgestellt hatten, wandte die Hausfrau sich an Guttorm: »Ich habe eine Bitte an dich, Guttorm, und es ist nicht wenig, worum ich dich bitte, aber ich kann diese Bitte an niemand anderen richten als nur an dich – Torgrim, mein Verwandter, würde mir hierin keine Hilfe sein. Willst du morgen mit mir nach Eiken reiten? Ich möchte selber mit Berse sprechen.«
»Berse ist bei mir auf Draumtorp, Hausfrau.«
»So laß mich mit dir heimreiten! Sigmund Baardssohn hier wird uns den Gefallen erweisen, mitzukommen und mich zurück zu begleiten –«
»Ich reite selber morgen mit Guttorm«, sagte Olav.
»– um so besser –«

»Nein«, sagte der Vater, »wir können dich nicht mitnehmen, meine Tochter. Es ist niemals Sitte hier auf Hestviken gewesen, die Frauen für uns Männer das Wort führen zu lassen.«

Kurze Zeit, nachdem die Schwester die Stube verlassen hatte, schlich Eirik sich hinaus. Er fand sie im Küchenhaus – sie hatte soeben das Feuer auf der Herdstätte gelöscht und wollte hinausgehen. Eirik nahm sie in seine Arme: »Cecilia!«
Sie stand eine Weile still, die Hände auf den Schultern des Bruders. Dann machte sie sich frei: »Ich möchte hier zuschließen, Eirik – ich muß schlafen gehen.«
»Kannst du nicht drinnen liegen – im Dachraum über der Stube«, bat er heftig, »Cecilia – du kannst doch nicht hineingehen – heute nacht bei *ihm* schlafen!«
»Das ist nicht anders«, antwortete sie mit einer Art Lachen. »Ihr begreift nicht viel –. Könntet ihr wenigstens Jörund in Frieden lassen«, sagte sie heftig. »Ich weiß nicht, ob es mir gelingt, ihn zu beruhigen, aber –. Vergiß nicht, daß ich drei Kinder von ihm habe –.«
Eirik preßte sie stumm an sich.
»– ich fürchte mich nicht«, sagte Cecilia mit einer kleinen trockenen, erfrorenen Stimme und riß sich los.

Torgrim ritt mit den beiden jungen Burschen, Torgils und Sigmund, am nächsten Morgen, gleich nachdem sie den Morgenimbiß eingenommen hatten, heimwärts. Dann schickte Olav einen Knecht hinaus, daß die Pferde für Guttorm und ihn gesattelt werden sollten. Guttorm trat als erster vors Haus, Olav wollte folgen, da bat der Sohn: »Vater –!«
Olav blickte in das weiße verzweifelte Gesicht des jungen Mannes.
»Vergiß nicht, Vater – nicht ich warf meine Augen auf sie – Gunhild. Ihr wart es, du und Berse, ihr wolltet es. Wir wußten alle beide, als wir miteinander bekannt wurden, was euer Wille war – daß wir Neigung zueinander fassen sollten. Denke daran, wenn du mit ihrem Vater sprichst –«
Olav schüttelte den Kopf.
»Aus dem, was du denkst, Eirik – kann nie etwas werden.«
»O doch!« Er preßte seine Hände zusammen. »Jetzt weiß die ganze Gemeinde, daß am Tag der Agnesmesse das Gastgelage sein soll. Gewinnt ihr etwas dadurch, wenn ihr jetzt unter den Leuten ein Gerede darüber aufkommen laßt, warum nichts daraus wird –? Denke

daran, Vater, wenn du an sonst nichts denken willst! Sei nicht zu heftig, wenn du mit Berse sprichst –«

»Es ist viel, worum du mich bittest, Eirik«, sagte Olav leise.

»Es gilt auch für uns –«

»Kann ich, so will ich daran denken«, sagte Olav wie zuvor.

»Es ist wenig, was du mir versprichst«, flüsterte Eirik.

»Keinem anderen würde ich so viel versprechen, Sohn –« Olav ging hinaus, und Eirik folgte ihm.

Guttorm saß bereits im Sattel. Eirik ging hin, um das Pferd des Vaters zu halten, während dieser aufstieg; da trat Cecilia aus der Tür der Frauenstube. Sie war in ihren dunklen, pelzverbrämten Kapuzinerumhang gekleidet. Den Säugling trug sie auf dem Arm, und Kolbein ging neben ihr und hielt sich am Umhang der Mutter fest.

»Willst du Brunsvein für mich satteln, Eirik«, bat sie. »Mein Grauschimmel hinkt auf der einen Hinterhand, sah ich heute morgen. Ich will die Kinder zu Ragna hinaufbringen –«

»Nein, Cecilia«, sagte Olav. »Ich habe dir gesagt, daß du das nicht tun darfst.«

»Doch, Vater. Es gilt für mich mehr als für alle anderen. Will Berse nicht auf dich hören – mich *muß* er anhören, so wahr er ein christlicher Mann ist – wenn ich für meinen Gatten und drei junge Söhne bitte.«

Olav stand da und sah die Tochter an. Da sagte Guttorm vom Pferd herab: »Ich glaube, daß die Frau recht hat. – Laß deine Tochter mitreiten; mir scheint, sie ist die Klügste.«

»Du hältst es nicht aus, Cecilia.« Der Vater trat dicht an sie heran. »In dieser Kälte. Und es ist ungewiß, ob wir bis zum Abend wieder heimkommen können, vielleicht muß ich die Nacht auf Hestbaek zubringen. Es wird zu schmerzhaft für dich, mit all der Milch in deinen Brüsten –«

»O doch, ich werde es aushalten –« Sie lächelte flüchtig, führte dann die Kinder zu Ragnas Stube hinüber, und Eirik ging in den Stall.

Als die anderen bei der Flußmündung in den Wald hineinritten, wandte Eirik sich der Frauenstube zu. Sein Herz hämmerte bei dem Gedanken an die Begegnung mit dem Schwager; selbst jetzt meinte er, Jörunds Handlungsweise nicht begreifen zu *dürfen* – er war Cecilias Mann, und solange sie alle lebten, war er einer der ihren –

In diesem Augenblick mußte er daran denken, daß er in dieser Vorstube hier an jenem Abend zusammen mit Bothild gestanden hatte.

Er hatte es beinahe vergessen – wer er selber in jenen Tagen der Besessenheit gewesen war, da er nichts anderes gewollt hatte, als das arme Kind kränken, ein Fremder für den Mann, der er jetzt geworden war.
Wie flackerndes Wetterleuchten blitzte es in Eiriks Seele auf – was ihm in diesen Jahren vergeben und gegeben worden war. Und selbst wenn es ihm jetzt bestimmt sein sollte, sein Glück auf dieser Welt zu verlieren, so wurde das nicht weniger wert, was Gott an ihm getan hatte: niemals mehr konnte er wieder so werden wie in jener Zeit, da er sie jagte – staunend begriff er, wie sehr sein unreifer und milchiger Sinn zum Kern gereift war. Und während er nach der Klinke zur inneren Tür griff, empfand er ein brennendes Mitleid mit Jörund.
Im selben Augenblick, da er über die Schwelle trat, hieb Jörund nach ihm – Eirik wich ein wenig zurück – so daß das Schwert den Türbalken traf. Im nächsten Nu war er vorgesprungen, packte den Schwager um die Mitte und am Arm; er entwand ihm die Waffe und schleuderte sie weg. Jörund hatte hinter der Tür verborgen gestanden.
»Laß das nun sein, Jörund – du hast dir schon genug geschadet, Mann!« Der andere stand da und keuchte und schielte, und zum erstenmal sah Eirik richtig, wie sehr Jörund sich in den letzten Jahren verändert hatte – fett war er geworden, auch im Gesicht, mit schlaffen Zügen, im Fett verquollenen Augen, und es war, als vermöchte er keinem Menschen offen ins Gesicht zu sehen. Eirik setzte sich – dann ging er hin, hob das Schwert auf und reichte es dem Schwager: »Du bist schon dumm genug gewesen – mach es nicht schlimmer. Du hast dein Leben stets allzusehr geliebt – ich glaube kaum, daß du dir überlegt hast, was du dabei wagst, wenn du an mir Rache nimmst – so du meinst, Ursache zur Rache zu haben – so teuer wolltest *du* sie wohl doch nicht erkaufen.«
»Trotzdem bin ich dir zuvor gekommen«, höhnte Jörund Rypa, »meinst du, ich hätte nicht gemerkt, was du im Sinn hattest – ich hörte, wie du vor der Tür draußen auf der Lauer standest –«
»Wie du siehst, bin ich ohne Waffen – aber setz dich lieber –«
Jörund warf dem Schwager einen seltsam unsicheren Blick zu. Dann hob er drohend das Schwert. Eirik lächelte leicht und schüttelte den Kopf.
»Ich könnte dich niederhauen, so wie du da stehst, in den Wald flüchten –«
»Mag sein. Aber es ist schwierig, um diese Jahreszeit im Wald das Leben zu fristen – für einen, der sich hier in der Gegend nicht aus-

kennt. Ungewiß ist es wohl auch, ob du so weit kommen würdest. Es ist möglich, daß du den Hof nicht verlassen könntest –«

»Bin ich wie ein Gefangener bewacht –« schrie Jörund auf. Eirik sah plötzlich, daß Jörunds Augen denen einer Ratte glichen, die in einen Winkel gejagt ist.

»Nein, nein. Aber es könnte doch einigen Lärm verursachen – die Leute sind draußen –«

Jörund ließ das Schwert fallen, ging hin und warf sich aufs Bett. Auf die Ellbogen gestützt lag er da und starrte Eirik an: »Was *willst* du denn also?«

»Dir sagen«, erwiderte Eirik, »daß du mich auf diese Art nicht los wirst – wenn das deine Absicht sein sollte. Was ich auch tue oder nicht tue, so mußt du wohl begreifen können – mein Vater ist ein alter Mann, Cecilia hat keinen anderen nahen Verwandten als mich. Solange du dich so gebärdest, daß ich fürchten muß, sie könnte keine guten Tage mehr mit dir haben, solange, das wirst du dir wohl denken können, werde ich nicht hingehen und Mönch werden!«

»Cecilia ist eine Hure!« sagte Jörund verbissen.

»Hüte dich, dies noch einmal zu sagen!« antwortete Eirik, noch ruhig. »Ich glaube, der Böse hat dich deines Verstandes beraubt –.« Kaum hatte er dies gesagt, wurde ihm angst – Jörund sah so aus, daß man fast glauben konnte, es sei wahr.

»Nicht ich bin Kolbeins Vater«, heulte Jörund, »das habe ich aus ihrem eigenen Munde erfahren! Ich flehte sie an, zu sagen, daß ich es sei – nicht ein Wort bekam ich als Antwort aus ihr heraus!«

»Du konntest kaum erwarten, daß eine ehrbare Frau hierauf antworten würde.« Er fühlte sich vor Schrecken und Ekel dem Ersticken nahe – da begann Jörund wie ein Hund zu heulen, er winselte und wimmerte – dann brach er in lautes Schluchzen aus, während die Worte aus seinem Munde strömten und quollen: gegen ihn seien alle treulos gewesen, seine Brüder, deren Frauen, alle seine Freunde und Verwandten in der Welt, Cecilia und Olav und alle hier – Eirik verstand von zehn Worten kaum eines –.

»Glaubst du denn *keinem*, Jörund?« fragte Eirik, als der andere für einen Augenblick zu toben aufhörte.

Als Antwort brüllte Jörund laut auf, als habe er einen Fußtritt erhalten.

»Jörund«, sagte Eirik eindringlich, »dein Weib ist fortgeritten, um Berse auf Eiken zu bitten, über diese Sache zu schweigen, so daß dein Ruf gerettet werden kann. Es fällt ihr nicht leicht, um etwas zu bit-

ten – das weißt du, fürchte ich, am besten von uns allen. Niemals hat sie sich mit einem Wort bei uns, ihren Verwandten, über dich beklagt –. Du tust am klügsten, das zu glauben, was ich dir sage – hier bei uns war es nie der Brauch, Verrat oder Hinterhältigkeit zu üben, wir mögen auch ohne dies schon genug zu verantworten haben – den Ruf aber, daß wir Treue halten, haben wir stets genossen –«
Jörund Rypa bohrte den Kopf in die Kissen des Bettes, weinte und rang nach Luft. Dann, ganz plötzlich, begann er zu schnarchen. Eirik fürchtete, er könnte krank geworden sein – er faßte ihn an und wollte ihn besser zurechtlegen. Jörund schielte ein wenig aus dem roten, vom Weinen geschwollenen Gesicht heraus, schloß die Augen jedoch gleich wieder – es war Schlaf.
Eirik blieb eine Weile am Bett sitzen, Jörund aber schlief weiter. Da schlich er sich hinaus, beklommenen und erschreckten Herzens.

Eine Stunde vor der None trat Eirik aus dem Haus, zum Fortreiten gekleidet. Er ging in die Frauenstube hinüber – Jörund schnarchte, daß es dröhnte. Dann trat er in den Stall, führte den Fuchs heraus und sattelte ihn.
Als Eirik so weit gekommen war, daß er Eiken sehen konnte, stand die Sonne schon tief, und ihre Strahlen ließen die Äcker und den verschneiten Waldhang hinter dem Hof rot und golden aufleuchten. Auf einem kleinen Anwesen am Weg bat er, sein Pferd einstellen zu dürfen. Wenn es auch Berse zu Ohren kommen würde, er mußte es dennoch wagen –.
Zu Fuß ging er über die Äcker zum Hof hinauf, vorbei an dem Hauptweg, der zu dem Platz zwischen den Häusern hinaufführte. Jetzt war die Sonne untergegangen, und das weiße Land färbte sich graublau, der Himmel jedoch war gelbrot, und im Süden schwammen ein paar goldene Wolken, während oben am Gewölbe bereits etliche Sterne schimmerten.
Der Weg, den er bei seinem letzten Hiersein gegangen war, auf der Höhe oben, war befahren – man sah dort Schlittenspuren und herabgefallenes Heu. Ein Stück weit führte er an dem Zaun entlang, der den Hof vom Wald trennte. Eirik watete bis zu dem Zaun hin und sah zu den Häusern hinüber. Es dünkte ihn ein böses Zeichen, daß er noch nie dort gewesen war.
Er blieb stehen, wußte nicht, ob er hinuntergehen und bitten sollte, mit Gunhild sprechen zu dürfen. Da öffnete sich eine Tür, eine Frau und ein Mann und ein Hund kamen heraus.

Mit halber Stimme begann Eirik zu locken – den Ruf vom Herbst her. *Sie* fuhr zusammen, der Hund begann zu kläffen und raste zu der Stelle hinauf, wo Eirik stand, der Mann hinterdrein: »Bist du es, Kaare –?« fragte Eirik.

Kaare Bersessohn ging auf ihn zu: »Bist *du* hier –?«

»Ja. Willst du deine Schwester fragen, ob ich mit ihr sprechen darf. Ich warte hier oben am Weg.«

Es war jetzt bereits viel dunkler – der Sonnenuntergang verblaßte zu gelben und durchsichtig grünen Farben, und überall sah man Sterne. Gunhild kam herauf, in einen langen Kapuzenumhang gehüllt. Der Bruder und der Hund folgten.

»Du mußt Gunhild und mich eine Weile allein sprechen lassen, Kaare«, bat Eirik. Die Schwester sagte etwas zu dem Jungen, und er ging wieder hinunter, von seinem Hund begleitet.

Dann trat Eirik auf Gunhild zu und nahm sie in seine Arme. Da brach sie in Tränen aus: »Ich begreife nicht, Eirik, was das bedeutet?«

Er stand da und hielt sie an sich gedrückt und wurde unglücklich – er war so wenig an weinende Frauen gewöhnt. Nach einer Weile jedoch ließ er das Mädchen los und fing an zu berichten, ganz ruhig, wie es zusammenhing, all das, was sie bereits von ihren Brüdern gehört hatte.

Gunhild hatte sich beruhigt: »Nein, *das* begriff ich, daß es nicht wahr sein konnte, was sie sagten, meine Brüder glaubten es auch nicht. – Aber was sagt Jörund Rypa?«

Eirik redete ein wenig über Jörunds seltsame Gedanken und darüber, daß er meinte, sie wollten ihm auf Hestviken ans Leben – »Aber das eine möchte ich dir sagen, Gunhild: ja – ich habe doch geglaubt – ich darf wohl glauben, es widerstrebt dir nicht, das was ich *wünsche* – daß diese Verabredung über uns beide erfüllt werde?«

»Das habe ich dich gewiß merken lassen – vielleicht mehr, als ich sollte« – Sie sträubte sich, als er sie umarmen wollte, erlaubte ihm aber, ihre Hand zu halten.

»Jetzt wird es wohl bis zur Agnesmesse nichts daraus werden. Wir müssen wahrscheinlich warten. Aber ich kann nicht anders glauben – wenn dein Vater es sich überlegt hat, wird er selber diese Heirat in jeder anderen Beziehung für so geziemend erachten, daß –«

Gunhild drückte seine Hand: »Ich wollte, wir müßten nicht allzulange warten«, sagte sie mit einer kleinen, mutlosen Stimme, die den Mann vor Entzücken erschauern ließ. »Es ist nicht gut, mit einer Stiefmutter zusammen zu leben, wenn man eine erwachsene Jungfrau ist –. Und

das habe ich gleich beim erstenmal, da ich mit dir sprach, von dir geglaubt: *du* wirst gut gegen den sein, der mit dir leben soll!«
Da konnte sie nicht verhindern, daß er sie wieder an sich zog.
»Und dann ist da noch eines, was ich dir sagen möchte«, begann er da etwas später. »Du weißt, es gab einmal eine Zeit, da ich Mönch werden wollte – ich war länger als ein Jahr im Kloster. Darum ist mir ein wenig von den Kirchengesetzen und derlei Dingen bekannt –. Sollte es so schlimm kommen, daß Berse einen anderen Freier bringt, so wisse, daß eine Ehe keine Ehe nach Gottes Wort und dem Gesetz der Kirche ist, wenn du nicht selbst deine Einwilligung dazu gegeben hast. Getraust du dich, daran festzuhalten und dich zu weigern, ja zu sagen, so können sie dich nicht zwingen – und es ist Pflicht des Bischofs, dich in seinen Schutz zu nehmen, wenn du dich bei ihm beklagst.«
»Nein, mich zwingen, einen zu nehmen, den ich nicht haben will!« sagte Gunhild heftig. »Eher will ich von hier davonlaufen – eher fliehe ich zu Eldrid, meiner Schwester –«
Eirik durchfuhr es – nein, das doch lieber nicht. Seine Gunhild, rein und stolz, bei der alten –. In sieben Kirchspielen gab es nicht eine Frau, die einen schlechteren Ruf hatte als Eldrid Bersestochter. Das durfte nie geschehen –. Aber er sagte nur: »So schlimm wird es wohl nicht kommen – ich dachte nur, *wenn* es so lange dauern sollte, daß von einer anderen Heirat die Rede sein könnte –. Gott segne dich, Gunhild – möge es nicht dahin kommen, daß deine Treue so hart geprüft wird.«
»Ich friere«, sagte sie nach einer Weile; sie trat von einem Fuß auf den anderen und schauerte vor Kälte zusammen.
»Komm – laß dir meinen Umhang umlegen –« Er zog sie mit sich, setzte sich auf ein paar Stämme, die am Wegrand lagen, und nahm Gunhild auf seine Knie. »Frierst du noch?« flüsterte er nach einiger Zeit.
»Meine Füße sind wie Eis –«
Er faßte sie unter den Knien, zog sie herauf, so daß das Mädchen ganz zusammengekauert in seinen Armen lag, wickelte seinen Umhang um ihre Füße. Er fühlte das ganze Gewicht ihres jungen, gesunden Körpers auf seinem eigenen, sie lag so gut und rund in seinen Armen, und mit seinem Gesicht suchte er ihre weiche, winterkalte Wange in der Pelzverbrämung ihrer Kapuze. Und er fühlte seine eigene Jugend und Lebenskraft und daß sie beide warm waren von warmem Blut in der frischen Kälte der Winternacht.
Ein wenig erschreckt von seinem harten Griff und den heißen Küs-

sen sträubte sie sich, wollte wieder hinunter von seinen Knien: »Eirik – ich wage nicht länger fortzubleiben –«
Da mußte er sie schließlich freigeben – sie bebte und war atemlos von der letzten unbändigen Umarmung. Er begleitete sie bis zu dem Pfad, der zum Hof führte: »Jetzt wird es vielleicht lange dauern, bis wir uns wiedersehen –?«
Gunhild streckte ihm die Hand hin: »Hab keine Angst, Eirik – mich werden sie nicht unterkriegen!«
»Möge der Segen Christi und der Jungfrau Maria auf dir ruhen – wenn ich nur *das* weiß, so wird sich schon ein Rat finden!«
Es war bereits dunkel, und tausend Sterne standen am Himmel, als er sich beeilte, auf den Hauptweg zu kommen. Beißend kalt war es, so daß der Schnee unter seinen Füßen kreischte – die Milchstraße zog sich so hell über das schwarze sternenfunkelnde Gewölbe hin. Aber die Kälte tat gut – er empfand in ihr seine eigene Kraft und Wärme.
Auf dem kleinen Hof waren sie gerade im Begriff, sich schlafen zu legen, als er ankam und sein Pferd abholte. Und die Nacht war weit vorgeschritten, als er draußen auf Hestviken anlangte. Er sah zu Jörund hinein – es war eiskalt in der Frauenstube, das Feuer auf der Herdstätte erstorben. Eirik hörte den Atem des Schlafenden – dann ging er in seine Stube, zündete ein Licht an, begab sich zurück und betrachtete den Schwager. Jörund sah aus, als habe er sich nicht gerührt, aber sein Schlaf schien jetzt gesünder.
Eirik deckte ihn zu, raffte ein paar Kissen und Decken zusammen und bereitete sich auf der Bank ein Lager. Er streifte die Stiefel von seinen steifgefrorenen Füßen, schnallte den Gürtel ab, hüllte sich in seinen bereiften Umhang und schlief bald darauf ein.

Er erwachte erst wieder, als Jörund ihn rüttelte: »Willst du nicht kommen und etwas essen?«
Eirik setzte sich zurecht, Jörund war heute ganz anders – scheu und still, die Stimme ganz weich. Während sie aßen, fragte Jörund nach einiger Zeit, indem er zur Seite blickte: »Du – Eirik – ist es wahr, daß – versuchte ich dir gestern etwas anzutun – gingen wir gestern aufeinander los?«
»Erinnerst du dich selbst nicht mehr, worüber wir gestern sprachen?« fragte Eirik ernsthaft.
»Ich weiß nicht recht – was ich geträumt habe und was nicht. Bisweilen habe ich so unerträgliche Kopfschmerzen, daß ich mich hinterher an nichts mehr erinnere –«

»Geht es dir heute besser?«

»Mich schmerzt der Kopf auch heute noch – aber auf eine andere Art –«

Und gleich nachdem sie gegessen hatten, ging er hin und legte sich aufs Bett, schlief wieder ein. Eirik sah mehrere Male zu ihm in die Stube. Gegen Mittag kamen Olav und Cecilia heim.

Eirik ging hinaus und empfing sie. Er blickte forschend in das Gesicht des Vaters – Olav tat so, als sähe er ihn nicht, grüßte nicht – er stieg vom Pferd und ging geradeswegs in seine eigene Stube, ohne nach rechts oder links zu schauen. Eirik folgte Cecilia zur Ragnastube hinauf. Als sie Audun an die übervolle Brust gelegt hatte, stieß sie einen kleinen Seufzer der Erleichterung aus. Eirik hob ihren Umhang auf, der zu Boden gefallen war.

»Du erwartest wohl zu hören, wie es mit unserer Angelegenheit ging?« Sie betrachtete den Kopf des Säuglings. »Es hätte besser gehen können – aber es hätte auch schlechter gehen können. Berse versprach zu schweigen. Aber ich will dir nicht verheimlichen, daß er Dinge zu uns sagte –. Ja, der Vater – unser Vater beherrschte sich in einer Weise. Aber ich wünschte – ich wünschte, dies hätte ihm erspart bleiben können – jetzt, da er ein alter Mann ist und – und –. Es ist am besten für dich, jetzt nicht in seine Nähe zu kommen –.«

»Trotzdem muß ich es –« Eirik streichelte der Schwester die Wange. »Du glaubst gewiß, ich sei weniger mutig als du, Cecilia«, sagte er traurig.

»Das weiß ich nicht.« Sie legte das Kind an die andere Brust. »Es gibt wohl manches, was ein Mann besser vermag als ein Weib. Und anderes, das ein Mann weniger erträgt als –«

Als er jedoch in die Wohnstube trat, saß Olav noch in seinem Umhang da, die Hände um den Schwertknauf gelegt und das Kinn aufgestützt. Er sah flüchtig zu Eirik auf, sagte jedoch nichts, und so wagte Eirik nicht das Wort an ihn zu richten.

16

Auch dieser Winter verging schließlich – ein Tag nach dem anderen.

Niemals hatte Olav auch nur mit einem Wort seine Begegnung auf Draumtorp mit Berse erwähnt, und Eirik hütete sich zu fragen. Überhaupt sprachen die beiden wenig zusammen – jetzt stand es so zwischen ihnen wie damals, als er ein Knabe war: der Vater saß da und starrte vor sich hin, und Eirik wußte nicht, ob der Mann ihn ansah oder quer durch ihn hindurch etwas anderes betrachtete. Mußte er wegen irgendeiner Sache mit Olav sprechen, so war es, als höre der Vater nur mit halbem Ohr zu, und ein Hauch von Unfreundlichkeit und kaltem Unwillen schlug ihm von dem Alten entgegen. Eirik erinnerte sich – früher einmal hatte dieses Wesen des Vaters ihn zur Raserei treiben können. Jetzt dachte er – Gott weiß, vielleicht hat der Vater damals schon eine heimliche Bürde getragen. Und er fühlte, auch die Liebe zum Vater hatte sich gefestigt, wie alles andere in ihm in diesen Jahren – hatte sich von einer Art schwappender Milch in Mark verwandelt.

Es war schlimm für Cecilia und Jörund, daß er so wenig umgänglich sein sollte, aber da war nicht zu helfen.

Eirik hielt sich soviel er konnte bei den jungen Eheleuten in der Frauenstube auf. Er hatte es aufgegeben, über das Wesen des Schwagers nachzugrübeln – glaubte fest, der Mann müsse im Herbst und Winter ganz verwirrt gewesen sein und habe nun eben für dieses eine Mal sich von seinem Eiter befreit. Während des ganzen Nachwinters war Jörund Rypa guter Laune, munter und geschwätzig, so wie in früheren Zeiten. Er spielte mit seinen kleinen Kindern, war liebevoll gegen sein Weib – bisweilen auf eine Art, die Eirik vor Scham erröten ließ; Eirik konnte auch nichts anderes glauben, als daß es Cecilia quälte, aber sie ließ sich nichts anmerken. Sie leistete ihr Teil an der Leitung des Hofes mit hervorragender Tüchtigkeit, und Eirik sah, daß das Gesinde für seine junge Herrin durchs Feuer ging. Cecilia gelang es sogar, den Vater zum Erwachen zu zwingen, wenn sie sich mit ihm beriet.

Niemals konnte Eirik merken, daß Jörund den Ereignissen, die sich um die Weihnachtszeit zugetragen hatten, auch nur einen Gedanken schenkte, oder daß er sich darum kümmerte, wieviel von der Sache unter die Leute gedrungen war. Gerüchte waren im Umlauf, das mußte Eirik sich selber sagen, aber niemand ließ ihn etwas merken. Auch das wußte er: wären zwei arme Männer in eine Sache der Hehlerei geraubten Gutes verwickelt worden, so wären sie wohl kaum daraus losgekommen, ohne fürs Leben gebrandmarkt zu sein – zum mindesten. Nun aber waren sie beide Söhne auf Gunnarsby und Hestviken, und ihre Schwäger waren Baard auf Skikkjustad und Torgrim auf Rynjul. Der eine war einer der mächtigsten Männer in den Gemeinden hier ringsum, besonders seit er nun alle seine vier Töchter so verständig verheiratet hatte, und der andere durfte sagen und tun, was er wollte – die meisten Leute mochten ihn trotzdem und fanden sich mit seiner polternden Art ab. Selbst jener, der gerade darunter zu leiden hatte, tröstete sich gerne damit, daß am nächsten Tag ein anderer sein Teil abbekommen würde –.

– Eirik fand jenes Wort, das er von den heiligen Vätern vernommen hatte, bestätigt – das Urteil der Menschen und Wohlstand in der Welt und all dies bedeutete für ihn nach und nach so wenig, daß er sich darüber wundern mußte, wie jemand für solche Dinge noch so schwer *kämpfen* mochte, so wie er es doch ringsum beobachten konnte – mit Kummer und Sorgen und mit List und Verrat und Gewalt. Wäre es nicht um Gunhilds und der Liebe willen gewesen, die zwischen ihnen bestand, und hätten nicht Cecilia und Jörund seiner Stütze bedurft – er hätte lieber heute noch als morgen alles in dieser Welt fahren lassen. Aber er begann das Wort zu begreifen, das davon sprach, daß man in der Welt lebe und doch nicht in ihr sei – er meinte, es könne nichts mehr geben, das seine innerste, freie Ruhe zu unterjochen imstande wäre.

Eines Tages, zeitig im Frühjahr, begleitete Eirik seine Schwester nach Rynjul hinauf; sie wollte sich nach ihrem Kind umsehen, das dort aufgezogen wurde. Er saß mit Una in ihrer Webstube und sah Cecilia zu, die ihren Sohn gängelte – Torgils Jörundssohn hatte seit dem letztenmal, da die Mutter ihn sah, das Gehen gelernt. Da kam Torgrim herein. Nach einer Weile sagte der Bauer: »Du hast es wohl gehört, Eirik, daß Gunhild einen neuen Freier bekommen hat?« Er nannte einen Mann, den Eirik nicht einmal dem Namen nach kannte, der Mann war von Agder. »Berse wird auch nicht durch Schaden klug. Er bekam seinen Willen mit Eldrids Heirat, und es ging so, wie es eben ging. Trotzdem will er nun auch Gunhild an einen solchen alten Bergtroll verkaufen.«

Die Geschwister ritten in der Abenddämmerung heim; hinter den dichtverzweigten Kronen der Erlen leuchteten die ersten großen Sterne am hellen Himmel auf. Es war ein milder Abend – feuchter Erdgeruch dampfte aus den braunen schneefreien Äckern empor, und die Vögel sangen in allen Bäumen. Sie waren lange Zeit schweigend dahingeritten, als die Schwester fragte: »Eirik – das, was Torgrim von Gunhild sagte –. Es ist unsere Schuld, daß du sie verlierst –«

»Gunhild läßt sich nicht zwingen«, sagte Eirik.

»Zwingen – es gibt so viele Arten«, meinte Cecilia.

Bald darauf sagte Eirik: »Da wir beide nun schon einmal über solche Dinge sprechen – du brauchst nicht zu antworten, wenn du nicht

willst – hat Jörund dich jemals damit gequält, daß er von allen Menschen Böses glaubt –?«
»Woher weißt du das?« fragte sie heftig.
»Damals im Winter – als er wie außer sich war, alle anschuldigte – da gingst auch du nicht frei aus –.«
»Oh, daran habe ich selber wohl auch einige Schuld«, sagte Cecilia. »Ich war so jung damals. Ich verstand es nicht besser, sondern reizte ihn durch mein Schweigen und durch das, was ich redete.«
Jung, dachte Eirik – Cecilia war nicht einmal so alt wie Gunhild. Nach einer Weile sagte sie: »Auch ich habe wohl unrecht gehandelt. Die anderen wollten zu einem Gastgelage; ich weigerte mich mitzukommen. Hauptsächlich deshalb, weil ich schon so nahe vor meiner Niederkunft war – aber ich wußte auch, daß auf jenem Hof dort ein Gast war, dem ich jetzt nicht begegnen mochte. Am Abend aber kam er nach Gunnarsby, und da ging ich trotzdem hinaus, sprach mit ihm am Zaun. Wir sagten kein Wort, das Jörund nicht gerne hätte hören können – *er* ist nicht so. Aber Jörund erfuhr es, und er wußte, daß der Mann mich von Hestviken daheim kannte. – Du kennst ihn nicht. Dann war ich störrisch – und Jörund verlor alle Besinnung. So schlimm war es aber später nie wieder – es jagte ihm einen Schrecken ein, daß Vater kam. Jörund ist auch ganz vernünftig in den Zeiten zwischen seinen Anfällen.«
– Aber eine Sünde kann es doch nicht sein, dachte Eirik – wenn ich Gunhild aufreize, sich zu wehren –.

Einige Tage später fuhr Eirik nach Saltviken hinüber. Den ganzen Winter hatte er sich auf die Frühjahrsarbeit dort gefreut. Jetzt ging er umher und arbeitete, aber seine Gedanken schweiften oft ab. Es fiel ihm schwer, über das hinwegzukommen, was die Worte der Schwester ihn hatten verstehen lassen – auch Cecilia war Jörunds Angriffen ausgesetzt gewesen, sie, die gewiß nie eine Züchtigung hatte erdulden müssen, nicht einmal, als sie noch ein Kind war. Und dazu kam noch der Gedanke an Gunhild.
Jeden Tag herrschte das schönste Wetter. Jetzt lag der Dünger fein ausgebreitet, mit Erde zugedeckt in den neuen braunschwarzen Äkkern, mischte seinen guten, warmen Geruch mit dem säuerlichen Duft wachsenden Grases auf den Wiesen. Überall, wo die Erde auf den Felsen trocken war, stand alles schon blau von wilden Stiefmütterchen. Die ersten Knospen an den Laubbäumen waren aufgesprungen und leuchteten wie gelbgrüne Flammen gegen den Sonnenschein –

jetzt hatten sie sich bereits zu kleinen grünen Blättern entwickelt. Die Zweige der Kirschbäume waren geperlt von Knospen, und da und dort war einer, der an den sonnenheißen Felsen lehnte, von weißen Blüten bedeckt. Während der Mittagsrast ging Eirik zur Bucht hinunter, zog sich aus und schwamm hinaus. Das Wasser war noch kalt, im übrigen aber war es hier unten am Strand wie im Sommer.

An dem Tag, an dem er mit dem Säen fertig war, hörte er um die Zeit der None zu arbeiten auf und wechselte die Kleider – er hatte ein blaues Gewand hier bereitliegen, so daß er zur Kirche reiten konnte, ohne erst nach Hestviken heim zu müssen. Dann ritt er landeinwärts nach Eiken.

Auf dem Hof, auf dem er sein Pferd einstellte, als er das letztemal in diese Gegend kam, war eine Schar von Kindern. Als er nun dort ankam, traf er auf ein halberwachsenes Mädchen, die am Bach kniete und Wäsche schwenkte. Er zog ein paar Silbermünzen heraus, fragte, ob sie einen Gang für ihn machen wolle.

»Dann lauf nach Eiken, sieh zu, daß du allein mit Gunhild sprechen kannst. Du mußt sie fragen, ob sie eine Nachricht hat für den, der dieses Zeichen besitzt.«

Er holte aus seinem Busen einen gestickten Hemdsärmel heraus; Gunhild hatte ihn ihm gegeben, als sie zu Weihnachten miteinander auf Rynjul waren, und ihm einen zweiten zu Ostern versprochen.

Er lag auf der Wiese oberhalb des kleinen Hofes und wartete. Die Bäuerin kam heraus und fing mit ihm zu schwätzen an. Von ihr erfuhr er, daß Berse und sein Weib nicht daheim waren, sie waren vor einer Woche den Fjord hinunter gereist, und daß auf dem Hof Vorbereitungen getroffen wurden, um bei der Rückkehr der beiden Gäste zu empfangen.

So war es also doch gut, daß er sich auf den Weg hierher gemacht hatte –.

Bei Sonnenuntergang kam das Mädchen den Pfad herabgelaufen. Eirik ging ihr entgegen; sie gab ihm das Pfand zurück: »Gunhild bat mich, zu grüßen und zu sagen, du mögest den, der dieses Zeichen besitzt, bitten, so rasch wie möglich nach Neset zu reiten und dort zu warten, dort soll ihm das in die Hände gegeben werden, was ihm nach der Verabredung gehöre –«

Eirik starrte das Kind an – er meinte nicht mehr atmen zu können. Das hätte er sich niemals erwartet –.

Eirik ritt südwärts, während die Dämmerung des Abends sich nach und nach zu hellgrauer Frühlingsnacht verdichtete und die Vögel überall im Walde jubelten. Es war kühl und gut, so spät abends zu reiten, und Angst, des Nachts noch draußen zu sein, hatte er nie gekannt. – Und wie froh er doch war –.

– Aber auch zugleich nicht wenig entsetzt. Daß Gunhild mit einer so wilden Drohung ernst machen würde – hätte das je ein Mann gedacht!

Er begriff vollkommen, daß sie jetzt alle beide in eine schwierige Stellung gerieten. Wurde es offenbar, wohin Gunhild sich gewandt hatte, und daß sie dort einander getroffen hatten, so würde wohl das Schlimmste gesagt werden. Er mußte sie so rasch wie möglich von dem Haus der Schwester fortführen. Aber wohin sollten sie sich wenden –?

Das Gesetz lautete so, wie er gesagt hatte – es war die Pflicht des Bischofs, Frauen gegen einen Zwang zur Heirat zu schützen. Aber es war eine Pflicht, die zu erfüllen sich nur wenige Bischöfe genötigt sahen, auch wenn sie lange herrschten. Eirik konnte sich so ungefähr denken, wie willkommen Gunhild Bersestochter auf der Bischofsburg oder bei der strengen Frau Groa in Nonneseter sein würde, wenn man sie dorthin senden sollte. Einen von den Freunden des Vaters in der Stadt oder daheim in der Gemeinde bitten, eine Frau aufzunehmen, die er entführt hatte, das konnte er nicht. Torgrim und Una würden es wohl nicht abschlagen – aber er durfte sie nicht in solche Schwierigkeiten bringen. Und Rynjul war zu nahe, sowohl von Eiken als auch von Hestviken. Denn seinem eigenen Vater würde dies wohl kaum besser gefallen als dem ihren.

Der beste Ausweg, den er finden konnte, war, sie zu seinen Verwandten im Oberland zu bringen. Zwar hatte er sich nicht in Freundschaft von Steinfinn Haakonssohn auf Berg getrennt, aber er kannte seinen Vetter gut genug, um zu wissen, daß er in ihm einen getreuen Verwandten finden würde, wenn er unter solchen Umständen Hilfe bei ihm suchte.

Es gab auch bei diesem Plan noch der Schwierigkeiten genug – der Weg war lang, man würde sie verfolgen, und in diesem Fall könnte ein Zusammentreffen wohl kaum ohne Kampf ablaufen. Aber wenn sie einen Vorsprung gewannen und sich an die unbegangenen Wege hielten –. Es war noch mehr – er wußte das sehr wohl, wie er so durch die Frühlingsnacht ritt und den säuerlichen Duft nach wachsendem Laub und Gras einsog und die Wärme und die Jugend in seinem eige-

nen gesunden Leib verspürte. Lockend stand es ihm bereits vor Augen, wie er nun seine schöne Braut küssen und an sich drücken könnte, wenn sie beide fünf bis sechs Tage lang allein durch die Wälder und fernab von allen Ortschaften dahinziehen würden. Ein Glück aber war es, daß er alt genug war, um zu wissen, wie sehr er auf der Hut sein mußte. Was gesagt werden würde – das wußte er, das aber mußte auch sie wissen, und trotzdem hatte sie dieses Abenteuer wagen wollen. Doch über einen heimlichen Kummer weinen müssen, den er ihr verursacht hatte – das sollte Gunhild nicht –.
Sein Herz zog sich zusammen bei der Erinnerung an Gedanken, die er selbst einmal gehabt hatte – in Jesu Namen, nein, es war genug mit Bothild –.
Gewiß, es wäre am klügsten gewesen, er hätte ihr die Nachricht zurückgesandt, sie dürfe nicht daran denken, ein so unbesonnenes Versprechen zu halten. – Aber dies hätte wohl bedeutet, sie zu kränken. Und was für ein Mann müßte der wohl sein, der solche Klugheit zu beweisen vermöchte. –
Hätte er wenigstens gewußt, wo dieses Neset lag! Irgendwo auf der Grenze zwischen den Kirchspielen Saana und Garda. Er war einmal mit dem alten Tore daran vorbeigeritten, als halberwachsener Bursche – man sah den Hof auf dem jenseitigen Ufer eines Sees. Jetzt wußte er nicht einmal, ob er sich auf dem richtigen Weg befand –. Er ritt weiter durch den dichten Wald, in dem noch da und dort der Schnee lag und dessen Birken noch nicht einmal ausgeschlagen hatten, und ein feuchter Geruch nach Kälte und Vorfrühling strömte aus dem fauligen Schleim, der den Waldboden bedeckte, gleich nachdem der Schnee geschmolzen war. Mitternacht war bereits vorüber, und der Vogelsang, der für eine Weile verstummt war, hub wieder leise an; aber die Nachtvögel ließen noch ihre Stimmen erklingen, die Nachtraben flatterten umher – und auf den Mooren draußen, an denen er vorüberkam, hatte der Auerhahn sein Spiel begonnen.
Er sprang ab und führte das Pferd durch einen Einschnitt hinunter, wo das Wasser in Bächen über den Pfad rann, kam an einigen kleinen Höfen vorüber – und gleich darauf gelangte er auf einen etwas breiteren Weg. Noch eine Weile, dann führte der Weg an einem kleinen See vorüber.
Der Wald stand schwarz rings um den ganzen See, und nur auf der Nordseite lag ein einzelner Hof auf einer Landzunge, die in den See hereinragte. Nebel stieg dampfend von der Wasserfläche und den feuchten Wiesen rings um den Hof auf, so daß nur die grünen Haus-

dächer aus diesem Dunst hervorragten. Am Ende des Sees bog ein Pfad vom Weg zum Moor hinunter ab. Eirik folgte ihm – über die nassesten Stellen waren Knüppel gelegt. Von den mit jungem Laub bedeckten Birken tropfte es feucht herab, und ein starker und bitterer Geruch strömte von ihnen aus. Er kam an mehreren Stellen vorbei, wo früher Wiesenland gewesen war, jetzt aber waren junge grüne Fichten dort aufgeschossen. Inzwischen war es hell geworden, daß man den weißen Himmel sah und die Wasserfläche wie Stahl zwischen den treibenden Nebeln erkennen konnte. Auf der Wiese, die zum Hof hinaufführte, stand das Gras bereits hoch und üppig, grau von der Feuchtigkeit des Nebels, und hier waren Birken und Erlengebüsch dichter belaubt.

Um diese Zeit des Tages konnte er nicht die Leute auf einem fremden Hof wecken. Unten am Waldrand sah er eine kleine Scheune. Er ließ das Pferd frei laufen, ging hin und legte sich in die leere Hütte.

Als er erwachte, schien die Sonne bei allen Ritzen herein – draußen vor der weit offenen Scheunentür leuchtete es schon glitzernd grün und sonnengelb, und in der Tür stand eine Frau und hielt seinen Fuchs an der Stirnlocke fest. Eirik sprang auf, schüttelte seinen verknitterten Umhang aus, trat vor und grüßte: »Kannst du mir sagen, Hausfrau, ob dieser Hof hier Neset ist, wo Eldrid Bersestochter wohnt?«

Im selben Augenblick wußte er, dies mußte Eldrid sein: sie war gekleidet wie eine Arbeiterin und sah aus wie – er wußte nicht wie, aber es war keine Frau von niederer Herkunft –.

Sie war nicht sehr groß – nicht so groß wie Gunhild, und mager, die Schultern waren breiter als die männlich schmalen mageren Lenden, und sie hielt sich aufrecht, war wie eine Klinge. Das verwitterte braune Gesicht sah aus, als habe man das Fleisch unter der Haut weggeschabt – die Stirn war blank, blank waren auch die starken Backenknochen und die feine, gerade Nase. Aber je länger Eirik diese schwer mitgenommene und gealterte Frau ansah, desto mehr erkannte er, daß sie einmal schön gewesen sein mußte – so schön, daß nicht eine einzige von all den schönen Frauen, die er gesehen hatte, sich mit dieser Schönheit messen durfte.

»Ich bin Eldrid auf Neset – hast du ein Anliegen?«

»Das habe ich – eines, das dich seltsam dünken wird, fürchte ich.« Dann sagte er, wer er war.

»Bist du der Sohn von Olav Audunssohn auf Hestviken?« Auch ihre Stimme war schön, dunkel und klingend. »Du gleichst deinem

Vater nicht. Ich entsinne mich seiner – er war einmal in unserer Gemeinde, ein Jahr, ehe ich von dort fortkam –«
Sie bat ihn, mit zu den Häusern hinaufzugehen, und Eirik sah, daß es einem hier gefallen konnte, nun, da die Sonne schien; Wiesen und Laubwälder waren fast ebensoweit vorgeschritten wie daheim am Fjord. Aber seltsam öde und einsam war es – und eingeschlossen, mit dem dunklen Wald hinter dem Hof, der sich nun auch noch über die früheren Wiesen ausbreiten wollte, und mit dem schmalen See davor, dessen halbe Fläche selbst jetzt an diesem hellen Maimorgen durch die Spiegelung des hohen Fichtenhanges auf der Südseite verdunkelt wurde.
Die Halbinsel, auf der die Häuser standen, war beinahe vom Festland getrennt – sie war gegen das Land zu so niedrig, daß das Wasser zu beiden Seiten über die Wiesen hereindrang. Bei Überschwemmungen schneide es die Halbinsel ganz ab, sagte Eldrid.
»Da müßt ihr also ein Boot nehmen?«
»Boot?« Eldrid lachte spöttisch. »Wir haben außerhalb des Hofes nichts zu suchen, wir, die wir hier sind.«
Die Häuser lagen unordentlich zerstreut dort auf der kleinen Erhöhung, wo Platz zum Bauen gewesen war. Sie waren klein und hätten besser gehalten sein dürfen. Ein altes krummes Weib, das Kopftuch tief über die triefenden Augen gezogen, schielte den beiden nach, als sie vorbeigingen.
Die Seitenwände des Wohnhauses waren nur drei Balkenlagen hoch; vor dem Hause war, als eine Art Vorraum, ein kleiner Verschlag aus Stabwerk errichtet, und innen enthielt es nur einen einzigen Raum. Die Herdstätte befand sich statt in der Mitte der Stube nahe bei der Tür, und die Wände an der Ecke dort waren mit Steinplatten und Lehm verkleidet; an der anderen Langwand stand in jeder Ecke ein ungemachtes Bett. Anderes Wohngerät gab es nicht in diesem Raum, aber auf der Bank, die rings um die Stube lief, sah man alle möglichen Schalen und Schüsseln, Kleidungsstücke und Töpfe und ein Butterfaß aufgestapelt.
Eldrid machte ihm einen Platz an der Giebelwand frei: »Du bist wohl hungrig –«
Das war er – jetzt erinnerte er sich, daß er, seit er am Mittag des vorhergehenden Tages von daheim fortgeritten war, nichts weiter mehr genossen hatte als einen Schluck Milch auf dem kleinen Hof in der Nähe von Eiken. Alles, was Eldrid ihm jetzt auf der Bank vorsetzte, schmeckte gut; Molke, Haferbrot und Käse. Dann mußte er mit seiner

Nachricht herausrücken: »Ich komme von deiner Schwester, Eldrid – Gunhild auf Eiken –«
»Meiner Schwester!« Eldrid sah ihn seltsam an. Dann holte sie eine Spindel aus dem Wirrwarr auf der Bank, steckte sie in ihren Gürtel und begann zu spinnen. »Von dieser meiner Schwester, die du erwähnst, habe ich bisher weder etwas gesehen noch gehört. Und es wundert mich, wer mit ihr über mich gesprochen haben könnte. Ihre Eltern wohl kaum. Was will sie denn – Gunhild, meine Schwester?«
»Sie bittet dich, du mögest sie befreien. Man will sie einem alten Mann geben, einem Witwer, den sie noch nie gesehen hat. Und jetzt dachte sie – vielleicht würdest du Mitleid mit ihr haben. Es gibt niemand sonst auf der Welt, bei dem sie auf Erbarmen hoffen darf.«
Eldrid sah ihn an, mit dem Schatten eines Lächelns um die braunen aufgesprungenen Lippen: »Hm. Und du – bist du vielleicht der, den sie haben will?«
»Es war verabredet, daß ich mich mit Gunhild im Lauf des Winters verloben sollte. Dann aber brach ihr Vater mit uns.«
»Und es war wohl zu spät?« fragte Eldrid wie zuvor.
Eirik verstand, was sie meinte; er ärgerte sich, weil er rot wurde, antwortete jedoch ruhig: »Hm – solange wir glaubten, wir brauchten nur ein Jahr etwa zu warten, bis die Alten zu einer Einigkeit gelangten, hatten wir uns darein gefügt. Aber will Berse jetzt noch einmal eine junge Ricke einem alten Bock geben, dann soll er merken, daß es zu spät ist – wenn er es mit Gunhild so vor hat. Gunhild wird sich nicht fügen, und ich werde sie nicht jenem Mann überlassen.«
»Aber was für eine Hilfe erwartet ihr euch denn von mir?« fragte Eldrid. »Soll ich zu Berse gehen und ihm feierlich verbieten –«
Eirik hatte dagesessen und sie angesehen. Obgleich sie so aussah, als sei sie über vielen Feuern getrocknet worden, lag noch jetzt etwas Schönes über ihr: die Haube aus derber Leinwand verbarg ihr Haar nicht völlig, es war dunkel, von grauen Fäden durchzogen und wuchs seltsam anmutig in einer Schneppe mitten auf die breite blanke Stirn mit den beiden scharfen Querfurchen herab. So hohl ihre Wangen auch waren, hatte er doch nie etwas Schöneres gesehen als die Rundung ihrer Backenknochen und den Bogen ihres Kinns. Die Augen waren tief in die großen Höhlen eingesunken, und ringsum strahlten viele kleine Falten aus, aber die Augensterne waren groß, dunkel und grau. Der Mund war braun und aufgesprungen, mit einem tiefen blutigen Riß in der Unterlippe. Und die spinnenden Hände waren rot und rauh und knotig von Gicht.

Er vermochte nicht zu glauben, daß all das auf Wahrheit beruhte, was er über sie gehört hatte. Und selbst wenn sie sich vergangen hatte – schwer –, so hatten doch die anderen ihr zuerst tiefes Unrecht zugefügt. Und wie sich auch alles verhalten mochte, es war doch ein mitleiderregender Anblick, dieses schöne und früher einmal vornehme Weib so dasitzen zu sehen, in solch einer kläglichen Hütte.

Dann raffte er sich auf und erzählte ihr von Anfang bis zu Ende die ganze Geschichte seiner Angelegenheit.

»Sie ist es also, die dich hierhergesandt hat?«

»Ja.«

»Und du erwartest, daß sie ihr Wort halten und kommen wird?«

»Ja. Aber wenn du uns einen Ort sagen willst, wo wir Herberge finden können, bis sie ausgeruht ist, so wollen wir gern dahin gehen, wenn du das lieber wünschest.«

»Wenn ich fürchte, in diese Sache verwickelt zu werden, meinst du?« Eldrid lachte. »Eher fürchtet sich Gunhild, wenn sie von Eiken kommt und einmal sieht, wie es bei ihrer Schwester ist.«

»Sie wird der gleichen Meinung sein wie ich«, sagte Eirik leise. »So sollte es nicht sein. Und das muß geändert werden.«

»Willst du mich mit Lohn locken?« fragte Eldrid spottend.

»Ich weiß nicht, ob du es Lohn nennen willst, wenn ich alles tue, was ich kann, um meiner Schwägerin ihr Recht zu verschaffen. Ich habe gehört, daß dein Bruder es versucht hat, er fiel jedoch –«

Eldrid ließ die Hände in den Schoß sinken. Dann aber sagte sie: »Du scheinst wenig Angst zu haben, Eirik, schwarz zu werden, wenn du Pech angreifst. Aber wenn du dich je mit Berse aussöhnen willst, so mußt du wohl deinen Schwager, der also ein Hehler, und mich, deine Schwägerin, die eine Hure ist, aufgeben. Ja, Berse gab mir als erster von allen Männern diesen Namen, und er log dabei nicht über die Frau seines besten Freundes. Es wird am besten sein, niemand erfährt etwas davon, wenn es jemals dahin kommt, daß du eine Nacht mit deiner jungen Braut auf Neset zubringen mußt.«

»Ich gedachte noch eine Bitte auszusprechen«, sagte Eirik. »Ich möchte dich bitten, Gunhild den Gefallen zu erweisen und mit uns nach Norden hinaufzureiten. Keiner wird von dir glauben, daß du deine junge Schwester in Unehre bringen willst.«

Langsam färbte Eldrids Gesicht sich rot. Dann aber lachte sie, es klang bitter: »Da müßte ich auf meinem grauen Stier reiten, ich habe kein Pferd!«

»Der Fuchs wird wohl Gunhild und mich tragen«, meinte Eirik unerschütterlich, »bis wir unterwegs ein Pferd für dich auftreiben.«
Eldrid lachte nur wiederum.
»Mußt du denn die Frühjahrsarbeit hier ohne Pferd verrichten?« fragte Eirik kurz darauf. »Oder leihst du eines bei deinem Nachbarn?«
»Ich habe Hacke und Spaten«, erwiderte Eldrid kurz. »Und einen Mistkorb und eine Bütte.«
Nun erfuhr er, wie sie hier lebte, allein mit dem alten Weib, das er gesehen hatte, mit einem von der Gicht krummgezogenen alten Mann der ihr Verwandter war – ihn hatte sie aufgenommen, weil er Berses Feind war – und einem halberwachsenen kleinen Burschen, der das Vieh hütete und ihr auch sonst bei allerlei Arbeit half.
»Da aber sollten wir die Gelegenheit ausnutzen, solange ich mit dem Pferd hier bin«, bat Eirik. Und als sie davon nichts hören wollte, lachte er und sagte, nun solle sie es so halten, als sei ein Bruder auf den Hof gekommen. Dann sprang er auf und lief hinaus.
Als sie eine Weile später hinauskam, fand sie ihn unten bei dem Acker, von dem erst die eine Ecke bearbeitet war. Er hatte einen alten Holzpflug hervorgezogen und war im Begriff, aus allerhand Tauen und Riemen, die er zusammengesucht hatte, ein Art Geschirr anzufertigen, um den Fuchs einspannen zu können. Der weite Umhang und das schöne Feiertagsgewand lagen auf der Erde, und Eirik stand nur in einem roten Frieshemd da, mit kurzen Unterhosen, aber langen Strümpfen und Reitstiefeln.
»Willst du in diesen Stiefeln pflügen?« fragte Eldrid.
»Wenn du mir etwas anderes leihen könntest, wäre es besser.«
»Wie alt bist du, Eirik Olavssohn?« fragte Eldrid.
»Ach – ich bin nicht jung – neunundzwanzig Jahre.«
»Man sollte nicht meinen, daß du schon neunzehn wärst.«
»Als ich neunzehn war«, erwiderte Eirik lachend, »war ich viel klüger – was die Leute so darunter verstehen.«

Spät am Nachmittag sagte Eirik, er wolle nach Norden hinaufreiten – wolle sehen, ob er jemand dort begegne.
»Wie hast du gedacht, daß sie hierherkommen soll?« fragte Eldrid.
Eirik sagte, das wisse er nicht – vielleicht habe sie jemand auf dem Hof, der ihr treu sei.
»Ich glaube, du glaubst, sie wird kommen!« Dann sagte sie: »Es wird wohl spät werden, bis du wieder zurück bist?«

Nicht so sehr, meinte Eirik, der Fuchs sei müde – – »Aber ich kann in die Scheune gehen und mich dort hinlegen, wo ich heute nacht schlief.«

»Nein«, sagte Eldrid kurz, »es kommt nicht oft vor, daß wir Gäste hier haben, aber da du nun einmal hier bist, möchte ich nicht, daß es dir anders ergeht, als es sich geziemt. Ich richte das eine Bett für dich her und verschließe die Tür nicht –«

Es wurde trotzdem später, als er gemeint hatte, bis er wieder zurückkam. Aus dem Wasserspiegel und den Mooren dampfte es weiß auf, als er vom Ende des Sees auf den Hof zu ritt; dort war alles still. Eirik schlich sich hinein. Im Haus war es warm und dunkel; er merkte, daß Eldrid zu Bett lag.

Da er seit der Prim seine Gebete noch nicht gesprochen hatte, kniete er am Fußende des Bettes nieder und betete – sieben Paternoster für jede der kleinen Tageszeiten, fünfzehn für die Vesper und sieben für die Complete. Die letzten sprach er für sie, bei der er zu Gast war: er hatte einen kleinen Begriff davon bekommen, wie einsam sie war, und er schwor, daß es, soviel er dazu beizutragen vermöchte, anders für sie werden sollte.

Er hatte seinen Umhang und das Obergewand abgelegt und wollte gerade ins Bett steigen; da sagte Eldrid vom oberen Winkel der Stube her: »Ich habe Milch und etwas zu essen für dich bei der Feuerstätte bereitgestellt – du gingst vor dem Abendessen weg.«

»Danke, ich bin nicht hungrig. Es tut mir leid, wenn ich dich geweckt habe.«

»Tust du das jeden Abend – so lange beten?« fragte sie wiederum.

»Ja. Aber ich habe dir schon gesagt, ich schlafe ebenso gerne in der Scheune. Dann störe ich dich nicht mit meinen Gewohnheiten.«

Sie lachte ein wenig.

»Nein, meinetwegen magst du gerne deine Gewohnheiten beibehalten.«

Die Tage vergingen. Wenn Eirik an Hestviken und Saltviken dachte und an seine Leute daheim, so dünkte ihn das alles seltsam weit weg und lange her. Er dachte manchmal darüber nach, was jene wohl glaubten, was aus ihm geworden sei. Und er fragte sich, wie Gunhild es wohl anfangen würde, um hierher zu gelangen. Jetzt war bald eine Woche vergangen –.

Aber es schien ihm, als müsse es so sein, daß er hier auf diesem merkwürdigen und einsamen Hof tief drinnen im schwarzen Wald dahinlebte. Jeden Morgen, wenn er hinaustrat, lag die Landzunge wie eine Insel in einem See aus weißem Nebel, und über ihm ragten die Höhen empor, dunkel von Nadelbäumen. Dann kam die Sonne und verjagte den Nebel, und den ganzen Tag schien sie auf diese frühjahrlichen Hänge.

– Die Äcker, die Eldrid besät hatte, ehe er hierher kam, überzogen sich bereits mit Grün, und das Laub der Büsche wurde immer dichter, und das Gras auf der Wiese wurde lang und glänzend. Nach und nach verrichtete er alle Arbeit, die er sich nur für sie ausdenken konnte – und hier gab es genug zu tun. Ihre Armut überwältigte ihn – sie hatte kaum Mehl im Haus, und von ihren Kühen gaben drei keine Milch und zwei nur noch wenig, obgleich sie besser ernährt aussahen als Kühe im Frühjahr gewöhnlich – Eldrid hätte hier viel mehr Vieh füttern können, als sie besaß. Die meisten ihrer Schafe waren im vergangenen Jahr von Raubtieren gerissen worden, und das Getreide war erfroren; Häuser und Gerätschaften waren so, wie man es sich auf einem Hof erwartet, wo kein Mann ist und auch kein Pferd, um Holz zum Ausbessern herbeizuschaffen. Um die Nahrungsnot im Hause auszugleichen, hatte Eldrid Netze im See ausgelegt und Schlingen im Wald, und Eirik übernahm es, diese Geräte für sie nachzusehen und in Ordnung zu halten.

Er wurde sich mit der Zeit bewußt, daß ihm dieser Ort merkwürdig bekannt schien – als hätte er vor langer Zeit schon einmal hier gelebt. Es war seine erste Heimat auf der Welt, deren er sich nun entsann – lange Zeit war vergangen, seit er an sie gedacht hatte, jetzt aber tauchte sie auf; auch dort war es so gewesen, weit ab vom Weg und tief drinnen im Wald, aber er wußte nicht, ob ein See in der Nähe gewesen war. Und Eldrid vereinigte sich auf eine seltsame Art mit einem Traum, den er einmal gehabt hatte, als er ein Kind war – von einer Frau in einem blauen Umhang, halb Mensch und halb Vogel; er hatte sich vor ihr gefürchtet, aber sie war auch schön gewesen, und er hatte sie Buhle genannt, denn er war so klein, daß er nicht wußte, was dieses Wort bedeutete, sondern glaubte, es sei irgend etwas, das fliegen könne. – Ja, er hatte dieses Traumgesicht auch mit seiner Mutter verbunden – er wußte nicht recht – jetzt aber schien es ihm, als ob Neset jenem ersten Platz gleiche, dessen er sich hier auf Erden entsinnen konnte, und Eldrid erinnerte an Buhle in seinem Traum.

Jeden Abend aber ritt er fort, zu dem Weg zurück, den er gekommen war, um Gunhild zu begegnen, und heimwärts kam er über die

Moore, wenn der Abend zu heller Frühlingsnacht ergraut war und der weiße Nebel vom See und den Wiesen um Eldrids Hof wallte.
Am siebenten Tag bewölkte sich der Himmel – ein paar Schauer waren herabgegangen, gegen Abend aber warf die späte Sonne durch einen Spalt in den Wolken ihre Strahlen auf Neset. Eirik zersägte ein paar Stämme, die am Hang drüben lagen – von der Stelle aus, wo er stand, sah er Eldrid in der Stalltür stehen: sie lockte ihre Kühe heim. Zuletzt kam der kleine zottige elchgraue Stier, es quatschte in der aufgeweichten Erde vor dem Stall. Eldrid nahm ihn in Empfang, legte ihre Hände an seine Backen und neigte ihre Stirn schmeichelnd auf den Kopf des Stiers hinab.
Eirik ging hinein, um Gewand und Umhang anzulegen. Auf der Stufe zum Bett stand etwas Essen für ihn – sie richtete es jetzt so ein, daß er noch etwas bekam, ehe er fortritt. Er hörte nicht, daß Leute kamen, bis die Pferde dicht vor dem Haus waren – da fuhr er auf und lief an die äußere Tür hinaus.
Draußen, wo nun ganze Schauer von Sonnenregen in der Luft glitzerten, waren zwei Männer von ihren Pferden gestiegen. Der zweite, ein junger Bursche, schwang sich wieder auf sein Tier hinauf, nahm das Pferd seines Herrn beim Zügel und sprengte über die Äcker dahin, der erste aber, ein großgewachsener, stattlicher älterer Mann, Guttorm von Draumtorp, beeilte sich, des Regens halber, ins Haus zu kommen.
»Das ist beinahe mehr, als ich erwartet hatte«, sagte er, indem er in Eldrids Stube trat, »daß du hier sein könntest.«
Eiriks Gesicht war weiß geworden: »Kommst *du*!«
»Ja, ich bin es, der kommt. So wohl will Gunhild dir noch – obgleich Gott wissen mag, was du wert bist! – Daß sie sich an mich wandte und nicht an ihren Vater oder ihre Brüder –. Du kannst dir wohl denken, sie wären dir nicht anders entgegengekommen als mit gezogenem Schwert –.«
»Mir wäre das lieber gewesen –.« Unwillkürlich griff Eiriks Hand nach dem Schwertknauf.
»Laß solches Geschwätz! Kannst du erwarten, daß wir so Großes von deinem Mannestum glauben – ist das Mannesart, das junge Kind aus dem Schutz ihrer Verwandten herauszulocken – in eine solche Höhle wie diese hier –.«
»– es ist der Hof ihrer Schwester –.«
»Glaubtest du, Gunhild sollte sich von dir in den Schmutz ziehen

lassen, weil sie Eldrids Schwester ist – nun aber sind sie nicht die Töchter von der gleichen Mutter –.«
»Kannst du nicht das sagen, was du zu sagen hast, Guttorm, ohne Scheltworte gegen eine Frau –.«
»Du magst recht haben. Es bedarf auch nicht vieler Worte. Gunhild bat mich, dir dieses hier zurückzugeben – das ist wohl genug.«
Eirik nahm das in Empfang, was Guttorm ihm reichte, sah es kaum an. Dann ließ er die goldene Spange los, so daß sie vor seine Füße fiel. Da sagte Guttorm traurig: »Ja, ich wurde böse, als ich dies hörte, Eirik Olavssohn – nie hätte ich solches von dem Sohn eines rechtschaffenen Mannes geglaubt, wie Olav es ist. Ich hielt dich für einen ehrenhaften Mann – ich glaubte dir aufs erste Wort, obgleich der Schein gegen dich war.«
»Jetzt tust du das nicht?«
»Darüber wollen wir jetzt nicht sprechen«, erwiderte Guttorm heftig. »Ich habe meinen Auftrag erfüllt, und nun gehe ich. – Wie willst du eigentlich, daß ich dein Betragen gegen meine Schwestertochter auslegen soll«, brauste er auf. »Wie ein Hühnerdieb hast du am Zaun gelegen und hast gelauert, hast das junge Kind spät am Abend zu dir herausgelockt, bist mit ihr auf die Alm gegangen und hast allein mit ihr in der Hütte gesessen, als wäre sie eine Stallmagd – du hörst, sie mußte damit herausrücken, auf welche Weise sie die Spange von dir bekommen hatte. – Und weil sie leichtgläubig und kindlich ist, dachtest du, du könntest sie an dich locken – hierher!«
»– Willst du nicht die Hausfrau begrüßen, Mann!« schrie Eirik wütend.
Eldrid war eingetreten – so wie sie aus dem Stall kam. Ruhig und hochmütig erwiderte sie Guttorms Gruß.
»Du hast nun Nachricht von meiner Schwester erhalten, Eirik?« fragte sie sanft.
»Ja, ich habe ihm jetzt Bescheid gegeben.«
»Aber soweit ich dich verstand, Bauer, so hat diese meine Schwester zu dir gesagt, es sei Eiriks Einfall gewesen, daß sie hierher zu mir fliehen sollten? Eirik sagte mir, es sei Gunhild, die ihn gebeten habe, hierher zu reiten, sie wollte ihm dann hierher nachfolgen –.«
»Hat er *das* gesagt!«
Eirik antwortete selbst, er war bleich bis an die Lippen: »Ja.«
»Pfui, Schande über dich!« Guttorm spuckte aus.
Eldrid fuhr fort: »Dann sagte Eirik – und er sagte, es sei seine Absicht, mit ihr weiterzuziehen, sobald sie nur ein wenig gerastet habe,

zu seinen reichen Verwandten im Oberland, das Mädchen deren Schutz zu übergeben, bis er sich mit Berse ausgesöhnt hätte. Ich glaube, auch ihn dünkte nicht, daß Gunhild klug daran getan hatte, diesen Ort zu einer Zusammenkunft mit ihm zu wählen.«

»Gunhild hat nichts von seinen reichen Verwandten im Oberland gehört, soviel ich merken konnte. Aber es ist ja gut, wenn er später auf bessere Gedanken gekommen ist.«

Eirik sagte ruhig und eindringlich: »Dünkt es dich so seltsam, Guttorm – jedes Kind in der Gegend hier weiß, daß Berse seine älteste Tochter verkauft hat an – an – Jephthas Tochter im Judenland erging es besser als dieser Frau hier. Ich hatte Gunhild liebgewonnen – und ich weiß, daß sie mich gern hatte. Da ich nun erfuhr, daß Berse für sie das gleiche Schicksal ausersehen hatte – sie einem uralten Scheusal geben wollte, das zuvor mindestens schon eine Frau aufgebraucht hat –«

»Was ist das für ein Geschwätz, unterbrach Guttorm ihn zornig, »alt – er ist ein oder zwei Jahre älter als du, höfisch und vornehm. Ja, er wurde verheiratet, noch ehe er mündig war, aber Frau Hellebjörg lebte nur ein oder zwei Jahre –.«

»Und als meine Schwester von diesem ihrem neuen Bräutigam erfuhr«, fragte Eldrid, »gab sie ihren untugendhaften Vorsatz auf und zog dich zu Rate?«

»Nein«, sagte Guttorm leise und unwillig, »ich erfuhr, daß das Kind über einem Unglück brütete –. Seit sie aber Herrn Magnus gesehen hat, wagt sie nicht zu leugnen, daß der Vater darauf bedacht ist, in jeder Weise gut für sie zu sorgen –. Nun aber ist genug darüber geredet worden. Gute Nacht –.«

»Nein, warte nun, Bauer –« Eldrid ging hinter Guttorm hinaus.

Bald darauf kam sie wieder herein: Eirik stand noch auf dem gleichen Fleck.

»Er wollte weder rasten noch etwas zu sich nehmen«, erklärte sie. Sie sah an dem hohen, finsteren Mann hinauf, der in dem Halbdunkel der Stube hoch aufragte. »Nun wird es wohl lange dauern, bis du dem Wort einer Frau wieder Glauben schenkst?« fragte sie beinahe höhnisch.

Eirik wandte sich von ihr ab und ging hinaus.

Es regnete jetzt still und gleichmäßig – und der frühjahrliche Geruch nach Wachstum war in dem nassen Abend noch stärker zu verspüren. Eirik dachte daran, daß er nun wohl von hier fortreiten müsse – aber er fühlte sich so seltsam leer und matt, fast wie damals, da er in Haugsvik oben die Messerstiche erhalten hatte und nahe am

Verbluten war. Langsam schlenderte er den Pfad durch die Wiesen dahin, zum See hinunter. Er dachte daran, das Boot zu nehmen und irgendwo hinzurudern.

Da kam Eldrid rasch hinter ihm hergelaufen, packte ihn von hinten am Arm: »Eirik – wo willst du hin –. Mann, du wirst doch wohl nicht um solcher Torheiten willen ins Wasser gehen!«

»Nein, nein.« Er schüttelte ihre Hand ab. »Daran habe ich nicht gedacht.«

»Komm jetzt herauf«, bat Eldrid. »Geh nicht so finster brütend im Regen umher.«

Eirik sah sie an; dann folgte er leise widerstrebend der Frau zum Haus hinauf.

Sie hatte viel Holz auf die Herdstätte gelegt – der Feuerschein spielte auf den Wänden und der Decke des niedrigen Raumes, die von mächtigen Balken getragen wurde. Ein erwachsener Mann konnte nicht aufrecht unter ihnen stehen, außer unter dem Firstbalken. Eirik trank ein wenig von der Milch, die Eldrid ihm anbot – dachte geistesabwesend, daß eine solche Feuerstätte in der Ecke der Stube ganz vorteilhaft sei – da regnete es doch nicht ins Feuer, wenn das Rauchloch offen stand, so wie jetzt.

»Laß uns schlafen gehen«, sagte Eldrid dann. »Jetzt brauchst du nicht mehr des Nachts hinauszureiten.«

Eirik legte so viel von seinen Kleidern ab, wie es seine Gewohnheit war. Dann aber blieb er auf der Bank am Fußende seines Bettes sitzen, den Arm um die mit einem geschnitzten Pferdekopf verzierte Planke geschlungen, starrte in das Feuer hinüber, das auf der Herdstätte zusammensank. Eldrid lag bereits unter dem Fell in ihrem Bett.

»Leg dich jetzt hin«, bat sie ein paarmal, und Eirik antwortete »ja«, blieb jedoch sitzen.

Da stand sie wieder auf und ging zu ihm hin, barfuß, in dem groben, dunklen Untergewand. Sie packte ihn bei den Schultern, zwang ihn, aufrecht zu sitzen, so heftig, daß sein Nacken gegen den Balken hinter ihm stieß: »Sitz nicht so da und stiere vor dich hin!« sagte sie ungeduldig. »– Du hast noch viel zu lernen, Eirik!«

»Lernen –« Er packte sie beim Handgelenk. »Soll ich vielleicht von dir lernen?«

Sie blickte in sein verzerrtes Gesicht hinab. Ihre Nasenflügel weiteten sich, und ihre Augen wurden groß: »Ach ja – ich könnte dich vieles lehren –«

Er riß sie zu sich herab, zerpreßte ihre gesprungenen Lippen mit Küssen.

17 Seit jener Zeit, da Eirik im Kloster war, pflegte er jede Nacht um die gleiche Stunde aufzuwachen, wenn die Brüder aufstanden, um sich zur Frühmette zu begeben. Und das tat er auch jetzt, in Eldrids Arm.

Da ging der Bruder weckend durch das Dormitorium, flüsterte »Benedicamus Domino«, und die Männer antworteten ihr leises »Deo gratias«, während sie sich vom Lager erhoben. Er war selber einer von denen gewesen, die jetzt still zu dem hellen Chor hinabzogen, um dem aufgehenden Tag ihren Lobgesang darzubringen; er hatte selber vom ersten leisen Morgengrauen an bis zu dem Augenblick, da die Sonne mit ihrer ganzen Macht leuchtete und alle Menschen an ihr Tagwerk gegangen waren, dagekniet und hatte gebetet. Und jetzt war er hierher verweht, und das, was diese Frau ihn gelehrt hatte, war so, daß er einen Hauch von der Hitze der Hölle verspürt hatte –. Und dennoch dünkte ihn, mit einem seltsam erstarrten Schmerz – das, was ihm widerfahren war, war ein Schicksal, das ihm von Geburt an auferlegt war und sich jetzt erfüllt hatte. Klarer und immer klarer erkannte er diese Wildnis wieder: alles war in seinem Traum gewesen – selbst der kleine Acker mit dem welken Zaun aus Ästen ringsum; in seinem Traum war er auf dem Fuchs geritten, als Buhle auf breiten blauen Schwingen herangeflogen kam, ihn vom Pferd riß und sich mit den heißen, wilden Liebkosungen über ihn warf, die ihn entsetzten. Ja, jetzt hatte sie ihn unter ihren Schwingen, hatte Krallen und Schnabel in ihn geschlagen, in sein Herz, und trank ihn aus. Er wußte keinen Rückweg. Diesmal konnte er sich nicht von Buhle losreißen und so fliehen wie im Traum – dazu besaß er jetzt nicht die Kraft. Sie war von den Frauen, die er besessen hatte, die erste, die er liebte – und die erste, die *ihn* gewollt hatte und nicht Geld als Lohn. Und dann – eines Tages von ihr fortreiten und sie allein hier in der Einsamkeit und Not zurücklassen, das würde er in alle Ewigkeit nicht über sich bringen.

Und mitten in dem Unglück dämmerte es ihm – dies war nicht das Ende. Es hatte ihn schon früher in das Böse hinabgezogen, aber er war erlöst und seine Füße waren auf festen Stein gestellt worden und er war als ein freierer Mann emporgestiegen, als er gewesen war. Und jener, der ihn damals erlöst hatte, würde ihn auch jetzt erlösen. Seinem Geschick kann kein Mann entrinnen, über dem Geschick aber ist Gott. Und so sollte wohl auch dieses Geschehen nicht damit enden, daß Buhle ihren Schnabel in sein Herz schlug, um ihn trocken und leer zu trinken, sondern er fing an, daran zu denken, daß dies alles

vielleicht geschehen sei, damit er Buhle aus ihrer Verzauberung erlöse.
Mehr als eine Woche war so vergangen. Er fuhr fort, tagsüber für Eldrid zu arbeiten, und er war mit seinen drei Hausgenossen, dem Weib, dem Hüter und Holgeir, Eldrids altem Verwandten, bekannt geworden. Sie schienen sich nicht zu wundern – die Leute wunderten sich hier bei Eldrid gewiß nie über etwas. Er selber wunderte sich auch nicht, gewissermaßen – alles, was zwischen damals lag, da er ein Kind im Wald war, und jetzt, da der Wald ihn zurückgeholt hatte, wurde zu einem Traum.
Ein paarmal hatte er Bogen und Pfeil genommen – es gab eine Menge Waffen auf dem Hof; als er fragte, wer der Besitzer dieser Waffen sei, antwortete sie nur: »Ich.« So ging er auf die Jagd.

Am zehnten Tag, nachdem Guttorm auf Neset gewesen war, kam Eirik eines Vormittags heim, brachte Eldrid zwei Auerhähne. Dann fragte er sie plötzlich, ohne Umschweife: »Willst du mich heiraten, Eldrid?«
Eldrid lachte ein wenig: »Nein, das will ich nicht.«
»Warum?«
»Weißt du, wieviel Männer ich gehabt habe?« fragte sie höhnend.
»Wohl kaum so viele wie jene Maria von Magdala.«
»Oho! Ist es so gemeint –. Du kannst dir die Mühe sparen, Eirik. – Einen Mönch habe ich auch gehabt –. Als ich ihn so weit gebracht hatte, wie ich wollte, war er der Schlimmste von allen.«
»Ja, das mag begreiflich sein«, sagte Eirik. »Denn er hatte ja ein heiliges Gelübde gebrochen. Das kann nun von mir keiner sagen – man muß doch wohl annehmen, daß Gunhild mich von meinem Wort und allen Schwüren entbunden hat.«
Eldrid hatte ihre Arbeit sinken lassen und starrte ihren jungen Geliebten an.
»Wie hast du dir denn gedacht, daß dies enden sollte?« fragte Eirik.
»Nun – einige jagte ich fort, als ich ihrer überdrüssig wurde – einige wurden vorher meiner überdrüssig und gingen selber ihrer Wege. Was mit dir einmal werden wird, darüber habe ich nicht nachgedacht.«
»Eldrid«, sagte Eirik, »ich habe es in deinen Augen gelesen, sooft ich den Bogen nahm und in den Wald ging, kam dich die Furcht an, ich könnte nicht mehr wiederkehren.«
Sie starrte ihn an, stumm und rot. Dann aber fuhr sie ihn an: »Furcht! Ja, es ist wahr – und du denkst, ich fürchte mich davor,

Furcht zu haben! Wüßtest du – ich lernte, was es heißt, sich zu fürchten, während du noch an der Brust deiner Mutter trankst – Furcht!«
Eldrids große Augen flammten: »Zieh von mir fort, wann du willst, du kleiner Gesell, fang wieder an, deine Gebete zu sprechen, und kriech zu Kreuze und leiste Buße – ich werde es nicht tun! Ich betete, an jenem Tag, da ich als Braut zu Haralds Hof ritt – ein Unwetter überfiel uns auf dem Weg, ich bat Gott, er möge einen Blitz aussenden und mich erlösen. Ich bat Maria, die Jungfrau – sich meiner zu erbarmen – auch ich war eine Jungfrau und vierzehn Jahre alt wie sie, als der Engel sie heimsuchte, ich bat sie, den Engel mit dem Flammenschwert zu senden und mich zu erlösen –. Es hatte in die große Esche in der Burgschlucht eingeschlagen, wir sahen, als wir vorüberritten, den Weg, den der Blitz durch den Wiesenhang genommen hatte, für mich aber war keine Gnade –. Und du sprichst zu mir von Furcht –.« Erregt ging sie in der kleinen Stube hin und her.
»Du sprichst zu mir von Furcht – ich glaube, du würdest vor Schrekken den Verstand verlieren, wollte ich dir alles erzählen, von der Rache, die ich an Harald nahm, mit seinen eigenen Knechten vor seinen Augen, als er gelähmt und ohne Sprache dalag. – Das wäre genug – das andere habe ich bereut, vielleicht, es war dumm, nicht der Mühe wert – nachdem Harald tot war und seine Kinder mich hinausjagten und ich auf Sigurdstad saß und mich selber und meinen Besitz verschwendete – aber ich freue mich, sooft ich an Harald denke, er lag da und plapperte und glotzte –.«
Eldrid stand vor Eirik, verzog die braunen trockenen Lippen: »Geh deiner Wege! – Du fürchtest jetzt mich – ein Milchbart, ein Bürschlein wie du – du bist weiß und grau im Gesicht wie ein Fetzen Wolle!«
Eirik schüttelte den Kopf: »Ich habe keine Furcht.« Er lächelte ein wenig. »Und ich gedenke hier zu bleiben, und mich mit dir zu verheiraten.«

Einige Abende später, als der alte Holgeir bei ihnen in der Stube war, sagte Eirik zu ihm: »Ich habe Eldrid gefragt, ob sie sich mit mir verheiraten will, sie ist Witwe und kann sich selbständig verloben, aber es ist doch am besten, sie handelt im Einverständnis mit einem ihrer Verwandten. Darum wollte ich nun dich fragen.«
Holgeir antwortete, wenn Eirik ihm vor Zeugen versprechen wolle, daß er hier wohnen bleiben könne und keine schlechteren Bedingungen haben solle, selbst wenn Eldrid einen Gatten nehme, so würde er

seine Einwilligung geben. Dies versprach Eirik. – Als Holgeir hinausgegangen war, wandte er sich an Eldrid.
»Sag nun ja, du auch – es wird langweilig, sowohl für dich wie für mich, stets und ständig über das gleiche zu reden.«
Eldrid antwortete heftig: »Du bist wie die unverständigen Tiere, Eirik, wie ein Pferd oder ein Stier – es ist umsonst, sie aus dem brennenden Haus retten zu wollen – sie rennen geradeswegs wieder ins Feuer zurück.«
»Kann ich dies für eine Zustimmung nehmen?« fragte Eirik und lachte leise.
»Nimm es, für was du willst!«

So verkaufte er an Holgeir die kleine Silberkette mit dem Kreuz daran, die er seit seiner Kindheit schon unter den Kleidern um den Hals getragen hatte, erstand dafür Mehl und Malz. Eldrid braute und buk, und sie schlachteten ein Kalb; mit finstrer Miene und seltsamen Worten traf sie die Vorbereitungen zu dem Verspruchsbier, aber sooft er sie in seinen Armen hielt, verstand er ihr Wesen: sie war deshalb so, weil er es nun war, der die Macht über sie besaß; sie meinte sogar, diese Heirat sei eine Tollheit, aber sie konnte ihn nicht verlieren. Eines Nachts fragte sie ihn: »Was willst du dann mit mir machen, wenn du wieder nach Hestviken heimziehst?«
»Es ist wohl nicht so sicher, daß wir dort wohnen werden, solange mein Vater lebt«, sagte Eirik, »aber du hast doch früher schon auf größeren Höfen geherrscht als Hestviken.«
Sie war so mager, daß er, wenn er sie an sich drückte, an große Vögel denken mußte, wie er sie manchmal erlegt hatte – solche, die sich einen Flügel gebrochen, aber dann noch lange Zeit danach ihr Leben weitergefristet hatten.
Kurz bevor die Leute mit der Erntearbeit anfangen wollten, lud Eirik die Nachbarn zum Gelage ein, und dann machte er sich auf den Weg zu dem Kirchspielpriester in der Gemeinde Saana. Eirik hatte Holgeir den Fuchs geliehen und ging selbst mit den beiden Bauern von oben im Wald hinterdrein.
Holgeir führte das Wort, Eirik nannte seinen Namen und den Namen seines Vaters und seines Heimatkirchspiels. Sira Jon versprach, die Ehe auf gesetzliche Weise aufzubieten, und sicherte auch sein Kommen zum Verspruchsbier zu.
Dieses wurde drei Tage vor der Knutsmesse gefeiert, und alles ging gut. Eirik verlobte sich mit Eldrid, indem er ihr seinen Ring gab; der

Sicherheit halber sprach er folgende Worte dazu: »Ich nehme dich zu meinem Eheweib«, so konnte er sicher sein, daß die Ehe jetzt gestiftet war, da er ja schon die ganze Zeit mit der Frau zusammengelebt hatte. Eldrid antwortete in der gleichen Art.

Sira Jon sprach dann einige Gebete, segnete das Paar mit Weihwasser und segnete die Versammlung und den Tisch mit den Speisen. Das Fest verlief sehr schön. Die armen Kleinbauern, die die Zeugen gemacht hatten, wußten zwar nicht viel von ihrer seltsamen Nachbarin, aber sie schienen sich an ihrem Tisch wohl zu fühlen. Dem Priester war der Hochsitz angewiesen worden; jetzt, da er und seine beiden Gehilfen die weißen Gewänder abgelegt hatten, wurde er sehr redselig und aufgeräumt. Er war selber der Sohn eines armen Bauern aus der Nachbargemeinde, und er war als Kind viel hier auf Neset gewesen, Benedikt Bersessohn hatte den Hof für seine Schwester von einem angeheirateten Oheim des Priesters gekauft. Er prahlte mächtig damit, was Neset früher einmal gewesen war, und erteilte Eirik gute Ratschläge für alles, was er nun tun müsse, wenn er hier Bauer werde, legte ihm auch ans Herz, Gott seine Dankbarkeit zu bezeigen, dafür, daß er nun zu einem solchen Wohlstand gelange.

Eirik merkte, daß der Priester ihn für einen Tagelöhner hielt, der sich hier in Dienst begeben hatte und nun den Hof bekam und dazu ein Weib, das aus vornehmem Geschlecht stammte, selbst wenn es auch ein wenig übel mitgenommen war. Dieser Meinung waren alle Gäste – sie hatten ihn hier umhergehen und in einem Arbeitsgewand arbeiten sehen, das Eldrid ihm genäht hatte, und mit selbstverfertigten Schuhen aus Tierhaut. Niemand außer Eldrid und Holgeir wußten mehr über ihn. Dies weckte seine ganze alte Lust, alle Dinge umzudenken – er wurde darum sehr übermütig und sagte kein Wort, das einen der Gäste auf andere Gedanken hätte bringen können, sondern redete und benahm sich, als sei er ein armer Dienstknecht, der jetzt in die Gemeinschaft der Ansässigen aufgenommen war.

Der Priester sagte unter anderem, so gute Fische wie in diesem See gäbe es kaum irgendwo im ganzen Land, namentlich die Barsche seien hervorragend –. Eirik versprach daraufhin, seinen Fischzehent redlich und reichlich abzuliefern, und dann sagte er, sollte er einmal schöne Barsche in seinen Netzen finden, so würde er sie dem Priester als eine kleine Gabe überbringen –.

Eirik und Eldrid waren zweimal aufgeboten worden. Aber eines Morgens in der Woche vor dem dritten Aufgebot fing Eirik eine Menge schöner Fische in seinen Netzen, und so fiel es ihm ein, daß er nun sein dem Priester gegebenes Versprechen halten und ihm zum Festtag etliche frische Fische bringen müßte. Er reihte die größten Barsche auf einen Zweig auf, sattelte sein Pferd und ritt fort.

Kaum jedoch war er beim Priester in die Stube getreten, als Sira Jon auf ihn losfuhr, die Augen wollten ihm schier aus dem Kopf fallen; er nahm das Bündel Fische und schleuderte es weg, als seien es Kreuzottern: »Unglücklicher du – du hast mich böse zum Narren gehalten und hast einen üblen Scherz mit mir getrieben – du bist ja der einzige Sohn von Olav Audunssohn auf Hestviken!« Er schlug entsetzt die Hände über dem Kopf zusammen.

»Nein, mein Sira, habe ich dich zum Narren gehalten –? Ich sagte doch meinen Namen und den Namen meines Vaters und nannte die Gemeinde, aus der ich komme –«

»Ja, Eirik und Olav – so heißen gar viele –. Nun sandte ich einen Boten zu deinem Kirchspielpriester, wollte mich erkundigen, ob du unverheiratet und nicht mit der Frau verwandt seist – und erfahre solches!«

»Ja, du kannst doch unmöglich etwas erfahren haben, was ein Hindernis wäre?«

»Noch dazu der einzige Sohn und Erbe – und du willst dich mit Eldrid Bersestochter verheiraten!«

»Ja«, lächelte Eirik. »Ich meine doch, ich wäre eine ebenbürtige Heirat für sie.«

Da schrie Sira Jon, niemals würde er diese Brautmesse lesen, und er wollte sie nicht zum drittenmal aufbieten.

»Du hast kein Recht, uns dies zu verweigern, mein Sira!«

»Recht – ja, ich weiß, daß du deine Nase in ein Kloster gesteckt und daß du an den Büchern geschnüffelt hast, die es dort gibt – du kannst bei Peter Propst oder dem Bischof klagen, wenn du es wagst!«

Es half nichts, was auch Eirik sagte – daß er längst mündig sei und Eldrid eine Witwe, und daß er sich im Einverständnis mit einem Verwandten mit ihr verlobt habe und ihr Zusammenleben nach den Gesetzen der Kirche bereits durch Ehe gebunden sei und nicht ohne Todsünde aufgegeben werden könne und daß weder Olav noch Berse Schafe aus des Priesters Herde seien und er darum nicht begreifen könne, weshalb dieser solche Angst vor ihnen habe. Es half nicht einmal, daß er Sira Jon durch das Versprechen zu gewinnen versuchte, sich seiner zu erinnern, wenn er einmal Herr auf Hestviken sein würde.

So wurde es nichts mit der Hochzeit. Eirik war es gleichgültig – da Eldrid es sich nicht zu Herzen zu nehmen schien. Mit dem, was geschehen war, war den Gesetzen Gottes Genüge getan, ihnen zufolge waren sie Mann und Frau, und als was ihr Zusammenleben nach dem Landesgesetz galt, darauf legten sie wenig Wert, vorläufig wenigstens.

Aber nach dem Gespräch mit dem Priester war er trotzdem gezwungen, daran zu denken, daß es außerhalb Neset im Langsee noch eine Welt gab. Und eines Tages im Herbst sagte er zu seinem Weib, er müsse jetzt wohl heimreiten und sich nach seinem Vater umsehen.

An dem Morgen, an dem er fortzog, begleitete Eldrid ihn noch ein Stück weit über die Moore.

»Sieh mich nicht so an«, lächelte er verlegen, als sie sich trennten. »Ich bin spätestens am Abend des dritten Tages wieder daheim, es kann jedoch auch sein, daß ich früher komme.«

Mittag war vorüber, als er bei der Flußmündung aus dem Wald kam und die Bucht und den Fjord draußen und die rötlich grauen Felsen gegen das Meer hin wiedersah. Er ritt über die Äcker hinauf. Hier war die Ernte schon beendet, und die Herde weidete auf den Wiesen. Er kannte jedes Stück Vieh, und er kannte jeden Fußbreit Erde; hier gab es nicht einen Busch oder einen Steinwall oder einen Erdhügel auf der Wiese, den er nicht mit der Sense oder der Sichel berührt hatte. Und trotzdem dünkte es ihn, als sei er hier nicht mehr daheim, nicht so wie er auf Neset daheim war, auf jenem Hof, wo er beständig in Winkel geriet, die er nicht kannte, auf dem See, den er noch nicht einmal bis zum obersten Ende ausgerudert hatte, in den Wäldern ringsum, in denen er immer wieder auf Spuren stieß und nicht wußte, wohin sie führten – und trotzdem meinte er dort überall, hier sei er geboren, und hier sei er aufgewachsen, und alle Plätze habe er schon früher gesehen, entweder als Kind oder in seinen Träumen –.

Als die Hufe des Pferdes gegen die Felsen im Hofplatz schlugen, erschien Ragna in der Tür des Küchenhauses. Sie schrie laut auf und lief zu ihm hinaus. Nun kamen mehrere Leute vom Gesinde, scharten sich um ihn, und zuletzt erschien Cecilia mit einem kleinen Kind auf dem Arm. Es gab Eirik einen Ruck, als er merkte, daß dies Audun war, und daß dieser seit dem letztenmal noch nicht viel größer geworden war, noch nicht einmal ein Jahr alt. Kein ganzes Jahr war vergangen seit jenem Tag im Vorratshaus –.

Da sah er den Vater in der Tür zur Wohnstube auftauchen. Olav stand dort einen Augenblick, sah den Sohn an, dann wich er wieder in die Stube zurück.
Eirik küßte die schweigende Schwester auf den Mund: »Ich komme zu dir hinein, wenn ich mit Vater gesprochen habe.«
Er folgte Olav in die Wohnstube. Der Vater saß auf seinem Platz. Eirik blieb bei der Tür stehen, den Hut zwischen den Händen.
»Ich bin heimgekommen, Vater –.«
»Ja, allmählich gewöhne ich mich daran.«
»Vater – ich weiß, du hast allen Grund, darüber zu klagen, daß ich, ohne euch davon zu benachrichtigen, so lange fortblieb –.«
Olav unterbrach ihn: »Ein Landstreicher bist du, und nie wirst du etwas anderes werden als ein Landstreicher und fahrender Gesell. Ich beklage mich nicht über dich – du bist das, wozu du geboren wurdest. Ein Tor war ich, der immer und immer wieder glaubte, daß die letzte Besinnung, die über dich gekommen war, andauern sollte –. Ich glaubte dir, als du sagtest, du wolltest Mönch werden, ich glaubte dir, als du sagtest, du wolltest in Saltviken wohnen und den Hof dort bebauen, ich glaubte dir, als dich dünkte, du habest zu Gunhild Bersestochter Neigung gefaßt –
– Aber eines hätte ich nicht von dir geglaubt – daß du eine so schändliche Rache an Berse nehmen würdest, als du davonliefst und seine Tochter zur Buhlerin nahmst. Eldrid, die ein solches Leben geführt hat, daß du wissen konntest, nicht *ein* Mann würde sie in Schutz nehmen –.«
»Ich habe mich mit Eldrid verheiratet, Vater.«
Als der Vater nichts antwortete, sagte Eirik wiederum: »Das, glaubte ich, hättet ihr gehört – da doch unser Priester sich hier in meinem eigenen Kirchspiel nach mir erkundigen mußte –«
»Ich hörte davon. Doch ich dachte, du würdest es wohl so machen, wie es stets deine Art war – wie du es machtest, als du dein Gelübde im Kloster ablegen solltest. Aber es ist für dich selber am schlimmsten. Gott weiß, was du tun wirst an dem Tag, da du anfängst, dich von einem Band beengt zu fühlen, das du nicht zerreißen kannst.«
Eirik stand still da und sah den Vater an. Wieder dünkte ihn staunend – es war ja alles wahr, was der Vater sagte, und trotzdem wußte er, daß die Wahrheit doch anders aussah –.
»Ihr gebe ich keine Schuld«, sagte Olav bitter. »Ich hätte das nicht getan, was Berse tat – hätte nicht ein junges und schönes Kind einem alten Mann gegeben, der bereits zwei Frauen unter der Erde hatte –

und widerlich sah er aus mit den riesigen weißen Beulen auf dem Schädel, die aus seinem spärlichen Haar herausgrinsten, und nie habe ich gehört, daß er irgendeinem Menschen Gutes getan hätte. Andere Frauen hätten vielleicht ebenso schlimm gehandelt wie Eldrid, wären sie nicht furchtsamer gewesen als sie –.
– Und begreiflich ist es, daß sie mit dir verheiratet werden wollte, wenn sie das erreichen konnte. Aber trotzdem möchte ich nicht, daß ein solches Weib hier den Platz deiner Mutter einnehmen oder deiner Schwester hier in Hestviken vorangehen soll – nicht, solange ich zu befehlen habe. Wenn ich tot bin oder nicht mehr imstande, für mich selbst einzustehen – dann magst du herkommen, und da ist es wohl auch ehrenhafter, du bringst die Hausfrau mit, die du dir selbst erwählt hast, statt sie in einen Winkel zu schieben – wenn du das nicht bereits schon vorher getan hast, aber bis dahin müßt ihr euch von meinen Höfen fernhalten.«
»Wie du willst, Vater.«
»Ja, so ist es nicht gemeint«, sagte Olav kurz, »daß ich dich von daheim fortjagen will. Du kannst hierbleiben, solange du magst – du willst wohl die Sachen abholen, die dir gehören, Freunde und Verwandte begrüßen. Das will ich dir nicht verwehren. Auch nicht, daß du hierherkommst und bei deiner Schwester zu Gast bist – da aber mußt du allein kommen. Doch hier *wohnen* darfst du nicht mehr, solange ich lebe. Ich bin all dieser Sachen müde: gerade wenn wir glauben, du seist irgendwo zur Ruhe gekommen, so tauchst du hier auf – und wenn wir meinen, du wirst nun daheim bleiben, so bist du eines Tages verschwunden –.
Aber nun leg ab«, sagte der Vater, als spreche er zu einem Gast, »und ruhe dich aus.«

Cecilia hatte Bier und Speisen für den Bruder bei sich auftragen lassen. Jörund sei nach Gunnarsby geritten, um sich nach seinen Brüdern umzusehen, sagte sie. Sie redeten miteinander, zuerst über die Kinder – die gediehen alle drei – und dann über den Hof und den Sommer und über die Leute, Verwandte und Bekannte, aber nicht über seine Angelegenheiten.
Eirik fragte, ob Jörund und der Vater jetzt besser miteinander auskämen.
»Feinde sind sie nicht«, antwortete die Frau. Sie wurde rot: »Er hat jetzt angefangen, etwas mehr auf dem Hof zu arbeiten – Jörund hat in diesem Sommer nicht so viel unter dem schlimmen Kopfweh zu

leiden gehabt. – Der Vater spricht davon, nach Saltviken zu ziehen«, sagte sie dann, »Jörund hier die Herrschaft zu überlassen.«
Eirik hob Kolbein auf seine Knie: »Du weißt«, sagte er leise, »mein Weib hat nie Kinder gehabt – und jetzt ist sie auch nicht mehr so jung –. Ich wollte mit dir darüber sprechen – damit ihr wißt, Jörund und du, wenn ihr nun einmal die ganze Sache hier verwalten sollt – es ist fast sicher anzunehmen, daß es dieser kleine Bursche hier sein wird, der einmal Hestviken nach mir bekommt.«
»Eirik – daß du dich in solch unglückliche Umstände bringen mußtest«, sagte Cecilia leise und entsetzt.
»Es ist nicht so, wie du glaubst«, wehrte Eirik ab, und es erschütterte die Schwester am stärksten, daß sie den Ausdruck in seinen Augen nicht zu deuten vermochte, aber Kummer oder Reue lagen nicht darin.

Spät am Nachmittag des dritten Tages brach Eirik auf. Er hatte einen Quersack mit jenem Teil seiner Sachen vollgepackt, die er am nötigsten brauchte; verschiedenes andere wollte er nachgesandt haben, denn er wollte allein heimreiten, und ein Saumtier konnte er nicht mitnehmen – das Futter auf Neset reichte nur für ein Pferd. Aber Gisti, den einen von seinen alten Hunden, wollte er dabei haben – er war ihm in diesen Tagen auf Schritt und Tritt gefolgt, war an ihm hochgesprungen und hatte nach ihm geleckt, sobald er ihn nur mit dem Finger lockte. Eirik freute sich, denn er hatte auf Neset einen Hund sehr vermißt.
Cecilia wollte ein Stück weit mitreiten, sich gleichzeitig nach ihrem Kind auf Rynjul umsehen.
Der Vater nahm draußen auf dem Hofplatz Abschied von Eirik. Sie trennten sich in aller Freundlichkeit, aber Eirik wußte, daß er hier nun ein Fremder war.
Bruder und Schwester ritten miteinander fort; Knut Ragnassohn, der jetzt Cecilias eigener Knecht war, folgte in einiger Entfernung hinterdrein. Als sie an Rundmyr vorüberkamen, bat Eirik seine Schwester, sich Olav Livssohn, des kranken Knaben, anzunehmen. »Ein wenig Frauenzimmerarbeit kann er wohl verrichten.«
Cecilia versprach es.
Sie kamen an die Stelle, wo der Weg nach Rynjul abzweigt. Eirik wollte nicht mitreiten und die Verwandten dort begrüßen. So nahmen sie voneinander Abschied. Er war vom Pferd gestiegen. Da legte die Schwester ihre Hand auf seinen Kopf, drückte ihn heftig auf ihren

Schoß: »Eirik, Eirik«, flüsterte sie verzweifelt; »mir ist, als würdest du wieder in den Berg verzaubert!«

Eirik machte sich behutsam von ihr los: »Was redest du da! Ich bin zufrieden, so wie es gekommen ist.«

Es war dunkel, als er den See erreichte. Die Landzunge schoß schwarz in den bleichen Spiegel des Sees hinaus. Er sah jemand, der ihm entgegenkam. Eirik sprang vom Pferd: »Hier bin ich, Eldrid.«

Sie ergriff seine Hand nicht, er hörte, daß sie schwer atmete, und dann brach sie in Tränen aus. Sie setzte sich am Weg nieder, saß ganz zusammengeduckt im Dunkel da und schluchzte laut in ihren Schoß. Eirik stand still, an sein Pferd gelehnt, und wartete. Schließlich ging er hin, faßte sie bei der Hand und zog sie zu sich herauf: »Jetzt mußt du nicht mehr weinen, Eldrid!«

Dann gingen sie miteinander über die Moore zum Hof heim. Der Fuchs ging voraus, und Eiriks Hund folgte seinem Herrn auf den Fersen.

»Ich habe kein Essen bereitgestellt«, sagte sie, als sie in der Stube angelangt waren. »Ich hatte es gestern abend getan – du erinnerst dich, daß du sagtest, du würdest vielleicht schon früher kommen. Aber es tat so weh, alles umsonst dastehen zu sehen. Jetzt will ich gehen und etwas holen –«

Eirik sah seinem Weib gedankenvoll nach.

Während er aß und danach seinen Quersack auspackte, sprachen sie einiges über seine Reise. Eirik sagte, der Vater habe ihn nicht ganz so schlimm empfangen. Aber es sei verabredet worden, daß er noch nicht so bald nach Hestviken heimziehen solle.

Kaum jedoch lag Eldrid im Bett, so fing sie wieder zu weinen an. Und sie weinte und weinte – sie weinte unter den Liebkosungen des Mannes, sie schlief ein, das Gesicht an seiner Schulter verborgen, und schluchzte noch im Schlaf und erwachte und weinte wieder.

»Ich wünschte, ich wäre gestorben«, jammerte sie einmal, »ehe ich dir begegnete!«

»Das darfst du nicht sagen«, bat er ernsthaft. »Wünsche nicht, daß du gestorben wärest, während du Gott und alle Menschen haßtest.«

»Doch! Lieber das, als daß du nun hier liegst, von deinem Erbe und deiner Sippe verjagt.«

»Du bist es, die von Anfang an für mich bestimmt war. Von hier bin ich ausgegangen, und hierher mußte ich zurück.«

Dann erzählte er ihr seinen Traum von dem Weib in Vogelgestalt, Buhle.

Aber am nächsten Tag, als Eirik zum Morgenimbiß hereinkam, fragte Eldrid trocken: »Hast du etwas über meine Schwester gehört, Gunhild – was aus ihr geworden ist?«
Eirik sah auf.
»Nein«, sagte er überrascht, »ich vergaß ganz, danach zu fragen!«

18

Olav zog nach Saltviken hinaus.
Der Fischfang aber mußte von Hestviken aus betrieben werden; in Saltviken gab es kein anderes Bollwerk als den kleinen Damm aus zusammengetragenen großen Steinen, weder Schiffsschuppen noch Lagerspeicher gab es, sondern nur eine kleine Hütte bei den Salzpfannen, und es hätte eine große Arbeit bedeutet, in dieser offenen und seichten Bucht einen Hafen zu bauen. Saltviken konnte ein guter Kornhof werden. Eirik hatte ganz recht gesehen.
Olav segelte manchmal nach Hestviken, sah sich nach seinen Booten um, sprach an finsteren Wintermorgen mit Cecilia auf dem Bollwerk, ging jedoch nicht zum Hof hinauf. Trotzdem wußte er, daß sein Schwiegersohn mit bösen Worten von diesem alten Draug redete, der im Tang da unten wühle.
Er wußte, daß der Tochtermann nicht zurechtkommen konnte mit all dem, was er ihm übergeben hatte. Er mußte sich auf die alten erprobten Dienstleute und auf Cecilia verlassen. Aber es war nun dahin gekommen, daß Olav meinte, er müsse so tun, als habe er Vertrauen zu Jörund Rypa, selbst wenn er es nicht hatte.
Was die Leute über die ganze Sache sagten – nun, selbstverständlich würde er der letzte sein, der dies erführe. Doch es konnte ja kein Geheimnis sein, daß er schlecht gewählt hatte, als er diesen Mann für seine Tochter bestimmte. Und über Eiriks Betragen hatte Jörund ihn wissen lassen, was alle meinten: Eirik hatte an Berse Rache nehmen wollen – und es war eine feige Rache –, und es war nichts als wohlverdienter Lohn, wenn er am eigenen Leib erfahren mußte, daß die alte Hure zu schlau war und er sich nun selber in ihren Schlingen verfangen hatte.
Olav war müde wie ein Stein von allem in der Welt. Zuerst die Empörung, die ihn überfallen hatte, als er Berses Kränkungen hinnehmen mußte – und er hatte sich beherrscht, um Eiriks willen, sich mehr beherrscht, als er sich selber zugetraut hätte –, und dann benahm Eirik sich wie von Sinnen, ehrlos, ohne einen Gedanken für etwas anderes als seine eigene Laune. Als diese Empörung sich nach und nach

legte, dünkte es Olav, daß er jetzt für nichts mehr Kraft besäße. Jetzt mochte alles gehen, wie es eben ging. –

Aber trotzdem wollte er sich nicht ergeben; er mußte weiterhin gegen die Schande und das Unglück ankämpfen. Sein ganzes Ansehen, das er in den Gemeinden ringsum errungen hatte, wollte er gegen das Urteil der Umgegend über Cecilias Gatten einsetzen, wollte so tun, als meine er, daß Jörund etwas tauge und daß Jörund ein Mann mit blankem Schild sei. Und gleichzeitig versuchte er, hier vom Einödhof aus alles heimlich im Auge zu behalten, zu lenken und zu bestimmen – es durfte ihn nicht anfechten, wenn Jörund dies nicht behagte. Es konnte doch einmal so kommen, daß für Cecilia und ihre Kinder bessere Zeiten eintraten. Jetzt, da Jörund gleichsam der Herr auf Hestviken war, hatte er Freunde gefunden; es waren nicht die besten Männer aus der Gemeinde, und unfriedlich und unverträglich war er selber – so gut konnte es kommen, daß er einmal einige Zoll kalten Stahls ins Fleisch bekäme –.

Und Eirik, der sich so betragen hatte, daß seine Handlungsweise nicht entschuldigt werden konnte – er mußte von daheim verbannt sein. Es war auch am besten so – wollte Gott, es bliebe ihm nun erspart, diesen Menschen noch einmal in seinem Leben zu sehen. Er hätte es ahnen müssen, damals, als er heimkehrte und Ingunn mit einem zappelnden Unglück unter dem Herzen antraf – daß er sein ganzes Leben hindurch von dieser Ausgeburt verfolgt werden und niemals Frieden finden würde: er hatte ihn gehaßt, ihn verachtet, sich hart gegen ihn gemacht, ihm den Tod gewünscht – und sich nach ihm gesehnt, ihm geglaubt, wenn jener ihn zum Narren hielt, ihm Wohlwollen erwiesen, gleich nachdem er sich hatte zum besten halten lassen, dieser fremde Gast war mehr sein eigen geworden als sogar die Kinder, deren Vater er war; immer und immer wieder hatte er geglaubt, der Fluch sei umgewandelt worden in – ja in etwas anderes, die Ausgeburt in einen Sohn, den er liebte – und immer wieder machte der Wechselbalg einen Satz – und er selber stand da, verraten, zum Hohn – und zu dem, was noch schlimmer war und schärfer brannte –.

Jetzt aber war es zu Ende. Und es war gut so.

Trotzdem ertappte er sich dabei, daß er doch immer wieder an Eirik dachte. Er sehnte sich danach, Eirik seine Meinung zu sagen, unumwunden. Er sehnte sich danach, ihn zu sehen –. Eirik war sein ewiger Widerpart, so schien es ihm; aber er liebte ihn.

Die Zeit wurde ihm lang, während eines ganzen Winters draußen in Saltviken. Er lebte hier allein mit Knut Ragnassohn und dem jungen Weib, mit dem sich der Bursche kurz vorher verheiratet hatte.

Eines Tages im Lauf des Frühjahrs kam Galfrid Rikardssohn unerwartet zu ihm nach Saltviken hinaus. Am Abend trug er Olav sein Anliegen vor.

Es handelte sich um einen Mann, der um Galfrids jüngste Tochter, Alis, warb; Galfrid selber war dieser Mann als Tochtermann recht, aber zuerst wollte er doch mit Olav darüber sprechen: »Denn es ist dieser Björn, der Sohn von Torhild auf Torhildrud – und du bist ja also sein Vater.«

Olav antwortete, er habe diesen Sohn bekommen, solange seine Frau noch am Leben gewesen sei, so daß er keinerlei Rechte über diesen Burschen besitze. Wenn aber Björn Unterstützung brauche, um einen Hausstand zu gründen, so wolle er sich dem nicht entziehen –.

So sei es nicht gemeint, sagte Galfrid – er wolle nur wissen, ob Olav etwas gegen die Heirat einzuwenden habe. Björn käme gut zurecht – und die Mutter und der Stiefvater seien ja jetzt wohlhabend. Er hatte den jungen Mann im Herbst kennengelernt, als Björn die Schmiede auf seinem Hof pachtete. Er sollte die Eisenbänder zu den neuen Türen an der Laurentiuskirche anfertigen; einige Herren aus dem Königsgefolge wollten der Kirche diese Stiftung machen. Björn hatte sich dieser Aufgabe so entledigt, daß einer der Herren ihm jetzt den Auftrag gegeben hatte, zwei Kerzenkronen und einen eisenbeschlagenen Schrein für die Hauskapelle, die auf seinem Hof stand, anzufertigen. Als aber Björn diese Gegenstände Herrn Arne überreichte und seinen Lohn forderte, dünkte den Ritter, die Forderung sei allzu hoch, und er wollte feilschen. Björn erwiderte, könne Herr Arne es sich nicht leisten, das zu bezahlen, was der Schmied verlange, so könne er es sich leisten, dem Ritter sowohl den Schrein als auch die Kronen zu schenken, was aber seine Arbeit wert sei, darüber, so meinte er, könne niemand anderer urteilen als nur er selber. Daraufhin gab Herr Arne ihm das, was er verlangte. Jetzt hatte Björn Olavssohn die Häuser gekauft, die er zum Wohnen und zur Arbeit brauchte, in dem alten Gullbringen – Olav wußte, es war der Hof unterhalb des Fluga-Hofes.

Von da an fühlte Olav ein heftiges Verlangen danach, Björn einmal zu sehen. Kurz vor der Margretmesse*) fiel ihm ein, daß er in der Stadt

*) Margretmesse: 20. Juli

etwas zu tun habe. Und am Sonntag, als er aus der Messe in der Halvardskirche kam, ging er zu den Höfen hinunter, die unterhalb der Lehmhänge lagen, drunten am Flußufer. Gullbringen war der größte Hof, mit drei Hofplätzen, einer hinter dem anderen.

Die Häuser rings um den hintersten Hof reichten bis nach Alna hinaus. Dort befanden sich eine Schmiede, ein Stall, Vorratshäuser und ein schönes Wohnhaus. An der Wand des Wohnhauses wuchs ein großer Rosenbusch; bei diesem stand ein junger Mann mit zwei Frauen, die sich über die Rosen beugten und daran rochen. Olav erkannte die junge schlanke mit den langen rötlichen Zöpfen, es war Alis Galfridstochter, er hatte sie auf dem Hof ihres Vaters gesehen. Die andere war eine ihrer verheirateten Schwestern.

Alis hatte ihn gesehen; sie flüsterte dem jungen Mann etwas zu. Dann wandte sie sich um und ging fort, Olav Audunssohn scheu grüßend, während sie an ihm vorüberglitt. Sie hatte ein feines, sommersprossiges Gesicht, trug eine Rose an der Brust und Rosen in der Hand.

Der Mann kam langsam heran, begrüßte Olav: »Kommen so vornehme Fremde?«

Sein Lächeln war knabenhaft übermütig – er ist jetzt wohl zwanzig Jahre alt, dachte der Vater.

»Mich kam die Lust an, dich wiederzusehen –«

»Es ist auch lange her seit dem letztenmal. Und die Jahre scheinen dich hart angefaßt zu haben – du bist alt geworden, Olav Audunssohn! Aber geh hinein –«

Dann saß er auf der Bank in der Stube des Schmiedes, und in der Ecke schräg gegenüber saß der Mann, der sein einziger Sohn war.

Der Bursche war schön – wie er selber in seiner Jugend einmal – ein gut Teil größer, nicht so straff und wohlgebildet. Aber das Weißblonde hatte er – den hellen Silberglanz im Haar und in den Augenbrauen, die weiße Haut und die wasserklaren, grauen, etwas auseinanderstehenden Augen.

Olav merkte bald, daß es nicht leicht war, sich mit Björn zu unterhalten – er wußte nichts, worüber er mit ihm hätte sprechen sollen. Die Mutter, der Stiefvater, die Geschwister, es ging ihnen in jeder Beziehung gut; das gleiche war es auch mit Björn. Seine Stube ließ ebenfalls darauf schließen, daß der junge Mann sich gut stand.

»Du bist noch jung für einen, der Haus und Hof besitzt und sein Handwerk schon selbständig betreibt?«

»Nun, ich habe schon seit meinem fünfzehnten Jahr selber über mich bestimmt.«

Olav sagte, er wolle gern Proben von Björns Kunst sehen – er habe große Lobesworte darüber gehört. Björn antwortete, er habe jetzt nichts hier, was des Vorzeigens wert wäre: »Aber du kannst zum Lavransspital hinaufgehen, dir die Eisenbeschläge an der südlichen Kirchentür ansehen und die drei Kerzenkränze, die im Schiff hängen. Das sind die größten Arbeiten, die ich bis jetzt verfertigt habe. Ich habe heute keine Zeit, sonst würde ich mit dir gehen –«

»Ist es wahr«, fragte Olav und lachte ein wenig, »daß der Meister, bei dem du in der Lehre warst, ein Halbriese ist?«

»Davon hat er nichts gesagt. Und ich frage die Leute niemals nach Dingen, die sie mir nicht von selber sagen.« Dies sollte eine Zurechtweisung sein, verstand der Vater, und er fühlte Lust zu lächeln. Niemals noch hatte er einen Mann gesehen, der sich selber so von Herzen genug war wie dieser Bursche.

»Aber ein guter Schmied war er – der hervorragendste in Norwegen«, sagte Björn. Er ging zu einer Kiste, kam zurück und brachte Olav Schloß und Schlüssel zu einem Schrein: »Das machte ich, als ich bei ihm war. Die Schlösser, die ich jetzt schmiede, sind kunstvoller. Wenn es dir gefällt, kannst du es gerne haben.«

Olav bedankte sich und lobte die Arbeit.

»Von deiner väterlichen Sippe hast du diese Fähigkeiten nicht«, tastete er sich vorwärts. »Geschickte Hände haben wir in unserem Geschlecht nie gehabt.«

»Von meiner väterlichen Sippe weiß ich nichts«, antwortete Björn mit klarer Stimme.

»Und du bist böse deswegen?« fragte Olav ebenso zurück.

Björn sah ihm offen in die Augen.

»Nein, Olav, das bin ich nicht. Du zeugtest mich – und ich sage, daran hast du wohlgetan. Und hast du seitdem auch weiter nichts für mich getan – so hast du mir damit nichts Schlimmes zugefügt, meine ich.«

Olav betrachtete seinen Sohn – fragte sich im stillen, ob dieser Bursche wußte, was er sagte – oder ob ihm diese Worte in den Mund gelegt worden waren –.

Björn erhob sich, ging zur Tür und nahm einen Becher von dem Wandbrett darüber –:

»Aber du mußt mich für ungastlich halten.« Er schenkte den Becher voll, trank dem Vater zu: »Heil dir, Olav Audunssohn. Mich dünkt es dennoch eine Freude, daß du einmal bei mir auf der Bank gesessen hast.«

Olav nahm den Trunk entgegen, er lächelte leicht: »Ich kann nicht sagen, daß ich das gemerkt hätte, Björn!« Es war Wein; und er schmeckte gut.
»Doch, es ist mein Ernst. – Und ich möchte, daß du eine Erinnerung daran mitnimmst.« Wieder ging er fort und holte etwas. Diesmal war es eine Schließe, ganz vergoldet und ziemlich groß. Mitten darin war ein Bildnis von Maria mit dem Kinde und ringsum ein Kranz von Erhöhungen, deren jede ein Engelsgesicht trug.
»Nein, Björn – dies Geschenk ist allzu groß, das will ich nicht!«
»Doch, nimm es nur. Erinnerst du dich nicht, daß ich einmal einen goldenen Ring von dir bekam?«
»Tust du das, weil du möchtest, daß wir beide quitt seien?«
»Nein, nein, nicht aus diesem Grund. Ich kann dir sagen, Olav, daß ich mich mit diesem selben Ring am Abend des Lavranstages mit Alis Galfridstochter vor der Tür der Klemenskirche verloben werde.«
»Er kommt also zu Ehren!«
Während Björn ihn hinausbegleitete, fragte Olav: »Deine Mutter – sie ist wohl zufrieden mit der Heirat, die du jetzt eingehst?«
»Meine Mutter –« Zum erstenmal war Björns Lächeln nur lustig, ohne Herausforderung. »Meine Mutter ist immer zufrieden mit mir, was ich auch tue, sie –«
»Das ist gut«, antwortete Olav. »Da weiß ich, daß du stets nur so gehandelt hast, wie es am richtigsten und männlichsten war.«
Sie drückten einander die Hand zum Abschied, und Olav ging.

Olav wanderte zu seiner Herberge zurück, halb lächelnd. Mit diesem Björn konnte er zufrieden sein. Jung und überstolz – aber dies waren Schwächen, die das Leben heilte – und Gott gebe es, daß das Leben den Burschen auf schonende Weise zurechtstutzte, ohne ihm den Wipfel zu brechen. So daß der Mann das halten konnte, was der Knabe versprach, wenn sich einmal das Gelbe rings um seinen Schnabel verloren hatte.
Es war richtig, was Björn sagte – er hätte mehr für diesen seinen Sohn tun können. Andere Männer handelten in solchen Fällen anders – ließen ihre Hurenkinder bei sich daheim oder bei Bekannten aufwachsen. Im übrigen aber war doch er es, der der Mutter Torhildrud gegeben hatte, das jedoch schien Björn für nichts Besonderes anzurechnen – nun, ihren Wohlstand verdankte sie sich selber und ihrem Mann. Und wenn Torhild nicht geheiratet hätte, so hätten er und Björn vielleicht mehr voneinander gesehen – obgleich, der Grund war

und blieb: er meinte es nicht ertragen zu können, einem Sohn in die Augen zu blicken, den auf seinen ihm gebührenden Platz in der Sippe führen zu können er nicht die Macht besaß – und dagegen war alles andere, was er tun konnte, nichts.
Und was hatte der Bursche damit gemeint, als er sagte – Verhielt es sich wirklich so, wie er gesagt hatte: daß, weil er, der Vater, seit seiner Erzeugung nichts mehr für ihn getan habe, er ihm dadurch auch nichts Böses zugefügt habe? Der Sohn, der außerhalb der Sippe stand und ihn nicht Vater nennen wollte, der stand auch außerhalb des Unglücks.

19

Zum drittenmal brachte Eirik die Ernte erfroren und nur halbreif ein. Hier unten am See trat der Frost früher auf als an allen anderen Plätzen in der Gegend. So groß war das Unglück zwar nicht – ein wenig Mehl zum Kochen gewann man immer, und Korn für Malz und Brot konnten sie kaufen. An Fleisch und Fischen hatten sie mehr als genug, und zur Fastenzeit war es nur gut, wenn sie ein wenig hungern mußten.
Eirik lächelte, als er an die Fastenzeit im ersten Jahr dachte. Er hielt sie so ein, wie es seit dem Aufenthalt im Kloster seine Gewohnheit war, trank nichts weiter als einmal am Tag etwas Wasser und nahm sonst nur ein Stück Eis in den Mund, wenn er allzu durstig war. Des Nachts lag er in der Vorstube draußen auf einem Strohsack. Er kümmerte sich nicht darum, was Eldrid tat. Aber als er eines Morgens in die Stube kam, sah er, daß sie auf dem Boden lag – sie schlief noch. Da sagte sie, daß sie sich jede Nacht hierher lege, wenn er zum Schlafen hinausgegangen sei, und wenn sie sah, daß er barfuß in den Schuhen ging, so tat sie es auch.
»Das sollst du nicht tun, du bist ja nicht daran gewöhnt.«
Eldrid sagte, sie sei jedes Jahr in der Fastenzeit zum Beichten gegangen und habe am Ostertag das Corpus Domini empfangen – aber sie habe es nur getan, um nicht zur Rechenschaft gezogen zu werden.
»Es ist gut, daß du es nicht mehr so schlimm treiben willst«, sagte der Mann.
»Nein, ich leistete ein Gelübde in jener Nacht, da ich auf den Weg hinunterging und dich erwartete – als du in Hestviken gewesen warst.«
»So war es doch wenigstens für etwas gut, daß du so töricht denken konntest. Aber ich hatte dir doch gesagt, ich würde bis zum Abend des dritten Tages wieder daheim sein.«

»Hättest du nicht Wort gehalten«, sagte Eldrid, »ich weiß nicht, was aus mir geworden wäre.«
»Gott steh dir bei, Eldrid – du solltest es doch besser wissen als die meisten. Kein Mann ist so sehr viel wert, genau besehen.«
»Du bist nicht so wie andere.«
»Doch, das bin ich. In den meisten Dingen war ich nicht besser als die meisten anderen, und in manchen war ich noch schlimmer.«
Aber Bothilds Namen hatte er seinem Weib gegenüber nie erwähnt.

Jetzt kannte er den See von einem Ende bis zum anderen und die Wälder ringsum, die Pfade und die Wildnis. Es gab nicht viel zu tun auf dem kleinen Hof, so daß er reichlich Zeit hatte, nach Herzenslust herumzustreifen. Im ersten Winter, als er sah, daß Eldrid Schneeschuhe hatte – es war so leichter für sie, zu den weiter entfernten Scheunen zu gelangen, solange sie kein Pferd besaß –, wollte er sich auch ein Paar anfertigen. Als er sich daran gewöhnt hatte, sie zu benutzen, gefiel es ihm so gut, sich auf diese Weise vorwärtszubewegen, daß er die Schneeschuhe dem Pferd vorzog. So brach eine Zeit an, in der er vom Morgen bis zum Abend fort war; oft kam er erst bei Anbruch der Nacht heim. Bis es dann wieder die eine oder andere Arbeit gab, die er nicht länger hinausschieben konnte. Da fand er dann gleich eine ganze Reihe von Dingen, die er erledigen mußte, und auf diese Weise kam er nicht vom Haus weg, hatte kaum Zeit, das Essen hinunterzuschlingen, und konnte sich keine Ruhepause gönnen; an den Abenden saß er mit Schnitzmesser, Ahle und Sehnenfaden beim Feuer und arbeitete, und Eldrid saß ebenso schweigsam da wie der Mann, nähte oder spann.
Sie sprachen nie viel miteinander, nur das Notwendigste über die Arbeit. Der eine wußte nicht viel mehr über das Leben des anderen vor ihrem Zusammentreffen, als sie gewußt hatten, da sie einander kennenlernten. Er aber fühlte, daß sein Leben das ihre aufgenommen hatte, sie wurde mit ihm getrieben wie ein Boot mit der Strömung, und beide waren sie damit zufrieden, so zu leben.
Zwei Jahre waren vergangen, seit er Neset zum erstenmal gesehen hatte, als Bruder Stefan in der Himmelfahrtswoche für einige Tage in die Kirche von Saana kam, um dort zu predigen. Am letzten Tag gelang es Eirik, den Bruder zu überreden, ihn nach Neset zu begleiten, um dort zu übernachten, und am nächsten Morgen führte er Bruder Stefan auf einem Richtweg durch den Wald ins Nachbarkirchspiel hinüber.

Sie saßen lange Zeit auf einer Höhe, von der aus man Wälder und kleine Seen erblickte, aber keinen einzigen Hof unter dem weiten Himmel. Eiriks Hunde lagen im Moos zu seinen Füßen. Hier erzählte Eirik Bruder Stefan alles das, was er in der Beichte nicht hatte vorbringen können, weil es nicht von Sünde oder Gnade handelte, sondern vom dem All, in dem alles sich bewegt.
Bruder Stefan äußerte, es sei ein Gewinn, daß Eldrid nicht mehr wie eine Sklavin dahinlebe, in ihrem eigenen Haß gebunden. »Aber du wirst nicht dein ganzes Leben auf Neset zubringen – hast du darüber nachgedacht, wie es werden wird, wenn ihr einmal nach Hestviken zieht?«
»Nein«, antwortete Eirik. »Es geht, wie Gott will – sollten wir je einmal dorthin kommen. Der Vater kann bis zu seinem achtzigsten Jahr leben. Im übrigen ist Eldrid eine verständige Frau und vernünftig. Das schönste Fohlen und der beste Mensch können durch Grausamkeit und sinnloses Vorgehen verdorben werden.«
»Du darfst nicht eine christliche Seele mit einem unverständigen Tier vergleichen«, sagte Bruder Stefan.
»Die alte Ragnhild, die du bei uns sahst – sie erzählte mir –: Harald Jonssohn band Eldrid einmal an den Stützbalken im Dachraum, ehe er von daheim fortritt. Er wollte sie dort so lange stehen lassen, bis ihre Füße anschwollen, so daß sie es nicht mehr ertragen konnte – um zu sehen, ob er sein Weib so weich machen könnte, daß sie einmal freundlich gegen ihn wäre. Ragnhild erlöste sie in der zweiten Nacht, nahm sich ihrer an – damals war sie sechzehn Jahre alt, die Eldrid. – Ragnhild war Haralds Buhlerin gewesen, und er schickte sie fort, als er Eldrid bekam, später aber nahm er sie wieder bei sich auf, sie sollte ihm helfen, Eldrids Willen zu brechen – diese Ragnhild.«
Schweigend saßen sie beide eine Zeitlang da.
Bruder Stefan sagte, sie seien traurig gewesen im Kloster, alle Brüder, als sie im vergangenen Jahr erfuhren, welchen Weg Eirik eingeschlagen hatte: Bruder Arne hatte gelobt, sich jeden Donnerstag abend so lange zu peitschen, bis er mit den Füßen in seinem eigenen Blut stand, und davon wollte er nicht ablassen, bis er hörte, daß sein Bruder bekehrt sei.
An Bruder Arne, der gleichzeitig mit ihm Jungbruder gewesen war, war Eirik von allen im Kloster am wenigsten gelegen – der andere war ja auch noch blutjung und schon von Kindheit an bei den Minoriten gewesen. Jetzt bat Eirik Bruder Stefan, Arne zu grüßen und ihm seinen Dank zu überbringen.

Als sie in das Nachbarkirchspiel kamen, nahm Eirik bei dem ersten Zaun rings um einen grünen Acker Abschied von seinem Freund. Bruder Stefan segnete ihn; dann ging der Mönch weiter zur Ortschaft hinunter, und der einsame Weidmann mit dem Bogen über der Schulter und den Hunden an der Seite stieg wieder den Hügel hinan.

Der Sommer verging für die Bewohner auf Neset, und der größte Teil des Winters dazu. In der Lichtmeßwoche setzte strenge Kälte ein. Eirik war tagsüber im Wald und fällte Bäume. Eines Nachts jedoch erwachte er davon, daß Eldrid an seiner Seite bebte. Sie sagte, sie sei, als sie Wasser für das Vieh holen wollte, in das Loch im Eis gestürzt und dann in den nassen und von der Kälte erstarrten Kleidern umhergegangen, und dazu sei sie wohl jetzt zu alt. Dabei erfuhr nun Eirik, daß die alte Dienerin, Ragnhild, von Zeit zu Zeit einen Wutanfall gegen die Hausfrau hatte, sich in Holgeirs Stube zurückzog und dortblieb, bis der Zorn sie wieder verließ. In dieser Zeit verrichtete Eldrid die ganze Arbeit auf dem Hof allein. Sie hatte während des Winters keinen Hütebuben.
Bald darauf wurde sie am ganzen Körper glühend heiß, bekam ein paar schwere Hustenanfälle, und dann begann sie im Fieber zu murmeln, jammerte laut und warf sich im Bett herum. Mehrere Tage lag sie schwer krank so da. Am ersten Abend, an dem es ihr wieder etwas besser ging, erkundigte sie sich, als sie ihren Mann mit der Milch hereinkommen sah, nach Ragnhild. Eirik lachte und sagte, der Zorn des alten Weibes gelte ihnen beiden – kein Mensch wüßte weshalb –, so daß sie noch in ihrem Winkel säße und er allein alles versorgt habe.
»Nein, Eirik. Das ist zu schlimm – melken und misten, das ist keine Arbeit für einen Mann.«
»Wer, glaubst du denn, daß in den Klöstern melkt?« fragte Eirik lachend.
Am Tag darauf kam Gaute Virvir, ein alter Freund Eiriks von daheim. Er hatte in der Gegend hier etwas zu tun, und dabei war es ihm eingefallen, sich einmal auf Neset umzuschauen. Er traf Eirik gerade dabei an, wie er den Kühen das Futter gab. Eirik empfing den Gast so gut er konnte, während seine Frau krank lag. Gaute war gerade in einem Eigentumsstreitfall verurteilt worden, so daß er finsteren Sinnes war und mit einer Miene, als gäbe es nur lauter Unglück, alles mögliche von daheim erzählte. Olav säße in Saltviken, und Cecilias

letztes Kind sei kurz nach der Taufe gestorben, und Gunhild Bersestochter sei Herrn Magnus' Frau und gehöre zu Frau Ingebjörgs Frauenschar – der Ritter sei einer der Getreuen der Herzogin.
Eirik fand, alles in allem seien das keine schlechten Nachrichten von daheim. Es tat ihm leid um Cecilia, die ihr letztes Kind verloren hatte. Aber es schien doch, als kämen sie dort draußen ganz gut ohne ihn zurecht; der Vater und Cecilia verwalteten das Ganze, das merkte er, und Jörund durfte so tun, als lenke er alles – da war er wohl umgänglicher.

Drei Sommer hatte Eirik hier gelebt, und jetzt war bald der dritte Winter zu Ende. – Eines Abends, als er unter der Tür des Vorraumes stand und in die graublaue Dämmerung hinausblickte, dachte er darüber nach. Die der Sonne zugewandte Landzunge lag mit braunen kahlen Hängen da, es tropfte leise vom Dach herab, die Luft war so mild, daß sich keine Eiszapfen bildeten. Der Schnee lag noch überall tief in den Wäldern, aber die Fläche des Sees war dunkel von morschem Eis, und nahe dem Ufer spiegelte der Abendhimmel sich in den offenen Stellen – sie waren seit dem vorhergehenden Abend größer geworden.
Da gewahrte er, daß sich draußen auf dem Eis am Ende des Sees etwas bewegte – es schienen zwei Menschen zu sein, und sie waren von ihren Pferden abgestiegen und führten sie. Eirik lief hinzu – er mußte sie aufhalten, sie an der einzigen Stelle, wo man das Eis noch einigermaßen sicher nennen konnte, ans Ufer geleiten. Während er so dahinlief und den beiden zuschrie, sie sollten dort stehenbleiben, wo sie waren, überlegte er, wer es wohl sein könnte – es gab außer dem Hof hier keine anderen Häuser rings um den ganzen See, sie mußten also wohl nach Neset kommen wollen.
Als er zwischen den spiegelnden Wasserpfützen auf dem Eis dahinlief, schien ihm, daß einer von den beiden Menschen wohl eine Frau sei. Aber erst als er ganz bei ihnen angelangt war, erkannte er Cecilia. »Um Gottes willen, laßt euch ans Ufer helfen. Nimm du die Pferde, Svein, dann will ich Cecilia führen.«
Trotz der Dämmerung konnte er sehen, daß etwas sie erregte. Er dachte darüber nach, ob sie nur wegen des unsicheren Eises erschrokken war, oder ob es noch einen anderen Grund gebe. Als sie das Ufer erreicht hatten, sagte Eirik: »Du wirst den Weg wohl finden, Svein. Meine Frau schläft gewiß schon, aber geh nur hinein und wecke sie, sag ihr, wer kommt.« Er nahm Cecilias Pferd. »Du mußt jetzt auf-

steigen, Cecilia – man versinkt hier auf dem Moor bis über die Knie im Schnee.«

Da warf sie die Arme um den Hals des Bruders, schmiegte sich an ihn, und er fühlte, wie sie zitterte.

»Ich bin gekommen, um dich zu bitten, mit mir heimzukehren«, sagte sie verzweifelt. »Jetzt ist es soweit, daß ich es nicht mehr ertrage.« Ein heftiger Schauder überlief sie. »Ich ertrage es nicht mehr, Jörund wiederzusehen –«

Eirik drückte sie an sich: »Es ist am besten, du kommst erst einmal ins Haus«, sagte er dann, »legst deine nassen Kleider ab. Denn ich fürchte, es wird eine lange Saga sein, die du mir zu erzählen hast –«

»Das Ende«, sagte Cecilia, indem sie den Bruder freigab, »das Ende ist, daß er gestern Olav schlug, Ankis Sohn, so hart, daß der Knabe heute morgen starb. Da bat ich Svein, mein Pferd zu satteln –«

Ganz verwirrt stand Eirik da: »Den lahmen Jungen! Kann so etwas *geschehen*! – Was hast du mit deinen Kindern gemacht?« fragte er plötzlich.

»Sie sind bei Tore. Aber den Kindern hat er noch nie etwas getan –

– Ich befahl meinen Leuten daheim«, sagte sie, während er ihr Pferd am Strand entlangführte, »daß niemand dem Vater eine Nachricht darüber senden dürfe. Ich wage es nicht – nicht ehe du da bist. Du bist der einzige, der uns helfen kann – vielleicht –«

Eldrid trat ihnen vor dem Haus entgegen. – Eirik erkannte schon von weitem, daß sie das Haar mit ihrem blendend weißen langen Kirchenkopftuch bedeckt hatte. Sie reichte Cecilia die Hand und hieß sie willkommen.

Drinnen hatte Eldrid das Feuer auf der Herdstätte angefacht; sie führte Cecilia zu der Bank, die dem Feuer am nächsten war, nahm ihr den nassen Umhang ab und schob dem Gast ein Bankkissen hinter den Rücken: »Du wirst müde sein, Eiriks Schwester – ihr seid heute bei diesen beschwerlichen Wegen bis ganz von der Bucht hierhergeritten, sagt dein Knecht –«

Eirik sah, daß die Schwester erstaunt umherblickte – die Stube war ordentlich und behaglich, wenn auch niedrig und klein, und auf den Betten lagen gute Decken und Schaffelle –, und dann blickte sie zu der Frau des Bruders auf. Eldrid war in diesen drei Jahren nicht gealtert, und in dem dunkelfarbenen Kittel, mit dem weißen Kopftuch, das über ihren Rücken fiel, sah sie wie eine stattliche ältere Frau aus.

»Ich meine, Cecilia, du solltest dich lieber gleich zu Bett legen, so naß und kalt, wie du bist – dann will ich dir etwas zu essen bringen.«

Sie führte die junge Frau an ihr eigenes Bett, kniete nieder und zog Cecilia das Schuhwerk aus. »Deine Füße sind wie Eis – du mußt das Fell von dem anderen Bett holen, Eirik, wärme es am Feuer, damit ich deine Schwester darin einhüllen kann.«
Cecilia saß da und hielt sich mit beiden Händen krampfhaft am Rand des Bettes fest; jetzt rollten ihr die Tränen über die Wangen herab, während sie beinahe lautlos weinte, und als Eldrid das warme Fell um ihre Beine gewickelt und sie zurechtgebettet hatte, drehte sie sich der Wand zu und vergrub das Gesicht in den Kopfkissen. So lag sie da, bis die Schwägerin mit dem Essen kam.
»Nun mußt du mit hinauskommen – Svein ist doch dein Name, nicht wahr? Ich gehe in die Holgeirstube hinüber und schlafe heute nacht dort mit Ragnhild, Eirik – ich denke, deine Schwester wird gerne mit dir allein sprechen wollen; ihr habt einander so lange nicht gesehen.« Damit wünschte Eldrid gute Nacht und ging.
Cecilia aß und trank.
»Schmach über Gaute – er hat in der Gemeinde verbreitet, daß du halb nackt in deinen zerfetzten Kleidern umhergingst und wie der schäbigste Häusler lebtest, und dein Weib sei so hinfällig, daß sie ständig zu Bett liegen müsse –.«
»Da ist Gaute noch tüchtiger im Geschichtenerzählen als ich selber«, sagte Eirik.
»Hätte ich gewußt, daß es dir so geht, wie ich sehe, daß es dir geht«, antwortete Cecilia, »so weiß ich nicht, ob ich hierher gekommen wäre, um meine Not zu klagen. Ich glaubte, du könntest es nicht schlechter bekommen, als es dir ohnehin schon ging.«
»Dann war es ja gut, daß Gaute solches sagte.«
Als er der Schwester aber den Napf abgenommen und sich zu ihr auf das Bett gesetzt hatte – indessen das Feuer auf der Herdstätte in der Ecke zusammensank –, überfiel ihn die Angst vor dem, was er nun zu hören bekommen würde.
Dann und wann sei Jörund umgänglich und freundlich gewesen, sagte Cecilia. Aber er witterte verborgene Kränkungen und Mißtrauen gegen sich in allem, was der Vater und die alten Dienstleute sagten und taten, und da war es oft hart für sie, zwischen ihnen zu vermitteln. Dazu kamen noch Anki und Liv – er hatte seit jener unglücklichen Angelegenheit seinen Haß auf sie geworfen und wollte sie von Rundmyr weghaben. Olav sagte, dies dürfe nie geschehen – da geriet Jörund außer sich, beschuldigte den Vater der unerhörtesten Dinge, sagte, die ganze Gemeinde wisse, weshalb er solche Diebsnester unter

seiner Herrschaft dulde, jetzt aber müßten sie weg, sonst würde er die ganze Höhle in Brand stecken. Dies trug sich im Herbst zu, während sie selbst nach der kleinen Tochter, die dann starb, noch zu Bett lag – der Vater war nach Hestviken gekommen, um sich nach ihr umzusehen. Kurz danach kam es auf, daß Gudrun von Rundmyr, die während des Sommers auf Hestviken geholfen hatte, wohl nicht allein zu ihren Eltern heimgekehrt war, und Jörund hatte nicht nur Svein Ragnassohn, sondern auch noch verschiedenen anderen Männern Geld dafür angeboten, daß sie die Schuld auf sich nähmen. »Ich habe mit Jörund nie über diese Sache gesprochen«, sagte Cecilia, »aber vor einiger Zeit ging ich einmal hinauf nach Rundmyr – Anki nimmt es schwer, denn Gudrun ist nicht so häßlich, sie jedenfalls hatte er gehofft, verheiraten zu können, und sie ist erst vierzehn Jahre alt, so daß das arme Ding sich wohl nicht zu wehren wußte –.«

Jörund aber war ganz wild geworden, als er dies erfuhr. Und gegen Olav, den Krüppel, war er stets häßlich gewesen. Und nun, am Morgen des gestrigen Tages, war Olav mit den Kindern unten auf dem Acker gewesen, er wollte Weidenpfeifen für sie schneiden – da kam Kolbein heimgelaufen, der Junge weinte und sagte, der Vater sei ihnen nachgelaufen, sehr böse, habe Olav die Krücken weggerissen und ihn damit geprügelt.

Cecilia war hinuntergelaufen. Da lag Olav, und das Blut rann ihm aus Mund und Nase. »Ich sagte Jörund das Nächstbeste, was mir in den Sinn kam.« Jörund aber war wie ein rasender Stier und nicht wie ein Mensch mit Verstand. Da kamen Svein und Halstein hinzu, und er ließ sie los. Sie trugen Olav Livssohn zu Ragna hinein, und Cecilia saß die Nacht über bei ihm, aber gegen den Morgen zu starb er. –

Endlich schlief Cecilia ein, und Eirik ging zu dem anderen Bett hinüber und legte sich dorthin.

Er zweifelte nicht daran, daß Jörunds Verstand zu manchen Zeiten verwirrt war – der Mann mußte bewacht, vielleicht sogar gefesselt werden. Und Cecilia konnte nicht mehr mit ihm zusammenleben. Entweder mußte sie mit den Kindern nach Saltviken ziehen – oder er selber siedelte dorthin über und nahm den Schwager zu sich, während der Vater nach Hestviken heimkehrte und dort mit Cecilia lebte – darüber mußte er entscheiden, wenn er sich an Ort und Stelle umgesehen hatte.

Am nächsten Morgen bei Tagesgrauen schlich Eldrid herein, um sich ihr Stallgewand zu holen. Eirik sagte, daß er im Lauf des Tages wohl nach Hestviken reiten würde: »Und ich fürchte, es wird sich eine gute Weile hinziehen, bis ich wieder zu dir heimkehre.«

»Ja, das habe ich mir gedacht.«

Cecilia wollte unbedingt mit Eirik zurückreiten, obgleich er wie auch Eldrid sie baten, auf Neset zu bleiben, bis der Bruder Nachricht senden würde.

Es kam zu keinem langen Gespräch während des Rittes – die Wege waren schwierig, und Eirik merkte auch, daß Cecilia bereits bereute, so viel gesagt zu haben.

Als sie nach Rundmyr kamen, bat Eirik die Schwester und Svein, in den alten Hütten, die hier am Wege lagen, zu warten – er wollte zu Anki und Liv gehen. Er wußte nicht, was er den armen Menschen sagen sollte. Während er sich beeilte, zu Fuß den bekannten Weg durch das Moor zurückzulegen, erinnerte er sich daran, daß er hier mit einem Feuer gespielt hatte, blind von kindischem Zorn gegen den Vater, voll eitler Lust, mit allem bekannt zu werden, was böse war – und er selber war gewissermaßen heil davongekommen, aber jene, die weniger Verstand und weniger Schuld hatten, lagen nun da und krümmten sich mit schweren Brandwunden –.

Zwei Schafe gingen auf der eingezäunten Wiese und suchten ihr Futter in dem welken Gras – sie rannten davon, als er kam. Die Hüttentür war verschlossen, und niemand antwortete auf sein Klopfen. Und der kleine Stall stand offen und öde. Zorn kochte in Eirik auf – so hatte Jörund diese Menschen also doch fortgejagt –.

Als sie auf Hestviken einritten, kam das Gesinde bei allen Türen heraus. Die Leute versammelten sich um Eirik, noch während er auf dem Pferde saß, blickten zu ihm auf, gespannt und ernsthaft. Aber keiner sagte etwas, bis Tore vortrat und den Fuchs hielt, während Eirik abstieg: »Man kann nicht sagen, daß du zu früh heimkommst, Eirik!«

Darauf wußte er nichts zu antworten. Dann fragte er: »Wo ist Jörund?«

Zuerst gab keiner Antwort, dann murmelte jemand etwas davon, daß er wohl in der Stube sei, schließlich aber flüsterte ein halberwachsener Junge verängstigt – er habe gesehen, daß Jörund vor kurzem zum Bollwerk hinuntergegangen sei –.

Eirik sagte zu den Männern, die ihm folgen wollten, sie sollten zurückbleiben, und zu Svein, der ihm eine Axt reichte: »Ich habe ein Schwert, das siehst du doch – aber ich werde doch wohl nicht gezwungen sein, es zu gebrauchen.«

Er folgte nicht dem Weg, sondern ging am Wohnhaus vorbei über den Berg hinunter. Zwischen der Felskuppe, auf der der Hof erbaut war, und bis zum Wasser hinunter waren nur einige kleine Flecke fruchtbarer Erde, sonst lauter Felsblöcke und Klippen und Wacholder und Hagedorn; Eirik bewegte sich so, daß der Verrückte ihn nicht kommen sehen sollte. Während er hinunterging, konnte er nicht umhin zu sehen, wie weit der Frühling hier am Meer schon vorgeschritten war – überall quoll Grün aus dem welken Gras in den Felsspalten, am Hagedorn waren große rote Knospen, und die Ziegen, die zwischen den Felsen herumtrippelten, hatten sich bereits vom Winter erholt. Und draußen leuchtete der Fjord im Nachmittagssonnenschein.

Auf dem Bollwerk sah er niemand. Kaum aber erklangen seine Schritte auf den Planken, als einer hinter einem Schuppen hervorschoß, tief zusammengeduckt an ihm vorüberlief und mit einem Satz in ein Boot hinuntersprang, das am Bollwerk lag. Eirik überlegte nicht, sondern lief ihm nach und sprang fast zu gleicher Zeit mit ins Boot, indessen Jörund die Vertäuung löste und sich abstieß. Sie standen beide aufrecht da, Jörund hatte ein Ruder ergriffen, schlug nach dem Schwager, und gleich darauf kenterte das Boot.

Im selben Augenblick, da sie ins Wasser fielen, schlang der andere die Arme um Eirik. Dieser begriff, daß Jörund ihn hinunterhalten wollte – und er hatte bereits eine Menge Wasser geschluckt, und der Umhang und das Schwert und die schweren Stiefel behinderten ihn; er wurde so lange hinuntergehalten, daß ihm schon schwarz vor den Augen werden wollte und er nahe am Ersticken war. Aber er war doch immerhin eher daran gewöhnt, ins Wasser zu fallen, als Jörund, es gelang ihm, sich aus dem Griff des Schwagers zu befreien, den Kopf über Wasser zu bringen – sie befanden sich nicht weit vom Strand, er arbeitete sich bis zu den schlüpfrigen, mit Algen bewachsenen Kilppen vor, kroch hinauf und richtete sich dann auf dem Felsen auf.

Eirik spuckte das Meerwasser aus, riß den triefenden Umhang herunter, schüttelte sich, daß es in seinen Stiefeln gluckste.

»Kommst du allein an Land?« rief er, als er Jörunds Kopf über dem Wasser erblickte. »Oder soll ich kommen und dir helfen?«

Dann arbeitete Jörund sich an Land, Eirik reichte ihm die Hand und zog ihn zu sich herauf. Da standen sie, und das Wasser floß rings um sie ab.

»Mir scheint, du stellst dich verrückter, als du bist«, sagte Eirik,

»meinst du, du kommst auf diese Weise billiger von deinen Untaten davon?«
Jörund sandte ihm wieder den gleichen häßlichen, furchtsamen Rattenblick zu, den Eirik schon einmal gesehen hatte und der etwas in ihm sich schmerzlich zusammenziehen ließ.
»Und doch hast du mich auch diesmal nicht vom Leben zum Tod befördern können«, sagte Jörund höhnisch.
Als Eirik nicht antwortete, fuhr der Schwager fort: »Ich habe es wohl gewußt, du hast mich in all diesen Jahren gehaßt und hast Rache an mir nehmen wollen und mir nach dem Leben getrachtet. Seit jener Nacht auf Baagahus, da du vor lauter Trinken Sinn und Verstand verloren hattest und auf Brynjulf Tistill einschlugst – und ich dich vor dem Turm rettete!«
In Eirik dämmerte eine Ahnung – eine uralte Erinnerung an irgendeinen halbvergessenen Kampf in der Reisigenstube; sie waren alle beide mit hineingezogen worden, er und Jörund, aber schließlich hatte doch er die Strafe erhalten, und Jörund war frei ausgegangen –.
»Laß uns jetzt hinaufgehen«, sagte er ungeduldig. »Wir stehen hier wie zwei nasse Hunde.«
»Und seitdem ich herausbekam, was für eine Absicht ihr damit verfolgtet, solche Leute in Rundmyr wohnen zu lassen – das war unangenehm für dich und deinen Vater, das verstehe ich, daß ihr diesen feinen Handel nicht in Frieden betreiben konntet –«
Eirik hatte sein Schwert herausgezogen und war im Begriff, es so gut es ging mit Heidekraut und Grasbüscheln abzutrocknen: »Wenn du jetzt nicht heimgehst, bekommst du die flache Klinge zu spüren.«
»Eher rennst du sie mir wohl zwischen die Rippen, nun, da du mich vor dir hast, waffenlos –«
Aber er fing doch zu gehen an. – Eirik wußte nicht, was er denken sollte – ob Jörund selber all das glaubte, oder ob er sich nur den Anschein gab.
Das Gesinde auf dem Hofplatz oben starrte den beiden entgegen, die so naß einherkamen. Eirik bat einen Knecht, Cecilia zu sagen, daß sie trockene Kleider haben wollten. Dann folgte er Jörund, der sich zum Wohnhaus hinüberbegab; als er dort eintrat, merkte er, daß Schwester und Schwager jetzt hier wohnten. Er hängte sein Schwert weg, setzte sich, auch Jörund setzte sich, an der anderen Wand, und so saßen sie und schwiegen.
Als aber Cecilia nach einiger Zeit mit einem Arm voll Kleidern hereinkam, blickte Jörund auf, lächelte der jungen Frau häßlich zu: »Hast

du Zeit, um an *mich* zu denken – ich glaubte nicht, daß du dich von der Leiche deines stolzen Buhlen losreißen könntest, von dem Sechsbeinigen, den ich gestern züchtigte –«

»Nein, Jörund«, sagte Eirik leise, aber seine Stimme zitterte, »magst du auch noch so verrückt sein – auch du kannst zuviel sagen. Daß du an einen Krüppel Hand anlegtest –«

»Sie ist so geartet, daß sie Krüppel gerne hat, dieses mein Weib«, wiederum lächelte er dieses häßliche, schwachsinnige Lächeln, »der erste, mit dem sie hurte, war auch ein lahmer Krüppel –«

Cecilias Gesicht verzog sich jäh, es kam ein eisgrünes Blinken in ihre großen, hellen Augen. Unwillkürlich sprang Eirik auf und trat an die Seite der Schwester.

»Ich sah es ja selber«, fuhr der Mann fort, »der hinkende Krüppel – und sie dick mit meinem Kind –.«

Cecilias kalte Stimme wurde messerscharf: »Wenn du meintest, etwas Ungeziemendes zu sehen – warum kamst du denn nicht mit deiner Anschuldigung, ehe der lahme Krüppel so weit außer Sicht war, daß er mich nicht mehr beschützen konnte, als du mich mit Füßen tratest?«

Eirik packte die Schwester am Arm: »Komm hinaus!« In einem Aufblitzen hatte er die Tiefe von Cecilias Haß gegen ihren Mann erkannt, und ihm wurde angst.

»Nein, ich ertrage es nicht, in Jörunds Kleidern zu gehen«, sagte er, als sie oben in Ragnas Stube standen. »Es sind doch noch alte Kleider von mir in der Truhe oben auf dem Boden.

– Lerntest du nicht von Maerta«, fragte er, als er sich umdrehte, um Kleider für sich zu holen, »wie man einen Schlaftrunk bereitet? Am besten ist es, du mischst ihm so etwas heute abend in sein Bier. Ich will noch heute nach Saltviken hinüber und den Vater aufsuchen. Und ich wage nicht von hier fortzugehen, ohne sicher sein zu dürfen, daß er fest schläft.«

Als er seine eigenen alten Kleider anhatte, ging er in den Dachraum hinauf, wo man Olav Livssohn auf das Stroh gebettet hatte. Zwei brennende Kerzen standen zu Häupten des Toten, und er war in ein schönes Leinentuch eingehüllt. Eirik entblößte nur das Gesicht: auch dieses trug Spuren der Mißhandlung, aber die schmalen weißen Gesichtszüge waren friedlich, als sei der junge Knabe eingeschlafen. Unter der weißen Hülle zeichnete sich der Körper ab, ungelenk lang mit dünnen, welken Gliedern.

Eirik küßte die eiskalte Stirn, kniete an der Bahre nieder und sprach

die Gebete und die Litanei für die Toten, und das Gesinde, das ringsum saß, antwortete leise: ora pro nobis und te rogamus, audi nos. Dann redete er leise mit den Leuten. Sie hatten nicht gewagt, nach dem Priester zu senden, sondern hatten selber die vergangene Nacht bei der Leiche gesessen, und sie versprachen, einander auch in dieser Nacht beim Wachen abzulösen. Eirik sagte, er wolle für das Begräbnis sorgen, wenn er am nächsten Tag zurückkäme, jetzt aber müsse er nach Saltviken hinaus und mit Olav sprechen. Von Arnketil und Liv hätten sie weder etwas gehört noch erfahren, erzählten die Leute, die Häuser stünden bereits seit dem gestrigen Morgen leer, die beiden seien wohl aus Entsetzen vor Jörund mit ihrer ganzen Schar geflohen, er hatte sie ja mit Mord und Feuer bedroht.
Eirik hatte Halstein gebeten, Jörund das Abendessen hineinzutragen und bei ihm zu bleiben, bis er eingeschlafen war – Halstein war ein großer und starker Mann. Jetzt schaute Eirik sich nach dem Schwager um, ehe er zum Boot hinunterging. Jörund schlief. Die Vorstubentür konnte von außen abgeschlossen werden; Eirik übergab Halstein den Schlüssel und bat ihn, Jörund am nächsten Morgen zeitig etwas zu essen zu bringen.

Als er in Saltviken an Land stieg, dämmerte es bereits. Vom Sonnenuntergang waren nur noch einige kupferrote Ränder an den blaugrauen Wolken über dem Westland zu sehen; die See war dunkel und leicht gekräuselt von der Abendbrise und brach sich an dem langen, bleichleuchtenden Bogen des Strandes mit jenem leisen Rieseln, das er so gut kannte.
Sand und angeschwemmte Muscheln knirschten unter seinen Schritten, und der Wind flüsterte in dem dünnen Gras; weiter drinnen auf der kahlen Wiese mit den schlanken Wacholderbäumen lagen einige Rinder. Ja – hierher hatte er seinen Fuß nicht mehr gesetzt, seit dem Tag, da er ausritt, um Gunhild zu finden. Jetzt gab es nichts in seinem Leben, das er so gründlich vergessen hatte wie Gunhild –.
Er hatte erwartet, daß die Leute auf dem Hof schon zu Bett gegangen seien; als er jedoch zwischen den Zäunen hinaufkam, sah er, daß am Gatter eine dunkle Gestalt stand – der Vater.
»Ich bin es Vater.« Unwillkürlich wollte er dem Alten zuvorkommen, so daß er rasch sprach: »Ich komme von Hestviken; dort steht es so, daß Cecilia meinte, wir müßten uns nun alle darüber beraten, was geschehen soll; sie hat es mich wissen lassen.«
»So steht es seit langem«, sagte Olav. »Von dir aber habe ich weder

etwas gehört noch gesehen. Es kann jetzt doch wohl kaum schlimmer sein, als es fast während der ganzen Zeit war, da dich dünkte, du brauchtest dich nie wieder daheim nach den Deinen umzusehen.«
Aber es war der Vater selbst gewesen, der ihm das Heimkommen verwehrt hatte. Eirik verspürte den Widerhall des Grolles aus seiner Jugend: konnte der Vater denn nie gerecht und vernünftig gegen ihn sein? Er bezwang sich –.
»Ich hörte nie andere Nachrichten als gute – aber du kannst recht haben; man darf sich wenig auf das verlassen, was man hört.«
Knut und Signe schliefen in der Stube – sie müßten in den Dachraum hinaufgehen, sagte Olav, wo er sein Lager habe. Drinnen war es beklemmend dunkel, und in dieser Dunkelheit lagen verschiedene Dinge umher, an die Eirik anstieß und über die er stolperte. Und in dieser Dunkelheit, die Tür nur einen Spalt weit in die Frühlingsnacht hinaus geöffnet, saßen die beiden und redeten miteinander. Eirik erzählte, was sich auf Hestviken zugetragen hatte, und sagte auch, was er darüber dachte: »Cecilia kann nach diesem nicht mehr mit Jörund zusammen leben.«
»Nein, das muß wohl dir und deinem Weib zufallen. – Und dann wird es ein lustiges Leben auf Hestviken geben, wenn ihr drei dort haust –«
Der bittere Hohn in der Stimme, die aus der Dunkelheit drang, gab Eiriks Geduld den Rest.
»Es ist nie lustig gewesen, auf Hestviken zu leben, Vater. Mutter quältest du zu Tode – ich weiß nicht, ob du es mit Willen tatest oder nicht. Und seither hast du alles getan, was in deiner Macht stand, um uns zu Tode zu quälen, bis wir, Cecilia und ich, der gleichen Meinung waren – daß alles andere besser sei, als mit dir unter einem Dach zu wohnen. Bedenke das, wenn sie zu dir herauszieht – und sei wie ein Christ und nicht wie ein Bergtroll gegen ihre Kinder – wenn sie auch Mausohren haben.«
»Wollte Gott, ich hätte dich nie gesehen!« erklang die Stimme des Vaters, bebend vor Empörung. »Wollten Christus und Unsere Liebe Frau, ich hätte dich dort gelassen, wo du warst, weit fort in den blauen Bergen!«
»Das stand nicht in deiner Macht – ich kam dorthin, wo es mir bestimmt war, hinzukommen. Im übrigen sehe ich, mir hätte es gleichgültig sein können, ob ich dort geblieben wäre – und dir auch: auf die eine oder andere Weise mußtest du wohl Unrecht üben gegen alle die Kinder, die du gezeugt hast!«

»Dich habe ich nicht gezeugt! Du bist nicht mein Sohn!«
»Pfui über dich!« Eirik sprang in seinem Zorn auf. »Was für ein Kern steckt doch in euch, in solchen Männern wie du und Jörund –. Wenn die Welt sich euch entgegenstellt, so schändet ihr eure eigenen Frauen mit ehrlosen Worten –«
Er hörte in der Dunkelheit Olav schwer atmen, nahm sich zusammen: »Aber dies ist eine unpassende Zeit, um unsere alten Streitigkeiten wieder aufzunehmen, Vater – und ich bitte dich, mir zu verzeihen, wenn ich zu heftig wurde. Meine Mutter aber hättest du wohl ungekränkt im Grabe ruhen lassen können.« – Er wollte wieder aufbrausen, bezwang sich indessen noch einmal: »Laß uns jetzt schlafen gehen – Vater – es ist am besten, wir kommen morgen gleich bei Tagesanbruch in Hestviken an.«
Damit rollte er sich auf der Bank zusammen. Schlafen war ihm unmöglich – es tobte in seinem Gemüt – der Ritt während des Tages, und Jörund, und der Kampf mit dem Verrückten im Wasser, und der tote Knabe im Dachraum, das verlassene Heim in Rundmyr und Cecilia – das jähe Zucken, das ihr weißes Gesicht zu einem nackten Antlitz des Hasses selber verkrümmte, der Eisblick in ihren wasserklaren Augen. Die Angst um die Schwester ließ ihn erschauern – – sich auf jene Irrwege begeben, die Eldrid eingeschlagen hatte, das würde Cecilia nie tun, aber ihm dämmerte eine Ahnung, daß der Haß gar viele Wege wußte, und alle führten sie schließlich zum gleichen Ziel.
Dann entsann er sich der Worte des Vaters – und er entsann sich der Angst aus seiner Kindheit, eines Tages als unechter Sohn verjagt zu werden. Es konnte sein, daß seine Angst begründet gewesen war, daß er einmal Worte gehört hatte, die er bis auf den dadurch hervorgerufenen Schrecken vergessen hatte – daß der Vater die Mutter, die Ärmste, verdächtigt hatte – sie gejagt hatte, wie Jörund Cecilia jagte, wie er selbst mit schändlichem Verdacht ein Weib zu Tode gejagt hatte –?
Die Sehnsucht nach daheim, nach Neset im Wald, überfiel ihn wie eine unbändige Versuchung zur Flucht. Aber dorthin konnte er nie mehr kommen, das wußte er. Doch er wußte auch, wenn nun er mit Eldrid in diese Vorhölle zurück mußte, so hatte er doch ein Weib, dem er vertraute. Nie hatte er einem Menschen so sehr vertraut wie ihr, deren Seele unerträgliche Ströme durchwatet hatte.
Auch der Vater schlief nicht, das merkte er. Und jetzt empfand er Mitleid mit dem Alten, mehr Mitleid als jener Groll.

Olav weckte ihn – wie Eirik meinte, gerade in dem Augenblick, da er eingeschlafen war. Die Sonne war kaum aufgegangen, als sie unter der Roßwand vorbeiruderten. Da brach Olav das Schweigen: »Wenn wir hinaufkommen«, sagte er, »muß ich sofort weiterreiten – Svein und ich –, sie können nicht im Wald draußen liegen mit all ihren Kindern und mit Gudrun. Ich muß als erstes versuchen, Anki und Liv wieder nach Rundmyr zu bringen – du hütest Jörund derweilen. Volle Buße soll er für den Knaben leisten, den er erschlug, und für die Tochter, die er geschändet hat. Ich denke, auf die Weise wird er das nächste Mal, wenn ihm der Verstand wieder durchgehen will, sich rechtzeitig darauf besinnen, ihn beim Schwanz zu fassen –«
Während Eirik das Boot am Bollwerk festhielt, damit der Vater aussteigen konnte, hörte er Olav fragen: »Wie steht es, Halstein?«
Der Knecht wartete, bis Eirik an der Seite des Vaters stand.
»Jörund ist heute nacht gestorben, Olav«, sagte er leise.
Nach einer Weile fragte Olav: »Ist es –«
»Die Wunde rührt von einem Dolch her. Mitten in der Brust. Mehr weiß ich nicht.«
»Er war wirr und ganz von Sinnen«, sagte Eirik heftig. »Gott sei seiner Seele gnädig – er hat nichts von sich gewußt, als er dies tat.«
Der Knecht sah ihn an, antwortete jedoch nicht.
Vater und Sohn traten miteinander ins Wohnhaus, Halstein folgte ihnen. Er hatte die Leiche nicht angerührt. Jörund lag im südlichen Bett – der große nackte Körper hing mit dem linken Bein und mit Schulter und Arm über den Rand herab, der Kopf war auf die Seite geneigt: er sah aus, als habe er versucht, aufzukommen. Man sah eine Wunde bei der linken Brustwarze und Blut, aber nicht sehr viel, auf der beinweißen Haut, so daß das krause Haar dort verklebt war. – Auf der Bank neben dem Bett stand noch das Essen, das Halstein hereingebracht hatte, als er ihn fand.
Eirik war beinahe so bleich wie der Tote – im Gesicht des Vaters las er nichts anderes als den gleichen Haß, den er in den Augen von Jörunds Weib gesehen hatte. Es war sein Freund gewesen – der Gedanke an die Verwirrung, die Schmach und den elenden Tod des anderen zerbrach sein Herz, als er nun den eiskalten Leichnam hochhob und ihn zurechtbettete, den Kopf gegen die obere Wand des Bettes stützte; er versuchte, die gebrochenen Augen zu schließen und die Nasenflügel zusammenzudrücken.
Olav hob die Decke, tastete an der Leiche entlang: »Wo ist der Dolch?«

Die Wunde war dreikantig, wie von einem dieser welschen Dolche mit dreischneidiger Klinge, scharf und so groß, daß die Waffe mit Gewalt bis ans Heft hineingestoßen worden sein mußte.
Halstein ging still hin und verschloß die Stubentür.
»Ich muß das sagen, was gesagt werden muß – ihr seid seine Rächer – und ich war es, der für ihn einstehen sollte. Als mir aber Eirik gestern abend den Schlüssel aushändigte, wußte ich nicht, daß es noch einen anderen Weg in dieses Haus gebe –«
»Einen anderen Weg –?« Vater und Sohn sagten dies gleichzeitig.
»Als ich heute morgen hereinkam«, fuhr der Knecht leise fort und deutete auf das nördliche Bett, in dem Eirik geschlafen hatte, solange er daheim war, »war das Bett aufgerissen, und Decken und Stroh lagen halb auf den Boden geworfen, und die Luke war nicht ganz verschlossen, denn es hatten sich ein paar Strohhalme eingeklemmt –«
Die beiden blickten stumm und starr. Die nordwestliche Ecke des Hauses stand nicht auf dem Felsen, sondern es war eine Mauer darunter errichtet, und als Olav Ribbung es in der Zeit der Birkebeiner nach dem Brand erbaute, hatte er einen Ausgang nach der Seeseite hier machen lassen, mit einer Luke, die sich unter dem nördlichen Bett befand. Zu Olav Audunssohns Zeiten war dieser Geheimgang nie benutzt worden, aber die Ältesten aus dem Gesinde kannten ihn wohl, und Eirik selber war als Knabe öfter durchgeschlüpft.
Er sah, daß der Vater sich mit der Hand auf den Tisch stützte, sich immer mehr und mehr vorbeugte – es hatte den Anschein, als würde der Alte zusammenbrechen. Eirik faßte ihn an – Olav hob den Kopf nur halb, und das graue und alte, narbige Gesicht sah so uralt aus wie die Sünde; der Mund stand offen, aber die Augen blieben geschlossen. Er hob eine Hand, schob Eirik langsam von sich und ging auf das Bett zu, taumelnd wie ein Blinder.
Er entbößte noch einmal die Brust des Leichnams – berührte die Wunde mit einem Finger und strich ein paar blutige Haare zur Seite, die sich über den einen Winkel gelegt hatten. Dann tastete er wieder das Bett ab – suchte nach dem Dolch.
Als er sich umwandte, sah der Sohn, daß ihm unter den weichen weißen Haarbüscheln der Schweiß von der Stirne rann. Wie ein Ratloser wandte er sich dahin und dorthin.
»Vater?« fragte Eirik, von Angst erfaßt – aber er begriff nicht, was dies bedeutete.
Olav entfernte sich nun von dem Bett, seltsam tastend, wie ein Tier in einer Grube.

»Vater«, sagte Eirik wiederum, »wir müssen hinübergehen und Cecilia suchen.«
Olav lehnte sich an den mit der Gunnarsgestalt geschmückten Türpfosten zum Nebenraum: »Geh du – ich werde kommen –.«
»Wir müssen die Tür verschließen«, antwortete Eirik leise, »bis wir Männer herbeigerufen haben, die die Leiche beschauen können.« Er sah das Entsetzen im Blick des Vaters. »Du weißt, auch seine Brüder müssen hergerufen werden!«
Olav stöhnte noch einmal laut auf. Dann ging er hinter dem Sohn hinaus.

Als sie in die Frauenstube kamen, saß die Witwe zusammengeduckt im hintersten Winkel des Raumes. Ragna, die alte Dienerin, war bei ihr. Cecilia drückte sich noch dichter an die Wand, starrte den Männern entgegen, mit Augen, die wild waren vor Entsetzen.
Eirik ging hin, streckte den Arm nach ihr aus – sie wehrte ab: »Hast du ihn gesehen?« flüsterte sie.
Eirik nickte, zog sie gegen ihren Willen an sich; sie zitterte wie in einem Krampf. Da hob er sie auf wie ein Kind, trug sie zum Bett und legte sie dort nieder. Und der Vater stand da und sah die beiden an mit unverändertem Ausdruck in seinem Gesicht, das unmenschlich zerschlagen zu sein schien.
Cecilia blieb bebend liegen – nach und nach beruhigten sich die Zukkungen; sie lag still, starrte aber immer noch wild und mit weit aufgerissenen Augen vor sich hin. Der Vater hatte sich auf die Bank gesetzt, wie in Gedanken saß er da und hielt noch seine alte Streitaxt zwischen den Knien, die Hände auf dem Axtkopf ruhend.
Eirik ging nach einer Weile hinaus. Er versammelte die Knechte um sich; dem einen befahl er, zuerst nach Rynjul zu reiten und Torgrim und Una zu holen, danach sollte er Männer, Nachbarn, die die Leiche beschauen konnten, hierher zusammenrufen; einen anderen sandte er in die Kirchengemeinde hinauf, um den Priester bitten zu lassen, er möge am Abend kommen und bei den zwei Leichen wachen. Bei dem Ermordeten und bei dem Mörder – er mußte trotz allem versuchen, Sira Magne zu überreden, Jörund in geweihter Erde zu begraben, der Mord war ja im Wahnsinn verübt worden –. Nach Gunnarsby konnte er am nächsten Tag einen Boten senden –.
Es dauerte einige Zeit, ehe er mit seinen Leuten alles besprochen hatte. Dann fiel ihm ein, daß er versuchen mußte, Cecilia etwas einzuflößen, wenn es auch nur ein Schluck Milch war. Er folgte der Magd,

die eine Schale mit Milch hineintrug. Die Schwester lag noch da wie vorher, mit starrem Blick, und der Vater saß an seinem Platz wie zuvor.
Sie hob die Schale an den Mund, schob sie jedoch gleich wieder von sich: »Ich kann nicht – ich werde krank –«
Eirik setzte sich auf die Bettkante. Die Mägde waren hinausgegangen.
»Schwester!« sagte Eirik einmal. »Vermöchtest du doch nur zu weinen!«
»Ja – vermöchte ich das«, antwortete sie tonlos.
Da hob der Vater den Kopf: »Könnte ich dir *dazu* verhelfen! Könnte ich dir dazu verhelfen, ehe es zu spät ist!
– Besser, du wärest lebendigen Leibes auf dem Scheiterhaufen verbrannt worden, als daß es dir so ergehen sollte, wie es mir ergangen ist! Glaube nicht, daß du deinen Kindern etwas Gutes damit antust, wenn du schweigst und deine Seele und dein Herz hart machst. Eirik sprach wahrer, als er wußte, als er sagte, es wäre besser für euch gewesen, mit einem Bergtroll zusammenzuleben, der die Kinder der Christenmenschen verzehrt, als mit mir!«
Sohn und Tochter starrten ihn an, ohne zu begreifen: »Auch ich war jung«, fuhr Olav fort, »nicht viele Jahre älter als du jetzt, Cecilia, und es war eine kleinere Sache als dies hier. Das, was ich tat – es ist nicht sicher, ob ich unrecht handelte, ich selber glaubte das Recht auf meiner Seite zu haben. Aber ich schwieg darüber. Zuerst dachte ich, wenn die Zeit käme, da ich *könnte,* würde ich beichten und die Sünde bereuen und büßen. Jetzt ist es lange her, seit es zu spät wurde. Ich bin dadurch verfault, und alles, was ich berührte und unter meinen Händen gehabt habe, habe ich mit Fäulnis angesteckt –.«
Cecilia begriff immer noch nicht, Eirik aber sagte: »Jesus Christus – Vater!« Er flüsterte mit bleichen Lippen.
»Jetzt *vermag* ich nicht zu bereuen«, sagte Olav stark. »Das Licht, das ich einmal besaß, ist mir genommen worden – jetzt bereue ich so, wie ein Mann sieht, wenn man ihm die Augen ausgestochen hat. Ich will es nun aber trotzdem beichten, Cecilia – ich werde mit dir kommen, und dann soll *ein* Schicksal über uns beide hingehen –«
Nun hatte sie verstanden. Sie fuhr auf: »Ich! Glaubst du, daß ich –!« Sie schrie einmal auf, scharf und wild.
Eirik war aufgesprungen und stand vor der Schwester: »Vater – halt ein!«
»Dann kann das gleiche Schicksal über uns hingehen«, wiederholte er. »Mußt du außer Landes fliehen, so wollen wir zusammen gehen –«

»Mit dir!« Die Tochter schauderte. »Eher will ich das tun, was Jörund getan hat!«
Olav fragte: »Den welschen Dolch, den du einmal als kleines Mädchen von mir bekamst, wo hast du ihn, Cecilia?«
»In meinem Schrein.« Sie verließ das Bett, ging zu ihrer Truhe; der Bruder sah, daß sie jetzt wieder zitterte, aber ihr Mund war fest zusammengebissen, und die Augen funkelten. Aus der Truhe hob sie einen kleinen Schrein, schüttete alles, was darin lag, auf die Bank heraus – Schließen und Ketten, einen kleinen Rosenkranz aus Korallen, mehrere Messer.
»Hier ist er nicht. Jörund hat ihn vielleicht genommen«, sagte sie; ihre Zähne schlugen aufeinander.
»Wir können hineingehen und noch einmal suchen«, sagte Olav.
»Nein –!« Sie wich zurück.
»Wagst du, mit mir zu ihm zu gehen –?«
»Nein –« Cecilia senkte den Kopf. »Ich darf keine Leiche ansehen, in meinem Zustand jetzt«, flüsterte sie beinahe unhörbar.
»Bist du unschuldig, so kann es nicht schaden, weder dir noch diesem.«
Sie schien zusammenzuknicken. Der Vater fuhr fort: »Bist du unschuldig, so geh mit mir hinein, leg deine Hand auf seine Brust –«
»Nein.« Sie schrie: »Ich *will* nicht –«
»Unmensch du!« Eirik stellte sich an die Seite der Schwester.
Als Olav die Tochter beim Handgelenk packte, wich sie zurück, wollte sich losreißen, glitt jedoch aus und fiel. Sie blieb auf den Knien liegen, den Kopf gesenkt, und mühte sich mit der anderen Hand, den Griff des Vaters zu lösen. Für Eirik hatte es den Anschein, als schleife er sie über den Boden –
Da ergriff er Aettarfylgja, lief auf den Vater zu, die Axt in beiden Händen erhoben. Olav sah dies, ließ die Tochter los – und indem er sich aufrichtete, wandte er die Stirn dem Schlag entgegen –
– Aber auch Cecilia hatte es gesehen, warf sich gegen die Hüfte des Bruders, Eirik stolperte einen Augenblick, und der Stahl klang an der Steinkante der Feuerstätte auf –
»Eirik!« drang Cecilias Stimme schneidend zu ihm auf.
Er blickte in die blutunterlaufenen Augen seines Vaters und meinte von ihnen getötet zu werden: Haß war es nicht, Zorn war es nicht, es war nicht die wilde und gespannte Erregung von vorhin. Er wußte nicht, was es war – es waren die Augen eines Mannes, der aus einem Land kam, das Lebende nie gesehen haben –.

Die Axt entfiel ihm. Dann schlug er die Hände vors Gesicht, taumelte zur Bank hin und ließ sich darauf niederfallen, saß halb der Wand zugedreht, den Kopf in den Armen verborgen.
Im gleichen Augenblick, da er merkte, daß jemand zur Tür hinausging, berührte Cecilia seine Schulter.
»Eirik – wie vermochtest du –!« Sie sah aus, als sei sie jetzt bald am Ende ihrer Kraft. »Er ist doch unser Vater –«
»Ja.« Er wimmerte leise, ohne aufzublicken. »Ich weiß es. Herr, erbarme Dich über uns. Ich weiß es.«
Dann wandte er ihr sein Gesicht für einen Augenblick zu: »Ich weiß es. Ich hätte ihn getötet, ich wollte es. Meinen Vater.«
Da brach sie in heftiges Schluchzen aus und warf sich über ihn. Das Gesicht in das dunkle Haar des Bruders gedrückt, weinte und weinte Cecilia, bis er sie auf seinen Schoß herabzog, und einander umschlungen haltend, weinten die Geschwister voller Entsetzen vor dem Leben, in dem sie gefangen waren.
Schließlich aber schob Eirik sie von sich: »Ich muß hinaus und ihn suchen –«
Als er die Stube verließ, folgte sie ihm, ergriff seine Hand und drückte sie – sie gingen nebeneinander her wie zwei zu Tode erschrockene Kinder. Vor dem Wohnhaus zögerte er kurz, dann gingen sie langsam weiter, genau so, als suchten sie einen Weg durch die Wildnis. Als sie am Ende der Häuserreihe angelangt waren, sahen sie auf der Bucht unten, daß Olav sich soeben vom Bollwerk abstieß.
»Eirik – was tut er«, flüsterte sie.
Er schüttelte den Kopf: »Ich weiß es nicht.«
»Eirik«, sagte sie wie zuvor. »Verstandest du das, was er sagte – was hat er getan?«
Wiederum schüttelte er den Kopf: »Ich weiß es nicht –«
Der Vater ruderte um die Stierwand. Da kehrten die beiden langsam wieder zu den Häusern zurück. Vor der Tür zum Wohnhaus hielt Eirik inne: »Er soll nicht allein dort liegen wie ein heidnischer Hund. Ich gehe zu ihm hinein –«
Cecilia packte den Arm des Bruders und drückte ihn: »Da gehe ich mit dir. Ich fürchte mich nicht, wenn du dabei bist –«
Cecilia fühlte, wie den ganzen Körper des Bruders ein Ruck durchfuhr – sein Gesicht wurde so seltsam – gewiß hatte auch er gezweifelt. Doch sie wollte das nicht wissen. So traten Bruder und Schwester zusammen bei dem Toten ein.

20 Olav war bisher noch nie mit dem Boot in die Stadt gerudert. Von Zeit zu Zeit rastete er ein wenig auf den Rudern – das Wasser gluckste unter dem treibenden Boot. Auf dem Fjord war es still heute, kein Fahrzeug war zu erblicken.

Ein leichter Nebelschleier zog von Süden herauf, ließ Wasser und Himmel grau erscheinen; die waldigen Höhen wurden dunkel, und die knospenden Laubbäume schwammen wie grauzottige Flecke in dem blauschwarzen Nadelwald. Olav tauchte die Riemen wieder ein.

Das brennende Entsetzen, das sein Gemüt entzündet hatte, war erloschen, sein Inneres war müde und grau. Jetzt befand er sich auf dem Weg, um das zu tun, vor dem er sein ganzes Leben lang geflüchtet war, und diesmal tat er es; dies wußte er unverrückbar fest, wie er alle die anderen Male gewußt hatte, daß er fliehen würde, sobald sich ein Ausweg fände. Aber seine Seele war grau und kalt wie ein Leichnam.

Tausendmal hatte er gehört, daß Gottes Erbarmen ohne Grenzen ist, und im geheimen hatte er darauf vertraut: das, wovor er flüchtete, war da und wartete auf ihn, bis er den Mut zur Umkehr fand, weil es all das war, was außerhalb der Zeiten liegt und unveränderlich ist: Gottes Arme auf dem Kreuz ausgebreitet, bereit zur Umarmung, die Gnadenströme der fünf Wunden, das geneigte Haupt, das auf alle Geschöpfe herabblickte, wachte und wartete, Maria und alle Heiligen ringsum, mit Gebeten, die emporstiegen, gleich dem Rauch aus Räuchergefäßen mit unauslöschlichem Feuer. Stets standen Seine Diener bereit, ausgerüstet mit der Gewalt, ihn von den Fesseln zu befreien. Das Brot des Lebens war immerwährend über dem Altar. Gott war ohne Grenzen –.

Aber nicht er selber, das sah er nun. Es war trotz allem zu spät. Die Grenzen, die sich in ihm selber befanden, hatten sich verschorft und zu Gestein verhärtet – ähnlich jenen Steinen, die ihm die Leute da und dort in den Gemeinden zeigten: sie waren früher einmal lebende Tiere und Menschen gewesen.

Jetzt *konnte* er nicht mehr bereuen. Er hatte keine Liebe mehr zu Gott in sich und keine Sehnsucht, zu ihm zurückzufinden. Jetzt hätte er sich lieber wie bisher immer weiter von Gott entfernt, in alle Ewigkeit. Es war die Hölle. Es war das Reich der ewigen Qual, er wußte es, aber das Qualenheim war seine Heimat geworden.

Das Spiel war zu Ende, und nun konnte er gern beichten und nach den Vorschriften des Bischofs Buße leisten – es nützte nichts. Die Erlösung von der Sünde erlöst nicht den, der nicht innerlich bereut. Er

hatte seinen Christenglauben verloren – obgleich er wußte, das, was er einmal geglaubt hatte, war alles, was ist und war und bleibt, und er selber war etwas, das nicht war, aber so viele Male hatte er sich selbst gewählt und das, was nichts war, daß er nun Blick und Gefühl für das verloren hatte, was das Leben ist.
Um Cecilias willen wollte er es trotzdem tun. Er hatte in diesen Jahren seine Tochter kennengelernt – und jetzt dünkte ihn, er habe es seit langem gewußt, daß sie mit einer solchen Tat enden könnte. Er hätte früher handeln müssen –.
Eirik trug mit Schuld daran, das erkannte er jetzt. Wie ein Zerrbild seiner selbst hatte er die Verlogenheit dieses Wechselbalges gehaßt, seinen lockeren Sinn gehaßt, ihn selber gehaßt, weil er nie einen einzigen seiner Vorsätze hatte durchführen können. Doch, er hatte sich mit diesem Hurenweib verheiratet. Auch das hatte Eirik getan. Und er hatte Eirik geliebt, der log und prahlte und jeder Regung folgte und auf allen Wegen wieder umkehrte, die er einschlug – er hatte diese Ausgeburt geliebt, die ihm auf den Rücken gepackt worden war, diesen Draug, der ihm das Blut aussaugte, bis sie auch leiblich wie Vater und Sohn wurden. Der Sohn des Ermordeten hatte seinen Vater so heimlich gerächt, wie er selbst Teit getötet hatte.
Ihn dünkte, all dies habe er in einem Nu gesehen, als Eirik mit der zum Schlag erhobenen Axt auf ihn zusprang und er ihm seine Stirn entgegenhielt – es hatte etwas wie eine Freude darin gelegen, daß er nun das Ende sah. Dann war die Axt in der Hand des Rächersohnes zur Seite gewandt worden –.
Und dies, so wußte er, war um Cecilias willen geschehen. Auf *welche* Weise es der Tochter nützen sollte, wußte er nicht. Aber sie war jung – sie hatte ein langes Leben vor sich, in dem sie verhärtet werden und sterben konnte, wenn sie so handelte, wie er gehandelt hatte. Das, was er gewinnen würde, war ein Entsetzen, das sah er – und er dachte an die drei kleinen Söhne, die aufwachsen sollten, Kinder einer Mutter, die den Vater getötet hatte. Noch schlimmer aber, wenn sie unter ihren Händen aufwachsen würden, während sie ein solches Geheimnis verbarg. Auf die eine oder andere Weise wußte er, daß es für sie alle die Rettung bedeuten würde, wenn er nun Cecilia die Leiche zu Füßen legte, die er so lange umhergeschleppt hatte: Siehe – und hüte dich, auf daß es nicht auch für dich zu spät werde –.

Es war spät am Nachmittag, als er an den Bollwerken der Stadt in westlicher Richtung entlangfuhr: Claus Wiepharts Bollwerk mit den

Lagerschuppen – dort pflegte er an Land zu gehen – das Miklehofsbollwerk, das Bollwerk der Klemenskirche, das Jonsbollwerk – bis zu den Bollwerken des Bischofshofes. Und er widersprach, kalt und scharf, als ein junger Fant herankam und ihm in unhöfischem Ton zurief, daß er *hier* mit seinem Boot nicht anlegen dürfe. Olav erwiderte, er gedenke, sein Boot hier anzubinden, und er habe in der Bischofsburg etwas zu bestellen – zu gleicher Zeit fiel ihm ein, daß er zu einer Fahrt in die Stadt weder gekleidet noch sonstwie gerüstet war, und er ärgerte sich darüber, während er zum Bischofsviertel hinaufging.

Eine halbe Stunde später stand er draußen auf dem schmalen Platz zwischen dem Bischofshof und der Friedhofsmauer der Halvardskirche.

Der Bischof lag im Sterben. Niemand hatte Zeit, Olav anzuhören oder ihm des näheren zu antworten – Leute eilten dahin und dorthin im Hof: Die Krankheit hatte Herrn Helge ganz plötzlich überfallen und jetzt, so kurz vor dem Osterfest –. Richtig, morgen war Palmsonntag, das hatte er vergessen –.

Er hatte nicht daran gedacht, daß *dies* eintreten könnte – daß nun, nachdem er endlich bereit war, die Waffen hinzuwerfen und sich zu ergeben, niemand dastand, um sie entgegenzunehmen. Und nun fühlte er, daß die todesähnliche Ruhe nur die äußerste Anspannung gewesen war, denn jetzt war er kalt und erschöpft – und verzweifelt, weil er gezwungen werden sollte, den Sprung noch einmal zu tun; jetzt dünkte ihn dieses Hinausschieben unerträglich.

Olav stand da und wußte nicht, was er mit sich beginnen sollte. Der Nebel hatte sich zu feinem Staubregen verdichtet. Die mächtigen Steinbauten rings um den Platz – die steinerne Wand des Bischofshofes und die Kirchhofsmauer und die gewaltigen Massen der Domkirche mit den schweren Türmen und dem naßglänzenden Bleidach – wirkten noch stärker in dem sie verdunkelnden Regen. Aber die knospenden Pappeln, die über die Friedhofsmauer emporragten, schienen ihre Blätter aufzurollen, aus denen Duft entströmte, und das Gras sproßte zwischen den rundköpfigen Pflastersteinen des Platzes hervor.

Zu Claus zu gehen, dort zu sitzen und das Gerede des Kaufmanns anzuhören, brachte er nicht über sich. Auch zum Plattenmeisterhof mochte er nicht gehen. Er war nur ein einziges Mal in Oslo gewesen, seit Galfrids Tochter mit Björn verheiratet wurde. Sie hatten ein Kind – wenn inzwischen nicht noch mehrere gekommen waren –, aber es war, als wage er kaum, sich nach seinem Sohnessohn zu erkundigen;

er hatte eine solche Furcht, Björns Leben nahezukommen, als sei er voller Aussatz.
Eine Kirchenglocke begann in der Nähe laut und grell zu läuten – es klang vom Olavskloster her; der Turm ragte am Ende der Kirchhofsmauer empor. Zu gleicher Zeit kamen zwei Predigerbrüder um die Ecke; die Köpfe in die Kapuzen geduckt, eilten sie in dem unfreundlichen Wetter unter dem Schutz der Häuser weiter, so daß ihre schwarzen Umhänge sich blähten und die weißen Kutten sehen ließen. Olav sah ihnen nach; der kleine war gewiß der alte Bruder Hjalm, der aber kannte ihn wohl nicht mehr; es war so viele Jahre her, seit Olav seinen Fuß ins Kloster gesetzt hatte.
Olav folgte ihnen. Er konnte immerhin in die Olavskirche gehen, so würde ihm doch die Zeit verstreichen. Danach mußte er daran denken, sich ein Obdach für die Nacht zu suchen, wo er nicht über das zu sprechen brauchte, was sich daheim auf Hestviken zugetragen hatte.
In der Kirchentür fuhr ihm ein großer gelber Hund entgegen, und dahinter kam der Laienbruder, der das Tier hinausjagte; sie prallten beinahe zusammen. »Nein, bist du es, Olav Audunssohn?« sagte der Mönch erfreut. »Dich haben wir nicht mehr bei uns gesehen, seit –. Aber du bist wohl gekommen, um Vater Finn aufzusuchen, kann ich mir denken – ja, er wird sich freuen, dich zu sehen – du warst ein so guter Freund seines Vaters, erinnere ich mich. Ja, er hält jetzt gerade den Städtern die Predigt, die er heute morgen hier auf lateinisch hielt –.« Der redselige Laienbruder nickte und verschwand durch die Seitentür oben beim Chor.
Olav besann sich darauf, daß der große, nicht mehr junge Mönch, der oben auf der Treppe zum Chor stand und sprach – daß dies der zweitälteste Sohn von Arnvid Finnssohn sein mußte. Das letzte Mal, als er Finn sah, war dieser Sohn Schüler der Schule zu Hamar gewesen. Jetzt war der kurzgeschorene Haarkranz rings um den blanken Schädel des Mönches silbergrau, das schmale, verwitterte Gesicht gefurcht.
Seinem Vater glich er nicht – das hatte keiner von Arnvids Söhnen getan, sie waren schön, wie die Mutter es gewesen sein sollte. Vater Finn war rank und mager, hielt sich sehr ruhig, während er redete, weißgekleidet, mit dem schwarzen Umhang darüber; er hatte eine klare, schöne und gleichmäßige Stimme: »– der Teil aber, der in der Erde stak, soll uns an Gottes unsichtbare Macht und geheimen Ratschluß erinnern. Dieser Teil kann verglichen werden mit der Wurzel des Kreuzes, unsichtbar für die Augen der Menschen, trägt er den

Stamm des Kreuzes, Zweige und kostbare Frucht. Solches Zeichen ist uns gegeben, damit wir festhalten können in unserem Gedächtnis, daß unsere Erlösung entsprungen ist aus der Wurzel, die Gottes unsichtbarer Ratschluß ist.
Was aber nützt es uns, liebe Brüder, das Zeichen des Kreuzes mit Worten zu deuten, wenn wir nicht in unseren Werken zeigen, daß wir die Worte des Königs richtig verstanden haben: Wer sein Kreuz nicht auf sich nimmt und Mir nachfolget, ist Meiner nicht wert. Jener nimmt das Kreuz auf sich und folgt in seinen Fußstapfen, der sich nicht davor fürchtet, Qualen und Heimsuchungen zu ertragen aus Liebe zu Gott und seinem Nächsten und seiner eigenen Seele. Das Kreuz können wir auf zweierlei Arten tragen, mit dem Körper oder mit der Seele –«
Es war solch ein sermo crucis, wie sie ihn zur Fastenzeit in den Klosterkirchen zu halten pflegten. Olav sah sich um – es war so lange her, seit er diese Kirche aufgesucht hatte. Der Raum war lang und schmal und ziemlich dämmrig, jetzt, da keine Kerzen brannten – draußen vor den Fenstern raubten die großen Eschen des Halvardfriedhofes und die Masse der Domkirche dahinter das Licht. Es befanden sich auch nicht viele Leute hier.
Die Predigt Vater Finn Arnvidssohns war ursprünglich für die Ordensbrüder angelegt, das merkte Olav; der Mönch sprach so lange von Bußübungen und Askese: »Auf diesem Wege muß jedermann auf seiner Hut sein, denn hier lauert die Gefahr, die da heißt innerer Hochmut: er verleitet uns dazu, jene unserer Brüder geringer zu achten, die nicht so viel Fasten, Nachtwachen, Frost und Peitschenhiebe zu ertragen vermögen. Wir können Unserem König nicht das gleich um gleich zurückgeben, was Er an Qual erduldete, Geißelung für Geißelung, Wunde für Wunde. – Wenn wir unseren eigenen Leib züchtigen, müssen wir uns wohl davor hüten, daß wir nicht meinen, wir wetteiferten mit Ihm. Aber wenn andere uns geißeln wollen, und verwunden oder verhöhnen, und uns in die Hände der Büttel geben, dann sollen wir solches mit Freude ertragen und daran denken, daß wir eine große Ehre genießen, deren wir unwürdig sind –«
Ein Regenschauer peitschte gegen die Fenster der Kirche. Olav hörte, wie der Wind draußen jetzt zunahm –. Ein Gedanke war in ihm aufgestiegen – sollte er Finn Arnvidssohn sagen, weshalb er nach Oslo gekommen war? Selbst wenn die Dinge so lagen, daß er vor keinem anderen als vor dem Bischof eine gültige Beichte ablegen durfte, außer wenn er im Sterben lag – so konnte er Finn doch sagen, daß er sich

hier befand, um eine alte Blutschuld zu beichten, einen heimlichen Mord, den er gerade in jener Zeit verübt hatte, da sie einander zum letztenmal sahen, als Finn noch ein Knabe war – jetzt entsann er sich, daß er dem Jungen vor der Schule Lebewohl gesagt hatte, an jenem Tag, da er sich auf den Weg nach Miklebö begab. Dann wären alle Brücken hinter ihm abgebrochen –.

»Da tragen wir das Kreuz in Gedanken, wenn unser Herz um anderer Männer Schuld oder Sünde willen leidet, wie Sankt Paulus sagt: Wer ist so krank oder verwirrt, daß nicht ich jeden Mannes Fehl in meiner Brust fühlte. Liebe Brüder, wir dürfen uns nicht wundern, wenn der König uns auferlegt, anderer Männer Sünden und Kummer zu tragen oder das zu sühnen, was unsere Brüder verbrochen haben, obgleich Er bereits für uns alle gesühnt hat. Wenn wir aber versucht sind, zu fragen, warum sollen wir denn sühnen, dann müssen wir uns daran erinnern, daß Er Himmel und Erde wie einen Ball in Seiner Hand hält, trotzdem aber den Königsmantel Seiner Allmacht ablegte und sich in das armselige Gewand Adams kleidete. Er brach auf dem Weg zusammen, als Er das Kreuz aus der Burg Jerusalem hinaustrug, so daß Simon von Kyrene der hohe Gewinn widerfuhr, der darin bestand, daß er für würdig befunden wurde, seinem Gott zu helfen und mit Ihm das Kreuz zu tragen. Selig vor allen anderen Männern, die auf Erden gelebt haben, war dieser Bauer. Simons Seligkeit aber läßt Gott uns alle kosten, wenn Er uns unwürdige Sünder aus dem Volkshaufen beruft, der am Wege steht und der Kreuztragung zusieht, wenn Er uns anbietet, die Kreuzeswürde mit Ihm zu teilen –.«

– Kaum war die Predigt zu Ende, so kam der alte Laienbruder, der Olav wiedererkannt hatte, herbei. Eifrig und redselig fegte er ihm voraus und führte ihn in die Sprechstube. Jetzt wollte er es Vater Finn melden –.

Olav trat in einen viereckigen kleinen Raum mit einem Kreuzgewölbe. Eine schmale Spitzbogentür stand zum Kreuzgang hinaus offen. Er stellte sich unter die Tür und sah in den Regen hinaus, der jetzt auf den leeren grünen Teppich des Klostergartens herabprasselte; es regnete bis in den Bogengang herein, so daß das Wasser über den mit Fliesen belegten Boden hinspritzte. Da hatten sie nun ein kräftiges Wetter aus Südwesten bekommen, und das war gut so; ihn hatte dieses zeitige Frühjahr beunruhigt – solange kein Regen kam, der den Schnee in den Wäldern verzehrte, war der Jahreszeit nicht zu trauen –.

Die mächtigen schwarzen Wolken, die heraufzogen, verdunkelten den Abend frühzeitig, und von all den nassen Bleidächern lag ein bleicher, unruhiger Schein in der Luft. Es rauschte in den ungeheuren Eschenkronen, die mit Blüten übersät hinter der Kirche emporragten, es pfiff und heulte in der Brunnenwinde draußen im Grasgarten. Dann kam ein Läuten von der Halvardskirche, dumpf und drohend, die kleine, scharfe Glocke der Klosterkirche fiel ein, und dann läutete es von allen Kirchen der Stadt.

Drüben hinter den Säulen auf der anderen Seite des Hofes tauchte ein weißer Mönch auf – Vater Finn Arnvidssohn kam mit ausgestreckter Hand rasch auf Olav zu: »Heil dir, Olav Audunssohn – es ist schön, daß du den Weg bis zu mir gefunden hast!«

Sie nahmen in der Sprechstube Platz – sie hatten einander nicht mehr gesehen, seitdem der eine ein Knabe und der andere ein junger Mann war. Dies mochte jetzt mehr als dreißig Jahre her sein.

Olav fragte nach Finns Brüdern und Verwandten, den Steinfinnssöhnen und Haakon Gautssohns Kindern auf Berg. Finn gab Bescheid, sagte jedoch, neue Nachrichten seien es gerade nicht, die er melden könne: er sei soeben von einer zweijährigen Auslandsreise wieder nach Norwegen zurückgekehrt, und vorher sei er Subprior in Nidaros gewesen, jetzt aber wolle er heim zu seinem Kloster in Hamar.

»Aber es ist gleich Zeit, zur Complete zu gehen. Wirst du längere Zeit hier in der Stadt bleiben?«

Olav sagte, das wisse er nicht. »Mein Tochtermann ist soeben gestorben –«

»Wo wohnst du – ja, du besitzest wohl selber ein Haus hier in Oslo?«

Als er hörte, daß Olav sich noch nach keiner Herberge für die Nacht umgesehen hatte, meinte Vater Finn, er könne doch hier schlafen. In der Gästestube sei es zwar voll, aber es gebe noch einige Gästezellen in dem oberen Stockwerk – er wolle gleich gehen und den Prior fragen: »Ich habe in diesen Tagen so vieles zu erledigen, ehe ich mich auf den Heimweg mache – aber ich würde gerne länger mit dir sprechen – du warst meines Vaters bester Freund. Und es wird leichter sein, eine Gelegenheit zum Sprechen zu finden, wenn du hier im Hause wohnst.«

Olav saß in der Gästestube und aß die Abendgrütze – außer ihm war niemand da als ein kranker Mann, der auf einer der Bettstellen lag und im Schlaf stöhnte; die anderen Gäste waren zur Kirche hinübergegangen, um den Gesang zu hören. Olav schob die Schüssel

weg, lehnte seinen Nacken gegen die Wand und starrte ins Licht hinein – von der Kirche her vernahm er die Töne des Chors, und draußen klatschte der Regen und heulte der Wind.
Dann hörte man die Schritte von Menschen auf den Fliesen – – die Mönche, die aus der Kirche zurückkamen. Und ein junger Laienbruder, der ein Licht in der Hand trug, stand in der Tür und machte ihm ein Zeichen – jetzt herrschte hier Schweigen bis nach der Messe am nächsten Morgen.
Der Laienbruder ging vor ihm her über eine knarrende Stiege und über einen Gang, schloß eine Tür auf und stellte das Licht auf den Boden der Zelle.
Es war ein winziger Raum mit grauen Steinwänden. Darin befand sich eine schmale Schlafbank an der einen Wand, und unter einem kleinen Bogenfenster, das mit einem hautüberzogenen Laden verschlossen war, stand ein Schreibpult mit einem Betschemel davor, und darüber hing ein Kruzifix. Der Fensterladen klapperte und schlug im Wind. Olav öffnete ihn und sah in die unruhige Frühlingsnacht hinaus – über das glänzende nasse schräge Dach hinweg, das den Kreuzgang schützte, auf den grünen Hof mit dem Ziehbrunnen hinab, der unter den Windstößen wimmerte. So lange hatte er sich nicht mehr in einem so hoch gelegenen Raum befunden, daß ihm war, als habe man ihn in einen Turm gesperrt –.
Er warf seinen Umhang ab und legte sich auf die Schlafbank. Schlafen konnte er nicht, sondern er lag nur da und lauschte all den Geräuschen, die aus der windigen und regennassen Nacht hereindrangen.
In der vergangenen Nacht schlief er in Saltviken – wußte noch nichts von Cecilias wilder Tat. Länger war es noch nicht her. Als er versuchte, sich alles ins Gedächtnis zurückzurufen, was seit dem Augenblick geschehen war, da er am vorhergehenden Abend Eirik am Zaungatter getroffen hatte, dünkte ihn das Jagen der Geschehnisse des letzten Tages wie ein Sturz in die Tiefe. Er war an das Ende des Weges gekommen und jetzt über den Rand des Abgrundes hinausgelangt.
Er mußte an das denken, was Finn über Simon von Kyrene gesagt hatte – ob er wohl an seinen Vater gedacht hatte –? Arnvid war solch ein Mann gewesen, der sich von der Menge hatte herausrufen lassen, um jedem Verurteilten, der vorbeigetrieben wurde, hilfreich beizustehen. Und dies war wohl der Grund, weshalb er in seinem Herzen stets gemeint hatte, Arnvid sei mehr als andere Männer. Arnvid war so mutig, daß er sich nicht fürchtete, den Rücken zu beugen, wenn

es notwendig wurde, damit einer sein Kreuz auf ihn legen konnte. Er hatte sich nicht gefürchtet, unserm Herrn so nahe nachzustreben, daß er seinen Anteil an dem Hohn und den Schmähungen der Menschen erhielt.

Wäre er selbst so furchtlos gewesen wie Arnvid – so hätte er den Mord an Teit auf dem ersten Hof, den er traf, angemeldet. Und er hatte Ingunn gezwungen, ihr Kind weit draußen in der Wildnis verborgen zu halten, rechtlos, namenlos, sippenlos – bis er sah, daß das Unrecht, das sie verübt hatte, sie zerbrach, und er es auf sich nahm, das eine Unrecht mit einem anderen auszugleichen. Er hätte das Recht des Knaben – Ingunn Steinfinnstochters Sohn, wenn auch ein unechter Sohn, genannt zu werden, Erbe seiner Mutter und Stütze und Schutz des Mannes seiner Mutter zu sein – von Anbeginn wahren müssen. Wäre er wie Arnvid gewesen, so hätte er nur gefragt, was das Rechte wäre; hätte es gewagt, mit einer verführten Hausfrau zu leben, sie zu ehren, der er seine Treue vor Gott gelobt hatte, und sie zu lieben, der er seine Liebe geschenkt hatte, von dem Augenblick an, da er Verstand genug besaß, um einen Menschen vor allen anderen zu lieben.

Ja, er hätte vielleicht Mut gehabt, auf sein eigenes Gewissen zu hören, das für Teit bat: der Bursche weiß ja nicht, was er getan hat, er ist ja nur ein unverständiger junger Tor, wie du selber einer warst, damals, als du noch in den Kinderschuhen zu deinem Brautbett gingst –.

Aber hätte Arnvid die Sünde begangen, so würde er jedenfalls den Mut gehabt haben, sich zu ihr zu bekennen: ich selber leugnete es vor mir ab, meinen Pflegevater gekränkt zu haben, als ich jung und gedankenlos und verwirrt war, aber den Mann, der so gedankenlos war, daß er mich kränkte, den schlug ich nieder. Denn mich dünkte, ich könnte nicht leben, wenn ich es ungerächt ließe, daß ein anderer Mann meine Ehre befleckt hatte. Ich glaubte, es würde leichter sein, beschmutzt weiterzuleben, wenn ich selbst meine Ehre befleckt hätte – solange nur niemand von diesem Fleck erfuhr. Um einer solchen Sache willen wurde ich zum Judas gegen meinen Herrn, rüstete mich mit den härtesten Sünden, wenn sie nur so hart waren, daß ich fühlte, wie sie meine Weichheit wie einen Harnisch drückten.

Solche Angst hatte er vor dem Urteil der Menschen gehabt – er, der von sich selber glaubte, daß es ihm gleichgültig sei, was die Leute über ihn urteilten. Denn er erstrebte nicht die Macht eines Anführers über sie, begehrte nicht, reich unter ihnen zu werden, wenn er schlau und geschmeidig sein mußte, um Reichtum zu gewinnen, wollte keine Freundschaft mit irgendeinem Mann, den er nicht bis ins letzte leiden mochte, suchte kein Glück, das einen Mann fett oder faul macht – er hatte nur begehrt, zwischen ihnen zu stehen und aufzuragen wie die Eiche über dem Gebüsch.

– Und er sah, daß er hierzu auserwählt gewesen war. Gott hatte ihm das Erbe treugesinnter, mutiger und frommer Vorfahren gegeben, das Er den Nachkommen der Gerechten versprochen hat: einen Sinn und ein Herz, die Grausamkeit haßten, glücklose Tage nicht fürchteten, sich von keinem Feind schrecken ließen – nur jene Menschen, die er liebte, konnten ihm Schrecken einflößen und ihn zu jeder Handlung treiben –.

Gott, mein Gott, der uns alle liebt, der mich liebte – wie ich einmal liebte. Hätte ich Dich gewählt, als ich meine höchste Liebe wählen sollte!

Er erkannte, daß er in einer Weise das Recht gehabt hatte, so über sich zu urteilen, wie er urteilte – er hatte jedoch vergessen, daß er alles Gute in sich nur so besaß, wie ein Vasall sein Lehen unter der Herrschaft des Königs besitzt. Und er hatte sich aufgelehnt, hatte seine Treue gebrochen und sein Land zerstört –.

Er *hätte* wie eine Eiche wachsen sollen, geduldig und weit umspannend wie diese, Schutz und Schirm gewährend all denen, die zu ihm ihre Zuflucht nahmen. Er hatte aber auch nicht anders heranwachsen können, als es ihm bestimmt gewesen war – nur zehrte der innere Schaden an seinem Mark, so daß er innerlich hohl und welk und unfruchtbar wurde. Niemand hatte er wirklich zu schützen vermocht: bei Ingunn angefangen bis hinunter zu solchen wie Anki und Liv und deren Kinder. Er hatte versucht, ihnen eine Vorsehung zu sein, und es war vergeblich gewesen. Er hatte seinen Reichtum im Kampf mit seinem wahren Herrn vergeudet – und wie ein Mann, der, mit offenen Händen geboren, selbst mit Diebsgut freigebig ist, so hatte er alle hereingeholt, die an seine Tür kamen – obgleich alles, was er tat, nicht mehr als ein Bettlergelage und eine Bettlerhochzeit wurde. Hilfe konnte er bringen, Freude nicht –.

Simon von Kyrene – jetzt entsann er sich, daß das Bild dieses Mannes ihm früher einmal gezeigt worden war, vor vielen Jahren, in England – als er seine eigene zu Tode verwundete Seele in einem Traum erblickte, und er hatte außerhalb der Schar armer Männer stehen müssen, die vortraten und den Leib des Herrn empfingen.

Wie ihm wohl am Ostermorgen zumute gewesen wäre, jenem Bau-

ern von Kyrene, wenn er sich geweigert hätte, als sie ihm zuriefen, sich unter das Kreuz zu beugen, wenn er sich losgerissen und sich aus der spottenden Schar davongemacht hätte –.
– Er hatte Kinder gehabt, auch er – Alexander und Rufus hießen sie. Olav hatte einmal gehört, was aus diesen Simonssöhnen geworden war: Heilige und gekrönte Blutzeugen.
Olav lag noch wach, als er den fernen Gesang von der Kirche her vernahm, aber während er den Tönen der Frühmette lauschte, die manchmal in den Windstößen ertranken, schlief er ein.
Es war spät am Morgen, als er erwachte. Auch jetzt wurde gesungen – sie waren gerade bei der Palmenweihe, erkannte er, und dann kam die Prozession und ging rund um die Kirche herum. Olav blieb liegen – wiederum stieg der heftige Ärger in ihm auf, daß er, wie er ging und stand, von daheim fortgegangen war. Als er endlich in seinen derben und alten Werktagskleidern und mit den schweren Stiefeln hinunterkam, war der Gottesdienst bereits weit vorgeschritten; es tönte vom Chor herab: »Passio Domini nostri Jesu Christi secundum Matthaeum*).«
Er stand so, daß er die singenden Priester nicht sehen konnte. Und heute war es die lange Litanei, die er nur noch bruchstückweise auswendig konnte. In seinen alten braunen Umhang gehüllt, stand er weit unten an der Tür, und durch die klaren und starken Männerstimmen, die im Evangelienton stiegen und sanken und wiederum stiegen, wurde er an ihm bekannten Worten und Namen vorbeigeführt – Pascha – tradetur ut crucifigatur – Caiphas – Seezeichen, an denen er erkennen konnte, wo sie sich jetzt befanden. Jetzt waren Jesus und die Jünger in Bethanien, in domo Simonis leprosi und setzten sich zu Tisch, jetzt kam Maria von Magdala zur Tür herein, das Gefäß mit der Salbe in der Hand, um das Kostbarste, das sie hatte finden können, vor Gott auszugießen. Und Judas' Stimme schrillte dem Weib seinen geizigen Hohn entgegen.
Und eine andere Stimme, größer und reicher, hub an zu erklingen – die Worte des Herrn selber, der Maria in seinen Schutz nahm und ihre gebefreudige Liebe pries.
Olav wartete auf die Worte, die er kannte, als stünden sie mit glühenden Eisen in sein Herz eingebrannt – kamen sie nicht bald? Sie

*) Passio Domini: Am Palmsonntag wird das Matthäus-Evangelium Kapitel 26 und 27 gesungen. (Die Passionsgeschichte nach St. Markus am Dienstag, die nach St. Lukas am Mittwoch und die nach St. Johannes am Freitag.)

konnten nicht mehr weit sein. Ja, jetzt näherten sie sich – jetzt sandte Er die Jünger in die Stadt hinein, um das Abendmahl zu bereiten.
Sein Herz hämmerte, als wollte es an seinem Brustkasten zerbrechen, da klang es mit der großen und reichen Stimme vom Chor herab: »Amen dico vobis, quia unus vestrum me traditurus est –.«
Die Stimme des Evangelisten folgte mit einer kurzen Strophe, und dann fiel der ganze Chor der Jünger ein, scharf und aufgeschreckt: »Numquid ego sum, Domine?«
Olav fühlte den Schweiß an seinem ganzen Körper ausbrechen, als Christi Stimme dröhnte. Und dann kamen sie, die Worte, die in sein Herz eingebrannt standen: »Vae autem homini illi, per quem Filius hominis tradetur: bonum erat ei, si natus non fuisset homo ille.«
Der Evangelist sang: Respondens autem Judas, qui traditit eum, dixit – und Judas' laute Stimme folgte: »Numquid ego sum, Rabbi?«
Christi Stimme antwortete: »Tu dixisti.«
Olav hielt den Kopf auf die Brust gesenkt und hatte den Zipfel seines Umhangs über die Schulter geworfen, so daß sein Gesicht zur Hälfte darin verborgen war. Der grobe Fries roch nach Stall und Boot und Fischen. Mitten in der Schar feiertäglich gekleideter Menschen stand er und war nicht bereit –.
Immer noch tauchten in dem Gesang Worte auf, die er kannte. Jetzt gingen sie zum Ölberg hinüber – aber Olav sah es gleichsam nur von weitem; wie Judas irgendwo oben in der Burg stand und ihnen nachspähte. Jetzt war er ausgestoßen, jetzt wußten alle seine Gefährten, was nur Gott und ihm selber bekannt gewesen war, als er am Abend mit den anderen hinging und sich zu Tisch setzte.
Tiefer und tiefer ins Dunkel hinein rückten die Gesichte. Unter den Bäumen liegt Gott selber vornübergeneigt auf der Erde: Tristis est anima mea usque ad mortem –. Aber die Jünger schlafen und merken nichts. Aus dem Tor in der Burgmauer treten die Wächter mit Fackeln und blanken Speerspitzen, Judas geht voran und zeigt ihnen den Weg. Sankt Peter springt aus dem Schlaf auf, jung und kühn reißt er sein Schwert aus der Scheide und will sich zwischen seinen Herrn und die Feinde werfen – dann schlägt er zu wie ein Tor, haut einem der Knechte das Ohr ab – und als er die Übermacht sieht und den Herrn ruhig antworten hört, so daß er nichts mehr begreift, schleudert er die Waffe weg und rennt davon, sie laufen fort, alle Jünger, die kurz vorher so Großes gelobten. Christus bleibt allein zurück, freiwillig reicht Er die Hände dar, läßt sich binden – unmöglich zu begreifen. Wer aber hat den Teil des Kreuzes gesehen, der in der Erde stak?

Rings um Olav versuchten mancher Mann und manche Frau, sich heimlich ein wenig hinzusetzen oder hinzuknien – es kam kein Ende, der Menschen gehässiges Verhör ihres Schöpfers, die Stimme des Haufens, die in einem großen Chor aufschrillte: Crucifigatur! Und wiederum: Crucifigatur! Der lange Weg aus der Stadt und zur Schädelstätte hinauf, das Grauen der Kreuzigung – und der Hohn, der auch hier noch nicht aufhört –.

Nach den letzten lauten Rufen vom Kreuz her, als Er Seinen Geist aufgab, verstummte der Gesang jäh, und die Kirchengemeinde sank in die Knie, als sei es diese Todesstille, die sie zu Boden würfe.

Seltsam sanftmütig klang es, als die Stimme des Evangelisten wieder anhub, jetzt in dem gewöhnlichen Sonntagston, die Geschichte vom Grabe und von den kleinlichen Ratschlägen der Pharisäer vor Pilatus sang.

Die Messe folgte dem Evangelium wie aus einem geöffneten Tor – deckte wiederum die mächtigen und entsetzlichen Geheimnisse von dem Verrat der Menschen und der Barmherzigkeit Gottes auf. Es war die Karwoche, die für die Menschheit anbrach, Gründonnerstag und Karfreitag; Sankt Markus und Sankt Lukas und Sankt Johannes, sie alle sollten ihr Zeugnis ablegen. Und der Ostertag jenseits der schweren Woche schien endlos weit entfernt –.

Als Olav in die Gästeherberge kam, war sie von Menschen überfüllt, so daß er zweifelnd an der Tür stehenblieb. Zwei Laienbrüder kamen geschäftig mit rauchenden Schüsseln hereingelaufen, zwei andere folgten mit Bierkannen: die Mittagsstunde war vorüber, und die guten Leute in der Herberge hatten spitze Nasen bekommen von dem langen Fasten und waren hungrig wie die Bären.

Der eine der Laienbrüder war der junge Mann, der Olav tags zuvor in die Gästezelle hinaufgeführt hatte. Als er Olav gewahr wurde, zog er ihn heran, redete auf ihn ein und zwang ihn auf den Ehrenplatz, er sei doch ein Freund des Priors von Hamar –. Er wollte Olav zum Essen nötigen, Olav aber konnte keinen Bissen hinunterbringen.

Sobald es der Schicklichkeit halber anging, erhob er sich vom Tisch, ging in die Zelle hinauf und legte sich aufs Bett. Er schlief sofort ein und schlief so lange, bis der junge Laienbruder ihn weckte: jetzt habe Vater Finn Zeit –.

Als Olav in die Sprechstube hinunterkam, wo Finn Arnvidssohn saß und auf ihn wartete, waren noch mehrere Leute anwesend: Zwei junge Mönche, einander so ähnlich, daß Olav sie als Zwillingsbrüder erkannte, saßen mit einer Frau zusammen, ihrer Mutter, und einigen jungen Mädchen. Die ganze Schar von Verwandten hatte das gleiche feuerrote Haar und eine sommersprossige Haut, Nasen, die nach oben zeigten, und hellblaue Augen; sie sprachen von den Neuigkeiten aus der Heimat – Olav hörte dies alles mit halbem Ohr, während er gleichzeitig der Erzählung Vater Finns über die letzte Lebenszeit seines Vaters lauschte.

Olav saß da und blickte zu Boden, seine Hände hart um den Dolch gedrückt; er zog ihn halb aus der Scheide und stieß ihn wieder hinein. Dann unterbrach er den anderen mitten in seinem ruhigen und gedämpften Bericht: »Ja, Finn – dein Vater wußte etwas von dem, was ich dir jetzt sage. Er riet mir, ehe er starb, das zu tun, weshalb ich jetzt hierhergekommen bin.« Ohne sich dessen bewußt zu sein, erhob Olav sich, stand aufrecht da, und als seine Stimme lauter wurde, verstummte die schwätzende Verwandtenschar drüben auf der anderen Bank und horchte auf: »Ich habe einmal in meiner Jugend einen Mord begangen und habe dies nie gebeichtet. Arnvid, dein Vater, wußte darum, aber damals wollte ich das nicht tun, worum er mich bat – die Blutschuld beichten und meine Sünde büßen. Doch das, was mir nun zuletzt daheim widerfuhr – mein Tochtermann wurde getötet, während er im Schlaf dalag, und wir wissen nicht, wer dies verübt hat –, das trieb mich dazu, hierherzufahren und den Bischof aufzusuchen. Ich wußte nicht, daß *du* in der Stadt bist.«

Auch Finn Arnvidssohn hatte sich erhoben. Sie standen beide da und sahen einander in die Augen. Dann glitt Vater Finn zu der anderen Gruppe hinüber, die dastand und starrte. Er flüsterte den beiden jungen Mönchen ein paar Worte zu, gleich darauf hatten all die rothaarigen Menschen den Raum verlassen, und Olav stand allein vor Arnvids Sohn.

Der Mönch legte seine Hände auf Olavs Schultern.

»Gott sei gelobt«, sagte er heftig.

»Hat dein Vater mit dir darüber gesprochen?« fragte Olav und blickte zu dem anderen auf. – Finn war viel größer als er.

»Nein. Jetzt aber begreife ich gar manches viel besser, was er mir ans Herz legte – daß ich jeden Tag ein Miserere beten sollte für alle jene Männer, die zum Beispiel eine ungebeichtete Sünde mit sich herumtrügen – und noch anderes mehr. Gott sei gelobt, daß du dies nun tun willst –.

– Aber du hättest nicht so darüber sprechen sollen, daß die fremden Weiber es hören konnten –«

»Ich bin nicht sicher, daß ich es dir gesagt hätte, wenn wir beide allein gewesen wären. Jetzt aber habe ich alle Brücken hinter mir abgebrochen.« Olav lächelte leicht.
Der Mönch starrte ihn einen Augenblick an. Dann nickte er schweigend.
»Nun, da Herr Helge am Tode liegt«, sagte Olav, »und keiner mir sagen konnte, wer indessen an seiner Stelle – Offizial oder Pönitentiarius oder wie man es nennt – ist –«
»Ich werde mich selber morgen danach erkundigen, Olav.«
»Aber nun will ich gehen. Ich möchte jetzt allein sein –«
»Ja, gewiß. Das begreife ich.«
Sie gaben einander fest die Hand. Olav ging hinauf, legte sich aufs Bett und schlief sofort ein. Er schlief, bis der junge Laienbruder heraufkam und ihm das Abendessen brachte. Olav aß, legte sich wieder hin. Gott, mein Gott, wie gut es ist, alle Brücken hinter sich abgebrochen zu haben.

Als er am nächsten Morgen in den Kreuzgang kam und in die Kirche eintreten wollte, kam Finn Arnvidssohn ihm entgegen.
»Olav – weißt du das nicht – solange du diese Sünde nicht auf die richtige Weise gebeichtet hast, darfst du keine Kirche betreten. Ich erinnere dich daran, denn, wie du weißt, lädst du dir nur mehr Verantwortung auf, wenn du dem Gebot trotzest –«
Olav blieb stehen, überwältigt. Doch, freilich, er wußte es – er war ein Geächteter, genau so, als sei die Acht in der Kirche über ihn verkündet worden. So lange aber hatte er getrotzt, sich den Aufenthalt dort erschlichen, wo er nicht berechtigt war, sich aufzuhalten, und hatte Gottesraub verübt, daß er es schließlich vergessen hatte –. Er antwortete nichts, drehte sich um und ging durch den Kreuzgang zurück.
Vater Finn kam ihm nach, ergriff ihn beim Arm: »Du solltest daran denken, Olav – ja, du verstehst doch wohl Latein, nicht wahr?«
»Ein wenig verstehe ich –«
»Du sollst an diese Worte denken, die Sankt Ambrosius geschrieben hat – Novit omnia Deus, sed exspectat vocem tuam, non ut puniat sed ut ignoscat. Gott weiß alles, aber er wartet darauf, deine Stimme zu hören, nicht um zu züchtigen, sondern um zu vergessen.«
Olav nickte.
Als er in der Zelle oben war, warf er sich vor dem kleinen Lesepult mit dem Kruzifix nieder.

Doch, freilich hatte er es gewußt – aber er hatte es vergessen. Dies würde das erste sein, was er ertragen mußte – vor der Kirchentür stehen zu müssen. Er erkannte, daß dies der Ort war, wo er sich in all den Jahren seine Nahrung geholt hatte – wie die friedlosen dänischen Herren vom Strandraub an ihrem eigenen Land gelebt hatten.
Er nahm das Kruzifix vom Pult und küßte das Bildnis des Königs.
Herr – ich bin nicht wert, daß Du meine Reue ansehest und mir Gnade gewährst!
Seine Beichte hatte er in Gedanken so oft abgelegt, die ganze Fessel der Sünden seines Lebens – von der Zeit an, da sein Hochmut jung und kindlich dünnhäutig gewesen war. Jenen Männern, an denen sein Knabenherz gehangen hatte, war er mit Notlügen und kleinen Betrügereien unter die Augen getreten, um von ihnen für einen Mann angesehen zu werden. Von Anfang an hatte es sich nie um Größeres gehandelt als darum, daß er fürchtete, sie könnten lächeln, wenn sie merkten, daß er nur ein Kind war, heftig, eigensinnig und mit einem weichen Herzen, während er doch für klug, fürsorglich und streitbar gehalten werden wollte. Aber in diesem Spiel mit der Wahrheit hatte er so lange verharrt, bis er zum Mörder, Meineidigen und Heiligtumsschänder geworden war; Glied für Glied hatte er an seine Fesseln geschmiedet, und Stein für Stein hatte er zu seinem eigenen Gefängnisturm zusammengetragen. Bis es so weit war, daß jedesmal, wenn er in gedankenlosem Wagemut auffuhr, die Fesseln ihn herabzogen, und jedesmal, wenn sein Herz all dem entgegenflog, das ihn hinausrief, es gegen die Steinwand flatterte und zurückfiel.
Bereuen – jetzt begriff er, daß ihm kein so langes Leben bestimmt war, um völlig erkennen zu können, was er alles bereuen mußte. Hätte er doch die Treue gegen seinen Anführer gewählt und es zuwege gebracht, jene Bürden weiterzutragen, die auf sich geladen zu haben er niemals bereuen konnte. Er brauchte nicht zu bereuen, seine Türen vor jedermann geöffnet zu haben, der um Schutz an seiner Feuerstätte bat – aber niemals konnte er genug bereuen, so mit sich selbst umgegangen zu sein, daß er die, die er zu sich hereinbat, zu einem über und über mit Aussatz bedeckten Manne einlud.
Nichts konnte ungeschehen gemacht werden. Cecilia saß draußen in der Bucht mit der Leiche ihres Gatten, den sie getötet hatte; die drei mausohrigen Knaben standen um sie, das vierte Kind lag unter ihrem Herzen, und sie, die Mutter, hatte den Vater getötet.
Wie hatte er sich seinem eigenen Herzen verschließen können, das ihn davor warnte, dem Mann zu glauben, der schon als Knabe seinen

Freund verriet! So lange war er im Schatten umhergeirrt, daß er seinen eigenen Augen nicht mehr zu trauen wagte – wenn er doch sah, wie wenig Jörund der richtige Mann für sein einziges Kind war. Und seitdem hatte er nichts mehr getan – obgleich ihn jetzt dünkte, er hätte merken müssen, daß sich etwas ereignen konnte. Dieser Gatte den seine Tochter mit Worten und Taten in Schutz nahm, treu, wie das Schwert im Gürtel seines Herrn treu ist – er würde ihre Langmut einmal allzusehr auf die Probe stellen, und dann würde Cecilia sich gegen ihn wenden. Er entsann sich ihres Wesens aus der Zeit, da sie noch klein war: fauchend heftig, mit den scharfen, hellen Augen unter dem wilden flachsblonden Haar, wie hatte er glauben können, daß Cecilia sich ändern könnte, selbst wenn sie vom Leben in die Lehre genommen und gezähmt werden würde –. Wohl kann man Bären und Falken zähmen; sie werden darum keine zahmen Tiere.
Jetzt war es zu spät, und er konnte nur Gott um Hilfe bitten. Hochmut und Übermut würde es sein, wenn er nun Gott bäte, sich seiner zu bedienen, um Hilfe zu bringen. Ihm blieb jetzt nichts weiter mehr übrig, als aus der Gemeinschaft der Menschen auszuscheiden – einen einsamen Bußgang anzutreten. Und dafür zu danken, daß ihm dies gewährt wurde.
Cecilia mit sich nehmen konnte er nicht. Lieber Jörund nachfolgen, als mit ihm, dem Vater gehen, hatte sie gesagt. Vielleicht kam sie auf andere Gedanken, wenn sie erfuhr, was ihr Vater getan hatte.
Dies war der erste bittere Becher, den er leeren mußte – sehen zu müssen, daß er zu spät am Abend umgekehrt war und nun nicht mehr hoffen durfte, von Gott als Sein Mann in den Kampf zurückgesandt zu werden. Sein Werk in der Welt hatte er zu Ende gebracht und konnte es nicht ungeschehen machen. Die Ehren des Simon von Kyrene hatte er verachtet – jetzt konnte er nur trauernd zu Kreuze kriechen.
Olav nahm das Kruzifix wiederum in die Hand, stand da und betrachtete es. Einmal, nach der langen Woche des Kampfes und der Qual, wartete der Ostermorgen, und nach dem Tod und dem Fegefeuer würde auch er den Sieg und die Ehre des Kreuzes erblicken dürfen. Aber hier auf Erden sollte er nie das Licht einer Fahne zu sehen bekommen, sollte nie mit den Gaben unter ihr kämpfen dürfen, die ihm von Geburt an mitgegeben worden waren –.

Olav blickte vom Pult auf und wandte sich halb um, er hatte ein Geräusch an der Tür vernommen. Finn Arnvidssohn trat ein. Er

sprach trocken und seltsam kühl – Olav verstand, dies geschah, weil der andere seine Gemütsbewegung verbergen wollte.
Der Mönch sagte, er komme soeben von der Halvardskirche und habe mit Meister Sigurd Eindridssohn gesprochen, der während Herrn Helges Krankheit bevollmächtigt war, die Beichte von Mördern anzuhören. Und dieser wolle Olavs Beichte nach der Messe in der Sakristei entgegennehmen.
»Du hast also noch einen Tag und eine Nacht, dich darauf vorzubereiten. Auch ich werde heute nacht wachen, dafür beten, daß du eine gute Beichte ablegen mögest. Denke aber daran, daß du ein alter Mann bist, Olav – und lege dich rechtzeitig schlafen, wenn du nicht mehr zu wachen vermagst. Es hilft nichts, deinen Körper zwingen zu wollen, mehr zu ertragen, als er kann.«
Olav kniff den Mund zusammen. Aber es war nicht unrichtig – er war alt, auch auf seine Körperstärke konnte er sich nicht verlassen. Arnvids Sohn ließ sich auf der kleinen Bank neben Olav auf die Knie nieder und verharrte lange Zeit in dieser Stellung, das Gesicht in den Händen verborgen. Dann erhob er sich schweigend und ging hinaus.

Die Stunden verstrichen. Von Zeit zu Zeit vernahm Olav draußen Geräusche – Schritte kamen über die Fliesen im Hof unten vorbei – irgend jemand ging an den Brunnen und holte Wasser. Der Regen hörte nicht auf, vom Dach herunterzurieseln und zu rinnen, Windstöße fuhren polternd um die Ecke und fingen sich brausend in den Baumkronen, von allen Seiten kam ein Klappern und Knarren – dann ließ der Wind für eine Weile nach. Das Glockengeläute zeigte an, daß der Tag sich dem Ende zuneigte.
Ein Tag und eine Nacht – die Wartezeit schien unerträglich lang. Er hielt das Kruzifix in der Hand und sah es von Zeit zu Zeit an – aber ihm war, als fielen ihm die Gebete von den Lippen, welk wie die Blätter im Herbst von den Bäumen flattern. War das Warten so hart – aber Er hatte dreißig Jahre lang warten müssen. Vom Ursprung der Zeiten an bis zum letzten Tag wartete Gott auf die Menschen –.
Bei Einbruch der Dunkelheit kam der junge Laienbruder und brachte ihm etwas zu essen – der Mann schien zu verstehen, daß es sich um etwas Ungewöhnliches handelte. Olav trank das Wasser aus und aß etwas Brot. Dann kniete er wieder hin und wartete.
Draußen ward es Nacht, über das Haus legte sich die Stille, nur der Regen strömte noch immer, und der Wind stieg und sank. Einmal trat er ans Fenster und starrte hinaus. In dem Flügel oben, ihm gerade

gegenüber, leuchtete es schwach hinter einem kleinen Hautfenster. Dort war ein Mann, der in dieser Nacht zusammen mit ihm wachte.

Gegen den Morgen des nächsten Tages hatte es den Anschein, als sollten Wetter und Südwind sich für dieses Mal bald ausgetobt haben. Dann und wann hellte es sich für kurze Zeit auf. Einmal lugte die Sonne hervor, gerade so viel, daß der Schein von den nassen Dächern zurückstrahlte.

Olav sprang auf, als Finn Arnvidssohn in die Tür trat. Er ergriff seinen Hut, warf sich den Umhang um und folgte dem Mönch die schmale Treppe hinunter, die zum Kreuzgang führte.

Aus der Sprechstube kam ihnen jemand in fliegender Hast entgegen – ein hoher Mann in dunkelrotem Umhang, die Kapuze über den Kopf gezogen. Er war so naß, wie man nur werden konnte. Es war Eirik.

»Vater! Cecilia ist unschuldig –« Er begrüßte den Predigerbruder, der neben dem Vater stand, mit abwesendem Blick. »Ja, Vater, es gibt so vieles, das ich dir sagen müßte – dies aber ist nun das erste – sie ist unschuldig!«

Olav starrte den Sohn an – langsam wurde sein Gesicht dunkelrot: »Gott sei gelobt – Gott sei Lob und Dank –« Seine Stimme wurde unsicher: »Weißt du es *gewiß* – du sollst es nicht sagen, wenn ihr mir danach sagt – denn ein zweites Mal vermag ich es nicht zu glauben –.«

»Sie haben den Mörder gefunden, Vater. Es ist Anki. Die armen elenden Leute waren so furchtsam geworden, daß sie mit ihren Kindern und allem Hab und Gut die Flucht ergriffen, sich beim Kalten Bach im Wald verbargen. Aber spät am Sonntag abend kam Anki nach Rynjul hinunter, bat Una, mit ihm zu Gudrun zu kommen. Das arme Kind – es war bereits tot, als Una anlangte. So sandte sie einen Boten heim, und Torgrim kam selber mit jenen Männern, die die Leichen in die Gemeinde hinunterschaffen sollten. Da fanden sie sowohl den Dolch als auch Jörunds Wamsschließe in der Moosgrube unter Gudruns Körper. Arnketil leugnete nichts – schien eher froh darüber zu sein, daß es aufkam, sagte Torgrim – man sollte wissen, daß seine Kinder nicht ungerächt im Grabe lagen.«

Olav überfiel ein seltsames Schwanken; ein paar erstickte, röchelnde Laute quollen über seine Lippen, die blau geworden waren, auch das Gesicht war blau. Dann stürzte er hin wie ein Baum, den der Sturm fällt.

Eirik warf sich neben dem fremden Mönch hin, der sich bereits bemühte, Olavs Kleider am Hals zu öffnen, und seinen Oberkörper auf den Schoß nahm. Das Gesicht des Vaters war dunkel, das gelbliche, blutgesprenkelte Weiße der Augen zeigte sich zwischen den Lidern, der Atem rasselte. Eirik begriff nicht, was sich im Gesicht des Mönches widerspiegelte – ein Ausbruch der Verzweiflung oder des Grauens, den er zurückzuzwingen strebte –, dies aber erhöhte die Angst des Sohnes: »Stirbt er –?«

»Nein«, sagte der andere heftig. »Hilf mir anfassen, damit wir ihn hineintragen können.«

Der Rächersohn

1 Mittsommer war schon überschritten, als Eirik sich endlich daheim auf Neset umsehen konnte.

Über den Mooren leuchtete und spielte der Sonnenschein, wurde von den glänzenden Blättern der Weiden zurückgeworfen, und die aus dem Gras emporgeschossenen Halme glänzten auf den buckligen kleinen Wiesen. Der See spiegelte den Wald auf dem anderen Ufer wider und den heißen blauen Himmel und die Wolken, die bereits golden wurden – der Tag ging seinem Ende zu.

Als Eirik sich dem Zaun näherte, strömte der Duft frischgemähten Grases ihm entgegen. Er stieg vom Pferd, blieb jedoch eine Weile stehen, ehe er öffnete: Die Abendsonne leuchtete gelb wie Gold, und die Schar kleiner Häuser vorn auf der Landzunge warf lange Schatten über die Wiese, auf der Eldrid und die alte Ragnhild das Gras zum Trocknen ausbreiteten –.

Die Hausfrau hatte ihn gesehen, legte den Rechen weg und ging ihm entgegen. Sie ging so aufrecht und leicht, schritt barfuß in den Arbeitskleidern. Wiederum dachte Eirik, daß er nichts Schöneres kenne als Eldrids Stirn über den großen Augenhöhlen und die Rundung des Kinns, obgleich das Gesicht braun war wie Holz, die Haut über den Knochen so gespannt, daß sie glänzte, und obgleich tiefe Furchen quer über die Stirn liefen, die großen Augen von Falten umgeben waren und sich zu beiden Seiten des runzligen Mundes tiefe Rillen hinzogen.

Niemals hatte er so von Herzen empfunden, daß er am liebsten hier sein wollte. Ihm gefiel es am besten, im Wald zu leben. Es war das letztemal, daß er hierher *heim*kam. Doch dachte er nicht mit Kummer an das Schicksal, das ihn nun von hier fortführte. Einmal hatte er Hestviken so geliebt, daß er mit allen Sinnen bebte, sobald er nur in die Nähe eines Gegenstandes kam, der zu seinem Heim gehörte. Jetzt liebte er Hestviken, weil der Hof ihn brauchte, das alte Gesinde zu ihm aufblickte und erwartete, daß der Herr herrschte und befahl; er war der Bruder, der sich Cecilias und ihrer Kinder annehmen mußte, und er war der Sohn, dazu verpflichtet, bei dem alten Mann zu bleiben, der dort lebte, schwer getroffen und in seine Stummheit und sein geheimnisvolles Unglück eingehüllt wie in einen Umhang von Finsternis.

Mann und Frau reichten einander die Hand, im übrigen aber war es nicht anders, als sei Eirik am Tag zuvor von daheim fortgeritten. Eldrid fragte, wie es seiner Schwester jetzt gehe, und Eirik antwortete, es gehe ihr gut.

Und Olav? Unverändert, sagte Eirik.

Gleich, nachdem er merkte, daß es längere Zeit dauern würde, bis er selbst heimkommen konnte, hatte Eirik Svein Ragnassohn nach Neset gesandt. Der Junge hatte Eldrid alles erzählt, was er von den Geschehnissen in diesem Frühjahr auf Hestviken wußte, und Eirik kam jetzt nicht auf den Gedanken, seinem Weib mehr zu sagen oder auch nur nachzuforschen, wieviel sie gehört hatte.

Des Nachts lag er wach da und fühlte, wie ruhig Eldrid in seinem Arm schlief. Er freute sich, eine Zeitlang in ihrer beider Haus daheim sein zu dürfen, ehe sie nach Hestviken hinausziehen und zusammen mit dem Vater in der Stube leben mußten. Er entsann sich wohl, daß sein Zusammenleben mit Eldrid in einem Feuer der Wildheit begonnen hatte, in jener Zeit, da sie sich übereinander warfen, als wollte der eine den anderen aussaugen und verschlingen. Nach und nach war es anders geworden, und jetzt lebten sie zusammen, als seien sie beide satt geworden und als hätte jedes seinen Durst an seinem Gefährten gestillt. Eldrid war der erste Mensch von allen, die er kannte, bei dem er sich so sicher fühlte, daß er zu schweigen wagte. Dies war von Anfang an so gewesen, noch ehe sie heirateten, ja, von den ersten Tagen an, da er hierhergekommen war und nicht im entferntesten daran gedacht hatte, es könnte sich so fügen, daß sie die Seine würde. Auch damals war er nicht versucht gewesen, wild darauf los zu reden und viel Aufhebens von sich zu machen, wenn er mit Eldrid zusammen war.

Es waren keine zu Ende gedachten Gedanken – er lag nur da und fühlte, bei ihr hatte er das Schweigen genossen, eine Ruhe wie die des Waldes, und Freiheit. Das Band, das ihn an sie knüpfte, war das erste, von dem er sich hatte gern binden lassen, ohne daß es ihm zu straff wurde.

Er hatte in diesem Frühjahr einmal Gunhild bei der Kirche wiedergesehen. Ja, gewiß, sie war schön – eine Glockenkuh mit klingenden Schellen, redlich und tüchtig sah sie aus. Aber sie beide hatten trotzdem nicht zueinander gepaßt. Er war dankbar dafür, daß er eine Frau gefunden hatte, deren er nicht überdrüssig werden würde.

Was Eldrid an ihm gefunden hatte, darüber dachte er nicht nach. Er sah ihr ruhiges Wesen, merkte, daß sie mit dem Gefühl der Sicherheit an seiner Seite schlief, und dies war genug für ihn.
Er und Svein arbeiteten während der nächsten Tage auf den Mooren unten; am Abend ruderte er mit Eldrid hinaus auf den See und legte Netze aus. Während der Nachmittagsrast lag er auf der Wiese an der Hauswand, und da gesellte sich gerne das ganze Gesinde zu ihm. Eirik hörte den zwei Alten zu und plauderte mit ihnen. Holgeir schien erfreut darüber zu sein, daß Eirik und Eldrid jetzt Neset verlassen sollten. Wenn Svein sich verheiratete und hierher zog, galt er selbst doch mehr als Herr auf Neset, ein Verwandter des Grundherrn. Ragnhild wollte Eldrid mitnehmen; die Alte wußte nicht, was sie wollte, bald wollte sie ihrer Herrin folgen und bald wollte sie nicht. Der junge Svein schlief, die Mütze über die Augen gelegt. Eldrid saß ein wenig abseits von der Schar, flickte ein Kleidungsstück oder spann.
Einmal sagte Eirik zu ihr, als sie allein waren: »Ein leichtes Los wird es nicht, dem ich dich jetzt in Hestviken draußen entgegenführe, Eldrid. Es gibt gar vieles dort, das nicht gut ist.«
Was aber so schwer war, das sagte er nicht. Es war lange her, seit Eirik daran gedacht hatte, mit irgendeinem Menschen über das zu sprechen, was ihm schwerfallen könnte. Er hatte dies wohl nie getan – in früheren Zeiten aber hatte er versucht, sich selbst mit dem Geschwätz über andere Dinge und mit Faxen zu betäuben. Jetzt hatte er gelernt, so ruhig zu sein, wie man es sein muß, wenn man einen Knoten lösen will.

Es war entsetzlich, den Vater so dahinleben zu sehen. Eirik jedoch wagte nicht, es zu zeigen, daß er es merkte – wagte nicht einmal, ihm besondere Fürsorge oder Liebe zu erweisen; so wie das Wesen dieses Mannes war, würde es nur eine noch größere Qual für ihn bedeutet haben.
Als Olav das Bett verlassen konnte, war er auf der einen Seite fast vollständig gelähmt. Nach und nach erholte er sich so weit, daß er zu gehen vermochte, doch blieb er auf der linken Seite ganz zusammengezogen, der Arm konnte nur ein paar kleine hilflose Bewegungen machen, und das verunstaltete und narbige Gesicht war jetzt ganz schief und verzerrt. Versuchte er zu sprechen, so war es so gut wie unmöglich, auch nur ein Wort zu verstehen; es blieb nur ein Stammeln und Lallen. Jetzt aber machte er diesen Versuch nie mehr.
Einen Monat, nachdem Eirik ihn nach Hestviken heimgebracht hatte,

gab er eines Tages zu erkennen, daß er von seinem zottigen weißen Bart, der sein ganzes Gesicht überwuchert hatte, befreit werden wolle. Im übrigen sah Eirik, wie sehr es Olav quälte, daß er Hilfe annehmen mußte; immer wieder unternahm er diese ohnmächtigen Versuche, allein zurechtzukommen. Aber er ließ alles in den Bart tropfen, wenn er aß – das war wohl der Grund seiner Bitte.
Soweit Eirik erkennen konnte, war der Verstand des Vaters nicht verdunkelt worden. Dies hätte vielleicht alles leichter gemacht.
Als Olav in Oslo krank lag, sagte Finn Arnvidssohn, er wolle ihm die Letzte Ölung und das Viatikum reichen, wenn es zum Sterben ginge – Olav habe den Willen gezeigt, seine heimliche Sünde zu beichten. Sollte es jedoch dahin kommen, daß er sich wieder erholte und noch einige Zeit weiterlebte, mit dem Siegel des geheimen Urteils vor seinem Munde, so dürfe kein Mensch zu glauben wagen, daß Gottes Barmherzigkeit Grenzen habe oder daß er Gottes geheimen Ratschluß ergründen könne. Wie ein König seinen ungetreuen Lehensmann wieder in seine Freundschaft aufnehme, ihm jedoch befehle, eine Zeitlang fern von seinem Gefolge zu leben, bis er ihn wieder holen lasse – so müsse Olav mit männlicher Geduld auf ein Zeichen Unseres Herrn warten.
Eirik selber hatte die letzten Tage bei seinen Brüdern draußen geschlafen. Dort legte er bei Bruder Stefan seine Beichte ab und beriet sich mit ihm. Und am nächsten Morgen, als er vortrat und das Corpus Domini empfing, betete er: »Gott, Du, der Du der König der Könige und die ewige Liebe bist. Kein König auf dieser Erde, mag er auch noch so hart sein, verweigert es einem Sohn, Lösegeld für seinen Vater zu erlegen, lieber nimmt er den Sohn als Geisel an Stelle des Vaters. Herr, sieh nicht an meine Sünden, sondern siehe an die heiligen Wunden Deines Sohnes und habe Erbarmen mit meiner Armut, auf daß Du mein Anerbieten annehmest und es mir vergönnst, an seiner Stelle die Buße zu tun, die mein Vater hätte tun müssen.«
Bruder Stefan sagte, auch er solle auf ein Zeichen warten –.

Sehr schwierig war es, daß Cecilia es kaum ertrug, den Vater zu sehen – und Eirik begriff, daß in dem Grauen, das sie vor ihm empfand, wohl nicht viel Liebe verborgen lag.
Man konnte nicht umhin zu sehen, wie Cecilia sich, nachdem Jörund nicht mehr war, aufrichtete und wieder jung wurde. Sie war so schön geworden in diesen drei Monaten, seit sie Witwe geworden war – es schien, als sei sie in einem finsteren Gefängnis fast erstickt und sei

jetzt in Freiheit gesetzt worden. – Das, was sie gesagt hatte, als der Vater sie zwingen wollte, die Hand auf die Leiche zu legen, war nicht wahr – dies war ihr nur wohl in ihrem Entsetzen entfahren. Und das ist gut so, dachte Eirik – es wäre unheimlich gewesen, wenn es sich wirklich so verhalten hätte, nach dem überraschenden Tod, der Jörund beschieden war.

Sie war eine treue Mutter gegen ihre beiden kleinen Söhne –; den mittleren Knaben, Torgils, wollten die alten Leute auf Rynjul nicht wieder hergeben. Kolbein zählte jetzt sechs Jahre und Audun drei Winter. Sie waren schöne und gesunde Kinder; der Mutter gehorchten sie wie Lämmer und hielten große Stücke auf sie – aber vergnügt und geschwätzig waren sie hauptsächlich, wenn sie sich unter anderen Leuten befanden, und seit sie den Oheim näher kannten, war er es, dem sie am liebsten auf Schritt und Tritt anhingen. Vor dem Großvater fürchteten sie sich gar nicht, das sah Eirik – sie achteten nicht sonderlich auf ihn.

Zeitig im Herbst kam Eirik wieder nach Neset zurück, und diesmal geschah es, um seine Frau nach Hestviken heimzuholen.

Die Leute redeten gar mancherlei darüber, daß Eldrid Bersestochter in jene Gegenden zurückkam, wo sie ihre Jugend verbracht hatte, und nun als Hausfrau auf einem der größten Höfe saß. Die meisten aber fanden, dies sei gut so. Zwar hatte sie allerlei getan, was schlimm gewesen war, das aber war nun sehr lange her; es war recht, daß sie von dem armseligen Häuslerhof weggeführt wurde, wo sie fünfzehn Jahre lang gehaust hatte, in Verhältnisse geführt wurde, für die sie geboren war.

Ihre Verwandten, die Arnestöchter und deren Sippe, nahmen sie auf, Una und Torgrim herzlich, Baard und Signe mehr kühl, aber durchaus geziemend.

Sie war noch schön und hatte ein so gutes Benehmen, wenn sie sich unter Menschen bewegte, daß alte Leute, die sich Eldrids Schönheit erinnerten, aus der Zeit, da sie dem alten Harald Jonssohn gegeben wurde, die Erinnerung an diese Hochzeit auffrischten. Es gab gar viele, die die Geschichten über ihren schlimmen Lebenswandel damals, als sie auf Borg und später auf Sigurdstad saß, auf eine andere Art erzählten. Jetzt war sie eine ältere Frau, nahe den Fünfzigern. Trotzdem waren sie und Eirik gar nicht so ungleich anzusehen.

Er war so groß und knochig, daß er schon früh älter aussah, als er war. Groß und breitschultrig, mit mächtigem Oberkörper und langen, starken Gliedern, ging er ein wenig gebeugt; der Rücken war über den Schultern von schwerer Arbeit rund geworden. Das schmale und magere Gesicht mit der höckerigen und gebogenen Nase, dem vorgebauten Oberkiefer war braun und verwittert und gefurcht – wenn ihn auch niemand häßlich nannte, so war es doch auch nicht leicht zu verstehen, daß man ihn in seiner Jugend einmal schön genannt hatte. Nur die großen gelbbraunen Augen waren ungewöhnlich schön – sein dunkles und krauses Haar war von vielen grauen Fäden durchzogen.

Mit den Jahren war Eirik Olavssohn seinem Vater sehr ähnlich geworden, sagten die Leute – ja, nicht so sehr dem Äußeren nach; der große und dunkle Mann mit den ein wenig hängenden Gliedmaßen hatte weit eher erstaunlich wenig Gemeinsames mit dem Vater, der so blond, straff und wohlgebildet gewesen war. Aber die Leute konnten deutlich die Art des Vaters in dem Sohne wiedererkennen.
Er war wortkarg, auch Eirik; das waren sie alle in dieser Sippe. So wie Olav früher oft lange Zeit ganz unbeweglich auf dem Aussichtsfelsen gestanden oder sich über den Zaun eines Ackers gelehnt hatte, so stand nun der Sohn an dengleichen Stellen und starrte vor sich hin. Aber er war ein viel tüchtigerer Herr auf Hestviken als Olav seinerzeit: nicht, daß nicht auch jener mit Vorbedacht und Überlegung gewaltet hätte; der Besitz der Sippe war während seiner Zeit nicht geringer geworden. Aber unter dem Sohn kam in alles viel mehr Leben und Bewegung, und er hatte Erfolg; den Hof in Saltviken, der zur Zeit Olav Halbpriesters brach lag, hatte er zurückgewonnen, und in Rundmyr half er den jungen Leuten, die er dort eingesetzt hatte, damit sie das Land auf den Hängen ringsrum rodeten.
Er hatte Liv und die ihr verbliebenen Kinder in einem Haus bei Saltviken untergebracht. Wahrlich eine bessere Unterkunft, als die Frau es gewohnt war; trotzdem konnte sie sich kaum entschließen, von ihrer Hütte wegzugehen. Eirik aber sagte, es sei besser, Ankis Kinder wohnten nicht allzu nahe bei Hestviken, wenn nun Jörunds Söhne heranwüchsen.
Anki war es geglückt, den Männern zu entkommen, die ihn gebunden zum Vogt hätten führen sollen. In den ersten zwei Jahren hörte man von Zeit zu Zeit Gerüchte, daß der Mörder sich bald da, bald dort am Rande der Gemeinde und der Nachbargemeinden gezeigt habe; er hielt sich wohl irgendwo in den Wäldern auf. Und als Liv anderthalb Jahre nach dem Verschwinden des Mannes ein Kind bekam, sagte sie, Anki sei der Vater – er sei ein paarmal zu ihnen heimgekommen.

Im dritten Frühjahr nach Jörunds Tod sollten drei Männer nach Gardar gehen, und sie folgten dabei einem Richtweg, der durch die Wälder führte. Auf der Schwarzseehöhe fanden sie in einem Geröllfeld die Reste einer Leiche, von Tieren übel zugerichtet. Das eine Bein hatte sich zwischen Felsstücken verklemmt. Da suchten die Männer in dem Wald oberhalb des Geröllfeldes, ob sie Spuren von einem Aufenthaltsort des Toten finden könnten, denn sie vermuteten, daß es ein Geächteter war. Und wirklich fanden sie auch etwas weiter oben eine Art Hütte, die in einen Felsspalt hineingezimmert worden war. Es sah aus, als sei es dem Mann dort nicht zum schlimmsten ergangen. Sie fanden eine Anzahl Kleider und einen großen Eßkober, der noch halb mit Vorräten gefüllt war.

Nun meinte einer der Männer diesen Kober zu erkennen – die flache und niedrige Schnitzerei von Ranken, die sich ineinanderflochten, glich jener, wie Eirik Olavssohn auf Hestviken sie anzufertigen pflegte, und in den Dorn, der den Deckel festhielt, waren Runen eingeritzt. Einer der Männer verstand sich darauf, die Schrift zu deuten, er las Eirekr. Dann überlegten sie, ob sie nicht Eirik auf Hestviken mit Stiefeln hätten gehen sehen, genau so geflickt wie jene, die sie an der Leiche gefunden hatten.

So schafften sie die Reste von Arnketil in die Gemeinde hinunter, und der Mörder wurde dicht an der Friedhofsmauer beerdigt. Dann brachten sie ihren Fund auf den Hof nach Hestviken hinaus und sagten zu Eirik: »Sklave bleibt Sklave, Dieb war er bis zum letzten Augenblick.«

»Anki hat diese Sachen nicht gestohlen«, erwiderte Eirik. Er heftete den Blick seiner großen, goldklaren Augen auf den Bauern, der gesprochen hatte. »Sklave oder Dieb, er rächte Sohn und Tochter auf die Art, die in seiner Macht stand. Und Gott mag urteilen, wie groß die Sünde war.«

Niemand forschte weiter. Hatte Eirik Olavssohn heimlich dem Mörder seines Schwagers geholfen, so war dies seine eigene Sache. Die Männer auf Hestviken hatten stets den Schild über ihre Untergebenen gehalten – auch wenn jene im Unrecht waren. Später erfuhr man, daß er für Anki eine Messe hatte lesen lassen – ja, dem Toten mochte dies wohl not tun.

Sie waren dort draußen stets gute Christen gewesen und freigebig mit Almosen. Olav war gebefreudig gewesen, solange er auf dem Hof herrschte, und Eirik war es auch. Olav aber hatte die Klagen der armen Leute scheinbar immer nur mit halbem Ohr gehört und hatte, während er half, so ausgesehen, als denke er an etwas ganz anderes. Eirik sagte, leihen solle man lachend, und Gaben solle man mit froher Miene geben. War er auch nicht viel gesprächiger als sein Vater, so konnte man doch sehen, daß er den Worten der Leute zuhörte; es lag nichts Bedrückendes über seinem Schweigen. Er war in allem und jedem umgänglicher, als der Alte gewesen war.

Am Tag, nachdem diese Männer mit Eirik gesprochen hatten, ruderte er nach Saltviken hinüber; er wollte Liv die Nachricht selber überbringen.

Ehe er sich auf den Heimweg machte, ging er zum Hof hinauf, um Cecilia zu besuchen. Er wußte, daß ihr Kirchgang noch nicht gefeiert worden war, und sie hatte ihre Wöchnerinnenstube oben in dem gleichen Dachraum eingerichtet, wo er mit dem Vater gesessen hatte, in jener Nacht, nachdem die Schwester nach Neset gekommen war, um ihn heimzuholen.

Die Frühlingssonne schimmerte durch die drei bogenförmigen Luken herein und fiel auf den mit der Leinenhaube geschmückten Kopf der Frau; sie saß auf einer niederen Truhe, über ihren Säugling gebeugt, der gerade an ihr trank. Als der Bruder in die Tür trat, blickte sie auf und lächelte zum Gruß. Gleich darauf aber sah sie wieder auf den Neugeborenen hinunter, den sie an der Brust hatte – sie sah jung und gedankenvoll und glücklich aus. Ihr Gesicht war runder geworden, aber ihre Augen leuchteten klar, und der Mund hatte die helle Röte zurückgewonnen.

Ruhig hörte sie dem zu, was der Bruder über Arnketils Tod berichtete.

»Ja, dies mußte wohl das Ende sein«, sagte sie traurig, »da er nicht auf deinen Rat hören *wollte* und nicht von hier fortzog.«

Dann erkundigte sie sich nach Kolbein und Audun und Eldrid, auch nach dem Vater. Die ganze Zeit aber sah sie auf das Kind hinunter, das nun gesättigt war und in ihrem Schoß schlief. Dieser sanfte und selige Tierblick in den Augen der jungen Mutter rührte Eirik auf eine seltsame Art; so hatte sie nie ausgesehen, wenn sie ihre anderen Kinder in den Armen hielt.

Sie mochte sie gern, hatte ihnen im Winter Kleider genäht und übersandt, mit einem Gruß und dem Bescheid, daß die Kinder ihre Mutter besuchen sollten, wenn sie nun wieder gesund sei. Aber er merkte, daß es sich mit diesem kleinen Gunnar anders verhielt. Ihn hatte sie unter einem frohen Herzen getragen.

Una brachte Bier und Speisen für den Gast. Sie war jetzt älter und schwerfälliger geworden, aber unverändert froh und tüchtig. Sie trat zu Cecilia, mußte das Kind betrachten – es öffnete die Augen einen Spalt weit, und die beiden Frauen waren sofort voll wonniger Geschäftigkeit um das kleine Wesen bemüht.

Una hob den Knaben auf und ging damit zu Eirik; er mußte ihn genau betrachten. Sie schob das Tuch von dem kleinen Hinterkopf zurück: war er nicht wohlgebildet?

»Doch, es ist ein schönes Kind«, sagte Eirik. »Aber rotes Haar hat er«, lachte er neckend.

Cecilia blickte auf, ihre Wangen färbten sich hellrot, und der Bruder sah, daß sie nahe daran war, zornig aufzufahren. Dann aber lachte auch sie.

»Gewiß hat er rotes Haar. Es ist so, wie ich sage – an meinem Gunnar ist *alles* so schön, wie man es sich nur denken kann.« Sie trat zu ihm, nahm das Kind wieder an sich.

Eirik sagte, er könne nicht darauf warten, bis Aslak heimkäme: »Aber grüße ihn!«

Cecilia Olavstochter war nicht länger als ein Jahr Witwe gewesen, als ein Freier sich meldete: Ragnvald Jonssohn, Eiriks Jugendfreund. Er war schon früher nach Hestviken gekommen und hatte sich dort umgetan, als die beiden jungen Mädchen noch das Hauswesen leiteten; zuerst war es Bothild Asgerstochter, die er haben wollte, dann war es Cecilia. Daraus wurde nichts; so heiratete er auf einen Hof, drinnen bei Botn, und dort saß er nun, ein Witwer mit zwei kleinen Töchtern.

Cecilia war nicht abgeneigt – sie kannte Ragnvald von Kindesbeinen an, und er war ein rechtschaffener, freundlicher und stattlicher Mann – obwohl viele klüger sein mochten als er. Und Eirik konnte keinen Grund zu einer abschlägigen Antwort sehen, wenn Cecilia selber diese Heirat wünschte.

Er merkte, daß es der Schwester ein wenig schwerfiel, hier daheim ihre Rechte mit Eldrid teilen zu müssen. Die beiden Frauen konnten einander gut leiden; sie lebten zusammen, ohne daß es zu Reibungen kam. Aber es war nun einmal so, daß Cecilia den größten Teil ihres Lebens als Erwachsene wie eine Hausfrau auf dem väterlichen Hof geherrscht hatte – und nun war ihr Eldrid vorangesetzt; diese war um vieles älter, und sie war Eiriks Frau. Am meisten aber sehnte sich Cecilia wohl danach, aus der Nähe des Vaters zu kommen.

Als Eirik dem Vater Ragnvalds Werbung vortrug und seine Meinung dazu äußerte, nickte Olav zustimmend. So einigten er und Ragnvald sich über die Bedingungen. Das Verspruchsbier sollte im Lauf des Sommers gefeiert werden.

Zur Botolvsmesse*) reiste Cecilia selber in die Stadt, um ihre Einkäufe zu dem Gastgelage zu machen. Aber an dem Abend, an dem sie heimkam, sah Eirik der Schwester schon in dem Augenblick, als sie im Boot aufstand, an, daß etwas geschehen war. »Was gibt es?« fragte er, als er ihr aufs Bollwerk half.

»Das werde ich euch später sagen.«

In Cecilias Gesicht, das sonst so unbeweglich war, löste ein Ausdruck den anderen ab – sie schien zu lauschen, mit einem jungen und fernen Blick in den Augen, dann zog sich das Gesicht in finsterem Grübeln zusammen.

Eirik wollte gerade den Vater zu Bett bringen, und Eldrid stand bereits gebückt da und löste ihr Schuhband, als Cecilia bei ihnen eintrat.

»Warte ein wenig, Vater – es ist da eine Sache, die ich am liebsten schon heute abend besprechen möchte, und ich bitte euch darum, mir jetzt zuzuhören. Nein, bleib hier, Eldrid – ich möchte gerne, daß auch du dabei bist.

Es handelt sich darum, daß ich mich nicht mit Ragnvald verheiraten kann.«

»Kannst du nicht –!« Eirik wandte sich der Schwester zu. »Er hat bereits unser Wort bekommen, Cecilia!«

»Ja, ich weiß es, aber er muß uns von diesem Wort entbinden.«

Sie sah zum Vater hinüber, und er blickte sie mit dem einen eisblauen blutgesprenkelten Auge an; das andere war von dem lahmen Lid halb bedeckt.

»Du erinnerst dich an Aslak Gunnarssohn, Vater. Jon Toressohn nannte er sich in jenem Winter, da er bei uns war. Ich traf ihn in der Stadt; er hatte erfahren, daß ich jetzt Witwe sei, und er befand sich auf dem Weg hierher. Er hat nicht geheiratet. Und jetzt habe ich mich ihm versprochen.«

Eirik sah, daß der Vater die Zuckungen bekommen hatte, die bisweilen die tote Gesichtshälfte und den kranken Arm befielen.

»Du hast dich zwei Männern versprochen –« Er hielt inne, fuhr still fort: »Es ist schon allzu spät, um dies noch heute abend zu besprechen. Warte bis morgen.«

*) Botolvsmesse: 17. Juni.

»Hier bedarf es keiner langen Rede. Es ist wahr, daß ich mich zwei Männern versprochen habe. Aber nur einer kann mich bekommen. Und das wird Aslak sein.«
»Aber der Vater und ich haben unser Wort *einem* Mann gegeben. Dies geschah mit deiner Einwilligung. Und wir gehen nicht von unserem Wort ab.«
Einmal wurde ich nach euer beider Rat verheiratet.« Der grünliche Schimmer, der in ihre Augen trat, war nur wie ein Widerglanz, aber er erinnerte Eirik an jenes Mal, da er von seiner Schwester geglaubt hatte, sie könnte ihren Gatten ermordet haben. »Ich werde Ragnvald niemals mein Jawort geben. Und wollt ihr mich nicht Aslak verloben, so folge ich ihm trotzdem nach dem Norden hinauf.«
»Du darfst so etwas nicht sagen, Cecilia – du hast drei Söhne.«
»Ja, ich habe daran gedacht. Sie aber müssen bei dir bleiben – sie sind deine Erben.
– Was sagst du, Eldrid?« wandte sie sich an die Schwägerin.
»Ich sage, aus einem Wortbruch kann nichts Gutes kommen. Aber es ist auch nicht gut, den zu heiraten, den man nicht haben will. Ihr müßt eine Weile warten –«
»Aslak und ich haben lange genug gewartet. Was meinst du dazu, Vater? Dünkt dich nicht, daß wir nun lange genug gewartet haben?«
Olav nickte.
»Vater –!« sagte Eirik heftig. »Verstehe ich dich recht – willst du, daß wir uns aus der Sache mit Ragnvald zurückziehen sollen?«
Olav legte die gesunde Hand schwer auf den Arm des Sohnes und nickte wiederum.
»Ja, wenn es so ist, dann –. Du hast zu bestimmen, Vater.«
Es wurde nicht mehr viel darüber gesprochen. Eirik mußte zu Ragnvald reiten und ihm sagen, welche Wendung die Sache genommen hatte. Ragnvald war zuerst sehr aufgebracht, aber nach einiger Zeit meinte er, dann müsse man eben den Gedanken an die Heirat aufgeben: »Wenn Cecilia etwas will, so möchte ich nur ungern der sein, der versucht, sie zu etwas anderem zu zwingen.«
So wurde es nicht Ragnvald, der zum Olavstag*) nach Hestviken kam, sondern Aslak Gunnarssohn. Als der Gast vom Pferd stieg und auf Eirik zukam, sah dieser, daß Aslak ein wenig hinkte. Das gab dem Bruder einen Ruck, vor Unwillen oder – er wußte nicht vor was.
Sie wurden im Herbst miteinander verlobt, und die Hochzeit fand

*) Olavstag: 20. Juli.

im darauffolgenden Frühjahr auf Hestviken statt; da war Jörund seit zwei Jahren tot. Aslak selbst war nicht ansässig, sondern hatte seinen Aufenthalt bei seinen Brüdern auf Yttre Dal: er kaufte Pferde in den Gemeinden, wo die Bauern sich mit Fohlenzucht befaßten, verkaufte sie in Oslo und weiter unten an der Landesgrenze; er war nun ein wohlhabender Mann und besaß an vielen Höfen im Oberland einen Anteil, aber keiner dieser Höfe gefiel ihm so gut, daß er dort hätte wohnen mögen. So kam es, daß er und Cecilia auf Hestviken bleiben sollten.

Eirik und Aslak lebten wie Freunde und kamen gut miteinander aus. Der neue Schwager war klug und redlich, tüchtig und ein umgänglicher Mann – Eirik sah dies. Aber eine warme Freundschaft konnte zwischen den beiden Männern nicht entstehen, das wußten sie beide. Und als Aslak und Cecilia ein gutes halbes Jahr verheiratet waren, kam Aslak zu Eirik und sagte, er meine, er und sie könnten ebensogut nach Saltviken ziehen – er oder Eirik müßten ja doch ständig hinüberfahren, um sich nach dem Hof umzusehen, und hier auf Hestviken seien ihrer bereits so viele, und nun, da Cecilia ein Kind erwarte –.

Eirik begriff, daß die beiden ihr Glück gern an einem Ort genießen wollten, wo sie nicht an all das Schlimme erinnert wurden, das vergangen war, und wo Cecilia allein herrschen konnte und es ihr erspart blieb, den Vater zu sehen. So wurden er und Aslak rasch einig.

Eirik dachte an all dies, als er vom Dachraum herunterkam und sich des Ausdrucks im Gesicht der Schwester entsann, während sie sich über dieses Kind neigte, das sie von Aslak bekommen hatte. Und er entsann sich des späten Herbsttages im vergangenen Jahr, da sie hierhergezogen waren; er selber hatte sie in seinem Boot hergebracht. Es regnete stark, und oben zwischen den Zäunen stand der Weg ein Stück weit unter Wasser; Aslak nahm sein Weib auf die Arme und trug sie bis zum Hof hinauf, obgleich ihre Beine ohnehin schon naß waren und der Mann doch hinkte – wenn auch nicht stark. Und er entsann sich der Flammen von Wut, die sich in Cecilias Augen entzündeten, einmal, als er Aslaks Körperfehler erwähnte: »Das trug er davon, als er ganz allein mit fünf Männern kämpfte, schließlich warf ihn einer von hinten hin, so daß er stürzte und das Bein brach.«

Er glaubte nicht, daß auch nur ein Schatten von Wahrheit an dem war, was Jörund gesagt hatte. Sie war nicht so geartet – und auch Aslak nicht. Die Schwester befand sich bei diesem Mann in guten

Händen, und auch der Hof war gut verwaltet. Eirik hätte wohl Lust gehabt, flußaufwärts zu gehen und die Mühle anzuschauen, die Aslak gerade baute – er sei es überdrüssig geworden, das Getreide im Boot nach Hestviken zu bringen, hatte der Schwager gesagt. Aber es war, als fühle Eirik nie besondere Lust, mit dem Mann seiner Schwester zusammenzusein, obgleich sie stets gute Freunde waren, wenn sie einander trafen. Er mochte Aslak gern und glaubte alles Gute von ihm, aber das allein nützte nichts.

Eines Tages hatte er zu Eldrid gesagt: »Ich weiß nicht, was es ist – aber wenn ich mit Aslak zusammen bin, so ist es mir immer, als *langweile* sich der Mann.«

»Das ist begreiflich«, meinte seine Frau mit einem Lächeln. »Aber ich glaube doch nicht, daß er sich so sehr langweilt wie du.«

Eirik sah sie überrascht an. »Nein! Da hast du recht –« antwortete er lachend.

Er ging zu seinen Kirschbäumen hinüber und sah sich dort um. Die ersten Bäumchen, die er eingesetzt hatte, hatten jetzt Stämme gebildet, so dick wie ein Kinderarm und mit glänzender Rinde; ringsum standen Wurzelschößlinge. Alle Zweige waren dicht besetzt mit gelben berstenden Knospen. Mit der Zeit würde hier einmal ein ganzer Hain entstehen, so wie in dem Garten des Klosters daheim.

Im Lauf des Nachmittags kam er nach Hestviken gerudert. Ehe man um die Spitze des Aussichtsfelsens biegt, liegt ein schmaler Streifen Ebbestrand unterhalb der roten Klippen. Eirik sah den Vater dort mit seinem kleinen Bogen stehen, jetzt mühte er sich wieder ab und versuchte, ob er nicht lernen könnte, den halb gelähmten Arm und die Hand zu gebrauchen. Es war Eirik immer gleich schmerzlich, sooft er sah, daß Olav es nicht aufgeben *konnte* – immer und immer wieder versuchte, sein Gebrechen zu bezwingen.

Er lebte in einer beständigen Angst um den Vater, wenn der kranke alte Mann allein draußen umherstreifte. Weit über die Höhen im Süden schleppte er sich fort, die Leute hatten ihn dort sitzen und nach Saltviken hinunterschauen sehen. Als aber Eirik fragte, ob er ihn einmal dorthin segeln solle, damit er den Hof sehen könne, schüttelte Olav den Kopf. Rings um die ganze Bucht herum ging er, durchs Kverntal hinauf oder über die Stierhöhe. Er konnte leicht irgendwo abstürzen, oder es konnte ihn wieder ein Schlag treffen, so daß er liegenblieb und umkam. Aber dem Alten jemand nachzuschicken, der ihn beobachten sollte, das wagte Eirik nicht – er hatte gesehen, daß

er seinem Vater keine schlimmere Pein verursachen konnte. Und man mußte ihn gehen lassen – es war unmöglich für ihn, es auszuhalten, wenn er stets in der Stube sitzen oder seinen gelähmten Körper zwischen den Häusern auf dem Hof oben herumschleppen sollte.
Eirik wiederholte jeden Tag seine Bitte, an Stelle seines Vaters die Buße tragen zu dürfen. Und mit jedem Mal durchbebte es ihn tiefer und tiefer – Gebrechlichkeit, Hilflosigkeit, Untätigkeit – davor wurde ihm angst. Denn er wußte, ein Mann konnte dies nicht anders denn als Demütigung empfinden – bitterer und schmachvoller noch als das Gefühl, ein Schuft zu sein. Nie zuvor hatte er so klar gesehen, daß am süßesten von allem Hochmut der eine schmeckt, der dem Stolz auf Körperkraft, Stärke und vollkommene Gesundheit entspringt.
Niemand aber außer Eldrid wußte, daß er sich Bußübungen auferlegte; er mußte darauf achten, daß ihm bei der täglichen Arbeit keiner etwas anmerkte. Da sagte die Hausfrau eines Tages zu ihm: »Jetzt ist alles anders als damals, da wir uns trafen, Eirik. Da wurden wir von einer Lust vorwärtsgetrieben, wie Haß und Gram und Hohn sie entzünden. Ich will jetzt nicht länger darüber sprechen, aber du sollst wissen, daß ich bereit bin, auf welche Weise du auch willst, unser Zusammenleben zu beenden.«
»Du mußt es dir wohl überlegen, Eldrid«, antwortete der Mann ruhig. »Das, was du meinst, würde ein guter Ausgang sein, aber nicht, ohne daß wir beide darüber einig sind.«

2 Es verging noch ein Winter, und dann kam der Frühling – zeitig in diesem Jahr. Kaum lag das Land rings um die Bucht schneefrei da, kam auch die Unruhe wieder über Olav – er streifte früh bis spät draußen umher, obgleich er wohl nicht mehr sehr weit von daheim weggehen konnte. Beständig sahen die Leute vom Hof aus die schiefe und gebeugte dunkle Gestalt, sie hob sich auf den sonnengebackenen Felsen von der Luft ab, wanderte langsam am Wasser entlang oder folgte dem Waldrand und den Ackerrainen. Oft ging er zur Flußmündung, wo der Kverntalfluß sich in die Bucht ergoß. Etwas weiter oberhalb des Strandes befand sich dort ein kleiner, trockener Grashang unter einem überhängenden Felsen – Eirik hatte als Knabe häufig da gelegen und nach Lappenpfeilen gegraben. Dort sahen sie Olav oft sitzen.
Mit der Zeit hatte es sich so gefügt, daß stets Eldrid es war, die hin-

ausging und ihn zu den Mahlzeiten heimholte. Von dem ersten Augenblick an, da sie nach Hestviken kam, war Olav seiner Sohnestochter mit einem Widerschein der stillen und anmutsvollen Höfischkeit begegnet, die ihm in seinen jüngeren Jahren so gut gestanden hatte – sooft er bereit war oder daran dachte, sie zu erzeigen. Eldrid war in das Leben hier auf dem Hof viel leichter hineingeglitten als Aslak zum Beispiel, und Eirik merkte nach einiger Zeit, daß Olav Eldrid gut leiden konnte. Nach und nach war es dahin gekommen, daß Olav sich von der Hilfe, die er von der Hausfrau entgegennehmen konnte, weniger gequält zu fühlen schien als von der, die ihm Eirik oder alle übrigen geben konnten.

An einem schönen Morgen folgte Olav dem gewohnten Weg über die Felder. An den hohen Ackerrainen lag das bleiche Gras vom vergangenen Jahr niedergedrückt, doch die neuen glänzenden Grasspitzen hatten sich in den letzten Tagen durchgebohrt, so daß das neue Grün die alte Decke wohl bald ganz verbarg. Sooft Olav eine Weile stillstehen mußte, starrte er darauf hinab, ohne zu sehen – die dunklen Stengel von welker Filipendelwurz und Engelwurz ragten aus dicken Kränzen neuer krauser Blätter hervor, die sich rings um die Wurzeln angesetzt hatten. Er stützte sich schwer auf den Speer, den er als Stab gebrauchte. An die Schmerzen in den Beinen hatte er sich so gewöhnt, daß er sie fühlte, ohne daran zu denken; das gesunde Bein schmerzte durch die Überbeanspruchung in den Gelenken und war beständig empfindlich und müde, aber in dem halbtoten Bein prickelte und zuckte es taub.

Die Laubbäume am Waldrand standen voll praller Knospen, einige jedoch waren bereits ganz grün. Es waren dieselben Bäume, die in jedem Jahr als erste ausschlugen – am frühesten von allen hier in der Bucht grünte stets der junge Traubenkirschenbaum, der am Fuß des Hvitserkshügels oben auf dem großen Acker wuchs. Heute sah Olav plötzlich, daß er ein alter und mächtiger Baum geworden war, die sommergrüne Krone lud breit aus.

Vögel schwirrten zwischen den Gehölzen; es pfiff und zwitscherte aus dem Wald. Einige Weiden am Fluß unten leuchteten gelb wie Gold von den offenen Blüten, und der Duft, der von ihnen hergetrieben wurde, war mild und übermäßig süß.

Olav ging über die Brücke, humpelte mühsam den Hang hinauf, zu seinem Platz unterhalb des Felsens. Da hörte er, daß jenseits des Hügels sich eine Schar Kinder tummelte, in der Bucht badete. Er

ging weiter, blieb hinter einer Gruppe knospender Erlen stehen und sah zu den Kindern hinab.
Der dürre Hang erstreckte sich hier zwischen kleinen Felsen bis zum Wald auf der inneren Lende des Stiers. Hier war die Bucht weit hinaus seicht, und der Grund bestand aus feinem, hellem Lehm, so daß das Wasser wie gewässerte Milch die nackten Kinderkörper umfloß, die darin spielten und plätscherten. Kolbein war dabei – Olav erkannte das strohgelbe Haar des Enkels. Der Knabe war jetzt zehn Jahre alt, so mager, daß man die Rippen seiner Brust sehen konnte und die Gelenke sich wie an einem Grashalm ausbuchteten. Die übrigen waren Kinder des neuen Großknechtes, der nach dem alten Tore auf den Hof gekommen war, und außerdem gehörten wohl einige den neuen Leuten, die Eirik nach Rundmyr gesetzt hatte.
Kolbein schwamm mit einem anderen Knaben um die Wette – schnaubte und strampelte allzu heftig, dachte der Alte. Ganz oben am Rand des trockenen Tangs krabbelte ein kleiner Kerl – es war das kleinste Kind des Großknechts, ein Knabe, sah er, der kleine Tolpatsch, der tagsüber daheim auf dem Hofplatz herumkollerte und in der Erde wühlte. Von Zeit zu Zeit schrie er zornig auf, denn der Tang stach ihn in die Füße; keiner aber sah sich nach ihm um, und so tappte er allein weiter. Die Schwester, die wahrscheinlich die kleinen Kinder hüten sollte, saß auf einem großen Stein weit draußen, und vor ihr stand ein großer schöner Knabe bis an die Mitte im Wasser. Diese beiden waren älter als die anderen, mochten wohl zwölf bis dreizehn Jahre alt sein. Das Mädchen nahm die blauen Muscheln entgegen, die der Knabe öffnete und ihr reichte – sie war weiß und schön, die Brust bereits ein wenig rundlich, das Haar klebte naß und dunkel auf ihrem Rücken.
Plötzlich dünkte es Olav, es könne nicht wahr sein, daß ein halbes Jahrhundert vergangen war, seit sie die beiden Großen in der Kinderschar auf Frettastein gewesen waren, die an dem See im Wald oben spielte. Ihn dünkte, es wäre eher ein Traum, den er geträumt hatte, und es sei nicht so lange her –.
Der kleine dicke Bub war jetzt ganz auf den Hang heraufgekommen. Breitbeinig und ernsthaft, mit vorgestrecktem Bauch kam er einhergewandert – und in diesem Augenblick sah Olav, daß gerade unter ihm und mitten in dem Weg des Kindes eine große Kreuzotter lag und sich bei einigen Steinen sonnte. Er stieg hinab, unwillkürlich trat er sicherer auf, während er sich beeilte, an die Stelle zu kommen, wo die Schlange lag. Als er den Speer in sie stoßen wollte, richtete

sie den Kopf auf, fauchte und hieb nach dem blinkenden Stahl – dann verschwand sie unter den Steinen.
Das kleine Kind war in ein Geheul ausgebrochen. Als Olav sich umsah, standen die anderen Kinder am Rand des Wassers und glotzten, die große Schwester aber kam in langen Sätzen herbei, so daß das Wasser rings um sie aufspritzte.
Eine Weile später, als er bei dem Felsen lag, kamen die Kinder unten auf dem Pfad hinter den Büschen vorüber. Sie waren auf dem Heimweg. Die große Schwester führte den Kleinsten an der Hand, zog ihn hinter sich her, während sie mit ihrem Freund redete. Olav konnte jedes Wort verstehen.
»Nein, Angst haben wir nicht vor ihm. Die Mutter sagt, wir sollen nur ein Kreuz schlagen, wenn wir ihn sehen, dann kann er uns nicht schaden. Aber schauerlich ist er anzusehen, Olav der Böse. Er wurde so, als er in Oslo vor der Kirchentür stand und einen Eid auf das Buch leisten sollte – falsch schwor er, und da wurde er so *geschlagen.* Seine linke Hand ist schwarz!«
Unwillkürlich blickte Olav auf seine lahme Hand hinab. Schwarz war sie zwar nicht – und man leistete auch nicht den Eid mit der linken Hand –.
Es war ja wohl nur Kindergeschwätz –. Trotzdem – konnten Kinder diese Geschichte von dem Eid erfinden und einen solchen Namen, Olav der Böse –?
Das Zeichen, das Zeichen, auf das er wartete – er versuchte, es in allem und jedem zu erblicken. In dem Spiel einer Kinderschar und in den Worten eines kleinen Mädchens –.
Am Abend sah er das Mädchen wieder; sie ging mit ihrer Mutter und einer der Mägde zum Waldrand hinauf, sie trugen Bütten und Körbe, wollten zum Sommerstall. Nein, jetzt war nichts mehr an ihr, das Ingunn glich. Er hatte bisher nie darauf geachtet, wie sie genannt wurde – Reidun, sagte die Mutter.
Als Reidun merkte, daß er sie ansah, schien sie verwirrt zu werden, verstohlen bekreuzigte sie sich.

Olav hatte nur eine kurze Weile geschlafen, so dünkte ihn, als er von dem bösen Schmerz unter den Rippen geweckt wurde – heute nacht aber war es schlimmer als je zuvor, und außerdem fror er; eine eisige Kälte saß zwischen den Schulterblättern. Wenn er atmete, schien sie sich über seinen Körper auszubreiten, so daß ihm der kalte Schweiß ausbrach – und Hände und Füße waren kalt wie feuchte Steine.

Er hatte wohl zu lange auf dem Hang gelegen, meinte er, alt und ein Wrack, wie er war.

Dann überfiel ihn eine Hitzewelle – stärker und stärker, bis er fühlte, wie sein Kopf und sein Körper glühten, während die Gliedmaßen immer noch kalt blieben wie Blei. Die Hitze schien aus dem dicken Knoten von Schmerz zu strömen, der in seinem Körper unterhalb des Brustkorbs verborgen lag; es war, als habe er hier einen glühenden Stein, und die stechenden Schmerzen, die von dort ausstrahlten, in die Lunge hinauf und überall in die Gedärme, erfüllten seinen ganzen Leib mit Qual. Ein unaufhörlicher Strom von Funken durchfuhr ihn, jetzt erreichte der Funkenregen den Kopf und kreiste in seinem Schädel, außen an der Haut fühlte er es, als kröchen Ameisen über ihn hin; jetzt *sah* er die Funken, sie wimmelten in der Dunkelheit, die um ihn schwankte und schwankte, und auch das Lager unter ihm schwankte, doch der Schmerzknoten unter der Brust bohrte so, daß Olav, im Kampf darum, nicht zu schreien, zitterte und der Schweiß ihm in Strömen herabfloß. Bis die Übelkeit sich nach oben Bahn brach, Brust und Kehle ausweitete, seinen Mund mit Blut und schlechtem Geschmack füllte, bis die Flut verdorbenen Blutes dem Damm der zusammengebissenen Zähne entquoll.

Er empfand Linderung, sobald das Blutbrechen überstanden war. Erschöpft lag er da und fühlte, wie die Qualen zu dem Knoten zurückwichen, und nun schmerzte es auf eine reine und ehrliche Weise wie eine Wunde. Auch jetzt fror er in dem vom Schweiß nassen Bett, das aber tat gut. Wäre es ihm nur möglich gewesen, das Blut wegzuwischen, in dem er lag – es roch so schlecht –.

– Dann, mit einemmal, befand er sich auf einem Pfad draußen, der durch eine Schlucht hinunterführte, mit Geröllfeldern zu beiden Seiten und Fichtenwald am Hang hinauf. Am Ende der Schlucht sah er tief unten einen See; der Himmel war grau, über dem jenseitigen Land lag Nebel – und er erkannte die Gegend; er war daheim am Ufer des Mjössees, und während er dahinging, schien er auch sich selber zu sehen, sechzehnjährig, hell und straff, wie eine grüne Beere voll kühler junger Gesundheit.

Jetzt sah er, daß Ingunn ein Stück weit vor ihm ging – in ihrem alten roten Kittel, die dicken hellbraunen Zöpfe hingen ihr halb aufgelöst über den schmalen Rücken herab. Er fing an, rascher zu gehen, sie schlenderte vor ihm dahin und hatte keine Eile, aber so schnell er auch ging und lief, vermochte er doch nicht, sie einzuholen – der Abstand zwischen ihnen blieb immer gleich groß.

Er trug einen Speer über der Schulter – es war einer, den er selbst für sie geschaftet hatte, mit rotfarbigem Schaft und kurzem Blatt, aber seit er ihn ihr geschenkt hatte, mußte er ihn stets für sie tragen. Er war so schwer geworden, wurde immer schwerer und schwerer, bis die Schulter schmerzte und er ganz krumm gebückt unter der Waffe dahinging – und Ingunn blieb dort vor ihm, und er konnte sie nicht einholen.
So waren sie an den Strand hinuntergelangt, gingen an einer Bucht entlang. Am Ufer lag feiner weißer Sand, den der heraufleckende See dunkel verbrämte, und das Wasser draußen war grau. Immer noch sah er Ingunn in weiter Ferne, und der Speer, den er auf der Schulter trug, drückte ihn zu Boden, und in der Brust hatte er eine brennende Wunde, aus der das Blut strömte – er sah es in den Sand rieseln, der es mit tausend gierigen kleinen Mündern aufsog –
– Olav erwachte in tiefer Finsternis, begriff, daß er geschrien hatte –. Drinnen in der Stube hörte er jemand aus dem Bett taumeln und Feuer schlagen. – Gleich darauf erschien Eirik in der Türöffnung mit einem brennenden Kienspan in der Hand, nackt unter dem Umhang, dessen Zipfel er um die Mitte geschlungen hatte.
»Bist du krank, Vater?«
Eldrid tauchte hinter dem Mann auf. Sie beleuchteten ihn: »Er hat wieder erbrochen –« Eldrid holte einen Lappen, reinigte Olav von dem Blut und reinigte auch das Bett, während Eirik den Vater hochhob. Eirik war schlaftrunken und packte hart und ungeschickt zu, so daß Olav einen leisen Jammerlaut nicht unterdrücken konnte: die Schmerzensfunken fingen wieder an in ihm zu schwirren.
»– es ist nur Blut und Blutgerinnsel –«
»Er ist naß von Schweiß. Es wird am besten sein, ich decke ihn wärmer zu –« Eldrid holte noch ein Bettfell.
»Soll ich dich hineintragen, Vater – in das Bett in der Stube drinnen?«
Olav schüttelte verneinend den Kopf – er lag kraftlos gegen das Kopfpolster gestützt.
»Ich muß mich wohl heute nacht hierherlegen – es ist nicht ratsam, ihn allein zu lassen«, sagte Eirik zu seiner Frau.
Olav schüttelte wieder den Kopf, hob abwehrend die gesunde Hand.
Die beiden gingen hinüber und legten sich schlafen. Die Schmerzen sanken ziemlich rasch an die kranke Stelle zurück – als Olav eine Zeitlang unbeweglich dagelegen hatte, tat es nicht mehr so weh. Wenn sie doch bloß daran gedacht hätten, ihm etwas zu trinken zu geben –. Und heiß wurde es unter diesem Fell – Olav stieß es auf den Boden hinunter.

Im übrigen ging es ihm jetzt nicht so schlecht. Es saß nur dieser Schmerz unter den Rippen und dröhnte gleichsam bei jedem Atemzug im Brustkorb. Nach einiger Zeit war ihm, als sei sein Körper ein altes Fahrzeug, das halb versunken unten am Strand lag, und bei jeder Woge, die es aufhob, lösten sich die Planken mehr und mehr von den Spanten, und sein Geist war gleichsam ein Vogel und saß auf einem Bodenbrett, das klatschend in dem morschen Boot schaukelte, und wenn es sich ganz losgelöst hatte und forttrieb, würde der Vogel seines Weges fliegen. Nach und nach aber gluckste das Wasser ihn in den Schlaf –.

Er erwachte vor Durst – jetzt litt er nicht so sehr unter Schmerzen, fühlte sich weit eher übel, und der bittere und kalte Geruch rings um ihn nach altem Mann und Tod plagte ihn selber. Er konnte sich nicht erinnern, ob er geträumt und was er geträumt hatte, aber er war mit einem Gefühl aus dem Schlaf erwacht, als sei er ein junger Gefangener in dem abgenutzten und zerquälten alten Leib, der sich jetzt unter dem Griff des Todes wand.

Am Fußende des Bettes befand sich ein kleines Guckloch, das mit einem Holzklotz verschlossen war. Olav lag von Durst und Atemnot gepeinigt da, dachte daran, daß er sich aufrichten und den Holzklotz herausziehen könnte. Zwei-, dreimal machte er den Versuch dazu, aber sobald er sich bewegte, fühlte er, daß die Schmerzen sich zu einem Sturm vorbereiteten –.

Dann tat er es trotzdem – ein Ruck, und er lag auf den Knien am Ende des Bettes. Über das Fußende gebeugt, hing er da und wartete darauf, daß die unerträglichen Qualen, die die heftige Bewegung geweckt hatte, sich austoben würden.

Ein neuer Wirbel von Schmerz funkelte über ihm, als er den Griff des Holzstückes umfaßte und es herauszog. Es saß fest – Olav biß die Zähne zusammen, unterdrückte die Schreie, als die glühenden Teufel in ihm rasten, dann aber sank er zurück gegen die mit einem Pferdekopf geschmückte Planke des Bettes, den Holzklotz in der Hand; es war, als habe er die schwerste Tat seines Lebens vollbracht, und die Tränen stürzten über sein verheertes Gesicht, während er die Morgenluft einatmete, die ihm entgegenströmte.

Draußen war ein heller weißer Morgen, und die Vögel wachten allmählich auf.

Er taumelte aus dem Bett heraus, wankte auf seine Kleider zu. In gewisser Weise sah er selber, daß er nun ein todkranker Mann war, der mit anderthalb Händen herumfuchtelte, um sich in einem dunklen

Raum mühselig ein paar Kleider überzuziehen, und es tat so weh, wenn er sich rührte, daß ihm Schweiß und Tränen herunterrannen und er mit den Zähnen knirschte, um nicht aufzubrüllen und die anderen in der Stube zu wecken. Gleichzeitig aber fühlte er, daß in ihm selber etwas war, das im Begriff stand, einen Kreis von Feinden zu durchbrechen, sie niederzureiten – Erinnerungen an all die Kämpfe, in denen er die Waffen gebraucht hatte, gaukelten vor ihm her, wie Vorahnungen, die er geträumt hatte – jetzt aber war es ernst, und er kämpfte einen wütenden Kampf, um seine bebenden Glieder zum Gehorsam zu zwingen.

An der Wand entlangtastend, kam er in die Stube hinaus, gelangte bis zur Vorstubentür und öffnete sie. Von dort aus ging er bis zur äußeren Tür und überwand auch diese. Dann stand er draußen auf der eiskalten Schwelle, barfuß in Kittel und Umhang; die Morgenluft durchrann ihn und füllte die schmerzende Brust; es tat weh, aber doch noch mehr wohl.

Er blickte zu dem steilen Felsen auf, der hinter den Hausdächern schroff anstieg und in dessen Spalten sich grünes Gras und Buschwerk anklammerten, und jedes Blatt war still und erwartungsvoll; der Kiefernwald am Rand oben harrte unbeweglich gegen den weißen Morgenhimmel.

Das Meer konnte er nicht sehen, aber er hörte es ganz leise unterhalb des Felsens rauschen, hörte die kleinen Wellen zwischen den Strandsteinen zurückrieseln. Er wollte noch einmal das Wasser sehen –.

Er ging an der Reihe der Häuser entlang, mit der Hand an den Balken Halt suchend, lehnte sich dann, beim letzten Haus angelangt, an die Ecke. Der Pfad zum Bollwerk hinunter schlängelte sich öde und einsam längs dem braunen Teppich des Guten Ackers hin, der sich unter dem Rücken des Aussichtsfelsens dahinzog, das Getreide lugte dicht an dicht mit grünen Nadeln hervor. Ganz unten, wo der Weg endete, neigten sich die Schiffshütten lauschend über das Wasser, das leise um ihre Pfähle klatschte und rauschte.

Olav ließ seinen Halt an der Ecke der Knechtestube los. Taumelnd, ohne Stütze, ging er weiter. Ein Stück weit vermochte er noch auf den Aussichtsfelsen hinaufzugehen, dann jedoch sank er zusammen, blieb in einer kleinen Mulde liegen; aber der dürre, versengte Rasen unter ihm war wie ein wohlvorbereitetes Lager.

Das ungeheure helle Gewölbe über ihm und der Fjord tief unten und die Wälder der Ufer begannen einen warmen Widerschein zu geben von dem Tag, der seine Farben hervorhauchte. Die Vögel waren in

Hainen und Wäldern erwacht. Von dort aus, wo Olav lag, sah er einen Vogel weiter drinnen auf der Spitze einer jungen Fichte, ein schwarzer Punkt gegen den gelben Morgenhimmel; er konnte sehen, wie der Punkt sich ausweitete und zusammenzog, so wie ein kleines Herz pocht; die klaren Flötentöne strömten aus ihm heraus, wie eine Quelle über all dem schläfrigen kleinen Gezwitscher ringsum, aber drinnen aus dem Walddunkel erhielten sie Antwort. Die Wolkenscharen am Himmel oben wurden nach und nach rot, und Olav begann ungeduldig darüber zu werden, daß er hier liegen und warten mußte –.

Er sah, daß alles rings um ihn ebenfalls wartete. Das Meer, das längs den Klippen gluckste, die Vogelbeerbäume und Birken, die sich in den Spalten der Felsen festgekrallt hatten und deren Laub noch halb zusammengefaltet war – von Zeit zu Zeit zitterten sie ungeduldig, dann aber wurden sie ruhig. Der Fels, dem er sein Gesicht zuwandte, wartete, während er dem Licht von Himmel und Meer entgegenblickte.

Aus der Tiefe seiner Erinnerung quollen Worte empor – die Frühmette, die er einmal gekonnt hatte. Alle Bäume in den Wäldern sollen jubeln vor dem Angesicht des Herrn, denn Er kommt und richtet über die Erde mit Gerechtigkeit, die Wogen sollen in die Hände klatschen –. Er merkte, daß sie nun warteten, die Bäume, die zwischen den Felsen auf seinem Hof wuchsen, alles, was aus seiner ererbten Erde sproß und wuchs, die Wellen, die in die Bucht hereinzogen – alles wartete darauf zu sehen, wie das Urteil über den untauglichen und ungetreuen Herrn gefällt würde. Das war es, worauf die Erde zu jeder Zeit wartete, aber nur im Beben des Tagesgrauens atmete die schöne und verratene Erde so, daß man es hörte – kummervoll und unbarmherzig wie eine geschändete Jungfrau wartete sie darauf, daß ihr ein Recht gegeben werde über die Menschen, die eingingen, einer nach dem anderen, zu dem Totengericht. Dieses Urteil fiel zu jeder Stunde und in jedem Augenblick; dies war das Losungswort, das ein Tag dem anderen zurief und eine Nacht der nächsten flüsternd gab. All das andere, das Gott geschaffen hatte, sang den Lobgesang – Benedicite omnia opera Domini Domino – auch er hatte ihn gekonnt, als er jung war. Aber jene, die Er zu Anführern und Fürsten eingesetzt hatte, verließen Gott und kämpften gegeneinander, verrieten Gott und verrieten ihresgleichen.

Der Vogel in dem Baumwipfel drüben auf dem Hügel ließ weiterhin seine Töne hervorsprudeln und -quellen –. Und auch er selbst hatte sein Leben zu Lehen erhalten und er war mündig geworden, der reiche Christus hatte ihm die Fahne gegeben, ihm das Schwert über die Schulter gehängt und ihm den Ring an die Hand gesteckt. – Und er hatte die Fahne nicht verteidigt und hatte sein Schwert befleckt mit unehrlicher Tat und hatte vergessen, woran der Ring ihn erinnern sollte – er mußte vortreten und konnte nichts melden von einer Tat, die er aus voller und ungebrochener Treue verübt hatte, und auf kein einziges Werk konnte er weisen und es wohlgetan nennen –. Herr, straf mich nicht in Deinem Zorn und züchtige mich nicht in Deinem Grimme –.

Über sich sah er das ganze Himmelsgewölbe voll weißer Wolken, dicht an dicht standen sie wie eine unermeßliche Herde von Lämmern, aber es waren Menschen. Sie waren weiß und schimmerten von einem Licht, das in ihnen war und sie so erfüllte, wie Sonnenschein die Wolken erfüllt. Langsam dahingleitend bewegten sie sich hoch über ihm, blickten auf ihn hinab – er erkannte seine Mutter und wußte, daß auch die anderen da waren, Ingunn war da –.

Es war der Sonnenaufgang, das merkte er selber – aber er war wie eine Schrift. So hatte er die feinen Muster von Buchstaben auf glänzendem weißem Pergament angestarrt, bis er plötzlich ein Wort erkannte – damals, als Arnvid ihn lehren wollte, die Schriftzeichen zu deuten.

– Dann strömten die Strahlen der Lichtquelle herab und ergossen sich über ihn. Einen Augenblick starrte er mit offenen Augen mitten in das Sonnenauge hinein, versuchte einen Gedanken lang, wild vor Sehnsucht und Liebe, noch tiefer in Gott hineinzustarren. Er sank zurück in rotes Feuer, alles um ihn war Glut, und er wußte, daß es nun rings um ihn brannte – der Gefängnisturm, den er um sich errichtet hatte. Aber gesalbt von dem Blick, der ihn umschloß, sollte er unversehrt über die glühenden Reste seines verbrannten Hauses schreiten, dem Anblick entgegen, der ewige Seligkeit ist, und das Feuer, das ihn brannte, war nicht so brennend wie seine Sehnsucht –.

Eirik fand den Vater ohnmächtig auf dem Berg oben liegend, als er am Morgen hinauslief, erschreckt, weil er den Alten nicht im Nebenraum gefunden hatte. Er trug ihn ins Haus und schaffte ihn zu Bett.

Hier war der Tod wohl nicht mehr weit, das sah er. Das Haar hatte sich in Strähnen geteilt, und das Gesicht war rings um die Nase eingefallen und weiß. Aber Olav schien jetzt keine Schmerzen zu fühlen. Eirik sandte Leute fort – zum Priester und zu den Alten auf Rynjul

und nach Saltviken hinaus. Der Schwester ließ er sagen, daß sie dieses Mal kommen *müsse* – Cecilia hatte ihren Fuß nicht mehr nach Hestviken gesetzt, seit sie vor anderthalb Jahren mit Aslak fortgezogen war, und jedesmal, wenn Eirik sie gebeten hatte, sich daheim nach dem Vater umzuschauen, war sie ihm ausgewichen.
Alle standen sie im Nebenraum um Olav versammelt, seine Verwandten und das Gesinde, als Sira Magne in Alba und Stola hereintrat und sang: »Pax huic domui«*) und der Helfer, der das Kruzifix trug, erwiderte: »Et omnibus habitantibus in ea.«

Kolbein und Torgils durften die Kerzen halten. Gespannt standen sie da und betrachteten den Großvater, der sterben sollte. Die Kinder hatten stets gewußt, daß etwas Finsteres und Geheimnisvolles an dem alten Manne war, der sich schiefgezogen und zusammengesunken und ziellos am Rande ihres Lebens bewegte, aber im alltäglichen Leben hatten sie nicht viel an ihn gedacht. Nun standen sie da und merkten nicht, daß das geschmolzene Wachs an ihren Fingern herunterlief, während sie ihn anstarrten – in dem milden Kerzenschimmer leuchtete der Kranz glänzenden weißen Haares gegen die braunen Kopfpolster, Eldrid hatte ihn so schön hergerichtet. Mit dem grauen Gesicht und der zerfetzten Wange, ein Augenlid halb herabgefallen und den Mund schief gezogen, aber die Stirn und die andere Seite klar und schön, glich der Kopf einer der Steinsäulen in dem Portal der Marienkirche. Denn auch bei dieser war die linke Seite zerschlagen.
Zitternd vor Spannung hielten die Knaben Ausschau, ob etwas geschehen würde, ob das zerstörte Antlitz des Greises sich verändern würde, wenn der Priester ihn im Namen Gottes von den Sünden erlöste. Neben dem stehenden Priester kniete Oheim Eirik unbeweglich wie ein Bildnis aus Stein, sein graugesprenkeltes Haupt war gesenkt, und in den Händen, die unter einem feinen Linnentuch verborgen waren, hielt er den schönsten Silberkelch des Hofes mit sechs kleinen Flocken schneeweißer Wolle darin. Mit klarer Stimme gab er zusammen mit dem Helfer die Antworten; die Knaben verstanden nichts von den Gebeten, vergaßen jedoch nicht, ihre Köpfe zu neigen, sooft Jesu Namen oder Gloria Patri gesagt wurde.
Dann erfolgten die Fragen auf norwegisch an den Sterbenden, der

*) Pax huic domui etc.: Friede diesem Hause und allen, die darin wohnen.

keinerlei Beichte hatte ablegen können – bei jedem Akt der Reue, Treue, Hoffnung und Liebe schlug sich der Sterbende an die Brust und versuchte den Kopf zu neigen. In seinem einen lebenden Auge, das die Kerzenflamme widerspiegelte, erblickten die Kinder eine Welt, von der sie nichts verstanden, aber die zerschlagene Gesichtshälfte wurde nicht ganz, wie sie beinahe erwartet hatten. Danach beteten der Priester und der Oheim das Kyrie, und Sira Magne las aus seinem Buch ein langes, langes Gebet und nannte den Großvater beim Namen, Olavus, während Eirik seinen Kopf noch tiefer senkte, und hinter ihnen weinten sie, alle in der Kammer, Una am lautesten.
Eiriks Stirn berührte fast den Boden, als der Helfer das Confiteor sprach – das kannten die Kinder, und jetzt kam die Vergebung ›Misereatur‹ und ›Indulgentiam‹.
Sie hatten noch nie gesehen, wie ein Sterbender gesalbt wird, und ihre Blicke folgten den Fingern des Priesters, begleiteten jeden Wollbüschel, den er der Schale in Eiriks Händen entnahm, mit Öl befeuchtete und damit im Kreuzeszeichen über die Augen und Ohren, über Nase und Mund und Handrücken des Großvaters strich. Zuletzt hob Eirik mit einer Hand, im übrigen aber regungslos, die Decke von den Füßen des Sterbenden – so wurde mit dem Balsam der Barmherzigkeit alles ausgestrichen, was Olav mit Augen und Sinnen gesündigt hatte, mit Worten und Händen, und mit jedem Schritt, den er vom richtigen Weg abgewichen war.
Und jetzt warteten die Kinder mit Sehnsucht darauf, daß es zu Ende sein würde, denn sie waren müde vom Stillstehen und vom Kerzenhalten – und Eiriks Rücken und Schultern bewegten sich von Zeit zu Zeit, als weine er, und seine Stimme war verschleiert, wenn er die Responsorien sprach.
Am Nachmittag waren sie auf dem Hof draußen; daß sie nicht spielen durften, das wußten sie, denn Sira Magne wollte am Abend wiederkommen und dem Großvater das Corpus Domini bringen. Aber nach einer Weile vergaßen sie sich und waren ziemlich laut – es kam nicht so oft vor, daß Kolbein und Audun ihren Bruder Torgils sahen, und außerdem mußten sie mit den Kindern des Großknechtes all das Merkwürdige besprechen, das sie am Vormittag erlebt hatten. Auch Reidun war mit in der Nebenkammer gewesen, und sie hatte gesehen, daß Olavs schwarze Hand weiß wurde, als der Priester sie salbte, und Kolbein und Torgils stimmten mit ein – sie hatten gesehen, daß die zum mindesten heller geworden war.
Dann mußten sie in die Frauenstube gehen; die Alten von Rynjul

lagen drinnen und ruhten aus, und der kleine rothaarige Bruder, Gunnar, hatte das Gehen gelernt, seitdem die großen Kinder zum letztenmal in Saltviken gewesen waren. Audun besann sich darauf, daß Gunnar zum erstenmal auf Hestviken war – da zogen sie mit ihm auf den Hofplatz hinaus. Bis Aslak herauskam und sie ermahnte, still zu sein.

Eirik und Cecilia saßen allein in der Altstube. Das Rauchloch stand offen, und die Abendsonne fiel herein und färbte den aufsteigenden Rauch blau, eine dünne Säule aus der letzten sterbenden Glut. Oben im Raum wurde der Rauchstreifen kraus und begann zu wogen, dann breitete er sich aus, licht und hell unter dem Firstbalken. Die beiden saßen schweigend und sahen dem Spiel des Rauches zu, und von draußen drangen schrille Knabenstimmen ins Haus und der Laut von Kinderfüßen, die über die Felsen liefen.

Einmal erhob sich der Sohn, trat in die Nebenkammer und sah nach dem Kranken.

»Er schläft jetzt«, sagte er, als er zurückkam. Und bald darauf: »Wenn er aufwacht, willst du wohl eine Weile mit ihm allein sprechen?«

»Mit ihm sprechen kann ja niemand, Eirik.«

»So sag ihm doch, was du auf dem Herzen hast –«

»Wir haben doch schon alle Abschied von ihm genommen. Was ist da noch mehr zu sagen –«

»Cecilia«, sagte Eirik gedämpft, »kannst du glauben, der Vater habe nicht gemerkt – in diesen ganzen vier Jahren wolltest du ihn am liebsten nicht sehen. Kam er in die Stube, in der du dich aufhieltest, flohst du hinaus. – Ja, ich vergesse nicht, daß er dich damals schwer kränkte –«

»Das habe ich ihm längst vergeben«, sagte Cecilia rasch. »Das ist es nicht. Aber begreifst du nicht, Bruder – ist es schon unheimlich gewesen für dich und Eldrid, ihn hier umhergehen zu sehen, nicht lebend und nicht tot, so war es wohl noch viel schlimmer für mich, wenn du dich an all das erinnerst, was sich hier zutrug, bevor sein Leben so endete.«

»Denke daran, *ich* erhob die Axt gegen ihn – und Gott weiß, es ist nicht meine Schuld, daß ich meinen Vater nicht erschlug. So urteile selber, ob es leicht für mich gewesen ist, ihn vier Jahre lang hier umhergehen zu sehen – ich, der sich seiner erinnert, wie er vorher war: der hervorragendste Mann, dem ich begegnet bin, und der schönste und hochsinnigste.«

»Das sagst du jetzt, Eirik. Ich erinnere mich an nichts anderes, als daß ihr beständig Feinde wart – in all den Jahren, seit damals, als du ein kleiner Bub warst, bis zu dem Tag, da du vom Hof fortliefst und dich verheiratetest, ohne ihn um Rat zu fragen. Nie konntest du es hier daheim bei uns aushalten, sooft du auch heimkamst, immer wieder zogst du beinahe gleich darauf wieder fort – und dafür gabst du dem Vater die Schuld; du sagtest, er sei der Ungerechteste. – Und es dünkte mich, du habest darin nicht so sehr unrecht. – Ungerecht war er oft gegen dich, und es fiel uns allen schwer, mit ihm zusammen zu leben. Aber ich sage dir – ich habe ihm aus vollem Herzen vergeben, wie ein christliches Weib dies tun soll –«

»Es ist gut, daß du ihm vergeben hast, wie ein christliches Weib es tun soll.« – Eirik mußte ein wenig lächeln. »Aber dünkt dich dies nicht doch wenig genug zwischen einer Tochter und ihrem Vater –?«

Plötzlich füllten sich Cecilias Augen mit Tränen: »Ich *war* eine gute und gehorsame Tochter, Eirik. Keiner von euch kannte Jörund recht. Gott sei seiner Seele gnädig – aber daß ich nicht das tat, was der Vater von mir glaubte, darüber habe ich mich selber gar manches Mal gewundert. Ich glaube nicht, daß ich darin gesündigt habe, wenn ich nicht hier blieb und ihn nicht beständig sehen wollte – er ging hier umher wie das Gespenst alles dessen, was schlimmer war, als aufs Rad geflochten zu werden – nun, da ich endlich mit Aslak hatte zusammenkommen können und auch einmal sagen durfte, ich freue mich, auch ich, daß ich lebe! – Noch dazu, da ich glaube, daß der Vater sich nicht mehr danach gesehnt hat, mich zu sehen, als ich mich nach ihm sehnte!«

»Das weißt du nicht! Es ist wahr, daß der Vater schweigsam und barsch war, bisweilen – aber beurteile ihn nach seinen Taten, Cecilia! Ich wage zu behaupten, du hast trotzdem niemals einen Mann gesehen, der hochherziger handelte und in allem und jedem gewissenhafter – bis zum letzten, so wie es sich für einen Christen geziemt. Der erste, wenn es galt, den Armen zwei volle Hände zu reichen, der erste, wenn es galt, Witwen und jedem, der seinen Schutz brauchte, seine Tür zu öffnen – ich meine, auch dein Aslak könnte davon eine Geschichte erzählen: es war nicht so leicht in jener Zeit, einen geächteten Mörder unter seinen Schutz zu nehmen, damals, als der alte König Haakon Macht besaß; ihr habt kein Recht dazu, weder du noch er, zu zürnen, weil der Vater nicht noch dich ihm obendrein gab, auf das erste Wort hin, das der Bursche laut werden ließ! Hast du von unserem Vater gehört, daß er jemals einen Pfennig oder einen Fußbreit

Erde durch unehrliches Vorgehen oder Härte gegen seinen Nächsten gewonnen hat – nicht der armseligste Tropf hier in der Gemeinde hat gewagt, auch nur ein Wort zu sagen, das den Ruf oder die Ehre unseres Vaters beflecken konnte. Hatte aber ein Mensch, gleichgültig ob Mann oder Weib, sich so ins Unglück gebracht, daß sein Name und Ruf den Aasvögeln zum Fraß hingeworfen lag – und vermochte der Vater nichts zu sagen, was der üblen Nachrede widersprach, so schwieg er wenigstens. Stets fielen böse Worte zu Boden, wenn sie vor des Vaters Tür kamen – es sei denn, daß einer von uns anderen sie aufhob und damit weiterlief. – Hast du vergessen, daß der Vater der erste Mann war, der seine Waffen ergriff und die Bauern zur Gegenwehr aufrief, als der Herzog mit dem Kriegsschild durch die Gemeinden zog, und der letzte, der heimkehrte, zu einem ausgeraubten Hof, zuschanden geschlagen und vom König unbelohnt?
– Gott helfe mir, Cecilia – es steht mir nicht zu, dich zurechtzuweisen; du bist weit eher eine gute Tochter gewesen als ich ein guter Sohn – Ungehorsam und unverständiger Trotz waren alles, womit ich ihm lohnte. Ich war nicht weiser, als daß ich mich darüber erzürnte, wenn mich dünkte, er bedrücke uns dadurch, daß er so schweigsam und streng war. Obgleich es nicht oft vorkam, daß er mich so züchtigte, wie ich es verdiente – auf dich hat er wohl nie eine strafende Hand gelegt. – Ich hätte es ihm wohl besser –«
Eirik bewegte leicht die linke Hand, blickte auf den Stummel des kleinen Fingers: »Ich erinnere mich, als Vater ihn abnehmen mußte. Ich war so klein – begriff nicht, daß es ums Leben ging, wenn der Finger nicht sofort abgenommen wurde. Als ich das glühende Eisen sah, geriet ich so außer mir vor Angst, daß ich in der Stube hin und her rannte, brüllte und mich wehrte, bis der Vater Gewalt gebrauchen mußte – Meinst du, er versuchte mich mit süßen Worten zu beruhigen –? Er redete mir hart zu, der Vater – aber als dies nichts half, packte er das glühende Eisen und drückte es sich ins eigene Fleisch, um mir Mut zu machen –«
Der Sohn senkte den Kopf und verbarg sein Gesicht in den Händen, schluchzte ein paarmal erstickt. Gleich darauf aber blickte er wieder auf: »Gott verzeih uns beiden, meine Schwester – nie haben wir es genügend verstanden, daß unser Vater ein solcher Mann war. Aber du wirst es an dir erfahren, wenn du älter bist – das beste von dem ganzen Erbe, das er deinen Söhnen hinterläßt, ist die Nachrede – Gottes Lohn für dic Nachkommen eines rechtschaffenen Mannes.«
Cecilia saß mit geneigtem Kopf da. Ihre Wangen waren rot gewor-

den, und ihr Gesicht leuchtete ungewöhnlich mild: »Du hast recht, Bruder – Vater war ein viel größerer Mann, als wir verstanden. – Und trotzdem«, flüsterte sie eine Weile später, »hat er sein halbes Leben lang die Schuld an einem ungebeichteten Mord mit sich herumgetragen – und als er dies endlich nach langer Zeit gutmachen wollte, war es zu spät und Gott nahm das Urteil in seine eigene Hand.«

»Über solches dürfen wir nicht nachgrübeln«, antwortete Eirik leise und heftig. »Über Gottes verborgene Ratschlüsse. Niemals aber will ich glauben, daß dies darum geschah, weil unseres Vaters Sünde schlimmer war als die der meisten Männer. Mag sein, daß es geschah, um ein Beispiel zu zeigen – wir anderen leben so sorglos mit unseren Missetaten dahin. Und Gott erwählte unseren Vater dazu, volle Buße zu leisten, denn Er kannte sein Herz – wußte, daß er stärker und getreuer war als wir anderen armseligen Männer, die nicht einen einzigen Tropfen aus Seiner Gerechtigkeit zu trinken vermöchten –«

Cecilia sagte leise: »Aslak hat etwas gehört – daheim in der Gegend von Hamar. Es ging ein Gerede über unsere Mutter, zu der Zeit, da sie jung war, etwas von einem Schreiber an der Schule oder einem Schüler. Er verschwand, und einige meinten, daß Vater wohl seine Hand dabei im Spiel gehabt habe –«

»Schämst du dich nicht«, flüsterte Eirik verbittert. »Wollt ihr, du und Aslak, euch mit Gemeindegerüchten über deine Eltern abgeben –«

»Du hast selber gesagt, daß er hart gegen sie war –«

»Ich war nur ein Kind, als sie starb – es fällt nicht ins Gewicht, was ich damals dachte. Vielleicht war es das, was ihm am schwersten fiel – seine Ehe mit Geduld zu ertragen. Sie waren einander so ungleich, und kränklich war die Mutter schon von Jugend an. Gott mag zwischen den beiden richten. Sündenfrei geht kein Mann durchs Leben.«

Eirik erhob sich – trat an die Tür zum Nebenraum, kam zur Schwester zurück: »Ebensogut kann ich es dir jetzt gleich sagen – ich hatte vorgehabt, es dir und Aslak beim Leichenbegängnis zu verkünden. Wenn unser Vater in die Erde gekommen ist, gehe ich ins Kloster zurück. Es wird also alles dir gehören, was er hinterläßt – bis auf das, was Eldrid und ich an Seelengaben verschenken –«

Cecilia saß lange still.

»Ist Eldrid darin mit dir einig?« fragte sie schließlich ein wenig ungläubig.

»Ja. Sie zieht nach Gimsöy. Ob sie den Schleier nimmt, weiß ich nicht – sie weiß es selber noch nicht. Aber sie will einen reinen Lebenswandel geloben und dort leben –«

»Tust du das um der Seele des Vaters willen?« fragte die Schwester wieder.

»Ja, und um meiner eigenen willen.« – Und für Jörund. Und für dich und deine Kinder. Für uns alle, die wir uns wehren und trotzen, wenn Gott uns das Schwere auferlegt, und die wir Ihn ganz oder halb vergessen, wenn Er uns mit guten Dingen sättigt. – Das aber sprach er nicht aus.

»Hast du es ihm gesagt?«

»Nein. Unser Vater war nie der Mann, der sich viel um Worte oder Versprechen kümmerte. Früh genug wird er es noch sehen, wenn er tot ist.«

Gleich danach fuhr Cecilia auf – sie hörten Gunnar draußen auf dem Hof schreien. Die Mutter eilte hinaus. Eirik ging zu dem Kranken in die Kammer. In dem Dämmerlicht sah er, daß Olav mit offenem Auge dalag – er war heiß und atmete rasch, aber Eirik merkte, daß er bei Besinnung war – und er fragte sich, ob der Alte wohl etwas gehört habe; er sah ihn so seltsam an. –

Olav hatte wach gelegen, und er hatte das Urteil über sein Leben aus dem Munde des Sohnes vernommen. Unterdessen schwebte ihm ein Bild vor den Augen – er lag dabei im Fieber, aber es war nicht stärker, als daß er noch selber davon wußte. Er sah einen Acker mit Disteln, Weidenröschen und anderem Gestrüpp überwuchert – das Unkraut wandte sich frech mit gelben und roten Blüten der Sonne zu, und das Getreide war ganz zerdrückt, man konnte kaum sehen, daß hier angesät war. Aber über den Acker ging jemand – bisweilen glaubte er, es sei sein Schutzengel, den er sah, bisweilen aber war es Eirik –, ein Freund, der nicht danach fragte, ob der Sterbende an ihm unrecht gehandelt habe, sondern nur daran dachte, die armseligen Ähren aufzulesen, die er zwischen den Disteln retten konnte. Es hätte nicht so sein dürfen, sein Leben hätte so aussehen sollen wie ein Kornacker, wogend weiß und hell jetzt vor der Sense. Aber einer war da, der eine Handvoll Ähren zu finden vermocht hatte und sie auf die Waagschale legen wollte. –

Kolbein trat in die Tür, meldete eifrig, daß sie nun den Apfelschimmel von Sira Magne unten bei der Brücke sehen könnten. Eirik zündete die Kerzen an, reichte die eine dem Knaben, und dann gingen sie hinaus.

Der Felsen, der hinter den Nebenhäusern aufstieg, schien noch schwerer und erdrückender zu sein, nun, da er in dem späten gelben Sonnenlicht gebadet lag. Die Stämme der Kiefern schimmerten rot wie

Erz, und die Nadeln waren hell gebleicht nach dem Schnee des Winters, und darüber wölbte sich der Himmel brennend blau. Eirik dünkte es, er habe nie zuvor so deutlich gesehen, wie endlos tief das Luftmeer war, und gegen diese Tiefe war der feste Fels mehr Fels und die Kiefern waren so ganz und gar Kiefern, wie er es nie zuvor erfaßt hatte. Das weite offene Auge, das über allem wachte, weilte auf jeder einzelnen Mücke, die vor ihm in der Luft tanzte, und fühlte jeden Pulsschlag in seinem Körper. Und in der Gestalt des Brotes kam Er, getragen von dem Priester auf dem großen grauen Pferd, das jetzt auf dem Hang bei der Scheune auftauchte, um sich Selber den Seinen als Speise zu geben. –
Der Knabe, der das Pferd am Zügel führte, klingelte mit der kleinen silbernen Glocke; die Leute waren aus den Häusern getreten und warfen sich auf dem Hofplatz auf die Knie. Cecilia hielt ihren kleinen Sohn im Arm, Aslak und die Knaben neben sich. Kolbein und Eirik knieten vor der Haustür, mit den Kerzen, die in dem Sonnenschein beinahe unsichtbar brannten. Eirik wußte, daß das Feuer, das ihn jetzt verzehrte, zusammensinken würde, unter die Asche kriechen, und wieder in hellen Flammen aufflackern würde; aber in ihm erlöschen sollte es nie.

Bei dem Leichenschmaus für Olav Audunssohn verkündete Eirik seinen und seines Weibes Vorsatz, und um die Mittsommerszeit hatten er und Eldrid ihr Hab und Gut geordnet. Er begleitete sie nach Gimsöy, und von dort zog er geradeswegs in die Stadt und nahm wieder die Ordenstracht im Minoritenkloster. Es ging still zu dieses Mal, am Morgen eines Werktages, während einer der ersten Messen. Von seinen eigenen Angehörigen war niemand in der Kirche außer Aslak Gunnarssohn und Cecilia.
Dieses Mal fühlte die Schwester keinen so starken Widerstand dagegen, daß ihr Bruder Mönch wurde.
Aslak und seine Frau verwalteten Hestviken mit so großer Tüchtigkeit, daß alle Kindeskinder Olavs in hervorragende Verhältnisse kamen – Cecilia hatte drei Söhne und drei Töchter mit ihrem zweiten Gemahl. Von Jörunds Söhnen gerieten Kolbein und Audun gut; Torgils war ein wilder Bursche, er ertrank in jungen Jahren.
Eirik hielt den Kindern, wenn sie ihn im Kloster aufsuchten, stets vor, daß ihr Erfolg in der Welt der Lohn für das fromme und mannhafte Leben des Großvaters sei. Und er konnte dies mit vielen Sprüchen aus der Heiligen Schrift belegen. Die Kinder liebten ihn sehr

und empfanden große Achtung vor ihm; sie hatten ihn nie anders gekannt denn als Barfüßermönch. Und er war ein frommer Mönch, verstand sich darauf, kranke Männer an Leib und Seele zu pflegen; auch gelehrt wurde er mit den Jahren, und den größten Teil der Zeit war er der Gartenmeister des Klosters. – Aber die Schwestersöhne wußten aus der Gemeinde daheim, daß Eirik in seiner Jugend ziemlich wild gewesen sein sollte. Cecilia sprach nie mit ihren Kindern über das frühere Leben des Bruders.

Olavs Nachrede unter den Leuten war nicht so strahlend, wie Bruder Eirik es gerne gehabt hätte – das wußten die Jungen alle. Ein kühner Streiter war er gewesen und ein guter, redlicher Bauer, aber eigen und unumgänglich und ein unfroher Geselle in der Gemeinschaft froher Männer.

Das große Menschensterben kam und räumte in der Sippe auf, aber es waren noch viele Männer da, nachdem die Seuche darüber hingezogen war; sie hauste im Süden des Landes nicht so schwer wie nördlich des Gebirges. In dem Minoritenkloster in Oslo starben nicht viel mehr als die Hälfte der Brüder, aber in dem Ordenshaus in Nidaros blieben nur zwei Mönche am Leben. So wurde angeordnet, daß Bruder Eirik Olavssohn und drei junge Brüder von Oslo dorthin ziehen sollten. Eirik war um diese Zeit dreimal zwanzig Jahre alt, stark und gesund, obgleich er stets große Strenge an sich geübt hatte. Aber die Mönche gerieten auf dem Weg über das Gebirge in schweres Unwetter, und einige Tage, nachdem Eirik in seinem neuen Kloster angelangt war, hauchte er in den Armen seiner Brüder seine Seele aus.

Inhalt

Dritter Band
Olav Audunssohn
und seine Kinder
Erstes Buch

Vierter Band
Olav Audunssohn
und seine Kinder
Zweites Buch